# 批评的力量

阐 释 与 创 造 ‖ 文 艺 研 究 书 系

人民出版社
西南师范大学出版社

**图书在版编目(CIP)数据**

批评的力量/方宁主编.—重庆:西南师范大学出版社,
2009.5
(阐释与创造·文艺研究书系)

ISBN 978-7-5621-4493-9

Ⅰ.批… Ⅱ.方… Ⅲ.文艺批评—文集 Ⅳ.I06-53

中国版本图书馆 CIP 数据核字(2009)第 071686 号

责任编辑:钟小族 卢 旭
装帧设计:金 宁
版式设计:白 妤

**阐释与创造·文艺研究书系**

# 批评的力量

方 宁 主编

出 版 人:周安平
出版发行:人民出版社 西南师范大学出版社
(北京朝阳门内大街 166 号 邮编 100706)
(重庆北碚西南大学校内 邮编 400715)
经 销:全国新华书店
印 刷:重庆东南印务有限责任公司
开 本:787mm×1092mm 1/16
印 张:25.5
字 数:404 千字
版 次:2009 年 5 月 第 1 版
印 次:2009 年 5 月 第 1 次印刷
书 号:ISBN 978-7-5621-4493-9
定 价:45.00 元

# 与历史同行

——《阐释与创造·文艺研究书系》

方　宁

这套以"阐释与创造·文艺研究书系"命名的专辑，收录了近十年来学术理论刊物《文艺研究》上所发表的一些重要文章。其遴选的时间范围大体上始于2002年，终于2009年。对《文艺研究》而言，这也许是一个新时代的开端，从计划经济向市场经济转型的压力，恰恰是从2002年初随着编辑部老一代领导人陆续退休之后，而实实在在地降临到了《文艺研究》的后来者头上，这是其一；为了适应时代的要求，我们从2003年起对刊物做了从形式到内容的调整，新开了"理论专题"、"当代批评"、"书与批评"和"访谈与对话"等几个栏目，与之相关的是，由于《文艺研究》杂志风格的调整，刊物对于问题的研究也更加具有现实的针对性和更加丰富的视角，这是其二。

当初拟定本书的书名，还是颇费了一番踌躇。终于想到了现在这个题目，觉得还算贴切，学术研究的方法无非"阐释"，学术研究的目的无非"创造"(传播也是一种创造)。《文艺研究》三十年，始终与历史同行，与中国当代文艺学术相依傍。因此在其用文字编织而成的锦绣华章之中，总能见出阐释者的语言风采和创造者的思想力量。

众所周知的是，如今的学术界，"批评"早已成为"表扬"的另一种形式，在人们日益感受到空前的学术繁荣背后，早已没有了学术批评的位置，"批评的缺席"似乎成了人们感慨最多，也是谈论最多的一个话题。我曾经在一次由中国作家协会理论委员会召开的座谈会上指出：

我们今天所面对的是一个批评缺失与理论匮乏的时代，虽然在当下学术界并不缺少各式各样的批判的武器，虽然在我们身边充斥着来自发达国家阵容齐整的理论资源，但是，又有多少能够有效地解释中国当下社会文化问题和文学问题的理论，更不用说能够有效地改变当前文化现状的理论了。理论如果失去对于人类精神方式的关注，失去对现实问题发言的能力，实际上就被放逐到了社会的边缘，它最终将会成为徒具神圣的外表而无所作为的“躯壳”。理论在丰富中匮乏和批评在缺失中泛滥，这种看似悖论的描述并非是一种语言或文字的游戏，而是一种我们无法回避的现实。

但是，正如谈论某种困境和危机是一回事，而真正在实践的层面去改变造成危机与困境的现状是又一回事，改变“批评的缺失”不仅仅是个理论问题，更是个实践的问题。正是在这样的背景下，《文艺研究》愿意承担相应的责任，为此建立了“当代批评”和“书与批评”两个专门以推进批评建设为宗旨的栏目。这套丛书分为各自独立的三卷，分别以刊物的主导栏目为题，可以约略展现出《文艺研究》在近十年中所着力营造的学术空间：

**批评的力量**

《文艺研究》自2003年设立“书评”栏目，2005年设立“当代批评”栏目（2005年改为月刊之后，“书评”更名为“书与批评”），旨在加强当代学术批评建设。“书与批评”、“当代批评”均为《文艺研究》举学界之力重点建设的栏目，在此期间所发表的一百三十余篇思想敏锐、观点鲜明、风格犀利的文章，在学界享有声誉。该“批评卷”分为“当代批评”、“书与批评”两部分，前者主要包括“当代文学批评”、“当代艺术批评”和“批评现状的研究”；后者则为别具风格的“独立书评”。该卷的特色在于，《文艺研究》向以“基础理论研究的重镇”称誉学界，但在2003年之后，其针对学术界某些不良风气及现状所展开的批评，是对《文艺研究》传统形象的丰富和改变，也是改为月刊的《文艺研究》在办刊风格和理念上的适度调整。

**理论的声音**

这部分专题涉及《文艺研究》传统学术领域，也是其传统风格之集中体现。它包括：美学、文艺学、综合艺术、造型艺术及相关专题论文。2003年以来，《文艺研究》既保持了对于基础理论研究一以贯之的重视，又加强了对于学术与艺术现状的研究。在美学研究领域中，对于“现代审美主义”、“古代文论的创新与发展”、“日常生活审美化”、“文学意识形态与文化研究”和“全球化时代的后殖民理论”等问题的研究成果，一经本刊发表，即受到学界的广泛关注，并产生了开风气之先的影响；在艺术学领域，《文艺研究》既有对于传统艺术门类(戏剧、音乐、美术理论)的研究,又拓展了对于“媒介理论”“影视符号学”“艺术的视觉方式”“新媒体艺术”“传播学”等前沿领域的探索。从该卷中,读者可以看到中国当代美学、文艺学和艺术学发展的历史及其演化的轨迹,在某种意义上,这部分文字也代表了当代中国美学与艺术研究所能达到的水准。

**学者之镜**

《文艺研究》自2003年设立“学者访谈”栏目(2005年改为月刊之后,栏目名称为“访谈与对话”),至今已经发表文章60余篇,近百万字。“访谈与对话”栏目的主体均为国内外学界广有影响的学者、作家、艺术家。其中既有著述等身、经验丰富的学界耆宿,也不乏当代颇具影响力的学界新锐。更为重要的是,在接受《文艺研究》杂志采访的五十余位著名学者中,目前已有数位学者谢世(启功、敏泽、林庚、钱仲联、葛一虹、贾植芳诸先生),他们所留下的语言和思想、性格风貌,至今已成绝响。将国内数十位重要学者(作家、艺术家)的访谈录、对话录结集出版,不仅可以其治学之道路昭示后人,更可以其精弘之思想启迪来者。本卷分为“访谈”与“对话”两部分。访谈主要为学界前辈与采访者之间的交流,对话则为学界新锐之间的思想互动,均各有千秋,能收雅俗共赏之效。

说到这里,我不能不为形成《文艺研究》传统主体和特色的风格做一点辩护。“基础理论”是《文艺研究》从其创刊伊始就在关注,并以此作为刊物生命与特色的标志。虽然,在时代的发展中,今天看来,文艺的基础理论多多少少有些被边缘化的感觉,人们热衷于谈论与当代显学有关的知识,基础理论的命运与某些纯理论、纯学术一样,都遭受着被冷冻的境遇,面临着被强势话语解构的危险。但是我们坚信,尽管文艺的基础理论在当下阶段中缺乏具体而实用的价值,在各种学术明星来去匆匆纷然亮相的舞台之上已经很难看到它们的位置和身影,但是它们终会出现在历史再度需要它们的时候。

一本刊物的历史能够标志一个时代理论思维的路径,能够浓缩一个时代的学术思想史,这是《文艺研究》创刊三十年始终追寻的一个目标。太史公言:虽不能至,心向往之。这也许就是我们的一种心境和追求。与历史同行，其实并非轻松的话题，有时看似学术的积累在发展中渐至高潮，但是一个轮回之后，也许仍然只是原地踏步，抑或出现无可奈何地向下坠落也未可知。我们看惯了热烈之后的飘零和冷寂，听惯了各种各样以“学术”为话题的言说，但是当代学术的命运始终不那么让人放心，原因就在于强大的市场经济早已成为可以操控一切、包括学术命运的力量。的确，我们从来没有像今天这样深深感受到资本力量的强大，它既能够深刻地影响我们今天的现实，显而易见地改变我们身边的社会，也能够在难以想象的程度上左右我们对于现实的认识。因为人们在舒适的状态或困窘的状态中对于精神、学术、理论的看法是会出现巨大的偏差的。这恰恰是历史的发展所带来的困局，它似乎改变了人们以往对于政治标准、艺术标准和学术标准的传统认知，使我们一旦从传统社会走向现代社会，好像就再也无法回到原点，无法回到我们今天看起来那样美好、值得永远怀念的生活中。但是尽管如此，我们仍然不会放弃这样的期待：无论历史发生怎样的改变，学术终将以其潜在的能量，以其批判的锋芒，以其思想的声音，来顽强地显示它的存在，并将最终带领人类走出由他们一手制造的困境与危机。

# 目录

## 批评的意义



## 反思"八十年代文学"



## 文学批评

## 艺术批评



## 书　评

# 批评的意义

# 怎样评价这个时代的文艺批评

孟繁华

2004年9月,人民文学出版社出版了德国作家瓦尔泽的长篇小说《批评家之死》。这部小说2002年在德国出版时,他刚刚过完七十五岁生日。这本书是他献给自己七十五岁生日的礼物,同时他也将因此书引发的巨大争论一起献给了自己。我们抛却这部小说遭到诟病的种族问题的"政治不正确"不谈,单就对那不可一世、呼风唤雨的"文学评论沙皇"的抨击和讽刺,就足以想见文学评论家在当下社会中的面目是多么可憎和可怕:他在最典型的大众传媒——电视上,颐指气使地抨击一部作品,又趾高气扬地鼓吹另一部作品。那是在德国。在中国,批评家的面目可能还要糟糕得多。

这也许是一个不经意的隐喻。事实上,上世纪60年代自美国后现代作家约翰·巴斯发表了《枯竭的文学》之后,各种"终结论"、"死亡论"的声音就不断传来。"抵制理论"、"理论之死"、"作者之死"、"历史之死",当然也有"批评之死",前呼后拥此起彼伏。但是,这些终结论或死亡论,并不是言说文学、理论或批评真的"终结"、"死亡"或"枯竭"了。他们都有具体针对的对象。比如巴斯,他的"文学的枯竭",是挑战现实主义文学、挑战传统文学观念的。因为此时他正站在文学新方向的最前沿。在巴斯看来小说应当是"原创的"、"个人的",也就是一种他所说的"元小说"。现实主义文学,作为一种"总体化的小说",从19世纪早期一直延续到20世纪中期,它构成了小说史上一个短暂的"实验"阶段,尽管也成就了无数大师。在巴斯看来,随着时间的流逝,现实主义那种曾有的反传统的思想已经耗尽。新的"元小说"在20世纪60年代开始再度流行。这才是巴斯宣布"写实主义实验(现实主义)"已经"枯竭"的真实用意。按照这样的思路,批评家尼尔·路西连续发表了《理论之死》、《批评之死》和《历史之死》等惊世骇俗的文章。在路西看来,文学不可能是一种"稳定"的结构,它有许多特殊范例,但总体性的“稳定”结构是难以包括或不能解释这些特殊性的[1]。“批评之死”显然是针对这种文学总体性稳定的批评而言的。但是，路西同时认为，文学结构是不稳定的，并不意味着批评就一定会死亡——或者枯竭——它再也不可能像从前那样行动。在这个意义上，批评将会得到更密切的关注。

事实的确如此。当传统的“元理论”被普遍质疑之后，批评家的地位得到了空前提高。我们都会承认，保罗·德曼、德里达、詹姆逊、哈罗德·布鲁姆等大师与其说是理论家，毋宁说是批评家更为确切。之所以说他们是批评家就在于，他们的思想活动并不是在寻找一种“元理论”，而恰恰是在批评自柏拉图以来建构的知识或逻辑的“树状结构”。在“树状结构”的视野里，知识或逻辑是一元的、因果的、线性的、有等级或中心的。但是，在现代主义之后，传统的“元理论”不再被信任，特别是到了德勒兹、瓜塔里时代，他们提出了知识或逻辑的“块茎结构”。在“千座高原”上，一种“游牧”式的思想四处奔放，那种开放的、散漫的、没有中心或等级的思想和批评活动已经成为一种常态。这就是西方当下“元理论”终结之后的思想界的现状。美国当代“西方马克思主义”批评家詹姆逊将这种状况称为“元评论”。他在《元评论》一文中宣告，传统意义上的那种“连贯、确定和普遍有效的文学理论”或批评已经衰落，取而代之，文学“评论”本身现在应该成为“元评论”——“不是一种正面的、直接的解决或决定，而是对问题本身存在的真正条件的一种评论”。作为“元评论”，批评理论不是要承担直接的解释任务，而是致力于问题本身所据以存在的种种条件或需要的阐发。这样，批评理论就成为通常意义上的理论的理论，或批评的批评，也就是“元评论”：“每一种评论必须同时也是一种评论之评论”。“元评论”意味着返回到批评的“历史环境”上去：“因此真正的解释使注意力回到历史本身，既回到作品的历史环境，也回到评论家的历史环境。”[2]

在当下中国，文学批评的状况与西方强势文化国家有极大的相似性。批评的“元理论”同样已经瓦解。就像普遍了解的那样，在我国，文学理论作为一个基础理论学科，并没有像韦勒克表达的文学研究是由文学理论、文学批评和文学史一起构成的。在韦勒克看来，文学理论和文学批评同属于“文学研究”范畴，它们应该是平行的。但是，过去我们所经历的情况通常是，文学理论对于文学批评来说，是具有指导意义和规范作用的。它恰恰是文学批评的“元理论”，因此它不仅仅是文学研究的组成部分，对于文学批评，它构成了权力或等级关系，它是一个超级的“二级学科”，而文学批评不是。进入 90 年代，随着现代启蒙话语的消退，受到西方批评话语训练的“学院批评”开始崛起。这个新的批评群体出现之后，中国文学理论的“元话语”也开始遭到质疑。这当然不应仅仅看做是西方批评话语的东方之旅，但中国文学理论遭到质疑的历史或社会背景，却与西方大体相似。以现代知识作为背景的中国文学理论，在建立现代民族国家过程中所起到的伟大作用，是不能低估的。它对于推动欠发达的现代中国文学的建立，也功不可没。即便是在 80 年代初期，在抵制、反抗“文革”时期文艺意识形态的斗争中，文学理论所起到的重要作用，也同样无可取代。在过去的时代，文艺理论的特殊地位几乎不能怀疑。所有的关于文学艺术的讨论，最后都要归结于“文学理论”。“文学理论”已经为我们规约了一切，它的“元理论”性质是不能动摇的。40 年代初期以来形成的关于文学艺术的思想、方针、路线和政策，至今仍然是我们理解社会主义文艺最重要的依据。无可怀疑，在拯救中华民族危亡、建立现代民族国家以及在大规模的社会主义建设过程中，那个时代文艺理论话语所起到的历史作用无论怎样估计都不会过高：在那样的时代，实现民族的全面动员，使文学艺术服从于国家民族最高利益，使文艺成为革命事业的一部分，发挥齿轮和螺丝钉的作用，是完全可以理解和正确的。

但这也成为文学理论作为“元理论”不可动摇的强大的历史依据。一部作品是否具有合法性，是否能够成为这一理论的有效证明，是判定它是否具有价值的先决条件。但是，在飞速发展的当代中国，文学艺术发展的剧烈或激化程度远远超出了我们的想象。当代中国，已经成为世界最大的文化试验场：各种文化现象、思想潮流，共生于一个巨大而又拥挤的空间。过去我们所理解的“元理论”对当今文艺现象阐释的有效性，正在消失。一种以各种批评理论进行的新的批评实践早已全面展开。正如普遍认同的那样，对西方文艺批评理论的关注，并不是“西方中心论”或简单的“拿来主义”，事实上，它已经成为建设中国文学理论批评的主要参照或资源之一。于是，在当代中国，理论批评也同样形成了德勒兹意义上的“千座高原”，“游牧”式的批评正弥漫四方。

在这个意义上，包括文学批评在内的文艺批评，应该说取得了巨大的历史进步。“元理论”的终结和多样性批评声音的出现，从一个侧面反映了当代中国的历史包容性和思想宽容度。但是，一方面是文艺批评巨大的历史进步，一方面是对文艺批评的强烈不满。许多年以来，对文艺批评怨恨、指责的声音不绝于耳。但是没有人知道这个“憎恨学派”在憎恨什么，指责批评的人在指责什么。那些浅表的所谓“批评的媒体化”、“市场化”、“吹捧化”等等，还没有对文艺批评构成真正的批评。因为那只是或从来都是批评的一个方面而不是全部。或者我们从相反的方向论证：假如“媒体批评”、“市场化批评”等不存在的话，批评的所有问题是否就可以解决？我曾经表达过，对一个时代文学或批评成就的评价，应该着眼于它的高端成就，而不应该无限片面地夸大它的某个不重要的方面。就如同英国有了莎士比亚、印度有了泰戈尔、美国有了惠特曼、俄国有了托尔斯泰一样，中国现代文学有了鲁迅，中国现代文学就是伟大的文学。现代中国批评界也是鱼龙混杂泥沙俱下，但因为有了鲁迅、瞿秋白等，中国现代的文艺批评就是伟大的批评。当下中国的文艺批评还没有出现这样伟大的文艺批评家，但那不是憎恨或指责的理由。在一个转型的时代，一切可能都在孕育、生长。

甚至可以这样说，改革开放三十年来，我们不仅在学院体制内补上了因长期封闭而不了解的西方文艺理论批评课程，培养了数目巨大的专业理论批评人才，而且那些一直在场的文艺理论批评家，在建构中国文艺理论批评新格局、推动理论批评建设、参与并推动文艺创作、阐释或批判文化现象等方面，始终不遗余力。对各种新出现的文学、艺术现象的阐释、解读，比如对现代派文艺，对先锋文学，对新写实小说，对市场文艺，对网络文化、时尚文化、底层写作以及各种文化、文艺现象，批判的声音从来就没有停止过。对批评的不满，应该具体地分析。更多的人习惯于 80 年代对“元理论”没有质疑的思想方式，一切都有答案，而且是清晰的非此即彼的答案。那时不是“千座高原”，只有一座山峰，对山峰只需仰望而不必思想。文艺批评就在这个“元理论”框架之内。今天的情况已大不相同，一切都没有不变的答案。对这种纷纭甚至纷乱的声音的不适应在所难免。“元理论”或普遍性的丧失，使文艺批评失去了统一的标准或尺度，它再也不是非此即彼式的二元世界。因此，不满意应该是“元理论”、普遍性或不确定性带来的问题，不应该完全由文艺批评来承担。正像前面提到的，中国已经成为最大的文化试验场，一切问题都让文艺批评来解决是不现实也是不可能的。事实上，在文艺生产领域，参与、影响或左右文艺的因素越来越多，而这些因素是文艺批评家所难以掌控和改变的。

比如市场因素。在引导当下文艺生产的诸种因素中，市场的力量是难以匹敌的。仅就长篇小说创作来说，每年有1200部左右的作品出版。这个巨大的数字里，究竟有多少作品可以在文学艺术的范畴内讨论，确实是一个问题。文学生产的数字庞大，但在艺术上我们却是在“负债经营”，“艺术透支”是市场带来的最大问题之一。且不说商家在绞尽脑汁地策划出版能够占有市场份额的作品(在出版社自负盈亏的机制中，它有合理性的一面)，单就生产环节而言，只要有市场号召力的作品出现，跟风的现象就无可避免。从《废都》到《狼图腾》到《藏獒》，都有模仿的作品迅速出版。商业目的对原创作品的消费淹没了原创作品的艺术价值和意义。它被关注的路径被极大地改变。批评家对作品的阐释只能在有限的范围内流传和讨论，更多的人不知道文艺批评对这些作品究竟表达怎样的意见。

近年来，文化创意产业突飞猛进，它已经成为左右文艺生产的重要因素。张艺谋、陈凯歌等导演的电影，从《十面埋伏》、《英雄》、《满城尽带黄金甲》到《无极》，除了“大投入”、“大制作”等毫无实际意义的概念外，几乎乏善可陈。但是，它们确实创造了巨大的商业价值。一方面我们会批评这些影片或导演在艺术上的失败，一方面在好莱坞电影帝国横行天下的时候，它们又为民族电影的存活带来了一线希望。这时，我们内心爱恨交织，简单的批评或赞赏都不能表达我们的全部复杂心情。也正因为如此，我们对市场的态度也会发生变化，市场的问题不是我们主观想象的那样简单，它客观上的多面性可能还没有被我们所认识。但它对文艺生产的影响、制约是绝对存在的。

还有评奖制度。任何文学奖项都隐含着自己的评价尺度，都有自己的意识形态。诺贝尔文学奖的一个评委也说过，在诺贝尔文学奖的上空，有一层挥之不去的政治阴云。诺贝尔文学奖也是有自己的评价标准的。像左拉、托尔斯泰、勃兰兑斯等都没有获奖。有资料说：1901年瑞典文学院首次颁发文学奖，按当时文坛的众望，此奖非托尔斯泰莫属，可是评委会却把第一顶桂冠戴在了法国诗人苏利—普吕多姆头上。舆论大哗，首先抗议的倒不是俄国人，而是来自评委们的故乡——瑞典四十二位声名卓著的文艺界人士联名给托翁写了一封情真意切的安慰信，说“此奖本应是您的”。但是托翁终身没有得到这一荣誉。

瑞典文学院对于一切评论历来不予回答，不过私下也承认：“以往出现的偏差我们是非常清楚的，我们从不说谁得了奖谁就是世界上最佳作家，不过你得承认，我们是经过了一年的调查研究才慎重选出获奖人的，我们对每个候选人都有广泛的研究。”[3]确实，尽管偏差难免，但是历年文学奖获得者毕竟都是令人瞩目的文坛巨匠，决非滥竽充数之辈。

我国的评奖制度“文革”前不多，大概只有电影的“百花奖”、“全国少年儿童文艺创作奖”等少数几个奖项。1978年以后，“全国优秀短篇小说奖”、“全国优秀中篇小说、报告文学、新诗评选”等奖项陆续设立。然后有“茅盾文学奖”、“鲁迅文学奖”、“老舍文学奖”以及民间设立的各种奖项。然而，没有任何一种文学奖项是没有异议或令每一个人都满意的。“茅盾文学奖”当然也有它的尺度和标准。尽管我们会对一些入选或落选的作品有意见或遗憾，但又完全可以理解。谁设立的奖项，就会授予奖项需要和理想的人。文学奖就是对一种文学意识形态的认同或彰显，就是对一种文学方向的倡导，这就是查尔斯·泰勒所说的“承认的政治”。对意识形态的认同，是一个人进入社会的“准入证”，对文学意识形态的认同程度，也决定了一个作家在多大程度上得到承认，所以“承认”是一种“政治”。如果道理是这样的话，我们就会理解，为什么有些作品会获奖，而有些作品会落选。可以肯定的是，获奖作品的艺术方法、政治倾向以及思想内容，都会对一个时期的文艺生产产生影响，特别是那些被普遍关注、影响广泛的奖项。

大学教育和文学史编纂。大学教育是传播文学经典最重要的场所，文学史编纂是确立文学经典最重要的形式。尽管大众文化已经进入了大学教育的课堂，改变了单纯的经典文化教育的内容。但是，大学的精英教育或经典文艺教育，仍然是大学文学艺术教育的主流。而文学史、艺术史的编纂，又是确立文艺经典最重要的形式之一。虽然早在60年代欧洲关于文学经典的讨论中，就有人提出为什么大学课堂一定要讲授莎士比亚(即经典文艺)，文艺经典是由谁提出并确立的，我国近十年来也陆续讨论过类似的文艺经典的问题，但强大的精英意识和大学文艺教育体制，仍然坚持着文艺经典观。因此，大学文艺教学的基本状况仍然以传承的强大力量影响着当下的文学观念和创作。但值得注意的是，当代文艺的经典化是存在问题的。经典化就是历史化。但当代文艺的“当代性”使这个经典化还缺乏足够的距离和时间，近距离判断的失误在所难免。而且，文学艺术史的编纂，既有文艺经典，也有“文艺史经典”。文艺经典是指普遍认同的经典，是经过历史过滤存活下来的经典；“文艺史经典”，是指虽然不是经典艺术，但在文艺发展历史上产生过重大影响的作品，或者引发过巨大争论的作品。比如新时期的《班主任》、《伤痕》等，它们都构不成文学经典，但在当时的历史语境下，它们的重要性必须写进文学史。类似的情况还在发生，比如"底层写作"等。"文学史经典"也会影响到文学创作和生产。

这些因素虽然都不是具体的文艺批评，但是作为影响文艺生产的因素，它们的作用甚至远远超过了文艺批评。这些因素合力造成的后果，都要文艺批评承担，这是不合理的。批评没有能力、也没有必要承担这一切。即便如此，我们在总体肯定文艺批评取得巨大历史进步的同时，也必须谈到文艺批评真正的问题。在我看来，文艺批评真正的要害或问题，在当下主要是没有是非观、价值观和立场。统一标准或尺度的丧失，并不意味是非观、价值观和立场也可以不要。一个极端或绝对的例子，是近期上映的美籍导演李安的《色·戒》。这是一部不折不扣的汉奸电影。这部根据张爱玲小说演绎的电影，对汉奸的美化，对特殊环境中人的情感和内心变化的同情、欣赏，使它完全丧失了历史叙述的基本立场。如果我们认同李安的叙述的话，那么，历史就是可以任意建构的。个人的理由如果等同于大历史叙述，那么，任何与历史相关的立场和价值就都是一文不值的。值得注意的是，面对这样一个重大问题或现象，批评界几乎是集体缄默。更多的人注意的是为什么剪掉以及剪掉了多长时间的"床上戏"。一个事关重大的问题，就这样在一个近似"无厘头"的质询中变成了一场闹剧。这时，我想到了在反法西斯战争胜利的第二年萨特创作的话剧《死无葬身之地》。几个游击队员被捕后，经历了难以想象的酷刑，他们也有过告发队长的念头，一旦告发他们即可获释，但他们没有这样做。这不仅是萨特的底线，也是面对正义与非正义战争历史叙述的基本立场。所有的游击队员最后都牺牲了，萨特对法西斯的控诉不仅维护了人类基本的价值尺度，同时也完成了战争环境中对人的具体人性的揭示或考量。但《色·戒》不是，它将人在极端化环境中表现出的偶然性或不确定性镶嵌于大历史叙述中的时候，也改写了历史。这是我们不能同意的。对《色·戒》批评的缺席，反映了批评界在立场、价值观和历史观上的问题，它应该是近年来批评界存在问题的集中反映。而当我们检讨文艺批评问题的时候，这可能是切入要害的最恰当的入口。

对与文学艺术相关问题的阐释、解读是必要的，但过度阐释或言不及义的言辞表演，伤害了批评的尊严，使批评成为另外一个好好先生。批评不应该简单地否定一个作家、一部作品或一个现象，但也不意味着一味地说好话。一味的好话和粗暴的批评是一回事，是一个事物的两种同质表现。因此，让批评发出真正有力的声音，让批评有是非观、价值观和立场，是纠正当下批评的最好手段，也是维护批评最高正义的唯一途径。

这时，我又想到了文章开始时提到的《批评家之死》的德国作家瓦尔泽。他曾将即将出版的新作《批评家之死》按惯例寄给享有盛名的严肃报纸《法兰克福汇报》(FAZ)连载。没想到《法兰克福汇报》的出版人一反常态，在尊贵的首版上发表了一封罕见的公开信，拒绝了连载建议："您的大作像国家机密一样被我们研读。《批评家之死》是关于仇恨的文本记录：不是着眼于批评家，而是犹太人之死，FAZ不会刊登有明显叫嚣谋杀和种族仇恨的小说。您经常说：摆脱束缚，真正自由。我今天相信：您的自由就是我们的失败……"[4]在一个众声喧哗、多音齐鸣的德意志，尚且有如此坦白和不可妥协的声音，这就是是非观和价值观。我们不评价这位出版人对《批评家之死》的批判是否正确，但我们赞赏的是，他是一个有是非观、价值观和立场的人。我们的文艺批评就应该达到这样的程度。

---

① 尼尔·路西：《批评之死》，阎嘉主编《文学理论精粹读本》，中国人民大学出版社2006年版，第251页。

② 詹姆逊：《元评论》，《快感：文化与政治》，王逢振等译，中国社会科学出版社1998年版，第3～4页。

③ 缪培松：《诺贝尔文学奖纵横谈》，载《读者文摘》1985年11期。

④ 参见 http://lib.verycd.com/2006/01/21/0000086021.html。

# 学院批评的历史问题与现实困境

赵 勇

学院批评又称“学院派批评”或“学院式批评”，按照法国著名文学批评家蒂博代（Albert Thibaudet）的划分，学院批评可看做是以大学教授为批评主体的“职业的批评”。作为一个具有中国特色的说法，学院批评很可能是王宁在1990年首先提出并加以论证的①。这就意味着从获得命名到既成事实，学院批评已经过差不多二十年的发展历程。时至今日，我们固然可以说学院批评已取得了令人瞩目的成绩，但是却也不得不承认，学院批评也隐含着不少问题，面临着诸多困境。笔者身在学院之中，对其中的问题体会也就更深一些。故以下所论，虽言及他人，其实也包含着某种自我反思。

## 一

要想说清楚学院批评现在存在的问题，回到学院批评的发轫期也许是必要的，因为现在的问题并非空穴来风，而是长期积累之后的一种并发症。

如果从文学批评发展的逻辑链条上看，学院批评应该是对20世纪80年代印象主义批评的一种反拨，这从一开始对它的定位中便可见出分晓。王宁指出学院批评“与直觉、印象式批评有着本质区别，它也不同于一般的文学鉴赏或文化批评。学院派并不是一个有着完全一致的理论背景或美学观点的批评流派，而是代表了当今中国文学批评的多元格局中的一种倾向或一种风尚。它应当同直觉印象式批评和社会历史批评一起，形成90年代中国文学批评的‘三足鼎立’之格局”②。这里需要说明的是，学院批评虽然有与直觉印象式批评分庭抗礼之意味，却也试图从直觉印象式批评中汲取某种精神。惟其如此，我们才能解释为什么王宁在强调学院批评学术传统的同时，还特意要让学院批评具有“对当代文学创作和理论批评的强烈的干预和参与意识”。事实上，这既是直觉印象式批评的精神之一，也是80年代流风遗韵的一种体现。

这就不能不谈到80年代。80年代中期，文学批评界的一件大事是有了所谓的“第五代批评家”的崛起。从1986年在海南召开、以“我的批评观”为中心议题的“全国青年文学评论家文学评论研讨会”中获悉，“第五代批评家”乃思想活跃、年轻有为之士（大都三十岁左右），他们铸造的批评观中有如下两个核心观点：1. 批评是一种自我体验、自我创造、自我价值的肯定，同时也是和世界交换意见的一种方式；2. 批评是一种价值判断和审美判断[③]。而这种批评观又可用法国印象主义批评的代表人物法朗士（Anatole France）的话加以概括：“我所评论的就是我”或“批评就是灵魂在杰作中的探险”[④]。这种批评生机勃勃，甚至让年即半百的陈骏涛感受到他与“第五代批评家”的差距，也让他悟出了其中的一个道理：“搞文学的人，其目光绝对不能仅仅止于文学，而应该关注文学以外的广泛的问题。首先是国家的命运、民族的前途、人类的未来，这些每一个生活在当今世界上的人，特别是搞文学的人不能回避的问题；同时，就知识领域来说，还应该涉猎除了文学以外的其他部门——哲学、美学、历史学、社会学、人类文化学、心理学……”[⑤]可以说，这样的批评既是文学批评，同时也是一种通过文学与外部现实接通的批评，它所警惕的恰恰是那种自我封闭式的学院批评[⑥]。

然而，这样一种批评范式却被90年代兴起的学院批评否定或取代了。如果在学术的层面上追寻理由，这种否定有其必然性和合理性，因为现在看来，80年代的文学批评确实有高谈阔论之嫌，而学理的依据不足，其“宏大叙事”就必然流于空疏与浮泛。同时，文学批评一旦与批评主体的社会关怀与责任联系到一起，也确实更容易形成陈平原所谈的“借经术文饰政论”的局面，于是，“在专业研究中，过多地掺杂了自家的政治立场和社会关怀，对研究对象缺乏必要的体贴、理解和同情，无论谈什么，都像在发宣言、做政论”[⑦]。文学批评一旦成为一种工具或利器，它也就立刻会暴露出一些严重的问题。

那么，这就是学院批评兴起的唯一理由吗？不是的。能够摆在桌面上的理由固然应当看重，但那些更为隐秘的原因也需要予以澄清。如前所述，对于80年代的许多批评家来说，文学批评是介入乃至批判社会、实施人文关怀的重要手段，但是重大的历史事件以及由此形成的文化格局，阻断了他们介入的通道。这时候，退守学院就成为一种无奈的选择。如果看看这一时期“第五代批评家”的代表性言论，我们应该能发现其中的一些难言之隐。比如，陈思和除了委婉批评知识分子的庙堂意识和广场意识之外，还提出一个知识分子的岗位意识[8]。陈平原则明确表示，“学者以治学为第一天职，可以介入，也可以不介入现实政治论争”。他“赞成有一批学者‘不问政治’，埋头从事自己感兴趣的专业研究”，“允许并尊重那些钻进象牙塔的纯粹书生的选择”[9]。而南帆则明确了学院的一个基本功能——逃避：“学院一直被看做逃避动荡社会的一方乐土，‘两耳不闻窗外事，一心只读圣贤书’成为学院环境的写照，而通行于学院内部的学术话语仿佛为逃避政治话语的控制提供了必要的专业掩护。”[10]在这些隐晦婉转的表达中，我们分明看到了学院批评之被选择的更加复杂的精神症候。

在这样一种症候面前，我们便可以思考学院批评在正面价值背后所隐含的先天不足。

第一，80年代的印象批评是一种极力张扬批评家主体意识的批评，同时也是一种宽泛意义上的政治批评和文化批评。它以作家作品、文学现象为出发点，但介入现实却成为其最终目的。从这个意义上看，处于特定历史语境之中的印象批评并不能单纯在“批评即表现”（像李健吾倡导的那样）的传统框架中获得全部解释，而是还需要把它看做是一种思想搏击、文化反思和政治诉求。很大程度上，它既接通了“五四”时期知识分子传统的精神气脉，也吸收了萨特式的以“文学介入”为先导、以知识分子的责任承担为旨归的精神资源。然而，印象批评被学院批评接管的过程，却也是印象批评被全面去势的过程。在这一过程中，批评家的主体意识消弭在批评客体里，批评回到了文学本位而变得安分守己。“文学介入”的思想既无用处，“躲进小楼成一统”就成为批评家的首选姿态。于是，学院批评对印象批评的“否定”并非哲学上的“扬弃”，而是一种划地绝交式的弃绝。南帆指出：“‘学院派’的确看不上信口开河的印象主义批评。二两烧酒，一点才情，三钱想象，添加些许忧郁的表情或者泼皮般的腔调，这种配方炮制出来的文学批评不过是一些旋生旋灭的即兴之论。”[11]我以为，这种观点在学院批评家那里是具有某种代表性的。

然而，学院批评的“否定”方式却也给自身带来了致命伤害，因为它从此丧失了某种精神元气，而走向了稳重、端庄、保守、中庸和收心内视的精神气质当中。这期间，虽然也有印象批评偶尔亮相（比如，吴亮刊发于1992年10月2日《文化艺术报》的《批评的缺席》等文章），却又如惊鸿一瞥，它让人略作骚动之后就复归于学院批评的平静之中，终将难成气候。

第二，学院批评的核心理念是“为学术而学术”和“价值中立”，它所批判的对象应该是印象批评的“为学术而政治”和“价值判断”。客观地说，学院批评所倡导的这种价值观念非常接近于马克斯·韦伯的主张。因为在他看来，学术与政治是两种不同的志业(Beruf)，它们分别隶属于不同的价值系统：政治追求权力的分享，而学术则不仅使人获得知识、思想的方法和思维的训练，而且更重要的是能够使人“清明”。因此，无论是学者著书立说还是课堂传授，都不能让政治观点进入学术和影响学术。而“一旦学者引进个人的价值判断，对于事实的完整了解，即不复存在”[12]。90年代以来，倡导并实践学院批评的人，虽然不一定熟悉韦伯的上述言论，但其操作方式却与韦伯的论说构成了一种有趣的呼应。

在韦伯论述的意义上来思考90年代以来的学院批评，我们可能会发现学院批评之被选择的正确性，却也不得不思考其中所隐含的中国问题。在我看来，学院批评与“为学术而学术”和“价值中立”的同构性除了那些冠冕堂皇的理由之外，还意味着这样一个事实：80年代的“青年批评家”在90年代以来纷纷变成了中年“学者”或“教授”，这种身份的转换让他们意识到，他们所从事的文学研究事业是“学术”而不再是一项“批评”工作。既然是“学术”，便需要大讲价值中立而舍弃价值判断，以去尽“批评”的浮躁之气。在学术发展的路径上，这样的做法是可取的，但是，我们却也不得不说，在“学者”或“教授”改造“批评家”的气质时，“学术”也改造了“文学批评”精神内涵，它消解或去除了文学批评激进的美学锋芒，而把所有的文学问题还原成一个谈论起来十分安全的学术问题。这种安全感逐渐造就了学者的庸人习气，也为后来学术体制的收编与整合铺平了道路。

第三，在这一背景下继续思考，我们还不得不触及学院批评的学术自律问题。按照南帆的看法，学院批评之所以要转换成学术话语加以表述，其目的在于自律和反抗。“在这个意义上，学术话语的存在涉及话语政治学。因此，‘学院派’批评的首要目标不是读者或者作者的侍应生；它是自律的，它的作用恰恰通过自律予以实现”[13]。明乎此，我们便可以解释为什么学院批评往往会让密集的术语、高深的理论充斥于自己的文本之中。在一定意义上，这是一种策略性行为。

然而，如此践行学术自律，也把学院批评隐含的问题暴露出来。阿多诺在谈论艺术问题时总是涉及艺术的两重性——“自律性”和“社会性”，学院批评的学术话语亦可作如是观。在阿多诺看来,艺术的自律性意味着艺术逐渐独立于社会的特性,而"艺术的社会性主要因为它站在社会的对立面。但是,这种具有对立性的艺术只有在它成为自律性的东西时才会出现。通过凝结成一个自为的实体,而不是服从现存的社会规范并由此显示其'社会效用',艺术凭借其存在本身对社会展开批判"[14]。从表面上看,学院批评在自律中亦寻求到一种反抗的力量——在这一意义上它非常接近于阿多诺的论述,但是,由于学院批评是"逃避"的产物,由于学术话语考虑到"自律"的层面却忽略了"社会"的维度,所以,这样的学术自律往往是脆弱的。学院批评后来的发展状况表明,学术话语恰恰是在他律的控制之中实现其自律的,它成了服从既定规范的楷模,甚至成了阿多诺所谓的物化之作。如此说来,这是不是意味着学术因其片面追求自律性而变得单维之后本身已失去了反抗的力量,而所谓的反抗只不过是一种自造的幻觉?

马克思说:"人体解剖对于猴体解剖是一把钥匙。反过来说,低等动物身上表露的高等动物的征兆,只有在高等动物本身已被认识之后才能理解。"[15]故以上所谈问题,实际上是我在面对当今比较成熟的学院批评之后的一种回溯性思考。这些问题能否成立,还需要放到今天的学院批评中予以检测。

## 二

20世纪90年代中后期以来,学院批评经过了某种前期论证之后,似乎走上了良性发展的轨道。然而这一时期也正是高校与科研机构积累问题越来越多的时期。扩招之病、跑点之弊、学术工程的营造、课题申报制度的确立与完善、研究生的大生产与大普及、本科教学评估等等,构成了这一时期的问题景观。于是,有识之士既有"'跑点'跑掉了大学之魂"的呼吁[16],也有"学校不是养鸡场"的判断[17],更有对"学术行政化"、"教育产业化"、"学院公司化"的批判[18]。我以为,所有的这些问题构成了我们谈论学院批评的现实语境。与这种语境相对应,学院批评也陷入到体制化与专业化等困境之中。

关于学院批评的体制化,已经有人做过相关分析。比如,在南帆看来,教授、博士、课题、研究基金等等既是学院体制的产物,同时也包含了收入和社会待遇。而经过严谨的分类和切割,文学成为一个独立的学科,由学院的文学系负责研究。这时候，文学研究与文学批评便显示出微妙却重要的差别：后者常常沉溺于文学的魅力，常常以文学作品为核心；前者更乐于考察文学周围的知识。于是，“考据”成为目前更投合学院体制的研究手段。之所以如此，是因为学院体制要求“硬”知识，科学论断和学术规范，而游谈无根被视为肤浅的标志，注释的数量代表了扎实的程度。结果，一系列成文不成文的规定形成了文学系的某些价值观念。而学院批评的体制化最终造成的是如下局面：“批评抛下了文学享清福去了”，“一大批批评家改弦更张，中规中矩地当教授去了”[19]。

从一般的意义上说，如此反思学院批评的体制化是可以成立的，因为当批评进入学院而被充分学术化之后，它的批评激情已基本耗尽，它也不得不接受学院的全面管理。这样，文学研究就成为一种日常的事务性工作，成为知识传授和知识生产的组成部分。只是，这种体制化了的学院批评既缺少生机与活力，也容易遭人诟病。比如，南帆等人的《底层经验的文学表述如何可能》在《上海文学》(2005 年第 11 期)刊发后，马上遭到了吴亮、陈村等人的批评，而伴随着“小众菜园”等网站的推波助澜，学术黑话问题、学术圈地运动问题、抢占话语资源问题等等又一次得到网友的热烈讨论。在吴亮看来：“‘底层表述’在后谎言时代被适度地学院化了。用晦涩空洞的语法去代言底层正在成为一种学术时髦。”[20]而南帆则在回应中谈到，这篇对话虽然使用了语言学、叙述学的术语，但这正是文学研究的价值所在。“如果仅仅因为没有读懂就盛气凌人地断定对方是‘黑话’，是否太自以为是了？”“如果每逢陌生的术语就转过脸来破口诅咒所谓的‘学院派’，那将如何与一系列重要的思想家打交道？”[21]但可惜的是，这场讨论在充满火气的争辩中并没有触及根本问题。

这个根本问题是什么？其实就是南帆所谓的“批评抛下文学享清福去了”。也就是说，由于“批评”变成了某种“研究”，所以鲜活的文学已不再能引起学者们的关注。他们利用学术术语和相关理论进行着某种“考据”式的工作，这非常符合学院批评或学术研究的规范，但是却很可能既远离现实问题，也为人们试图接近这种问题制造出了某种话语障碍。而更让人深思的是，如果说术语与理论在学院批评之初还意味着某种自我保护措施，那么经过体制化的锻造与锤炼之后，它们已成为一种表述习惯。后来者不知其中奥秘，便把这种表述当成进入学院批评的开门钥匙，结果，他们在术语的旅行中或许会遗忘更加真实的现实问题。因此，在我看来，这场争论很可能隐含着这样一个事实:学院批评修成正果之后已变得财大气粗,它已在享受着体制化的种种好处。所以尽管身处学院的教授也会不时地反戈一击,但却更像在做姿态。当学院批评遭到真正的冒犯时,捍卫或保卫体制化了的学院批评便成为学者们的习惯性反应。

那么,这就是学院批评体制化之后的主要问题吗?不是的。学术黑话问题、跑马圈地问题等等只是学院批评体制化问题的一个次要方面,更重要的问题还在于,当今的学院批评经过管理之后已经纳入到一个安全生产的既定秩序中。

这就不能不提到当今的种种课题申报制度。以"国家社会科学基金项目"为龙头,各种各样、名目繁多的项目铺天盖地(如省部级项目,地市级项目,校级项目;重点项目,一般项目;集体攻关项目,个人项目等等),它们构成了学院批评生产与扩大再生产的主要动力。而所有的项目既然都有各级财政出钱资助,严格的课题申报条件和相关要求也就纷纷出台,以便一开始就对申报者做出某种规范。而为了获得某个课题,申报者之前首先会自我审查;课题申报成功之后,还有相关部门组织的中期检查和最后的"结项"制度,这固然是为了督促课题的顺利完成,却也对课题的思想内容起着规约作用。而由于课题的有无与多少往往是与个人的职称晋升、评奖、收入、待遇和单位的硕士点、博士点、一级学科、重点学科等等的申报与评估联系在一起的,所以它总会诱使学院中的众学者趋之若鹜。结果,学院批评不得不进入到一种体制化的运转之中。

在我看来,学院批评的课题化、项目化是它被整合的重要标志,因为在当今的文化语境下,课题或项目以及由此形成的学术体制,显然是对学院乃至学院批评进行规训的重要手段。课题与项目一方面会让学院批评变得越来越学术化,批评因此被削弱了必要的思想锋芒,学者失去了提出重大社会问题的能力;另一方面,它们又加大了学院批评行政化的力度——在许多人心目中,课题与项目只是进入下一步申报系统的通行证,是接受评估的重要指数,它们与批评和思想无关,甚至也与纯正的学术思考无关。而这样一种学术体制运作到最后,势必导致学院批评的柔弱化与空心化。比如,我们的学术市场上,规模浩大的"工程"和"成果"往往很多,却大都缺少思想深度与学术力度。它们的存在只是维持了学术的虚假繁荣。

关于学院批评的专业化,我更想以一个例子加以说明。余华的《兄弟》面世之后,获得了广泛的讨论和争论。其否定性意见集中体现在《给余华拔牙》(同心出版社2006年版)一书中,而那里面所收的文章又大体上体现出印象批评乃至文化批评的倾向。而在2006年11月30日,复旦大学中文系中国当代文学写作与研究中心与《文艺争鸣》杂志召开了“余华小说《兄弟》讨论会”,从后来发表的论文及座谈会纪要来看,这是典型的学院批评,而这种批评则全部表达了对《兄弟》的肯定性看法。

这里值得注意的是陈思和对《兄弟》的评论。在他看来,《兄弟》走出了我们的审美习惯,他连接起来的是巴赫金所谓的“怪诞现实主义”的传统。于是,在巴赫金的论述语境下,《兄弟》张扬的是一种民间文化传统,偷窥细节接通的是“隐形文本结构”,而那些放肆写作中的粗鄙修辞,则体现了民间叙事的魅力[22]。立足于这种分析,陈思和形成如下判断:“我应该毫不掩饰地说《兄弟》是一部好作品。这部好作品首先是它对当代社会、这个时代作了非常准确的把握。”“我们希望余华的《兄弟》进入文学史,进入学院”[23]。

从学院批评的角度看,陈思和对《兄弟》的解读无疑是成功的,但惟其成功,里面隐含的问题也就更加隐蔽,不容易为人所发现。在我看来,这种解读首先不是从作品出发,而是从既定的观念(巴赫金的观念和他已经成型的诸多观念,如“隐形文本结构”等)出发,由于巴赫金的狂欢化理论和陈思和的民间文化传统理论已深入人心,并且获得了正面阐释的效果,把《兄弟》置入这一阐释框架中便具有隆重的意义。而这一阐释框架同时也是一个排除的过程——立足于《兄弟》本身的印象式判断,《兄弟》作为畅销书的生产手段,余华的写作策略,《兄弟》中的情色风景与我们这个时代同构而合谋的那种隐秘关系等等——所有这些都排除掉之后,剩下的便只能是一条专业化程度很高、学理性很强的狭窄通道。所以,以我之判断,陈思和说《兄弟》是一部好作品,主要原因在于这部作品符合了他观念的需要。

这就不能不让人反省学院批评的专业化所面临的问题。在我看来,当今天的文学生产与消费活动变得越来越复杂的时候,专业化一方面会遮蔽学院批评对当下文学的复杂认识,一方面又会让学院批评享有至高无上的权力。因为文学史的写作毕竟出自学院派之手,而“希望余华的《兄弟》进入文学史,进入学院”当然也并非空话,很可能就是未来文学史写作的提前承诺。于是尽管印象批评和文化批评来势凶猛,它们终将不是学院批评的对手,因为学院批评握有话语霸权,它与教科书、专业期刊和维护学院传统的研究生队伍组合在一起,形成了一个强大阵容,这个阵容最终会以学理不足的名义宣判任何印象批评与文化批评的死刑。

体制化和专业化当然不是学院批评问题的全部，却也足以让我们看到它在进一步发展时所面临的困境。如何走出这种困境，许多人可能会有不同的答案。但是我想，学院批评既然也是批评，恢复批评的本来面目应该是至关重要的。萨义德说："如果我用一个词永远同批评联系在一起(不是作为修饰语，而是作为对批评的强调)，那么这个词就是'对抗'。"而对抗，首先意味着道义上的反抗，"它的社会目标是为了人类自由而生产非强制的知识"[24]。如果学院批评也能具有这种高屋建瓴的批评情怀，它是不是会变得更可爱一些呢?

---

① 查中国期刊全文数据库，最早谈论学院批评的是王宁的《论学院派批评》(载《上海文学》1990年第12期)，故有此判断。

② 王宁:《论学院派批评》。

③ 陈剑晖、郭小东:《宝岛的盛会，批评的沉思——全国青年评论家文学评论研讨会综述》，《我的批评观》，漓江出版社1987年版，第277～278页。

④ 许子东就借用法朗士的观点阐释了自己的看法(参见许子东《文学批评中的"我"》，《我的批评观》，第8页)。

⑤ 陈骏涛:《翱翔吧，"第五代批评家"》，《我的批评观》，漓江出版社1987年版，第234页。

⑥ 陈剑晖特别指出，他们这代人的批评既"不同于那类从理论到理论的'学院式'批评，也不同于那些干巴刻板的'三段论'批评"(参见陈剑晖《批评，在新的审美坐标上——全国青年评论家评论研讨会》，载《天涯》1986年第3期)。

⑦ 查建英:《八十年代访谈录》，三联书店2006年版，第139页。

⑧ 陈思和:《关于当代知识分子的岗位意识》，载《文论报》1993年10月23日。

⑨ 陈平原:《学者的人间情怀》，载《读书》1993年第5期。

⑩ 南帆:《90年代的"学院派"批评》，载《天津社会科学》1994年第4期。

⑪ 南帆:《"学院派"批评又有什么错?》，载《中华读书报》2003年6月25日。

⑫ 韦伯:《学术作为一种志业》，《学术与政治》，钱永祥等译，广西师范大学出版社2004年版，第177页。

⑬ 南帆:《90年代的"学院派"批评》，载《天津社会科学》1994年第4期。

⑭ 阿多诺:《美学理论》，王柯平译，四川人民出版社1998年版，第386页。

⑮ 《马克思恩格斯选集》第二卷，人民出版社1995年版，第23页。

⑯ 参见董健《"跑点"跑掉了大学之魂》，载《粤海风》2006年第1期。

⑰ 参见李零《学校不是养鸡场》，《花间一壶酒》，同心出版社2007年版，第182～195页。

⑱ 参见陈丹青《退步集》，广西师范大学出版社2005年版，第110～115、421页。

⑲ 南帆:《批评抛下文学享清福去了》，载《中华读书报》2003年3月12日。

⑳ 吴亮:《底层手稿》，载《上海文学》2006年第1期。

㉑ 南帆:《底层问题、学院及其他》,载《天涯》2006年第2期。

㉒ 陈思和:《我对〈兄弟〉的解读》,载《文艺争鸣》2007年第2期。

㉓ 潘盛:《"李光头是一个民间英雄"——余华〈兄弟〉座谈会纪要》,载《文艺争鸣》2007年第2期。

㉔ Edward W. Said, *The Word, the Text, and the Critic*, Cambridge, MA: Harvard University Press, 1983, p. 29.

# 批评家的精神气质与责任伦理

李建军

## 一

一个普通的读者,有理由享受随便谈论文学的快乐,但一个认真、负责的批评家,却必须努力摆脱阅读和评价上的漫不经心,放弃凌空蹈虚的自由。批评是一种揭示真相和发现真理的工作。虽然进行肯定性的欣赏和评价,也是批评的一项内容,但就其根本性质而言,批评其实更多的是面对残缺与问题的不满和质疑、拒绝和否定。是的,真正意义上的批评意味着尖锐的话语冲突,意味着激烈的思想交锋。这就决定了批评是一种必须承受敌意甚至伤害的沉重而艰难的事业。为什么在我们的批评界,推销员太多,质检员太少;说空话的太多,说实话的太少;说鬼话的太多,说人话的太少;垂青眼的太多,示白眼的太少,究其原因,盖在于批评本质上是一种路途坎坷、考验重重的精神历险。

那么,什么是批评?给它下个简单的定义并不难。所谓文学批评即对写作、文本、阅读及影响写作和阅读的外部条件和主体素质进行研究和评价的活动。它是一种特殊而复杂的文化行为:既要以精微、细致的感性体验作为起点,又要超越感性的简单与琐屑,达到理性的高度;可以在激情燃烧、我心飞翔的高峰体验中陶醉,不知手之舞之足之蹈之,但为了获得妥实可靠的判断,又必须冷静下来,以便进入一种客观的澄明之境。纳博科夫说:"读书人的最佳气质在于既富于艺术味,又重科学性。单凭艺术家的一片赤诚,往往会对一部作品偏于主观,唯有用冷静的科学态度来冲淡一下直感的热情。不过如果一个读者既无艺术家的热情,又无科学家的韧性,那么他是很难欣赏什么伟大的文学作品的。"① 这些话说说容易,做起来艰难。纳博科夫自己就没有做到。他在一次回答记者的时候说:"我高兴地记得在纪念堂里,面对六百位学生,我撕毁了《堂吉诃德》这本残酷、粗俗的书，这使我的一些比较保守的同事感到吃惊和窘迫。”② 同样，他在评价陀思妥耶夫斯基的时候，也缺乏起码的敬意和公正。他还说过电影《日瓦戈医生》令他“恶心”的话。

是的，只是简单、随意地描述自己的阅读感受和印象，还不能被称作文学批评，无论这种描述显得多么花里胡哨，多么机智聪明，它都不过是性质粗糙的读后感而已。真正意义上的批评行为，意味着成熟的思辨能力和深刻的思想内涵，是一种在广泛的阅读经验和渊博的知识支持下的复杂判断。它要求批评家具备丰富的阅读积累，只有这样，你才会拥有开阔的精神视野，你才能形成可靠的鉴别能力和可靠的判断能力。刘勰在《文心雕龙》中对此有深刻的论述：“凡操千曲而后晓声，观千剑而后识器；故圆照之象，务先博观。阅乔岳以形培塿，酌沧波以喻畎浍。无私于轻重，不偏于憎爱，然后能平理若衡，照辞若镜矣。”

那么，只要具备丰富的知识积累和广泛的阅读经验，就一定能成为一个真正的批评家吗？不一定。为什么呢？因为一个人能否成为批评家，最终决定于一种更为内在的东西，具体地说，决定于你是否具有批评家的精神气质。因为，气质是一种在人的心理活动中具有动力学意义的内在力量，它影响着人的心理活动的速度、强度和方向。文学批评家正是依赖一种特殊的精神气质来展开他的批评工作的，用蒂博代的话说，“一个批评家是以自己的气质，以自己在文学、政治和宗教上的好恶来判断同时代人的，他尽可能地把这些变为一种权威的方式”③。

从生理上讲，每个人都属于四种气质类型中的一种：要么属于热情、愉快的多血质，要么属于迟缓、沉静的黏液质，要么属于忧郁、脆弱的抑郁质，要么属于急躁、冲动的胆汁质。批评家的精神气质也许与人身上的生理气质有着潜在而神秘的关联，但是，我们似乎还找不到充分的依据，说哪种生理气质的人最适合做批评家，或者不适合做批评家。我倒是倾向于认为，人们通过自觉的努力，可以深刻地改变自己的精神气质和行为模式，从而完成对自我精神生活的文化变革，最终成为一个真正意义上的批评家。

总之，批评是一种非常重要又极其高级的精神创造活动，不是随便什么人都可以搞的，至少不是随便什么人都可以搞好的。正像别林斯基所说的那样：“批评才能是一种稀有的、因而受到崇高评价的才能；如果说，多多少少天生有一些美学感觉、能够感受美文学印象的人是寥寥可数的，你们，极度拥有这种美学感觉和这种美文学感受力的人，又该是多么少呢？……

有人认为批评这一门行业是轻而易举的，大家或多或少都能做到的，那就大错特错：批评家的才能是稀有的，他的道路是滑脚的，危险的。事实上，从一方面说来，该有多少条件汇合在这个才能卓越的人的身上：深刻的感觉，对艺术的热烈爱，严格的多方面的研究，才智的客观性——这是公正无私的态度的源泉——不受外界诱引的本领；从另一方面说来，他担当的责任又是多么崇高！”[④] 不错，一个人倘若想成为真正的批评家，他就应该使自己具备“稀有的才能”，应该将多种条件“汇合”在自己身上。但是，在我看来，这些“才能”和“条件”只有在一些特殊的精神气质的推激下，才能最终成为一种生产性的巨大力量。

## 二

一个真正的文学批评家身上，通常都有一种由浪漫主义情调和理想主义精神构成的堂吉诃德气质。纯粹意义上的文学批评，意味着对文学一往情深的爱，意味着为了捍卫文学的尊严和价值而表现出来的勇敢而执著的精神。为了说出自己的感受和判断，为了表达自己的愿望和理想，那些真正的批评家的内心充满了难以遏抑的激情和冲动，很少考虑直言不讳的坦率会给自己带来什么不利的后果。就此而言，批评即行动，它体现的是一种堂吉诃德气质，一种充满内在热情和实践勇气的英雄气质。我们需要怀抱着崇高信念和伟大理想的堂吉诃德，需要这种像罗宾汉一样勇敢地行动、像顶橡树的牛犊一样倔强的可爱的英雄。

然而，在我们所生活的这个时代，多的是招摇撞骗的乞乞可夫，多的是自私虚荣的蓓基·夏泼，多的是野心勃勃的于连·索黑尔，多的是心灵冰结的伏脱冷，多的是耽于沉思怯于行动的哈姆雷特，但是缺少堂吉诃德，缺少堂吉诃德身上的那种可敬的品质与脱俗的气质。来自拉·曼却村庄的这位绅士，正像别林斯基评价的那样：“首先是一个最卓越、最高尚的人，是一个真正见义勇为的骑士。虽然他彻头彻尾、彻里彻外都是可笑的，但是他不仅不愚蠢，恰恰相反，他非常聪明；不仅如此，他是一个真正的智者。”[⑤] 屠格涅夫也在1860年1月10日的一次题为《哈姆雷特和堂吉诃德》著名的演讲中，高度评价这位伟大的文学人物，揭示他所“表明”的那些伟大的精神价值和精神气质：“首先是信仰；对某种永恒的、不可动摇的东西的信仰，对真理的信仰，总之，对存在于个人之外，但又不易把握的真理的信仰，这真理要求人们为它服务，并作出牺牲，但是只要奉行真理并持之以恒，而且甘愿为真理牺牲，这真理也是可以把握的，堂吉诃德整个人都充满了对于真理的忠诚，为了这理想，他甘愿忍受一切艰难困苦，甘愿牺牲生命；他珍视自己生命的程度，视其在多大程度上能成为体现理想，在人间确立真理和正义的手段而定。……他相信真理，坚信不疑，而且义无反顾。因此他才无所畏惧，坚忍不拔，才能满足于最粗劣的饭菜和最寒酸的衣服：他无暇顾及这些小事。他心地善良，但精神伟大，为人勇敢；他那感人的虔诚并没有束缚他的自由；他毫无虚荣心，但他并不怀疑自己，怀疑自己的使命，甚至对自己的体力也毫不怀疑；他的意志百折不挠。”[⑥]

别林斯基自己就是这样一位堂吉诃德式的批评家。他对文学、对真理充满热烈而执著的爱，即使在受到严重的误解和恶毒的侮蔑的情况下，依然矢志不渝、之死靡他。他在著名的《文学的幻想》中说：“人啊，为你崇高的使命骄傲吧；……抛弃自己，克制利己主义，把自私的我踩在脚下，为别人的幸福而生存，为同胞、祖国的利益，为人类的利益牺牲一切，爱真理和善良，不是为了求得酬报，而是为了真理和善良本身，背起沉重的十字架，受尽苦难，然后重见上帝，获得永生，这永生必须包含在你的我的融化中，在无边至福的感觉中！”[⑦]他对当时俄罗斯文坛的腐败现象深恶痛绝：“到现在为止，我们的文学界仍旧流行着一种可怜的、幼稚的对作家的崇拜，在文学方面，我们也非常重视爵位表，不敢对地位高的人说真话。碰到一位名作家，我们总是只限于说些空话和溢美之词；不顾情面地说真话，我们就认为是亵渎神圣。”[⑧]他说：“跟社会舆论进行战斗，明目张胆地反对它的偶像，是一件非常可怕的事；可是，我胆敢这样做，与其说是有勇气，毋宁说是对真理的无私的爱。”[⑨]他直言不讳地点名批评格列奇、森科夫斯基、布尔加林和布朗贝乌斯男爵。他批评《读书文库》杂志“为了丰富自己的钱袋，用金钱来制造大批才能”[⑩]。他尖锐地毫不留情地向自己时代的文学发出这样的质问：“我们全部文学家的共同努力没有产生过任何超乎中庸以上的东西！请问，文学在哪里？我们有许多大大小小的才能，可是太少负有天职的艺术家，就是说把写作和生活、生活和写作视为同一件事，离开艺术就无法生存，不需要恩宠，不需要栽培，或者说有了栽培反而会灭亡，不管是金钱、优遇或者不公平都打不倒他，直到最后一息都忠于神圣天职的人。……在我们这里，什么时候真正的艺术的时期才会来到呢？”[⑪]别林斯基的尖锐和坦率，给自己赢得的更多的是侮蔑和攻击。据屠格涅夫在《回忆别林斯基》中讲，有的谣言甚至说他在从大学读书期间，曾有过“猥亵行为”，并因此被“开除”学籍[12]。值得庆幸的是，别林斯基并没有被这些恶毒的谣言所击倒。有一次，他“热烈”地对巴纳耶夫说：

“有人会称我为谄媚者，骂我是下流坯，说我在当权者面前的态度反复无常……让他们说去！不管别人怎么想，我都不怕公开和坦率地表明我的信仰……”

他开始激动地在房间里走来走去。

“不错！这就是我的信仰，”他继续说着，情绪越来越激动，“我对这种信仰并不感到羞愧，反而感到自豪……鬼知道是些什么人持这种看法、像这样议论，我干吗要重视它呢？……任何力量都不能迫使我写出一行违背信仰的文字来……他们了解这一点……想收买我是办不到的……我向您发誓，巴纳耶夫，——因为您还不了解……”

他朝我走过来，站在我的面前。苍白的脸变得通红，所有的血都涌向头部，一双眼睛炯炯发亮。

“我向您发誓，任何东西都收买不了我！……对于我来说，与其践踏自己做人的尊严，在任何人面前降低自己的人格或出卖自己，倒不如饿死了更痛快——何况我本来就每天冒着饿死的危险（说到这里他讥讽地苦笑了一下）……”[13]

1840年3月14日，别林斯基在写给鲍特金的信中曾经这样表达自己的文学信念：“我将死在杂志岗位上，吩咐在棺材里，在头旁边放一本《祖国纪事》。我是文学家，我带着病痛的、同时是愉快而骄傲的信念这样说。俄国文学是我的生命和我的血。”[14]这是一段令人感动的自白和宣告，显示了一个真正的文学批评家的伟大的精神气质。这是一种所有真正爱文学并且想成为批评家的人都应该努力在自己身上培养的一种情感态度和精神气质。

## 三

一个真正的批评家，天生是一个捍卫精神自由原则的民主主义者，因此，在他的身上，总是表现出一种体现着平等精神和独立人格的民主气质。关于这种气质，卡尔·科恩的《论民主》中，有非常精彩的论述。这本研究民主问题的著作，是我最近读到的一本引人入胜的好书：论述优雅而从容，判断明快而亲切；谈论的虽是常识性的问题，所得出的结论，却朴实而深刻。例如，他说，一个信仰民主的人，应该培养这样一种“心境”，“即在实践中绝不认为任何有关事实、主义或道德原则的见解是绝对正确，无改善的余地”[15]。这个观点，完全可以移用来说明文学上的道理。对文学批评来讲，他的见解显得尤其恰当、可靠：民主的“心境”和“气质”，无疑也是真正的批评家应该具备的内在素质。为什么这么说呢？因为，写作也是一种权力，而作家则是拥有和使用这种权力的人。倘若我们不想让写作沦为一种任性而野蛮的权力，不让它沦为审美名义下的道德放纵，或商业动机驱动下的文化犯罪，那么，读者尤其是批评家，在对作家的信任中就必须“搀和一些批判精神”、“存在一点的不信任”，或者，换句话说，必须首先执持一种“反对”的态度，一种“高明的怀疑态度”——洛厄尔曾说过：“高明的怀疑态度是一个好评论家的首要品质。”理性的反对和高明的怀疑不仅引发对话的冲动，而且还会创造出充满民主氛围和美好情调的争论。而这种争论，正如蒂博代所阐明的那样，乃是“文学的灵魂”；没有这种“争论”，“没有批评的批评，批评本身就会死亡”[16]。的确，没有争辩性的对话，没有尖锐的锋芒，批评就会失去内在的活力，就不会产生积极的效果。

如果说，在政治生活中，“民主的气质”有助于人们遏制权力的腐败，那么，在文学领域，这种包含着批判的精神和反对的态度的宝贵“气质”，则不仅有助于防止作家滥用写作的权力，而且，从积极的方面看，包含着成熟的“民主气质”的质疑和反对，也是创作的助力：那些胸怀开阔的、善于倾听批评意见的作家，正是借助批评，来发现自己创作中的问题，警觉地避开被过于膨胀的自我意识遮蔽的盲区和陷阱。王若虚诗云：“妙理宜人入肺肝，麻姑搔痒岂胜鞭。”说的正是这个道理。

事实上，对读者的阅读来讲，是否具备质疑的态度和反思的意识，也是至关重要的。盲目的随顺和简单的认同，是一种懒惰的习惯，本质上是反阅读的。因为，阅读是读者与作者之间的充满张力感的对话，只有站在反对的立场，经过批判性的反思，读者的阅读才能摆脱粗糙而幼稚的性质，才能被升华为深沉而丰富的内心体验。反之，如果在阅读过程中缺乏起码的反对意识，那么，读者不仅很难进入作品的渊然而深的灵境，很难体验到丰富的精神愉悦，而且，还会因其盲从而使阅读领域的深废浅售、鱼目混珠的情形更加严重。

其实，换一个角度来看，这种“民主的气质”，实际上就是一种不服从的精神。不服从不仅是指不顺从那些高高在上的权威，而且还指不顺从自己置身其中的大众或群体。古斯塔夫·勒庞在《乌合之众》一书中深刻地指出：“在集体心理中，个人的才智被削弱了，从而他们的个性也被削弱了。异质性被同质性所吞没，无意识的品质占了上风”；“群体是个无名氏，因此也不必承担责任。这样一来，总是约束着个人的责任感便彻底消失了”[17]。从心理学角度看，人生来就有一种从众的心理倾向。这是由人的社群化的生活方式决定的：人们总是希望在认识和行为上与自己生活其中的社群保持一致，以便得到它的认同、接受和奖励；总是害怕因为与群体意见不一致而遭到它的排斥和惩罚。这样一来，人们宁肯附和大多数人的意见，而不愿表达自己与众不同的意见，更不敢尖锐地质疑已成老生常谈的迂腐见解，或坦率地陈述具有异端性质的观点。这种消极的从众心理是不利于形成健康的批评风气的。

然而，应该承认，在我们的文化性格和文化心理中占上风的，却是习惯于服从的奴性人格，是一种公允执中的乡愿“心境”和乐道人善的庸俗“气质”。妥协折中、明哲保身的人生哲学，在我们的生活中具有主宰的意义。《老子》中说：“多言数穷，不如守中。”朱柏庐在《治家格言》中也告诫人们：“处世戒多言，言多必失。”于是，克制自己的情感表达，遏抑自己的言说冲动，就成了我们这个社会基本的人生规训。沉默和隐忍、麻木与冷漠，便顺理成章地成了历历可见的精神风景。基于正义和良知的不满和愤怒，反被视为缺乏生存智慧和处世策略的表现。坦率地批评别人的缺点，尖锐地抨击社会的残缺，更被认为是不懂得为人处世的莽撞行为。长此以往，坦率地表达反对意见，竟然成了一种令人畏首畏尾的禁忌。就连阮籍这样“不拘礼教”的叛逆者，也“发言玄远，口不臧否人物”。有什么办法呢，反对的行为总是鲜有例外地给反对者带来不利的甚至是灾难性的后果么。无怪乎孟子要说：“言人之不善，当如后患何？”

为了避免因言获罪，推尚克己隐忍、避忌怒火中烧，便成了聪明的人们远祸全身的妙诀良方。那些高举“宽容”旗帜的智者，大为不屑地嘲笑着从青春激情里升腾起来的愤怒，还送给它一个时髦的雅号：“愤青”。然而，这样的嘲笑是浅薄的，是对青春的侮慢，是对愤怒的亵渎。因为，充满向往的不满和充满正义感的愤怒，是一种神圣而庄严的精神现象。一个社会，倘若连青年都失去了不满的感觉和愤怒的激情，那么，它必将因此而丧失勃郁、雄健的生命力，必将沦为一个衰朽而令人绝望的社会。让我们倾听并记住非洲诗人马亚·安杰洛的诗句："愤怒吧，做一个愤怒的人是一件美好的事情，那是健康的标志。"是的，正是在"出离的愤怒"中，鲁迅才爆发出自己的"不能已于言"的"呐喊"；正是因为难以无动于衷地生活，胡适才将范仲淹的"宁鸣以死，不默而生"当做自己的绝对原则。伟大的文化先驱用自己的"不从"的民主气质和勇敢行动，昭示了一种现代性的伦理规范和道德律令。我们应该像他们一样，敢于"愤怒"地显示自己月旦春秋的勇气，敢于大胆地点燃自己臧否人物的激情。

而在别林斯基看来，不从的精神就是为敌的姿态。做一个勇敢的"敌人"，乃是"诗人"即一切从事文学创造活动的人的正常而必要的精神姿态。而在我看来，批评家则是双重角色的"敌人"：他既是"敌人"，又是"敌人"的敌人，即"诗人"和作家的敌人。所以，做一个批评家，便意味着要有勇气面对和承受至少来自两方面的敌意和伤害。正是由于这个原因，我倾向于把"批评"这个概念当做一个阳性词，当做一个及物动词，它意味着刚健弘毅的虽千万人吾往矣的气概，意味着有勇气与任何人、任何力量发生冲突性的关联。它拒绝那种温吞、软和的态度和风格，因为，这种有气无力的懦夫作派不利于心灵与心灵的积极交流。

总之，充满民主气质的"不从"和"为敌"意味着对真理和信仰的守护，意味着对残缺和病象的攻击和批判，意味着对理想生活境界的祈向和追求。因此，如果一个时代及其文学不负责任地把人降低为唯利是图的经济动物，降低为权欲熏心的市侩之徒和势利小人，降低为不知道敬畏神圣事物的妄人和莽汉，降低为缺乏内在热情的犬儒主义哲学的奴隶，降低为没有是非感、美丑感、善恶感和羞恶心的空心人，一个真正的批评家，不，应该说，任何一个真正的知识分子，除了拒绝服从，除了做它们的敌人，难道还有别的选择吗？

## 四

批评的气质还是一种求真尚实的科学气质。要有很强的问题意识和分析能力，即发现问题的眼光、提出问题的勇气和根据充分的事实分析和解决问题的素质和能力，这是对批评家的一个基本要求。

然而，长期以来，在我们中间，流行着对文学与科学的关系的许多似是而非的认识：科学的任务是求真，文学的使命是求美；科学依靠的是推理，文学依赖的是想象；科学必须服从规律的制约，文学则享有无限的自由。凡此种种，不一而足。这些貌似精辟的观点，其实多是靠不住的谬见。事实上，在文学和科学之间，并不存在不可凌越的壁垒森严的界限。文学固然需要飞扬的想象，但它更需要赋予想象及事象以真实性和意义感。而没有基本的科学气质和科学态度，任何人都无法发现事实，也无法获致有价值的思想。一个小说家固然离不开想象和虚构，但是，只有当他同样重视事实，换句话说，只有当他具有必要的科学意识和科学气质的时候，他才能准确地把握生活，才能深刻而生动地刻画人物。巴赫金说："任何创作总为自己的对象以及对象的结构所决定，因此不能允许有任意性，实质上不是杜撰什么，而只是揭示事物本身的内容。人们可以得出一个正确的思想，但这思想有它自己的逻辑，因此不能杜撰出思想，也就是说不能从头到脚地造出它来。"[18]契诃夫也在写给罗索里莫的信中说："由于熟悉自然科学，熟悉科学方法，我总让自己小心在意，凡是在可能的地方总是尽力用科学根据考虑事情，遇到不可能的事情宁可根本不写。……我不属于那种用否定态度对待科学的小说家，我也不愿意属于凭自己的聪明推断一切的小说家。"[19]巴赫金和契诃夫的见道之论，值得作家和批评家置之座右，深长思之。

如果说科学态度是小说家应该具备的基本修养，那么，科学气质就是批评家应该具备的基本素质。批评是一种特殊形式的精神创造活动。它意味着对事实的尊重。只有根据对事实的分析得出的结论，才能成为真正有价值的判断。个人的趣味固然会参介进来，极大地影响着批评家的感受和判断，但是一个成熟的自觉的批评家必须将一己的好恶，控制在适当的范围之内，必须让理性的分析态度占据上风。感性最终让位给理性，想象最终让位给事实，这是批评家应该服从的要求。

科学气质首先意味着对问题的敏感，意味着善于发现问题的意识和能力。莱辛就是一个问题意识很强的批评家。他的《汉堡剧评》充满了对自己时代的文学和艺术问题的质疑和分析。他对马菲的批评就是不留情面的问题化批评。他说马菲的悲剧《墨洛珀》的"布局是造作的，雕琢的，并不是成功的，他的作品的人物是按照道学家的分析或者按照书本上众所周知的样板，而不是按照生活塑造的；他的作品的语言表现了更多的幻想，而不是感情；人们到处都能发现文学专家和诗韵学家的形象，却很少发现天才和作家的形象。”[20]从这样的否定性的判断里，我们不仅看到了一个真正的批评家的无所畏惧的尖锐和坦率，而且，还看到了他尊重事实、热爱真理的令人肃然起敬的科学气质。

科学气质和理性精神也是伏尔泰文学批评的基本特点。同莱辛的批评一样，伏尔泰的批评里既洋溢着敢于挑战的激情和勇气，又能成功地赋予自己的批评以无懈可击的客观性和令人信服的事实感。他毫不宽假地批评封特奈尔的《古今逝者对话录》，认为“这部浅薄轻浮、谬误百出的书竟能长期欺世惑众，真是法国的一大耻辱”，但他绝不是简单而随意地下个判断了事，而是用无可辩驳的事实来支持自己的评价：他用具体的例子，证明了此书文笔的“糟糕”和思想的“荒唐”[21]。为了“深入探讨一下语言的纯洁性问题”，他同样用最老实的办法来解决问题：他以近乎笨拙的方式列举了大量具体的例句，逐词逐句地批评莫里哀的“优秀喜剧作品”《恨世者》的病句和不妥当的表达，尖锐地指出这部剧作存在的“笔调松散”、“用词不当”、“不可理解”、“不合语法”、“结构欠佳”及“俗气而滑稽”等语言病象[22]。他还实事求是地批评了高乃依的《俄狄浦斯王》中明显不合情理的错误。他解释自己批评这些伟大作家的动机时说：“谁若不能指出伟大人物的过错，谁也就不能欣赏其长处”[23]；“批评应侧重伟大人物的不足；若由于偏见连他们的毛病也欣赏，那么不久我们就会步其后尘。那么我们从名家那里得到的启示，或许便是如何将作品写坏了”[24]。这是一个充满科学气质的伟大批评家留给我们的值得珍视的告诫和经验。

## 五

与批评的气质同样重要的是批评的责任伦理。如果说，批评的气质指涉的是为了进行真正意义上的批评，我们应该具备什么样的心理能力和精神姿态，那么，研究责任伦理则意味着说明我们的批评应该承担什么样的使命，或者应该追求什么样的文化理想。后一个问题同前一个一样重要，尤其是当我们的文化处于空前严重的脱序状态和拔根状态的时候。

责任伦理是马克斯·韦伯的一个非常著名的概念。在他看来，一切具有伦理意义的行为，皆可归并为两大类：一类是责任伦理，一类是心志伦理

（一译“信念伦理”）：“这两种准则，在根本上互异，有时有着不可调和的冲突。……这不是说心志伦理就不负责任，也不是说责任伦理就无视心志和信念。……不过，一个人是按照心志伦理的准则行动（在宗教上的说法，就是‘基督徒的行为是正当的，后果则委诸上帝’），或者按照责任伦理的准则行动（当事人对自己行动〔可预见〕的后果负有责任），其间有着深邃的对立。”[25]我们不是基督徒，可将心志伦理暂且放下。我们没有上帝可依赖，只能自己对自己负责任。因此，我们能够承担、可以追问的，也只能是与自己的伦理行为密切相关的责任伦理。

文学批评所应承担的责任伦理，是为自己时代的文学提供真实、可靠的判断，从而将这些判断转化为积极的具有生产性的话语力量。具体地说，就是要有助于帮助读者了解真相，同时又要作为一种制衡力量，对作家的写作进行价值评估和质量监督。对当下的中国文坛来讲，强调这一点，有着特别重要的意义。

我们的文化正处于一个艰难的转型时期。拜权教、拜名教和拜钱教三教合一，成为一种新的宗教，主宰着我们的精神生活。恶劣的相对主义和恣纵的享乐主义，则天经地义地成为流行的生活信念和生活原则。混乱、浅薄、虚假和庸俗成为司空见惯的文化景观。看看《英雄》和《十面埋伏》，看看《手机》和《天下无贼》，看看刚刚捧回银熊奖的《孔雀》，看看这些电影在宣传什么样的价值观；读读《废都》，读读《檀香刑》，读读《尘埃落定》，读读《狼图腾》，看看这些小说在表达什么样的生活理念。你不用费太大的力气，单凭着正常的直觉，就可以发现几部电影的共同特点——无知、愚昧、空洞和乏味，就可以认识四部小说的基本性质——自私、残忍、冷漠和野蛮。

面对如此严重的文化情境，我们早就该强调批评的责任和使命，早就该表达我们的不满和愤怒。因为，在我看来，“真正的文学绝不满足于描写、叙述那些阴暗的、丑恶的、污秽的事象，也从不把写作当成一种仅仅只是为了‘安妥’作家自己灵魂的手段。它把写作当做大众的事业，当做从积极的方面影响别人生活的手段。它向上提升人，给人希望和力量，让人变得更温柔、更优雅、更有教养、更热爱生活。它也写丑恶，但以美好作底子；也写黑暗，但以光明作背景。它强烈地爱一切值得爱的人和事物，因此，无论罹受多么严重的摧折和不幸，它从不徒逞一时之快地诅咒生活，贬低人类的尊严。它任何时候都信持写作的最基本的道德原则和文化使命，那就是怀着温柔的善念，向人类和世界表达祝福的情感”[26]。

真正的文学就是阿诺德所说的“文化”，它可以被“恰切地表达为源于对美的热爱，而非源于好奇；文化即对完美的追寻”[27]。在缺乏文化责任感的私有形态的写作疯狂泛滥的今天，我们确实有必要重温阿诺德关于文化的永远有效的精彩论述。在“文化”这一概念被滥用得几乎失效的情形下，我们有必要通过了解阿诺德的深刻阐释，恢复它的本来面目。

在阿诺德看来，文化就是追求美好与光明的行为，“文化认为人的完美是一种内在的状态，是指区别于我们的动物性的、严格意义上的人性得到了发扬光大。人具有思索和感情的天赋，文化认为人的完美就是这些天赋秉性得以更加有效、更加和谐地发展，如此人性才获得特有的尊严、丰富和愉悦”[28]。而“文化”所追求的完美，绝不是个别人的事情，而是所有人的事情，因为，“人类是个整体，人性中的同情不允许一位成员对其他成员无动于衷；或者脱离他人，独享完美之乐；正因为此，必须普泛地发扬光大人性，才合乎文化所构想的完美理念。文化心目中的完美，不可能是独善其身。个人必须携带他人共同走向完美，必须坚持不懈、竭尽所能，使奔向完美的队伍不断发展壮大，如若不这样做，他自身必将发育不良，疲弱无力”[29]。真正的文化能改变人，能从“混乱”中将人类拯救出来。“文化”的使命和任务就是要将“寻常自我”、“普通自我”或“低级自我”，提升为“优秀自我”，赋予他们以“理性的人性”或“博大的人性”。阿诺德反对将“普通自我”的“欲望”，抬高到“普遍的、哲理性的、了不起的”高度：“我们坚持认为不应将天生的低级趣味当做崇高赞赏，事实上人们常常将两者混为一谈”，而“将天生低级趣味当做热爱崇高赞赏是极其危险的错觉，文化要做的就是揭穿这个迷梦”[30]。阿诺德说，“伟大的文化使者怀着大的热情传播时代最优秀的知识和思想，使之蔚然成风，使之传到社会的上上下下、各个角落”[31]；它“高举人类完美的理想”，“因为这理想是内里的精神活动，它的特点是好上加好，使美好、光明、生命力和同情心都更上一层楼”[32]。阿诺德把文学当做培养“优秀自我”的重要手段，“假如习惯势力使我们很难在文学和宗教上获得最优秀的自我和至高权威的思想，那么在政治上要树立优秀自我和至高权威的意识就更是难上加难了”[33]。他认为莎士比亚和维吉尔是“美好与光明的典范，代表着人性中最富有人情的一切”[34]。

事实上，阿诺德宣达的文化理念和崇奉的文化精神具有能被广泛认同的普世价值。别林斯基就有过相近的论述。他在《琐事琐谈》一文中说：

“只有当文明有助于教化，因而也有助于善——人的生活、民族的生活、人类生存的唯一目的——的时候，文明才是有价值的。”[35] 他还在一篇专门谈论道德问题的文章中这样说道：“一个人应该力求达到完美境界，把幸福寄托在跟他的责任相适应的状态中：这便是基本的道德法则。”他认为，每一个人作为人类这伟大整体的一员，一部分，应该爱人类，“他通过他们爱自己，又通过自己爱他们”[36]；不仅如此，他还对改善人类的生活充满信心：“这种对于人类不断改进的甜美的信念和神圣的确信，应该会促使我们从事我们个人的改进、应该会赋予我们向改进的道德突进的力量和坚定性。”[37]

是的，文化是一种伟大的事业，是与人类生活的进步密切相关的事业；它帮助人把自己从兽性的桎梏和野蛮的深渊中解放出来，教会人懂得优雅、得体、高贵和尊严的意义，而不是蛊惑、纵容人深溺于极度自私的道德放纵和精神堕落。而文学作为文化的具有核心意义的构成部分，更是担负着培养健康的审美趣味和良好的道德情感的责任，担负着点燃人们追求美好与光明的内在热情的任务。真正的文化意义上的写作不是把作者自己的痛苦和灾难强加给别人，而是赋予自己的痛苦以超越的性质，并用光明驱除黑暗，用美好战胜丑恶，把“新的感情”带到生活里，最终携带他人共同走向完美。

文化的使命就是文学的使命。文化的责任就是文学的责任。而无论从哪一方面讲，文学批评都属于文化和文学的不可或缺的构成部分，因此，每一个批评家都应该积极培养自己的成熟的批评气质和健全的伦理意识，自觉地担当起伟大而崇高的文化使命，让批评成为照亮寒夜的灯火，成为荡污化秽的净水，从而最终成为有助于心灵生活诗意化和社会生活文明化的积极力量。

---

① 纳博科夫：《文学讲稿》，三联书店 1991 年版，第 24 页。

② 王诜：《世界著名作家访谈录》，江苏文艺出版社 1991 年版，第 120 页。

③⑯ 蒂博代：《六说文学批评》，三联书店 2002 年版，第 70 页，第 120 页。

④⑦⑧⑨⑩⑪⑭㉟㊱㊲ 《别林斯基选集》第 1 卷，上海译文出版社 1979 年版，第 324 页，第 19～20 页，第 36 页，第 95 页，第 118 页，第 121 页，第 422 页注释，第 319 页，第 436 页，第 437 页。

⑤ 《赫拉普钦科文学论文集》，人民文学出版社 1997 年版，第 230 页。

⑥ 《屠格涅夫文集》第 6 卷，人民文学出版社 2001 年版，第 166～167 页。

⑫ 屠格涅夫：《回忆录》，人民文学出版社 1962 年版，第 21 页。

⑬ 巴纳耶夫:《群星灿烂的年代》,上海译文出版社 1995 年版,第 269～270 页。

⑮ 卡尔·科恩:《论民主》,商务印书馆 1988 年版,第 174 页。

⑰ 古斯塔夫·勒庞:《乌合之众》,中央编译出版社 2004 年版,第 16 页。

⑱ 巴赫金:《陀思妥耶夫斯基诗学问题》,三联书店 1988 年版,第 105 页。

⑲ 契诃夫:《契诃夫论文学》,人民文学出版社 1958 年版,第 285～286 页。

⑳ 莱辛:《汉堡剧评》,上海世纪出版集团 2002 年版,第 217～218 页。

㉑㉒㉓㉔ 伏尔泰:《伏尔泰论文艺》,人民文学出版社 1993 年版,第 208 页,第 229～244 页,第 471 页,第 480 页。

㉕ 《韦伯作品集:学术与政治》Ⅰ,广西师范大学出版社 2004 年版,第 259～261 页。

㉖ 李建军:《时代及其文学的敌人》,中国工人出版社 2004 年版,第 50 页。

㉗㉘㉙㉚㉛㉜㉝㉞ 马修·阿诺德:《文化与无政府状态》,三联书店 2002 年版,第 7～8 页,第 10 页,第 10～11 页,第 231 页,第 31 页,第 26 页,第 88～89 页,第 20 页。

# 作为想象力的批评

崔卫平

如果我们不把想象力神秘化、迷魅化，那么，所谓想象力就意味着在既定空间的条件下，释放另外一些空间，拓展另外一些维度，提供一些略微不同的经验和视角。在想象力面前，读者或观众感到自己从原有的位置上经过了一些调整，从而拥有更加宽广的视野和体验。比如简·奥斯丁小说的主人公从其开头到结束都经过了一个转变，从偏见开始到破除偏见，从傲慢开始到破除傲慢；或者在“理智”与“情感”之间做出交叉、回应、调节和渗透，在这个过程中，发展出一个不同于先前的空间，那是通过事情的进展而延展出来的空间。我们读奥斯丁的作品，会感到自己与主人公一道，也经历了一个同样的调整变换。这就是想象力的结果，起码叙事作品想象力是这样。

之所以能够完成这样的调整，需要作者拥有与他笔下的人物不同的视野，作者要比人物知道得多得多，他能够超越人物自身，超越既定的、流行的对待事情的看法，提出自己的看法和评价。当然这种评价是通过叙述来完成的——不仅是安排矛盾，更重要的是处理矛盾：让冲突有一个怎样的结局，或使得某一方力量占了上风，安排某个人物往哪个方向去，无一不体现出作者本人对于事情的理解和立场。在这个意义上，想象力就是阐释、阐释就是想象力。

借助这个视角看过去，平时我们经常遇到的情况是——今天的许多作者并非十分清楚自己面对的和正在处理的对象是怎么回事，他知道的并不比他的描写对象更多，他的视野与他笔下的人物是同步和同一的，他一点也不超越于他们，而是停留于他们当中，混同和混迹于自己笔下的人物之间，过于拥抱他们，在某些情况下描写的对象直接就是作者自己。作者本人在现实中所处的既定空间，与通过叙事呈现形成的空间是重合的，我将这种现象称之为缺乏想象力。在很大程度上，可以用“模仿论”来概括今天大多数电影的叙事创作——不是亚里士多德意义上的“模仿论”，而是一种比较粗鄙的、停留于事物表面的做法，在一种完全是现成的、日常生活的光线之下，亦步亦趋地模仿人物或事情的外表，事情原来看上去怎么样在作品中依旧如此，不存在比如王小波说的“掉一个面”来看看。

当作者本人不能够或拒绝理解所描写的对象，那些人与事，不能够释放比日常现实稍微多一些的想象性空间，这种工作就落到了批评者的身上。本来应该由作者提供的阐释空间，变成需要批评者进驻和工作的场所。这就是所谓批评工作的想象力。

## 一、铺设语境

从具体的例子谈起比较合适。2005 年由云南省社会科学院主办的第二届“云之南”纪录片影展上面，放映了一部纪录片叫做《男人》，作者胡新宇，内容关于三个单身男人一个多月的日常生活。主要人物是一个叫做老苏的人，一个刚刚下岗的美术教员，落脚在作者胡新宇的单身宿舍，无所事事，烦闷了就打电话找小姐。还有一位哥儿们在给远方的女朋友打电话之余，提着一杆破旧猎枪，指望打点麻雀下来。胡新宇本人也是被拍摄对象之一，三个男人睡在一张床上，气味相投。拍片与生活完全融为一体，因此拍下了很多私密性素材，作为记录是珍贵和有意义的。

但是很长时间内胡新宇不知道拿这批素材怎么办。后来在纪录片老将吴文光的指导下，先后剪了二十多个版本，终于成篇，片名也是吴文光给起的。取“男人”这个名字不仅因为这是有关三个男性的影片，而且其中的男性尤其是老苏这个人物满口污言秽语，提到女性时，张口都是鄙夷、侮辱、暴力、肮脏的字眼，这被认为表现了男人最隐秘的欲望。将张力放在“男人”与“女人”之间，无疑提供了对于这批素材的一种阐释。在评奖过程中，五个评委中唯一的一名女性、剧情片和纪录片导演彭小莲拒绝投票，但结果它在其余男性评委的一致拥戴下胜出。2006 年 3 月在上海复旦大学上映，影片放到四分之一时，女性观众已经走了四分之三。目前这样的文字打在该片的开头：“本片内容可能引起女性反感，请接受作者善意提示后考虑是否观看。”

一个男人满嘴污秽仅仅是针对女人或者是释放他的本性吗？这是一个需要追问的问题。观看此片的过程中，我想起李慎之在文章中提到他小时候40年代在苏州街头看到瞎子阿炳的情形,这位拉二胡的流浪艺人并不像是后来电影中呈现的那样高尚无瑕,也是满口淫词小调,这个不难理解。他需要这种东西吸引观众换得几个铜板,最多也就是俗话说的"流里流气",那是一个流浪艺人的小小传统,但是他并不是努力要去亵渎女性,带着那样一种愤恨的神情。仇恨、亵渎这种东西是晚近才开始有的。

在作者胡新宇剪片过程中,剪来剪去剪丢掉的一个重要细节是:这位老苏1985年从北京电影学院毕业,是一个《美国往事》爱好者,他随身携带着这部影片的录像带,落难住在胡新宇这里的时候还在看,多年来他反复观看这部影片不知道多少遍。在送往云南的那个版本中,还保留了两段《美国往事》的镜头,都是被唤作"面条"的主人公强奸心仪多年的女孩的场面,胡新宇自己有一个解释:"对老苏来说,《美国往事》是他的经典,他做的事情,对女孩子的态度,全是来自男主角。"

《美国往事》中的"面条"先生何许人也?街头混混一个。但是他并不是天生堕落的人。他曾经也是一个理想主义者,对于美好事物抱有遐思,心中存有对于爱情的圣殿。当他得知自己喜欢的女孩背叛了他而对她施行暴力,有毁掉对方也有毁掉自己的含义在内。这位老苏也有过类似的经历,影片中他恨恨地说"过去我们对于女人太尊敬了"。由此我们来理解老苏目前的状况,这并不是一种"自然"状态,而是一种理想破灭之后的状态。目前的这位老苏看起来毫无道德感,他用"他们有价值感"来称呼那些处罚他的人们,表明自己与这个东西无关。

而由理想破灭之后表现出来的那种怨恨、愤恨以及亵渎,应该说就不是完全陌生的了。解放后出生的整整一代人,都是在一种"创造历史的人是不怕弄脏自己的手"的气氛中长大的,以暴力破坏一个旧世界被视为"创造力"之母;当年轻人齐声喊出"天下者我们的天下",表达了一种跑步进入"历史"的决心和意志。它甚至短暂实现过,那是在60年代中期"文革"发端之时。但是很快这些"未来的主人翁"们跌入失望的低谷,感到自己被抛弃了。自70年代初开始,"创造历史"的年轻人退回到"创造艺术"中来,当年一度成为北京城时尚的家庭地下沙龙可见一斑。虽然退回到艺术中来,但是那种自视甚高、不破不立的劲头并没有有所减退。年轻人最恐惧的是变成与普通人一样的"庸人",当一个"庸人"要比做"恶人"还要可怕。

由此,许多新的反常行为就发生在"艺术"名下——追求艺术与当年追求历史一样,需要愤世嫉俗、需要不管不顾,显得自己能够毁灭一切砸碎一切,不同程度像个超人似的。总之,一个艺术家意味着一个有悖常情常理的人,蔑视与亵渎是其两种基本情感。这个小小的传统延续的时间比人们想象的要长久得多。1983 年冬天,在四川南充这个地方,一个叫做胡冬的年轻人半夜爬起来写了一首诗《女人》,“用的全是极尽侮辱的词”。第二天周围的人看见都“觉得太棒了”,于是一帮人天天炮制这样的东西,终于形成 80 年代诗歌运动中重要的一支——“莽汉派”。这群二十岁上下的年轻人当时可以说是对于女性一无所知,只是辱骂和亵渎就可以了。

因此,这部被认为是反映了“男人”潜意识欲望的纪录片,实际上是一部关于沦落的艺术家的影片。这位老苏自 80 年代中期离开电影学院之后,在内蒙电影制片厂工作一段时间之后,浪迹天涯,在多个城市呆过,包括再度返回北京,但始终没有在任何地方生下根来,年近四十的他刚刚被解聘,理由是不能从事相关教学工作。比起他的许多同时代人,他是个“背运者”。在某种意义上,历史就是这样“残酷”:少数艺术家们“辉煌”的顶点,是由同一条道路上数量众多的人默默无闻的“黑暗”堆积起来的,后者在同一个历史的气氛中贡献了自己的力量,但是却没有得到相应回报。

纪录片的作者胡新宇比较年轻,70 年代生人,他可能不完全知道这些背景,也有可能自身仍然处于它的余波之下毫无察觉。而能够为一种特定年代的现象培植这样一种语境,则需要有一些历史的视角及伦理的眼光,而不是被纪录片中呈现的表象牵着走。这样一种铺设语境、从而将事情变得可以理解的工作,同样接近想象力了。

## 二、揭露或除魅

这是塞万提斯几百年前建立起来的一个视角。那位叫做堂吉诃德·台·拉·曼却的哭丧着脸的骑士,总是被人说成是径直向前冲的理想主义者,尽管有些荒唐可笑。但是法国学者勒内·基拉尔不这样认为。他认为堂吉诃德只是一个模仿者,他脑子里装满了前辈骑士阿马迪斯的英雄业绩,视阿马迪斯为楷模,一心想要追随他。如此一来,堂吉诃德“便抛弃了个人的基本特性,他不再选择自己的欲望客体,而由阿马迪斯为他选择”[①]。换句话说,他因此不能用自己的眼睛看这个世界上真实发生的,而只能通过阿马迪斯的眼光来看;他的那些错乱的言语行为并不出自他本人的头脑,而是别人塞给他的。

塞万提斯就是那个专门揭露他的那个人。他没有沉浸在对于自己笔下四处碰壁主人公的同情之中，而是一再让他出洋相、丢丑。他始终用两张嘴巴说话：一张嘴巴转述堂吉诃德所看见的，另外一张及时告诉读者真实情况原来如何。在堂吉诃德眼里是“花点子的灰马”、“骑士”和“金子的头盔”，塞万提斯告诉我们那不过是大村子的理发师到没有理发师的小村子来理发，偏巧这个小村子有个病人要放血，又有个人要剃胡子，于是理发师就带了一个铜锣前来。他来的时候又碰巧下雨，他就将铜锣扣在头上，并骑了一头灰驴实际上没有灰马可骑。同样更为著名的，是堂吉诃德看见敌人的地方，塞万提斯只看见转动的风车。当堂吉诃德可着劲儿撒疯的时候，塞万提斯总是不忘朝他“佛头着粪”，除去骑士自己制造的迷魅。

在很大程度上，起码小说这种东西就是用来揭露或除魅的。与绘画、诗歌不同，叙事作品拥有一个长度，在一个较长时间的观察之后，总得交出一些不同寻常的结果和结论。终点不能等于起点。当然，自浪漫主义以降，许多艺术家最多也就是一个堂吉诃德，自我陶醉在自己的幻想之中，跟着笔下的人物起哄，忘记了作为一个叙事者的本分。一个手边的例子就是姜文的这部《太阳照样升起》。

包括姜文的剧组成员，总爱谈及姜文这个家伙鬼点子多，富有想象力。这部影片也力图给人这样的印象，它违反常规叙事的路线，弄出一些观众喊“看不懂”的东西。但是这并不意味着它的确是富有想象力的。很可能就像纪录片《男人》的作者胡新宇不理解他镜头面前的人物一样，姜文这部自传性很强的电影，传达了这样一个信息：他迄今也没有理解发生在自己身上的事情到底是怎么回事。他只是将某个时代塞到他头脑中的乱七八糟的东西一股脑儿倒在观众面前，那些听来的故事与他自己的某些所好，没有经过恰当的梳理和认识，就被抹上“酒精”当做“诗意”推荐给了观众。

像堂吉诃德满脑子骑士小说中的幻觉一样，姜文的头脑中也装满了那个年代的遗留下来的幻象。在某种意义上，这是一部关于“遗物”的影片。周韵扮演的“疯妈”是一位“遗孀”，她从死去的丈夫那里继承来的“遗产”有：“遗腹子”一名、旧军装一套和一本车尔尼雪夫斯基的《怎么办》，以及她丈夫的俄国名字“阿廖沙”。除此而外，影片中还有“娜塔莎”、“喀秋莎”、“叶卡捷林娜·亚历山德洛夫娜同志”，包括“谁是最可爱的人”、“我爱万泉河”、“金瓶似的小山”这些失掉了颜色的装点，以及张口即来的“那支队伍”、“牺牲”、“烈士”这些字眼，尤其是结尾处那样一种载歌载舞的篝火晚会，那种铺满鲜花的铁轨，降落在鲜花铺就轨道上的婴儿，它们都是一些过去年代的“梦呓”，如今的观众感到对不上“口胃”是很自然的。

问题还在于所有这些东西都要帮助造成一种迷魅的效果。某种癫狂的气氛在影片中有两个具体来源：一个是“性”，另一个是“男人”，这两者都是无法得到的，对于涉及它们的人们来说，它们都是“不及物”的，只能通过缺席之后所造成的影响来感受。影片中的三位女性在很大程度上对应于男性对于女性的三种基本想象——疯妈圣女、林大夫妓女、唐婶家庭妇女，然而这三位女性有一个共同之点在于：男人都从她们的身边走了，她们因为不同的原因以不同的方式，无法拥有自己心爱的另一半。让女人处于饥渴状态，这是这部影片始终维持的重要悬念。男人越是缺席、这些女人感到越是匮乏，她们的举动便越是疯狂和反常。女性主义者会轻易地分析这只是男人一厢情愿的种种想象而已，在这种想象中，当事者则感到某种自恋式的满足。而她们其实多么幼稚，多么需要有人指出这种不堪一击的幼稚。

就像勒内·基拉尔指出堂吉诃德不过是向别人“借来的欲望”一样，在这部影片中除了那个时代留下来五花八门的“遗产”，也看不出什么是姜文自己思想感情的出发点。他让自己的头脑成了一个时代的容器，而不是有关那个时代的想象力。他就像那位拿着长矛冲向敌人阵营的不知情的骑士，需要有批评家做他的塞万提斯，将他的幻觉、乖张、固执一一翻译出来。

不仅是姜文的这部影片，张爱玲和李安的《色·戒》也存在同样的问题。张爱玲在回应对于自己小说的批评时说：“小说里写反派人物，是否不应当进入他们的内心？杀人越货的积犯一定是自视恶魔，还是可能自以为也有逼上梁山可歌可泣的英雄事迹？”[②] 她的第一个反问是有力的，当然可以写反派人物的内心，问题是如何写这些人的内心。如果仅仅停留于这个人的自我陈述，局限于他本人的感知和视角，就如同听信了堂吉诃德所说的，将铜锣当做头盔、风车当做敌人了。当李安将这部小说认作张爱玲本人的“忏悔之作”并力图忠实再现，也是停留于张爱玲对于自己的表述或辩解，而没有取得一个超越于张爱玲本人的视野。

### 三、提供伦理维度

2006 年奥斯卡最佳外语片《窃听风暴》(又译《别人的生活》)，内容关于当年的东德当局如何通过窃听来监视控制艺术家。随着剧情的发展，窃听者改变了立场，站到了被窃听者、受害的剧作家一边。当三十三岁的年轻导演多纳施马克试图联系当年的办公大楼进行实景拍摄时，监狱博物馆的馆长拒绝了他的请求，理由是实际上在整个东德“良心发现”的秘密警察一个也没有！这便是影片伦理上的想象力了：现实生活可能不是这样，但是出于一种可以理解和可以向往的伦理立场，不可能的事情变得可能。“想象力”这种东西没有明确的定义，什么属于想象力而什么不是，要根据情况而定，其中有一条是否可以表述为——想象力产生于生活中那些稀少的成分。在目前的中国，在人们的日常生活和精神生活中，伦理力量也可以说是稀有元素。停留于生活表面的那些描写，也停留于生活本身的缺少伦理。

近年来再度出现描写“底层”的提法，并众说纷纭。电影中尤其是在小制作和独立制作中，主要题材都是反映底层人民的。但是其中也隐含了一个问题：作者的道德立场似乎集中体现在取材范围方面，同时仿佛因为表现底层就拥有了一种伦理上的保证，表现所谓弱势群体便有了一种先天性的正确和正义。而对于影片中的人物如何通过他们的行为呈现某种伦理力量，体现某种伦理精神，则考虑很少。与此相反，经常看到的潜台词是——“对于底层人民，你能要求怎么样？”言下之意既然是底层人民，在道德上、尊严方面的要求就应该低人一等，或者另设一套标准，仿佛那些在重压之下的底层人民，就无须考虑如何做一个真正的人。

比如2006年获柏林金狮奖的影片《图雅的婚事》（导演王全安），它把曾经是西北汉族地区发生的“拉帮套”（两个男人一个妻子）做法挪到了内蒙地区，穿上了鲜艳民族服装的女主人公当然更能够引起国际评委的同情好感。这位叫做图雅的女性因为丈夫巴托残疾，声称“谁能够养活巴托就嫁给谁”，经过一番周折，她成功地将新夫婿带回家中，此做法被视为“艰难时期光辉人性的体现”。但是有谁去考虑过那位丈夫的感受？他是否仅仅因为前妻依旧赏他一口饭吃不被赶走而感激涕零？难道残疾人就没有属于自己的尊严、就应该被当做一条乞怜的狗吗？这位女性白天给两个丈夫做饭，晚上与其中一个上床，一边是忍辱负重，一边是新婚和性爱，她的感受如何？如果这位图雅与丈夫没有感情了，为什么不送他去养老院，影片中明明有这样的转机；而如果是有感情为什么还要与别人结婚？为什么底层人民因为生活压力，就不能享受作为一个人应该享受的尊严和尊敬、享受完整的生活和完整的感情?

这种现象几乎比比皆是。比如贾樟柯的《三峡好人》,两位远道而来的一男一女为了解决自己的婚姻问题,行走在拆迁的三峡地区奉节这个地方,影片的背景与人物是脱节的,有着各自要去的地方。但是也许可以结合起来,就是由男女主角韩三明与沈红来关心当地正在发生的事情,他们在废墟面前或许也有所触动,有所感悟,在情绪上表现出一种同情与渗透,而不是拆迁的人们惊惶不安,而这两人却是坚定不移的。行走于陌生区域的主人公如何去关注周围世界有两部重要影片——安哲罗普洛斯的《尤利西斯的凝视》和塔尔可夫斯基的《乡愁》,当然绝对不能要求贾樟柯的主人公也这样做,因为他们是底层人民,所以便只能关心他们自己。这样说如果让人感到要求太高了的话,那么贾樟柯的《小武》如何?一个小偷应该有他作为小偷所要面对和解决的问题,但是最终演变成了对于周围环境和围观群众的谴责。法国导演布莱松的关于小偷的影片《扒手》,让我们看到了一个小偷最终如何需要解决自己的道德和精神问题,而不是以其他理由比如贫困来替他开脱。

影片《鸡犬不宁》(2006)关于一群停顿和失业状态的豫剧演员,描写了他们离开自己从小接受训练的专业之后如何挣扎生存。有人斗鸡,有人开照相馆,有人一心想出国。小香玉扮演的大红在摆香烟摊时发现一个丢下来的皮包,里面放着她赴京签证需要的两万块钱,带着疑惑她拿走了这两万块钱,但是却没有将这两万块钱还上,负起对于这两万块钱她自己的责任。解决的办法是她丈夫也被别人敲走同样数目的一大笔钱,仿佛这样就抵消了。当大红再度出现在人们眼前时,她已经与这件事情根本没有关系。替受苦的人们抹去道德上的漏洞,仿佛是这些有关底层描写的工作之一。

最近上映的年轻女导演的新作《苹果》,范冰冰扮演的女主人公的丈夫安坤因为妻子酒醉被老板强奸,他于是向这个老板一而再、再而三地提出索赔要求,对他来说,妻子的贞操是可以用钱来兑换的。及至妻子怀孕,他越过妻子与老板签订协定,生下来的孩子归老板,对方要付钱若干。对他来说,仿佛不存在任何做人的要求,他一心只关心钱,不见他内心有任何不安或人性的挣扎。结尾处他与老板走到了一起,共同寻找出走的妻子,两位男人同时被抹上了一层温情脉脉的色彩,他们的可恶之处也被迷蒙的道路所覆盖。

而如果在描写底层人民的同时，运用另外一套伦理判断的标准——人的无奈成了这个人的美德、道德上的漏洞成了天真无邪、有道德的人成了生物性的人，这是不是意味着对于底层人民的另外一种歧视？这些都是需要今天的批评者反思的。这当然不是说要拔高底层人民，而是将他们看做与其他所有人一样，需要经过同样的锤炼和打磨，这是任何人不能回避的人生责任。

人们一度将方法论作为批评的法宝，认为只要掌握了种种批评武器——结构主义、符号学、精神分析等，就有可能挖掘出一部作品的秘密。但那武器说到底是人家的，是在人家的工场制造出来的。现在我们可以考虑在自己的环境中发展自己的批评，这种批评不应该仅仅是学院式的，而是需要与这个正在成长的社会一道成长，与我们周围一道拓展的空间一道拓展。

---

① 勒内·基拉尔：《浪漫的谎言与小说的真实》，罗芃译，三联书店1998年版，第2页。

② 张爱玲：《色·戒》，北京出版社出版集团、北京十月文艺出版社2007年版，第298页。

# 文学批评、公共空间与社会正义

吴　俊

## 一、转换时代的文艺批评的歧途

所谓转换时代，主要指的是20世纪90年代初开始的中国自觉融入全球化历史发展进程以来而发生、形成的整体性的社会转折或转型时代。我们当然可以根据各自的目标，从不同角度或各个层面去理解、认识或判断这一时代的缘由、特点或趋势。我的着眼点则主要是如下三个方面。

一是制度的结构性改变。说起制度，并非特指政治制度，而主要是社会学意义上的一般制度。但一般制度显然也与政治制度有关，微妙在于，一般制度建设在受制于政治制度的同时，也会与之互动。至于制度的"结构性"改变，意即这种改变在空间上只是局部的和有限的，在时间上则是渐进的和缓慢的，远非整体的、全部的或激进的、突变的改变。因此，我从积极方面看这种制度的结构性改变现象，谓之多种制度性因素或形态在当下中国的制度化建立或形成，制度化建设成为当下中国社会政治发展中的重要特征。相反地，也可以从消极角度来看这同一个的现象，即原先的（旧的）制度概念和理论显然已经难以解释或应对当下中国的状况；或者说，关于制度的政治已经或正在发生着改变，一般意义上的制度的恒定性正在受到实际上的冲击和挑战。制度层面上的破与立（特别是其过程）往往成为它的常态现象。

二是以电脑网络为主要标志的新电子媒介在日常活动中的普遍使用对于文化和文明水平的巨大改变。我认为在理论上我们还没有真正充分地认识到作为工具的电脑网络在日渐成为人类的主要或标志性的工具之后所产生的改变人类文化和文明水平的彻底革命性：当生产力发展水平的主要标志——工具（即电脑网络）——发生了革命性变革或进步之后，人类的生产关系或文明水平也就会随之发生实质性的改变。也就是说，电脑网络所改变的不仅是文化的方式或形态，而且更是文明的方式、水平或阶段。后者将是最具实质性的改变。这种改变将重新定义我们的文化或意识形态——其中无疑也就包括了我们的文学及其价值观和标准。

三是社会亚文化思潮及其形态的勃兴对社会整体文化结构或其发展的影响的广泛性与深刻性。一般所谓的主流文化与亚文化的力量对比，在特定的时间或空间(比如，按照年龄、性别、地域、信仰等可以相对区分出的文化人群)里的实际影响力，往往难以清晰判断，有时还可能会与常识概念恰好相反。换言之，在特定的时空或文化人群中，亚文化价值观的实际权利地位很可能会高于主流文化价值观的地位。那么，什么才是主流或亚文化呢？在主流或亚文化的实际权利地位有可能会发生变化甚至倒置的社会情境中，这其实是一个无法明确回答的难题。比如，纸质媒体和网络媒体的文化地位或其影响力的比较，青少年文化、女性文化、白领文化、同人或同业文化，还有少数族群文化、民间宗教文化、非政府组织文化、同性或双性恋文化等等，凡此以不同标准可以相对划分出的"亚文化"，并非只是被动地或自甘弱势地受着主流文化的完全宰制。亚文化有自己的世界，在自己的世界里，他们就是主流文化。因此，特定的时空或文化人群的条件，完全可以改变主流或亚文化的权利地位关系，改变文化形态的实际边界。

这一切的改变，即主要体现为制度、工具和文化权利地位三方面的改变，在我看来就是我们这个时代——20世纪90年代以来中国社会转换(或转折、转型)发展的主要标志。那么，对于身处其中的文学或文学批评而言，我要说的就是：基于传统或原有价值立场而形成的相对统一甚或同一的文学价值观(包括文学批评价值观)的文化中心时代已经趋于终结。特别是，文学的经典传统已经趋于瓦解或崩溃。甚至，文学形态的边界已先于此开始了消解或消失的过程。与之相应的则是，多向度和多元价值的文学生态格局逐渐成为普遍的现实，专业概念(专门的或细分的)的文学价值取向分歧获得了充分的合理性和合法性，即文学的存在或其权利进入到了一种相对自由的价值博弈时代。文学批评因之走上或出现了歧途——从此不再可能走在一条道上了。这可能是一个新的文学时代的先兆，但现在，我更想将之视为长期既存的文学时代正在终结道上的一种趋势时代。理由何在？最大的理由就是，我们还没有能力在理论上命名所谓的新的文学时代，我们能做的、正在做的和已经做了的，最多的仍然只是借助于传统的(文学)理论和概念特别是思考方式来界定或判断新的(文学)价值形态。

举一个显例，20 世纪 90 年代中至新世纪初，所谓跨文体写作曾是文学批评中的一个重要术语或概念，用以命名某类或某种兼具多种传统文体因素或特点、风格的新的文学写作文体。比如，韩少功的《暗示》究竟算是什么文体？显然，其中的问题就是，当我们在使用跨文体写作这个文学批评术语或概念时，我们的理论前提还是立足在传统文体概念立场上的，试图将新酒强行倒入旧瓶中，用旧观念、旧范畴来阐释新现象。我们的基础理论前提还没有得到自觉或有效的改变，我们还没有充分意识到原有的概念或理论已经不再足以解释新的文学现象了。当这样一种文学批评振振有词时，我们的文学批评的基础理论的重建要求其实是被忽视了。我们事实上还没有足够的理论准备和相应的能力，我们还不足以真正跨入一个新时代。更多的时候，我们能做的只是回望。我们在回望中获取往前走的信心和动力。这也是文学批评面临真正考验的时代。

统一或同一的文学批评价值观时代的终结，与文学批评的歧途，基本上是一种现象或时代特征的两种互补性的说法。还有个更为概括性的术语："后现代"。也就是说，随着后现代语境和后现代社会的来临，我们的文学批评也应该(或已经)后现代了。但我不敢放胆使用这个词，我害怕因之会进入一种需要准确辨析的理论缠绕之中。我对当下文学批评状态的宏观概念是，文学批评及其相关问题现在已经基本上呈现为一种弥散性的或碎裂般的状态。与中心价值观时代相比，现在的文学批评显见就是离散性的，与"过去"(的意识形态性)越来越疏离了——不仅在形式方面，也在价值内容上。在极端意义上，文学批评(包括广义的文艺意识形态)正逐渐成为一个极其相对性的甚至是难以或不可对话讨论的问题。说句大话，这就是后现代的文学批评的基本特点。

我是从上世纪 80 年代走过来的人，也就是说，我来自中国近现代的启蒙传统和启蒙历史。启蒙的思想方式，在宏观上的特点大多表现为企图对历史、对文化或对社会建立一种整体性的、根本性的和确定性的把握或解释。也正是获得了这种整体性的、根本性的和确定性的把握或解释的自信，理想或乌托邦的目标才会形成和建立，同样，理想或乌托邦的冲动(即启蒙性的革命)也才会成为启蒙的真正有效的现实动力。所以，启蒙者大多又会是偏执的文化革命的浪漫主义者或理想主义者。可是，90 年代开始，我们对于所身处的世界的那种整体性的、根本性的和确定性的把握或解释的自信，却逐渐崩溃了。制度、工具和我们所熟识的文化方式等等，一切都在或都已经改变了。当然，我们的理想也就失去了依托，我们已经无法再使自己浪漫起来。在乌托邦时代或历史终结之后，对于无穷之远的不可知的理想还能保持热情、冲动或想象，一下子便成了一种极其奢侈的难以想象的考验。这在很大程度上需要我们（文学批评）从后现代抽身再度回转到现代性的语境或世界中去。

## 二、公共空间和公共理性

文学批评因时代的大转换而走向了歧途，这并不是一件需要担忧的事。同样地，文学批评形态、方式和目标的泛化，也绝不是批评的自贬、自虐或自我放逐。我们其实很容易就能够看出，泛化了的文学批评已经包含或具有更多的政治性、思想文化和社会内容。这也就意味着在中心化时代趋于终结的这样一个社会整体性的转换过程中，文学批评进入公共空间或公共领域实现自身的价值最大化，倒是具备了更大的可能性和现实性。换言之，文学批评因为获得了“泛文学批评”的性质和品格，公共空间由此成为它——即泛文学批评——的生成和生存场域。这种现象的出现，并不应该视若文学批评的悲哀。文学批评并没有放弃什么，相反，他将自己的责任和义务的范围拓展得更为广阔了，甚至还有些漫无边际。有人之所以会产生文学批评之于文学现象的“离场”或“不在现场”的感觉或误会，一大原因其实是文学批评泛化后的遮蔽影响。文学现场主要是一种专业性的有限现场，而公共空间则是一种关乎公共利益的理论上近乎无限的互动、开放的场域。后者显然会对前者产生强大的遮蔽影响。公共空间里的泛文学批评在很大程度上更能显示出强势的、覆盖性的影响力。所以，我完全不能同意那种认为文学批评已经被迫或自觉弱化、边缘化、游离化之类的观察和看法。在我看来，泛文学批评因为获得了公共空间的生成和生存的保障，它的多元、多向度的价值目标的最大化实现，应该是局限于专业范畴内的以往的文学批评所很难比拟和望其项背的。

但是，公共空间里的泛文学批评也有其当下的软肋和亟待解决的问题。如何建立和规范公共范畴意义中的文学批评的伦理关系，这恐怕会是一个不易很快消失的问题。原因无他，这种伦理关系的稳定建立与否，还要取决于前文讨论过的有关制度、工具和文化权利地位的动态变化结果。那么现在我们又能够做些什么呢？

我的回答是很有些简单化的，那就是强调：我们（文学批评）需要在后现代语境中回归性地体验并倡导那些显然是现代性的核心价值理念。我指的就是文学批评的文化目标和道德诉求，也就是作为泛文学批评的公共理性精神。我将道德与理性视为既交叉又互补的范畴。将理性从技术层面里解放出来，并且超越性地提升到神性的地位来理解，使其更多具备对世界和文化的终极目标的不懈想象，更多具备整合现实社会和文化资源的能力和可能。而所谓道德强调的则是文学个体和各体文学之存在及其价值和意义之必然的合理性与合法性。如果说“有所不为”是道德的，或“有所为”是道德的，那么，我当下要说的是“无所为”也是道德的。“无所为”考验的是道德或公共理性的包容度和容忍度。

所以，至少存在着或表现出一种现象或事物的明显两面：泛文学批评的“无所不为”的道德责任和义务，泛文学批评的“如何为”（包括“有所不为”、“有所为”和“无所为”）的道德责任和义务。道德及其责任和义务，并没有绝对性的标准，它需要的是个人的理性的考量和经验性的把握。显而易见，这种理性的考量和经验性的把握就会是对具体的文学批评（家）的思想取向和价值立场的一种验证。文学批评从来就不是一种技术工艺，它是一种意识形态。对文学批评进行哪怕只是相对性的道德认知和判断应该是可能的。

## 三、文学的社会正义或道德律法

一般而言，社会正义或律法的精神要义在于保护个体权利和权利公平。这对文学的正义或律法的精神同样是适用的。但一个关键性的不同在于，社会正义或律法的精神普遍地都有着明文法律的支持，文学的正义或律法的精神却只能主要依赖道德律法的规范或约束。后者缺乏的是强制执行的根据和权利。文学批评行使的权利也可以视为一种广义的道德律法。值此中国社会的转换时代，是泛文学批评的时代，我的文学批评的道德律法可以简明扼要地表述为：支持并保护弱势的、少数性的文学权利，同时并不必然或绝对地反对或否定强势的、多数性的文学权利。

在我的这种表达方式中是隐含有个人明确的文学价值判断的。究竟什么是弱势的、少数性的文学呢？或者换一种设问的方式，究竟是什么样的文学（最有可能、甚至已经）被最多地剥夺了自身的权利？

不管是从社会整体性大转换的时代趋势来看，还是从泛文学批评已经生成的文学和文化的生态格局来看，当下的社会和文学最为焦灼的一个核心问题其实就是利益或权利的重新分配。某些权利归属的重心即便还没有被完全颠覆，但权利归属的重心则显然已经发生了位移。政治权利和经济权利的归属重心位移是最为明显的。而在文学领域，原先可能是最为强势的经典文学及其传统和历史，在文学权利归属重心需要重新定义并发生了明显位移的情势中，它——经典文学及其传统和历史——的权利的被剥夺是首当其冲的。在理论上，当一种结构性的调整发生时，虽然会凸显某些原先被轻视的价值形态，但未必一定要以对另一些价值形态予以否定或颠覆为代价。事实却常常并不如此厚道。价值失落的悲剧总会成为转换时代过程中的社会常态。功利动机难免成为价值判断和价值选择的首要因素。因此，当经典文学及其传统和历史的权利遭到不断的剥夺之后，它的强势权利地位显然已经不复存在，并且显然也已沦为弱势的、少数性的文学存在了。问题在于，经典文学及其传统和历史的价值并不能因此被否定或颠覆，因为支持今天的文学存在及其核心价值的基础仍然主要系于经典文学及其传统和历史的价值之中。文学的延续仍将要由经典文学及其传统和历史的价值来予以根本的保证。延续今天，也就要延续历史；延续今天的文学，也就要延续经典文学的历史。而我所谓的支持并保护弱势的、少数性的文学权利，之所以能被认作就是支持并保护经典文学及其传统和历史的价值，主要理由也就在于经典文学及其传统和历史的价值代表或构成了当下弱势的、少数性的文学权利的核心价值体现。这就是我的文学批评道德律法的简单、明确和主要的理由。我的相对完整和充分的表达方式是：在泛文学批评生态中，文学批评的正义或道德律法应当体现为支持并保护经典文学的历史和精神，支持并保护弱势的、少数性的文学的公平权利地位。这也是我的文学批评的核心价值观。

在以上的表述中，我一再强调批评家个人（我）的文学批评道德律法和文学批评的核心价值观，用意就是以这种方式强调批评家个人所奉何种文学道德律法对于文学批评实践的重要性。不妨用一个类比来说明。当人从动物界中充分进化而为最高级动物之后，动物界中的强弱势力量对比立即发生了根本性的改变，人（猎杀者）与其他动物（被猎杀者）的对立关系由此形成。但是，当人为因素极端加剧了动物种群和数量的急剧减少或灭绝的后果之后，强势者也开始走上了弱势者的濒危和灭绝之路。于是，关于动物保护的两种律法就形成并建立了，即动物保护的明文律法和道德律法。这两种律法的动机既在人对自身利益的考虑，也在对生命普世价值权利的认同中。显然，后者更具有超越性，后者属于更高层次上的生命道德观。这也就是说，虽然道德律法并不具有明文律法的强制性，但它实际上却比明文律法具有更高的人类道德精神的体现。又因为道德律法并不具有明文律法的强制性，所以它主要将受制于人的自觉诉求或担当。道德律法是一种觉悟或自觉的践行，它也在根本上规定了明文律法的形成和建立方式，特别是其道德水平。

因此，在我看来，批评家所奉的何种文学道德律法，也就是他的文学批评价值观及其实践中的真实内涵的试金石。惟其道德律法是一种自觉的担当，说到底，文学批评（家）的选择是自由的。这也同时赋予了文学批评（家）的多向度价值诉求的正当权利和充分可能。我的文学道德律法只是我的，只是我的文学价值观的一种体现，而且，或许还并不是唯一的体现。对于当下中国文学批评形态正在不断泛化演变的趋势和现实，我则认为有必要呼吁文学批评（家）自觉担当文学的生态和环境保护的责任。

# 当代中国文化批评的社会功能

张德明

文化批评作为一种新的理论话语，已经登陆中国理论界，悄悄切入当代社会文化进程，扮演着一个越来越重要的角色。从市面上一系列由国内学人编译或著述的文化理论读本或专著、若干定期或不定期的文化批评杂志、省级大报或市级小报的文化副刊、各种文学类或评论类期刊上的文化批评专栏、电视荧屏上频频出现的专题文化节目等等，我们已经感觉到一种浓烈的文化批评氛围正在形成之中。对此现象，学界中观望者有之，怀疑者有之，坚守文学本体论者、拒不接受者亦有之。那么，作为一种来自当代西方的理论话语，文化批评究竟何以又如何能进入当代中国文化语境？究竟何以又将如何发挥其社会功能？它与传统的文学批评观念存在着哪些根本性的分歧？它对当代知识谱系正在提出或将提出怎样的挑战？本文打算从考察社会能量、公共话语空间和批评主体三者之间的互动关系入手，围绕上述问题展开一些探讨。

## 一、公共话语空间与社会能量释放

要问什么是公共话语空间，首先得问什么是公共空间？在汉娜·阿伦特那里，“公域”是指相对于为谋生而存在的“私域”而言的领域，表现为公民自觉的政治参与行为①。在哈贝马斯那里，公共领域属于现代交往行为理论之核心，是指近代市民自己建立起来的、区别于封建时代的“代表性公共领域”的“市民公共领域”②。而在鲍曼那里，“公共领域”的重建直接关系到在流动的现代社会中如何“重新掌握遗忘了的公民能力，重新掌握遗失了的公民个体”的问题③。我在这里用的公共话语空间这个概念综合了阿伦特、哈贝马斯、鲍曼等当代西方思想家、社会学家有关公共空间的思想，又稍作修正，突出强调其话语性方面。

因为在我看来，首先，任何公共空间，无论是传统社会中的广场、集市、咖啡馆、茶室，还是现代社会中的剧院、书场、报纸杂志和广播电视，最终都必然诉诸话语，也因其话语性而具有文化意义，因此可以被视为种种不同类型的文化文本，成为文化批评和研究的对象。其次，正如巴赫金所说，话语的特点和生命在于它的对话性。因此进入公共话语空间的话语应该也必须是多元的、互补的，而不是单一的、独断的。谁也无权独占或垄断话语权，也无权要求别人将自己的话语视为不言自明的真理。真理必须是在互相探讨、协商和辩论的基础上最终由对话的双方或多方所达成的某种共识。从这个意义上说，一个理性的、成熟的公共话语空间，既是现代民主制度得以建立的基础，又是现代民主生活现状和发展趋势的体现和表征。

与此相关的一个问题，是公共话语空间与社会能量、批评主体之间的关系。

什么是社会能量？这个概念是美国新历史主义提出的，其基本思想是将物理学中的能量概念用之于社会文化领域，认为社会能量犹如物理能量遵循着守恒原理，它不会也不可能被消灭，只能从一个领域转移到另一个领域。社会能量看不见、摸不着，是一种非理性流动的势能，我们只能根据其所作的功或所产生的效果来认识其存在。“它体现在某种制造、形成和组织集体的生理和精神经验时留下话语的、氛围的、视觉的踪迹的能力”[4]。将新历史主义的社会能量概念与公共话语空间概念联系起来考虑，我们发现两者之间存在着一种互动关系：首先，非理性的社会能量的流动，必然要求一定的释放空间。其次，在这个释放空间即公共话语空间内必须建立起一种对话性的、理性的规则和秩序，否则，非理性流动的社会能量就会积聚、膨胀，直至转变成暴力活动。所以，第三，这就需要有理性的、有道德责任感的批评主体介入其中。没有批评主体的积极活动，公共话语空间是无法建立和培育成熟的。

以西方为例，按照哈贝马斯的观点，近代以来的西方社会公共领域的发展经历了从“代表型公共领域”，经过私人领域而过渡到“市民公共领域”，到重建公共话语空间三个阶段。前资本主义的西方社会是一种“代表型公共领域”，其典型特征是，在这个空间中，公与私之间没有严格的分界线。“朕即国家”，公即是私，独断型的话语占据了一切话语空间。随着近代资产阶级的形成，文艺复兴运动兴起，代表新兴利益集团的批评主体开始出现，他/她们凭借自己的创作/批评活动，在封建的、公私不分的独断型话语中建立起一个由众多分离的私人空间组成的“市民公共领域”，确立了个人财产权、隐私权和话语权等基本权利，从而为个人的自由发展提供了更大的可能性前景。无疑，这是一个巨大的社会进步。

但正如恩格斯所说，任何进步同时都是一种退步。私人空间一出现就像被渔夫放出胆瓶的魔鬼迅速膨胀，扩充它的地盘，使得一度与之融洽无间的公共空间逐渐萎缩。当代资本主义进入“发达的”、“晚期的”或“后工业的”社会以后，由于公共空间和私人空间的严格划分，个人渐渐失却了与同类联系的感觉。社会开始变得越来越疏离化，社会能量的流动开始受阻，集体信念和经验开始分散，原始“灵氛”的光晕消散了。正如本雅明指出的，在波德莱尔的诗歌中，我们看到这个真正的现代诗人对大都市同类之间互相拥挤、互相凝视但又互不说话的那种“震惊”的感觉的描写[5]。或者如艾略特在《荒原》一诗中所描述的：“每个人的眼只盯着自己的脚尖”，每个人守着自己的那间牢房，听着邻居的钥匙叮当作响。

正是出于对这种状况的忧虑，当代西方文化批评主体又开始了重构公共话语空间的尝试。从20世纪50年代英国伯明翰学派对英国工人阶级的研究、法兰克福学派对发达资本主义社会大众文化的批判，至60年代后美国出现的女性主义、少数族裔、后殖民主义等形形色色的批评流派和观念，涉及的问题不外乎社会能量、公共空间与话语权的再分配，以及由此引发的后现代社会中的多元文化和“差异政治”问题。而其最根本的目标，在我看来，正是为了重建公共性和合理性交往原则，以自由释放各种各样的社会能量，尤其是来自社会底层和文化边缘的能量，并将其流动限制在公共话语空间之内，避免社会矛盾和大规模的动荡。

## 二、当代中国社会分层和公共话语空间现状

上述西方社会公共话语空间的转型对当代中国无疑是非常具有启示意义和借鉴作用的。

当代中国经济改革给整个社会结构带来的最大变化是社会分化和利益分层。2002年1月，中国社科院社会学研究所“当代中国社会结构变迁研究”课题组在其公开出版的研究报告中指出，“1978年以来的改革开放使中国社会发生了深刻的变化，经济体制转轨和现代化进程的推进也促使中国社会阶层结构发生结构性的改变。原来的‘两个阶级一个阶层’(工人阶

级、农民阶级和知识分子阶层)的社会结构发生了显著的分化,一些新的社会阶层逐渐形成,各阶层之间的社会、经济、生活方式及利益认同的差异日益明晰化,以职业为基础的新的社会阶层分化机制逐渐取代过去的以政治身份、户口身份和行政身份为依据的分化机制。这些迹象表明,社会经济变迁已导致了一种新的社会阶层结构的出现,并且,这种结构正在趋于稳定”[⑥]。

社会分层带来的一个历史性变化是促使传统中国社会开始从“身份”社会向“契约”社会的全面转型。人们的社会身份不再是一次性的、获得性的,而是要通过自己的成就不断创造、更新和重塑的。社会转型带来的正面效应是打破了一潭死水般的社会结构,使人们思想观念更加开放、自主性更强、活动更自由,社会成员在社会结构中的分布更加合理,从而促使社会能量以前所未有的速度膨胀和流动,创造了巨大的社会财富,为中国社会走向现代的民主化进程提供了必要的条件。但社会转型带来的负面效应也是很明显的,它解开或割断了把人们维系在一起的传统纽带(家庭、血缘、村社、行会等),使原先紧密结合在一起的社会成员变成了一个个分离的、流动的“单子”,由此带来了普遍的社会焦虑,产生了诸如无归属感、相对剥夺感、受挫感和危机感等等,从而隐含了社会矛盾和危机的可能性。如何通过一定的方式把现代社会中孤独的、离散的人群再次整合起来,形成一种新的合力?如何在一个由分离的个体自由组合的契约社会中重建公共精神和公共意识?如何使非理性流动的社会能量得到及时的、合理的释放,以免引起新的社会矛盾和危机?种种现实的问题都需要通过构建或重建一个理性的、成熟的公共话语空间来加以缓和或解决。

但是,应当看到,由于历史的和现实的原因,当前我国公共话语空间现状不容乐观,而且在某些方面还隐含或潜伏着一定的危机。长期的封建专制形成的前现代的、独断型话语,即哈贝马斯所谓的“代表型公共领域”,在广大的西部地区和经济相对不发达的农村地区还有着相当大的活动能量和地盘,侵犯个人私有财产、隐私权和话语权等基本公民权利的情况时有发生,且不时引发底层社会的矛盾和激变。尽管经过 90 年代以来一系列的村民选举改革情况已大有好转,但总的说来,建立和培育现代意义上的“市民公共领域”的任务还相当艰巨。另一方面,在经济发达地区,尤其是在一些已具有世界都市规模和格局的沿海大中城市中,由于从身份社会到契约社会的转型已基本完成,社会开始被分割为一个个小型的私有化、个人化空间。每个人躲在自己的私人空间中，享用着私人住宅、私人轿车、私人电话，而对公共利益和公共事务却漠然置之。私人空间正不断入侵、蚕食着本来就发育不良的公共空间的地盘，带来了新的社会的和心理的问题（如孤独感、疏离感、无归属感等）。适应新的经济文化现状的公共精神和公共话语空间亟待重建。

此外，社会分化和利益认同的差异造成了话语权占有的不均等和分配的不合理[7]。某些利益集团通过提供资助、做广告等形式操纵了影视、报纸等大众媒体，进而制造一种符合其利益的意识形态。名人、明星长期占用大众媒体，将普通民众排拒于公共话语空间之外；弱势群体的社会形象和声音被大众媒体有意无意地忽略、遮蔽或扭曲。这样，实际上造成的后果，用哈贝马斯的话来说，是把本来属于交往理性活动场所的生活世界收归“己”（某个或某些利益集团）有，从而阻碍了社会能量的流动和释放，有意无意地导致或激化了社会矛盾和冲突。这是一个应当引起警惕的问题。因为公共话语空间与社会的民主政治生活有着密切的联系。民主生活不是抽象的、笼统的，而是建立在不同社会能量、不同利益集团、不同话语群体之间互相调节、协商和整合的基础上的。一个社会越是民主，公共话语的释放空间就越大；而公共话语空间越大，发生社会动荡的可能性就越小。因为非理性的社会能量在尚未积聚到临界点的时候，已经通过公共话语空间得到了及时的、合乎理性的释放或整合。

如此看来，要在当代中国构建和培育一个成熟的公共话语空间，中国批评家面临的任务和困难就比当代西方同行更复杂，也更艰巨。西方批评家历时地承担的任务，我们必须共时地承担起来，即既要对目前尚处在前现代或现代化边缘的大众进行现代性的启蒙，尽快构建具有现代性的“市民公共领域”，又要对已基本完成现代转型的大都市中不断膨胀的私人空间进行必要的批判，对本来发育不良的、正在萎缩的公共话语空间及时进行整合和重建。这样，双重的任务和双重的责任决定了当代中国批评家首先必须对批评主体自身和批评对象作一番重新认识和定位。

## 三、批评主体和对象的重新定位

在建构公共话语空间的活动中，中国现代文学曾经扮演过不可或缺的社会批判角色。“五四”以来以鲁迅、陈独秀、胡适等为代表的一大批专业作家、评论家和出版家投身文学、文化事业，出版了大量的报纸杂志，为建立具有现代性的民主生活制度作出了伟大的贡献，其所处的文化中心地位和所扮演的“社会良心”角色有目共睹，令当代中国批评家神往不已。

但必须看到，当代中国文化语境与“五四”时代相比已经有了很大的变化。社会的剧烈变化、各种利益竞争与再分配之激烈与残酷及其在当代人内心深处形成的强大的心理压力，是“五四”时代的人们所无法比拟的。凝结了各种心理能量和社会能量的强大的潜流急需通过一个渠道发泄出来。由于传统主流文学所提供的道德与审美境界无法直接满足这种心理需求，因此它便很自然地转向各种各样的大众文化和娱乐形式。在武侠小说、警匪片、搞笑的情景剧、晚报周末版和娱乐版，以及层出不穷、花样繁多的电视娱乐节目和网络聊天版中，我们可以看到种种被压抑的能量的释放，类似巴赫金笔下的“狂欢化”的“文化广场”。这种非理性的社会能量如果引导得法，将会在构建公共话语空间、培育现代民主制度中起到十分重要的作用。但是，大众文化的构成又是鱼龙混杂、众声喧哗的。资本制造的电子图像与民间的俗文化互相掺杂，戏仿与反讽、严肃与搞笑争奇斗艳，小资情调和暴发户心态竞相登台，必须对之作认真的、细致的研究和阐发，才能去其糟粕，取其精华，作为解构晚期资本主义意识形态的工具和构建公共话语空间的基本材料。

有不少批评家担心，如此一来，好不容易才争取而来的文学本体岂不是又要“依附”于某种非文学的政治、文化或意识形态了吗？表面看来似乎如此，但其实不然。众所周知，中国现当代文学曾经一度沦为达到某种政治目的的工具。新时期文学批评强调回归文学本体，追求独立自足性的“文学性”，正是对工具论的反拨。但必须看到，文学本体论也有其自身的局限性。它在强调文学独立自足性的同时，有意无意地忽略或避开了与“生活世界”(哈贝马斯语)或“世事性”(赛义德语)的联系。而事实上，无论是维柯、马克思、尼采，还是福柯、伊格尔顿和詹姆逊，都通过精辟的理论分析和历史考证告诉我们，文学本体，就像任何人类自己制造的产品一样，是被历史地建构起来的。从来就没有一种先于历史、先于文化、先于生活世界、先于某种理论预设而存在的文学本体。在西方，19 世纪浪漫主义的文学本体论和唯美主义几乎与工业革命高潮同时出现，是作为对资本主义机械劳动的反抗形式而被有意识地强调和提出的[8]。20 世纪俄国形式主义对“文学性”的挖掘，其深层动机也与对当代资本主义异化生活的反叛有着密切关系[9]。因此，决不能把文学本体视为自然而然、不言自明的批评对象。事实上，它不过是在某个历史时期内被少数精英阶层建构、享用和独占的东西，其所反映的是这个特定阶级或集团的"政治无意识"。而当代批评从文学本体回归文化本体，自觉参与构建公共话语空间的活动，恰恰是返回到哈贝马斯所说的人类基本的"生活世界"，与每个人的日常生活息息相关的民主政治。这是古希腊语意义上的真正的政治，是普通公民自己做主，自己管理自己的"内政"。文学/批评依附政治与文学/批评关乎政治，两者不可同日而语。

文学之所以被一些批评家视为至高无上的本体，还因为在一部分人心目中，文学代表着某种永恒的人文价值和形而上的终极关怀。这个看法当然不能说错，但问题是，从后现代主义和解构主义的视野出发来观照，所谓永恒的、形而上的、抽象的人文价值是很令人怀疑的。因为当我们说到人文价值或人文精神的时候，首先必须想到和考虑的是生活于一定时空中、归属于一定的利益集团、具有一定的族群和性别特征的具体的、活生生的个体。这就是相对于抽象的普遍主义的社会特殊主义（communitarianism）立场。这种立场正如其代表人物麦金太尔一本书的书名所显示的，先要问："谁之正义？何种合理性？"它明确承认人类生活形式、概念系统具有的文化和历史的多样性，承认不同文化传统和世界观有其不可通约性。现代文化批评坚持审美现代性的批判意识和分析方式，不追逐所谓永恒、中立的形而上价值关怀，相反它更关注充满压抑、压迫和对立的生活实践，关注弱势群体和边缘文化，对晚期资本主义文化逻辑进行严肃的不妥协的批判。"可以说，对于文化与权力的关系的关注以及对于支配性权势集团及其文化意识形态的批判、否定和超越，是大众文化研究保持其持久生命力的原动力"[10]。

批评的最终目标是促进人的解放，而人的解放不是抽象的笼统的，而是实实在在地体现在生活世界的每一角落和每一事件、社会能量涌动的每一细流和每一波浪中的。正如鲍曼所说，"在今天，任何真正的解放，它需要的是更多而不是更少的'公共领域'"[11]。由此可见，批评主体从文学文本向文化文本的回归，文学批评向文化批评的转向，正是向人类"生活世界"的回归，向人的本体的回归，这是当代中国最迫切需要的人文精神。面对一个丹麦王子"生存还是毁灭"的沉思和一个中国民工"今天晚饭吃什么"的询问，一个文化批评家不应有高低之分和雅俗之辨，而应将它们都看做关乎个体存在、社会能量流动或"特殊主义"立场上的意识形态问题，严肃认真地对待之、审视之、研究之、批评之。可以预见，在未来时代中，随着社会文化生活的多元化，高科技的进一步发展，娱乐方式将会越来越趋向多样性；多元文化价值观之间的矛盾冲突，不同社会能量之间的沟通和互补，不同利益集团之间的平衡和协调变得越来越重要，与此相关的现实和理论问题将越来越多，相应的，文化批评和文化研究的地盘也将越来越宽广，人文知识分子在当代社会生活中扮演的角色和地位也将越来越重要。从批评实践方面说，关键是当代批评家如何重新给自己定位，摆脱自怨自艾的心态；如何超越传统的文学本体论批评，走向与人类"生活世界"联系更紧密的文化批评，介入到当代中国公共话语空间的构建和培育上来。每当我们打开电脑，双手触及键盘时，是否首先用一两个萨特式的问题拷问一下自己：

为何写作？为谁写作？

---

① 参见汉娜·阿伦特《人的条件》，上海人民出版社 2000 年版。

② 参见曹卫东《交往理性与诗性话语》，天津社会科学出版社 2001 年版。

③⑪ 鲍曼：《流动的现代性》，上海三联书店 2002 年版，第 62 页，第 78 页。

④ See Stephen Greenblatt, *Shakespearean Negotiation: The Circulation of Social Energy in Renaissance England*, Berkeley & Los Angels: University of California Press, 1988.

⑤ 参见本雅明《发达资本主义时代的抒情诗人》，三联书店 1989 年版，第 123～174 页。

⑥ 陆学艺主编《当代中国社会阶层研究报告》，社会科学文献出版社 2002 年版，第 4 页。

⑦ 《当代中国社会阶层研究报告》说，该报告是"以职业分类为基础，以组织资源、经济资源和文化资源的占有状况为标准来划分社会阶层的理论框架"的，并指出，"文化（技术）资源的重要性在近十年来上升很快，它在决定人们的社会阶层位置时的重要性并不亚于经济资源"（参见第 4 页）。

⑧ 参见伊格尔顿《当代西方文学理论》，中国社会科学出版社 1988 年版。

⑨ 参见詹姆逊《语言的牢笼/马克思主义和形式》，百花洲文艺出版社 1995 年版。

⑩ 金元浦：《课堂解码：大话西游》，载《粤海风》杂志 2002 年第 3 期。

# 批评的力量

## ——中国当代美术演进中的批评视角与批评家角色

贾方舟

> 批评家本质上依赖于他人的思想。他是从他人的思想中得到食物和营养的。从主体经由客体到主体，这是对任何阐释行为的三个阶段的准确描述。走向对象，乃是走向自身。
>
> 乔治·布莱《批评意识》①

1986年，《美术》编辑部约我写了一篇题为《批评本体意识的觉醒——美术批评二十年回顾》的文章。我不由产生一种感慨：这个十六年前拟就的副题，今天又要来重作一遍了！

实际上当时真正可回顾的也就是六七年时间。我记不清那时为什么要将“回顾”上溯二十年。大概是想说从1966年的“文革”到改革开放前这十多年间批评的缺失抑或批评的异化吧！

我想提请读者注意：中国当代艺术批评正是在“革命大批判”这个“文本的废墟”上建立起来的。水天中曾在《风云际会一百年》中对20世纪中国美术史中这一特有的历史现象作过如下描述：

> 从1957年的“反右派运动”开始，美术界的批判形成一套完整的模式……这种批判之不同于正常的学术批判，在于它的目的不是为了弄清某个学术问题，而是要达到某种政治目的；它总是“剑及履及”，以“组织处理”宣告批判的结束。不知道是乌鸦的聒噪引来了灾祸，还是灾祸引来了乌鸦的聒噪，反正批判总是处罚、处分的先声，或是为处分、处罚寻求理论根据。②

上世纪80年代末，这种“遗风”又重新显露，对’85美术运动全盘否定，对支持’85运动的批评家展开“清算”。虽然邓小平“南方谈话”后气氛有所好转，但直到90年代后期还是有《擦亮眼睛》这样类似“敌情侦察报告”的文章面世！

## 一、二十年回顾：批评的使命和批评家的出场

中国当代艺术的发展，始于20世纪70年代末。为当代艺术的发展推波助澜的当代艺术批评也在思想解放运动的深阔背景下起步：

> 文革结束后的最初几年，一切都需要重新思考和重新评价，许多与政治相关联的问题尚待澄清。那时的人们，思想中的参照系和理想模式还是五六十年代，旧有的思维模式也不可能给一些重要的理论问题带来突破性进展……1979年以后，美术批评开始有了起色。许多在过去根本不能触及的理论禁区被打开了。诸如形式与内容的关系问题；表现自我与表现生活的关系问题；艺术的本质与功能的问题；现实主义与现代主义的问题；抽象与具象的问题；艺术个性与民族性的问题以及形式美、抽象美、人体美的问题等等。可以说，从1979年一直延续到1984年的这一场讨论，几乎触及到美术理论中的所有基本问题。[③]

显然，这些理论问题能否得到清理，直接影响到当代艺术的发展。而批评的历史使命也正是从对这些理论问题的清理开始。在这一工作中，我们不能不首先提及的就是何溶。许多年轻的艺术家甚至批评家已经不晓得这位已故的批评家是谁了。但是他作为一个编辑家和批评家（时任《美术》杂志副主编），在70年代末80年代初这一历史转折的关键时刻，对新时期美术的发展发挥了极大的作用。为打破种种理论禁区，为推动中国当代艺术与批评的发展，为鼓励和提携年轻的艺术家和年轻的批评家，他真正是鞠躬尽瘁、不遗余力。批评家栗宪庭后来写道：

> 回顾何溶主持《美术》的1976～1983年的美术现状，可以说，没有一件给美术发展带来深刻影响的事件不是《美术》首先反映、研究和推波助澜的……何溶几乎对新时期的每一个变化都充满了激情。他敏感到一个伟大的转折已经到来……他大声疾呼“艺术

必须干预生活，不干预生活是没有出息的”……在讨论中，他始终能宽怀大度地容纳各种不同意见，才使《美术》成为那个时期的真正的“百花齐放，百家争鸣”的园地……发行量也创了建国至今的最高纪录。[4]

与此同时，先后创刊的《世界美术》和《美术译丛》也开辟出另一个“战场”。当时，作为《世界美术》负责人的邵大箴一面参与各种理论问题的讨论，一面开始在该刊连载他撰写的《西方现代美术流派简介》，“首闯三十年来的禁区，形成了中国美术界对西方现代派的基本印象和美术出版界介绍西方现代派的大纲”[5]。后来，他又连续撰写了《现代派美术浅议》、《传统美术与现代派》、《西方现代美术思潮》等著作，对于刚刚开放的美术界了解西方现代艺术提供了最初也是最急需的读本。

“西方现代美术”这扇“窗”的开启，许多新观念的引入，进一步推动了上述理论问题的展开，于是新时期的第一批艺术理论家和批评家纷纷登场。他们主要来自三个方面：一，执编于专业刊物的中青年美术理论家；二，相继毕业的中国艺术研究院、中央美术学院等艺术院校的第一批美术史论研究生；三，《美术》编辑部通过“征文”方式从全国各地发掘的“新人”。这些中青年美术批评家的介入，为20世纪80年代初期的美术理论研究和美术批评建设带来了巨大活力。

随着’85新潮的出现，一批更年轻、更富朝气的批评家也先后登场。他们基本上都是在80年代中后期走向批评“舞台”的。他们比他们的前一代具有更为开阔的批评视野和更为充分的理论准备。到90年代初，他们已经具有举足轻重的地位。

从上世纪80年代末到90年代中期，从各艺术院校毕业的史论研究生和本科生又陆续加入到批评家行列中来，也有从别的专业领域转向这一领域。90年代中期，中国的实验艺术渐呈“显流”，即从潜伏数年的“地下状态”逐渐走出“地表”，从而使装置、行为、影像等多媒体艺术得以迅速发展。批评舞台上这一批新人的亮相，正是适应了这一艺术发展的需要，他们中的大多数都成为这些新艺术的倡导者、支持者和阐释者。由于多为同龄人，他们的出现，使批评与这些新艺术发生了更为直接也更为密切的联系。

在中国当代艺术发展的每个阶段，我们都会发现一个现象，即一些长于思考的艺术家也积极参与到理论问题中来，有些问题甚至就是由他们开始讨论的。如老一代的吴冠中，他是最早向教条主义理论发难的人。关于形式美、抽象美、形式与内容的关系等问题的讨论都是由他挑起的。还有周韶华的一些理论在80年代也曾产生很大影响。在中青年一代艺术家中，热衷于理论与批评的也大有人在。他们中有的是偶然“插足”，有的则是明确地身兼着艺术家和批评家双重角色。当然这在古今中外屡见不鲜。在具双重身份的群体中，邓平祥、朱青生、徐虹、邱志杰等较有代表性，而朱青生则是从批评领域介入到艺术领域中去的很特殊的一位。

从年龄和介入批评的时间看，这个批评家群体大体可以划分为三代人，即从30年代中期到40年代中期出生的属第一代，他们介入批评的时间是70年代末到80年代初；从40年代末到50年代出生的属第二代，他们介入批评的时间是1985年以后；60年代出生的属第三代，他们介入批评的时间多在90年代中期。三代人从生活阅历到批评经历，从知识结构到艺术观念，从学理背景到语言模式都不尽相同。但是，不管他们之间的观点有多大差异，他们对中国当代艺术所投注的热情、他们严肃的学术态度却是相同的。

## 二、从“编辑”到“策展人”：批评家角色的转换

从批评介入当代艺术的方式看，80年代的艺术批评与90年代的艺术批评有很大的不同。在80年代，文本传播的途径和批评的有效性主要是借助报刊这一媒体实现的。许多重要的批评家本身就直接掌握着编辑权和发稿权[6]。即使编辑权不在批评家手里，编辑家与批评家也存在着一种“默契”与“联盟”。特别是到’85以后，随着《美术思潮》、《中国美术报》的创刊和《美术》、《江苏画刊》的改刊，报刊不仅成为艺术家关注的焦点，更成为批评家实践批评的场所。在这个历史阶段，报刊成为连接批评家的中心环节，而编辑家更成为报刊的中心人物。殷双喜曾在一篇文章中对此这样高度评价：

> 美术报刊的编辑们比以往任何时期都更富有历史创造的自觉意识和主动精神，美术史论的研究，不应忽略编辑家在艺术筛选和传播中的重要作用。我个人觉得，观念更新、青年美术运动、贡布里希，似乎可以算作近几年编辑精心提供的三个最为突出的艺术

图像,其主导倾向是反思传统、对外开放、引进比较。[7]

在当时,批评家通过报刊发表"批评文本"或直接参与编辑工作就成为批评家介入当代艺术的主要方式。而掌握编辑权的批评家,就不仅可以通过文本的方式,还可以通过或主要是通过贯彻一种编辑思想来实施对当代艺术的影响。诚如栗宪庭所说,"一本权威刊物几乎能导引一场艺术运动"[8]。某种程度上说,在整个80年代,"批评文本"的"权力话语"是通过编辑的"话语权力"才得以实现的。在这种情况下,批评家和编辑家的一体化或"联盟"关系就成为80年代艺术批评的主要方式。

1989年在中国当代艺术史上是一个重要的分野。这一分野不仅表现在艺术的走向上发生了逆转,而且在批评介入当代艺术的方式上也发生了很大变化。如果说80年代的艺术批评主要是通过批评家和编辑家的联盟来影响当代艺术,那么,进入90年代,这种"联盟"的条件不存在了。《美术思潮》、《中国美术报》、《画家》停办,担任主编和编辑的批评家纷纷"下野"。《江苏画刊》虽然保留下来,但也承受着巨大的思想压力。因此,刊物不再成为"文本批评"生效的场所,更失去当代批评"中心环节"的有力地位。批评家借以实现"话语权"的"载体"被抽空了,只有改弦易辙,从单一的"文本批评"转向民间化的"展览操作",即从"批评家"的角色转换到"策展人"的角色。

"策展人"这个角色在西方艺术体制中处于十分重要的地位,甚至可以说,西方的展览制度就是以策展人为中心的策展人制度。这是一种以学术为本位的体现。在中国,批评家以策展人的身份出现,完全为时代所使然,也是为批评家的学术使命所使然,它经历了一个从自发到自觉的发展过程。应该说,这一转化最早起始于1989年的"中国现代艺术展"。这个由批评家发起并组织的艺术大展,既是对'85美术运动的一次检阅和总结,也为批评家介入当代艺术提示和开启了一种新的方式:使批评家从写字台移位到展览现场,成为一个有主题的学术性展览的策划者和组织者。虽然那时的批评家还没有明确的"策展人"意识,但就这个展览的整个筹备过程看,高名潞、栗宪庭等批评家所扮演的已经是一个"策展人"的角色。到90年代,这种角色的转换已经成为批评家的一种自觉选择。首先是王林于1991年策划的"北京西三环艺术研究文献(资料)展"第一回展,接着是吕澎策划、由十几位批评家集体参与的1992年"广州首届90年代艺术双年展",

由水天中、郎绍君、刘骁纯、王林、贾方舟等集体策划的1993～1995年的“美术批评家年度提名展”，以及批评家个体以“独立策展人”身份策划的许多规模不等的展览。

90年代的批评家在批评方式上的战略转移，既是形势的变化使然，也是面对新的社会条件积极寻求更有效的批评方式的主动选择。通过策划一个展览来表达批评家对当代艺术的某些思考，这不仅是一种广义的批评，而且是一种“权力批评”，因为“话语权”握在策划人的手里，是批评家通过策展活动和展览主题的阐释所获得的一种话语权力。从确立主题到选择艺术家，既体现出策展人对当代艺术问题的学术判断，又体现出策展人对参展艺术家取舍的眼力、权利和准则。这在某种意义上是比“文本批评”更有效的批评。

策划和操持一个展览，不同于往日的批评家角色，只需要单纯的案头思考。从主题的确立到艺术家的选择，从资金的筹措到各项展事的落实，不仅需要敏锐的学术眼光，还需要有和方方面面的人周旋的耐心以及干练的办事能力。因此，策展人不只需要有批评家的素质，还需要有一种实际的组织和实践批评的能力，也可以说，策展人是既有案头做学问的能力，又兼具实践能力的批评家。当然，非批评家身份的艺术活动家也可以做策展人，但那又当别论。

90年代末，网络传媒的骤然升温，又为批评家施展才智提供了新的可能。在新的世纪，批评方式会不会又有新的变化，还须拭目以待。

## 三、影响当代艺术的一些“批评案例”

从上世纪70年代末到现在的二十多年中，中国当代艺术批评面对的新情况层出不穷：在新的艺术现象、新的艺术方式、新的艺术形态、新的艺术观念不断涌现的同时，也在向批评家不断提出新的问题。

这些在不同历史时段提出的问题，概括起来不外以下几点：

80年代初，随着“伤痕美术”、“生活流”、“唯美风”、“乡土写实绘画”的出现，有关“现实主义”的真实性问题、有关艺术本体（形式美和抽象美）的问题以及艺术家主体（表现自我）的问题等等都被提了出来，而对于这些在三十年中被高度意识形态化的诸多理论问题都需要重新思考和认真清理。

80年代中，随着’85美术运动的出现，如何对待“中国传统”和“西方现代”，则成为问题的焦点，批评家思考的重心也由艺术自身的问题转向文化问题。

进入90年代，批评家面对的问题更加严峻，随着反对资产阶级自由化，对’85美术运动的全盘否定，实验艺术进入低谷状态。接着是艺术市场的出现给批评家带来的幻想和随之而来的尴尬局面。随后是中国当代艺术走向国际舞台后带来的一连串问题：艺术尊严与文化身份问题、中心与边缘问题、后殖民主义与民族主义问题、全球化与本土化问题，以及艺术的个人化和公共性问题、现代主义与后现代主义问题、架上艺术与非架上艺术问题等等。对于所有这些问题，批评家虽然难免有捉襟见肘的时候，但都是取积极应对的姿态。批评家在认真思考和尝试解决这些问题的过程中，留下了一些值得记取的批评文本和批评案例，仅在此略述一二。

### 1. 传播媒体不约而同的“联合”行动

《美术思潮》、《中国美术报》和《画家》的先后创刊，《美术》的改版（增设“当代美术思潮”专栏）和《江苏画刊》大幅度调整办刊方针（以前卫姿态从地区面向全国）……这些传播媒体不约而同的“联合”行动，恰好都发生在1985年。当时不少批评家在这些传播媒体中担任着重要角色，在他们的努力下，这些专业报刊以全新的开放姿态共同创造了一个适宜于新艺术发展的宽松、良好的现代文化氛围。“新潮美术”正是在这种宽松、良好的现代文化氛围中应运而生的。“新潮美术”在当时所以能够形成那样一种阵势，正和这些传播媒体的推波助澜无法分开。诚如吕澎所说：“80年代中国现代艺术的产生与发展如果离开像栗宪庭、高名潞这样一些批评家的工作，是难以想象的。”[9]而他们当时都是以一个“编辑”的身份参与到批评家行列中来的。

### 2. 李小山引起的震荡

1985年7月，《江苏画刊》第七期发表南京艺术学院中国画研究生李小山的文章《当代中国画之我见》，直截了当地指出当代中国画存在的严重危机，并对不少当代著名的中国画家给予尖锐批评。10月，《中国美术报》以《中国画已经到了穷途末日的时候》为题摘要转载，在中国画坛引起一场持久而激烈的争论。一篇批评文章在画界引起这样大的震荡还是前所未有的，也是“文本批评”在其产生的效应方面迄今为止也未被超过的一次“批评案例”或曰“批评事件”。特别是在中国画界形成的冲击波，几乎是“灾难性”的。因为“穷途末日”论、“保留画种”说无异于宣判一个画种的“死刑”。更为关键的还在于，这一“危机论”不只涉及一个画种，更涉及对民族文化和传统艺术所取的态度。在西方强势文化的冲击面前，这显然是一个更为敏感的话题。不管当时遭到多少人的反对，但历史地看，李小山对中国画坛的这一“强刺激”无疑是具有特殊意义的。

3. 批评家转向策展人的初次演练

1989年2月在中国美术馆举办的“中国现代艺术展”，和以往所有的大展不同，它在中国当代艺术史上构成一个十分重要的事件。这个展览从策划到联络各主办单位到寻找资金到筹展的全过程，均由批评家亲自操办。除了主要策划人高名潞、栗宪庭外，还有近十位批评家参与其中。这个展览是新时期以来第一个由批评家组织策划的大型艺术展，也是80年代唯一的一个由批评家策划和主持的大展。这个展览对'85美术运动进行了总结，也预示了批评家在90年代的转向，他们在这一活动中遇到的所有困难、问题和尴尬局面，都在90年代一而再地重演。可以说，“中国现代艺术展”在中国当代艺术史上所产生的影响，在意识形态领域所产生的震动，以及在社会层面所产生的新闻效应，都是批评家联同艺术家一手制造的。

4.“西山会议”的反响

1991年4月，由中国艺术研究院美术研究所主办的“新时期美术创作学术研讨会”(即“西山会议”)在北京新世界宾馆开幕后移到香山国务院招待所举行。这个会议是中国当代艺术发生转变后批评家第一次比较大的聚会。由当时美术研究所所长水天中、副所长王镛主持，80年代以来一些重要的理论家、批评家都出席了这次会议。会议对改革开放以来美术创作的成绩(包括'85美术运动)给予充分肯定，并对90年代初新出现的创作倾向给予了及时关注。但到9月，《中国文化报》发表了署名为“钟韵”的长篇批判文章——《“西山会议”的主持者坚持什么艺术方向?》，文中称会议的主持者把美术界这个“重灾区”当成“丰产田”来加以赞美；打着“平等”的幌子，对新潮美术的方向性错误给予辩护和肯定；鼓吹新潮美术还要继续“走向成熟，开始新阶段”。中国美协内部刊物《美术家通讯》全文转载，《美术》杂志也同时连续刊发批判性的文章。加上此前已经刊发的其他批判文章，将美术界自'89以来长达两年多的反自由化热潮再次升温。

5. 一种新"传媒方式"的展示

与上述会议间隔两个月后,"北京西三环艺术研究文献(资料)展"(后更名为"中国当代艺术研究文献资料展")在中国画研究院画廊开幕。之后又到南京、四川、东北等地巡回展出;之后又连续举办五届,前后历经十年时间,贯穿于整个90年代。可以说是中国当代艺术的各种展览中时间延续得最长的一个展览。由王林策划并主持的这个展览,展出的虽然不是原作,却是1989年后第一个反映中国当代艺术现状的重要展览。它的特殊之处在于是以展览的方式"编辑"的一份具有文献价值的"刊物"。由于当时有关当代艺术的信息传播渠道被切断,前卫艺术的合法性成为一个问题,艺术家各自为政,失去了相互沟通的媒介。在这种情况下,批评家以非出版的文献资料通过民间化的展览方式呈现出来,重新架设起一座信息传播和学术交流的新渠道。这个展览打破了90年代初的沉寂气氛,让批评界和关注当代艺术的人们有机会了解到'89后中国当代艺术的真实面貌和发展趋势,从而使这个展览得到多方面的支持和批评家的广泛参与和关注。

6. 一次验证"市场理论"的批评实验

1992年10月,"广州首届90年代艺术双年展"(油画部分)在广州中央大酒店展览中心开幕。这是继"中国现代艺术大展"以来又一次由批评家出面组织、策划的大型展览活动。参与该展的批评家有:吕澎(总策划与艺术主持)、皮道坚(艺术总监)、彭德(监委主任)以及评委邵宏、严善、易丹、杨小彦、黄专、祝斌,监委殷双喜、陈孝信、易英、顾丞峰,学术秘书杨荔。

这个展览是批评家在对市场缺少足够了解、不知其深浅的情况下,带着浓重的理想色彩的一次批评探险,也是一次试图左右市场却最终被市场所左右的批评实验。批评家以这样的"大兵团"集结,一个非常良好的愿望,就是要通过学术来引导市场,一厢情愿地强制市场来接受前卫艺术,并通过这一努力使批评家尽快进入"市场情境",在市场情境中找到自己的位置,确立批评的职能和批评的价值。这一"批评案例"反映了一批年轻的批评家对市场经济的悄然兴起和社会转型的敏感,以及面对新问题所取的积极应变的姿态。正是在这一新的"情境"中,他们发现了可以实施新的文化策略的机会。但他们在挫折中又很快发现，他们所建构的“市场理论”的虚妄，发现中国的艺术市场不过是他们的“不成熟理论推导的结果”，发现客观上并不存在完成他们这一文化策略的机制。因此，他们很快放弃了这一策略[10]。

但广州双年展为在艺术市场中建立批评的权威性而创建的一套学术操作规则，却成为90年代批评家策划展览的一个基本模式：即借助民间经济力量来完成一个学术构想，或者也可以说利用批评家的学术身份说服和引导投资者向当代艺术靠拢。批评家们在90年代策划的学术性展览基本上都没有离开这一模式。批评家将希望寄托于民间经济力量的介入，目的是实现艺术的“自治”，以摆脱来自艺术之外的影响。虽然在这一过程中，批评家常常陷入尴尬的处境，但出于一种学术责任，他们还是一次次地勇往直前。继广州双年展以后，如何通过批评引导市场，依然是批评家不断尝试解决的课题。几位更年轻的批评家（冷林、冯博一、钱志坚、高岭、李旭、张晓军等）在1996、1997两年连续与中商盛佳拍卖行合作，继续尝试把中国当代艺术推向市场。

我们不妨把始于广州双年展的这种“批评实验”称之为一种具有“实验性”的“批评案例”。

### 7.“批评家公约”：一次集体性的“自我保护”与“自我伤害”

1992年10月，在“中国当代艺术研究文献资料展”（广州）研讨会期间，批评家就维护自己合法权益问题达成共识，形成一个初步意向。年末，三十余位美术批评家在北京集会，就维护智力劳动权益订立公约，明确提出应邀撰写评论文稿要付报酬。“公约”在《江苏画刊》刊出后在美术界引起很大反响。应该说，这个事件反映了作为个体的批评家在市场经济体制下的无奈与失落。为贫穷所累的批评家这种起而“保护自我”的应变措施本身，已经使他们失去了应有的学术尊严，使他们作为一个批评家的身份掉价，至少在当时看来是如此。因为，批评家的文字升值了，由文字构成的“批评”却贬值了。但早已适应市场时代的画家们很快从轻蔑、非议和抵制转变为默认和赞同，并且主动遵守“公约”的规定，以高额稿酬请批评家写评论。但对于批评家来说，稿酬的剧增（“公约”规定的稿酬是原来法定稿酬的10～20倍）虽然多少可以改善一下批评家的生存条件，却未能使他们真正摆脱精神困境。诚如易英所说，在社会走向市场经济的过程中，知识分子这种寻求自我保护的方式,“是以学术的牺牲为代价”的[11]。因此,不妨说,“批评家公约”既是批评家在市场胁迫下的一次“自我拯救”,也是一次集体性的“自我伤害”。

8. 批评家年度提名展:未能持续的“集团批评”方式

从1993到1995年,十几位著名批评家联合行动,先后策划了三届“美术批评家年度提名展”[12]。三届提名展的艺术主持人分别是:郎绍君、水天中、刘骁纯。这项活动的出发点不同于广州双年展,主题不在批评如何介入市场,“提名与展览的目的是以集中的批评力量关注和研究有成就有创意的艺术家并逐渐提高参与批评家的学术水准”[13]。所谓“集中的批评力量”即是对“集团批评”方式的另一种表述。虽然这种方式后来遭到不少人的反对,但毕竟是90年代中期以前批评活动普遍采用的一种形式。其目的在于加强批评的力度。90年代中期以后,由单个的“独立策展人”策划展览(如朱其于1996年策划的《以艺术的名义——中国当代艺术交流展》)逐渐成为主导。这个变化反映了自发的、民间化的策展制度逐步形成的过程。

总结广州双年展在后期操作上的失控,提名展制定了如下规则:在共同参与的艺术批评家、艺术家、艺术投资人三方中,“美术创作者是主角,批评家负责学术活动,企业家负责艺术投资和经济操作。企业家不干预学术活动,批评家不干预经济操作。三方各对自己的行为独立负责”[14]。

批评家提名展试图通过纯学术的“集团批评”方式的持续运作来影响当代艺术的发展,同样是一种文化理想。在实际运作过程中,既难以做到学术应有的纯度,更难以做到运作上的“持续”。因为批评的话语权最终还是操控在出钱人的手里。

9. 两个展览:中国当代艺术走向国际

1993年是中国当代艺术走向国际的一年。元月,由香港汉雅轩画廊主办,张颂仁与栗宪庭策划的“后’89中国新艺术展”在香港、澳大利亚先后举办。内地五十余位前卫画家的二百余件作品参展,巡回展出时间长达四年。

6月,“第45届威尼斯国际双年展”在意大利威尼斯举行,十三位中国艺术家应邀参加双年展中的“东方之路”展,这是中国当代艺术首次进入西方重要的国际性大展。

我们把这两个展览纳入到“批评案例”中来谈论的唯一理由就是，批评家栗宪庭在这两个展览的参展人选的推荐中所起的重要作用。此时，作为“推荐人”的批评家，虽然还无权左右这些展览，但却成为中国艺术家进入国际的重要通道，从而成为权重一时的人物，“推荐人”的角色提升了批评家的价值。

随着中国当代艺术进入国际系统而来的是一连串的问题：艺术家的文化身份问题、被中心话语边缘化的问题、后殖民主义文化问题、中国当代艺术在全球化中的位置问题等等，这些问题成为此后批评界长期争论不休的焦点。

10. 女性艺术的崛起与女性主义批评理论的引入

女性艺术是90年代中国当代艺术中一个特有的后现代话题。翻翻80年代的中国当代艺术史，几乎没有女性的声音和女性艺术家的位置。但到90年代，女性艺术已经独立成篇⑮。如果可以把“中国现代艺术展”上肖鲁的“枪击事件”看做是女性艺术即将登场的先声或暗示，那么，1990年“女画家的世界”展则标志了她们的正式出场。1994年，女性批评家的声音首次出现：徐虹发表在《江苏画刊》第7期上的一篇檄文——《走出深渊——给女艺术家和女批评家的信》，无异于一篇女性主义批评宣言。第二年5月，廖雯策划并主持了“中国当代艺术中的女性方式”展，有关女性艺术的话题更为明朗。应该指出，中国女性艺术在90年代中期的蓬勃发展，是借了“世界妇女代表大会”在北京召开的“西风”。1998年，男性批评家贾方舟试图把“女性艺术”这个话题再向前推进一步，于是会同女性批评家陶咏白、徐虹、罗丽以及女性文化学者禹燕共同策划了“世纪·女性”艺术展。以四个展题、三个展区、一个学术论坛以及七十八位来自中国大陆、港台和海外的女性艺术家的“庞大规模”、贯穿一个世纪的历史主题来显示女性艺术在中国当代艺术中不可忽视的地位和实力⑯。同时也为女性主义理论和女性艺术这个来自西方的后现代话题的展开提供了丰富的可供参照的案例。就学理背景而言，西方女性主义批评理论的引入（主要指其提倡“他者”的声音，试图将被男权社会边缘化的一个另类族群的边缘话语转变为主流话语的努力），不仅为中国当代艺术批评提供了一个全新的视角，也为对上千年的父权制文化的清理提供了有力的武器。但引入西方女性主义批评理论也存在一个“本土化”的问题，而且这种批评理论本身也在不断发展变化之中，所以女性艺术这个话题在新世纪还有可能会形成新的热点。

11. 策展人制度正在形成之中

世纪之交于成都举办的“世纪之门：1979～1999”艺术展，是由四位批评家担任学术主持人的一个大型展事活动，也是广州双年展展览模式在市场经济时代一个顺理成章的发展。但它已不再是90年代初批评家的一厢情愿，也不再是批评家苦心寻找投资人，而是投资人主动投资文化，兴建美术馆，举办学术展览，是投资人主动寻找、选择批评家来做学术主持人。尽管在展览的操作过程中批评家依然疲惫于事无巨细，但“主持人”这个被认可的学术身份毕竟使批评家尊严了许多。展览的面貌取决于主持人的学术水准，虽然投资人难免有高高在上的心态，批评家还是在一个形成着的体制中看到了自己被确定的位置，对于中国当代艺术来说，这无论如何是一个进步。

2000年上海双年展不仅正式实行了策展人制度（前两届并没有明确的策展人），而且将双年展国际化，把中国当代艺术家置于一个可以与国外艺术家相互观照与比较的国际平台上，从而使中国的当代艺术家对于所处的国际文化环境有一种更切身的体验。在自家办国际展，显然有利于中国当代艺术的发展。在双年展期间出现的十几个自发组织的外围展，就是对双年展这个特定的“国际空间”的借用。同时，上海双年展作为官方主办的展览，其策展人制度的确立，无疑会消解以往展览的意识形态色彩和长官意志，使其朝着更为学术化的方向发展。

从上述这些批评案例中不难看出，批评家在中国当代艺术中所处的重要位置和发挥的重要作用。同时也说明，批评家在中国当代艺术中肩负的文化使命使他们只能更加努力地工作，而不能有丝毫懈怠。

## 四、批评的学科建设与批评的成熟

在西方，20世纪被艺术批评史家誉为真正“批评的时代”。而批评繁荣的一个重要标志就是批评理论的层出不穷、批评派别的纷纷登场和批评方法的革故鼎新。正是对批评本体的不断认识和深入研究，才使西方的文学艺术批评在本世纪获得空前的独立和繁荣，出现了超越国界的国际性批评运动。各种方法——系统分析方法、心理分析方法、结构分析方法等等与各种哲学、美学理论——符号学、图像学、语义学、现象学、阐释学、接受美学、结构主义、后结构主义等等都在批评领域大显身手。

但在中国，由于长期的对外封闭，学术界对西方艺术批评近一个世纪的发展几近一无所知，批评自身的学科建设更是无从谈起。改革开放以后，批评家顺应时代的需要匆促“上阵”，并无足够的理论准备。面对许多新的问题，还难以做出系统的理论阐释，所沿用的方法也是陈旧的、被庸俗化了的社会批评方法。随着对外开放的日渐深入，国内一些有外语能力的学者和艺术理论家首先接触到西方的一些艺术史和艺术学的学术著作，并专注于这一方面的研究和翻译，在批评理论的自身建设这个薄弱环节上开始了他们的工作。

这方面早期有影响的译著如克莱夫·贝尔的《艺术》（周金环、马钟元译，1984 年出版）、阿恩海姆的《艺术与视知觉》（滕守尧译，1984 年出版）等。《美术译丛》从 1984 年第三期开始以连载方式介绍图像学的文章。三年后，范景中翻译的贡布里希的《艺术与错觉》出版。其间，范还撰写了《贡布里希对黑格尔主义批判的意义》等多篇论文，在艺术学和批评理论的建设方面作出最初的、也是富有成果的贡献，对一批年轻的批评家产生深远的影响。1986 年，杨小彦、邵宏发表《艺术的文化阐释意义》、《逻辑在艺术理论中的意义》等多篇论文，对传统的艺术史学从史学观到方法论进行批判，并发出建立新的艺术学的呼吁。1992 年，易英翻译的霍利于 1984 年出版的《帕诺夫斯基与美术史基础》一书由湖南美术出版社出版。霍利对以帕诺夫斯基为代表的图像学理论提出新的阐释的可能性，实际就是站在后现代主义角度对帕诺夫斯基图像学理论的重新解读。这对于我们深入理解西方后现代理论的上下文关系不无裨益。最近，又有岛子的专著《后现代主义艺术系谱》的出版，而所有这些工作（包括更多未能在这里提及的译著），都是基础性的工作，或曰“批评理论的基础工程”（易英语），都是在为艺术批评的学科建设添砖加瓦。

此外，就批评自身存在的问题和批评学科的建设，许多批评家都有过积极而深入的思考。他们从各自不同的角度和各自不同的批评实践对自己所置身于其中的当代艺术批评发表看法[17]，其中不少有价值的意见值得重视。由于批评家们立场有所不同，对批评有各自不同的理解，他们的意见相互抵牾的情况也是常见的。

刘骁纯一直坚持形态学的批评观。但他认为，艺术在形态上的差异，实质不在形态而在观念：

> 形态学不是分类学，所谓从形态的角度介入批评，也就是从观念的角度介入批评。对“何为艺术”所持的观念不同，艺术便外显为不同的形态。形态差异反映的是观念差异。

刘骁纯还认为，只有在一种成熟的批评观的指导下，才可能有真正意义上的批评。而批评观的形成需要经历一个从自我解构到自我建构的过程：

> 这种批评观是1989年以后逐渐形成的，在没有形成个人批评观之前，我对当代艺术现象只有意见而谈不上真正意义的批评。
>
> 批评观的形成和发展，是个不断自我批评的过程。没有自我批评便没有自我解构，没有自我解构便没有自我建构，没有自我建构便没有真正意义的批评。
>
> 这个过程还在继续。[18]

易英的批评实践则向我们展示了另一幅图景：他在系统研究了西方艺术批评理论的基础上提出了自己的批评主张：

> 以形式作为美术的本体的出发点，经过对形式的文化属性和风格演变规律的探讨，最后由精神力量实现对形式的超越。

这个过程，即所谓“文化—形式批评的逻辑运动”过程。他指出任何一种批评方法都是有限的，但同时强调只有进入“方法”，批评才有可能进步：

> 任何一种方法都只能为我们打开一扇通往艺术之谜的大门，而且，方法的可操作性也只有在批评实践中才能得到证明，在实践中，它仍然会经历变形、修正和重构的过程。但一经跨出了朝向方法的这一步，就是向批评的自由迈进了一步。[19]

栗宪庭认为批评家更应该具备的是如艺术家那样的直觉判断的能力：

> 批评家总是要保持对他所处时代人的生存感觉和新的语言变化的双重敏感，并通过推介新的艺术家来证实他自己对一个时代的某些焦点的把握，因为正是这些焦点隐含着一个时代区别于其他时代的价值或意义的支点。这点批评家更像艺术家，只不过批评家的作品就是他发现和推介的艺术家、艺术潮流或现象。

栗宪庭这段论述涉及当代批评的一些本质特征，正是这些特征，才构成“批评家区别于理论家和史家的标志”：

> 理论家更看重把一般、抽象的艺术规律和建构一个理论体系作为出发点，他可以通过活的当代艺术现象来进行这种建构，也可以通过过去艺术现象来展开他的理论；史家则一定是通过对过去的历史（当代史也是一种过去式）进行不同的叙述，来寻找自己的艺术观念的。三者都可能产生理论，三个角色也可以兼于一身，但其研究的范围和出发点和工作方法的界限是清楚的。所以，从这个角度说，对艺术作品——正在发生的艺术现象的自觉、敏感或者感动成为判断的首要的原则。

在这里，栗宪庭对理论家、批评家、史家各自工作的出发点作了明确区分，从而也对批评家“研究的范围和出发点和工作方法的界限”做出了清楚的界定。这对那些常常跨越在三条边界内工作的史论家兼批评家如何确立自己“此在”的工作方位不无启发。作为一个批评家，他与理论家、史家的本质区别正在于他所关注的是那些正在发生的、变动中的、最“鲜活”的艺术事件和艺术作品。因此，他把“敏感”作为批评家的第一要素来强调，强调批评家“不是学究式的学者，而是与艺术家具有相同素质的感觉敏锐的人”：

> 最重要的首先是感觉的知识，对人生、对生存环境体验和感觉的积累，对整个世界艺术史的一些具体作品的感觉的积累，比所有书本中关于艺术的概念、理论更重要，所以我以为看做品比读书本更重要，而所有书本知识也只有在促使人的这两种感觉的更深刻

和清晰化时，才有意义——我这里强调的是自己对作品的感觉，而不是对文字描述者的文字水平倾心以及对新理论、新名词的热衷。当然我不反对多读书，相反我一向对博学之士抱有敬畏心理，问题是博学而对作品没有感觉、对人生存环境没有感觉的学子，终难成为好的批评家。[20]

水天中在他的“批评观”中也阐释了相近的观点：批评是对艺术作品的直观而非对某种理论的验证：

艺术批评的动力是人对艺术作品和艺术家的关注和兴趣，而不是对某种学说、方法的验证或演练。艺术批评存在的理由是人对艺术的认同和疑惑，而不是它与某种伟大学说的联系。

只有当我能够把某个艺术作品作为欣赏对象，而不仅仅作为理论分析的对象时，我才有可能把握它的真正价值。但我欣赏、感受作品的能力与可能是有限的，这使我领悟一个美术理论家不可能评说古往今来的一切艺术作品。这不是理论的悲哀，而是理论的希望。[21]

黄专和杨小彦对批评的理解与强调的方面完全不同，他们主张批评要有自己的“专业边界”，强调批评的学科化和规范化。他们试图通过倡导批评的学科化，来建立一些基本原则，以提升批评的专业水准，维护批评的“专业边界”，“努力使艺术批评成为名副其实的一门专业，一门可以为之有效工作的学科”。杨小彦还具体地提出了从事批评的人应共同确认的一些基本原则：

起码的阅读量(艺术批评界不读书的风气其实相当严重，我以为这是所谓感悟式批评所以风行的原因之一)，写作时起码的规范(正确的引文和注释，正确的术语运用、合理的逻辑等等)和对批评对象起码的专业把握(谈架上艺术就须了解架上艺术的历史、基本技巧，谈综合媒体的就必须了解综合媒体的发展和分类方式)，没有这三条，我无法相信艺术批评哪怕在一个极其有限的范围内是有效的(何况我们所求的也只是在一个有限范围内的有效性)。[22]

在另一篇文章——《话语喧哗与失语焦虑——艺术批评中的学理背景与学术规范》[23]中，杨小彦进一步阐释了艺术批评中应有的学理背景与学术规范。在学理基础、学科规范、批评共同体、上下文、词语转换等几个方面作了更深一步的思考，提出了一些更有价值的意见。

朱其对批评家寄予更高的期望，他认为艺术批评如果“仅限于材料、技法、趣味和风格的分析，以及史论层面的源流和静态的特征分析”是很不够的，它应该在一个远比这更大的“综合人文背景的层面”上展开：

> 对于图像模型的形式分析，以及社会史和思潮背景的对位阐述当然是重要的，但艺术批评应该还可以做更多的事情。
>
> 批评家应该是他那一代艺术家或者时代精神的代言人，通过文本的写作为这一代人建立一种主体意识和叙事模型，这就是所谓的主体性。而在一个全球主义的时代，批评家也不可避免地是一个民族当代文化的代言人，或者说艺术批评家有责任为自己的文化脉络建构一种现代性和主体性。前者是一种历史意识，后者是一种语言意识。[24]
>
> ……

限于篇幅不能一一列举，仅从上述几种不同的批评主张和批评方法看，它们之间的差异是明显的，但批评观与批评方法的差异正好是批评家各自独立和成熟的标志，也是中国当代艺术批评正在走向成熟的标志。这种成熟不仅反映在他们不同的批评见解之中，更反映在他们大量的批评文本之中。

王林在一篇文章中说“奥利瓦不是中国艺术的救星”[25]，这话没错。真正了解中国当代艺术的价值、并能对它做出深刻阐释的只能是中国的批评家。我们不能把中国当代艺术的希望寄托在西方的批评家和策展人身上。我们只有自己救自己，靠中国的批评家来扶持中国的当代艺术。

---

① 乔治·布莱(比利时人)是日内瓦学派的重要批评家，所著《批评意识》(郭宏安译，百花洲文艺出版社 1993 年版)一书出版于 1971 年，被认为“是一部关于日内瓦学派的‘全景及宣言’式的

杰作”。

②③ 水天中:《风云际会一百年》,载《江苏画刊》1996年第2期。

④ 栗宪庭:《敏锐、胆魄、宽容与历史感》,载《美术思潮》1987年第6期。

⑤ 高名潞:《中国当代美术史册1985～1986·大事纪》。

⑥ 80年代中期,直接在编辑岗位的批评家主要有:邵大箴(《美术》、《世界美术》主编)、高名潞(《美术》责编)、水天中、刘骁纯(《中国美术报》主编)、栗宪庭(《中国美术报》思潮版编辑)、彭德(《美术思潮》主编)、范景中(《新美术》、《美术译丛》主编)等。此外,中国艺术研究院美术研究所的许多批评家都参与了《中国美术报》的编辑工作,还聘请了全国各地许多批评家作“特约记者”;湖北以及其他省的一些批评家也都参与了《美术思潮》的编辑工作;彭德、贾方舟等还曾应邀到《美术》担任编辑工作。

⑦ 殷双喜:《编辑与责任》,载《美术思潮》1987年第4期。

⑧ 这段话为“权力在中国举足轻重,而编辑有某种权力,所以,在这种社会背景中的艺术界,一本权威刊物几乎能导引一场艺术运动”(栗宪庭:《敏锐、胆魄、宽容与历史感》,载《美术思潮》1987年第6期)。

⑨ 吕澎:《中国当代艺术史1990～1999》,湖南美术出版社2000年版,第139页。

⑩ 参见黄专《再谈文化理想主义》,载《江苏画刊》1994年第3期。

⑪ 易英:《金钱的诱惑与批评的失落》,《学院的黄昏》,湖南美术出版社2001年版,第430页。

⑫ 第三届因经费原因只搞了提名活动,在《江苏画刊》1996年第3期公布了提名结果。出于同样的原因,提名展到此为止,未能持续办下去。

⑬⑭ 参见《美术批评家年度提名展》(1994)画集后记。

⑮ 吕澎在《中国当代艺术史1990～1999》中已将“女性艺术”单独作为一章来论述。

⑯ “世纪·女性”艺术展的四个展题是:1. 历史与回顾——文献展(陶咏白主持);2. 理想与现实——藏品展(徐虹主持);3. 自身与环境——外围展(罗丽主持);4. 延续与演进——特展(贾方舟主持)。三个展区是:中国美术馆、当代美术馆、国际艺苑美术馆。一个学术论坛是:性别视角:文化变迁中的女性艺术与艺术女性(禹燕主持)。

⑰ 有关批评家对批评自身问题的审视,90年代以来日见增多,散见于各报刊,这里列出的仅是手头收集到的一部分。易英:《超越形式——美术批评导论》,载《江苏画刊》1991年第11期。殷双喜:《批评与市场》,载《艺术市场》第4、5期。杨小彦:《走向市场的艺术批评》,载《艺术市场》第7期。祝斌:《与黄专谈市场情境中的艺术批评》,载《艺术市场》第7期。鲁虹:《也谈市场与批评》,载《艺术市场》第7期。郎绍君:《批评家的介入》,载《艺术市场》第8期。祝斌:《批评讨论的传统》,载《江苏画刊》1995年第3期。马钦忠:《关于建立当代中国美术批评的思考》,载《江苏画刊》1995年第3期。王南溟、沈语冰、张晓凌:《艺术的批评与批评的操作》(王鲁整理),载《江苏画刊》1996年第7期。杨小彦:《批评不是美文》,载《江苏画刊》1996年第9期。段炼:《20世纪美术批评的嬗变与后现代主义倾向》,载《江苏画刊》1996年第10期。蔡元:《世纪末的艺术与批评》,载《江苏画刊》1996年第12期。朱其:《批评话语的错位和内部资源的匮乏》,为《不确定的漫游:90年代艺术有特征吗?》其中一个部分,载《江苏画刊》1997年第5期。张坚:《美术批评的文化意识》,载《江苏画刊》1998年第1期。王南溟:《西方双重标准与当代艺术批评的歧途》,载《江苏画刊》1998年第5期。黄专:《90年代中国美术批评中的三大问题》,《当代艺术与人文科学》,湖南美术出版社1999年版。

杨小彦:《话语喧哗与失语焦虑——艺术批评中的学理背景与学术规范》,载《美术研究》1997 年第 1 期。皮力:《科学哲学与中国当代美术批评》,载《美术研究》1997 年第 1 期。

⑱ 刘骁纯:《我的批评观》。

⑲ 参见易英文集《学院的黄昏》,湖南美术出版社 2001 年版,第 14 页。

⑳ 栗宪庭:《我眼中的艺术批评》。

㉑ 水天中:《我的批评观》。

㉒《批评不是美文》,载《江苏画刊》1996 年第 9 期。

㉓ 载《美术研究》1997 年第 1 期。

㉔ 朱其:《我的批评观》。

㉕ 王林:《奥利瓦不是中国艺术的救星》。

# 反思“八十年代文学”

# 重返"新时期文学"的意义

李 杨

"新时期文学"当然不是当代文学研究中的新话题,但近年来不少研究者对这一问题的重新关注,却不应被理解为对20世纪80年代主流文学史叙述的简单重复。对今天的大多数"重返"者而言,"新时期文学"已经不再是我们共同亲历的那一段既亲切又真实的"历史",而是一个以"文学"与"历史"为名的文学史建构。正是基于这一理解,被80年代主流文学史叙述所遮蔽的许多问题,诸如"新时期文学"的建构方式、"新时期文学"与"50～70年代文学"的关系、"新时期文学"的制度化过程及其特定的权力背景等等,才得以在新的知识语境中逐渐浮现。

## 一

在《没有"十七年文学"与"文革文学",何来"新时期文学"?》[①]一文中,我曾试图通过揭示"新时期文学"与"50～70年代文学"之间的内在联系,质疑主宰80年代以来中国当代文学叙述的所谓当代文学发展"断裂论"。不过,这种"断裂论"显然并不只是"新时期文学"的建构方式,就像卡林内斯库在《现代性的五幅面孔》中指出的那样,现代性话语强调的正是这种前现代社会与现代性之间的非连续性:"区分古代和现代似乎总隐含论辩意味,或者是一种冲突原则"[②]。当年胡适等人正是通过建构这种"古代文学"与"现代文学"的断裂来确立中国"新文学"的主体性。把"新时期文学"理解为一个与"50～70年代文学"完全没有联系的、横空出世的概念,的确会让人想起胡适的方法——在这一意义上我们的确应该承认"新时期文学"的叙述者是"回到"了"五四",然而,这一所谓的"断裂论"同时也是"50～70年代文学"的主流文学史叙述建构文学史的基本方式。50～60年代,周扬等人通过"社会主义革命"与"新民主主义"的"断裂"来确立"当代文学"的主体性；到“文革”时期，江青等人更以这种“断裂论”来建构“文革文学”的主体性，“文革”文艺纲领《纪要》[3]一上来就划清了“文革”文艺与建国以来的“旧文艺”的界限，指出以“样板戏”为代表的“新文艺”“内容和形式上都划出了一个完全崭新的时代”。到后来更有“从《国际歌》到革命样板戏，这中间一百多年是一个空白”[4]等发展到极致的“断裂论”。

历史发展的“断裂论”当然与建立在“进化论”之上的历史主义迷思有关。这是现代性拓展自身的不二法门。如同“西方”需要创造一个“东方”才能确认自我，“现代”需要创造一个与之对应的“传统”才能找到自身，“新时期文学”的建构也需要首先创造一个完整的、本质化的“50～70年代文学”，或者至少需要一个高度本质化的“文革文学”，而这样完整的“他者”其实并不存在。“新时期文学”的叙述者将“当代文学”切割为黑白分明的两个时期，按照界限清晰的时空实体来安排文学史叙述，将“文学”与“政治”都简化为恒定的历史分析单位，根据线性的因果关系组织事件。“重返”或“重读”“新时期文学”的目标就是要动摇或挑战这种既存的生产文学史的常规方式或常规进程。

“50～70年代文学”远比80年代的文学史叙述者理解的复杂得多，近年来当代文学研究中日渐升温的“50～70年代文学”研究似乎正以越来越充分的理由证实了这一点。与此同时，重返“新时期文学”的工作也开始有效地揭示出两个时代之间的知识关联。事实上，在“文革”结束后的相当长的时间内，中国作家最激烈的历史冲动，并不是要回到后来被阐释为历史起点的资本主义的“五四”，而是要回归“好的社会主义”的“十七年”，这一点在王蒙、张贤亮为代表的“五七作家群”身上表现得尤为明显。“十七年文学”对“新时期文学”而言是“重放的鲜花”。王蒙是被评论家指称为始终怀有“少共情结”的老作家，而张贤亮在“新时期文学”的大部分时间里都在埋头写他那个关于小资产阶级知识分子在劳动人民中获得新生的老故事，使他暴得大名的《绿化树》、《男人的一半是女人》是他梦想中九部系列中篇《唯物主义启示录》的一部分。与此相仿，“文革文学”更成了“新时期文学”摆脱不了的另一个“传统”。“文革文学”在80年代以后的文学史叙述中是由“地上文学”与“地下文学”这两个泾渭分明的世界组成的，但两个世界的界限显然只是在想象中存在。包括“白洋淀诗群”在内的“地下文学”，无论在创作思想还是在实践中都与主流（“地上”）文学有着不可分割的联系。食指（郭路生）就是一个典型的例子。文学史现在只谈他“表现理想幻灭”

的《相信未来》和《这是四点零八分的北京》这样“不合时宜”的作品，对他创作的大量主流诗歌却置若罔闻。食指教会了白洋淀诗人如何写诗，但食指自己的诗歌导师却是地地道道的革命诗人，他们是郭沫若、郭小川和新中国建立后的何其芳。

“文革”、“地上文学”与“新时期文学”的关系同样无法忽略。我们在“文革”时期正式出版的“地上”文学刊物上能够找到大量“新时期文学”主流作家的名字：蒋子龙、贾平凹、韩少功、张抗抗、陈国凯、郑万隆、路遥、周克芹、茹志鹃、陈忠实、陈建功、李存葆、朱苏进、鲁彦周、陆天明、雷抒雁、叶文福、张炜、古华、理由……这个名单长得让人吃惊，与此同时，一大批缔造了“新时期文学”的著名文学批评家也置身于这一行列。激进时期的文学经验是如何影响这些作家、批评家对“新时期文学”的认同的？“文革”“新文艺”与“新时期文学”的建构是否在方法论上存在关联？这是一些值得重新思考的问题。“断裂论”总是试图把历史划分为互无联系的离散本体与完全可知的部分。但混杂物不仅从未消失，而且还在扩散，当混杂物生成时，越界事件就会不断发生。实际上，如果真的在文本之外有一个真实的历史存在的话，这些历史“真相”的常态肯定是“混杂的”而非“纯净的”，而且肯定处于一个不断混杂的过程之中。意识到这一点，我们对历史的认知将与现在迥然不同：“如果我们确实是这样或那样的混杂物，那么，那些假设的过去与现在、我们与他们之间的断裂就仅仅只是现代主义的一种特别的虚构。我们必须跨越的不是什么时间和空间上的鸿沟，而是想象出来的距离。”⑤

如果说这些横跨两个时代的作家因为只能在“断裂论”给定的二元框架中认识自我和历史，常常不得不对自己似乎“不光彩”的历史讳莫如深，那么，不少“新时期文学”的“重返者”仍然对这一问题缺乏自觉就更让人觉得遗憾。一位研究者在系统整理了“新时期”作家在“文革”时期的“踪迹”之后，竟然把自己极富意义的工作定位于一种“迟到的批判”，他批判道：“这些作家在最初写作时也是从复制一种非常态的思想、思维、语言和文体开始的，也就是说这样一种写作不是从确立自我而是从扭曲、剥夺自我开始的。我始终认为这种复制对当代文学、当代思想文化和我们这些在今天被称为知识分子的人是致命的一击。”⑥这种“致命一击”显然“击”错了地方。知识考古的目标并不是为了寻找和表达立场。“重返”不是要裁定不同思想价值体系的高下，而是要找出它们的规律和历史脉络。对包括“当代文学”研究在内的人文学科而言，或许只有当分析超越了传统的二元对立关系，超越了由此造成的视野的局限性之后，理论的发展才会成为可能。如果我们将“重返”简化为寻找历史污点的道德追索，这样的“重返”不但不能帮助我们对知识进行反思，反而再度强化了禁锢思想的黑白分明的“断裂论”。

## 二

福柯的一系列著作如《规训与惩罚》、《癫狂与文明》、《性史》等等给我们最大的启示，是对人的解放、人道主义和自由的许诺背后掩盖着的由排斥、监视和规训机制构成的权力关系的有力揭示。而这些承诺恰恰又是整体性的“新时期文学”得以建构的基石。因此，如果我们从福柯的“话语”意义上理解“新时期文学”，对这一话语与特定权力之间关系的考察就变得不可回避。

在80年代的文学史叙述中，“新时期文学”以“伤痕文学”拉开序幕，而“伤痕文学”的代表作品是刘心武发表于《人民文学》1977年第11期的短篇小说《班主任》。《班主任》刊发后，功能相当于今天中央电视台的中央人民广播电台在黄金时间连播了这部小说，名不见经传的刘心武因此成为“伤痕文学之父”，成为任何一部“当代文学史”都无法忽略的“经典作家”。然而，文学史对这部作品的价值却始终缺乏有效的阐释。今天的读者似乎很难理解这部描写“极左政治在青少年心灵中留下伤痕”的作品为什么在当时能够引起如此强烈的社会震动。因为在《班主任》前后，写“文革”伤痕和苦难记忆的作品并不在少数，其思想与艺术似乎也不在《班主任》之下，为什么恰恰是《班主任》以及与《班主任》类似的作品才能获得殊荣呢？

其实，《班主任》引起的轰动，与其特定的意识形态取向紧密相连。这个以班主任张俊石为正面一方、以青年学生宋宝琦、谢惠敏为反面一方的故事，彻底颠覆了“文革”的政治理念。青年的位置与“文革”的政治理念有关。文化革命不是政治革命，也不是经济革命，按毛泽东的理解，旧的政治制度与经济结构中不可能产生出真正的革命者。在文化革命中，革命的主体是一代新人。革命的目标是造就一代新人，来实现共产主义理想。所以在“文革”中，作为旧的政治经济结构依附物的知识分子首当其冲遭受冲击。《班主任》改变了知识分子作为“被改造对象”的身份，知识分子变成了启蒙者，而那些使知识分子蒙难蒙羞的“革命小将”重新变成了受教育者。尤其是将谢惠敏这样的“革命青年”塑造成反面人物，更是对“文革”政治的全面颠覆。对这一点，一位日本研究者看得非常清楚：“如果《班主任》揭露的只是小流氓宋宝琦，即使它在文学史上有一定的价值，肯定也不会引起人们那么大的注目。《班主任》之所以在读者、特别是青年读者之间引起了强烈的反响，正是因为它描写了谢惠敏。”⑦

日本评论家显然注意到了刘心武旧作中的谢惠敏形象。刘心武 1975 年 12 月在北京人民出版社出版的中篇小说《睁大你的眼睛》是一部描写“少年英雄”故事的典型的“文革”小说，讲述了小学五年级学生方旗带领一帮小伙伴以北京胡同为战场与阶级敌人、旧资本家郑传善作斗争的故事。写《睁大你的眼睛》的时候，刘心武对方旗这样人小心红的“革命少年”充满了敬意和赞美，但在不到两年后发表的《班主任》中，方旗则变成了谢惠敏。这不能不说是一个令人惊异的转变。

并不是所有同时代的读者都没有意识到《班主任》的这种革命性的意义。在数量众多但语焉不详的评论文章中，评论家张炯的一篇发表在非文学刊物上的文章今天读起来却显得一针见血：“这样的人民教师，正是一代新人的典型，是在红旗下、在毛泽东思想的阳光雨露下成长起来的无产阶级知识分子的典型。像张俊石，包括尹达磊这样的人民教师的大批涌现，生动地说明了二十八年来，我国知识分子状况已经发生和正在发生的深刻变化，也雄辩地证明十七年毛主席教育革命路线和致力于造就工人阶级自己的知识分子宏大部队的战略决策的胜利。在这个意义上，小说《班主任》对人民教师的歌颂，也就是对‘四人帮’的‘黑线专政’论的一个有力的回击。”⑧

除《班主任》以外，《醒来吧，弟弟》是刘心武在 1979 年颇为轰动的另一篇小说的标题。小说中的哥哥“我”是个虽经劫难但信念不变理智清明的知识分子，主人公“弟弟”则是在“文革”后因政治理想破灭而满腹牢骚精神颓丧好像有点玩世不恭的前红卫兵。哥哥唤醒弟弟是为了使弟弟从黑暗中清醒过来，摆脱迷惘情绪投身“新时期”的最大政治——火热的“四化”建设。刘心武的这一类获得了巨大成功的政治书写深刻反映了 70～80 年代之交中国社会权力关系的变革。

连爱情都不例外。张洁发表于 1979 年底的短篇《爱，是不能忘记的》也是一部引起了广泛社会反响的作品。女作家钟雨离婚后独自带着女儿生活，和一个具有强大精神魅力的老干部发生了刻骨铭心的爱情。“这篇并没有直接涉及‘伤痕’主题的小说，成了‘伤痕文学’的代表作品。”⑨小说引起了许多讨论，涉及爱情与婚姻的关系问题以及社会伦理问题等一系列“重大的”理论问题，论争各方引经据典，但几乎没有人注意到我们的女主人公终其一生爱一个“老干部”对这部小说的轰动和影响究竟意味着什么。

最集中地体现出这种性权力的转换的还是“五七作家群”笔下的“反思小说”。那些灾难叙事反复叙说的是那个“九死不悔”的“高大的男人”的光彩，反复渲染的是这个男人高洁的理想、人性的尊严和道德操守的坚定，然后就是政治权力与性权力失而复得之后的苦尽甘来。性权力常常是政治权力的隐喻。对性和权力之间的这种隐秘关系作了最有效的揭示的作品莫过于张贤亮的《男人的一半是女人》。主人公被政治去势，政治的缺失通过性的缺失体现出来，而在意外获得政治认同之后，主人公丧失的性能力迅速得到了恢复。“新时期文学”中，知识分子政治权力的回归常常通过这种性与爱情的故事来加以体现。发表在《人民文学》1978 年第 2 期上的小说《眼镜》讲述的就是这样一个发生在工厂的简单然而意味深长的爱情故事。小说是一个名叫魏荣的车间女工以第一人称讲述的自己的爱情故事，铸造车间党支部书记许珍鼓励“我”去爱车间里的一个名叫陈昆的技术人员，这是一个绰号为“眼镜”的知识分子。但一开始“我”对“眼镜”实在爱不起来，后来在书记的不断启发和鼓励下，渐渐发现了“眼镜”的种种可爱。于是“我”终于情窦初开。小说写的就是“我”的心理发展过程。小说从头到尾只出现过一个“爱”字，而且还是“爱一个知识分子”，而不是爱“陈昆”，所以这与其说是一篇爱情小说，还不如说是一部为知识分子平反的小说。被打倒多年、失去人格尊重的“臭老九”们，从这样的小说中感受到一种“身份”失而复得的喜悦与满足。“新时期”的“眼镜＋爱情”取代了“十七年”时期闻捷诗歌中的“奖章＋爱情”。同样的“爱情政治化”，表现的却都不是“爱情的位置”，而是不同的“权力”位置。

## 三

80 年代以后的文学史的本质化与整体化叙述常常不由自主地陷入一种悖论之中：一方面，“新时期文学”与“50～70 年代文学”的关系被理解为“文学”与“政治”这一更高层次的二元对立的演化，“新时期文学”被描述为文学回归自身的过程;另一方面,文学史叙述又都反复强调"新时期文学"参与新政治"拨乱反正"的功能。"新时期文学"在政治反思和政治批判中拉开帷幕,像《伤痕》、《班主任》等我们熟知的作品,其背后都有一个共同的政治文本,或者说,它们是作为政治象征出现的。

正是在这一意义上,从制度层面讨论"新时期文学",就成为"当代文学"研究迟早会遭遇的一个课题。近年来当代文学研究一个值得注意的变化,是被80年代文学史叙述抛弃而沉寂多年的文学"外部研究"重新焕发了生命力。文学与政治的关系再度成为文学研究者关注的焦点。洪子诚对"当代文学"的"一体化"过程的研究就是这一层面的重要成果。但迄今为止这一研究仍主要局限于"50～70年代文学",很少有人关注"新时期文学"的制度化问题。事实上,如果"一体化"指的是社会政治制度对文学的干预、制约、控制和影响,文学生产的社会化机构的建立以及对作家、艺术家的社会组织方式等等,那么,用这一概念来描述"新时期文学"显然是同样有效的。

古华的《芙蓉镇》就是一个例子。从一个乡间传说到一个政治叙事,再成为一个寓言式的"文革"故事,《芙蓉镇》的写作和改编,是一个完全可以与《白毛女》相媲美的完整的意识形态编织过程。古华后来在回忆文章中没有将《芙蓉镇》的成功归因于对历史的客观纪录,而是明确把其归功于对中央路线、方针的学习:"三中全会的路线、方针,使我茅塞顿开,给了我一个认识论的高度,给了我重新认识、剖析自己所熟悉的湘南乡镇生活的勇气和胆魄。我就像上升到了一处山坡上,朝下俯视湘南乡镇上二、三年来的风云聚会,山川流走,民情变异……"[10] 古华精心选择了四个具有重要政治意义的年份,分别是"经济调整尾声的一九六三年,急剧转向阶级斗争扩大化的一九六四年,十年动乱高潮的一九六九年,和召开了十一届三中全会真正拨乱反正的一九七九年"来组织他的乡村灾难和苦尽甘来的故事。小说在写作过程中被不断地修改。古华是湖南嘉禾人。初中毕业后,当了一年民办教师。后考入地区农校,因学校撤销,在地区农业研究所农场当了十四年工人。1975年调任地区歌舞团创作员,1979年进入地区文联工作。他在中国作家协会文学讲习所学习的时候开始写这部小说,写了一半,请人民文学出版社的著名编辑龙世辉提意见。龙世辉读后大加赞叹,认为"反映了农村的真实生活,写出了农民的命运"——由龙世辉这样的知识分子来判断古华是不是写出了农村的真实生活,本身就意味深长。从

“五四”以后，“农民”就只存在于知识分子的想象中，是知识分子的他者和镜像。龙世辉还高屋建瓴地将《芙蓉镇》与反思“左”倾错误和十年浩劫中农民的命运联系起来，这不仅奠定了日后批评的基调，而且古华在修改并最终完成小说的过程中始终被这一给定的主题控制。在古华写的初稿中，黎满庚原来是正直的复员军人、党支部书记，发誓保护妹妹胡玉音，但“四清运动的政治压力一来”，他便出卖妹妹，“投靠一个一时拥有权势的坏女人，拜倒在她的脚下，而且投进她的怀里”。龙世辉看了以后，说这样不行，这样不符合现实主义对于真实性、典型性的要求嘛，共产党员怎么能变坏呢？于是古华只好又创造了王秋赦这个坏人来承担罪责——与老姑娘李国香来共同分担。最后小说的定稿中变坏的不再是“共产党员”黎满庚，而揭发芙蓉姐的事则改由充满妒意的妻子来承担[11]。

龙世辉是《林海雪原》、《三家巷》、《苦斗》、《将军吟》等经典作品的责任编辑，还曾参与《青春之歌》等作品的编辑工作。《芙蓉镇》成为“伤痕—反思文学”中影响最大的作品，龙世辉功不可没。后来有研究者将《芙蓉镇》视为“编辑龙世辉和作家古华‘合作’的产物”[12]，评价似乎并不过分。《芙蓉镇》在人民文学出版社出版单行本后，不仅获得首届“茅盾文学奖”，还在香港和台湾出版，被译成英、法、日、德、俄、意等多种语言出版；80年代中期更由著名电影导演谢晋改编拍摄为同名电影。80年代以后，谢晋连续拍摄了几部反思电影。从1980年拍摄的《天云山传奇》、1981年拍的《牧马人》到1986年拍的这部《芙蓉镇》，用一个研究者的话来说，他的“整个影片系列所呈现的历史表象与社会权威历史话语中的语言历史图景呈极端相似性：他对于历史的表述，绝对符合主导意识形态对于整个中国现当代历史和现实的权威解释。只要社会政治权威话语中提出一种意识形态的想象性关系，谢晋的影片就提供一个与之相适应的故事。正是由于这种话语的相互运作关系，因而他的影片成为特定历史时期内人们认识、理解中国历史和现实的理想化表象系统”[13]。可以说在80年代新意识形态的建构中谢晋电影具有不可替代的功能。谢晋最擅长的就是这种政治与道德之间的“跨语际实践”，他把《芙蓉镇》完全拍成了一个超历史的道德故事，也就是一个“坏人作恶”、“好人蒙冤”、“善战胜恶”的故事，故事具有一个“因祸得福”（胡玉音、秦书田不仅有了家还有了后代，谷燕山被委以重任）的意义结构。作为叙事大师，谢晋把故事设置得跌宕起伏、扣人心弦，作为煽情高手，他通过对苦难中的“人性人情美”的挖掘完成了对观众无挑战的征服。他把“文革”血泪完全融化为超历史的善与恶之间的斗争。经过重重波折，好人有好报，坏人受惩罚。天理昭昭，政治社会复元，“真理”得以越辩越明。

谢晋娴熟地使用了许多在 50～70 年代艺术中屡试不爽的叙事手法，加上刘晓庆、姜文等巨星的梦幻组合，共同打造了一个关于当代革命历史的经典寓言。电影《芙蓉镇》后来成为“海内外华人文化社会中家喻户晓的文革故事”，真正成为全民族共同的“文革”记忆。在某种意义上，甚至可以说许多海外华人和外国人就是通过《芙蓉镇》来了解“文革”的。许多人把这个故事当成了“文革”的实录，却很少有人注意到这种叙事中蕴涵的明确的意识形态诉求。像所有后来成为了经典的作品一样，《芙蓉镇》经历了一个被主导意识形态指引、控制、规约的过程。在这一规约过程中，复杂的民族国家历史被（不断地改）写成简单的情节悲喜剧，在这一过程中，中国人复杂的情感记忆被简化，被悄悄重构了。

海登·怀特曾经说过：“没有任何随意记录下来的历史事件本身可以形成一个故事；对于历史学家来说，历史事件只是故事的因素。事件通过压制和贬低一些因素，以及抬高和重视别的因素，通过个性塑造、主题的重复、声音和观点的变化、可供选择的描写策略，等等——总而言之，通过所有我们一般在小说和戏剧中的情节编织的技巧——才变成了故事。”[14]《芙蓉镇》只是一个例子。这样的例子在“新时期文学”中其实俯拾皆是。文学“新时期”是一个依附于政治“新时期”的概念，前者在后者的严格制约之下。在文学史中，“伤痕文学”和“朦胧诗”一直是“新时期文学”的伟大起点。但后来被经典化的“伤痕小说”和“朦胧诗”反抗和控诉的都是已经过去的政治秩序，控诉的是“文革”和以“文革”为代表的强权话语。这种抗争和质疑形式虽然激烈，但都在政治“新时期”划定的范围内展开。这样的作品都可以在《人民文学》、《诗刊》这样的主流刊物上公开发表。由此我们不难发现，这个看起来像一只透明容器的文学史概念“新时期文学”实际上依赖着一个社会经济政治上的预设，在其“人道主义”和“文学性”的面罩下面，实际上隐含着特殊的界限和排他性。“新时期文学”要建构自己的主体性，就不能不压抑着那些异物，那些意识形态和知识分子的自我想象中所要排斥的部分。事实上，意识形态的规约不一定通过看得见的暴力实施。一提到制度、权力我们就会想到大批判、监狱、国家机器，但权力的形式并不是这么简单。事实上，观念、机构和他人的影响并非通过控制而是通过“认同”来实现的，而这种“认同”并不取决于“事实”，而取决于“建构”——

通过言说和语言完成的“建构”。能够说明“新时期文学”制度化进程的元素，除了我们熟知的文艺政策、文学组织等等之外，还包括了文学批评、文学杂志的编辑、作品的出版、大学文学教学与文学史的写作、文学评奖活动等等。作家的写作不能不受到这些制度的规约。它们决定什么作品可以发表，什么作品可以获奖，什么作品可以成为经典，可以进入“中国当代文学史”甚至“20世纪中国文学史”——在大多数时候，它还能决定写作者的命运。这些制度性的因素构成了“新时期文学”生产的基本条件，也理应成为我们重返“新时期文学”的重要课题。

---

① 载《文学评论》2001年第2期。

② 卡林内斯库：《现代性的五幅面孔》，商务印书馆2002年版，第10页。

③ 载《人民日报》1967年5月29日。

④ 初澜：《京剧革命十年》，载《红旗》1974年第4期。

⑤ 何伟亚：《怀柔远人：马嘎尔尼使华的中英礼仪冲突》，社会科学文献出版社2002年版，第253页。

⑥ 王尧：《迟到的批判》，大象出版社2000年版，第2～3页。

⑦ 濑户宏：《试论刘心武——到〈班主任〉止》，载《钟山》1982年第3期。

⑧ 张炯：《一曲人民教师的动人赞歌——读小说〈班主任〉》，载《人民教育》1978年第3期。

⑨ 洪子诚：《中国当代文学史》，北京大学出版社1999年版，第359页。

⑩ 古华：《话说〈芙蓉镇〉》，《芙蓉镇》，人民文学出版社1981年版，第1页。

⑪ 龙世辉：《关于古华和他的〈芙蓉镇〉》，《〈芙蓉镇〉评论集》，湖南人民出版社1984年版，第16～17页。

⑫ 参见李频《龙世辉的编辑生涯》，河南大学出版社1992年版。

⑬ 李奕明：《谢晋电影在中国电影史上的地位》，中国电影协会编《论谢晋电影》，中国电影出版社1998年版，第78页。

⑭ 海登·怀特：《作为文学虚构的历史文本》，张京媛主编《新历史主义与文学批评》，北京大学出版社1993年版，第163页。

# "伤痕文学"的三种体验类型

王一川

"伤痕文学"在20世纪70年代末、80年代初曾一举轰动全国，创造了亿万各阶层读者竞相阅读和争论"文革伤痕"的盛大奇观，也把文学在社会生活中的主导作用演绎到一个后来难以超越的辉煌顶点(文学从那以后就在与影视等新锐媒体的交战中逐渐退居艺术家族的边缘了)。在时过境迁的今天回望，"伤痕文学"之所以产生强大的社会修辞效果，靠的是什么？其中牵扯出什么样的社会修辞与美学问题？答案当然不是唯一的，我这里仅仅从文本的体验类型划分入手去谈。"伤痕文学"的社会效果的产生，与其中表现的特定个人体验契合了特定社会需要密切相关。人的生存体验往往与生存的时间维度相关：过去、现在与未来三重维度交织、渗透在体验结构中，形成复杂多样的体验景观。相比而言，具体的"伤痕文学"文本对过去、现在或未来各有偏重，从而呈现出三种不同的体验类型：第一，指向未来维度的文本，常常在"伤痕"袒露中敢于想象令人乐观的生活图景或远景，或多或少地流露出一种乐观主义或浪漫主义情怀，不妨称作惊羡体验型文本，简称惊羡型文本；第二，指向现在维度的文本，更多地注意强化"伤痕"的现在持续绵延景观及其难解症结，并灌注进个人的感愤或感伤，可称作感愤体验型文本，简称感愤型文本；第三，指向过去维度的文本，总是在掀开旧伤记忆的同时不忘缅怀那时曾有过的温馨一角，准确点儿说是冷漠中的温馨或创痛中的抚慰，令人无法不肃然回瞥和动情，这可以称作回瞥体验型文本，简称回瞥型文本。下面不妨结合具体文本，就"伤痕文学"的体验类型特点做出初步描述。

"伤痕文学"中的惊羡型文本，往往突出地刻画主人公和帮手的主导作用以及正义群体在危机中的中流砥柱作用，富于乐观主义地想象出成功医治"伤痕"的瑰丽前景。在一向被人提及的刘心武的《班主任》(载《人民文学》1977年第11期)里,可以看到四种人物类型:第一种是代表追求知识、正义力量的女学生石红;第二种是处在其对立面的代表反知识、反正义力量的团支部书记谢惠敏;第三种则是代表非知识、非正义力量的害群之马宋宝琦;第四种是代表非反知识、非反正义力量的"帮手"张俊石老师。小说写的是帮手张俊石老师如何设法启发以石红为代表的知识力量,医治代表反知识力量的谢惠敏的内伤和代表非知识力量的宋宝琦的外伤。这种设置本身就显示了一种对于治愈"文革"创伤的乐观主义信念。其实,早几个月出现的萧育轩的《心声》(载《人民文学》1977年第4期)已经先期显露出这种模式的大体轮廓:党的正义一方的代表、新任厂党委书记梅雪玉领受一项重要的政治任务——确保重要的科学实验"东方红—9"的电力供应,但遭到代表党内邪恶势力的副书记林江的百般阻挠和"残酷斗争",与此同时,年轻的生产技术科科长周小梅也受到林江的蒙蔽和欺骗。但在地委书记李为民和军区杨副司令员的支持下,梅雪玉依靠自己的坚强党性、个人魅力和不懈努力终于教育了周小梅,战胜了林江的阴谋,取得了最后的胜利。这种相同的人物关系模式在陆文夫《献身》(载《人民文学》1978年第4期)里也获得呈现:正义——土壤研究专家卢一民,邪恶——黄维敏,非正义——卢一民前妻唐琳,非反正义——卢一民的帮手曾书记。而这种模式在孔捷生的《姻缘》(载《作品》1978年第8期)里也可以见到:代表正义与知识的归国华侨青年伍国梁当遭遇代表邪恶的政工副书记"过于执"的压制、同时他的恋人阿珍也可能弃他而去时,代表非反正义的党总支副书记"包青天"给予了有效的帮助,成功地感染和教育了一度动摇的阿珍、并顺利成就了与她的"姻缘"。可以见出,属于惊羡体验型的文本,往往或多或少地会表达出某种渗透进乐观意识的浪漫畅想,尽管它对"伤痕"记忆怀着沉重感。《心声》这样写女主人公梅雪玉:"她意态自若,双目平展,激动的目光已经穿越了这小小的礼堂。她看到了什么呢?这时,她看到了深邃的蓝天上,我们的卫星在遨游,茫茫大戈壁,氢弹正在试爆;广阔无垠的海洋中,我们自制的万吨巨轮正乘风破浪前进;世界最高峰上,我国竖立的红色觇标,发出璀璨耀目的光芒……"这种想象图景所赖以生成的美学资源,与"文革"时期主流文学的资源其实并无根本的不同,这是由那时的相近的文化语境决定的。《班主任》也有自身的想象:"张老师离开石红家的时候,满天的星斗正在宝蓝色的夜空中熠熠闪光。"这里的关键的一点是,每位正面主人公之所以具有力量，那是因为他身后总有神圣帮手（或帮手群体）及时出手相助。这可以见出与20世纪五六十年代的《创业史》相同的主人公—帮手关系模式的内在联系[①]。

"伤痕文学"的第二类文本是感愤型文本。这类文本大胆地直接袒露现实的令人感愤的创伤状况，希望引起社会的高度重视。感愤时事，是这类文本产生的一种通常阅读效果。在卢新华的《伤痕》（载《文汇报》1978年8月11日）里，女主人公王晓华诚然有男友苏小林的陪伴和安慰，但却没有《心声》、《姻缘》等出现的那种党内神圣帮手的引导，因而基本处于被压抑、扭曲或打击的孤独与无助状态。这大约相当于卢卡契意义上的始终充满疑虑和幻灭感的"有疑问主人公"。与《心声》里坚忍不拔的梅雪玉和《姻缘》里沉默稳重的伍国梁相比，王晓华是茫然失措和孤立无援的，原因正在于内心所蒙受的难以愈合的巨大精神创伤。在这类感愤型文本中，已很难看到在惊羡型文本中处于支配地位的主人公—帮手关系模式及其关键性行动准则了，那就是：每当主人公遭遇困难或挫折时，总会有代表党的正义力量的神圣帮手出来救助，力挽狂澜或转危为安。取而代之，读者看到的只是，陷于危机或绝境的主人公再也不见神圣帮手来施以援手了。丧失了神圣帮手，主人公的命运势必遭遇和继续遭遇难以解脱的深重危机。使惊羡型文本与感愤型文本得以区别开来的一条基本特征，或许正集中在神圣帮手的有与无这一点上。

同属在当时引起巨大社会反响的"伤痕文学"文本，《伤痕》与《班主任》相比为什么更具有令人失望和沉痛的悲剧效果？这可能有如下原因：第一，叙事的主视角不同。前者以王晓华为主视角，使得读者容易进入她的内心，站在与她相同的水平线上同情她，与她同悲苦共哀愁；而后者以作为神圣帮手的班主任张俊石为主视角，则容易释放出帮手所携带的乐观主义信念。第二，主要人物的具体行动方式不同。《班主任》更多地描写张老师如何居高临下地思虑"救救孩子"，而《伤痕》则更多地写王晓华如何独自生活在幻觉与恐惧中。确实，王晓华由于深受"文革"的主导意识形态的蛊惑而与"叛徒妈妈"毅然决裂后，仍然处处受到"从未有过的歧视和冷遇"，"蒙受了莫大的耻辱"，笼罩在"孤独、凄凉的感觉"中。具体地看，这种孤独与凄凉效果主要是透过她的五次想象态或白日梦状态而显现的。想象一：她在回家的火车上照镜子，映现出神经质的悲伤的自我形象，这加重了她的孤独感;想象二:依旧在回家的火车上,王晓华“想象着妈妈已经花白的头发和满是皱纹的脸”,充溢着对母亲的爱与思念;想象三:她回忆在当年离家出走插队的火车上想象那时母亲的伤心,激发起深深的悔恨与自责之情;想象四:接到母亲有关平反的来信后,恍恍惚惚中想象自己见到母亲时仍被她的“叛徒”身份惊扰,可见她心有余悸,暗示她“伤痕”深重而难以痊愈;想象五:走在上海大街上,预想母女久别重逢时的惊喜,但紧接着却是母亲已经逝世的噩耗,这一前后对比大大加重了小说文本的悲剧效果。王晓华的这五次孤独的想象镜头与张老师与学生的多次亲密接触的团聚场景,显然形成强烈对比。

1979 年或许是“伤痕文学”最为热闹的一年,这一年有几个短篇文本相继登场,如孔捷生的《在小河那边》、陈国凯的《我该怎么办》、丛维熙的《大墙下的红玉兰》和郑义的《枫》等,从而把已经走上强势的“伤痕文学”推向现在看来是最后的高潮(因为从那之后“反思文学”就抢去风头了)。《在小河那边》写穆兰和严凉姐弟俩在政治扭曲、生存无望的特殊情势下走向准“乱伦”。《我该怎么办》则是让一女面对二夫作痛苦选择,原因正在于“文革”政治迫害所造成的夫妻生离死别的命运。丛维熙的《大墙下的红玉兰》写劳改局长被诬陷下狱,最后惨死。郑义的《枫》写恋人李红钢和卢丹枫因为“文革”派性斗争而分属“造反总兵团”和“井冈山”这两个对立的造反派阵营,双方为捍卫自以为是的“真理”而相互武斗,最终使得卢丹枫因为不愿做李红钢的俘虏和自己阵营的叛徒而坠楼身亡,李红钢本人后来也因此而被判死刑,他们内心留下的深重伤痕是无法弥合的。这些主人公无一例外地都没有受到惊羡型文本中特有的党内神圣帮手的幸运眷顾,显示出直面现实生活真相的务实姿态和穿透力。

同属感愤型文本的长篇小说,由于容量大、开拓面广阔,因而在揭露伤痕方面比之短篇具有独特的美学优势。周克芹的《许茂和他的女儿们》(1979)和古华的《芙蓉镇》(1981)被一些学者划归为“反思文学”,这确有道理,因为它们都涉及对于社会、历史或政治等问题的痛切反省。不过,它们由于共同地揭示了中国农民在“文革”或“左”的时期所遭受的精神创伤,我把它们同时划入“伤痕文学”范畴,应当也有一定合理处(在这个意义上,合称“伤痕—反思文学”也许更有说服力)。《许茂和他的女儿们》描写四川贫穷山村葫芦坝农民许茂一家的遭遇,回顾了合作化以来农村生活的曲折,尤其是“文革”后期普通农民的生活状况。小说描写的几个主要人物许茂、许秀云、金东水等都在内心烙下了深深的伤痕。许茂当年曾是土改积极分子、合作化时的作业组长，但长期“左”的政策使他变得孤僻、自私、麻木。连大女儿病逝，他也因大女婿金东水刚挨整而担心受牵连就索性不闻不问。他的四女儿许秀云性格温和但又意志坚定，是富有传统美德的农村妇女形象。尽管受尽郑百如的欺凌折磨，但她仍然执著地追求生活理想，拒绝家人的安排，决心和她所同情和敬重的金东水生活在一起。金东水是小说重点刻画的一个品质优秀、屡遭打击而坚忍不拔的正面典型。在郑百如的不断陷害下，他中年丧妻，住房被焚，拖儿带女蛰居在小小的提水站里，但他对社会主义事业的信心丝毫不动摇。尽管小说为许茂和他的女儿们设置了神圣帮手——工作组组长颜少春，这是由当年的政治形势决定的，但实际上，与人们内心所承受的创伤相比，这个帮手的作用是有些牵强的。小说中真正令人关注和震撼的，毕竟不是帮手的神圣作用，而是许茂和他的女儿们的精神创痛。

与《许茂和他的女儿们》相近，《芙蓉镇》描写 1963～1979 年间我国湖南农村的社会风情，着重揭露“文革”中“左”倾思潮给农民造成的创伤。小说塑造的主要人物，如女主人公胡玉音、“右派”秦书田、粮站主任谷燕山、大队书记黎满庚、“政治闯将”李国香和“运动根子”王秋赦等都能给人留下鲜明而深刻的印象。小说大量渲染胡玉音眼中谷燕山的“老好人”形象以及这种形象被肢解后的疑虑：“在她的心目中，在镇上，老谷就代表新社会，代表政府，代表共产党……可如今，他都被人看起来了。这个老好人还会做什么坏事？这个天下就是他们这些人流血流汗打出来的，难道他还会反这个天下?”在这里，政治“伤痕”不仅铭刻在共产党干部谷燕山心里，而且也烙在胡玉音这样的普通农村妇女心里。更为重要的是，原本属于胡玉音的神圣帮手的谷燕山，在这个反正倒置的世道里已经丧失了原有的神圣性和对普通农民的引领能量，反倒需要胡玉音来关怀了。这种神圣帮手被解构和被主人公关怀的事实，显示了对于惊羡型文本中的主人公—帮手模式的反拨力量；同时，借助胡玉音的视角和内心独白去侧写谷燕山的被解构窘境，实际上巧妙地起到了欲正先反、以反写正的修辞效果，由此通过解构形象反过来“还原”和确证了谷燕山本来应有的神圣性。

“伤痕文学”的第三类文本是回瞥型文本。尽管所有的文学文本都与作家的过去生活回忆有关，从而具有某种回忆性，但在回瞥型文本中，回忆冲动及回忆场景成为语言和形象创造的主导型力量。张洁的《从森林里来的孩子》(载《北京文艺》1978 年第 7 期)没有简单地停留在控诉“文革”或“四人帮”给音乐家梁启明留下的创痛上面，而是着重回忆他生前给弟子孙长宁带来的审美欢乐以及身后留下的精神财富。小说描写林区少年孙长宁由于受到“文艺黑线专政论”和“读书无用论”的伤害，从小就丧失了学习文化和欣赏音乐的权利，正是梁启明的神奇的长笛声给他带来了最初的启蒙。对音乐的回瞥型体验或者说回忆，显示了比现实的文化更有力、更完美的诗意启蒙力量。“这片在生活里偶然出现的笛声，使他丢掉了孩子的蒙昧。”回忆对现实的主导性权威典型地表现在如下情节上：由于孙长宁的充满魔力的音乐，所有刚才还在为高考名额而残酷竞争的七位考生，都突然间异口同声地变得宽厚和高尚起来，愿意让贤。音乐的认同作用显而易见。这音乐不仅可以成功地治疗像孙长宁这样深受“文革”时期“读书无用论”损害的来自偏僻林区的无知少年的伤痕，而且还可以唤起主考官傅涛教授的同情心和对老友的记忆，更可以通过孙长宁的演奏而帮助更多的都市少年在审美感动的瞬间驱散功名利禄之心而唤回纯洁的心灵。更为“神奇”的还在后面描述的傅涛教授的离形得神体验：“他感到神奇，他几乎不再看见面前这个少年人的形体。仿佛这个少年已经随着什么东西升华、向着高空飞旋而去。这儿，从不轻易在人们面前打开的心扉敞开了。从敞开的心扉里，他看见了一个优美而高尚的灵魂……他还看见了那个没有在这个考场上出现的人，是他，培育了这样的一个灵魂……是的，世界上有不相通的语言，而音乐却总是相通的。”音乐简直就是世界上最具有沟通力量的符号，它可以超越形体躯壳而洞察“优美而高尚的灵魂”、透过在场者而窥见不在场者、抚慰和贯通一颗颗孤独的心灵。按小说的叙事，这一切都来源于对已故音乐家梁启明的音乐力量和人格魅力的回忆。孙长宁有关这位老师的美妙回忆，简直具有化腐朽为神奇的强大力量。有了这样的回忆做依靠，还有什么现实的伤痕不会被治愈呢？顺便说，这里对音乐的魔力做了令人震惊的细致回忆和大胆想象，显示出与《班主任》颇为不同的语言和叙述风貌，这在“文革”遗风尚存的 1978 年确实难得，今天读来仍然不失其独特魅力。

叙述人本身对这种“回忆”的神奇魔力是有着清醒的自觉和洞察力的：

"这里好像已经不是考场。每个在场的人,不论是教师或考生,人人都回忆起了一些什么——一生里最美好的什么。"音乐的力量不仅在于及时地打动当下的心灵,而且根本上在于使人回忆到个人一生里最美好的东西,也就是唤起人的主动的美的回忆。美的回忆或审美回忆的力量是如此巨大,以致不能不说它已经成为整个文本的实质性的叙事聚焦或真正主角,由此不同于惊羡型文本中的《班主任》等以现在为叙事聚焦的设置。

与惊羡型文本着重想象未来前景、感愤型文本直面现实伤痕印记不同,回瞥型文本则是以过去回忆为焦点。回忆作为叙事的支配性力量起作用。在祝兴义的《抱玉岩》(载《安徽文艺》1978 年第 7 期)中,回忆正扮演了这种角色。小说讲述彭稚凤和沈岩的师生纯真恋情诚然由于"文革"时期的阶级偏见而一度被拆散,但随着改革开放年代的到来而戏剧性地得到重新恢复。不过,小说给人印象尤其深刻的却是对政治伤痕年代得以幸存的浪漫恋情的深切回忆:"今夜的抱玉岩被月色镀得通明,锃亮,皑皑似玉柱、雪峰;岩下的桂叶,轻舒漫舞。飒飒之声,如怨如诉,不胜切切。"礼平的中篇小说《晚霞消失的时候》(载《十月》1981 年 1 月号)带有无可否认的宗教反思色彩,不过,从"伤痕文学"角度去读解也有一定合理性:李淮平、南珊、楚轩吾、李参谋长等人物无一不带着"文革"年代烙下的累累伤痕,这种伤痕是如此深重以致他们的生活都长久地笼罩在其阴影中。几乎像保尔·柯察金与冬妮娅那样一见钟情、却又还没来得及互吐衷肠的李淮平和南珊,很快被卷入"文革"的抄家风潮中,彼此成为敌人,从此恋情被恨海阻隔和消融,直到十五年后才有机会第一次握手并明白表达"爱情",但由于饱经伤痛的南珊已经被浓厚的宗教情怀所制约,这第一次就不可挽回地演变成为最后一次了。此时,小说所表达的人生主导价值观就不在于现在感知和未来想象,而在于对过去的回忆。南珊这样冷峻地开导热切地表白爱情的李淮平:"淮平,鲜花失去了,果实比它更好,爱情凋谢了,怀念却更鼓舞人。你说呢?"正像南珊希望李淮平生活在"怀念"中那样,小说把人生价值取向投寄到过去。由于如此,小说中最动人的景观不是代表现在和未来的壮丽的日出和朝霞,而是与辉煌的过去相连的沉落的夕阳和晚霞:"我们一言不发地注视着那火红的光轮在下沉,下沉,沉向波涛汹涌的云海之中。我从来没有见过落日像今天这样巨大,浑圆,清晰。它平稳地,缓慢地,然而却是雷霆万钧地在西方碧青色的天边旋转着,把它伟大的身躯懒洋洋地躺倒下去，沉向宇宙的另一边，这光轮在进入云涛之前，骄傲地放射出它的全部光辉，把整个天空映得光彩夺目，使云海与岱顶全都被镀上了一层金色。”落日形象在这里成功地成为回忆的象喻。

上面关于三种文本类型的划分是相对的，其实，未来想象、现在感知和过去回忆是可能存在于每一个文学文本中的，只不过相比来讲各有侧重罢了。从文学史的潮流更替看，由于回瞥型文本在对过去的回忆中必然牵扯出越来越深入的历史反思，从而以回忆与反思的相互渗透为标志，“伤痕文学”必然地要被更需要承担历史反思重任的“反思文学”所取代。重要的是，通过这种分类考察，“伤痕文学”之产生社会修辞效果的缘由可以得到一种新的说明。惊羡型、感愤型和回瞥型这三类文本，提示我们更细致地认识“伤痕文学”产生巨大社会影响的原因：惊羡型文本由于与社会政治主导力量的“思想解放”和“改革开放”取向及其乐观主义信念相一致，因而最有机会通过政治思想工作、新闻和教育等系统而在亿万读者中顺利传诵，难怪《班主任》在当时取得了莫大的荣誉（此后这类机会就逐渐地只能被《离开雷锋的日子》和《生死抉择》等影视夺去了）；感愤型文本由于主要致力于披露“阴暗面”和伦理纠缠或宣泄个人“感伤”情调，因而有时难免会被主导文化所疏远或批驳，不过鉴于其能与大量普通读者的生活体验及有待解决的“伤痕”问题发生共鸣（如《伤痕》和《枫》），也有理由产生较大影响；回瞥型文本则是专注于对于少数知识分子或文化人的某些美好时刻及生活雅趣的个人回忆，所以难免被当时最具有社会支配力的主导文化所忽视，也无法引起最广大的普通读者的共鸣，而更多地只能在少数知识阶层的内心一角盘桓。由此看，社会修辞能量在这三类文本中是依次递减的，即惊羡型文本的社会修辞能量最大，其次是感愤型文本，最弱的是回瞥型文本。不过，有意思的是，如果单纯从文学的审美价值维度看，上述三类文本的价值却相反是依次递增的——“伤痕文学”开始于惊羡型文本对未来的难免有些主观性或浪漫化的想象，进而在感愤型文本对现在的冷静感知中获得较为扎实的开掘，最终在回瞥型文本对过去的审美回忆中展现出更深的反思力度和更加蕴藉深厚的余兴。单从这点看，“伤痕文学”如果有审美价值可供追寻的话，那么价值最高的文本不应是惊羡型文本，而应是感愤型、尤其是回瞥型文本。审美回忆最可能把人引向对人生的至高境界的体验。这使我无法不得出一个结论：中国现代文学中最富于审美价值的文本，恰恰是以审美回忆为主导的、充满流兴的回瞥型文本。然而，一般的说，文学的社会力量往往并不简单地决定于政治或审美要素的单方面作用，而是取决于多重要素的复杂的合力作用。不过，更值得关注的是，落实到特定的分类文本中，这些多重要素常常可能是彼此错位而无法完满协调的：未来想象、现在感知与过去回忆，社会修辞效果与个体审美趣味满足，政治、伦理与审美等要素之间，必然地总是有着不平衡的分布和展示。“伤痕文学”的三类文本所呈现的错位与不协调，只是一些有意思的个案罢了。这一点其实正是文学史的无限丰富性之一个例证。

---

① 参见拙著《中国现代卡里斯马典型》第1章，云南人民出版社1994年版。

# “寻根文学”的指向

旷新年

1985年是当代文学史上重要的一年，文学界的变化风起云涌。滕云在《人民文学》1986年第4期发表的《乱花渐欲迷人眼》一文描绘了文学界杂花生树、群莺乱飞的景象。陈晋则把1985年称为“令人困惑的神秘莫测的1985年”[①]。陌生和激进的文学试验开始涌现，传统现实主义的文学成规受到挑战，令人兴奋的文学潮流不断涌动。1985年文坛的主要流向被归纳为“八五新潮”。刘索拉的《你别无选择》和徐星的《无主题变奏》引起了文学骚动，李泽厚等人曾经为这样“真正的现代主义文学”作品的出现兴奋不已、奔走相告。文学创新热和理论创新热达到了高潮。1985年也被称为“方法论年”，人们并且预言接踵而至的将是“观念年”。与此同时，美术、电影、音乐等几乎所有的艺术门类都发生了异常活跃的变化。对于传统的文学和艺术观念的挑战及其突破越来越接近临界的状态，从前一些确定的解释已经再也不能维持了。李陀将之称为“雪崩式的巨变”[②]。在这种“新方法”和“新观念”的簇拥下，“先锋写作”在1986和1987年走向了高潮。

与此同时，一个显著而又含混的文学现象和潮流是“寻根文学”。南帆曾经这样描述它：“‘寻根’是80年代中期的一个重大的文学事件。如今回忆起来，‘寻根文学’似乎是一夜之间从地平线上冒出来的。不知道什么时候开始，‘寻根文学’之称已经不胫而走，一批又一批作家迅速扣上‘寻根’的桂冠，应征入伍似地趋赴于新的旗号之下。‘寻根文学’很快发展成为一个规模庞大同时又松散无际的运动；一系列旨趣各异的作品与主题不同的论辩从核心蔓延出来，形成了这场运动的一个又一个分支。”[③]

“寻根文学”潮流的一个重要触媒是1984年底题为“新时期文学：回顾与预测”的杭州会议。李庆西后来既颇为自豪又略带伤感地回忆道：“在一部分青年评论家的记忆中，1984年12月的杭州聚会，至今历历在目。这番情景就像一个半大孩子还陶醉在昨日的游戏之中。也许对他们来说，像那样直接参与一场小说革命的机会难得再碰上了。”会上，“大家不约而同地谈到了文化，尤其是审美文化的问题”，后来陆续成文，扩展成为了“寻根文学”的潮流。韩少功在会后发表的《文学的根》一文引起了广泛注意。这篇文章后来被人称为“寻根派宣言”[④]。此外，郑万隆的《我的根》、李杭育的《理一理我们的根》、阿城的《文化制约着人类》、郑义的《跨越文化的断裂带》等文章都对“寻根文学”潮流的形成起了重要的作用。

“寻根文学”的出现使文学的流向发生了重要的转折，使文学从对于社会政治的关注转向对于深层的文化心理结构的发现，是“新时期文学”“向内转”的一个重要标志。郑万隆在《我的根》中说：“如若把小说在内涵构成上一般分为三层的话，一层是社会生活的形态，再一层是人物的人生意识和历史意识，更深的一层则是文化背景，或曰文化结构。所以，我想，每一个作家都应该开凿自己脚下的‘文化岩层’。”[⑤]韩少功在《文学的根》里说：“文学有根，文学之根应深植于民族传统文化的土壤里，根不深，则叶难茂。”[⑥]

在某种程度上，“寻根”思潮被裹挟在激进的“文化热”潮流之中。20世纪80年代的“文化热”和“文化讨论”，在某种意义上，是政治讨论的隐喻，即以文化批判来表达政治激情。1985年甘阳在《文化：中国与世界》上发表的《八十年代文化讨论的两个问题》，开篇一语破的：“一九八五年以来，所谓的‘文化’问题已经明显地一跃而成为当代中国的‘显学’。从目前的阵阵‘中国文化热’和‘中西比较风’来看，有理由推测：八十年代中后期，一场关于中国文化的大讨论很可能会蓬勃兴起。”他接着说，这场“文化讨论”是中国现代化事业本身所提出来的一个巨大历史课题，是中国现代化进程中不可或缺的关键 环[⑦]。他认为，现代化归根到底是文化的现代化。在“新时期”，现代化的历程已经由技术和制度的变革深入到了文化的层面。当前中国根本的问题就是传统文化与现代文化之间的“文化的冲突”。而这种“文化的冲突”恰恰是80年代中国现代化深入发展的背景。“新启蒙”思潮通过“反传统”与“反封建”，将“现代化”、“现代意识”和启蒙本身神话化，用来消除“文化大革命”“政治专制主义”与“文化专制主义”传统。然而，与此同时，对于“五四”的反思和传统的重新评价的潮流已经悄然从海外兴起。用甘阳的说法：“从目前看来，海内外的许多论者似乎都有一种相当普遍的所谓‘反“反传统”’的态度或倾向。”[⑧]

“寻根文学”主要仍然依附和沿用“新时期”启蒙主义与现代化话语，集结在“国民性”批判的旗帜之下，被视为这一现代主题的延续和深化。甚至即使是对于文化传统的肯定，也采取关注边缘的、异端的和非规范的文化传统和价值的策略。李杭育说：“我以为我们民族文化之精华，更多地保留在中原规范之外。规范的、传统的‘根’，大都枯死了。‘五四’以来我们不断地在清除着这些枯根，决不让它复活。规范之外的，才是我们需要的‘根’，因为它们分布在广阔的大地，深植于民间的沃土。”“理一理我们的‘根’，也选一选人家的‘枝’，将西方现代文明的茁壮新芽，嫁接在我们的古老、健康、深植于沃土的活根上，倒是有希望开出奇异的花，结出肥硕的果。”[9]它们无疑从属于80年代西化的浪潮，只有到了90年代，在理论批评家的重新阐释之后，“民间”等概念才成为一种新的意识形态宣称。

李庆西将《爸爸爸》称为“新时期的经典作品”。确实，无论在哪一种意义上，《爸爸爸》都是当之无愧的。《爸爸爸》明显继承了“五四”以来“国民性”批判，尤其是80年代“民族文化—心理结构”剖析的思路。“寻根文学”的重要理论资源是李泽厚所谓民族“文化—心理结构”和“积淀说”。李泽厚作为“新启蒙主义”最主要的代表人物，对80年代中国知识界产生了不可回避的影响。李泽厚在1979年出版的《批判哲学的批判》中提出了“文化—心理结构”的概念[10]。1981年出版的《美的历程》在当时产生了巨大影响。在书中，他从克莱夫·贝尔的美是“有意味的形式”和荣格的“集体无意识的原型”的概念和学说出发，进一步阐发了有关民族文化—心理结构和审美积淀的理论：“美之所以不是一般的形式，而是所谓‘有意味的形式’，正在于它是积淀了社会内容的自然形式……也正由于对它的感受有特定的观念、想象的积淀(溶化)，才不同于一般的感情、感性、感受，而成为特定的‘审美感情’。原始巫术礼仪中的社会情感是强烈炽热而含混多义的，它包含有大量的观念、想象，却又不是用理知、逻辑、概念所能诠释清楚，当它演化和积淀于感官感受中时，便自然变成了一种好像不可用概念言说和穷尽表达的深层情绪反应。某些心理分析家(如Jung)企图用人类集体的无意识‘原型’来神秘地解说。实际上，它并不神秘，它正是这种积淀、溶化在形式、感受中的特定的社会内容和社会感情。”[11]在文化讨论中，启蒙主义对于传统的批判和发掘，最后归结到民族文化—心理结构。从李泽厚的概念出发，“寻根文学”产生出两种不同的意向：一方面延续了启蒙主义和“国民性”批判的主流思路，从文化—心理的角度寻找中国落后的深层的文化根源，对传统的民族文化—心理进行批判性重建；另一方面则为文学建立了新的支点和视野，从思想批判的激情转入了审美视野的开拓。审美，而不再是政论开始成为文学的一个重要的支点。

“寻根”思潮兴起之际，现代化和商业化已经开始真正成为一种日常生活经验。尽管在“文革”以后，知识分子和国家一起急切地呼唤现代化，从国家提出“四个现代化”的目标，到知识分子对于“人的现代化”和“文艺现代化”的鼓动，当时普遍流行的是一种唯现代化论，一种现代化主义，一种对于现代化的全面崇信。而西方现代派则被理解为文艺的现代化现象，被视为现代化的一个组成部分，作家和艺术家的任务就是模仿西方现代派，实现文艺的现代化。但是，知识分子对于现代化的到来并没有真正的思想和精神准备，他们也普遍缺乏现代化的经验。他们并没有意识到，在西方，现代派艺术是对于现代工业文明的反抗与批判，是对于启蒙主义价值理想的一种深刻的怀疑和绝望的经验。或者说，现代主义是对于现代化的一种不适反应。如果说启蒙主义和现代化是一个理性化的过程的话，那么现代主义文艺及其哲学的根本特点却是非理性主义和悲观主义。

按照季红真的说法，文学“寻根”思潮最早可以追溯到汪曾祺 1982 年 2 月发表于《新疆文学》上的理论宣言《回到民族传统，回到现实语言》，而《受戒》、《大淖纪事》等作品则可视为这一理论宣言的实践。李庆西认为，从 1982 年王蒙等人关于高行健《现代小说技巧初探》的讨论起，就逐渐形成追寻民族文化的趋势，贾平凹同年发表的《商州初录》，也同样可以视为“寻根派”作家已经迈出了自己的步履。陈思和则将之追溯至王蒙 1982～1983 年间发表的一组题为《在伊犁》的系列小说，认为其中对新疆各族民风以及历史所持的宽容态度，为以后的“寻根文学”开了先河。而 1984 年前后李杭育的“葛川江小说”、郑万隆的“异乡异闻”系列、乌热尔图有关“狩猎文化”的描述、阿城名噪一时的《棋王》、张炜的《古船》等创作则为更大范围和更大规模的“寻根文学”浪潮的出现作了准备。江河和杨炼的诗歌理论和创作，尤其是杨炼的《诺日朗》、《半坡组诗》、《敦煌组诗》等文化组诗以民族历史文化和神话传说为题材的作品也被视为“寻根文学”的重要开端。以季红真的说法：“及至 1984 年，人们突然惊讶地发现，中国的人文地理版图，几乎被作家们以各自的风格瓜分了。贾平凹以他的《商州初录》占据了秦汉文化发祥地的陕西；郑义则以晋地为营盘；乌热尔图固守着东北密林中鄂温克人的帐篷篝火；张承志激荡在中亚地区冰峰草原之间；李杭育疏导着属于吴越文化的葛川江；张炜、矫健在儒教发祥地的山东半岛上开掘；

阿城在云南的山林中逡巡盘桓……”[12]

最早提到“寻根”这个概念可能是在少数民族作家李陀与乌热尔图的通信中。1983年底李陀在致乌热尔图的信中说:“一定的人的思想感情的活动、行为和性格发展的逻辑,无不是一个特定的文化发展形态以及由这个形态所决定的文化心理结构的产物。近几年来我国有些作家开始注意这个问题,如汪曾祺、邓友梅、古华、陈建功……我很想有机会回老家去看看,去‘寻根’。我渴望有一天能够用我的已经忘掉了许多的达斡尔语结结巴巴地和乡亲们谈天,去体验达斡尔文化给我的激动。”乌热尔图则说:“我国边疆虽然偏僻、闭塞,但那些地区确实可以说是一座沉睡着的文化宝库。比如云南、西藏和新疆,这广袤的土地,自然景观的奇丽,民族文化的悠久,色彩的丰富,层次的繁多——一句话,文学土壤的丰沃令人惊叹。从苏联文学的发展来看,西伯利亚边远而神奇的森林地带,为苏联的文学界一批一批输送了多少有影响的作家;美国的‘南方文学’,不光冲击了美国文坛,而且,产生了具有世界影响的作家;从世界角度看,拉丁美洲可以被称为边缘地带,她的‘爆炸文学’震惊了世界。对比起来,我国的边疆文学虽然使人感到有些遗憾,但已经具备了多方面的条件,显示出雄厚的潜力,需要整个文学界给予更多的注目和关切。”[13]

表面上,“寻根文学”潮流仍然在启蒙主义的河床里奔流。在杭州会议上,对于传统文化热衷的同时,现代主义成为会议的重要话题。现代主义与“寻根文学”共生。“寻根文学”一个重要的口号是“现代意识”。在“现代意识”和文学寻根之间构成了巨大的张力。正是通过“寻根文学”潮流,所谓“文明与愚昧的冲突”作为“新时期文学主题”这样一种整体性的描述开始失效了,“新时期文学”实际上不知不觉地已经溢出了启蒙主义和现代化狭窄的河床。在某种意义上,正是“寻根文学”导致了“新时期”文学整体性和同一性的终结。只有到了“寻根文学”,“新时期”才真正开始产生了反主流的态度和反思的精神,以文学特有的思维方式,以其独特的审美意识和审美感觉与时代主流疏离。

“寻根文学”实际上不知不觉地调整了80年代单纯的反传统态度,对于传统文化不再是简单的、全面的极端否定,而是开始呈现出复杂的、多元的评价,并且开始形成了对于现代化的某种情感上的怀疑和并非自觉的否定。可以说,“寻根文学”是在80年代热情呼唤和正在当下展开的现代化进程的一个不自觉的反应,表现了对20世纪以来的现代化的话语霸权的复杂态度。现代化是一种普遍主义，被认为是一种普遍的经验，而“寻根文学”尽管在当时并不是公开地、理直气壮地但却暗含着提出了文化的特殊性和传统的问题，与这种外来的现代化和普遍主义潜在地对抗。

与韩少功《爸爸爸》的启蒙主义取向相反，阿城的小说直接体现了一种对于传统文化欣赏和认同的态度。然而，这种对于传统文化精神的认同，又是一种对于边缘的选择。阿城的“三王”都取材于他本人亲历的“知青”生活，但无论在主题意旨还是表现形式上，都超越了通常带有“伤痕文学”色彩的“知青小说”。“寻根文学”的主体由“知青”作家构成，他们的思想和创作正在走向成熟的过程之中，同时也面临严重的困境。他们在经历了带有浓厚的“伤痕文学”味道的“知青文学”的创作阶段以后，几乎都陷入了艺术发展的困境。蔡翔指出，“寻根文学”的后面潜藏着一种焦虑，“一种急于摆脱困境的努力，他们急于找到一个新的思想和艺术的支点，不仅创造出一种新的人格本体”[14]。李洁非认为，“寻根文学”出现以前，小说在艺术上已经陷入了徘徊和困境，作家们在寻找新的出路。与此同时，汪曾祺在80年代初发表的《受戒》等小说，以文化、民俗、风情取得了很大成功，产生了示范作用，邓友梅的《那五》、冯骥才的《神鞭》、贾平凹的《商州初录》受到了好评。阿城的《棋王》、何立伟的《小城无故事》、《白色鸟》借助某种文化色彩的浸染来谋求小说的创作从题材到语言的新的美学趣味。另外，南美作家马尔克斯获得诺贝尔文学奖，为第三世界国家的文学提供了一个文学成功的榜样，以民族的文化、情绪而在艺术上取得一席之地[15]。他们通过“寻根”寻找到了一种艺术感觉的方式。《棋王》从“知青”离城送别写起，首先以“车站是乱得不能再乱”来映衬王一生的内心宁静，而后通过写他对“吃”的高度重视，表现他对生命价值的尊重，在他那种处世不惊、怡然自得的性格的刻画中，拉开了这个人物与时代规范下的“知青”形象的距离。他那大巧若拙的描写，朴实简洁的语言，豁达脱俗的美学情致，都浸润着浓烈的民族文化传统，复活了古典文学的经验。《棋王》的主人公王一生，在动乱的岁月里，沉溺于棋道之中，随遇而安，知足常乐。在中国象棋的楚河汉界里凝结着中国道家文化的精神，让王一生在纷乱狂躁的年代里去寻求老庄的风范，体现了作者对传统道家文化的向往。

“寻根文学”的一个重要的结果是艺术视野的拓展和审美意识的更新。“寻根文学”重视传统的审美意识和艺术精神。韩少功在《文学的“根”》中认为，寻根是“一种对民族的重新认识，一种审美意识中潜在的历史因素的苏醒，一种追求和把握人世无限感和永恒感的对象化表现”。李杭育说：“我常想，假如中国文学不是沿《诗经》所体现的中原规范发展，而能以老庄的深邃，吴越的幽默，去糅合绚丽的楚文化，将歌舞剧形式的《离骚》、《九歌》发扬光大，作为中国文学的主流发展到今天，将是个什么局面？”[16]他们使文学从直接“干预生活”向审美意识以及审美多样性方面延伸和发展。韩少功的《爸爸爸》尽管表现了明显的启蒙主题，作品中承载了过多的理性内容，但由于他对楚地神话巫术文化和屈骚浪漫传统的推崇，在他以强烈的忧患意识审视民族的劣根性同时，也以寓言和象征等艺术手段，重新复活了楚文化中光怪陆离、神秘瑰丽的神话系统，涂抹上浓厚的浪漫色彩。“寻根文学”是转换创作思维方式与寻找写作资源的过程。

“寻根”作家在对传统艺术精神的追溯与认同中，使潜伏在民族心理深处，附着在传统文化底蕴上的审美意识，在当代得以复活。这种对重视悟性、直觉的艺术思维方式的倚重，在文学作品中对气韵、情趣、意境的追求，使“新时期文学”从对社会政治批判、社会历史的反思以及对社会生活镜子式的反映的现实主义成规中解放出来，从而激发了文学的想象力。“寻根”作家对民族艺术精神的认同和对传统审美经验的重视，复活了民族的审美意识以及民族所特有的美学气韵和情致。“寻根文学”不再注重人物性格的刻画，而是在对群体意识的观照中，来表现民族的文化心理内涵，民族的集体无意识内容；不再注重事物发展因果联系的过程，而是突出主体的感受、体验和瞬间的顿悟；它不再人为地设置矛盾冲突，而是在人与自然、宇宙的交流融合中，追求一种情韵俱出的境界。这种审美情趣的转移和他们在艺术形式上的探索，为新时期文学提供了新的艺术经验，促进了“新时期文学”的艺术变革。季红真认为，“寻根文学”使“新时期文学”基本上完成了艺术的嬗变。继之而起的文学新潮，几乎都受到了“寻根文学”的影响。

“寻根文学”构成了 80 年代中国的一个重要的文学现象，它并非是一个时过境迁的潮流，而是成为弥散在中国当代文学中的一种力量和重要的酵素，它导致了中国当代文学的精神转向和中国当代文学审美空间的大量释放，也导致了中国当代文学表现领域的转移和疆界的拓展。通过“寻根文学”的艺术发散，中国当代文学发生了重要的转折和变化，知识分子的启蒙传统渐渐淡化，“干预生活”的激情不断消解。蔡翔将“新写实小说”及其“日常生活的诗性消解”追溯到阿城的《棋王》。“新写实小说”向市民的精神态度和“日常生活”的悄然移行无疑正是起源于“寻根文学”的精神转向。

李庆西说:"自'寻根派'崛起,情况便有所改观。从大方面讲,中国文学的格局发生了变化。至少小说不再纯粹作为诉诸知识分子个体忧患意识的精神载体了,而是开辟了一条表现民族民间的群体生存意识的新路。""'寻根派'作家之所以如此重视日常生活的价值关系,也正是因为从人的基本生存活动中发现了命运的虚拟性。如果要真实地表现人格的自由,可行的办法就是穿透由政治、经济、伦理、法律等构成的文化堆积,回到生活的本来状态中去。真实的人生、人的本来面目,往往被覆盖在厚厚的文化堆积层下。"[17]"寻根文学"向后来的"新写实小说"和"新历史小说"发出了重要的信号。

"寻根文学"是一个相当混沌、充满了矛盾和张力的文学潮流。在"寻根文学"的潮流中,作家的意识并不是明晰的,甚至是自相矛盾的,一些概念在当时是朦胧的、不自觉的,后来才沉淀和变得清晰起来。莫言的《红高粱》被视为"寻根文学"的终结,引起了"感觉的爆炸"和文学边界的移动。《红高粱》既是"寻根文学"的终结,同时也是"新时期""新历史小说"和家族小说的起源。自莫言的《红高粱家族》之后,与中国现代文学中巴金的《家》、老舍的《四世同堂》和路翎的《财主的儿女们》等家族题材的小说遥相对照,在当代文学中再一次集中出现了家族小说的文学现象,出现了张炜的《古船》、《家族》,苏童的"飞越枫杨树系列",李佩甫的《李氏家族》,陈忠实的《白鹿原》,王旭烽的《南方有嘉木》,阿来的《尘埃落定》,李锐的《旧址》、《银城故事》,王安忆的《纪实与虚构》,毕飞宇的《叙事》,周大新的《第二十幕》等大量家族小说。然而,和中国现代文学中家族小说的"经验性写作"不同,当代文学中的家族小说却是一种"想象性的写作"。"新时期"的家族小说具有明显的虚构的性质,带有鲜明的传奇色彩。

90年代家族小说的兴起和"告别革命"以及重返"日常生活"的历程有着某种内在的联系。正如革命导致了"五四"文学的"出走"潮流,"告别革命"则导致了"新时期文学"的"回家"叙事。换言之,在现代革命的废墟上重建家族的叙事,尽管这些家族故事是一束颓败的寓言。也因此,实际上"回家"的线索可以追溯到文化大革命结束以及构成"新时期文学"起源的"伤痕文学"。作为"新时期文学"起源的"伤痕文学",卢新华的《伤痕》重新讲述了有关"家"的故事。正如"新时期"的叙事必须回溯到《班主任》这个重建知识分子的中心地位的启蒙叙事的原点。这个"回家"的寓言,如果放在整个20世纪中国文学的脉络中的话,它的话语指向就异常清晰了。一方面，“伤痕文学”以人道主义和反封建主义为旗帜和武器；另一方面，这却是一个从现代革命伦理向传统血缘和家庭伦理回归的故事。从1918年鲁迅在《新青年》杂志上发表《狂人日记》到1978年卢新华《伤痕》的发表，这个在中国具有强烈的周期意味的时间，构成了一个重要的循环。通过90年代陈忠实的《白鹿原》和李锐的《旧址》等家族小说，这种对于“革命”故事的“重写”就变得异常明确和更为突出。从《伤痕》到《白鹿原》，形成了明显的“回家”模式。如果拿《白鹿原》和《家》进行对比的话，《白鹿原》中的“黑娃”其实就是《家》中的“觉慧”，而“田小娥”则是“五四”时期最光辉的叛逆形象“娜拉”。然而，在《白鹿原》中，作者赋予了人物以完全不同的命运：黑娃最后“认祖归宗”，跪倒在祠堂面前，而小娥骨灰被烧三天三夜之后，压于“六棱砖塔”之下。家族小说通过对于革命的否定以及对于封建宗法和家族伦理的重新认同，在另一种意义上，殊途同归地重返了“日常生活”。我们可以将90年代的家族小说如陈忠实的《白鹿原》、李锐的《旧址》同张承志的《心灵史》、韩少功的《马桥词典》看做是“寻根文学”的两种不同的延伸：一种是主导意识形态的书写和主流话语的播撒，一种是通过对于被压抑的少数民族历史和方言的追踪，再一次寻找和认同边缘，从而质疑中心价值和主导意识形态。

以鲁迅的《狂人日记》和巴金的《家》为代表，对“家”的反叛和否定构成了中国现代文学一个最重要的主题。所谓“革命”，一个最重要的内容，就是对于“家”的革命。一方面是“家”的毁灭，另一面是现代民族国家的建构。实际上，“家”和“国家”构成了一种对于“个人”的争夺。20世纪，在民族主义话语支配下，“家”丧失了对于个人控制的合法权力，与此同时，个人则被供奉到“国家”的神圣祭坛上。为了建立一个现代民族国家，必须摧毁国家与个人之间重要的障碍——家族。家庭革命和家族小说成为中国现代文学一个重要的主题，对家族的反抗和“出走”成为“五四”一个最富有象征性和表现力的姿态。“家族制度的罪恶”根本在于阻碍了现代民族主义的目标。1914年，吴贯因在梁启超主编的《大中华》杂志第1卷第3期发表了《说国性》和《改良家族制度论》等论文。他说：“中国之社会，有一根深蒂固之制度，足以阻碍国家之进步者，则家族制度是也。国家之发达，必其全国人民，其精神与国家接近，人民之心思材力，于自营一身之外，其余力不复他用，而悉举以贯注于国家，夫而后其国能蒸蒸焉日进于上，若夫国家与人民之间有一阶级焉，阻其直接之关系，使人民之心思材力，其作用为此阶级所圈限，而无复余力以顾及国家，则其国家终无由发达，故欲导其国之政治，使日进于文明，则此贯注于国家与人民间之家族制度，虽前此曾收其利，而以有碍于国家之进步，实当宁从割爱，而勿使为政治上之阻力也。”[18]他后来在《改良家族制度后论》中更明确申论：“抑吾对于家族问题，所以言之不厌其详者，诚以中国现在之家族制度，非改良更张，则举国之人，其精神财力，将为其销耗以尽，更安能有所贡献于国家。而以今日兢尚军国主义时代，独欲以宗法主义立国，其国未有不亡者，故此事能否改良，实国家存亡之所系也。”[19]在样板戏中，传统的“家”被彻底摧毁了，代之而起的是超越了传统“血缘伦理”的“革命伦理”和“革命家庭”，而最典型的莫过于《红灯记》中的革命家族：你姓陈，我姓李，你爹他姓张。阶级和革命而不是宗族和血缘使他们结成为一个家庭。革命摧毁了传统的宗法伦理和家族，同时建立了新的现代革命伦理。

《红高粱》被视为“寻根文学”的终结和家族小说的开端。《红高粱》宣言要“为我的家族树碑立传”，将历史叙述从“国家”和“革命”的控制之中拯救出来。在苏童的《一九三四年的逃亡》中，“我曾经到过长江下游的旧日竹器城，沿着颓败的老城城墙寻访陈记竹器店的遗址”，寻找“我的家族从前的辉煌岁月”。他借助“寻根文学”的潮流和南美魔幻现实主义文学“爆炸”的氛围，寻找到和确立了自己新的书写方向。《红高粱》成为“寻根文学”和“家族小说”的交汇点。《红高粱》所开启和释放的意义，与后来被理论诠释固定和驯服甚至抽空了的“民间”、“家族”等概念比较起来，在这里仍然是浑朴自然、生机勃勃、内涵复杂的，并没有确定的方向：“我高高地举起了‘高密东北乡’这面大旗”，把那里的土地、气候、河流、树木、庄稼、花鸟虫鱼、痴男怨女、地痞流氓、刁民泼妇、英雄好汉统统写进小说，创建一个文学的“共和国。”[20]黄子平说《红高粱》是“‘英雄好汉乌龟王八蛋’最终重新‘反出江湖’的文学史历程”[21]。然而，另一方面，在某种意义上，它仍然是现代革命话语的延伸。《红高粱》中的主人公“我奶奶”，“她老人家不仅是抗日的英雄，也是个个性解放的先驱，妇女自立的典范”。“我奶奶”更像是《沙家浜》中的阿庆嫂，而不像《旧址》中的李紫痕。与90年代《白鹿原》和《旧址》等作品对于“革命”话语的彻底消解和否定不同，在《红高粱》中仍然洋溢着浪漫主义的激情和反叛精神。

“寻根文学”是中国“新时期文学”从单纯走向复杂的时刻，同时，也是“新时期文学”重新摸索和确定方向的契机。启蒙主义和“国民性批判”在韩少功的《爸爸爸》中成为一种遗响。通过阿城的《棋王》,“新时期文学”开始回归和拥抱被革命所悬置的“日常生活”。90年代“日常生活”被神话化,而“寻根文学”则成为沦入日常生活的一个重要线索和标志。然而,与此同时,“新时期文学”最具有批判性的作家张承志和韩少功也正是通过“寻根文学”,以《心灵史》和《马桥词典》自觉地重新选择新的“边缘”,与文学主流形成了明显的疏离,从而确立了鲜明的反思和批判立场。

---

① 陈晋:《当代中国的现代主义》,中国文联出版公司1988年版,第14页。

② 李陀:《往日风景》,载《今日先锋》第4辑,三联书店1996年版。

③ 南帆:《冲突的文学》,上海社会科学出版社1992年版,第108～109页。

④⑰ 李庆西:《寻根:回到事物本身》,载《文学评论》1988年第4期。

⑤ 郑万隆:《我的根》,载《上海文学》1985年第5期。

⑥ 韩少功:《文学的根》,载《作家》1985年第4期。

⑦⑧ 甘阳:《八十年代文化讨论的几个问题》,载《文化:中国与世界》第1辑,三联书店1987年版。

⑨⑯ 李杭育:《理一理我们的“根”》,载《作家》1985年第9期。

⑩ 参见李泽厚《批判哲学的批判》,人民文学出版社1984年版,第56～57页。

⑪ 李泽厚:《美的历程》,中国社会科学出版社1984年,第30～32页。

⑫ 季红真:《忧郁的灵魂》,时代文艺出版社1992年版,第36页。

⑬ 李陀、乌热尔图:《创作通信》,载《人民文学》1984年第3期。

⑭ 蔡翔:《追问和怀疑》,载《当代作家评论》1993年第6期。

⑮ 李洁非:《寻根文学:更新的开始(1984～1985)》,载《当代作家评论》1995年第4期。

⑱ 吴贯因:《改良家族制度论》,载《大中华》第1卷(1914)第3期。

⑲ 吴贯因:《改良家族制度后论》,载《大中华》第1卷(1914)第6期。

⑳ 莫言:《自述》,载《小说评论》2002年第6期。

㉑ 黄子平:《“灰阑”中的叙述》,上海文艺出版社2001年版,第4页。

# 二十世纪八十年代的“现代派文学”

程光炜

## 一、关于“现代派文学”

1982 年发表的徐迟的《现代化与现代派》和冯骥才、李陀、刘心武的《关于“现代派”的通信》等文章，作为当代文学向“现代主义”转向的一个重要识别界标当然是无可争议的①。但令人疑惑的是“现代派”这一说法到 1983 年后就不再使用，文学史家对 1985 年以后的“探索文学”现象采用了与“现代派”属于不同范畴的“寻根小说”、“先锋小说”、“新写实小说”和“第三代诗歌”等表述②。这些文学史表述的形成显然留有上述作家群体“以文撰史”的残迹，还包含着当时文学界把文学状况描述为“多元”、“断裂”的倾向，从而不愿承认该时期文学发展有一定的“群体自律”和“完整性”。这种作法在今天是否恰当，不能说没有一定的商榷空间。

厘清这一文学史疑点，首先要考察的是作家们当时怎样读解“现代派”的问题。也就是说，他们是在什么背景下接纳西方“现代派”的？而这种接纳的内在情结和文学效果又是什么？在评论刘索拉的小说《你别无选择》时，黄子平敏锐地指出在人物身上躁动的“现代”心绪，实际是“我们民族走向现代化、民主化进程中，一代人‘情绪历史’的一个浓缩”③。陈村在与王安忆“对话”时曾直接承认：“应当感谢加西亚·马尔克斯，感谢《百年孤独》的译者与出版者”，正是这部小说，打消了“我们在文化上隐隐显显的自卑”④。需要注意的是，“接纳”的理由原来是与认为产生“现代派文学”的“西方文化”比“本土文化”占据更优越位置的新的看法有关。换句话说，当代文学在“新时期”的发展需要“外来”刺激而非内部动力，这一“前提”已为越来越多的人所肯定。在这一文化“自卑感”中显示的文化逻辑同样出现在马原的文章中，他写道：“我甚至不敢给任何人推荐博尔赫斯……原因自不待说，对方马上就会认定：你马原终于承认你在模仿博尔赫斯啦！”⑤韩少功则用一种辩护的口气解释道:“寻根”派“不是反对文化的对外开放,相反,只有找到异己的参照系,吸收和消化异己的因素,才能认清和充实自己。”[⑥]虽然与韩少功的“自信”形成对照的是马原的“不自信”,但两人读解“现代派”的目的却又表现出了惊人的一致,这就是以前者为“蓝本”来重新确立自己文学创作的立足点。以上表述不约而同地形成了一个对“现代派”认知的“共识”。值得注意的是,尽管80年代被翻译到中国的西方“现代派”文学涉及英、美、法和拉美等不同国家,其文学观念、形式特点也散乱纷杂并千差万别,但作家们出于共同的文学理想更愿意把它们看做来自同一个“整体”——“西方文化”。这种“群体行动”自觉不自觉地超越了“现代派”、“寻根文学”、“先锋文学”的不同主张和流派壁垒,为我们描绘出一幅具有历史关联性的“现代派文学”发展的蓝图。

不过,更值得追究的问题是,为什么这种如此接近的“现代派”读解,在上述文学流派的创作中却又呈现出极大的差异性、混杂性?以至于批评家和文学史家据此对这一阶段作出了“多元时代”到来的判断?一个直接的原因就是“现代派”在1983、1987年“清污”和“反自由化”运动中的“负面化”形象。担心因言犯忌的人们宁愿采取“寻根”、“先锋”这样中性的说法强调自己的“准现代派”态度。如此一来,对“现代派”完整、全盘“接收”的历史机会无形丧失了,使年轻作家们的“自我探索”赢得了生存空间。这种“朝是夕非”的文学变局,就连紧追文学新潮的批评家吴亮也难以适应,“与其说是我主动地向1985年的小说靠拢,不如说是它向我逼来使我无法逃避更为确切些”[⑦]。为表示与一体化社会和文学的“告别”,人们更愿意接受“探索”、“多元”、“断裂”、“碎片化”这种新的文学意识形态和话语表达方式,尽管它当时已经在开始制造一种新的文学表述的“公式化”、“概念化”的话语谱系。除此以外,它还有另一个历史成因:“在80年代许多作家、读者的理解中,西方的‘现代派’是涵盖面宽泛的概念。自上世纪末到本世纪70年代,包括象征主义、表现主义、未来主义、意识流文学、超现实主义、存在主义、新小说派、垮掉的一代、荒诞派戏剧、黑色幽默、魔幻现实主义等等名目的文学,都囊括在内。”[⑧]这样的分析很有道理。如果说“理解”的混杂性带来了“概念”上的混杂,因而进一步造成了文学史描述上、把握上和定位上的模糊与笼统的状况,那么陈村、王安忆、马原和韩少功在对“现代派”的“共同读解”中实际存在的各自表述的侧重点和差异点,则带来了“现代派”在中国作家读解中的被“分解化”和“个人化”,并形塑出“多面孔”的西方“现代派”。

可以理解的是，按照不同作家群体所希望的历史状况来描述文学史图景，表面上比较尊重“文学史实”，是一个不存在争议的做法。但各个文学流派的发展之间有没有若干个历史的关联点，在看似千差万别的纷繁现象中能否理出一定的头绪，借以对“现代派文学”与“当代文学”的不同做些说明？另外，“现代派文学”应不应该有一个大致的文学史定位等等，是否也应该列入研究计划？

如果承认“现代派”在被80年代文学“移用”的过程中既有差异性也有共性，对它的讨论便有了一个起点。这就是，在现代派文学与当代文学的关系上，文学经典与文学史认知的关联上，清理其形成状况和历史的效果。

## 二、“现实主义”、“文学传统”与“现代派文学”的构建

“现代派文学”要想在中国本土文化中落户，一个首要问题就是如何面对已经固化为本土文化组成部分的“现实主义”和“文学传统”这一因素。出于历史需要，一些文学史叙述往往用“超越”这种说法来淡化、压缩和简化二者的关系。当然，鉴于当代文学中的“现实主义”及其“文学传统”已非现代文学所指的含意，而具有了“政治社团”、“阶级”的隶属内涵，当时文学史那样的处理也许并不是毫无道理的。现在需要关心的是，80年代的“现代派”是怎样看待“现实”主义的，而他们所说的“文学传统”究竟指的是什么？某些或者多种“传统”的渗透、交叉，是否与此同时也进入到了前者自我建构的过程之中？

要深入探讨这一问题，我们无法避免对“现实主义”、“文学传统”与“现代派文学”在80年代出现的新的关系和前者的维度变化作进一步讨论。众所周知，在20世纪中国文学中，“现实主义”并非一个一成不变的历史概念。它们经常因历史时间和空间的变化，而发生位移甚至根本性的令人不解的倒置。至少在20年代和50年代，就有以茅盾和周扬的阐释为代表的“现实主义”、“批判现实主义”和“社会主义现实主义”等等不同的表述方式。前者强调从知识分子的立场出发、通过文学手段对社会现象进行干预和批评，后者立足于党派角度，要求文学从正面价值去肯定和歌颂“社会主义现实”，“在于用社会主义的观点、立场来表现革命发展中的生活真实”⑨。后来，这些表述也会因环境、个人和文坛状况的变化和矛盾而出现一些微

妙的调整。“文革”之后，“社会主义现实主义”在“新时期”文学中全面失范，许多作家、批评家在80年代中国/西方、创新/守旧的焦虑中把摆脱前者作为自己从事文学创作的新的历史支撑点。鉴于“文革”历史时空的巨大变动，余华开始在一种不确定的感觉中表明对“现实”的新的看法，他说：“我开始相信一个作家的不稳定性”，因为“一成不变的作家只会快速奔向坟墓，我们面对的是一个捉摸不定与喜新厌旧的时代。”[10]也即是说，“现实”作为一种“主义”，曾经在当代作家的创作中是一种无可置疑的时间、历史的维度，代表着一种写作方向和基本立场，然而在“现代派”新的文化建构中，它的“过去时”的特征已为一种“不稳定性”的现实感受所代替。不管承认与否，“寻根小说”在80年代所强调的“文化现实”实际是一个与当代文学的“现实主义”南辕北辙的文学概念。季红真在《宇宙·自然·生命·人》一文中曾经用“历时性”概念来剖白作家们希望超越“当下现实”的意图：“社会的概念以一个时代的生活为认知对象，共时性便是它的基本特征；而文化的概念以久远的历史积淀为前提，则更多地体现为历时性的特点。”[11]季红真这里强调的仍然是文学如何面对和表现“现实”的问题。不过，她强调的作家更应关注那种具有深厚“历史积淀”含义的“现实”，而非“现实”在当下的存在，“寻根派”的这一主张其实带有将传统的“现实主义”为我所用的明确意味。这种说法，与阿城以“世界性”的“现代派”的眼光重新开掘民族文化资源的观点有异曲同工之妙。“中国文化须与世界文化封闭到一起，才是我们所要求的世界水平”，而“文学家若只攀在社会学这根藤上，其结果可想而知。”[12]这一点，也被一份类似“新写实小说”的《宣言》所挑明：“所谓新写实小说，简单地说，就是不同于历史上已有的现实主义”，而是“善于吸收、借鉴现代主义各种流派在艺术上的长处而特别注重现实生活原生形态的还原”[13]。余华所说的“捉摸不定的时代”、季红真的“久远的历史积淀”和阿城所谓的“中国文化”等说法让我们看到，在“现代派”“去”现实、“去”传统的巨大声浪中，“现实”暗中与“现代派”的文学叙述建立了某种对接。经过多种历史叙述“改造”了的“现实主义”，就以这种芜杂不一的形态“重返”到“现代派”的历史生成过程之中。

在某种意义上，“当代”文学中的“现实主义”不是一个孤立的存在，随着时间推移，它已经沉淀为一种“文学传统”——这是谁都无法否认的事实。在80年代“现代派”建构过程中，我们发现，它之所谓“颠覆传统”的意图可能不光指“当代”文学的“政治传统”，其中还包括文学本身的那种“传统",即文学观念、创作方法和艺术风格等一些东西。布鲁姆在《影响的焦虑》一书中,曾对"下代作家"对"上代作家"压抑性的"影响"采取极端叛逆的心态,做过十分精彩的分析:"一部成果斐然的'诗的影响'的历史——亦即文艺复兴以来的西方诗歌的主要传统——乃是一部焦虑和自我拯救之漫画的历史,是歪曲和误解的历史,是反常和随心所欲的修正的历史,而没有所有这一切,现代诗歌本身是根本不可能生存的。"[14] 因此,我们对"现代派"敌视"文学传统"态度的认识,就不能再束缚于"文学政治"的单一理解框架,或者也不再简单把"政治"理解成"非文学"的东西,而应进一步看清楚在中国环境中二者之间的纠结、矛盾和错综复杂的关联。在 80 年代,文学与政治构成了既有联系、同时又有各自立足点的多个层面。如果按照这种"多层化"来理解,那么就可以认为:"现代派"文学只屏蔽当代"政治传统"(包括文化、文学的"传统")的目的,即是尝试建立"自己的传统"(这两个"概念"经常在"中国"与"外国"、"传统"与"现代"、"个人"与"政治"之间变换和游移)。诸多的"声明"、"宣言"和"反省"都在宣布这一"告别历史"的壮举。但很多人却不知道,所谓"自己的传统"其实也潜藏在当代"政治传统"无所不包的视野中,它们血脉相同、骨肉相连。正如以"纯化"、"拒绝"和"超越"等姿态来虚构"新的历史"能够取得某种自欺欺人和"歪曲"、"误解"的效果一样,深信"二元对立"的否定式的思维幻觉的确也会将文学"传统"推向"未来"。正是出于对"当代"社会所构成的文学表现形式和风格压力的焦虑,余华才会宣称:"19 世纪的时代已经结束",而中国作家应该生活在"20 世纪文学"之中。他为"现代派"同行开列的"文学史必读"对象是:"卡夫卡、乔伊斯、普鲁斯特、萨特、加缪、艾略特、尤内斯库、罗布·格里耶、西蒙、福克纳等等。"[15] 苏童也有同感:"以我个人的兴趣,我认为当今世界最好的文学是在美国。"[16] 显然,与布鲁姆所说的西方作家在"同一文化"之中"修正"文学传统的作法不同,中国的"现代派"作家是要用"20 世纪文学"(实际是指"现代派文学")来误读"19 世纪文学",或者说是用"外国文学史"来歪曲"中国文学史"(即"文学传统")。

事实上,在 20 世纪 80 年代,一切所谓的"构建"都意味着各种形式的"破坏"。于是,相关的一连串问题是:在当代中国文学中,"现实主义"、"文学传统"是否真的离我们而去?拥有了"外国文学史",是否等于使作家拥有了没有止境的艺术创造力?它与本土经验怎样衔接,在哪里和什么层面上衔接才能够"化入"中国文学的土壤?或者说,对于一个堪称"伟大"的民族作家来说，难道仅仅依凭上述这些东西吗？这些面向别人同时也面对自己的有理智的反省，实际上并没有真正进入80年代“现代派”的历史构建，变成一种历史与艺术的自觉。对此，余华在1997年写作的《我能否相信自己》一文中有过类似的反省。他把本国的“现实主义”和“文学传统”比喻为“看法”，以一种相当不客气的口吻追问道：“他们在‘否定’看法的时候，其实也选择了‘看法’。”“人们真以为一叶可以见秋了，而忘记了它其实只是一种形容。”尽管他不后悔当年对“外国文学史”的选择，但对那些“将别人的知识误解成是自己的，将过去的知识误解成未来的”现象又有所挖苦，并坦然承认，“思维的训练将我一步一步地推到了深深的怀疑之中”[17]。

## 三、“现代派”心目中的“文学经典”

上面，我们讨论了“现代派文学”是怎样通过与“现实主义”、“文学传统”不同的“历史叙述”来建立自己的知识点的。尽管这种“甄别”式的划分方法要始终与本土文化、中国经验纠缠在一起，但毕竟表明了他们试图摆脱“前辈”传统和作家的影响并对80年代文学地图重新规划的野心。

在此，我想讨论另一个问题：即“现代派”心目中的“文学经典”。“文学经典”与“文学史”存在着一种显而易见的联结关系，没有自己的“文学经典”排行榜和筛选，认定程序的文学史是无法存在的，正如“文学经典”的“终极价值”，最终都要文学史来检验、认定和本质化一样。佛克马、蚁布思就指出过“文学经典”在一个时代文学气候形成过程中的“重要性”：“文学经典在中世纪的重要性来源于它统治着整个的教育这样一个事实。”他们注意到，作为中世纪最具权威性的权力机构“教育权”、“帝权”和“神权”，“教会和司法体系各自创造了自己的经典，而在教育中则形成了由那些必须阅读和研究的作家们所构成的第三类经典。”[18]因此，需要分析的问题是，虽然80年代的“现代派”作家还没有像今天这样明确的“文学史意识”，但他们所“开列”的“文学经典”篇目背后，也即“文学史”背后的历史效果到底意味着什么？或者说他们到底希望达到什么样的文学目的？

1949至1976年的“当代文学”是借助不同时期和不同批次推出的“文学经典”篇目来确立自己的权威性的，这些篇目包括1949年出版的《中国人民文艺丛书》共54种，例如《白毛女》、《李有才板话》、《王贵与李香香》和《刘巧团圆》，以及后来的《红日》、《红旗谱》、《红岩》、《青春之歌》、《创业史》、《艳阳天》、《金光大道》、《红灯记》、《智取威虎山》和《沙家浜》等等。这里真正有意味的问题在于，“当代文学”通过对“现代文学”提供的“文学经典”篇目和作家影响的公然“拒绝”和有意“剪除”，构成了另一个更具权威性的文学的“传统”。

在论及文学“探索”问题时，“现代派”作家说得最多的正是上述当代文学“经典”的“弊端”。在论述80年代“现代派”与西方“现代派”的复杂关系时，贺桂梅曾指出过“作家们的书目”，为前者建构了另一个“文学传统”的问题。对先锋文学的“纯文学”主张的“意识形态”，她认为更深刻的原因其实是：“70～80年代转型过程中形成的文学反思声音之一，就是要求‘让文学回到文学自身’、‘让文学和政治离婚’。这也就是所谓‘文学本体论’所指涉的历史内涵。”但她又批评说，文学确实从政治中“脱离”了出来，然而这种“‘文学’被视为一个抽象的纯粹的‘自足体’，常常被看做一种与‘内容’可以分离的纯‘形式’因素，而其携带的意识形态遭到忽视”[19]。一定程度上，贺桂梅的见解可以成为这一问题讨论的起点，但同时也可以作为一个通过被质疑而成为将问题进一步展开的问题。

贺桂梅找到了一条重返“先锋文学”的路径，并发现了先锋作家们对自己创造的“新现实”所携带的“意识形态”始终缺乏历史的自觉。语言和形式的“革命”目的是要打破僵化的形式体制（经验体制、意识形态体制），“完成意识形态的颠覆”。先锋文学仅仅把“完成‘解构’的任务”当做了自己的文学使命，而忘记了“任何一种解构都是建构”[20]。不过，尽管贺桂梅敏锐地洞察到先锋文学生成过程中的历史策略，但她并没有把它重新置入“文学史”的考量当中，也许她对“提问”方式的兴趣远远要大于对问题的追问和继续展开。如果要概括其意见的话，那么她对先锋文学的洞察就止步于“先锋小说在将‘个体’从整体语言秩序中‘解放’出来时，他（他们）并没有意识到这个‘个体’能做什么或将做什么”这样的结论。也就是说，“历史欲望”的天然缺乏，正是作者为我们所勾画的先锋作家们的历史形象。实际上，80年代的“现代派文学”并不满足仅仅完成“解构”的任务，或者这种“解构”只具有所谓詹明信意义上的“寓言”的象征作用。潜藏在所开列“文学经典”背后的动机表明，他们的“历史欲望”丝毫不亚于1976年之前“当代文学”的缔造者们，两者的差异只是将“政治权力”演变成“文学权力”而已。“我们生活在一个伟大的转折时代里，也决定我们的文学必定要有一个很大的发展，要形成一个新的文学时期。”“怎么能设想文学形式在这一时期会不发生重大变革呢?”[21] 90 年代初,余华也曾有过同类“自述”:“一部作品的历史总是和作家个人的历史紧密相连”[22]。博尔赫斯和鲁迅曾是他个人创作中的“两条河流”,为此,他如此设想过怎样重返他们的“历史”并与之“融会贯通”的某种可能,“孔乙己摸出四文大钱后,令人战栗的描述出现了,鲁迅只用了短短一句话,‘见他满手是泥,原来他是用这手走来的。’……这就是我为什么热爱鲁迅的理由,他的叙述在抵达现实时是如此的迅猛,就像子弹穿越了身体,而不是留在了身体里”[23]。在某种意义上,这既是对鲁迅的模仿,更是通过模仿而试图创造出另一种“文学史”的某种表露。

“现代派”之所以在 80 年代引起人们如此激烈的反应,最大原因莫过于它对以《白毛女》为代表的当代“文学经典”的轻看、遗忘和规避,莫过于西方“现代派”文学史对中国“现实主义”文学史实行的新的话语压制和覆盖这一显而易见的目的。更重要的是,“现代派”无意追求经典“现实主义”那样严厉而褊狭的历史目标,它事实上把“纯文学”建构在了一种与日渐开放的社会相匹配的“宽容”、“多元”和“相互容忍”的基础之上。“现代派不是一个单独的流派”,“其中各派各系,如同网络支流,多不可数”,“有人从现实主义跳入现代派,也有人——像阿拉贡那样在‘超现实主义’中洗个澡儿又跳回到早期现实主义营垒中去”[24]。在 80 年代,倒是批评“现代派”的“现实主义”批评家们发出了与“开放社会”格格不入的声音:“现代主义是资本主义矛盾不可克服的产物,它的世界观、艺术观是以个人主义、反理性主义为基础的,总的说来,是一种对生活失去信心、失去希望的文艺。”[25]纯粹从阅读效果看,这种武断粗暴的“文学观”不仅将自己悬挂于“80 年代社会”之外,实际也悬挂于“五六十年代”文学史之外,它因为自己的一意孤行而被两个时代文学史同时拒绝。与之相反,倒是“现代派”因为与日益“开放”的 80 年代合拍而从容地进入了“历史现场”,它的声音在真正回应“宽容”和“多元”等中国社会的历史性要求。

其实,“现代派”所开列的“文学经典”是要打破被单一国别文学史所垄断的历史叙述框架,而将中国当代文学纳入“世界性”的文学叙述之中。在冷战环境中,毛泽东所主导的“当代文学”曾拒绝过西方各国文学的热情移植。在 50 年代末,他所赞赏的“古典加民歌”便成为当代文学唯一的文学范式——这可以看做是“封闭社会”之文学命运最后的回光返照。因此,当美国、英国、法国、德国、巴西、哥伦比亚和阿根廷等“现代主义”的“文学经典”再次重返中国的时候,其意义绝不只是众多“国别”对单一“国别”文学史生存所构成的威胁,而是表明了一个开始容忍"异质文化"的文学时代的来临。许多"现代派"作家都与他们心目中的西方"文学经典"存在着一种无法抹去的"亲缘"关系:徐星、苏童之于《麦田里的守望者》、刘索拉之于《第二十二条军规》、莫言、王安忆、韩少功等之与《百年孤独》、《喧嚣与骚动》、余华之于《雪国》、《在流放地》和《变形记》……这些作家与西方"文学经典"所建立的"个人联系"都已是一个不争的文学史事实。与1976年之前的"当代文学"相比,80年代中期前后的"当代文学"已面目全非,很难再用"民族文学"这一文化符号来涵括它的文体变化和显然已经非常之多元化的精神旅程。一位"现代派"作家预感到:"文学发展到了今天,已经超越了国界和民族。"[26]当代文学的这两份"文学经典"在这里预示了一个需要解答的问题:是"古典加民歌"意义上还是西方"现代派"意义上的文学写作,哪一个更属于中国的"当代文学"?当代文学史叙述中到底有没有这样一个需要厘清的"问题"?如果有或者没有,那研究的起点将在哪里?

## 四、"现代派":另一个不同的"当代文学"

现今的当代文学史著作虽然承认当代文学有不同的时期,这些时期之间存在差异性,但又认为,其背后仍然有一个大致的历史逻辑和叙述的完整性。例如,有的研究者表示,"虽然也可以改变文学分期的方式"来重新处理"当代文学"的概念,然而"考虑到目前文学史研究的实际情况",倾向于保持现状,因为现在还"不具备这一转换的条件"[27]。有的研究者则认为:"中国20世纪文学是一个开放性的整体,当代文学只是其整体发展过程中的一个阶段。"当代文学的"精神特征"充满了"曲折和不稳定性",不过"它始终具有与社会生活实践保持同步探索的性质"[28]。另一本文学史的撰写者对上述"整体观"也没有表示怀疑,他们相信,虽然当代文学的发展过程始终受到"现代性"的困扰,有某些"虚构"因素,但说到底还是"'历史'的叙事"[29]。

上述这些说法当然都没有错。但是,"当代文学"作为一个人所共知的文学史的概念,如果我们不将它"历史化",当做一个"整体"术语倒真是没有问题;如果我们承认它是1949年之后这一历史阶段中"发生"的"当代文学"的话,那么就必须面对两种截然不同的"历史语境":封闭社会/开放社会、革命时代/市场经济时代、社会主义/多元化的社会主义,等等。也就是说，如果将“当代文学”置入这两种不同的历史语境，将其“历史化”，那么即将面临着被分解、撕裂和发生错位的危险。虽然，对历史的“划分”不能这么简单，两个“当代史”之间的政治目标、历史内涵、文化体制和个人存在方式，也即当代文学“生成”的总体环境，都已有了根本性的差别。如果在文学史意义上重新认识“当代文学”，那么继续再用它统领“十七年”（包括“文革”）和“新时期”并描述所有不同的文学现象，就会成为一个很大的充满争议的问题。

如此说来，是否在“当代文学”的传统谱系中还存在着另一个被“现代派”所重塑的“当代文学”呢？这得回到作家们所言说的“现代派时代”，通过具体详细的分析进一步讨论。首先，提倡与反对“现代派”的根本分歧是什么呢？这个“分歧”与当代文学史主要的关联点又意味着什么？在《关于“现代派”的通信》中，冯骥才、李陀和刘心武强调得最多的是“表现内心世界”和“非理性的荒诞”。李陀写道：“卡夫卡对现实进行变形的表现手段，是和他对西方文明的危机、荒诞以及它们所造成的对人的异化这一认识分不开的。又如尤奈斯库等人戏剧中的抽象和超现实表现手法，是和他们对世界和人生的绝望感分不开的。”他也具体地提到阻碍他们大胆提倡“现代派”的压抑性的力量——“那么，这些表现技巧中哪些因素有可能和它们特定的表现内容分离开来，成为我们吸收、借鉴的营养呢？这不能不是一个需要谨慎对待的问题。”也就是说，提倡“现代派文学”势必会触犯与主流形态紧密捆绑在一起的现实主义文学所构成的“成规”和“秩序”。这种秩序强调表现人与历史形成的高度同构性、一致性的“外部世界”，在语言和形式技巧上塑造了一个“意识形态”意义上的“文学世界”。郑伯农十分尖锐地指出了“现代派文学”的性质，例如“个人主义”、“反理性主义”，称它是一种对生活“失去信心”、“失去希望”的文艺，指出了它与现实主义“正统文学”的“根本分歧”。由于联想到“西方”、“个人主义”、“反理性”在当代文学史上的真实处境，李陀给“现代派”的历史限度是：“毕竟我们不能跟在西方现代派文学后面跑。毕竟一切学习、吸收、借鉴的目的都是为了‘洋为中用’。”[30]在这样的意义上，“现代派”所谓对西方现代派文学技巧的学习、吸收，事实上也是一种对其观察、表现世界方式的主动借鉴。“现代派”所谓“谨慎对待”、“洋为中用”等小心的措辞是“传统”的当代文学历史发生真正裂变的先兆。

对“现代派”这一概念，表达得更为充分和深入的，大概要算“老牌”现代派作家徐迟在1982年发表的被称为“标志性界碑”的《现代化与现代派》一文[31]。该文之所以受到文学史研究者的重视，是因为它不像其他“现代派”提倡者那样过多纠缠“技巧”、“形式”、“该不该引进”等枝节性问题，而是直接指出了“不能引进”的现实“症候”，并对影响文学(包括当代文化)正常发展的深层“障碍”作了深入剖析：“评论界是不怎么喜欢谈经济关系的。置政治于经济之上，我们探索问题往往从政治着眼，而无视于经济的因素”。而他所谓的“经济”也就意味着产生西方现代派文学的高度发展的“资本主义生产”。关于“现代派”与“经济生产”的关系，他转引了马克思关于现代艺术的论述。这意味着徐迟试图摆脱将“政治”与“经济”实行“二分法”的“反映论”批评，重新建构阐释西方现代派的知识视野和知识立场。成为他批评对象的，是那些只“从政治着眼”、强调表面社会“理性”和所谓历史“乐观主义”的中国当代文学。在他看来，文坛所以不能客观正视“现代派”的历史存在，正是基于“大谈其现代化建设的政治意义，很少谈甚至完全不谈现代化建设的经济内容”这样的思维习惯和深层原因。去除这一“障眼法”，徐迟写道：尽管西方现代派文艺具有“晦涩”、“奇特”、“荒诞”和“朦胧”的特征，但“的的确确是西方较大部分现代社会生活的活生生的反映”，是由于作家们“不能理解他们所处的社会物质生活”，但这并不排除其中会出现一些“杰出作品”，而使之“成为一个个的历史年代的记录”。他所展示的这一“现代派”的文学前景，自然不会得到郑伯农的同意，对此，郑伯农们斥之为这是“对传统的‘挑战’和‘亵渎’”，并用“社会主义还是现代主义”这种情绪强烈的判断，试图证明徐迟所支持的“现代派”已经走上了“邪路”[32]。

显而易见，在郑伯农与李陀、徐迟等人的“根本分歧”的文章中，已经派生出一批将会对“当代文学”作重新建构具有至深影响的“关键词”和“概念”，如民族/世界、社会生活/人的内心、理性/非理性、个人主义/自我、荒诞/正常、政治/经济、内容/形式、社会主义文艺/现代主义文艺等等；产生了对80年代中国的“现代派”做出历史定位的两个不同的知识系统，也可以说是截然不同的话语方式；或者说在80年代，围绕着“现代派”的论争，文学界实际对“当代文学”的文化身份、历史内涵和文学功能作了重新的阐释。正是在这样的“阐释”视野中，事实上出现了两个含义不同的“当代文学”：一个是“社会主义”意义上的“当代文学”，另一个是“现代主义”意义上的“当代文学”。这两种“当代文学”虽然同时存在于中国的社会主义历史条件下，出现在改革开放的年代，却在历史道路上公然分道扬镳。从1985年后接连不断出现的各种文学现象，如“寻根小说”、“先锋小说”、“新写实小说”、“第三代诗人”、“60年代出生作家”、“70年代出生作家”、“80后作家”、“小剧场”等等，“现代派文学”无疑已构成他们创作的一个“文学传统”。而形成鲜明对照的，则是僵化的“现实主义”行将走向式微，至少是正在退向历史的边缘。对这一文学史上的一荣一衰现象，陈思和这样描述道：先锋文学的出现“改变了已有的文学图景与文学路向。在80年代前半期，文化界的启蒙主义、人道主义思潮，虽然不可能形成‘五四’时期那样绝对的强势话语，但已颇有上升为‘准共名’的趋势。先锋文学的出现，某种程度上是对启蒙与人性的怀疑，打破了传统的文学规范，使得极端个人化的写作成为可能”[33]。

另一位批评家在评论孙甘露小说时也持有类似的看法：“……小说无疑是理解这个时代的‘精神症候学’的导读手册”，其实某种意义上，他的作品“是当今时代的反小说的修辞学和反动的语义学辞典。”[34]如果在“当今时代”这一明确的语义所指中，包含着当代文学的“前传统”及其在80年代文学中的残余影响，那么这种所指当然也隐含着文学史家和批评家对“当代文学”的概念是否还能“完整地”、“逻辑地”描述五十多年文学复杂多变发展历程的某种怀疑。

从以上的论述中，可见“现代派文学”已呈现出与五六十年代的“当代文学”(实际上它同时也延伸到80年代初的“伤痕文学”、“反思文学”、“改革文学”等现象中)差异较大的文学史图式和走向。鉴于90年代的当代文学史被“文学史”这一文体的限制，它们只是对80年代的“现代派文学”的发生、发展做出线性的描述，而对内部的矛盾、各种复杂关系却未能充分展开，并作深入探讨，所以有必要将一些问题提出来进一步分析：

第一，关于“批评政治”和“翻译政治”的问题。按照惯常的认识，1949到1984年间出现的当代文学的“文学批评”，相当一部分文章不能算作“文学”批评，而是一种比较典型的“批评政治”。因此，凡被它压抑、指责的作家作品，往往后来都会被归入“纯文学”的范畴。在这种较为简单和遮蔽性的看法基础上形成的文学史研究，不是没有可疑的地方。因为，在80年代“现代派文学”刚刚发生的时候，同样也有一个西方现代派文学“翻译”，也即“翻译政治”的问题。在某种意义上，当时在对西方现代派文学的“翻译”、“介绍”、“学习”和“借鉴”的过程中，不论人们是否意识到，其中都有一个用“国际主义”政治来制服、解构“本土”政治以推动当代文学“发展”的企图。在此文化背景下，有几个问题我觉得需要重新考量：怎样区分这两种“政治”的不同，并分析它们与80年代中国“现代派”的关系；当代文学史研究中是否应该纳入“政治因素”，或在怎样的写作限度和分寸上面对待这一问题，即采用怎样一种学术态度和方法。我们得承认，对如何认识既要坚守传统政治又主张经济上改革开放这一影响80年代“现代派”生成的非常复杂的文化环境的问题上，还没有一个更为合适的研究办法。

其次，在构建“现代派”的过程中，如何看待“现实主义”、“文学传统”也是一个问题。在50～70年代形成、80年代出现延续和某种变异的“现实主义”和“文学传统”，不应看做是一个“整体性”的反映和表现，这已被近年来某些研究成果所证实。不过，为说明问题，将它从当时复杂的历史状况中“抽出”，或按照今天的研究需要又将其“置入”，这一过程有没有一个限定和分寸，一直在困扰着研究者的工作。另外，具体到作家和他们对“传统”的态度和采取的稀释方法，也是不尽相同的、甚至是存在差异的，例如，在寻根小说与先锋小说、苏童与马原、余华与格非、韩少功与莫言等之间，实际有一个需要比较、甄别、细致审视和分析的问题。当然需要理解在当时的特殊的政治、文学环境中之所以会如此“简单化”的背景，但与此同时，今天如何看待它与实际复杂性的必要粘连，是否也有存在的需要？

最后要指出的是，80年代“现代派”已构成另一个“当代文学”的说法，在目前仍是一个假想，然而，也不能说这个假想就完全不会存在。事实上，所谓“个人主义”、“反理性”、“失去希望”等等批评和指责“现代派”的说辞，只能放在新的文学成规还没有形成因此处在莫名的烦躁的环境中来理解。应该避免把“现代派”的探索，和对“现代派”的压制，都作“本质化”的理解，把经过文学心理放大了的“二元对立”状况视为今天研究不可逾越的历史障碍的作法。把由“历史恐惧症”中派生的简单化思维，作为文学研究的一个预设的基础。今天已能渐渐看到，1984年后，随着城市改革的全面展开，随着文化禁忌领域的明显缩小，“现代派”不单获得了某种存在的“合法性”，而且被认为是新的“文学规划”的一个部分。因此，随着对僵化的“当代文学”成规的抛弃，和对“现代主义”意义上的“当代文学”的承认，对中国当代文学史的“分裂性”的认识便是一个事实上的存在。不过，“主流叙述”对1985年后“现代派”宽容的诸多因素，哪些成分是比较“放心”的，而哪些成分仍然有“警惕”、“不安”的痕迹？是否还有“内容”领导“形式”的习惯想象或将二者分别对待了？尽管对这些问题的回答需要花相当大的力气，未必没有作更清晰的历史辨认、叙述和分析的必要。作为一个文学史命题，“现代派”是否能够被指认为一个80年代的“非主流文学”？如果作这样的判断，究竟有没有拿五六十年代的“二分法”和建构方式来研究80年代文学的问题，一时很难说清。

---

① 参见徐迟《现代化与现代派》，载《外国文学研究》1982年第1期；冯骥才、李陀、刘心武《关于“现代派”的通信》，载《上海文学》1982年第8期。之所以说它第一次被“正名”，原因就是在1949到1976年间的“当代文学”中，“现代派”因为与“西方”的关系而成为一个被压抑和负面的文学概念。另外，尽管一般来说“现代派文学”成规模地出现在1982年左右，但作为它的先声，王蒙的《夜的眼》、《布礼》等“意识流小说”，北岛、顾城的《回答》、《弧线》等诗作1979年即已在杂志上公开发表。

② 参见洪子诚的《中国当代文学史》第十六章“开放时期的外来影响”（北京大学出版社1999年版），陈思和主编的《中国当代文学史教程》第十五章（复旦大学出版社1999年版），孟繁华、程光炜的《中国当代文学发展史》第十二、十三章（人民文学出版社2004年版）。

③ 黄子平：《刘索拉的〈你别无选择〉》，《沉思的老树的精灵》，浙江文艺出版社1986年版，第170页。

④ 参见《王安忆、陈村——关于〈小鲍庄〉的对话》，载《上海文学》1985年第9期。

⑤ 马原：《作家与书或我的书目》，载《外国文学评论》1991年第1期。

⑥ 韩少功：《文学的“根”》，载《作家》1985年第4期。

⑦ 见吴亮、程德培选编《新小说在1985年·前言》，上海社会科学院出版社1986年版。在80年代与文学探索有关的批评文章中，像这样“急追直赶”新观念并时常感到“惭愧”的文字，在不少作者笔下都有类似的历史陈迹，由此可以观察到“批评心态”与“现代派文学”之间有意味的关系。

⑧ 参见洪子诚《中国当代文学史》，北京大学出版社1999年版，第229页。

⑨ 周扬：《社会主义现实主义——中国文学前进的道路》，载《人民日报》1953年1月11日。

⑩ 余华：《河边的错误·跋》，长江文艺出版社1992年版。

⑪ 季红真：《宇宙·自然·生命·人——阿城笔下的“故事”》，引自《文学与愚昧的冲突》，浙江文艺出版社1986年版，第142页。

⑫ 阿城：《文化制约着人类》，载《文艺报》1985年7月6日。

⑬ 参见《新写实小说大联展·卷首语》，载《钟山》1989年第3期。

⑭ 哈罗德·布鲁姆：《影响的焦虑》，徐文博译，三联书店1992年版，第31页。

⑮㉖ 余华：《两个问题》，《我能否相信自己——余华随笔选》，人民日报出版社1998年版。

⑯ 苏童：《答自己问》，《寻找灯绳》，江苏文艺出版社1995年版，第119页。

⑰㉓ 余华：《我能否相信自己》，《温暖和百感交集的旅程》，上海文艺出版社2004年版，第2～5页，第16～17页。

⑱ 佛克马、蚁布思:《文学研究与文化参与》,俞国强译,三联书店1996年版,第39～40页。

⑲⑳ 贺桂梅:《先锋小说的知识谱系与意识形态》,载《文艺研究》2005年第12期。

㉑ 冯骥才、李陀、刘心武:《关于“现代派”的通信》。其实,在上述作家关于“现代派”的通信中,他们所讨论的“形式”问题包含着浓厚的意识形态“内容”。他们进入历史现场,带有相当功利的对“现实主义”加以“清场”的文学史企图。

㉒ 余华:《许三观卖血记・中文版(1996年)跋》,《温暖和百感交集的旅程》,上海文艺出版社2004年版,第160页。

㉔ 冯骥才、李陀、刘心武:《关于“现代派”的通信》。

㉕㉜ 郑伯农:《在“崛起”的声浪面前——对一种文艺思潮的剖析》,载《当代文艺思潮》1983年第6期。转载于《光明日报》1983年11月24日。

㉗ 洪子诚:《中国当代文学史・前言》,北京大学出版社1999年版。

㉘㉝ 陈思和主编:《中国当代文学史教程・前言》,复旦大学出版社1999年版,第294～295页。

㉙ 孟繁华、程光炜:《中国当代文学发展史・绪论》,人民文学出版社2004年版。

㉚ 参见《关于“现代派”的通信》一文中“李陀给刘心武的信”部分。

㉛ 徐迟:《现代化与现代派》,载《外国文学研究》1982年第1期。

㉞ 陈晓明:《跋——孙甘露:绝对的写作》,《访问梦境》,长江文艺出版社1993年版,第311～312页。

# 先锋小说的知识谱系与意识形态

贺桂梅

1987年，以余华、格非、苏童等为代表的“先锋小说”的出现，往往被视为20世纪80年代文坛的某种“断裂”。这也就意味着评论家和文学史家不能用80年代前期文坛习用的批评语言来评价这些作家的作品。事实上，如何描述“先锋小说”在80年代文学史中的特殊位置，一直存有争议。

在目前通行的当代中国文学研究和文学史写作中，往往主要关注这种小说的某一侧面，视其为“伤痕文学—反思文学—寻根文学和新潮小说—先锋小说和新写实小说”这样一个“后浪推前浪”式的文学思潮展开（同时也是“进化”）过程的环节。这种文学史叙述强调的是70～80年代文学转型的重要性，而“先锋小说”正是文坛持续创新的一个结果。不过，对于80年代文学的历史，一直存在着另外一种描述方法，即所谓“新时期文学”并不是开始于70～80年代之交，1985年之前的“伤痕文学”、“反思文学”等，“基本上还是工农兵文学的继续和发展”；一种不同于毛泽东时代的文学，“应该从‘朦胧诗’的出现，到1985年‘寻根文学’，到1987年实验小说这样一条线索去考察，直到出现余华、苏童、格非、马原、残雪、孙甘露这批作家……这时候文学才发生了真正的变化，或者说革命”[①]。这种文学史叙述，强调的则是“现代主义”文学对“现实主义”叙述成规的突破，并将“先锋小说”视为“新时期文学”真正开端的标志。事实上，还存在着第三种文学史叙述，这就是在90年代初期有关“后新时期”的讨论中，论述者尽管在开启时间是1985、1987还是1989年上存在着争议，但倾向于将“先锋小说”视为另一时期——“后新时期”——的开端[②]。

这三种代表性的文学史叙述方式，正好从不同的侧面显示出“先锋小说”在80年代文坛的某种“异质性”。这种“异质性”即它们在叙述形式、表达方式及话语形态上，脱离了当代文坛的主导形态，呈现出一种难以被主流话语命名和言说的特征。在某种程度上可以说，对“先锋小说”，当代文坛并未完成一种有效的文学史命名。而那种试图将“先锋小说”纳入到具有延续性的“现代主义”革新史的文学史叙述,除了重复着由小说家们和“新潮批评家”们所表述的“语言革命”、“叙述革命”或“形式革命”之类的观念,对于“先锋小说”之所以形成和出现的历史原因,事实上始终缺乏较有说服力的文学史描述和分析。或许其中关键的问题,仍在如何指认“先锋小说”的“异质性”,如何历史地分析这种“异质性”内涵的特定构成及其知识谱系。也正是出于这样的问题意识,探讨“先锋小说”与宽泛意义上的西方“现代派”[3]文学之间的渊源,则成为一种可能的历史描述方式。

## 一、“作家们的书目”与文学传统

讨论“先锋作家”与西方“现代派”之间的关系,是一个极为敏感的话题。这一话题往往被转换为“中国当代先锋小说究竟是外来影响所致还是中国大地上土生土长的”[4],其间的“外来”/“本土”的二元结构,事实上,也是“真/伪现代派”讨论的另一变形。被视为“先锋小说”的“先锋”马原,曾发表过一句“著名”的抱怨:“我甚至不敢给任何人推荐博尔赫斯……原因自不待说,对方马上就会认定:你马原终于承认你在模仿博尔赫斯啦!”[5]而另一位先锋作家格非则在90年代这样解释道:“他似乎对当时远未成熟的中国批评界存有深刻的戒心:一旦你公开承认自己受到了某位作家的影响(尽管这十分自然),批评者则会醉心于这种联系的比较研究,同时它又会反过来强加给作家某种心理暗示,从而损害作家的创造力。”[6]先锋作家对自己的“师承”讳莫如深,似乎正构成颇有意味的历史症候。

这种“戒心”显示出的是强烈的“影响的焦虑”,而这种“焦虑”事实上呈现的是第三世界、“欠发达的现代主义”所承受的巨大的精神压力。这种压力使得他们恐惧自己成为“西方的影子”。而这种“光”与“影”的表述事实上一直存在于80年代文坛——80年代初期,具有“现代主义”色彩的作品,如宗璞的《我是谁》、《蜗居》等被人很快认出了“卡夫卡的影响”;王蒙的《蝴蝶》、《春之声》、《杂色》等被人称为“东方意识流”;而1985年刘索拉的《你别无选择》和徐星的《无主题变奏》之所以被称为“现代派”,是因为人们直接从小说中读出了《麦田里的守望者》,读出了存在主义、“垮掉的一代”和“黑色幽默”等;不仅是马原,事实上格非也常被人称为“中国的博尔赫斯”。似乎是,当代文学的现代主义,在很长的时间内是作为西方“现代派”的“影子”而被指认、被命名。这种恐惧成为“西方的影子”的焦虑心态，事实上普遍地存在于第三世界或欠发达区域的作家中，也存在于西方中心国的一种傲慢的优越感中：“他们还在像德莱赛或舍伍德·安德逊那样写小说”。因此，如詹明信所言，先锋作家们拒绝成为“影子”的焦虑，事实上正显现出“第三世界文化”“在许多显著的地方处于同第一世界文化帝国主义进行生死搏斗之中——这种文化搏斗的本身反映了这些地区的经济受到资本的不同阶段或有时被委婉地称为现代化的渗透”[7]。但是，在这里讨论先锋作家们的文学师承或知识谱系，目的并不在于指出他们“模仿”了哪个西方“大师”，也不在于给出一种“西化”还是“本土化”的二元答案。事实上，不同于马原的尴尬，在更为年轻的余华、苏童、孙甘露等人那里，他们几乎不再遭遇被视为“影子”的经历，他们甚至被称为“现代派”“真正本土化”之后的结果。探讨这样的问题，是试图历史地呈现先锋小说所接纳的“文学传统”或建构他们的知识谱系。

余华曾在一篇文章中直接谈到所谓“传统”问题。他首先对西方“现代派”在80年代前、中期文坛的命运做了一种历史的描述：

> 仅仅是在几年前，我还经常读到这样的言论，在大谈巴尔扎克、托尔斯泰的智慧已经成为了中国文学传统的一部分，而20世纪的现代主义文学却是异端邪说，是中国的文学传统应该排斥的。……卡夫卡、乔伊斯等人的作品已经成为世界文学的经典……然而在中国他们别想和巴尔扎克、托尔斯泰坐到一起。他们在中国的地位，是由一些富有创新精神的作家来巩固的，这些作家以作品确立了自己的地位，同时也丰富了中国文学的传统。[8]

显然，在余华的描述中，在80年代前期，西方“现代派”遭到文坛主流的排斥而被视为异端，正是先锋小说家们将这些文学纳入了“中国文学的传统”中。或许他试图强调的是，“今天，在继承来自鲁迅的传统和来自托尔斯泰，或来自卡夫卡的传统已经是同等重要了”，但关键在于，正是“卡夫卡的传统”成为他所指认的代表着“20世纪文学”并被先锋小说所接纳的“新的文学传统”。

事实上，作为一种引人注目的现象，或许在当代作家群体中，没有谁比先锋作家们更热衷于谈论自己的“阅读史”，更为频繁地提及自己所热爱的文学大师；而他们阅读的文学大师，绝大部分是80年代前期译介并被命名为“现代派”的大师。姑且不论马原那篇著名的《作家与书或我的书目》，以及他在类似于《小说》这样的文章中表现出的对罗布·格里耶、萨洛特、约翰·梅勒、巴思、乔伊斯、福克纳、博尔赫斯等现代主义小说家的熟稔和颇为精辟的见解，他甚至提出：“作家书目已经成了一种传统，作家们是否有一部作家的文学史？……（希望有一部真正的作家的文学史稿问世）。”[9]因此，不妨检阅一下先锋作家们所书写的“作家们的文学史”中那些被经常提及的大师们。余华曾在许多文章中向川端康成、卡夫卡、博尔赫斯、福克纳、三岛由纪夫等大师致敬。他在对“证明19世纪的时代已经结束”的“20世纪文学”的描述中，尤为推崇60年代的“先锋派”：“在文学方面，本世纪最富有想象力和洞察力的作家无一例外地加入了这场更新的潮流。他们是卡夫卡、乔伊斯、普鲁斯特、萨特、加缪、艾略特、尤内斯库、罗布·格里耶、西蒙、福克纳等等。”[10]而苏童所热爱的，则偏向于当代美国小说家：“以我个人的兴趣，我认为当今世界最好的文学是在美国。我无法摆脱那一茬茬美国作家对我投射的阴影，对我的刺激和震撼，还有对我的无形的桎梏。”[11]在他开列的名单中有海明威、福克纳、约翰·巴思、诺曼·梅勒、厄普代克、纳博科夫，也包括博尔赫斯、加西亚·马尔克斯。他坦言“塞林格是我最痴迷的作家……直到现在我还无法完全摆脱塞林格的阴影。我的一些短篇小说中可以看见这种柔弱的水一样的风格和语言”，以至文坛那些鄙视塞林格的言论会使他感到“辛酸”，“我希望别人不要当我的面鄙视他。……谁也不应该把一张用破了的钱币撕碎，至少我不这么干”[12]。而格非，有评论文章认定“格非最受博尔赫斯的影响，或者说，在他的文本中，‘博尔赫斯式’的后现代因素最为明显”，“但格非本人在大谈自己对福克纳的仰慕时，即只字未提博尔赫斯这位后现代大师对他的任何一点影响或启迪”[13]——姑且不论是否因为有博尔赫斯的影响格非就成为了“后现代主义”作家，但在他的文章中，却多处写到卡夫卡、普鲁斯特、雷蒙德·卡弗、加西亚·马尔克斯以及诸多现代大师的阅读心得和专业研究[14]。

如果说在50～60年代，构成“作家们的文学史”的主要部分是“19世纪”的现实主义大师，那么几乎同样清晰的是“20世纪”的现代主义大师构成了先锋作家的“阅读启示录”序列。他们成为先锋作家的“文学传统”，这也就意味着先锋作家们“就像一位手艺工人精通自己的工作一样”，从20世纪的现代主义大师那里他们学习并精通“现代叙述里的各种技巧”[15]。如果说讨论先锋作家的哪篇小说受了西方文学大师哪篇作品的“影响”这种方式本身是愚蠢的和有问题的，那么这里的关键在于：先锋作家们把自己纳入了由西方现代主义大师构造的“传统”中，他们同时也被这种文学的知识谱系所构造。

## 二、“形式革命”、知识谱系和“纯文学”的意识形态

先锋小说家们建构、接纳并内在化西方现代主义文学传统，这一行为本身必须被置于其所身处的特定历史语境的考察中，也就是说，需要分析的问题是，先锋作家们为什么要将自己纳入这样的文学传统？而这种传统的成功建构和实践在80年代的历史语境中产生了怎样的、或许是先锋作家自身未曾意识到的意识形态效果？

首先的问题是，先锋作家为什么需要将自己纳入这样的文学传统，或者说他们通过学习这样的传统试图解决怎样的问题？当先锋作家们论及这一问题时，他们说得最多的是“写作的自由”和“解放想象力”。格非写到1986年开始写作时的动力：“我所向往的自由并不是在社会学意义上争取某种权力的空洞口号，而是在写作过程中随心所欲，不受任何陈规陋习局限的可能性。主要的问题是‘语言’和‘形式’”。他也具体地提到当时阻碍着他无法自由地使用语言和形式的压抑力量——“在那个年代，没有什么比‘现实主义’这样一个概念更让我感到厌烦的了。种种显而易见的，或稍加变形的权力织成一个令人窒息的网络，它使想象和创造的园地寸草不生”。也就是说，“先锋小说”所反叛的是作为主流形态的现实主义叙述语言和成规所构成的“秩序”，这种秩序塑造着“内心的情感图像”，也形塑着人们“感觉到并打算加以表述的现实场景”，即所谓“形式的意识形态”。在这篇文章的后面部分，格非表达了先锋作家当时的意识形态处境：“实验小说与当时的社会意识形态也多少反映了特定时代的现实性，对于大部分作家而言，意识形态相对于作家的个人心灵即便不是对立面，至少也是一种遮蔽物，一种空洞的、未加辨认和反省的虚假观念。我们似只有两种选择，要么成为它的俘虏，要么挣脱它的网罗。”[16]在这样的意义上，先锋小说的“语言革命”或“形式革命”，事实上也是一种“意识形态革命”。在这里，格非颇为明晰地将“先锋小说”的意义定位于对当时的“语言秩序”的反叛，正因为先锋小说颠覆了“将各种欲望和语言占为己有”的现实主义话语的统

治地位，因此它具有强烈的政治意味。

对于"先锋小说"的这一观念，表达得更为充分也更为细密和深入的，或许是余华在1989年发表的被称为"先锋派宣言"的《虚伪的作品》[17]。《虚伪的作品》开篇就提出："我所有的努力都是为了更加接近真实"，而他所谓的"真实"也就意味着"针对人们被日常生活围困的经验而言"的"形式的虚伪"。关于"真实性"与"语言"的关系，他引述了李陀的话"首先出现的是叙述语言，然后引出思维方式"。这也就意味着摆脱了那种"反映论"式的语言观，而具有了某种建构主义的意识，即不是语言"反映"现实，而是语言"建构"现实。构成他批判的对立面的，是那些只表达"大众的经验"、"常识"和所谓"文明秩序"的中国当代文学。在他看来，文坛主流文学里"各种陈旧经验堆积如山"，"在缺乏想象的茅屋里度日如年"。因此，对当代文学形式的破坏，探询一种"不确定的叙述语言"，正是到达"真实"的首要步骤。他最后写道："一部真正的小说应该无处不洋溢着象征，即我们寓居世界方式的象征，我们理解世界并且与世界打交道的方式的象征"，于是，小说的革命事实上也可以说是改变"我们理解世界并且与世界打交道的方式"的"象征的革命"。在展示这样一种文学革命的思路时，余华具体地讨论了他寻找"最为真实的表现形式"时所借鉴的文学传统，即西方"20世纪文学"。他写道："我个人认为20世纪文学的成就主要在于文学的想象重新获得自由"。他从"20世纪文学"中获取的是"虚伪的形式"，"这种形式背离了现状世界提供给我的秩序和逻辑，却使我自由地接近了真实"。在很大程度上，余华将文学史上"19世纪文学"与"20世纪文学"之间的差别，对应于当代中国文学现实主义和先锋小说之间的差别。可以说，先锋小说对现实主义的反叛，正是通过接续20世纪西方文学传统来完成的。

在先锋作家中，余华是有着颇为自觉的历史意识的一个。这主要表现在他不仅用他的作品，也用那些"以一个职业小说家的态度精心研究小说的技巧、激情和它们创造的现实"[18]的评论文章，展示他对"文学传统"的理解，同时也建构着先锋小说的知识谱系。一处颇有意味的改动，或许可以看出这一"文学传统"的某些重要侧面。余华在1989年完成的一篇文论《川端康成和卡夫卡的遗产》[19]中开篇写道："如果我不再以中国人自居，而将自己置身于人类之中，那么我说，以汉语形式出现的外国文学哺育我成长，也就可以大言不惭了。所以外国文学给予我继承的权利，而不是借鉴。对我来说继承某种属于卡夫卡的传统，与继承来自鲁迅的传统一样值得标榜，同时也一样必须羞愧”。这段话在这篇文章收入1998年出版的《我能否相信自己——余华随笔选》时被删掉。这一看似微小的改动，实则并非毫无意义。如果不惮做一个也许看来有些夸张的结论的话，那么这处改动或许显露出余华对自己曾经秉持的某种“世界主义”（“西方主义”）的文学观念的自觉或警惕。

在1993年发表的《两个问题》中，余华特别强调了一种“世界主义”的文学观念。他首先在文章前段写道：“文学发展到了今天，已经超越了国界和民族……只要是他出于内心的真实感受，他的作品一定表达了他的民族的声音。”看起来，余华认为所谓文学的“世界”/“民族”之分根本就不是问题。但是在讨论西方60年代的“先锋派”与当代中国的“先锋派”时，他重复当时的主流观念表述了一种“落后”的焦虑：“中国的先锋派只能针对中国文学存在，如果把它放到世界文学之中，那只能成为尤奈斯库所说的后先锋派了……中国差不多与世界隔绝了三十年，而且这三十年文学变得惨不忍睹。”于是中国先锋派的意义在于——“我们今天的文学已经和世界文学趋向了和谐，我们的先锋文学的意义也在于此。在短短的十多年时间里，我们的文学竭尽全力，就是为了不再被抛弃，为了赶上世界文学的潮流”。在这种表述中，中国先锋派和西方先锋派之间，仅仅是“滞后”和“先进”的关系。的由于西方现代派被作为世界性的“人类共同的文学传统”的最高峰，在中国这个特定区域和特定时间中存在的文学，除了表明其落后性，其地域和历史的独特性并没有多少意义。显然，这种思路无论有意无意都多少有些“西方中心主义”。针对同样的问题，一位韩国学者则写道：“即使20世纪西方（欧美）文学已经达到了人类文学史上的最高峰，它对于并非西方人的我们来说，会有一种带来压抑感的弊病”，他因此提出第三世界“用我们的方式重新提问”，“以主体的姿态对待西方文学”的问题[20]。正由于中国的先锋小说家以一种“世界主义”的态度对待文学传统，导致将许多当代中国的历史问题构想为“人类”问题，缺乏对问题的特定历史场所的关注。在为余华的随笔选所作的长序《无边的写作》中，汪晖敏锐地捕捉到余华在《布尔加科夫与〈大师和玛格丽特〉》中提到的“没有时间和地点”的“丰厚的历史”，而提出相反的意见。汪晖认为“丰厚的历史”从来都是“具体”的，比如“布尔加科夫以及他生活其中的俄罗斯传统，这个传统从来不会忽略地点，也从来不会忽略空间”。这里所讨论的“地点和空间”，事实上也正是人们常常用“民族”性这样的语汇所负载的内涵。汪晖一方面相当委婉地提出，“我们还是应当惦记着地点和时间，惦记着在这个历史场景中的爱和恨、温柔和背叛。否则，没有空间的漂浮将成为我们的宿命”；同时他又疑惑，也许“没有地点和空间”正是“我们的现实”。这里真正有意味的问题在于，先锋小说所构造的“现实”及其对“文学传统”所采取的“世界主义”的态度之间的关联。汪晖所谓的“地点和空间的缺席”在很大程度上可以被看做是先锋小说家们共同的特征，或试图到达的特征。尽管有苏童的“枫杨树故乡”，那不过是福克纳式的人类学版的“约克纳帕塔法世系”，其时间和地点的历史性是缺席的。在某种程度上可以说，正是一种“世界主义”（实则是“西方主义”）的对待文学传统的方式，建构着先锋小说的“人类”想象，也使它们悬浮于当代中国的“地点和时间”之外。

事实上，这涉及到先锋作家“自由地写作”所呈现的到底是什么样的“真实”的问题。在《虚伪的作品》中，似乎能为这个“新世界”定性的主要是“不确定性”，它仅仅传达给我们一种与主流语言秩序紧张的对抗关系以及从中“解放”出来的必要和感觉，但这“新世界”的轮廓是模糊的。余华将之解释为“个人的”——“我所确认的现在，某种意义上说是针对个人精神成立的，它越出了常识规定的范围”。但事实上，造成这种以“个人”对抗“秩序”的历史情境，则势必使余华的小说成为“历史的寓言”。这也正是戴锦华在余华小说中读出“衰老的父亲已举不起屠刀”的当代政治寓言的原因，因为余华的小说“只是语言——丧失了所指物的语词链；而且公然拒绝完成那种对‘生活真实’、‘现实’、‘现实主义幻觉’的注定失败的倒逆式爬行。于是，余华的本文序列，成了一种令人心醉神迷的语词施虐；一种符合秩序井然的对经验混乱的表述，一次宣告戈多不曾存在的等待戈多，一部本雅明意义上的悲剧与寓言”[21]。也正是在本雅明意义上的“寓言”的指认上，张旭东认为格非小说的“虚构”，“伴随着‘真实性’的瓦解而出现了一幅当代主体的自画像”，因为“意识越充分地放任自己沉浸在‘纯虚构’的逻辑之中，它就越把握到一种自身的自由状态，从而这个叙事游戏的场所也就越成为自我形象的现身之处”。而这种“自我意识获得了幻想的解放”，恰恰可以看做是“语言主体”的自我意识的诞生[22]。张旭东进而对先锋文学做了一个带有颇为明晰的“代”际认同意识的判断——“当代中国的‘先锋文学’正是以其语言上的突破而把自己变成了某种潜在的社会经济、政治、文化转变的美学的结晶，而其‘高度自主’的叙事或逻辑，则将一代人经验的历史生成有效地记录在案”[23]。不过，尽管张旭东的文章是众多论及先锋文学的文章中少有的也是相当敏锐地论及其作为"历史寓言"内涵的文章,但他关于先锋文学作为"美学的结晶"所呈现的"某种潜在的社会经济、政治、文化转变"的内涵的论述始终是含糊的。如果要概括其表述的话,或许是:"集体经验的解体,风格整体的破裂与作为个体的自我的再生成"。如果我们需要将先锋小说所携带的意识形态从本雅明意义上的"寓言",转变为詹明信意义上的"寓言"的话,那么也许可以说,先锋小说在将"个体"从整体语言秩序中"解放"出来时,他(他们)并没有意识到这个"个体"能做什么或将做什么。而事实上,这个"暗含在语言之中,并由语言结构出来"的"个体"(也是"主体"),一方面符合了80年代另一种新主流观念即"纯文学"观念中的文学想象,同时也正呼应着80～90年代之交被市场主义和消费主义所构建的个人主义的主体想象。

先锋小说家强调文学形式所暗含的意识形态,因此,语言和形式的革命也就是打碎僵化的形式体制(经验体制、意识形态体制),完成意识形态的颠覆。但有意味的地方就在于,恰恰是这种将文学理解为"语言事实"的方式,呼应着80年代文学界另外一种主流观念,即"文学"和"政治"的分离。70～80年代转型过程中形成的文学反思声音之一,就是要求"让文学回到文学自身","让文学和政治离婚"。这也就是所谓"文学本体论"所指涉的历史内涵。它反对"把文学作为政治的工具",而这里所谓的"政治"是针对毛泽东时代的政治观念和政治主题,但要求"文学"从这种政治中摆脱出来时,"文学"被视为一个抽象的纯粹的"自足体",常常被看做一种与"内容"可以分离的纯"形式"因素,而其携带的意识形态遭到忽视。尽管先锋小说始终强调针对文学形式的意识形态革命,但它们倾向于认为仅仅通过"形式的革命"就足以完成"意识形态的革命",这事实上也恰恰是采取形式/内容两分法的"纯文学"观念的理解方式。与此同时,他们关于"文学传统"的理解也相当接近所谓"纯文学"观念。他们通过建构"20世纪"(现代主义)对"19世纪"(现实主义)的超越和否定,并具体地通过对西方现代主义文学大师的"遗产"的接续,完成了一种"文学共同体"的想象和实践。而这种"共同体"想象恰恰是"纯文学"观念所构造的文学的"自律"体制。先锋小说家通过与西方现代主义文学的对话、学习,而将自己结构进一种悬浮于当代文学历史语境的文学传统之中。如果说他们所书写的"现实"呈现为"时间和地点的缺席"的话,那或许是一种"西方主义"的症候式表达。在某种意义上可以说,先锋小说意味着中国当代文学的"纯文学"诉求的完成，也意味着文学与社会现实之间形成的互动关联的纽带被成功地剪断。

更重要的是，先锋小说对于自己所创造的新现实所携带的意识形态始终是缺乏历史自觉的。它似乎认为自己只需要完成“解构”的任务就可以了，而忘记了“任何一种解构都是建构”。就其叙述主体来说，先锋小说特别突出要将个人（“主体”）从占统治地位的现实主义语言秩序中“解放”出来，但他们从未意识到这个从 80 年代的政治集体话语中“解放”出来的带有鲜明的个人主义色彩的被欲望驱动的个体，将如何自如地游弋在市场主义的意识形态中。就先锋小说与现实主义的关系来说，先锋作家特别强调打碎现实主义（或 19 世纪）的叙述成规，而凸显“先锋小说”在 80 年代语境中的政治性。事实上，这种将“现代主义”与“现实主义”置于截然对立的位置的思维，并未意识到两者其实是处于同一文学结构中，用詹明信的描述便是：“一切现代主义作品本质上都是被取消的现实主义作品，换言之，它们不是根据自身的象征意义，根据自身的神话或神圣的直观性，像旧的原始或过分符码化的作品那样被理解的，而只是间接地、通过一种想象的现实主义叙事而被理解的……通过取消故事，新的小说比任何真正现实主义的、老式的、解符码化的叙事更有力地讲述了这个现实主义的故事。”[24]从这一侧面来说，先锋小说由于始终将自己结构在“现实主义”的对立面上，因此，它并非如自己所想象的那样“自由”和“解放”，而是将“反现实主义”作为了文学的非意识形态化过程的意识形态。

---

① 李陀：《漫说“纯文学”》，载《上海文学》1999 年第 3 期。

② 谢冕、张颐武：《大转型——后新时期文化研究》，黑龙江教育出版社 1996 年版。

③ 这里所谓西方“现代派”，沿用的是 20 世纪 80 年代中国语境中的一个特定概念，指涉内涵包括 19 世纪后期的唯美主义，20 世纪初期的后期象征主义、表现主义、意识流、超现实主义等，以及 60～70 年代的存在主义、新小说、“黑色幽默”等诸种现代主义文学思潮。

④ 王宁：《接受与变形：中国当代先锋小说中的后现代性》，载张国义编《生存游戏的水圈》，北京大学出版社 1994 年版，第 138 页。

⑤ 马原：《作家与书或我的书目》，载《外国文学评论》1991 年第 1 期。

⑥⑯ 格非：《十年一日》，载《塞壬的歌声》，上海文艺出版社 2001 年版，第 65 页，第 66～68 页。

⑦ 詹明信：《晚期资本主义的文化逻辑》，三联书店 1997 年版，第 521 页。

⑧⑩⑮ 余华：《两个问题》，载《我能否相信自己——余华随笔选》，人民日报出版社 1998 年版，第 174 页，第 178 页，第 179 页。

⑨ 马原:《小说》、《百窘》,载《马原文集》卷四,作家出版社 1997 年版,第 403～414、第 395 页。

⑪ 苏童:《答自己问》,载《寻找灯绳》,江苏文艺出版社 1995 年版,第 119 页。

⑫ 苏童:《阅读》、《三读纳博科夫》、《寻找灯绳》、《答自己问》,均收入《寻找灯绳》。

⑬ 此处格非文章指的是《欧美作家对我创作的启迪》,载《外国文学评论》1991 年第 1 期。

⑭ 参阅格非《塞壬的歌声》,上海文艺出版社 2001 年版。

⑰ 余华:《虚伪的作品》,载《上海文学》1989 年第 5 期。

⑱ 汪晖:《〈我能否相信自己〉·序》,载《我能否相信自己——余华随笔选》,第 15 页。

⑲ 余华:《川端康成和卡夫卡的遗产》,载《外国文学评论》1990 年第 2 期。

⑳ 白乐晴:《如何看待现代文学》,载《全球化时代的文学与人——分裂体制下韩国的视角》,中国文学出版社 1998 年版,第 227～228 页。

㉑ 戴锦华:《裂谷的另一侧畔——初读余华》,载《北京文学》1989 年第 7 期。

㉒㉓ 张旭东:《自我意识的童话——格非与实验小说的几个母题》,《从"朦胧诗"到"新小说"——新时期文学的阶段论与意识形态》,载《批评的踪迹:文化理论与文化批评(1985～2002)》,三联书店 2003 年版,第 291 页,第 244 页。

㉔ 詹明信:《超越洞穴:破解现代主义意识形态的神话》,载弗朗西斯·马尔赫恩编《当代马克思主义文学批评》,北京大学出版社 2002 年版,第 197 页。

# 文学批评

# 时间的美学

## ——论时间修辞与当代文学的美学演变

张清华

本文试图从根部来探讨当代文学五十多年来所发生的美学变化。关于这种变化，学界已有人从政治、文化、意识形态和叙事结构、艺术形式等等方面作了很多研究，但从哲学美学、叙事诗学和历史诗学的角度做出的深层解释，还十分少见。回顾五十多年的历史，文学的形态、艺术的面貌，其主题、美感、价值立场等等方面所发生的变化，岂止霄壤之别。当代文学已从一个集体叙述青春、胜利、成长和幸福的时代，步入了一个"以个人为单位"的讲述个体生命体验、存在的个体处境、对历史的悲剧性和荒谬性体验的时代。简单地说，文学的主调业已从热烈和昂扬的青春"壮剧"，变成了深邃而黯淡的命运悲剧和荒谬滑稽的生存喜剧。是什么东西在决定着这样的变化？是一只什么样的手在冥冥中操纵着当代文学美学属性的延迁？

归根结底，是作品叙事中时间修辞方式的变化导致了这种巨变。

这看起来似乎是一个"技术性问题"，但实际上却是根本性的问题。因为时间不但作为一个哲学、政治和叙事学问题由来已久，而且作为一个叙事学问题也具有决定性的意义：时间修辞不但决定了一部作品的叙事长度、结构，也决定了作品的结局和美学性质，会影响和规定一部作品是喜剧、壮剧还是悲剧。这正是本文试图提出的一个命题。在这个前提下，本文还要通过时间修辞方式的变化，来考察中国传统叙事、西方现代叙事、中国新文学叙事的变化关系，考察当代革命叙事的内部构造和由此所产生的"壮剧式美学"，以及 20 世纪 90 年代以来由于中国传统的时间修辞方式的修复，所导致的文学叙事的深刻变化以及传统美学神韵的恢复。

## 一、革命/现代性叙事的时间基础

当代中国文学叙事的主导观念，是由“革命”和“现代性”两个主导性价值维度所规定和指引的，革命是它的外在特征，现代性则是它的内在属性。在早期中国当代文学叙事中，由于意识形态的规定性，革命的外部特征被强化了；随后在70年代末80年代初，这种意识形态色彩逐渐淡化，但支持叙事合法基础、价值根基甚至美学基质的，却仍然是现代性的进步时间观——“文明与愚昧的冲突”曾被这个年代的批评家概括为最基本的时代主题。这是一个复杂的问题，革命和现代性之间当然不是一个可以划等号的关系，但前者无疑是现代性观念的极端产物，是由于人们对时间的“现代性理解”所导致的“主动”行为。没有黑格尔“把历史当做是一种在时间中发展的逻辑过程”[①]的观念，没有在1859年达尔文的《物种起源》出版之前就早已在科学界萌芽的物种进化论思想——“将物种看做是在时间的过程中产生的”物种进化理论与上述理论的结合，当然就不会出现马克思主义的革命理论。因为在历史领域和自然科学领域里出现了这样两种“由时间主导价值判断”的理论，新的革命理论获得了产生的基础，柯林伍德说，“进化论这时就可以用来作为包括历史的进步和自然的进步两者都在内的一个普遍的术语了”[②]。马克思对人类社会由低级到高级阶段的划分，是基于这样一个时间尺度做出的，而革命的合法依据，正在于它是对这样一个必然进程的推动。

显然，“革命”和“现代性”是一对纠结在一起的范畴，两者基于近似甚至相同的时间观。在一本新近翻译的著作《时间的政治》中，论者指出了当代西方人用一种将“历史总体化”的时间修辞方式生产出所谓“现代性”、“后现代性”、“现代主义”、“后现代主义”以及“先锋”等“历史意识的范畴”的奥秘。他们通过这种“将历史时间化”的方式，造就了一系列关于历史的价值尺度，使上述概念“与保守主义、传统主义和反动一样”，“侵入了时间的政治领域”[③]。时间可以说构成了当代理论家一切叙述的基础、动力和准则，成为了他们构造“合法性”与优越权的依据。渗透在政治领域，所有论述的分歧或者命名，也差不多都反映在对时间概念的使用上，“光明”——“黑暗”，“进步”——“倒退”，“革命”——“反动”，都是一种时间政治的修辞。

然而中国人原发的"循环论"和"个体生命本体论"的时间概念中，却没有"现代性"的因素。"人生代代无穷已，江月年年只相似"，"前不见古人，后不见来者。念天地之悠悠，独怆然而涕下"，"滚滚长江东逝水，浪花淘尽英雄，是非成败转头空，青山依旧在，几度夕阳红"……时间从未呈现过"进步"和"方向"，除了由个体的衰老和消亡所带来的感伤主义情绪之外，时间从未赋予人们一种对历史的价值判断，"天下大势，分久必合，合久必分"[④]，"霎时新月下长川，沧海桑田变古路"[⑤]。因此可以理解，当中国近代的那些被西学唤醒的思想者接受"现代"观念、终于明白何谓"以天演之学，言生物之道"之时，是一种怎样的激动。在被蒸汽机和强权所构造出来的同一个时间叙事中，同一个轨道上，"万国蒸蒸，大势相逼，变亦变也，不变也变"[⑥]，他们不得不接受这样一种强势观念。因此可以说，现代以来的新文学叙事和当代的革命文学叙事，在其"现代"和"革命"的意义上，都是现代西方"时间政治"催生的产物。

因此，有必要对当代中国的革命或者红色叙事进行追根和探源。首先一个来源，应当是西方18世纪后由历史的"演化论"主导的小说叙事，典型的像巴尔扎克等19世纪的批判现实主义作家。与时代的社会文化思潮有密切关系，这些作家注意到了社会发展所带来的深刻影响，但有意思的是他们并未与革命家和社会学家采取同一价值尺度。人文思想传统的作用，使他们的历史观表现为一种与进化论背道而驰的"后视论"视角——历史不只表现为"进步"，更表现为道德与精神的失落或退化。雨果、斯汤达、巴尔扎克、哈代、狄更斯、托尔斯泰、屠格涅夫等经典作家所表现出的批判精神，大都基于这种立场。恩格斯赞扬巴尔扎克的理由也是他"为法国的贵族阶级唱了一曲挽歌"。但这些都还不是最重要的，最重要的是恩格斯通过激赏巴尔扎克的"时间感"，而对他的立场所作的合法化阐释："他用编年史的方式几乎逐年地把上升的资产阶级在1816年至1848年这一时期对贵族社会日甚一日的冲击描写出来"，因而"他汇集了法国社会的全部历史"，使读者从中得到的东西，"比从当时所有职业的历史学家、经济学家和统计学家那里学到的全部东西还要多"[⑦]。之后在列宁对托尔斯泰的论述里，"表现时代"的概念就不再仅仅是肯定一个作家意义的依据，而且还更强调了"历史的发展"会改变一个作家原有的意义[⑧]。作家必须与"时间的进步"达成同步，否则其意义将无法得以保持。由于这样的观念的作用，在苏联作家那里，不但传统现实主义作家的"后视"视角被改造成了"社会主义现实主义”的“前视”与“未来”视角，革命的“凯歌”观念取代了资产阶级的“挽歌”立场，革命进化论的时间观彻底改造了原有的叙事方式，而且其小说构思的方式也逐渐演变成了“阶段论”的模型。

在这样的背景下再来看中国当代的小说，其叙事的“时间模型”产生了前所未有的改变：古典叙事中永恒与循环的理念、人本主义与生命感伤主义的时间尺度，均被革命进化论、政治历史阶段论的“时间政治”理念所替代。被俄苏作家强化的“划时代”、“分水岭”以及“多部曲”的时间概念，还有革命政治叙事本身“创造历史”的时间观，成为作家所必须依照的历史概念。作为对革命的政治合法性阐释最重要的理论逻辑，时间被按照新与旧、黑暗与光明、过去与现在、反动与革命等伦理化的对立模态分割成若干份，时间的纵向维度被前所未有地彰显出来，并赋予了其鲜明的政治色调、方向感与目的性。这样，当代文学叙事的结构与美学形态便显示了其独有的“新”质。

时间的区段化是其第一个显著特征。正如巴尔扎克在谈到英国作家司各特小说的意义及局限时所说的，一个作家应该将自己的作品“联系起来，编写成为一部完整的历史，其中每一章都是一部小说，每一部小说都描写一个时代”[9]。司各特没有做到，而现在他自己要力图这样做。这种“时代观”，大大强化了政治学或社会学意义上的区段时间在小说叙事中的作用。列宁对托尔斯泰作品的最高评价“俄国革命的一面镜子”的“镜子说”，其核心意思也在于肯定其小说的时代感。由于这样的理念，苏联的作家纷纷效仿《战争与和平》式的多卷本模式，并竭力造成对一个时代的“史诗”性的修辞效果。这种结构形式深刻地影响了当代中国作家的艺术观念，像梁斌的《红旗谱》、《播火记》、《烽烟图》三部曲，柳青的《创业史》，欧阳山的《一代风流》五部曲（《三家巷》、《苦斗》、《柳暗花明》、《圣地》、《万年春》），周而复的《上海的早晨》（四卷本）、李云德的《沸腾的群山》（四卷本）等，都是自觉按照“政治化的时间区段”来结构的。

这一理念的另一依据是政治历史叙事对文学叙事的规定性作用。这方面的最高的典范应来源于一篇经典性的革命叙事——毛泽东的《新民主主义论》。在这篇文章中，毛泽东不仅以“中国革命是世界革命的一部分”的名义，将现代中国的历史叙述汇入了以西方时间观为主导的整体性宏伟叙述中，还以巨笔将现代中国的历史划分成断裂又联系的几个区段：1919年“五四”运动以前，是资产阶级领导的旧民主主义革命时期，而在这之后，便是由无产阶级领导的新民主主义革命时期了。由中国的现实所决定，“中国革命必须分为两个步骤，第一步，改变这个殖民地、半殖民地、半封建的社会形态，使之变成一个独立的民主主义的社会。第二步，使革命向前发展，建立一个社会主义的社会。中国现时的革命，是走在第一步”。之后，文章又依据其政治内涵划分了更细的四个阶段。这些概念泾渭分明地区分了现代中国历史的阶段性内涵，也成为所有当代中国政治、历史与文学叙事的权威性的划分界限。这种规定性十分典型地体现在《红旗谱》一类“史诗性”结构的小说中，它的三部曲式结构分别对应着中国共产党诞生以前农民的自发斗争，第一次国内革命战争，共产党独立领导的土地革命战争，以及日本入侵中国、民族危机爆发这样几个时期。由此小说叙事变成了政治叙事的别一表现形式和其中的一部分。正如作者所言，因为他“亲身经历”和“亲眼看到”“党自从诞生以来……领导我们在各个时期贯彻了阶级斗争，领导我们从一个胜利走向另一个胜利”，他要将这样一个过程“深刻地反映”出来[10]，必然要遵照上述时间区划，使之成为自己的结构、修辞与美学的权威参照尺度。

第二个重要的时间模型是“断裂式”。同“区段性”观念相联系，断裂式时间观更强调了各个时间区段的差异性，它找出了许多标志式和分水岭式的事件，诸如共产党的成立、新中国的建立等，这样的事件成为历史和人的观念分界点，就像胡风献给新中国的颂诗是《时间开始了》一样，一个重大事件的意义，总是首先体现在它对一个“新纪元”的开辟上，所有的叙事都被纳入这一框架，新旧时间区段表现出截然对立的美学性质，正像建国初周扬代表党所指示的，“作家必须站在人民的先进的行列……为拥护新事物和反对旧事物而斗争。……他必须抱有争取新事物必胜的决心，对新事物具有敏锐的感觉和高度的热爱，而对于旧的落后的事物则绝不调和妥协”[11]。在这里，以一个时间临界点为分野的“新”与“旧”，被赋予了水与火一样不能相容的关系。1950年的丁玲也有这样一段话：“由于时代的不同，战斗的时代，新生的时代，由于文艺工作者思想的进步，与广大群众有了联系，因此新的人物，新的生活，新的矛盾，新的胜利，也就是新的主题不断地涌现于新的作品中……这正是新的作品的特点，这正是高于过去的地方。”[12]在这里，时间的“新”与“旧”显然已经变成了修辞的中心，之前与之后的叙事被赋予了完全不同的美学与政治内涵。它控制了小说的叙事节奏和发展进程，也规定了小说的艺术氛围的风格基调。非但《红旗谱》这样的革命历史题材小说，像《创业史》、《山乡巨变》这样的合作化题材的作品，为了突出其“创造历史”的史诗气质，也都突出了不同时代人物的截然对立的命运。

上述革命叙事的时间修辞法当然不是无本之木，它与现代性的时间叙事之间有着独特的继承性，现代性叙事是本，革命叙事则是它的极端形式。对照当年黑格尔对其所处的“新的时代”的预期，我们就不会对革命文艺家的叙事感到诧异，他同样“把时间当做了一种压力”，哈贝马斯描述说，“时代精神(Zeitgeist)这个新词曾令黑格尔心醉神迷，它把现在(Gegenwart)说成是过渡时代，在此期间，我们既希望现在早些过去，又盼望未来快点降临……”[13]黑格尔的修辞与当代革命叙事是何其相似——

> 我们的这个时代是一个新时期的降临和过渡的时代。人的精神已经跟他旧日的生活与观念世界决裂，正使旧日的一切葬入于过去而着手进行他的自我改造。事实上，精神从来没有停止不动，它永远是在前进和运动着……只有通过个别的征象才预示着旧世界行将倒塌。现存的世界里充满了那种粗率和无聊……可是这种逐渐的、并未改变整个面貌的颓毁败坏，突然为日出所中断，升起的太阳就如闪电般一下子建立起了新世界的形相……[14]

这种断裂性的时间处理方式还带来一种“历史终结”的修辞效果。哈贝马斯引述黑格尔的话说，“随着这‘突然升起的太阳’，我们到了‘历史的最后阶段，进入了我们的世界和我们的时代’”[15]。这就像《国际歌》中所唱的，“这是最后的斗争，团结起来，到明天，英特纳雄耐尔就一定要实现……”这个“最后的当下”在“与过去的分裂”中，产生出一个“最终胜利”的戏剧性的现实：所有的革命叙事在其结束之时，必然呈现为革命的阶段性胜利、主人公成长的完成、光明与美好未来的最终定局。“未来”显然还在继续，但从叙事的修辞效果来讲，未来的故事却完全可以省略，因为即使叙述从现在终结，阅读所产生的联想仍然是“从胜利走向胜利”的继续和重复。

## 二、革命叙事的喜剧/壮剧美学及其传统资源

红色叙事的时间修辞法尽管与西方的诸多现代性叙事同源，但其作为

文学叙事所产生的美学效果却是至为独特的——它构造出人类历史上一种前所未有的"壮剧美学"，这是过去的研究者所未曾深究的。它也带出了本文的另一个重要问题：特定的时间修辞决定着作品叙事所产生的美学特征和属性。

现代性的时间意识并不必然地诞生"喜剧叙事"。相反它更多的是催生了悲剧美学的繁荣，19世纪欧洲文学的繁荣和悲剧叙事的发达，与此有密切的关系。就像恩格斯对悲剧的定义一样，"历史的必然要求和这种要求的实际上不可能实现之间的冲突"[16]造就了这个时代最大的主题。"历史的必然要求"当然是符合甚至代表了现代性价值维度的，但现代性价值并不能单一地理解为历史现代性或者启蒙现代性的维度，还有与道德、与历史的二律悖反纠结在一起的审美现代性维度。所谓"实际上的不可能实现"，就包含了另一种对历史的理解——历史并不仅仅是一维向前的，它又是"螺旋式"上升的，因此悲剧在某些情形下也具有必然性。这里，恩格斯对时间的解释显然是在"历史总体性"的背景下进行的，但和黑格尔的历史逻辑相比也显然更加辩证。然而当代中国的革命叙事，却是运用了"断裂式"的修辞：既然时间已经进入了崭新的阶段，那么悲剧和悲剧发生的环境与条件就应该整体地结束，"在社会主义条件下怎么可能会发生悲剧呢?"根据这样一个逻辑，其叙事中当然就只剩下了喜剧与壮剧。

巴赫金在研究古希腊的小说叙事时，曾注意到了其中刻意含糊其辞的时间概念："主人公们是在适于婚嫁的年岁在小说开头邂逅的；他们又同样是在这个适于婚嫁的年岁，依然是那么年轻漂亮，在小说结尾结成了夫妻。他们经过难以数计的奇遇的这一段时间，在小说里是没有计算的。"[17]他把这种时间的修辞法叫做"传奇时间"。巴赫金无疑揭示了小说叙事中的一个重大奥秘，但他并没有进而指出，正是这种时间修辞，决定了小说的美学属性——传奇性和喜剧性。设想如果不是采取这种时间处理方式，而是严格遵循"时间的客观性"而让主人公老去，或者最终生离死别，而不是在重逢、团圆、终成眷属之时结束，那么小说岂不变成了悲剧？类似《奥德修纪》最后那样的结局和其美学风格也都要被修改。

革命叙事的美学也来源于它的类似的时间处理方式，简单地说即是一种"青春之歌"式的叙事。它不会等到小说的主人公年老体衰或者悲凉死去的时候再结束故事——那样叙事便成了"长恨歌"[18]。即便是有牺牲，代之成为叙事载体或者叫做"叙事主人公"的人物也会继之成长起来，在"依然年轻”之时成为主角，这才使得作品呈现出强烈的喜剧化、壮剧化的风格。这种叙述结构与美学倾向其实早在现代左翼作家那里就已见出端倪，蒋光慈的《冲出云围的月亮》、《咆哮了的土地》，胡也频的《光明在我们的前面》，阳翰笙的《地泉三部曲》，周立波的《暴风骤雨》等等，都是写到主人公完成了一个蜕变或成长过程，“开始了新的生活”而告结。以《暴风骤雨》为例，该作品第一部写的是土改的“初步胜利”，第二部写的是农会权力被坏人篡夺，土改成果几乎丧失之后，经过广泛发动群众取得了“最后胜利”。结尾是在农民真正分到了土地并且踊跃参军、在全国解放的“革命高潮”马上就要到来的时刻结束。在当代作家那里，这样的结局已经成为规定性的模型。即便是另一类出现了主人公“死亡”结局的小说——如《红岩》，也同样实现了“对悲剧的壮剧化改造”，尽管其描写的内容是革命者的狱中斗争和最后的被屠杀，情节是惨烈的，但由于作者是按照“黎明前的黑暗”这样一个逻辑来叙述的，是以全国解放这样一个时间背景作为叙事环境的，所以它的美学风格非但不是悲伤的，而且还显得壮观和激情高扬——“在烈火中永生”，这不但是小说的报告文学蓝本的名称，而且也是其“壮美”艺术风格的定位。

因此可以说，在当代文学最初的二十多年里，其叙事的理念虽然与西方现代的现代性时间价值尺度一脉相承，但却丢弃了道德批判与“审美现代性”的立场——像西方批判现实主义作家的“后视性”历史视角、沈从文式的“以道德批判历史”的主题，在当代作家那里都变成了单一的“未来”和前瞻性的视角，其现代性被不可遏止地狭义化了。本来，现代性理所当然地也催生着悲剧性叙事与悲剧性的美学，但在当代作家这里，却只剩下了喜剧与壮剧。

为了阐明上述问题，有必要进行一番纵深的对照分析。在中国传统叙事中，当然也有着类似巴赫金所论述过的这种“传奇时间模型”。明代以《玉娇李》、《玉娇梨》（或名《双美奇缘》）、《平山冷燕》、《好逑传》等为代表的“才子佳人小说”，即是“以文雅风流缀其间，功名遇合为之主，始或乖违，终多如意。故当时或亦称为‘佳话’。察其意旨，每有与唐人传奇近似者，而又不相关……”[19]所谓“始或乖违，终多如意”，同古希腊的史诗与小说叙事的结构安排方式是颇为相似的。其中最重要的，就是让男女主人公在最后获得一个“终成眷属”的结局，并且要使他们“依然年轻貌美”。不过在鲁迅的视野里，这种安排却不符合他的启蒙现代性的批判立场，因此他对此颇多诙谐和嘲讽:"有时因为严亲,或者因为薄命","受尽千辛万苦之后,终于成了佳偶,或者是都成了神仙"[20]。本来,这种叙事在新文学中已经备受批判,但在"上海的革命文艺家"那里,它却又成功地被商业化了——变成了"革命加恋爱"的消费性叙事。因此这是一种很难予以简单归类和判断的叙事模型,一方面,它的商业化潜质和特性败坏了其名声,另一方面它却又包含了最接近和最易于改造为"革命叙事"的可能性。事实证明,只需要把"才子佳人"模型置换成为"英雄美人",叙事就会轻易地获得改装并获取合法性,《林海雪原》就是一个例证,这是一个典型的被改造过的"传奇",其内部叙事机理与传统才子佳人小说如出一辙。《青春之歌》也是这样,它非常直接地描写了"英雄美人"击败"才子佳人"的全过程——卢嘉川与林道静之间的"婚外恋",以"革命"的合法名义,击败了余永泽与林道静之间最初的才子佳人式的合法婚姻[21]。

与喜剧美学相比,"壮剧"也许是一个全新的概念,因为在经典的美学范畴中一直没有关于这一类型的认真论述。古希腊的英雄悲剧显得具有"壮美"的气质,但悲剧的主体都是神和具有非凡血统的人神混血的人物,他们本身具有"不死"的能力,与其说他们是引起人们的"怜悯和恐惧",不如说更多地是唤起人们对不死的生命意志的崇拜。革命叙事中也不可避免地要写到挫折,甚至写到主要人物的牺牲,比如《暴风骤雨》中农会主席赵玉林的死,比如《红岩》中江姐、许云峰等众多革命者的牺牲,《青春之歌》中共产党人卢嘉川的就义,《红旗谱》中保定二师学潮的失败等等,但所有这些都不会带来悲剧性的气氛,相反,牺牲和失败只能成为革命的更大高潮、更多后来者的成长、革命意志的更加高涨昂扬的起点。因为不止这些人物都同样具有"灵魂不死"的气质,更重要的是,时间并没有因为他们的死和短暂的挫折而停止,这与一般的悲剧叙事以主人公的死亡而告终是不一样的,甚至也不同于现代以来的一般叙事所共同的"在不同的生存压力之下,构思出不同的世界末日"[22]的模式,作为叙事载体的另一个主要人物,立刻将叙事中的时间继续推向了前进,并使之终结在一个高潮或者重新开始的关节点上。

## 三、传统时间修辞的修复与悲剧美学的复活

但上述喜剧性叙事在中国文学中并不是一个主流的传统,另一个真正

具有主导性的传统，是以其“奇书”叙事为代表的具有“完整时间长度”的悲剧性叙事。这个问题同样复杂，须从源头上探析。对照当代中国文学在20世纪80年代以后发生的根本性变化，我们有理由认为，未来性、片段性和断裂性时间修辞，正在被人本主义的、生命本体论的、完整时间长度和永恒循环逻辑的时间理念所代替。因而也不难理解，中国传统叙事中的悲剧美学也正得以修复，这是中国当代文学在其“现代”意义得以持续展现的同时，也焕发出真正的民族气质、传统神韵的一个深层原因。

中国传统的时间意识曾深刻地影响了中国古代的叙事，并创造出民族特有的悲剧美学。从汉魏时代开始，个体生命意识的彰显导致了中国人关于时间的焦虑，也形成了诗歌中感伤主义的主题，这一点可以从《古诗十九首》和建安文学中得到证明。“生年不满百，常怀千岁忧”，“对酒当歌，人生几何？”自这个时代开始，诗歌的最高主题开始显形为关于生命与存在的哲学追问。而先秦时代人们的生命意识曾经至为朴素，“有限”（人生）是顺从而不是对抗“无限”（宇宙）的，一如老子所言：“天长地久，天地所以能长且久者，以其不自生，故能长生。所以圣人后其身而身先，外其身而身存。”[23]庄子也说，“朝菌不知晦朔，蟪蛄不知春秋”，而“楚之南有冥灵者，以五百岁为春，五百岁为秋；上古有大椿者，以八千岁为春，八千岁为秋”，“众人匹之，不亦悲呼？”[24]这些都告诫人们：不要以个体生命的尺度丈量“无限”以自寻烦恼，而以认同自然的态度取得宽解才是明智之举。然而汉末以下，上述观念却陡然转为一种生命本体论的感伤主义，不论是登临怀古，吟咏山水，还是感叹季候变幻，时序轮回，无不是表达有限生命对无限宇宙的追慕和感叹。

也许用“生命本体论”的时间观、哲学观和价值观，来概括中古以后中国文学的认识论方法是准确的。

某种意义上这也是导致产生“奇书”一类有“完整长度”的悲剧叙事的一个原因。亚里士多德说，“悲剧……是有一定长度的”[25]，这不是随便说说，悲剧当然地会呈现出一个包括“死亡”在内的完整过程，特别是死亡的结尾。直接呈现这样一个结尾，在修辞的意义上会导致“时间终结”的叙事效果，从美学上则会导致悲剧的体验。“奥古斯丁就用可怕的世界末日比喻个人的死亡”[26]，反之亦然，个人的死亡也同样可以拟喻一个世界的毁灭或“一个时代的终结”，这才是悲剧唤起人的怜悯和恐惧的真谛。生命本体论的世界观和个体生命本位的时间观，催生了中古以后中国文学叙事中的

“完整的悲剧”结构理念，其刻意彰显死亡的结局和“时间终结”的完整长度。这理所当然地使叙事的悲剧性得到了凸显。个体生命的短暂，个体时间的“寄蜉蝣于天地”一般的迅疾的“生——死”对立模型，在叙述过程中便演绎为一个“盛极而衰”的修辞与结构模式。当然，它可以是“大江东去，浪淘尽千古风流人物”的悲壮，也可以是“人面不知何处去，桃花依旧笑春风”的感伤，还可以是“好一片白茫茫大地真干净”的悲呼的绝望，但很明显，个体生命的经验角度，是他们解释历史和完成叙事的基本视角，如同一个人的生命从被给予（从“无”到“有”），到经过少年的蓬勃和盛年的极顶，最终又归于衰老死亡（又回到“无”）一样，时间不是一条没有尽头的线，而是无数独立又连环在一起的圆。一如老子所说，“天下之物生于有，有生于无”[27]。“无——有——无”便成了宇宙大道的基本规律。这样的理念构成了“奇书”内部的时间框架与结构模式：《金瓶梅》、《三国演义》、《水浒传》，其在整体上分别构成了“色——空”、“分——合（——分）”、“聚——散（——聚）”的模式，这根本上也都是《红楼梦》式的“无——有——无”的结构，一个“梦”的经验过程，一支“曲终人散”、“天上人间”的悲歌旋律。可以说，“梦”是中国传统小说最形象和最具美学意义的一个命名，《红楼梦》这样的作品注定会成为中国小说的最高典范，它是人生经验的一个形象比喻，“人生如梦”典型地表现着中国文人的生命感知方式，而历史作为“人化的生命经验的对应物”，当然也折射和隐含了人生。

这就是“完整的时间长度”，它使中国人的历史观显形为一种悲剧性的生命体验：历史的悲剧——它的完成、终结、闭合和循环往复，同世代的交替、人必然面临的死亡是同一个逻辑，因此离开了人的生命经验的投射，将不会真正读出历史的奥妙。这才是《三国演义》开篇词中所传达的思想，“滚滚长江东逝水，浪花淘尽英雄”。历史通过人生的悲剧体验，而生出了磅礴悲凉的诗意，从而也生成了中国人特有的悲剧历史诗学。言其“特有”，是因为它是在“循环论”的“时间总体性”逻辑下诞生的，与现代性时间观完全不同，历史在我们这里从未呈现为“进步”形态，而总是一种重复。时间本身就像历史中的个体存在一样，只是按照一定的节奏，生死代谢，往复循环而已。这也决定了中国传统小说“历史美学”的特点：它不指向“未来”一极，也不以所谓“新”为价值指归，在时间的纵向坐标上，不存在一个伦理化的二元尺度，没有过去与未来、“进步”与“反动”的二元对立，所有的是非成败，都将随着时间的推移、人世的代谢化为乌有——“古今多少事，都付笑谈中”。这样，这个悲剧的历史美学又在一定程度上被“中性化”了，并且缘此深化了其哲学意蕴。这是在其他民族的文学叙事中所不曾见到的。

在这样的背景下，我们再来看80年代以后当代文学叙事所发生的变化，就会从根部找到依据和答案。这个过程相当漫长。在80年代初期的“伤痕”、“反思”等表现创伤记忆的叙事中，虽然写作者也试图在其中注入历史的思考，但因为其早已习惯并根深蒂固的“片段式时间修辞法”作祟，而常适得其反。不管是《伤痕》、《天云山传奇》、《大墙下的红玉兰》、《蝴蝶》等中短篇，还是《芙蓉镇》、《许茂和他的女儿们》等长篇作品，虽然也表现了对一小段历史的悲剧思考和体验，但人为将历史予以断裂式的处理，却把这些悲剧和苦难喜剧化了。因为这一切已经“永远地结束了”，个人的“蹉跎岁月”和出现了弯曲的历史，并未改变时间“向着未来”开放的总方向。人物经历了一番磨难之后，命运重现光明，就像古希腊的那种传奇叙事一样，人物命运的转机是完全外力的“春雷一声震天响”的不期然的结果，“主动权不属于他们，就连爱情也是万能的爱神突然赋予他们的”[28]。这个“爱神”就是政治，时间的政治在历史的尽头等待，“乌云遮不住太阳”，“正义的审判”终将出现，虽然小说的某个主人公可能会死去，但“叙事人”却会幸运地留下来，并且看到作恶者的下场。这样，最终的叙事效果就变成了“青山在，人未老”的喜剧，历史和所谓的“创伤记忆”在被唤起的同时，也被予以集体地删改和忘却。

真正有完整长度的叙事的出现，是在80年代的中期。寻根作家们试图为当代文学寻找这种长度，但却因为更注重“文化”和“民俗”等平面性的东西，而使作品的历史感受到了限制。《红高粱家族》通过展示种族生命力的“降幂排列”式的历史衰败，而呈现了一种“壮美的悲剧”，但它仍然留有寻根文学的观念——年轻叙事人“我”一直试图寻求与“爷爷”、“奶奶”和“父亲”所代表的历史的“对话”，所以“时间的终点”——死亡在事实上仍未得到凸显。80年代后期和90年代前期出现的先锋小说中的“新历史主义小说思潮”，在时间修辞方面则有了新变：它刻意消除了寻根小说中生硬的“现代意识”，同时去除了进化论和伦理化的历史主义，它突出的是“时间的延续”而不是“时代的断裂”。而这正是先锋文学的叙事经验受到广泛接受和赞赏的一个原因。当代小说的修辞与美学立场因此发生了重大变化，重新回溯到历史的永恒维度。以苏童的《米》为例，它所写的进城农民五龙的传奇一生,可以说是延续了一个底层生存者永恒的命运与性格逻辑。没有“成长”,他是从一个被欺压者争取到与欺压者同样的地位、然后又对他人施以欺压、最后陷于败落并众叛亲离地死去的悲剧,他保守了一个农民骨子里的信念——对男权、财富、性和暴力的嗜好,而这一切又归根结蒂到对“米”的崇拜和迷信,他死时随身所带的宝箱中装满了米而不是别的东西。格非的《敌人》也是写了一个中国传统社会的悲剧,财富的轮回与风水的轮转,“关于敌人的恐惧和想象才是真正的敌人”这样一个密谶。巨富的赵家被一场无名大火烧去了大半家财,其后人一直生活在“谁是纵火者”这样的恐怖和疑问里,三代之后,其实谁是敌人已没有什么意义,但是家长赵少忠却被这阴影压垮。他在无意识中产生了强烈的毁灭倾向,先后杀死了自己的两个儿子,使家族血缘的链条被彻底中断,这样关于“敌人”的历史记忆也就最终中断了。它揭示了一个古老而又有现代意味的道理:在中国传统社会内部,有着一个支配着其自我毁灭的东西,其死敌不是别的,就是它自我“轮回”的意志。

但真要形象地展现时间修辞的变化,还要借助一部最典型的小说,即王安忆的《长恨歌》。因为它与前面的革命时代例证《青春之歌》之间,构成了极有意味的对比。这两部作品,无论在作者的观念、在小说主人公的处境、身份、人生选择与命运之间,在两部作品的题材、叙事结构、修辞与美学风格之间,均构成了奇妙的比照关系:首先,两部小说的最大不同表现在主人公的价值趋向上,林道静和王琦瑶这两个生活在差不多同一时代的女性,却选择了两种完全不同的人生。一个竭尽全力要踏入“时代”的主流式的人生轨道,另一个则是要重复前人已重复了无数次的古老人生之路;一个用全力试图改变女人被规定的古老命运,另一个则顽固地逆来顺受地接受这样一种命运。然而这仅仅是个外在的解释——是谁决定了她们如此不同的命运?是作者吗?表面看是杨沫和王安忆这两个置身于不同时代的作家,分别“支配”了她们的命运,然而直接在小说叙事层面发生作用、并使两部作品产生巨大精神鸿沟的原因,却是两种不同的时间修辞。《青春之歌》的“小说时间”是结束于主人公革命生涯的成熟与革命高潮的到来之际,这个终结点让人相信,在此之前的一切挫折和失败,都是为了最后的“胜利”;而《长恨歌》则是对这一“时间将来”的持续面对,它用“延伸的叙事”推翻了前者的叙事结构。在这里,时间一意孤行地向前流动,越过了青春的欢乐而直抵暮色的悲凉。小说中的主要人物之一蒋丽莉的命运,恰好反证了林道静被省略的“未来”，她在革命胜利后的岁月，并没有始终占据精神的高点，相反却体会了人生的另一种失败。胜利的节日和欢庆并没有改变她回身面对日常生活、进入上海像空气一样无处不在的市民生活氛围时的命运，她仍然是一个命定的“灰姑娘”和“局外人”——就像王琦瑶面对她的主流与红色生活时是个“局外人”一样，最后她在抑郁中不幸患肝癌而死。时间的延伸改写了“青春”的一切——天下还有不散的筵席吗？也许这样一种改变应归于历史本身无情的延伸或循环，杨沫在写《青春之歌》时还不能看到这样一个结尾，而王安忆则必须面对它。从《青春之歌》到《长恨歌》，如此不可同日而语的叙事，其实原本不过源于这样一点不同：前者是按照革命的“集体时间”来完成她的“青春美学”的；而后者是按照单个人的“个体生命时间”来完成她的“暮年（死亡）叙事”的。

构成生动的戏剧性对照的还有王琦瑶与林道静这两个人物。她们之间有着如此多的相似与不同，王琦瑶重复了无数中国古代女性的命运：美丽的容颜，曾经的花期，不可理喻的阴差阳错，始料不及的蹉跎磨难，让人扼腕的悲剧，令人长叹的结局。世有白居易长歌当哭的《长恨歌》，曹雪芹哀情浩荡的《红楼梦》，俱是缘于四个字：“红颜薄命”。王安忆之作《长恨歌》，显然也是仿照了白居易的诗意。我想这是一个标志，一个古老的中国传统的叙事逻辑的恢复，这一方面是由它在题材内容上与中国传统叙事之间酷似的关系决定的；同时更重要的，是取决于一种文化情境及其逻辑的循环——精神的沦落和世纪的终了，尤其是作家精神认同的彻底改变，使她产生了强烈的历史闭合感，一维的进化论时间理念在这样的情境中当然会变得幼稚短浅。

显然，主人公的死亡和“完整的历史长度”的恢复，成为了当代小说悲剧性特征得以呈现的基础。这方面最好的例子还有莫言的《丰乳肥臀》。它通过一位被侮辱与被损害的伟大母亲的一生，书写了一个世纪的血色历史。她的一生所具有的历史影射力，正好对应着20世纪中国的一段历史：风雨如晦，沧桑变迁，各种政治力量走马灯般地争相表演，但最终又迅速湮没在历史之夜和时间的黑洞里；所有的政治力量都不请自来，侵犯着原生和苦难的民间，而最后只有民间和底层人民对苦难的默默承受；同时这承受也使她们获得了永恒与自在的力量，使她们在一切外来的短命的“文明”与政治的侵犯面前，显出了本然的高贵和不朽。某种意义上这是一个伟大的悲剧，它呈现了历史的“完整的逻辑”而不是阶段性的胜利或者失败，“时间走到了尽头”,悲剧的本质和命运感、历史的闭合与永恒轮回的意志顽固地呈现,这无疑是属于中国人自己的东西。当然,这也是一部有着强烈现代感和非常“西化”的悲剧——它的主人公最后甚至皈依了基督教。但在此至关重要的不是别的,而是时间修辞所产生的中国式的悲剧结构。

相应地,与传统时间观念的恢复同时出现的,是对政治化和社会化时间概念的淡化。这种刻意的消除,使得叙事的“编年史”的性质被代之以永恒的存在性质,由此所谓“生活”也被“生存”和“存在”所取代。在先锋小说中,时间被处理成抽象的东西,它或者从叙事的具体功能中消失,或者被故意颠倒,成为“固体”的事物而不是“流动”的维度。在余华的《往事与刑罚》中,一封内容为“速回”的电报,让主人公回到的不是某个地方,而是过去的某个时间,但接下来某个时间又变成了刑罚之一种。这样,历史具体性和纵向维度的消失,换来了历史的哲学内涵的彰显。这也是使先锋小说和新历史主义小说能够越出通常的社会主题与具体的历史内容,而接近于哲学、人性与存在的深度的一个原因。

余华曾明确阐述过他的时间观:“在那里,时间固有的意义被取消。十年前的往事可以排列在五年前的往事之后,然后再引出六年前的往事。同样这三件往事,在另一种环境时间里再度回想时,它们又将重新组合,从而展示出新的含义。时间的顺序在一片宁静里随意变化。”[29]这就是说,作为经验和某种生活的启示录,在关于记忆的某种叙事中,时间恰好不应用突出自己的刻度来夸大其作用,当它刻意显示自己的具体性时,恰恰缩小了自己的作用,当它回到时间的本来意义(即永续)时,也就变成了存在与启示。在这方面,《许三观卖血记》是个例子,在一些论者看来,它也许是个“现实主义”的作品,但时间常态的社会性标志的淡化,却使它“溢出”现实主义的设限。因为余华并没有把当代社会历史坐标中的时间要素推向前台,而是出奇制胜地用“卖血”的频率代替了时间的现实刻度,使之成为生存的刻度。这样叙事节奏也便成了生命与生存的节奏。它由慢到快,由疏到密,再戛然而止,这种节奏本身既揭示了作品的主题,也揭示了个体人生的速率,即人生犹如卖血,是“用透支生命来维持生存”的,同时,时间在人生中是“加速度”的,死亡也是如此。《许三观卖血记》由此成为一部哲学求问录,而不只是一部小说。

与此同时,余华又说:“在我越来越接近三十岁的时候……在我规范的日常生活里,每日都有多次的事与物触发我回首过去,而我过去的经验为这样的回想提供了足够事例，我开始意识到那些即将到来的事物，其实是为了打开我的过去之门。因此现实时间里的从过去走向将来便丧失了其内在说服力。似乎可以这样认为，时间将来只是时间过去的表象。如果我此刻反过来认为时间过去只是时间将来的表象时，确立的可能也同样存在。”[30]时间在这里显然又具有了其内在逻辑，它的过去和未来在冥冥中是统一的，并未有任何本质的改变，这使余华的小说在某种程度上与中国传统的哲学之间产生了联系。《活着》可以作为这样的一个例证：时间在这部作品中呈现了复杂的情形，主人公福贵可以说是一个生活在“时间过去”里的人，从他开始赌输那一天起，实际上他的一切的“将来”都已注定要汇入这一“过去”之中。当他所有亲人连同他的财产一起化为乌有时，他的“活着”便成了两种时间——生者（还在延续的时间）和死者（已终止的时间）之间的一种比照和对话。天上与人间，生死两茫茫。这有似《红楼梦》和白居易《长恨歌》中的那种时间模式，因此它非常感人，具有某种“煽惑性”。这种格局既能显示出人生的短暂与无常，又可以在叙事上显出“未亡人”余生的漫长与凄凉——“迟迟钟鼓初长夜，耿耿星河欲曙天。”它所昭示的是，人生就是被剥夺的过程，一点点开始，其实死亡从年轻时代就早已开始了。人生如同赌徒，赌得干净彻底时，他的生命才会终结。《活着》的意义当然不排除它真实而严峻的历史批判内涵，但它更是对于生存的哲学追思。它的“简单”使它成为一部复杂的作品，正是得益于其时间意念。余华在看似不经意间，巧妙地运用了他的时间修辞，构造出一个近似中国传统哲学与美学情境的命题——历史并未呈现为“进步”与“光明”，相反在哲学的意义上，除了个体和普遍的共同悲剧与终结（死亡）体验之外，一无所有，小说感人的诗意正来源于此。

## 四、余论：关于时间修辞与叙事美学的思考

整体上看，当代作家在时间意识方面呈现了多维度的变化。在许多有着自觉文化意识与艺术追求的作家那里，对一维进化论时间观的颠覆和反思，对中国传统时间意识的重新认同——不管是自觉抑或是出于“集体无意识”——都是其作品的艺术品质和历史、生命、命运感得以呈现的最内在和最主要的原因。当然，处理的方式会有种种的不同：比如扎西达娃和马原，由于他们对藏族文化的亲和与理解，他们小说中的时间出现了复杂的

交错感，远古时间与现代时间的错位交叠，现代文明所理解的时间与藏族人神秘主义思维所理解的时间之间的交错，还有时间的不断轮回——在扎西达娃的《西藏，隐秘岁月》中，一位叫做“次仁吉姆”的女性至少出现了四度化身；在“新写实”小说中，作家也常常采用“时间流水账”的方式来进行叙述，比如池莉的《烦恼人生》就是用了一天的故事来影射主人公的一生，用了表面的喜剧叙述来传达一个悲剧的寓言；在一些“新生代”作家那里，对“时间现在”的强调，又重新成为他们歌赞现世与当下生存之合法性的秘诀，通过对时间整体性的刻意取消，来消除叙事中的历史维度，并夸张地叙述他们新式的放浪形骸、沉湎感官享乐的“青春之歌”，以及他们的世界观与新美学……作家的时间意识呈现了多向的分裂趋向，叙事的发展变化也没有显示出一种已然固化的向度与态势。可以说，当代文学依然处在美学的分化与多元变动中。而且本文也不想通过在时间线索的梳理中，将这个过程“线性化”——这也是一个很容易陷入的价值判断的窠臼。本文的目的是要通过一个内部要素的分析探源，来揭示当代文学叙事及其美学演变的一些奥秘。在这个前提下，值得强调的大概还有这样几个方面的问题：

首先，一个民族的文学叙事固然是丰富的，但其中所能够提供的独特经验模型却总是有限的。“奇书”叙事中所展示的“完整的时间长度”，其生命本体论的历史观、悲剧论和感伤主义的人生观，及其由此形成的宏伟结构、悲剧的历史诗学与历史美学，都可以说是我们民族最宝贵的东西，是种族的美学、生命记忆和审美感受方面的“集体无意识”。所谓“中国作风”和“中国气派”，所谓艺术中的“民族传统”与“东方精神”等一切要素，其根本都在于此。小说必须恢复这些要素，并在“现代”的意义与语境下得以创造性发扬，才会使之真正成为“现代民族文学”和“世界文学”的一部分。而关于中国传统时间修辞的恢复导致的“悲剧的复活”这一点，可以说是上世纪90年代最重要的文学成就，可惜一直无人给予认真的阐释。这是一个世纪以来中国新文学产生和成长的必然结果，也是其初步成熟的标志，必须予以充分的重视。

其次，当代革命叙事是现代性时间观念推动下的叙事变革的产物，是其持续推进和极端化的结果。这决定了我们应该历史地看待它，并且要合理地评价其积极的意义，而不只是看到它单一的未来时间维度所带来的虚假性。正像弗兰克·克默德所揭示的，“一切结尾都具有虚构性”，事实上由启蒙现代性观念推动下的文学叙事也有同样的问题。比如，中国是一个传统的农业社会，但却一直没有自己的“乡土文学”，而是只有“田园诗”。如果没有现代性时间观的烛照，鲁迅和文学研究会的作家们何以会看到乡土中国的愚昧和破败？如果没有西方人的现代性时间叙述的强行介入，何以会有莫言的《檀香刑》中对孙丙的那种可笑的描写？鲁迅他们会和无数的先人一样，眼里是古老的山水和永恒的田园，而不是苦难和“落后”、麻木和自闭的危机，“从来如此”又有什么不好？莫言也不会写到原来的一个出色的民间戏子、一个猫腔艺术家和英俊的美髯公，居然变成了一个号称鬼神附体、用符咒巫术来对付洋枪洋炮的愚民。一句话，如果没有西方强势文化与现代性价值的强行介入，中国的古老文明不会呈现出“丑陋”的一面。是现代性时间观和价值观搭载在蒸汽时代的巨大机械和火器上，强行驾临于这古老的土地之上。这是一个由被动接受到主动选择的过程，如果说新文化运动与此前中国的文化变革之间有什么不同的话，那就是，它是一个从思想意识中完全变被动选择为主动接受的标志。至于当代的革命叙事，不过是西化的时间修辞方式同现代民族主体意识之间的矛盾的产物罢了。

再次，通过研究不同叙事的时间修辞方式，来观察其结构与美学特征，比较不同民族文化背景下文学叙事的美学特点，分析其自身复杂的美学观念与叙事要素，是一个极具历史启示与哲学深度的本体论命题。在这方面，本文只是非常初步地提出了问题。

---

①② 柯林伍德：《历史的观念》，何兆武译，商务印书馆 1997 年版，第 177 页，第 191～192 页。

③ 彼得·奥斯本：《时间的政治——现代性与先锋》，王志宏译，商务印书馆 2004 年版，第 3～4 页。

④ 《三国演义》，齐鲁书社 1991 年版，第 2 页。

⑤ 《水浒传》，齐鲁书社 1991 年版，第 29 页。

⑥ 严复：《原强》。

⑦ 恩格斯：《致玛·哈克奈斯》，《马恩列斯文艺论著选读》，江西人民出版社 1981 年版，第 267～268 页。

⑧ 列宁：《列·尼·托尔斯泰和他的时代》，《马恩列斯文艺论著选读》，第 390 页。

⑨ 巴尔扎克：《〈人间喜剧〉前言》，伍蠡甫主编《西方文论选》下卷，上海译文出版社 1979 年版，第 167 页。

⑩ 梁斌：《红旗谱·代序》，中国青年出版社 1958 年版。

⑪ 周扬：《1953 年 9 月 24 日在中国文学艺术工作者第二次代表大会上的报告》，载《文艺报》

1953年第19期。

⑫ 丁玲:《跨到新的时代来——谈知识分子的旧兴趣与工农兵文艺》,载《文艺报》1950年第2卷11期。

⑬⑮ 哈贝马斯:《现代性的哲学话语》,曹卫东等译,译林出版社2004年版,第7页,第8页。

⑭ 黑格尔:《精神现象学》上卷,贺麟、王玖兴译,商务印书馆1979年版,第7页。

⑯ 恩格斯:《致斐迪南·拉萨尔》,《马克思、恩格斯、列宁、斯大林文艺论著选读》,江西人民出版社1983年版,第193页。

⑰㉘ 巴赫金:《小说理论》,白春仁、小河译,河北教育出版社1998年版,第280页,第286页。

⑱㉑ 参见拙文《从"青春之歌"到"长恨歌"——中国当代小说的叙事奥秘及其美学变迁的一个视角》,载《当代作家评论》2003年第2期。

⑲ 鲁迅:《中国小说史略·明之人情小说(下)》,《鲁迅全集》第9卷,人民文学出版社1996年版,第189页。

⑳ 鲁迅:《上海文学之一瞥》,《鲁迅全集》第4卷,第292页。

㉒㉖ 弗兰克·克默德:《结尾的意义——虚构理论研究》,刘建华译,辽宁教育出版社·牛津大学出版社2000年版,第4页,第24页。

㉓ 《老子·七章》。

㉔ 《庄子·逍遥游》。

㉕ 亚里士多德:《诗学》,《西方文论选》上卷,第57页。

㉗ 《老子·四十章》。

㉙㉚ 余华:《虚伪的作品》,载《上海文论》1989年第5期。

# 重铸诗歌的“历史想象力”

陈　超

关心诗歌现状的人都会感到，自20世纪末以来，中国先锋诗歌从价值确认、运思向度、修辞基础到诠释模式，都发生了很大变化。对这一变化的理解，可以有不同角度。比如我们可以再将时间向前延伸，从新时期以来诗歌写作风尚在自身的历史演进中所采取的不同的轮换方式来考察它，得出如下图式：

朦胧诗（隐喻—象征，社会批判模式）——第三代诗（口语—叙述，日常体验模式）——知识分子写作（异质扭结语型，历史想象力模式）——后口语诗（泛口语，非历史化模式）。

这个图式只是指出了诗歌演进的事实，有其描述上的真实性，但却没有价值判断。诗歌，特别是先锋诗歌，应有其内在的价值系统。它不是某类文化人的审美遣兴或话语嬉戏，而应有对我们置身其间的历史和生存处境的揭示，对我们时代语言状况的深度勘探，对即将来临的历史可能性的批判的参与，并最终落实到对诗歌本体的更专业、更精微的纵深开拓上。在此，对先锋诗歌之“功能”和“本体”的双重要求是同时到来的，也就是“舞蹈和舞者不能分开”。

基于这种诗歌理想，如果要我从上述图式中找出我比较认同的创造力形态，考虑到近年来诗歌写作中历史意识和生存命名能力的日益薄弱，那么我愿意选择90年代中后期的“知识分子写作”。

## 一

20世纪90年代初期的诗坛有两种主要的声音：一种是颂体调性的农耕式庆典诗歌，诗人以华彩的拟巴洛克语型书写“乡土家园”，诗歌成为遣兴或道德自恋的工具，对具体的历史语境缺乏起码的敏感。另一种是迷恋于“能指滑动”、“消解历史深度和价值关怀”的中国式的“后现代”写作。这两类诗歌充斥着当时的诗坛，从某种意义上说，它们共同充任了“橡皮时代”既体面又安全的诗人角色，并对大量初涉诗坛的青年写作者构成令人担忧的语词“致幻效应”。诗歌在此变成了单向度的即兴小札，文化人的闲适趣味，回避具体历史和生存语境的快乐书写行当，如此等等。先锋诗歌的特殊功能再一次陷入了价值迷惑。

大约在1993年前后，先锋诗歌写作中较为集中地出现了新的重大嬗变与自我更新，它以深厚的历史意识和丰富的写作技艺，吸引了那些有生存和审美敏识力的人们的视线，很快就由滥觞期发展到涌流期。正如西川所说，“是80年代末、90年代初中国社会以及我个人生活的变故，才使我意识到我从前的写作可能有不道德的成分：当历史强行进入我的视野，我不得不就近观看，我的象征主义的、古典主义的文化立场面临着修正”①。同样，诗人王家新也深深感到了以往的写作，“我们的经历，我们的存在和痛苦在诗歌中的缺席，感到我们的写作仍然没有深刻切入到我们这一代最基本的历史境遇中去”②。这是一种吁求历史性与个人性、写作的先锋品质与对生存现实的介入同时到场的诗学。很明显，它的出现，既与当时具体历史语境有关，也与对早期“朦胧诗”单纯的二元对立式的写作和对本质主义神话失效后的历史反思有关。这些诗人后来被习惯性地称为“知识分子诗人”，在我较为深刻的阅读记忆中，他们是指西川、王家新、欧阳江河、臧棣、孙文波、张曙光、萧开愚、西渡等。但是，我们今天完全应当排除诗歌小圈子意识，逸出无谓的“争吵”和舆论化的“习惯性称谓”，从而实事求是地对当时诗坛另一些采取不同的写作方式而同样抵达了历史命名或生存体验的深度，并在写作技艺上有所创新的诗人予以高度评价，比如于坚、周伦佑、翟永明、柏桦、王寅、孟浪、梁晓明、默默、钟鸣、大踏（即阿坚）、伊沙等等。所以，在这篇文章里如果我仍使用“知识分子写作”这一概念，那也不过是在“借挪使用”，它是指一种我认可的诗歌品质，而非具体的诗歌“圈子”。

我认为，在那个阶段，这些诗人对先锋诗歌的重要贡献，主要是改变了想象力的向度和质地，将充斥诗坛的非历史化的“美文想象力”和平面化展开想象的“口语诗”发展为“历史想象力”。如何在真切的个人生活和具体历史语境的真实性之间达成同步展示，如何提取在细节的、匿名的个人经验中所隐藏着的历史品质，正是这些诗人试图解决的问题。正是这种自觉，使先锋诗歌在文学话语与历史话语，个人化的形式技艺、思想起源和宽大的生存关怀、文化关怀之间，建立了一种深入的彼此激活的能动关系。且让我们对几位诗人的作品略作分析。

在80年代，以上诗人中的绝大多数都可称为“纯诗”写作者，且建立了个人的主题(精神)向度和隐语世界。以影响广泛、颇具代表性的先锋诗人西川为例，他早期的诗，从精神向度上是垂直“向上”升华(而其变体就是对“远方”的渴慕)，通往神圣体验和绝对知识的：其隐语世界则是建立在新古典主义(包括对象征主义影响深远的史威登堡的神秘主义哲学)所认为的此在—彼岸、现象—本质、肉体—灵魂、世俗—神性……的分裂上。他或许相信，在诸项二重分裂里，后一项是先然存在、不容怀疑的，而诗人的使命就是使这种分裂重新聚合。

有一种神秘你无法驾驭
你只能充当旁观者的角色
听凭那神秘的力量
从遥远的地方发出信号
射出光束，穿透你的心
……
我像一个领取圣餐的孩子
放大了胆子，但屏住呼吸

——《在哈尔盖仰望星空》

此诗写于80年代中期，可视为一批诗人的精神“姿势”。仅从诗歌艺术本身看，这类作品是不错的，然而它们无法对应于90年代以来具体的历史语境和生存处境，甚至也无法真实地显现我们的精神处境。90年代以来，西川的诗歌发生了极大变化，体现了向历史想象力、包容力、反讽、情境对话、悖论、戏剧性、叙述性……综合创造力的敞开：

他的黑话有流行歌曲的魅力
而他的秃脑壳表明他曾在禁区里穿行
他并不比我们更害怕雷电

当然他的大部分罪行从未公诸于众

他对美的直觉令我们妒恨
且看他把绵羊似的姑娘欺侮到脏话满嘴
可在他愉快时他也抱怨世界的不公正
且看他把喽罗们派进了大学和歌舞厅
……

他的假眼珠闪射真正的凶光
连他的臭味也会损害我们的自尊心
为了对付这个坏蛋(我们心中的阴影)
我们磨好了菜刀,挖好了陷阱
……

我们就得努力分辩我们不是坏蛋
(尽管坏是生活的必需品)
我们就得献出女儿,打开保险柜
并且满脸堆笑为他洗尘接风

——《坏蛋》

在此,“坏蛋”作为一个类似儿童口语语汇的词,有分寸地悬置了斩钉截铁的道德判断,甚至反向的意识形态讥诮。但我们感到,它的反讽却更为犀利了。而这里我更感兴趣的还不是诗人对“坏蛋”多少有些无奈的讥刺这个声部,而是与其平行的另一声部——“自审”意识。诗人追问道,“为了对付这个坏蛋(我们心中的阴影)”,“我们就得努力分辩我们不是坏蛋(尽管坏是生活的必需品)”,正是这突兀楔入的盘诘,令我们怵然心惊。西川在坚持基本的道义关怀的同时,又容留了生存的含混、尴尬、荒诞和复杂喜剧性,正如他说“既然生活与历史,现在与过去,善与恶,美与丑,纯粹与污浊处于一种混生状态”,“既然诗歌必须向世界敞开,那么经验、矛盾、悖论、噩梦,必须找到一种能够承担反讽的表现形式”[③]。诗人同时也写出了我们内心的无言之痛和隐蔽之恶的原动力,他迫使我们看清,我们的内心其实也蹲伏着恬不知耻又屈辱无辜、狡黠狂妄又满身灰土、咻咻威慑又羸弱不堪的野兽。在《厄运》、《巨兽》、《鹰的话语》中都有这种不同声部的紧张争辩，西川没有封住“个我”/“他我”/“一切我”的嘴——没有压抑或删除自己内心深处复杂纠葛的声音，没有对任何绝对主义或独断论的庞然大物的急切认同，从而使自己的诗在具体历史语境和生存处境中真正扎下了根。

再比如于坚，他在80年代虽然已写出影响深广的具有“当下关怀”（张颐武语）的作品，但是真正具有历史承载力和命名力的，还是90年代初之后的作品。特别是长诗《0档案》，它既可视为一部深度的语言批判的作品，同时也是深入具体历史语境、犀利地澄清时代生存真相的作品。诗中有不少段落，甚至是刻意地以“非诗”的社会体制“习语”或“关键词”的形式出现，诗人写出它们对个人生存的影响，激活了我们的历史记忆：

鉴定：

尊敬老师　关心同学　反对个人主义　不迟到
遵守纪律　热爱劳动　不早退　不讲脏话　不调戏妇女
不说谎　灭四害　讲卫生　不拿群众一针一线　积极肯干
讲文明　心灵美　仪表美　修指甲　喊叔叔　叫阿姨
扶爷爷　挽奶奶　上课把手背在后面　积极要求上进
专心听讲　认真做笔记　生动活泼　谦虚谨慎　任劳任怨

思想汇报：

他想喊反动口号　他想违法乱纪　他想丧心病狂　他想堕落
他想强奸　他想裸体　他想杀掉一批人　他想抢银行
他想当大富翁　大地主　大资本家　想当国王　总统
他想花天酒地　荒淫无度　独霸一方　作威作福　在人民头上
他想投降　他想叛变　他想自首　他想变节　他想反戈一击
……

一组隐藏在阴暗思想中的动词：

砸烂　勃起　插入　收拾　陷害　诬告　落井下石

干　搞　整　声嘶力竭　捣毁　揭发　打倒　枪决　踏上一只铁脚　冲啊　上啊……

——《0 档案》

这些故意“干涩”的诗行,反而是诗人具有丰沛的历史想象力的表征,所谓内容是完成的形式,形式是达到了目的的内容。它深刻地反思和揭示了一代人的成长史。他们是昆德拉所说的“儿童暴力”的产品,既是单纯的也是可怕的,既受到“理想教育”又受到“仇恨教育”,既顺役于禁欲主义又将性/政治宣泄结为一体。特别是“文革”中,社会总体性的施暴结构已深深植入了他们(我们)无意识深处。诗人迫使我们反思,当伪善和彼此监视成为一个人表现“忠贞”、“光明”、“崇高”的必须方式,我们的历史和精神型构发生了怎样的史无前例的灾变?同时,这首诗更深刻的意义还在于其“语言批判”。它表达了“档案语体”对个体生命的歪曲压抑。在一个以僵化的正确性、统一性取代差异性和复杂经验的时代,诸如“文革”时代,公共书写方式成为消除任何歧见,对人统一管理、统一控制的怪物:人在减缩化漩涡中成为一个个僵滞的政治符码,一个可以类聚化的无足轻重的工具,一个庞大的机器群落中的螺丝钉。在此,“个人档案”竟然导致了个人的消失,这难道不是具有“极限悖谬”特征的历史体验吗?所以,与其说诗人在质询将人变为“0”的档案本身,不如说更是在以此来“转喻”一种普遍的权力话语方式。

王家新早年的诗歌有着明快而浓烈的理想主义色泽,不久又进入“纯诗”写作,但是,由于维度单一,前者显得简单高亢而后者又有些飘忽。虽然诗人的情感是真挚的,可是它们在不期然中变成了另一意义的“美文能指滑动”。90 年代中期,经由对历史想象力的自觉引入,诗人的写作语境大大拓宽了,他既捍卫了个人化的精神质地,又及时地引发了我们对时代普遍的感应力。如长诗《回答》,通过带有“本事”色彩的夫妻离异事件,洞透了一代人的精神史。诗人将个体遭际的沉痛经验一点点移入到更广阔的时代语境中,使之既烛照了个体生命最幽微最晦涩的角隅,又折射出历史的症候:

于是我看到控诉暴力的人，其实在
渴望着暴力：那些从不正视自己的人
也一个个在革命的广场上找到了借口
同样，那些急于改变命运的人，正被他们的
命运所捉弄。从当年的红小兵到女权主义者
从“解放全人类”到“中国可以说不”
人们一个个被送往理论的前线，并在那里牺牲
可是我多么希望你不！
你也不再是那个走向金水桥头，举起右手
向着伟大领袖的遗像悲壮宣誓的小丫头了
现在你出入于高等学府，说着一口英文
有着我所欣赏的潇洒和知识分子气
但在你的这首诗里，又是谁，仍在攥着
那只多年来一直没有松开的小拳头？

——《回答》

文本中遍布着大量类似的情境、细节，它们含有极大的“命名”能量，诗人从具体的个人处境出发，找到个人记忆的重心，将其带入特殊意义上的有机知识分子“公共交流”的话语平台，并与历史进行了紧张的盘诘与对话。王家新将个体生命的遭际总结成特殊的“限量”的历史，在限量中凸显了诗人个体主体性的内在穿透力。在此，“正史”与“稗史”（个人心灵史）相互穿插，个人的“小型”经验陡然拥有了对生存的寓言性功能。这里，“小就是大”，它不追求事件本身的宏大，而是历史语境穿透力的博大和自我反思—对话能力的强大。

我们看到，当时的先锋诗歌在告别独白式的“启蒙”话语后，幸运地未曾滑入话语的自恋或自戕，没有成为抽掉历史意识的语言空壳。诗人们获具了可贵的历史想象力，他们极为注意话语的历史生成原则和时代的语言状况，“语言是存在之家”，“我语言的边界就是我世界的边界”，这就不仅改变了诗歌的书写形态，同时也大大改变了写作主体的精神质地。

## 二

限于篇幅，对其他诗人的作品不容再作文本分析。总之，在 90 年代中后期诗人们创作的大量优秀作品——我现在依然记忆犹新，能随笔写出的篇名就有半页以上——中，我们都看到了诗歌在时代生存的压力下不屈地重新焕发出的历史命名能力和艺术创造活力。他们的诗，既没有重返唯美的乌托邦，也没有追赶肤浅的中国式的“后现代”，而是将近在眼前的异己包容进诗歌，最终完成对具体历史语境的揭示、盘诘和批判。正是这类诗歌在历史维度、生存现场和“说话人”的身份上所进行的巨大调整、修正和纵深挖掘，有力地结束了当时诗坛的茫然和低迷，平庸和自得，避免了使诗歌陷入“集体遗忘”的行列，为中国先锋诗歌的主题和书写技艺的深入拓展提供了机会。

关于 90 年代中后期先锋诗歌效果史的总结，理论界有种种说法，诸如“知识分子写作”、“个人写作”、“中年写作”、“叙事性”、“中国话语场”、“反讽意识”、“互文性”，如此等等。在我看来，对于这些从不同视角提出的概念，应该有一个简洁的综合性指认。诗歌的“历史想象力”，是笔者在 90 年代中期提出的概念④。它不是规范的已成的理论概念，但很可能比已成的概念更能有效地描述新的诗歌现实。对“历史想象力”的高度重视，就是我对 90 年代中期以降先锋诗歌最具开拓性方面的价值指认，它涵盖了以上种种概念。围绕这一点，或许有助于我们真正地触及“诗与思”二而一的核心，而不让一些枝节纷扰我们的批评视线。

“历史想象力”，不仅是一个诗歌功能的概念，同时也是有关诗歌本体的概念。从以上对诗歌文本的简单分析，我们可以看出“写什么”和“怎么写”，在历史想象力的双重要求下，是无法两分的。简单地说，“历史想象力”要求诗人具有历史意识和当下关怀，对生存、个体生命、文化之间真正临界点和真正困境的语言有深度理解和自觉挖掘意识，能够将诗性的幻想和具体生存的真实性作扭结一体的游走，处理时代生活血肉之躯上的噬心主题。“历史想象力”，应是有组织力的思想和持久的生存经验深刻融合后的产物，是指意向度集中而锐利的想象力，它既深入当代又具有开阔的历史感，既捍卫了诗歌的本体依据又恰当地发展了它的实验写作可能性。这样的诗是有巨大整合能力的诗，它不仅可以是纯粹的和自足的，同时也会把历史和时代生存的重大命题最大限度地诗化。它不仅指向文学的狭小社区,更进入广大的有机知识分子群,成为影响当代人精神的力量。

诸如以上所说的诗人们,虽然其具体的写作方式不同,但都为增加诗歌的“历史想象力”做出了自己的努力。如果暂时排除他们诗歌母题和措辞方式的个人性,我认为他们的写作状态还是有一些约略的“共性”:扩大诗歌文体的包容力,由简单的抒情性转入深层经验的叙述性,由单向度的审美“升华”转入怀疑和反讽,由不容分说的“启蒙”变为平等的沟通和对话,并能有力而成功地处理被既往的狭隘理念看做是“非诗”的材料。相应的,其诗歌语型,也由单纯的隐喻或口语,发展为各种不同语型的异质扭结。如西川长诗《厄运》给我们提供的陌生化书写格局:

……他出生的省份遍布纵横的河道、碧绿的稻田。农业之风吹凉了他的屁股。他请求庙里的神仙对他多加照看。

他努力学习,学习到半夜女鬼为他洗脚;他努力劳动,劳动到地里不再有收成。

长庚星闪耀在天边,他的顺风船开到了长庚星下面。带着私奔的快感他敲开尼禄的家门,漫步在雄伟的广场,他的口臭让尼禄感到厌烦。

另一个半球的神祇听见他的蠢话,另一个半球的蠢人招待他面包渣。可在故乡人看来他已经成功:一回到祖国他就在有限的范围里实行起小小的暴政。

……

——《厄运·009734》

很明显,诗人考虑的不是什么“文类规范”,像不像一首“好诗”,而是更深入的话语的活力和有效性问题。诗中的“他”,既是一个具体的个人,同时也是一个有足够承载力的“历史符号”。诗人自觉地将自己的叙述话语织入一张更广阔的历史、社会和文化系谱网中,通过互文性关系,发现了“他”是由近代以来的历史、现实和文化之网编织而成的多重矛盾主体。我们看到,即使后来在“他”追求精神“私奔”的反传统姿态背后,不期然中依然顺理成章地依循于专制或蒙昧主义的传统。“他”使我们纵深反思,在某个特定的历史语境中,一代人精神构型内部存在着的价值龃龉。西川这种语型和结构,的确颠覆了文体的界限,但却有效地扩大了诗歌文体的包容力。他坚持独立思考、独立判断的“个人写作”,但又使之进入更广阔的有机知识分子公共交流和对话平台,诗歌因此具有了触及历史、时代和知识分子公众情感的力量。我想,诗人对既往诗歌写作方式的某种程度的“颠覆”,不是为颠覆而颠覆,其根本原因是为了解决语言与扩大了的经验之间的紧张矛盾关系,使诗歌话语更有力地在生存和历史语境中扎下根。

在谈到90年代以来自己的写作方式发生巨大变化时,西川说:“急剧变化的历史对我当时的审美习惯和价值观具有摧毁性的打击力。所以我当时从内心深处需要一种东西,它应该既能与历史相应,又能强大到保证我不会被历史生活的波涛所吞噬,如果可能,最好还能最大限度地保证我的独立性。”[5]的确,颠覆的发生是由于习见的方式已无法准确表达诗人意识到的巨大历史内涵,以及现实生存中“可写资源”的空前丰富性:通过变化或颠覆才能建立更有效地与之对应/对称的语境。这样的诗作,忠实于当代人精神世界的复杂性、矛盾性和可变性,维系住了具体历史语境中固有的真实感,激活了不同话语系谱之间的能动的碰撞和交流。它们不但改变了我们的诗语表达方式,也在改变着我们的诗学思维方式。

福柯说:“为了弄清楚什么是文学,我不会去研究它的内在结构。我更愿去了解某种被遗忘、被忽视的非文学的话语,是经过怎样一系列运动和过程进入到文学领域中去的。”[6]这种立场,不仅是历史和“知识考古”,同时也体现了更宽广的文学眼光。诗歌要恢复对时代历史讲话的能力,有赖于诗人更关心其话语的有效性或持久价值感,而不是文体意义上的“洁癖”。

## 三

如所共知,丰富的想象力,是一切艺术的主要特性。但是,单纯考察想象力是否“丰富”,并不能决定文学作品的价值,重要的还是想象力的质量的高下。比如,与美术、音乐中的想象力不同,诗歌话语固有的具体生存语境压力和词语使用的全部历史留下的语义积淀,决定了我们在衡量诗歌文本中的想象力的价值时,必须同时将其对“历史生存的命名力”考虑进来。因为,“没有一种历史尺度的私人生活展示,只是一个表象和一个谎言”(哈维尔语)。特别是对先锋诗歌批评而言,想象力与具体历史语境的真实性应是互为条件、彼此打开的，离开任何一方，诗歌文本在意味和形式上的有效性都要大打折扣。所以我们要讨论的有关先锋诗歌“想象力”问题在当下的含义，无疑应当将“历史想象力”作为重点之一。

然而，令我怅惘的是，这种经由艰难探询，已经形成先锋诗写作的有效经验积累的“历史想象力”范式，在 90 年代末以降，先是饱受了强大的新一轮的“非历史化”诗潮和无谓“争吵”带来的通俗舆论化批评的嘲笑诋毁，进而几乎被覆盖和消解了。从诗歌内部机制的自动性和审美趣味嬗变的角度看，问题似乎很简单：新一代诗人为摆脱“影响的焦虑”，必然会采取迥然有别于前辈的方式来写作。当一种写作方式的“能量”被整体开采出来，总是会给后来者投下阴影。这就是我在文章开头所说的“诗歌写作风尚在自身的历史演进中采取的不同轮换方式”。但是，就精神产品特别是艺术价值评价而言，我们不能简单化地依循庸俗进化论，或“存在即合理”的观念。在文学批评中，事实判断与价值判断应该有所区分。从价值的维度看过去，我认为问题还有更为促人深思的一面。

90 年代中后期以降，我国先锋文学界的强势话语就是“后现代主义”。一时间“消解价值关怀”、“历史意识的终结”、“拆除深度模式”、“平面话语的嬉戏”等等，成为新的写作时尚。我认为，“后现代”理论本身无所谓好坏，因为它只是个向度纷繁、彼此龃龉的庞大话语场域。关键是针对我们具体的历史语境，怎样对之进行有效的选择或“借用”。按照伊格尔顿的说法，“后现代性是一种思想风格，它怀疑关于真理、理性、同一性和客观性的经典概念，怀疑关于普遍进步和解放的概念，怀疑单一体系、大叙事或者解释的最终根据”⑦。可见，作为一种话语场域的后现代性，其内部不同的具体含义是广阔的、含混的、可选择的。就此而言，在被人为夸大的主体性神话、基础主义、本质主义、唯理主义、历史决定论等理念失效后，我们未必就一定要进入廉价的相对主义中。过早地宣布历史意识的终结，放弃先锋诗歌的人文价值关怀，对中国诗人而言尤其是危险的。我们完全可以具有新的形式的“承担”意识，在容留歧见、尊重差异、矛盾修辞、多元争辩、悖论和反讽写作中，表达出我们对具体历史语境的个人化理解乃至命名。

其实，“历史想象力”的提出，也与后现代思潮特别是“新历史主义”的启发有关。这些诗人意在深度关注历史与人、历史与现实、历史与文化、历史与语言、历史与权力……之间的复杂关系，他们探询历史话语、历史修辞，就是为着实现更有效的对当下的文化批判和语言批判。然而，另一些诗人却选择了“后现代”思潮中的其他路向，即上述所言的单维度地“消解价值关怀”、“历史意识的终结”、“拆除深度”、“平面话语的嬉戏”。此类诗人将后现代思潮中的批判精神降格为无可无不可的话语空转和泛审美的大众话语式的狂欢。或许，在写作中不同的精神向度都可以也应该存在。但是，正如“格雷欣法则”所指出的那样，在一个商品社会，一个消费主义大众文化占支配地位的社会，价值不高的东西反而常常会把价值较高的东西“挤出”流通领域。随着新一轮的、几乎是一体化的快乐原则和反智主义的盛行，以及铺天盖地的网络诗歌的放纵游戏，那些本来已属凤毛麟角的真正具有较高精神价值和美学价值的先锋诗歌，在此时代竟变得举步维艰乃至动辄得咎。我们看到，当下那些流行的自诩的“先锋诗歌”，在消解了朦胧诗式的“精英独白”后，变成了小型的“庸人独白”。这是贫乏中的自我再剥夺，其写作意识及审美流向，呈现出新一轮的狭隘化、简单化、蒙昧主义、独断论。

就文学艺术的一般规律而言，“先锋”本来是不“流行”的。先锋就是意识和技艺上超前的先驱的探索。然而，近些年蹊跷频生，我们也见惯不奇了，在诗歌界（大量网络诗坛和纸刊）流行的正是崇尚官能化、快餐化、平面化的“日常主义先锋诗”浪潮。它们构成了新世纪初的“流行诗”。我命名的“先锋流行诗”，其基本模样是这样的：反历史意识，反价值关怀，反文化，执迷于青春躁动期的怪癖和里比多的本能宣泄，公共化的闲言碎语、飞短流长，统一化的“口语”语型，俏皮话式的自恋和自虐的奇特混合，琐屑而纷乱的低徊的“纪实性”。它们只有一个时间——此刻，只有一种情境——乖戾，只有一种体验方式——人的自然之躯，只有一种发生学图式——即兴，只有一个主题——解构××。

我理解在当下的写作语境中“历史意识”的复杂性，我们确实需要追问“什么是历史？”“谁的历史？”需要对它的细节含义、在反思过程中的变异，乃至历史谱系学有自觉的思考和批判。而90年代中后期先锋诗歌和诗论写作中对“历史想象力”的倡导，就与这种自觉的辨析有关。它会带来写作的真实性，对生存和人性开掘的纵深与自由。但是，“反历史意识”（包括反文化、反道德，因我在另外的文章中有专门辨析，此处不论）的诗歌和诗论写作却是狭隘和蒙昧的，特别是当它刻意瞄准了具有“历史想象力”的先锋诗歌进行嘲弄的时候，它会变为一种寄生性的写作，缺乏独立自足的品质。它寄生在其“对立面”——历史意识身上，如果对立面不在场，作为诗歌它很可能不能自立。我个人认为，这些自诩的“后现代”，并未理解何谓反对“二元对立”思维。恰恰相反，他们按照某种贫乏的二元对立的想象力原型，在诗歌和诗论中大量制造并输出了一种独断论信念：凡是历史意识，就是我们要反对的：消解人文价值，就会自动带来不言而喻的“后现代”精神：人，除了欲望制导的幸福或压抑，不会有其他的幸福或压抑：敢于嘲弄和亵渎具有人文关怀的知识分子的承担感，才是先锋诗人写作“真实性”的标尺。

在这样的观念制导下的诗歌文本，既缺乏历史厚度，也缺少诗人个体主体性的深度，同时其想象力也极为沉闷或拘泥。正如耿占春指出的，“没有历史尺度的个人生活的描写，不可避免地把历史和生活变成了一种奇怪的逸闻，一幅风俗画，一种个人欲望的陈词滥调”[8]。这些诗人说，自己的诗歌消解历史意识是为了获得即刻生活的真实。但在我看来，这种诗歌只有单维度的“本事”的真实，而没有对时代的观照或精神体验的真实：它们或许有时贴近了表面的“日常生活的现场”，却没有能力抵达具体历史语境中的“存在的现场”。对后者而言，诗歌中的“世俗生活描写力”和“生存情境命名力”应是同时到位、合作完成的。它们在优秀的诗人笔下不容偏废，难以割裂，本是个“二而一”的问题。说到底，先锋诗歌的吟述，不仅是关于当下事实，也是关于灵魂和历史想象世界的，它需要诗人在现象的、经验的准确性和批判的、超越的历史视野中保持有难度的美妙的平衡。

在当下，对先锋诗歌“历史想象力”造成恶性覆盖的，还有另外一种写作时尚，即以“自由幻想”为名，对诗歌想象力的无谓挥霍。这类诗人对所谓“先锋性”的认识，大多停留在“神奇的修辞效果”层面。他们认为，先锋就是想象力的快意飞翔，话语的神奇组合作为奇异的力量，会将我们从沉重刻板的现实中解放出来，遨游于自由想象的文本世界。缘此，他们的创作心境过度地轻忽而“自如”，把想象的权利变为一种“权力”，并强迫读者与作者立约：“我是在自由想象，你们要学会接受我的艺术想象！”这样一来，就将对文本真实性的解释权全部收归作者所有，具体历史生存的真实性和人的生命体验的复杂性被搁置一旁。这些诗人同样也引某种“后现代”理论为张本，说自己是在“重构话语策略”，其文本“不是可读的，而是可写的”，是“能指链的无穷游走”，如此等等。我们在此看到的只是语词之境的幻美展示，而没有任何历史和生存承载力。或许这些诗人要说“诗歌就要超越现实”，但是，我认为这也是个体面的圈套，至少客观上如此。很明显,这种诗歌一点都不"超越现实",而是更为"现实"所制导:它与目下消费时代一样,擦去隐痛,回避质询,快乐逍遥。你消费高档商品,我"消费"语言,从某种意向上说,二者是不同向度的同心圆,或是异质同构的。与其说它们是关于"纯美"的,莫如说它们是消费主义文化在进行了表面改装后实施的伪先锋置换。

上述所举的对先锋诗歌"历史想象力"进行覆盖、拆解的两种诗歌样态,固然有不同的写作意图、题材畛域、文化立场和话语系谱,譬如说它们中某些可能是保守的、嗜美化的、正统的、邀宠的,另一些则可能是极端的、私秘的、怪癖的、肉身化的。分析它们的差异性,需要另外写一篇文章。我这里只想从写作意识本身,揭示出在这两个有差异的写作格局背后拥有着同等的根茎——它们不约而同地减缩着诗歌创作中的历史想象力,贬抑了个体主体性对存在的形而上观照,丧失了先锋诗歌本应具有的更宽广和更强大的话语辐射力和穿透力,从而使新世纪先锋诗歌变得无足轻重,将一切纳入轻慢的语言漏斗中,阻塞了先锋诗歌继续精进的可能性。特别在最近几年,我日益心情沉重地感到,中国先锋诗歌中的"历史想象力",在刚刚分娩后就几乎消亡了。

因此,这篇文章既是对被中断的先锋诗歌"历史想象力"写作的简单总结和缅怀,同时更是对重铸诗歌"历史想象力"的呼吁。我们是否应该反思一下:在新的世纪,我们的诗歌写作如何在获得自由轻松的同时,保持住它揭示历史生存的分量感?如何在赢得更多读者的同时,又不输掉精神品位?如何既置身于当下世俗的"生活流"中,又不至于琐屑低伏地"流"下去?如何在对个人经验的关注和表现中,能恰当地容留先锋艺术更开阔的批判向度、超越精神和审美的高傲?如何最终实现诗歌话语和精英知识界整体的话语实践之间彼此的应和、对话或协同?这些问题本来应是自觉的先锋诗人写作的前提,今天却不得不费力地再度"吁请"、"辩难"、"澄清"了。

关于怎样使先锋诗歌的"历史想象力"在当代真正扎下根的问题,确实值得我们再认真思考下去。而我认为,将已经过去了的90年代中后期的先锋诗歌作为我们今天继续思考和实践的起点,它应该是可以胜任的。

---

①③ 西川:《大意如此》,湖南文艺出版社1997年版,第2页,第2、4页。

③ 王家新:《〈回答〉的写作及其他》,载《莽原》1994 年第 4 期。

④ 参见拙文《诗的想象力及其他》(载《山花》1996 年第 5 期):《现代诗:作为生存、历史、个体生命话语的特殊“知识”》(载《学术思想评论》第二辑,辽宁大学出版社 1997 年版)。

⑤ 西川:《对话:答谭克修问》,湖南文艺出版社 2005 年版,第 456 页。

⑥ 福柯:《权力的眼睛》,严锋译,上海人民出版社 1997 年版,第 90 页。

⑦ 伊格尔顿:《后现代主义的幻象》,华明译,商务印书馆 2000 年版,第 1 页。

⑧ 耿占春:《谁在诗歌中说话?》,载《郑州大学学报》1998 年第 1 期。

# 当代诗歌的"边缘化"问题

洪子诚

## 一

诗歌"边缘化"自然不是什么新鲜话题,自上世纪90年代开始,这个判断就已经被广泛接受,成为对90年代以来中国大陆诗歌的没有多少争议的描述。在这一概念的普遍运用中,80年代被设定为当代诗歌的"黄金时代",而"边缘化"进程则起始于80年代末。在批评家的叙述中,诗歌"边缘化"主要涉及诗歌的处境,即诗歌在社会文化空间的位置问题。减缩、下降、滑落等,是使用频率颇高的、用来说明"边缘化"征象的一组富动态特征的语词。"滑落"首先是指诗歌读者大量流失,诗歌写作、流通日益走上"圈子化"的倾向。作为可替换的另一相当普遍的说法,是"写诗的人比读诗的多"。因此,诗歌有时候也被称为"为生产者而生产的产品"①。对这个现象的进一步说明,是诗歌失去广泛感召力和影响力。一个相当夸张的说法是,诗歌不仅被"公众"所遗忘,而且也被文学界所忽略。空间位置的这种偏离"中心"的滑落,也表现在"文类"关系上。不要说相对于流行文化,即使在"严肃文学"的范围内,其地位也今非昔比。虽然总的来说,90年代文学的地位都在下降,不过,由于小说等本身的"通俗化"特征,遭遇的这种滑落震荡,比起诗歌来相对要小许多。20世纪中国的现代文学,小说自然占据主导地位,但诗歌在许多时候也有相当的重要性。到了20世纪末,情况发生明显变化,衡量文学成就所依据的成果,有几乎全部由小说承担的趋势,诗歌变得可有可无。在当前大学的文学教育中,当代诗歌逐渐成为点缀;专治当代文学的教授,有的对80年代以来诗歌的了解,仅限于"朦胧诗"外加80年代有限的几个诗人,对于90年代的情况则几乎一无所知。

对诗歌"边缘化"的分析,也探及诗人的处境。诗歌地位的滑落与诗人身份、形象的暧昧不明,是同一事情的不同方面。诗人的定位和相应的写作问题，变得复杂起来。从浅表但并非不重要的层面，也就是作为谋生手段的“职业”方面看，“专业诗人”很快会从我们的词典里消失。在90年代，仅靠写诗难以维持正常生计。诗集出版的艰难，诗作稿酬的微薄人所共知[②]。但是诗人就纷纷“饿死”了吗？那也未必，他们也不都穷愁潦倒。“诗人兼职”（以写诗为主业）和“兼职诗人”（以写诗为副业）成为普遍现象：诗人同时又是政府官员、教授、商人、企业家、公司职员、报刊编辑……这种事实当然不是什么“新事物”。习佛学禅，在街头摆书摊默坐如一入定老僧的诗人[③]，会被称奇而增添诗作的分量。但是，既在官场、商场为获取最大利润博弈，同时也在灯下歌唱纯洁爱情——许多人还是没有具备将这种不同“身份”、“面孔”加以协调、综合的能力。但“职业”只是一个方面，困难之处是在新的语境中，诗人应扮演（和人们要他们扮演）何种“文化”角色。在80年代，“由于时间差——意识形态解体和商业化浪潮到来前的空白”，“诗人戴错了面具：救世主、斗士、牧师、歌星”[④]。“戴错”这个说法也许值得讨论，但是可以确定的是，这种种“面具”已大多自动或被迫摘下（虽然它们的“魅影”并没有消失）。在这种情况下，诗人该换上什么“面具”，不仅他们中一些人心里无数，批评家、社会公众也不大弄得明白。他们仍是“斗士”吗？有的人会觉得这是虚妄；语词锻造者吗？另一些人会觉得这是丧失社会责任感；自娱兼娱人的歌手吗？更多人肯定斥责为堕落。诗人（如果是真的诗人）本来在思维、想象方式上就有些“超常”，有的行为且有点“怪异”。这些，如果有了文化传统、神圣使命、浪漫情调的支持，往往成为美谈。一旦这种种支持撤去，那种真（或假冒的）“超常”，就可能成为令旁观者侧目的怪诞，甚至疯癫。因此，有一位诗人说，“写诗写久了总被人斜眼，后来开始写散文似乎才得到宽恕”[⑤]。

诗歌地位的滑落，在90年代引发对新诗的新一轮的“认同危机”。这也是“边缘化”的另一征象。诗歌风光无限的80年代自然不会出现这样的“危机”论，即使有人提出也不会得到理睬。谈论新诗的“危机”（或“死亡”）当然也不是新鲜事，多少年就会来一次，也可以说是一种“陈词滥调”了吧。新一轮的“危机”论，是以“全球化”视境来提出论据的：百年新诗为什么没有出现“国际公认”的大诗人和经典作品？“国际公认”继“辉煌古典诗歌”之后，在“世纪末”成为摧毁新诗自信心的另一有效手段。稍具悖谬意味的是，据说“新文学”已经“终结”，但顽强质疑为“新文学”开道的“新诗”合法性仍在继续。相信即使是那些殚精竭虑的新诗辩护者也不会反对检讨新诗的问题、缺失。问题是这种反省，在许多时候都以历史的“后设”的方式，来“彻底”动摇新诗发生、存在的根基。1958 年的新诗发展道路论争的主导意向就是这样；90 年代的质疑，也具有相似的逻辑。

## 二

可以发现，近年来对于诗歌“边缘化”的分析，存在着两个支撑点。一是现象描述与价值评价的重叠、交错，即它不仅是有关现象的说明，而且在不少论者那里，是诠释性的批评概念。另一个是“80 年代”被设定为事实观察、评价的基础。从前一个方面说，在不少论述中，“边缘化”不仅用来廓清诗歌空间位置移动、变化的轨迹，而且蕴含着对诗歌事实（诗人和作品）的评价，因而，“边缘化”也意味着诗歌水准、质量的下降，诗坛出现衰败、空疏的现象。至于“80 年代”作为观察、阐释的基点，这个基点发挥的是参照物、构造材料、评价尺度等多种功能。

值得讨论的问题是，“80 年代”在多大程度，在什么意义上，可以作为评述 90 年代以来诗歌的基点？为什么对 90 年代以来的诗歌“败象”的指责，是以与“80 年代”比照作为前提的？80 年代自然对当代诗歌十分重要，相信不少经历或未经历的后继者对它都会存有感念之心。在打开诗人、读者被束缚、禁锢的感受性上，在释放诗歌创造的能量上，80 年代起到重要作用；那个时代获取的感受、经验，也仍是宝贵的财富。但是，以“朦胧诗”（一些诗人、批评家强烈反对这个概念，认为应该是“今天诗群”）为核心的“80 年代”诗歌经验，有被“窄化”，同时也被“固化”的情况发生。“窄化”指经验的排他的性质，而“固化”则意味着与特定条件的脱离。诗歌史良性的“经典化”运动，应该是既能提供可信的“标准”，也有助于容纳、开放（而不是封闭）后来的经验。在有关 90 年代诗歌“边缘化”的论述中，“朦胧诗”（或“今天诗群”）的经验、“遗产”，既有继承、转化不够的情况，也有被抽离语境加以固化、成为僵硬标尺并转而用来贬抑后来的探索成果的问题。其实，80 年代的诗歌，对诗歌创造可能性的开发还是有限的，诗与“时代”、与个体生活关系的建立，现代汉语诗意能力的发掘等，这里面的复杂方面和呈现的多种可能，后来才得以逐渐展开。确立一种对“新时期”以来的诗歌现象进行描述的批评框架，80 年代以后所进行的探索，所产生的新的经验，也应该接纳其中。

宇文所安的一篇文章中，在摘引北岛诗《雨夜》[6]的某些段落之前有这样的话："避免写出下面这样的诗句，大概是一个诗人需要学习的最重要的事情"。作为一位远隔重洋、有着不同的文化、政治处境的美国学者，对某一作品的感受和中国读者的感受不同，完全可以想到。不过，即使是中国读者，对这些作品产生的反应也不会一成不变。宇文所安称赞了"朦胧诗"一代诗人使用、组合意象比起"前辈诗人"的大胆，说他们在诗题选择和情感表现等方面所做的革新，对西方读者而言可能不觉得有多大胆，"可在中国文学保守主义的语境里"，他们所引起的振奋，"应该不亚于诗歌中的现代主义在19世纪末20世纪初带给西方读者的兴奋"。因此他说，"大胆是一种相对的品质"[7]。"相对"基于它存在的特定环境和产生的具体条件。我们所说的不将80年代诗歌经验"固化"，就是指避免脱离诗歌文化语境抽象谈论，也指将这种已被抽象的经验重新"语境化"。"语境化"是一种重视历史时间的"限定"，是不将经验转化为不为时空所制约的教条[8]；这恰恰是激活了经验所具有的生命力，一种能够与其他的经验对话、容纳另外的经验的能力。

## 三

在对90年代诗歌"边缘化"的讨论中，另一种思路是将其放置在20世纪中国新诗整体的历史脉络中观察[9]。奚密认为，新诗（她使用了"现代汉诗"的概念）的"边缘化"在其出现之时就已发生，一开始就处于"两个世界"的边缘，"一是迅速转化中的传统社会，一是日趋以大众传播和消费主义为主导的现代社会"。因此，"边缘化"不是某一阶段的现象和历史过程中的特例，而是"一个现代现象"，是必然的产物和演化过程，也是"现代汉诗"的"现代本质"，它的"美学和哲学特征"。在这样的意义上，奚密有时候也使用了"边缘性"的说法。的确，在中国的"传统社会"中，诗歌曾经享有优越的地位。它是政治权力擢升的阶梯，也是上层人际交往的精致形式。但在新诗发生时，这个"传统社会"已经解体，诗歌原有的至尊地位和政治文化功能，都已失去。可是，在现代社会中，诗歌又不能和大众传媒竞争以吸引广大消费群体，因此，现代诗歌眼看着它被推到"新世界"的边缘而无能为力。从新诗的这一历史脉络上看，发生在90年代的"边缘化"现象其实是这一历史过程的延续；它所引发的诸多问题、矛盾，可以从新诗历史中发现其来龙去脉。

不过，奚密的描述显然存在一些问题，她自己也意识到这一点。无论是从新诗的“现代本质”方面，还是从它在社会文化空间的位置方面，“边缘性”的概括并不能完全切合事实，中国新诗历史也存在连贯的、强大的靠拢、进入“中心”的潮流。且不说“五四”期间新诗的倡议、推动者，在展开他们的工作的时候就预设了新诗在文化革命、社会革命中的重要地位，而且，从 20 年代后期开始，诗人、理论家、政治人物等都在积极寻求诗歌参与社会运动、文化运动的途径、方式。如在批评诗歌唯美主义的“象牙塔”倾向，批判诗人对“现实”逃避的同时，提倡诗歌平民化、大众化，探索诗歌民族形式，推动“诗歌下乡”、“诗歌入伍”，发起街头诗、朗诵诗、新民歌运动，创造“政治抒情诗”的体式等等。以至台湾的“乡土文学”运动的展开，也都是这种努力的表现。不用说上世纪 50～70 年代的“大跃进民歌运动”和“政治抒情诗”潮流，即是“天安门诗歌”，也是诗直接介入社会政治的事件。至于 80 年代初的“朦胧诗”，其话语形态虽然表现了疏离“中心话语”的边缘性，但从另一角度看，诗歌本身是当时社会运动的重要构成，它并没有被“边缘化”(这也是为什么它后来成为甜蜜追忆之源)。对于这种种的非边缘化现象，奚密等给出的解释是，“20～40 年代‘革命文学’的旗帜可视为对诗边缘化现象的一种否定性反应”[⑩]。她暗示的是，这种不满边缘位置、强烈要求回归中心的反应，应放置在需要检讨的位置上；这种对于“边缘化”的“反动”，是损害了诗歌的独立，损害了与“中心话语”的必要距离的维护，缩小了在实验中摸索诗歌自身法则的空间。

这一描述和评价，当然是建立在对于“纯诗”和有关诗的“独立性”信仰的基础上的。但是，如果考虑到中国 20 世纪的历史、社会情况，考虑到新诗所属的“新文学”那种强烈的社会性特征，以及并非可以全部当做负面现象的“介入”品质，那么，以“边缘”这一诠释、批评观念对新诗历史的描述，可以改换另一方式。也许可以认为，新诗历史，就是维护“边缘”地位与走离边缘地位而进入“中心”的两种诗学主张、诗歌潮流交错、变换、冲突、协商的历史。对不同走向的诗学主张和实践，并非可以不问具体情况作绝对化的价值判断，它们具体的诗学成就和存在的问题，也需要分别予以细致的分析。自然，由于“介入”的诗学和诗歌实践在大多数时间里占据主流地位，因此，维护“边缘”地位的诗歌的文化价值、诗歌能力的开发，在 20 世纪显然很不充分；它们也容易被加上“逃避现实”、“技巧主义”等帽子之后受到攻击。因为这些批评往往以社会良心等道德姿态加以支持，就更有力地瓦解了被批评者的可怜的自我辩护能力。

## 四

在90年代以来的市场经济、消费主义的时代，诗歌进入文化“中心”的条件已不再具备，“边缘化”的压力和产生的失落感，比任何时代都浓重和刻骨铭心[11]。因此，作为新诗历史的一种“惯性”运动，出现了种种脱离“边缘”、寻找靠拢“中心”的意愿和“对策”。对策之一是，重新呼唤诗对社会生活的介入，对批判、改造社会功能的承担，呼喊那种“直线运行”的抒情模式，企望重振诗人的文化“斗士”意识。与此并行的是，批判90年代的那种所谓“严重脱离现实”、“背叛底层利益”的病症。这种要求不能说没有一点根据，但却忽略了新的时代的复杂特征和这个时代的诗歌问题。“诗是一种行动的语言，一种改造社会的工具，还是个人与社会的一种对话，一种思维与想象的言说？诗人是社会英雄、文化斗士，甚或先知和预言家，还是一个像罗兰·巴尔特说的既非信仰的骑士又非超人，只能在寄寓权势的语言中游戏的凡夫俗子？写诗是根据‘社会订货’的需要，还是表达内心的感动与领悟，出于交流和分享的愿望？”应该是“以‘社会’、‘现实’、‘读者’的名义来规范诗歌，还是以诗歌来包容社会和现实，以‘诗的方式’来展开语言实践和文化想象”[12]？

为了解决诗歌被冷落、读者流失的困境，诗歌的“通俗化”、“平民化”的命题再次提出，期望虚拟的“大众”的参与，争取被影视、流行歌曲所控制者的部分眼光，改变诗歌高高在上、晦涩难懂的不良形象。在实践中，诗歌的门槛也确实大大降低。但“大众”其实并不领情。出乎诗人意料的是，深奥、晦涩的诗，与通俗易懂、几乎人人可以参与的诗，同样是拒绝、嘲笑的对象。诗人不要存有太多虚妄的期待。读难懂的诗与读通俗的诗，其实都是同样的人。大白话的“口水诗”的出现，反倒是置诗歌存在的理由、价值于可疑之地。

为了解决诗歌“边缘化”的问题，另一个重要的应对是扩大诗歌传播、流通的手段，特别是利用“多媒体”的手段。这当然是有益的工作，是值得肯定的努力，也已经取得一定成效。舞台演出，由专业演员担纲，通过电视转播的诗歌朗诵会，诗人对自己作品的朗诵会，各地大大小小的诗歌节，各种诗歌联谊会、诗会、酒会，各种诗歌评奖活动，发布各种诗歌排行榜等等，都是这种努力的各种样式，形成在诗歌"边缘化"中的异乎寻常的"诗歌热"景象[13]。诗歌由此扩大它的影响，一些读者（观众）也似乎由此"亲近"了诗歌。但是问题也仍然有它的另一面。有的热闹喧哗的诗歌活动，"只能被称为一幕幕热闹的'诗歌嘉年华'。不仅暗中取悦'嘉年华'的主办者与观赏者，也同时取悦并深深满足着其自身的怀旧需求"；"除了酒精衡量的诗人真性情之外，探讨诗歌和展示诗歌都成了走过场"[14]。诗歌也需要"流行"，但诗歌与"流行文化"是否需要界限？这是近年"诗歌热"提出的问题。

诗歌"边缘化"并不意味着诗歌不再必要，也"并非'可能性已经被耗尽了'，而是被转化了"[15]。因此，"边缘是语言艺术，也是一种意识形态策略"[16]。它意味着与"中心话语"（政治的、流行文化的）的必要距离，探索人的生存的一切方面，包括提供新的感受性，从人的精神处境出发，发挥诗歌的难以替代的文化批判价值。也正因为如此，"边缘"并不完全是有关诗歌地位的负面判断。对于认识这个时代的问题，以及这个时代的诗歌问题的诗人来说，"边缘"是需要身心（包括语言）的"抵抗"才能实现的位置，是有成效的诗歌实践的出发点。

---

① 参见柯雷《何种中华性，又发生在谁的边缘？》，载《新诗评论》2006 年第 1 辑，北京大学出版社 2006 年版。

② 例子之一是，笔者和程光炜编选的诗歌选集，出版社付给诗人的稿酬是每行一元。

③ 诗人周梦蝶 1962 年习佛学禅，在台北武昌街头摆摊默坐，专卖冷僻的诗集、哲学书籍。

④ 北岛：《失败之书》，汕头大学出版社 2004 年版，第 168 页。

⑤ 北岛：《失败之书·自序》。

⑥ "假如明天早上/枪口和血淋淋的太阳/让我交出青春、自由和笔/我也决不会交出这个夜晚/……"

⑦ 宇文所安：《什么是世界诗歌？》，载《新诗评论》2006 年第 1 辑。

⑧ 宇文所安指出，对北岛等诗人在 80 年代的大胆革新，以及他们的诗作产生的"振奋"的反应，应该放在特定语境中看待，但他在谈及西方诗歌和中国古典诗歌的时候，却认为存在着一种能脱离具体时空的"品质"。因此，他说，"大胆引起的兴奋当然不会持久……烟雾散尽之后，常常看到真正的诗"。事实上，烟雾"散尽"之后，也还是会有近似或不同的烟雾环绕。

⑨ 奚密的论述，参见她的《从边缘出发》一书的第一章"从边缘出发：论现代汉诗的现代性"，广东人民出版社 2000 年版。

⑩⑯ 奚密：《从边缘出发》，第 23 页，第 53 页。

⑪ 对这个时间中国大陆的诗歌状况，王光明使用了这样的感受性描述："灯光暗转，垂幕放下，剧情已新……许多东西一夜之间从悲剧变成了喜剧"，"诗歌似乎真地走入了黄昏与黑夜"（《现代汉诗的百年演变》，河北人民出版社 2003 年版，第 607～610 页）。

⑫⑮ 王光明：《现代汉诗的百年演变》，第 612～613 页，第 611 页。

⑬ 据统计，在 2005 年，各种诗歌节、诗歌朗诵会、联欢会、诗歌评奖等活动，全国有将近 60 回之多（参见周瓒《2005 年中国大陆诗界回顾》，载《新诗评论》2006 年第 1 辑）。

⑭ 徐敬亚、陈东东的话，转引自周瓒《2005 年中国大陆诗界回顾》。

# 当代诗歌:在“自由”与“关怀”之间

王家新

在中国,做一个诗人并不是一件容易的事,他不仅要倾尽心力从事于写作的艺术,把自己献给他所信奉的那些价值,还要时时面对来自读者和社会的要求。纵使他执意于成为一个纯诗的修炼者,现实世界也会不时地闯入到他的语言世界中来,并带来它的全部威力、期待、伤痛和嘲讽……在上个世纪90年代中期,诗人西川就写过这样一首诗《札记》[①],大意是从前他写偶然的诗歌,写雪的气味,“而生活说:不”!现在他要写出事物的必然,写手变黑的原因,“而诗歌说:不”!

一个中国诗人,无论自觉或不自觉,都处在这两种最执拗的声音之中。这已构成了他们最基本的写作困境。尤其是像我们这一代的写作者,似乎一直就生活在这样的“两难”和矛盾之中。我们被自己所经历的全部历史所造就,既受恩惠,但也过于沉重。我们一再陷入同时代的复杂纠葛之中。我们仍被这样或那样的观念或“情结”所左右。但是,如果我们不能从中超越,会不会成为它的牺牲品呢?未来的人们,会怎样看待这一代人的所谓“奋斗”呢?写到这里,我甚至回到了多年前当我在冬夜里写作《瓦雷金诺叙事曲》一诗时的那种心境:

闪闪运转的星空——
一个相信艺术高于一切的诗人,
请让他抹去悲剧的乐音!
当他睡去的时候
松木桌子上,应有一首诗落成
精美如一件素洁绣品……

看来,多年前的困惑、压力和渴望又在新一轮的语境中出现了。再一次,我们被迫在个人与历史、自由与责任之间辨认作为一个中国诗人的隐晦的命运。再一次，我们必须回答在我们耳边或从我们内心里响起的各种声音。

这是在四月。去年冬天那一场异乎寻常的冰雪还留在记忆里，满天风沙又开始施虐了。就在这样一个树上挂满各色旗帜（废塑料袋）的季节，我和其他诗人应邀到北大讲一讲当代诗歌。我们讲完之后，从听众席中站起来一位女生，她那样年轻，大概属于人们所说的“80后”吧，但没想到的是，她提出的问题却“老”得超乎她的年龄。她首先列举了一首在上世纪80年代初颇有影响的写张志新的诗：“她把带血的头颅/放在生命的天平上/让所有苟活者/失去了重量”，然后问我们：“你们能不能这样用生命和鲜血写诗？”她的提问引起了听众席中的连锁反响，此后提出来的，大都是与诗人的“责任”和“勇气”有关的问题。

我失眠了，在这四月的风沙夜。这样的诘问需要回答吗？不必。因为十多年来诗人们在艰难环境中写出的诗已摆在那里，他们对得起自己的艺术良知；然而，这一切又无法回避，因为它毕竟代表了社会对诗歌的某种要求和期望，甚至体现了历史的潜在的未被表达的痛苦。如果说有些对当代诗歌的无端指责不值一理的话，从听众席中站起来的这些真诚而善意的提问者，却形成了一个需要认真对待的“审判席”。是的，当代诗歌不得不在这里为自己做出辩护。

我想到了西穆斯·希尼，于是我起身找到他的《1969年夏天》（*Summer 1969*）一诗来读。我一下子感到和一个远在爱尔兰的诗人挨得是这样近。我想我不仅理解了这首诗的含义，也完全读出了诗人写作时的心境。当然，我更看重它对今天这个时代的写作的意义。由希尼到上世纪八九十年代以来的中国诗歌，由当代社会对诗歌的要求到一个诗人对这种压力所做出的反应，甚至，由屈原、杜甫到今天的诗人们所一再陷入的某种共同的处境和命运，等等，我在不无艰难地清理着一种写作和诗学的历史脉络，我在世界的嘈杂声中倾听那种被掩盖的几乎已听不到的声音。我想，我也许可以借此来回答听众席中的那些提问了。

现在，我们来看希尼的《1969年夏天》。这首诗写于1969年夏天诗人在西班牙度假期间。就在这期间，传来了在北爱尔兰发生了一场暴烈的天主教徒反叛骚乱的事件报道以及随后遭到英方无情镇压的消息。这场令人震惊的暴力冲突，把诗人一下子置于一个揪心的历史时刻。因而，诗一开始就写到诗人自己强烈的焦虑、关注和无奈，在电视屏幕上的开火声中，他只是“在马德里暴毒的太阳下受苦”：

每天下午，在蒸锅般酷热的
寓所里，当我冒着大汗翻阅
《乔伊斯传》，鱼市的腥气
升起，如亚麻坑的恶臭。
而在夜间的阳台上，当酒色微红，
可以感到孩子们缩在他们黑暗的角落里，
披黑巾的老妇侧身于打开的窗户，
空气在西班牙语里，像在峡谷中迂回涌动。
我们谈论着回家，而在星垂平野的
尽头，民防队的漆皮制服闪烁
如亚麻弄污的水中的鱼腹。

“回去”，一个声音说，“试试去接触人民”。
另一个从山中招来洛尔迦[2]的魂灵。
我们一直坐着看电视上的死亡数目
和斗牛报道，明星们出现
来自那真实的事件仍在发生的地方。

我退回到普拉多美术馆的阴凉里。
戈雅的《五月三日的枪杀》
占据了一面墙——这些扬起的手臂
和反叛者的痉挛，这些戴头盔背背包的军队，这种
连续扫射的命中率。而在隔壁的展厅
他的噩梦，移接到宫墙上——
黑暗的旋流，聚合、崩散；农神
以他自己的孩子的血来装饰，
巨大的混乱把他怪兽的臀部
转向世界。还有，那决斗
两个狂怒者为了名誉各自用棒
把对方往死里打，陷入泥沼，下沉。

他用拳头和肘部来画，挥舞
他心中的染色披风，一如历史所要求。

诗一开始就指向诗人自己祖国正在发生的暴力冲突，正是在这种心境下，他强烈而又敏感地感受到一种无处不在的暴力性因素——从山中招来被谋杀的诗人洛尔加的魂灵，正是为了显示这种暴力的历史。街头上的暴力人人都能看到，看不见的暴力只是诗人才能揭示，“The air a canyon rivering in Spannish”，这一句十分难译，因为它完全不合正常的语法关系，我琢磨再三，把它译为“空气在西班牙语里像在峡谷中迂回涌动”，以传达原文中的那种压抑和不祥之感。的确，暴力已渗透在人们所艰难呼吸的空气之中了。

主题在深化，“我们一直坐着看电视上的死亡数目/和斗牛报道”，把令世界震惊的政治暴力和斗牛表演并置在一起，可谓一种诗的“发明”，也只有这样才能构成一部“现代启示录”：在当今世界，暴力和死亡居然已成为一种“消遣”了！的确，人们渴望被“刺激”，否则就忍受不了活着的平庸。什么最刺激呢？死亡、暴力、英雄的出场。斗牛士在死前把剑刺入公牛，这才是这一角色的完成，这才是伟大的一瞬——观众怎不为之喝彩呢？而当斗牛场上的角逐一变而为血腥的巷战，它给世界带来的激动就更不用说了。这时，媒体会炒作，明星和政客会在电视上出现，然而，有谁来思考人类为这一切所付出的代价呢？

这些是对该诗主题第一个层面的读解。如果这场暴力冲突事件仅仅使诗人关注时局，而不促使他思索自身的责任和角色的话，希尼也就不是希尼，我也不会在这里谈论这首诗了。必然地，希尼会把对世界的关注与一种内在的审视联系在一起，诗一开始的“马德里暴毒的太阳下”，就喻示着一种严酷的自我拷问。具体讲，他不仅要试图揭示一个暴力世界的逻辑，还必须回答在这种时刻历史对一个诗人的要求，回答缠绕在他自身脑际的那些声音。“‘回去’，一个声音说，‘试试去接触人民’”，这声音多么正当！尤其在这样的时刻，它几乎就是某种道德律令。艺术难道不是为了人民吗？诗人难道不应该忠实于整个民族吗？我想，一个中国诗人对此再也熟悉不过了，因为这种“回去”的声音每隔一段时间就会在他们耳边响起，“关怀”与“忧国忧民”已成为对他们首要的要求。当然，这没有什么不好，因为无论如何，这在历史上不是曾造就了像杜甫这样的伟大诗人吗？

然而，希尼在“烈日”的拷打下做出的选择却是：“我退回到普拉多美术馆的阴凉里”。诗人在这里使用了“retreat”一词，它含有后退、撤退之意。与萨特所曾倡导的“介入”相比，这是否就是一种逃避、一种懦弱呢？情形正相反，我们看到的是，只有来到这种艺术的“阴凉”里，才能和“火热的现实”拉开一种从事艺术观照所必需的距离，才能看清这个疯狂的、非理性的世界，才能唤起一种超越的心智。“普拉多美术馆的阴凉”，这是一种酷夏中的肉体感受，但显然，也是一种耐人寻思的隐喻。

的确，这不是逃避，而是为了从一个更可靠的角度看世界，以“不在”的方式进行艺术本身的“介入”。那么，希尼在此看到了什么呢？也许，这恰好出自天意，他看到的是戈雅后期的名作《五月三日的枪杀》！这里出现了某种耐人寻味的戏剧性，或历史的纵深感。1808年，拿破仑的军队占领西班牙，作为这一残暴、屈辱的历史事件的见证人，戈雅创作了《法国士兵枪杀西班牙起义者》、《1808年5月2日的起义》等大型油画，现藏于马德里普拉多美术馆。戈雅奋笔作证的血的历史，与希尼祖国正在发生的一切有着惊人的相似之处。因此，希尼会本能地注意到戈雅——不仅是戈雅所描绘的历史，更是那个世界里的狂暴艺术灵魂本身，至此，他所关注的一切已集中到这个焦点上。如诗中所描述，由于血腥的历史，这位西班牙风情的描绘者一变而为噩梦中的挣扎者了，他不仅要通过艺术去传达那种被“连续扫射”的恐怖感，其噩梦还“移接”到任何别的对象上：一种绝望和暴力，一种可怕的能量从他的艺术中被释放出来了。

希尼曾在《诗歌的纠正》[③]中引用诗人史蒂文斯的话：诗的可贵在于它“是一种内在的暴力，为我们防御外在的暴力”。而这是否意味着可以用一种“以恶抗恶”的方式对付世界呢？不，艺术永远有其内在的规定性。希尼让我们一起来思索的是，当“巨大的混乱把他怪兽的臀部转向世界”，当戈雅赤膊上阵对之进行诅咒和反抗时，他自己是否恰恰已被一个暴力的幽灵所攫住？“他用拳头和肘部来画”，因为那“扬起的手臂”在呼喊着复仇——历史中最可怕的是什么？不正是复仇，不正是一代代永无了结的血债，不正是这种恶性的循环吗？而戈雅听从了这种血的呼唤，他“挥舞着心中染色的披风”，不仅作为艺术家，也作为一位斗牛士出场了！

“用拳头和肘部来画”，大概也就是“用生命和鲜血来写诗”吧，而这是否就是希尼所赞同的呢？没有结论。其实，我们已可以通过诗中的语句体察到诗人隐蔽的认识和态度。他理解那复仇的呐喊,但却不能接受盲目的仇恨;他知道一个艺术家的责任,但对“历史的要求”却持一种辨析的态度,无论这要求以什么神圣的名义提出来,而这,与那些指责正相反(希尼的确受到过同胞们的指责),我认为恰好体现了一个诗人的良知。诗人作为民族的良知,恰在于他能够超越一个时代或民族的集体狂热。他的民族意识,乃是一种批判性的自我意识。在一个充满各式各样的“煽情”的世界,在一个民族和信仰冲突日炽、非宗教狂热往往以宗教面目出现的今天,一个诗人应是种族的良知而非煽动者——希尼的高度清醒与不妥协精神都体现在这里。

这一切,用希尼自己的话来说,一个诗人必须“尝试一种在观照环境之时又超越其环境的写作方式”,由此“生发出我一直所称道的‘诗歌的纠正’的力量”[④]。

这种“诗歌的纠正”,让我联想到布罗茨基在《佛罗伦萨的十二月》一诗中所说的“墨水的诚实甚于热血”[⑤]。

在此意义上,希尼的“诗歌的纠正”,可以说就是“始于热血”而透出“墨水的诚实”。而这不能不是一个艰难复杂的过程。一方面,他一直坚持着诗歌艺术的内在规定性,另一方面,他所面对的生存与文化困境,他所一次次听到的爆炸声和“绝对、凄凉”的枪声,又使他不可能把诗歌限定在纯粹审美的范围内。因此,他会视 1969 年北爱尔兰的暴力冲突以及英军进入这个历史事件为自己创作生涯的一个分水岭,他曾这样坦言:“从那一刻开始,诗歌的问题开始从仅仅为了达到满意的语言指谓变成转而探索适合于我们的困境的意象和象征……”[⑥]

显然,这种折磨着一个爱尔兰诗人的问题也正是当今世界上很多诗人所面对的处境。美国著名诗歌评论家海伦·文德勒就曾这样说,希尼诗学的意义就在于“他一直以具体和普遍的方式提出在人类痛苦的框架内写作的角色的问题”[⑦]。

而这,就是为什么会有那么多的中国诗人对希尼的诗学探索深深认同的原因:他的诗歌是通过一种复杂的“诗歌的纠正”得出的结果,他的艺术是一种能够与时代发生深刻摩擦的艺术,同样,他的自由是在各种压力下艰难获得的自由。因此,希尼的诗获得了它的真实可靠性。或者说,与那些廉价的、在当今时代其实已失去了艺术难度的所谓“纯诗”写作相比,一种希尼式的写作更能体现出现代诗歌所能达到的成熟,而这种成熟不是温室中的成熟，恰是一种如希尼自己在《山楂灯笼》一诗中所说的被“点戳”得“出血”、“被啄食过的成熟”。

的确，“纯诗写作”在今天只是一个神话（虽然我并不一概否定对“纯诗”的追求）。我们需要的是一种从我们的全部生活和历史境遇中生长起来的诗学。我们只有将写作置于时代语境的全部压力之下，才能使语言获得它真实的力量。

因此，我愿继续以《1969 年夏天》为例，进一步考察诗人是如何置身于各种压力和要求下来实现这种“诗歌的纠正”的。如上所述，社会对文学的要求往往不是一种审美要求而是一种道德要求，例如要求诗人肩负起社会责任，要求诗人表达他们“共同的心声”，要求诗人为时代或民族“代言”而不是从集体行军中溜掉，等等。这种种要求姑且存而不论。我所关心的是，社会为什么会提出这样的要求，这种来自“公众”的压力又是怎样形成的呢？我想，这恰恰和文学自身的历史和某种被“简化”的“传统”有关。这使这种要求有了措辞和借口，也有了先例——往往是伟大的先例——可援引。那“占据了一面墙”的戈雅作品，不仅在普拉多美术馆，也在艺术史上占据了一个权威位置。它目睹着也要求着后来的艺术家，在历史呼唤他们的时候加入这种“以拳头和肘部来画”的传统。的确，先辈是强大的，即使他们不“以自己孩子的血来装饰”，他们至少也在要求着后辈的忠诚。

这里谈到的还是艺术。来自文学和诗歌史上的压力则更为直接、尖锐，以至于希尼避而不谈。他在这首诗中谈论戈雅，甚至也提到乔伊斯——20 世纪另一位爱尔兰著名作家，我相信乔伊斯在《一个青年艺术家的肖像》中的“流亡即我的祖国”以及“历史是一个我需要从中醒来的噩梦”这类著名说法已深刻影响到希尼，然而，我想希尼仍在有意识地避开。他要避开谁呢？他要避开诗人叶芝！实际上，希尼所承受的最内在的压力正来自于此。希尼恰是在这位爱尔兰诗歌巨匠逝世那天降生的。叶芝，是他的守护神，但也是一位过于执拗的父亲。

希尼没有提及叶芝，正因为人们太容易把他和叶芝联系起来。实际上，在 1969 年这个流血的夏天，人们正暗中希望他能成为第二个叶芝——不是那个总是在同自己同胞争执的叶芝，而是奋笔书写《1916 年复活节》的叶芝。希尼感到了这种来自公众的压力，那就是期待他作为一个爱尔兰诗人能在这样的时刻站出来，担当起叶芝所曾肩负的为民族招魂的神圣职责。

“那好吧”(我想希尼从心里一定会发出这个声音),希尼做出了他的回答——这就是他的这首《1969 年夏天》。仅仅这个题目,已足以让人联想起叶芝的《1916 年复活节》。的确,无论人们失望或满意,在文学的历史上它与叶芝的名作恰好构成了一个耐人寻味的“对称”。

为了说明问题,我们来回顾叶芝的这篇纪念碑式的作品。该诗写于 1916 年复活节爱尔兰民族起义失败半年之后。叶芝本来对过激政治和暴力抗争持保留态度,然而,复活节起义及其悲壮殉难仍极大地震撼了他,“一切变了,彻底变了:一种可怕的美已经诞生”(引诗取自查良铮译本,下同),他需要重新看待这一切。如按伊格尔顿在《叶芝〈1916 年复活节〉的历史和神话》[8]里所做的分析,起义领袖在起义失败后三个月被处决是一个契机,这使一种对悲剧的认可和肯定成为可能,使历史事件转变为神话成为可能。于是在这首诗里,诗人叶芝的身份变了,由一位局外人(复活节起义时他并不在爱尔兰,而是在英格兰)变为见证人,变为铭记者,甚至,变为一位悲痛而神圣的招魂人:

太长久的牺牲
能把心变为一块岩石
呵,什么时候才算个够?
那是天的事,我们的事
是喃喃念着一串名字
好像母亲念叨她的孩子
当睡眠终于笼罩着
野跑了一天的四肢……

诗写到这里达到一个高潮。诗人的情感在一种巨大的悲悯中升华,他甚至在为自己也为整个民族要求一种悲痛母亲的地位。至此,历史中的人物成为神话中的祭品,民族苦难被提升到悲剧的高度,盲目的死亡冲动和政治牺牲通过一种艺术仪式获得了让人永久铭记的精神的含义……

这的确是一首伟大的诗篇。它提升了诗歌的崇高地位。因为这样一首力作,诗人再次上升到民族代言人的位置,虽然这并不一定是叶芝本人愿意看到的,“这类具有精神耐力的人物都倾向于淡化他们的成就的英雄一面,而坚持他们职业核心那严厉的艺术戒律”[9],叶芝正是希尼所描述的这种人物。然而问题在于，历史对诗人和诗歌所要求的，却恰恰是其“英雄的一面”，是社会责任、集体认同、政治姿态、道德力量而非其他。正如屈原、杜甫的伟大作品在中国往往被简化到只剩下“忧国忧民”四个字，叶芝也注定会承受被削简或被“部分使用”的命运。例如，在人们对其民族代言人这一身份的刻意标举中，叶芝本人更为复杂的个人意识和艺术观照视角被取消了，或被有意忽略了。实际上，该诗在正文之外还有着一个重要的副歌：

许多心只有一个宗旨，
经过夏天，经过冬天，
好像中了魔变为岩石，
要把生命的流泉搅乱。
从大路上走来的马，
骑马的人，和从云端
飞向翻腾的云端的鸟，
一分钟又一分钟地改变；
飘落在溪水上流云的影
一分钟又一分钟地变化；
一只马蹄在水边滑跌，
一只马蹄在水里拍打；
长腿的母松鸡俯下去，
对着公松鸡咯咯地叫唤，
它们一分钟又一分钟地活着，
石头是在这一切中间。

在一书写民族悲壮起义的诗篇中，这一副歌可谓“出位之思”，它出人意表，也使一般读者困惑，甚至感到“多余”。然而，这恰恰是叶芝作为一位伟大诗人的地方。这个副歌与正文形成了一种强烈的反差，但它恰好在持久的自然世界与短暂的历史动荡之间，在强烈的悲剧情感与非个人的超然和宁静之间，在生生不息的原始自然力与人世间的生死是非之间形成了一种对照，由此，社会、历史被纳入到一种艺术秩序中来观照，诗人内在的矛盾得以构成一种诗的张力。

然而，社会的选择是顾不上这么多的复杂性的；它会抹平意义的差异，无视诗歌中公开或秘密的内在冲突，它只是按其需要来设计一个为它所接受的“诗人形象”来。因此可以说，希尼面临的压力，不一定来自叶芝本人，而是来自这种借助了叶芝的名义施加给一个诗人的要求。由于《1916年复活节》已在历史上充分具备了“经典”的意义，它的存在，加强了人们对文学的责任和社会承诺的要求。那么，既然在北爱尔兰发生了类似于1916年复活节那样的事件，诗人何为呢？“回去……接触人民”，似乎文学只变成这么一个简单的问题了。

耐人寻味的是，同样的要求也一再发生在我们这里。因为这个民族也经历了那么多的未被表达的苦难，因为对于中国90年代以来的诗歌，远有艾青这样的民族号手，近有曾激动了一个思想启蒙时代的朦胧诗。值得注意的是，似乎人们已习惯于以朦胧诗“崛起”时在社会上引起的巨大效应来对照诗歌在90年代的“低落”，甚至有人出来要诗人们对“公众背叛诗歌”这一“事实”负责。这至少说明早期朦胧诗所体现的社会批判性、为正义和人道执言的反抗激情和英雄殉难精神仍为人们所怀念；不仅怀念，而且还要把它塑造为一种传统，还要借此来指责当下的诗人们失去了对历史的关怀，90年代以来的“个人写作”无非是对时代和社会责任的逃避，等等。有意思的是，人们不仅用北岛早期的《回答》要求后来的诗人们，甚至也用它来要求北岛本人后来的创作，结果他们自然会失望。同样的事情在奥登、策兰等诗人那里都发生过。相比之下，没有“代表作”的诗人倒是幸运些，他们在艺术方面的进展可能会被注意到而不是被遮蔽，他们不至于被钉在那个“代表作”上受难。可是，没有“代表作”又怎会引起公众注意呢？离开“轰动效应”，社会又如何感受到文学的“力量”呢？这真是一种诗的悲哀。

然而，真正的诗人并不逃避，这正如希尼所做的那样，在那动荡、揪心的悲剧时刻，他一方面倾听历史的要求，他不可能不关注正在他的国家发生的一切。他知道他作为一个诗人不可能绕过这一切。他知道诗歌要超越历史，也许唯一之途是“彻底穿过它，从它的另一头出来”[⑩]。我想正是这种自我意识和要求，使他与那些仅仅把诗歌作为一种“不及物写作”、或空泛地谈论“语言本体”、“最高虚构”的诗人区别了开来。他没有陷入这种非历史的“美学的空洞”，相反，他不断返回到他自身的写作境遇亦即历史与生命的现场之中。像《1969年夏天》这首诗，历史要求与现实感受一直作为递增的压力作用于他的自我意识，外部世界的动荡也在加剧着语言内部的冲突，因此，诗人在诗中最终所确立的事物，具有真实可靠性。的确，这才是一种真正具有艺术难度的写作，其语言，其复杂的诗学意识都带有一种彻底"穿过"历史时才具有的擦痕。

也许正是置身于一个充满了各种蛊惑和要求的历史话语场中，才使"诗歌的纠正"成为一种必需和可能。希尼的可贵还在于：他倾听历史和现实的要求，但他对任何来自群体或传统的"拉力"都保持警惕（他甚至在《诗歌的纠正》中引用过西蒙娜·薇依的一句话"遵守引力的力量，这是最大的罪"）。他关注着民族的苦难，但他的诗却使我们觉悟到，民族主义作为一种集体想象，并不应简单地作为一个诗人的归宿，而应作为反省对象。任何宗教的、民族主义的狂热都不过是"以自己的孩子的血来装饰"。希尼的勇气，正在于他抛开了那种随大流的安全感，而让独立的个人出来，说出被一个时代的狂热所掩盖的东西。以这种方式，可以说希尼既忠实于叶芝，又以其彻底的个人立场消解了文学历史中的那种"代言人"意识。他所做的，正是"把诗歌纠正为诗歌"。

上世纪 90 年代以来一些中国诗人也在做着同样的努力。西川在回顾他的"90 年代"时就曾这样讲过："当历史强行进入我的视野，我不得不就近观看，我的象征主义的、古典主义的文化立场面临着修正"[11]。这种"诗歌的纠正"，我想，一方面是对"介入"文学的规避，另一方面又是对 80 年代中期以来某种"纯诗"风尚的修正。"90 年代诗歌"之所以被有些论者作为一个诗歌史的概念提出来[12]，就在于它体现了这种艺术转变。这场在时代历史和复杂诗学意识相互作用下的深刻的转变，除了如欧阳江河说的旨在"结束群众写作和政治写作这两个神话"外，我想它要结束的还有一个"纯诗"的神话。这种"纯诗"写作在 80 年代非意识形态化的文学潮流中自有意义，对于诗人们语言意识的觉醒和诗歌技艺也是一次必要的历练。但问题在于，这种对"语言本体"、"诗的纯粹"的盲目崇拜恰好是建立在一种"二元对立"逻辑上的，因此它会致使许多人的写作成为一种"为永恒而操练"却与自身的真实生存相脱节的行为。90 年代诗学的意义，就在于它自觉消解了这种"二元对立"模式；它在根本上并不放弃文学独立性和自律性的努力，但它却有效地在文学与话语、写作与语境、伦理与审美、历史关怀与个人自由之间重建了一种相互磨擦的互文张力关系，从而使 90 年代的诗歌成为一种对我们的现实命运既有所承担而又向诗歌的所有精神与技艺尺度及可能性敞开的艺术。

的确，正是在这种双重纠正中，使诗歌写作有可能在一个新的更切实的起点上展开。那种认为当代诗人们普遍地逃避现实的印象又是如何产生的呢？其实，只要深入考察就会发现，对于90年代的诗人们来说，问题早已不再是"要不要"与时代发生关系，而是"怎样"与时代发生关系。正是在这一点上，90年代写作既继承了早期朦胧诗的某种精神，而又显示出一种深刻的区别。可以说，90年代诗歌以它的个人承担意识和叙事策略，再一次有效地确立了诗歌与时代和现实的关系，只不过这已不再是一种"反映"或"代言"关系。朦胧诗的确激动了一个时代，但在今天，诗人们还可能那样写诗吗？已不可能。随着社会、文化和诗人们自身的变化，早期朦胧诗所体现的那种对社会历史和公众发言的模式已成为历史，那种二元对立的诗歌叙事已经失效，那种呼吁式、宣告式、对抗式的声音也日益显得大而无当。因此，后来的诗人们包括朦胧诗诗人面临的诗学命题之一就是彻底修正这种写作模式。

这些，正是90年代诗人们要从根本上去解决的问题。早在像谢冕先生这样的受人尊敬的学者呼吁诗人们关注历史、现实而不要沉溺于"个人抚摸"之前，他们已在与时代生活的遭遇中发现"那个自大的概念已经死去/而我们有这么多活生生的要说"（肖开愚《国庆节》）[13]，并且在他们的写作中出现了"历史声音与个人声音的深度交迭"（程光炜语）[14]。只不过这种富于时代感和个人承担意识的写作，已和艾青式的民族史诗叙事不同，和北岛早期社会公正代言人式的写作也有了区别，如同臧棣所说，这种书写把"历史个人化"了[15]。它不再指向一种虚妄的宏大叙事，而是把一个时代的沉痛化为深刻的个人经历，把对现实和历史的揭示化为混合着自我审视、反讽和见证的叙述。正是以这些各不相同的个人叙事方式和修辞策略，90年代诗人们的写作开始深切地介入到他们的现实境遇中。他们的写作，不仅有效地确立了一个时代动荡而复杂的现实感，拓展了中国诗歌的经验广度和层面，而且还深刻地折射出一代人的心灵史。当然，来自社会和公众的压力永远会有——那位从听众席中站起来的北大女生，如果她生在爱尔兰，难道不会这样向希尼提出诘问吗？

压力在造就着诗歌，尤其是那种内在的压力。其实自屈原以来，中国诗人一直就处在加拿大著名理论家弗莱所说的"自由的神话"与"关怀的神话"[16]之间。在屈原的伟大诗篇《离骚》的最后，就出现过这样感人至深的诗句：

仆夫悲余马怀兮，蜷局顾而不行。

诗人在对现实绝望之余要前往他的乌托邦，但是他的马却不愿跟他一起前行了。一个“怀”字，包含了马的全部的眷顾、矛盾和悲哀。那“蜷局顾而不行”的姿态和痛苦令人震撼，正是它将一首诗推向高潮。

这显示了诗人对其生命另一部分的发现和无奈，也从此确立了中国历代诗歌在“独善其身”与社会忧患之间进退两难、在“入世”与“出世”之间永无解脱的矛盾结构原型。闻一多当年在一篇谈孟浩然的文章中就这样写道：“我们似乎为奖励人性的矛盾，以保证生活的丰富，几千年来一直让儒道两派思想维持着均势，于是读书人便永远在一种心灵的僵局中折磨着自己。”⑰

的确，谁也无法完全解决这个矛盾，然而正是这一切造就了一代代的诗魂。我们今天仍生活在这种命运之中。“代言人”意识及言说方式被消解了，然而社会关怀仍存在于“个人写作”中。诗人们也不得不把他作为一个艺术家的自由放在具体的历史条件下来认识。自由，如果不和关怀建立一种联系，就会成为一种可疑的神话，甚至会转向它自己的反面。而希尼的写作给我们以启示，就在于它既是对自由的一种伸张，又是对自由的一种矫正。它在我们这个时代的写作语境中体现了一种把自由与关怀结合于一身的努力。这种努力也许是徒劳的，但仍得去做，因为做一个诗人即意味着他会终生处在这两种最顽固的拉力之中。

---

① 《西川的诗》，人民文学出版社 1999 年版，第 193 页。

② 加西亚·洛尔迦(1898～1936)，西班牙著名诗人、剧作家，1936 年 7 月西班牙内战爆发后不久被法西斯长枪党杀害。

③ 西穆斯·希尼：《诗歌的纠正》，《见证与愉悦》，黄灿然译，百花文艺出版社 1999 年版，第 276 页。

④⑨ 西穆斯·希尼：《欢乐或黑夜：W. B. 叶芝与菲利浦·拉金诗歌的最终之物》，姜涛译，《希尼诗文集》，作家出版社 2001 年版，第 337 页，第 279 页。

⑤ 约瑟夫·布罗茨基：《从彼得堡到斯德哥尔摩》，王希苏、常晖译，漓江出版社 1990 年版，第 328 页。

⑥⑦ 引自海伦·文德勒《在见证的迫切性与愉悦的迫切性之间徘徊》，黄灿然译，载《世界文学》1996 年第 2 期。

⑧⑩　特里·伊格尔顿:《历史中的政治、哲学、爱欲》,马海良译,中国社会科学出版社1999年版,第297～298页,第309页。

⑪　西川:《90年代与我》,王家新、孙文波编《中国诗歌:九十年代备忘录》,人民文学出版社2000年版,第264页。

⑫　参见程光炜《90年代诗歌:另一意义的命名》,载《山花》1997年第3期;洪子诚《序"90年代诗歌"》("90年代诗歌丛书"),文化艺术出版社1997年版。

⑬　《肖开愚的诗》,人民文学出版社2004年版,第152页。

⑭　参见《诗探索》1994年第1辑"诗坛态势剖析"。

⑮　臧棣:《90年代诗歌:从情感转向意识》,载《郑州大学学报》1998年第1期。

⑯　诺思洛普·弗莱:《批评之路》,王逢振、秦明利译,北京大学出版社1998年版。在这部批评文集中,弗莱深入考察了"自由的神话"与"关怀的神话"这两种主要的神话在西方文化和文学中的作用,并论述了这两者的关系。他本人主张在这两种神话之间"达到一种辩证"。

⑰　《闻一多全集》第3卷,三联书店1982年版,第33页。

# 整体性的破解

## ——当代长篇小说的历史变形记

陈晓明

中国当代长篇小说是一种特殊的历史产物，准确地说，它是中国现代性发展到极富理想主义时期的产物。长篇小说以它宏大的结构与广博的内容，可以概括更为丰富充足的现实，表达人们更为深广的愿望，集中体现现代性的历史需求。尽管中国的现代性有着更为迫切的民族国家寓言诉求需要表达，但在中国早期的现代性进程中，在茅盾、萧军、萧红这样最典型的革命作家那里，民族国家的寓言与个人的经验还是相互渗透缠绕。到了1942年以后，特别是五六十年代，中国的现代性有了更为明确的历史目标，对历史与现实的认识更为坚定，个人的经验及其愿望被排除出写作领域。在五六十年代，几乎是突然间中国的长篇小说有一个繁荣昌盛的景象，关于中国革命历史的叙事展现了一幅又一幅壮丽的画卷。现实镜像被当成历史本身，并且成为现实存在的前提与保证。多少年来，文学成为现实存在的合理性的强有力的证明，它的形象与情感的功能令人深信不疑，可以有效地重建现实。关于现实的历史想象达到极致时，个人的经验、冲动被剔除了。

五六十年代的长篇小说作为“历史化”的宏大叙事而产生意识形态的作用[①]，这是我们讨论问题的起点。显然，人们依然迷恋这种状况，这是我们要关注的，而且这种迷恋依然成为对当下长篇小说生产的外在的或内在的规范性支配。问题在于，其一，人们只是从意识形态的意义上而没有从现代性的意义上去理解它；其二，人们以为抛弃了意识形态的外衣就能解决问题，事实上，现代性在美学上的支配作用是一种更为内在的和深刻的作用；因此，其三，它导致了人们对当下长篇小说生产的强烈不满，这种不满奇怪地是以在理论上被人们意识到的意识形态超量写作为标准的，也就是说，对当下的不满，经常下意识地援引那些过度历史化的作品为依据，以其强大的“思想性”为参照，来表达对当下思想性薄弱的否定；其四，实际上，作家们的表达也依然迷恋完整性和整体性的现代性美学规范，只有在完整性的表达中，当下长篇小说的审美表达才会心安理得，才能如鱼得水。

由此说明了当下长篇小说的生产处于一种表里不一的张力状态。一方面在逃离“历史化”，另一方面又渴望重新“历史化”。当然，这种逃离是一种有序的逃离，只是在某种阶段它无法前行，它看不清前面的道路。当然，文学的道路就只是写作的道路，理论是灰色的，理论所能做的，只是去看清历史真相，为未来提示可能性。

## 一、缝隙的开启：从超量意识形态到思想性

20世纪80年代的中国文学无疑秉承了五六十年代的美学规范，尽管“文革”后的文学以反思“文革”及十七年“极左”路线为其出发点，但这种反思是意识形态领域里的斗争，从“极左”到“反左”，其意识形态的意义是不容置疑的，但其思想方法则具有共通之处。在文学方面，“伤痕文学”、“改革文学”，都包含对“文革”和十七年的激烈批判，但其美学规范并没有改变。那时在文学观念上打出了“恢复现实主义传统”的口号，显然是要沿着现实主义的广阔道路前进。在“拨乱反正”的纲领下展开的反思，再次设想了一个“正”的历史，与其说回到了一种历史中，不如说重新建构了一种历史。而另一种历史(“极左”的历史)则被排除在这个重新建构的历史之外。这种历史恢复只是一种话语的恢复，只是在想象中完成了一种历史清除和一种历史建构，它只能是意识形态的话语实践结果。投射在文学方面，整个80年代上半期的文学实践，其美学规范并没有超出五六十年代的“现实主义”章程。它当然在“人性论”和“真实性”这两点上有所开掘，但这只是一项修复。

直到80年代中期，历史才敞开一道缝隙。整个80年代上半期，长篇小说的创作寥寥可数，周克芹的《许茂和他的女儿们》(1979)、戴厚英的《人啊，人!》(1980)、李国文的《冬天里的春天》(1981)、张洁的《沉重的翅膀》(1981)，是这个时期比较出色的作品。和同期的中篇和短篇小说相比，长篇小说的影响要小得多，前者与现实的紧密关系，使得后者更从容的历史含量变得无足轻重。除了戴厚英的《人啊，人!》与人性论和人道主义讨论

相关，并且与反思“文革”的时代纲领相一致，引发强烈反应，其他的长篇小说并没有在现实中产生太大影响。但其小说观念与美学规范却可以清晰看出典型的现实主义特征，其思考的主题以及思考的方式也没有越出“超量意识形态”的边界。也就是说，一种相当明确和明显的“现实化”的意识形态主题贯穿作品的始终。

1986年，人民文学出版社的《当代长篇小说》发表王蒙的《活动变人形》，这显然是一部蹊跷的作品。但在当时，因为王蒙的特殊地位，人们并不觉得有什么特别之处，相反，它被作为当时的“现实化”的意识形态的佐证。王蒙一直处在时代中心，他被作为引导潮流的人物而纳入当时的潮流，这同样是一件蹊跷的事情。事实上，王蒙在“文革”后的写作与当时的“伤痕文学”有所不同，甚至有着深刻的歧义：《蝴蝶》里的秋文对张思远的拒绝；《春之声》中的结尾穿过那片乱坟岗，那并不是一个早晨，而是星辰寥寥的前黎明时刻；《夜的眼》中关于民主与羊腿的假模假样的矛盾统一关系的论辩；尤其是《布礼》中的那个叫做钟亦诚的人有着太多的怀疑……所有这些，都掩饰不住王蒙对“文革”历史的一种忧虑与怀疑。他与大多数对“文革”史的重述主要是表示“忠诚”信念的作家有着深刻的差异，他试图表达个人对历史的追问。也就是说，他是较早具有主体意向的作家，这使他在“文革”后还是要与意识形态的超量化的编码做出区分。但是，时代潮流需要王蒙，王蒙被卷入之后迅速被推到潮流的巅峰。王蒙的那种怀疑与追问只能被隐蔽，不能被消除。《活动变人形》当然也可以看出当时意识形态可识别的明显主题，例如，对人性的剖析，对中国现代的民族国家与个人命运关系的思考。但对于王蒙来说，这些主题的处理已经带有更为深刻的个人视角。这个对历史反思的主体，有着个人的意向。政治化的主题转向了思想性的主题，其重心从政治的指令转向了自我的思想。

80年代中期这样的历史潜在变化在迄今为止的文学史研究中并没有得到有效的说明，这使人们对于90年代发生的变化显得茫然无措。正是因为这些中间或过渡的变化没有被识别，人们不能理解随后的历史，也没有看清原来的历史。80年代中期，出现了“现代派”和“寻根文学”，关于个人自主性的思想已经在文学中滋长起来，并且作家的自主思考构成了小说叙事的思想性要素。作家（以及知识分子群体）思想与意识形态中心化功能的分离，这对于文学叙事的变化是极为重要的。长篇小说对社会历史的表现不再是经典现实主义规范之下的“本质规律”，不再是在民族国家背景上阐发的历史与阶级意识，而是开始融入了作家的主体意向性。其他文体因为与现实的思想演变关系密切，或者本身就是现实思想变革的前导，率先地游离出主导意识形态背景。但长篇小说以其规模和文体与民族国家的历史渊源，它显然不容易具有创新与变异。其内容的丰富与广博，决定了它的文本体制与民族国家的想象天然一致。

对于80年代中期的长篇小说来说，从意识形态给定的本质转向个人的批判性思考，这是一个值得强调的步骤。这种转向，由于其文本体制的关系，只能表现为视角方面的变化。那些长篇小说在文本体制，在思想内涵，以至于在结构和修辞方面都依然带着旧有的宏大体制的印记，但其视角出发点具有个人性，或者具有作家的主体性意向。这一时期，数部长篇，张炜的《古船》(1986)、张承志的《金牧场》(1987)、铁凝的《玫瑰门》(1988)、王朔的《玩的就是心跳》(1988)等，相继出版。从这些作品可以看出，作者个人对历史、人性的探究占据主要地位。同时期还有贾平凹的《浮躁》，但贾平凹的这部长篇并未脱离当时的“改革”与思想解放的意识形态主题，贾平凹个人的文化底蕴这时还并未显露出来。张炜的《古船》显然是一部宏大的历史叙事，两个阶级两条路线被颠倒了两次，它无疑在一定程度上呼应了主导意识形态设定的思想向度，但它坚定地提出自己的看法。书中对人性与宿命两个要点的表达，超出经典现实主义权威主题的范围。它的重要意义在于，如此在结构和历史观念上承继了经典历史叙事的作品，也可以融入作家的主体意向。张承志在80年代无疑是一个主导意识形态的作家，但他的《金牧场》从时代主题中滑脱出来，明显具有形而上的更为抽象的属于作家个人的思想。当然，王朔的《玩的就是心跳》是过分之作，就是放在王朔的作品系列中也显得走火入魔。这是王朔对现代主义进行的戏谑，而他同时也被现代主义戏谑了。他稍后的《我是你爸爸》则率先表达了市民社会的个人情感。在80年代中后期，意识形态规范已经很难贯穿一致，这是历史多方合力作用的结果，作家则是以其个体敏感性率先拓展了个人表达空间。而在长篇小说这种历史化体制深厚的文本上表现出来，则可以看到最显著而深刻的历史变异。

长篇小说显然是一个最保守最有力量的堡垒，它同时还是一个惰性十足的懒汉。其他的艺术门类和文体屈于时代的创新的压力，都要进行各式各样的变革实验，只有长篇小说，它要困守自己的规范，它的鸿篇巨制使它墨守成规就可以有所作为。这使它有可能以坐享其成的方式来应对变化：它只要适可而止吸取当时的已有的思想与艺术变革成果，就能获得成功。长篇小说无不是短篇和中篇的倒退，特别是在先锋派作家那里，余华、苏童、格非、孙甘露……所有在中短篇小说那里达到艺术高峰的作家，在长篇小说这里，不得不放低姿态，不得不采取掺水行动。他们仅仅是在语言这点上，才保住了艺术性的体面。长篇小说要么是意识形态化的，要么是大众通俗化的，这二者最容易磨合，留给艺术的则是有限的空间。所有在长篇小说那里可以达到的艺术水准，在中短篇小说那里都不过是雕虫小技。长篇小说仅仅是以其分量，以其对历史、现实以及人类生活的广度和深度的涵盖而居于文学的中心地位。其艺术性最容易又最困难。最容易在于：它只要有一定的容量就可以站住脚，人们对着几厚本用文字堆积起来的纪念碑很容易产生敬仰之情和宽容之心；其难处在于：长篇小说要达到艺术上的创造相当困难，它需要与传统与既定的规范妥协才能做得恰如其分。两相权衡，应该说，长篇小说的艺术性要达到相当高的水准十分困难。

正如我们前面论述过的那样，在意识形态充分活跃的时代，长篇小说只要符合主导意识形态规定的那种政治律令就能获得基本成功。在80年代中期，长篇小说开始降低意识形态的内容，转向了具有作家主体性意向的思想意蕴。这无疑是一个重要的根本性的转折，它使随后的历史不可避免和顺理成章。

## 二、历史理性的缩减：生活质感的呈现

现代性携带强大的理性力量支配着文学，在长篇小说这里，历史理性找到最合适的家园。理性与历史的合谋使长篇小说获得华丽的外衣和深厚的精神内涵，这种历史理性无疑也是一种使文学屈服的力量。当然，文学也并不那么容易屈服，它以语言和生活的存在可以抵御理性异化而保留文学品质。当语言与生活可以超出理性的支配，也就说明小说叙事更多可能地获得了文学性的表达。80年代后期的长篇小说受历史理性支配的程度在降低，而语言直接面对生活的那种叙述方式在起作用，它使长篇小说主要不是依靠理性的思想主题来推动叙事，并且以此来获得阐释的意义，

而是语言与呈现的生活使作品获得文学品质。问题的关键当然还在于，文学—社会共同体接受这种文学，并确认了它的存在价值。尽管在那个时期，人们对这些作品的阐释未提示明确的话语模式，但现在可以在综合的语境中去重新认定这些作品在当时的历史情势中的真正意义。

首先值得注意：迄今为止，莫言的创作依然保持旺盛的状态，多年来，莫言被人们过度阐释，但他依然显得难以捉摸。不是因为他有什么神秘感，或故作高深，而是他的存在明明白白，但却从我们现有的语境中滑脱出去。这么多年，很多作家都随时代潮流的撤退而退隐，只有莫言，依然故我，我行我素。根本原因，我以为就在于莫言不是跟着一种被给定的时代精神写作，而是以自身对人类生活存在的理解和感受写作，他只是用语言对准生活，一切都交付给直觉和语言，赋予他所表达的生活以最大的自由，一切思想都在自明中，或者无须表白。当然，并不是说莫言的作品就没有可归纳的主题，而是说在他的作品中语言透示出的生活质感，或者说生活呈现出的那种性状，显得更为重要。他的写作是直接面对语言和生活的质感，是语言与生活质感本身的碰撞与起舞。莫言自己就表示过对思想性的东西的逃避[②]，显然，仅仅用没有受过系统高等教育来解释莫言对思想理论的天然排斥是不恰当的，同样的原因可能会产生相反的结果。莫言的才能表达在对语言的敏感上，表现在他对生活的性状采取超常的幽默感和荒诞感加以处置。他无须求助思想性，更不用说宏大的历史理性和意识形态。80年代后期，莫言的《红高粱家族》被放在“寻根文学”的序列底下来讨论，但实际上，莫言没有那么明确的历史意图，也没有对“文化之根”或“民族性”之类东西的迷恋，他只是根据个人的经验、根据民间记忆来写作。他的那些作品是对乡土中国更为纯朴的生活样态的表现。在莫言所有的作品中，《丰乳肥臀》(1995)可能是他最好的作品，莫言可以凭着他的语言感觉、他对生活性状始终保持的那种幽默感和荒诞感来展开叙事。读读这部小说的开头部分，就会对他能以如此随意的方式把生活情境造得如此有声有色而感动不已。这个延续了整整十章的开头融合了上官鲁氏的生产、驴的生产、日本兵的残酷杀戮、游击队的覆灭，最后以日本军医的救治完成这个开头。

绝望与血腥，在莫言的叙事中就是生活本来的面目，他只关注语言往前推进，他是如此不动声色，甚至在冷漠中还透着一点快感来书写这种生活。这一切都是存在本身，都是发生着的事件，出生与死亡，希望与挣扎，开始与结束，是那么平常。莫言就是有这种本事，他把任何惊天动地的事，都写得无足轻重。可是生活就像一种稠密的水流，抹不开地存在在那里，既透明清澈，又不可理喻。莫言的书写是一种光的书写，就是时间流向光亮中，一切都存在于此。他笔下的生活质感不是沉甸甸的那种，而是一种黏稠、透明和光亮。

因为历史理性的退场，文学叙事完成了对生活的直接呈现，没有理性作为构架，也没有更为深厚的思想性去探究，生活的事实和事物有一种更为纯粹的存在性出现于长篇小说中。90年代初的中国处于一个深刻的转型时期，之所以"深刻"，在于它如此轻易就完成，人们不知不觉，好像这一切只是延期到来的奖项，与其说这是历史的嘉许与恩惠，不如说是历史的债务，债权人已经麻木。历史的变异不再像80年代那么急迫，一切都是延搁的可有可无的债务。一切宏大的思想体系，被现实的功利与需要替代，这是自在自为的消解。90年代上半期，历史理性及其思想意向在文学作品中明显缩减，文学叙事依靠语言和感觉展开。80年代中后期形成的作家的主体意向也趋于弱化，作家依靠更好的语言感觉，就可以把握生活的状况。那个时期在理论界和批评界，对当下的文学作品的解释是"新状态"和"新表象"③。事实上，正如"新写实主义"的平民主义的日常化叙事已经先于理论概括存在多年，对这个时期的非深度化状况的描述，也早就露出端倪。回到长篇小说来看，长篇小说本来在艺术上就趋向于政治性和大众化，当政治性缩减后，大众化的阅读期待就会起到更有效的作用。既然历史理性已经难以起支配作用，那么作家只要在面对保守性的大众期待再加入必要的个人化的艺术经验就能解决难题。事实上，90年代以来的长篇小说在艺术上的主要困难，在于无法在艺术性与大众阅读期待之间找到平衡。其他的文学样式可以忽略这一问题，发表于文学期刊的作品主要面对文学界，而长篇小说则要直接面对图书市场，面对阅读。想象的读者经常成为写作焦虑的源泉。刚刚从历史理性中游离出来的作家群体，乐于把读者群想象成是从洪荒时代走出来的狮身人面的感官享乐主义者。如何降低艺术性则成为一个与读者沟通的简单草率的措施，就这一点，先锋派也不能幸免。只是这种对读者与市场的期待，无意中完成了（或者加深了）长篇小说与思想深度分离。通过对思想的逃避，当代长篇小说成为市场与读者的俘虏，这对于不同的作家,后果显然不可同日而语。最低限度的思想性,如何与语言叙述结合在一起,这成为当代长篇小说保证艺术性的赌注。

在这一转变的初期阶段,先锋派的长篇小说还是令人刮目相看。小说的难度在于,是否有一种富有文学品质的语言能把握生活的性状质感。余华或许率先意识到这一转变过程,使余华精疲力竭的《此文献给少女杨柳》没有激起文坛的响应,余华开始转向长篇小说,《在细雨中呼喊》(1992,以下简称《细雨》)是最初的成果。只要看看《细雨》到《许三观卖血记》的变化,就可以更清晰地看出这个时代的艺术轨迹。《细雨》从先锋派的语言实验破壳而出,但并未脱胎换骨。那种语言质感恰恰给生活的质感提供了家园,余华可以不再去考虑形而上的思想性存在,也无须过分注重语言表达。他关注生活的存在的状况,那种随时破裂的时刻,溢出边界的真实。《细雨》当然有可以归结的主题,甚至可以在萨特式的存在主义意义上读解相当丰厚的思想意蕴,那种无依无靠的孤独感,父亲的暴政与家的崩溃,怜悯与绝望中的欢乐等等,这些主题无疑可以在后现代哲学纲领底下加以读解。我们要看到的是,这些思想如何成为那种生活存在的遗留物,这里看不到思想硬性表达所需要的那些结构设置、反思性片断和主体意向。这部小说主要依靠语言与生活质感的完美结合,它使表达具有一种纯粹性。很显然,同样是余华的长篇小说,同时的《活着》(1992)与后来的《许三观卖血记》(1995)就包含了一些思想的阴谋,因为余华放弃了语言接近生活存在性的那种努力,其被表现的生活则要依赖一种预设的思想性来支持其存在性。我坚持认为《细雨》是余华最好的长篇小说,虽然这有悖于余华本人梳理的他的写作的无限进步史。

格非在同时期的长篇小说并没有获得预期的成功,《敌人》、《边缘》在当时的历史境况中,思想动机的作用还是显得太重,格非没有在语言与生活本身的存在关系中,找到好的叙述方式。长篇小说毕竟与中篇或短篇不同,对于后者,格非无疑是最出色的,但长篇则要以更自由而又节制的方式去接近生活本身。《欲望的旗帜》几乎是力不从心的作品,在90年代中期,这部小说无疑是少数回答了当时精神混乱的作品,但格非在一个一元论思想崩溃的时期,偏执地要以他的思想来质问时代,他没有真正抓住这个时代生活的外形——一种没有本质的外形,一种外形的外形。他奇怪地试图回到现代性的本质主义家园,这在他的思想历程中有一种奇怪的恢复的格调，通过对后现代主义的嘲弄，格非试图使他的作品成为一个"后—后"人文主义的宣言。一个时期的作家有他给定的命运，曾经是子一代的叛逆的格非，突然间要充当起时代的精神之父——或者这个父亲的代言人。他被父亲的阴影所迷惑，他是父亲魂灵在场的替代者——不管是从思想上还是艺术上，这都不是格非所能胜任的。

90年代上半期出现贾平凹的《废都》(1993)和陈忠实的《白鹿原》(1993)这样的长篇小说。前者讲述了一个欲望化的生活现实，在回望传统典籍的写作中，身体赤裸地呈现，给生活的本真性提供了绝对的基础。后者则依然要写出一种史诗，对民族国家的历史进行重写和改写。《白鹿原》是最后的史诗，这就足以说明史诗的终结。随后同样的史诗式的作品阿来的《尘埃落定》(1999)，则选取了一个白痴作为视点，这个史诗已经没有任何反思性意味，只有异域风光和一种生命存在的场景自我呈现。

90年代的长篇小说还有女性主义的探索。林白的《一个人的战争》(1994)与陈染的《私人生活》(1996)表达了女性对主流社会的疏离与逃逸。林白的小说依靠一种飞扬的语言与现实拉开距离，使她的女性生活史的呈现具有不可屈服的倔强性。陈染的作品则更偏执地回到内心生活，她只看到女性的身体，女性与女性的心理，以及丑陋的模糊不清的男性形体。不用说，她们的怪模怪样的写作承继了残雪当年的女性叛逆传统，逃离了父权制庞大的话语体系，日常、琐碎、怪戾的女性心理，不再需要深厚的历史理性作为依托，更不用说适应意识形态背景了。

## 三、无法告别的父爱：性格与命运

当代长篇小说跟随着文学从民族国家的历史叙事中走出来，它显得最勉强也最被动。作家的主体意向一度给它注入了思想基础，但这些思想经历后现代主义以及知识经济和全球化思潮的冲击，也难以摆脱"终极真理"的架构。尽管"历史终结"这种说法值得怀疑，但它不绝于耳地流传，至少使人难以坚持历史绝对在场的观念。90年代后期以来的文学场域被各式各样的话语碎片所覆盖，个人"力比多"开始起到更有效的推动作用，没有历史感和深度性的文本构筑成众声喧哗的当代现场。然而，这并不是一个文学崩溃的场景，个人化的话语成为这个时期主要的表达方式，个人的"力比多"比任何时候都充分而主动地得到表达，尽管压抑始终存在，但转向自我和身体的表达无论如何还是有变形的表达途径。

从整体上来说，当代文学并没有在一个"历史终结"(我们姑且透支这个概念)的时期找到最恰当和有效的表达方式：作为一种适应和直接的表达，它是卓有成效的；而作为一种更积极、更有效地穿透这个时期并且展开新纪元式的话语创造，当代文学显得缺乏创造的活力。对于长篇小说来说，更显得力不从心。仅仅从艺术表现形式来看，长篇小说的变化并不大，如果不是从更内在的深层的话语建构角度来看，长篇小说几乎岿然不动。当然，背景与内在的空虚无论如何也不是外在的艺术形式所能掩饰得住的，长篇小说依然要寻求新的内在性，寻求艺术表现的力度。当艺术表现的纯粹性力量不能支撑住艺术本身的伸展时，它依然要回过头来寻求内在思想作为支撑。

艺术表现力与内在思想性这两个并不一致的问题，在90年代后期以来的文学场域中被最大可能地混淆。本来个人的"力比多"的话语应该找到相应的表达方式，但创造性与生命底气的薄弱，使得个人的"力比多"话语流于表面和空泛。艺术想象力似乎已经枯竭，它不能拓展新的场域，只有责怪当下的现实和迷恋过去。在这样的场景中，人们除了怀念"父亲"的强大有力的统治没有别的想法，这依然是稚气未脱的想象。本来摆脱了历史理性的文学，可以在个人"力比多"的驱动下，找到新的话语，但空泛的表象没有真实的质感，人们止步不前，掉头寻找丢失的家园。"晚生代"作为一群离家的孩子，在90年代的历史空场中要夺取一条自己的道路显得困难重重。他们既不能沿着先锋派的踪迹，更没有能力与"美女作家"的时尚姿态对垒。在重重夹缝中循序渐进，"晚生代"不像先锋派那样是早熟和聪慧的一代，毋宁说他们是苦磨的一代。时间和经验使他们成熟，使他们更容易与传统和现实达成妥协。"晚生代"能坚持下来并且凸显出艺术实力，完全是以对传统小说的臣服为代价——尽管他们也加入了独特的领会和现实的需要。

这个群体也许称之为"中坚群"更恰当[④]，这里只举出他们在长篇小说写作方面颇有代表性的作家作品来分析。可以注意到，他们的长篇小说写作有一个回归传统现实主义的倾向。这个倾向既没有任何思潮与运动的背景，也没有个人的刻意的努力。它是先锋性创造姿态放低后文学常规化的必然后果。很显然，常规小说就是现实主义小说，只是当今的现实主义显然与经典现实主义有明显乃至深刻的区别，这个区别并不是创作者有意识的艺术行为，只是历史情境使之不得不如此的结果——它是“历史之手”完成的作品。回到常规的现实主义也依然是在个人的立场上来完成表达。这批作家当然要把希望寄托在艺术表达上，思想的穿透性（以及批判性）一方面被抑制住，另一方面也难以建立。艺术表达就成为文本唯一的支柱。语言接近生活的那种先锋性表达显然有相当的风险，有限的艺术性强调就落到在传统给定的要素上下工夫。因此，在荆歌、熊正良、鬼子、董立勃、艾伟、刘庆等人的小说中，可以看到人物的性格与命运成为小说的艺术表现用尽功力的地方。这种做法在中篇小说那里已经达到炉火纯青的地步，长篇小说也如法炮制，大有驾轻就熟之势。荆歌的《爱你有多深》（2002）、艾伟的《爱人同志》（2002）、刘庆的《长势喜人》（2003）、董立勃的《白豆》（2003）等等，这些作品大都发表于《收获》与《当代》，都是广受好评的上乘之作。

这些作品都是通过主要人物的命运发展推进故事，线性的时间是命运增值与力量呈现的必要通道。这些作品里的人物总是命运多舛，坎坷多变，一步步走向生活绝境，几乎所有的苦难都让主角碰上。苦难炼就了命运之不可抗拒的历程，造就了性格向着极端化的方向挺进。在这里，苦难、性格和命运是三位一体的一种力量，它们在互相碰撞和铰合中凝聚在一起，使小说叙述变得坚韧有力，使语言显示出了品质。因为叙述行进在不断被强化的苦难和命运境遇中，人物的性格也变得越来越怪异和极端，它除了把事件推向最坏的境地、迎来生活的崩溃外，别无选择。当然，也可以利用外部环境，像刘庆的《长势喜人》和董立勃的《白豆》，因为写作年代具有历史的强大压迫机制，可以通过历史环境给人物命运施压。但荆歌的《爱你有多深》和艾伟的《爱人同志》就面临困难，在压抑机制不那么明显的年代，外部历史的力量没有强大到成为绝对的压力（也许存在这种压力，但这两部作品，以及现在所有的作品都没有能力去发掘），只有借助于人物性格，通过把人物性格扭曲，使生活朝着非理性的方向发展，导致命运失控而走向极端。在命运崩溃的时刻，使文本获得力量。也是在这样的推进中，小说叙事和语言始终处于一种紧张的状态，即使是表面上松弛自如的叙述，也因为内在隐含着走向生活绝境的那种趋势，从而有一种整体性的力量。在这里，对生活的表面、对存在真理的追踪，实际上变成对艺术表现力、对小说叙事的力度的追求——这里以美学的形式重现了伟大“父亲”的身影。性格与命运成为小说艺术表现的同谋，而不是像经典现实主义那样，成为政治信仰或历史思辨的助手。但它对时间线性发展的依赖，它寻求的整体性和单方面不断强化的艺术手法，它的叙述主体在场的那种目的论，都表明它是对现代性美学的回归和强调，它是在美学上对“现代性之父”的重新臣服。那种命运的力度达到极端，这是我们所熟悉的美学规则和趣味，关键是把握住结构、整体和方向。这是对由来已久的父爱的眷恋，也是以美学的形式对“现代性之父”的虔诚颂扬——它是美学意义上的父爱的欢乐颂。艾伟的《爱人同志》最后让刘亚军放火烧了那幢房子，他也完成了自我终结，而文本也完成完整性的终结，张小影也解脱了，一切都解脱了，一个完整的结束。真是圆满啊，无懈可击的圆满——在父亲的圆满怀抱里，子一代成熟了。当然，没有任何理由认为对完整性的认同就是当今长篇小说叙事的天敌，仅仅是说，过分追求完整性，形成完整性的惯性，这就抑制了当代长篇小说写作的更多的可能性。它本来可以破壳而出，但它没有。

尽管在当代长篇小说发展到这种状况的前提下，这种小说叙事卓有成就并且也推进了常规现实主义的发展，但它的驾轻就熟和老道，只能表明常规现实主义走到顶端，而不能表明当代小说叙事已经无路可走。事实上，这几位作家的几部长篇小说已经处在冲破整体性的边缘：荆歌对荒诞感的把握，对语言的那种欢乐般的张力的寻求；艾伟可以对性格心理进行多方透视，他能穿过生活的不可能性，能够把绝望的时刻写得淋漓尽致；刘建东对多元视点运用得相当自如，把生活的荒诞性与反讽结合在一起，让生活变形和变质，看到存在的局限性。只要往前走一步，就可以预计更有冲击力的东西出现。

## 四、转向逃逸：文本敞开的可能性

有必要看到的是，另一部分作家向经典现实主义提出挑战。长篇小说并不是单纯恢复历史存在，而是重新给历史编码，给语言提供更大的场域。90年代依然出现了当代长篇小说最极端的作品，这就是刘震云的《故乡面和花朵》(1998),这个人倾注了六年时间,写作了一部四卷本的长篇小说。一次对经典的冲动和梦想,却转变为对经典的全面颠覆。刘震云的反抗同时带有胡闹的嫌疑。但整整六年,一个如此智慧的作家的行为,不能不看做是深思熟虑的结果。这部作品对乡村和城市进了双重解构,不再是单向度地批判城市或现代文明,而且对乡土中国也进行了无情的嘲弄。这部作品令人惊异地以最彻底的方式解构了父权制文化,"父亲"在这里被完全戏剧化了,他是欺骗、无耻、无赖的综合体。同样包含着对整体性和历史理性的嘲弄,刘震云的叙述颠三倒四,没有时间的自然行程,父权制的强大的线性时间被任意割裂,置放进杂乱的后现代场域。在这里,语言的快感、反讽和幽默、戏谑与恶作剧构成叙事文本的主要元素。当然,在这部作品中依然有一种肯定性的价值,那就是"姥娘"所表征的母系文化的人伦价值,那是一种来自传统深处的"孝道"之类的精神家园的根基。对于刘震云来说肯定性的价值并不明确,也不刻意求证,那是回到乡土中国生活本真性的一种有限价值。没有理由认为刘震云的如此过分的行径可以为中国当代长篇小说创作夺取一条宽广的道路,但作为实验性的文本,它的意义是重大的,它表明什么道路可行,什么不可行。在刘震云之后,没有人走这样的弯路。

张炜在新世纪之初出版《能不忆蜀葵》,以强烈的抒情意味和对现代主义场域的迷恋展开叙述,一种灵魂和肉体的撕裂也撕扯着文本的叙事,但张炜能凭借过人的才华做到游刃有余,他的批判性或反思性已经不再是障碍,而是叙述的动力机制,在这个意义上,张炜的虔诚几乎愚弄了现代主义。

河南人在当代小说方面的大胆,直到阎连科的《受活》(2003)才让人幡然醒悟。事实上,两年前李洱的《花腔》(2000)就令文坛吃惊不已,那是一部相当结实的作品,对历史真实性的怀疑,导引着对历史的重新书写,小说叙述以如此自由而有穿透力的形式推进。阎连科的《受活》对现代性的革命史进行了独到的描写,使这段历史的呈现显示出极为复杂的意味。很显然,这部小说在文本结构、叙事方法以及语言方面,显示出倔强的反抗性。这个文本是怀着对乡土中国,怀着对革命与乡土中国的现代性命运的宿命式的关切来展开的,因而,阎连科试图回到乡土中国残缺不全的历史中去。在这里,革命史与乡土史是同样破碎的地方志。小说不断夹杂"絮言"于正文叙事中,这些“絮言”是对正文的补充与解释,然而,这本身说明,一旦回到乡土中国的生活状态,回到它的真实的历史中,那些东西是如何难以理解,没有注释,没有说明,现在的阅读完全不知其所云。这是对被文化与现代性培养的阅读的极大的嘲弄。乡土中国是如此顽强地自我封闭,它的语言,它的那些说法,难以被现代性的叙事所包容。当然,更重要的是,阎连科的这部小说中大量使用了河南方言,特别是那种叙述语式。这种文本带着强烈的乡土气息,带着存在的倔强性向当代社会扑面而来,真是令人措手不及。很显然,“絮言”同时具有文本结构的功能,对一个正在进行完整性叙事的文本加以打断,插入另外的表达。阎连科的这部对残缺生活书写的作品,也使之在结构上变得不完整,变得残缺不全。那些“絮言”的补充结构,并不说明把遗漏的遗忘的和被陌生化的他者的历史全部补齐。相反,它意指着一种不完全的书写,无法被概括和表达的乡土中国的历史。尤其令人惊异的是,小说采用中国旧历来作为叙事的时间标记,所有的时间都在中国古旧的皇历中展开,现代性的时间观念,革命史的时间记录,在这里都消逝在古老的皇历中。诸如“阴农历属龙的庚辰年,癸未六月……”,“庚子鼠年到癸卯兔年……”,“丙午马年到丙辰龙年……”,甚至柳县长在回答地委书记关于列宁的生卒年时,也用“上两个甲子的庚午马年家历四月生,这个甲子的民国十三年腊月十六日死”这种老皇历加以表述。这些莫名其妙的时间标记,顽强地拒绝了现代性的历史演进,革命历史在这样的时间标记里也无法被准确识别。

过去,现代主义或后现代主义的文本,只有在写城市或者写历史时才能促使文本开放,其语言则是在现代主义的审美感知的氛围中来加大修辞的表现力。现在,阎连科居然在回归乡土,回到方言和口语中,文本却具有极大的开放性,文本洋溢着顽强的解构活力。就这一点而言,阎连科的这部小说为当代小说的本土性所具有的先锋意义,开创了一条崭新的道路。最具本土特征的小说,也有可能具有强烈的后现代性,具有解构历史及其现代性象征体系的顽强的力量。

这里勾勒的只是当代长篇小说历史变异的一个侧面,这是一个并不富有诗意的历史变形记,毋宁说它充满苦难、狡诈和诡异。当代长篇小说还有另一种历史,还有宏大的历史叙事在展开——那可能是一部完整的历史保存史。对于我来说,更愿意看到一种可能性——一种逃离的可能性,一种始终创造和逃离的可能性。看到这种可能性，于是，我们可以豪迈地说，汉语长篇小说依然具有创新的活力，逃离了“现代性之父”，子一代有自己的出路，在历史破碎的间隙，他们灵巧的身姿可以躲闪，可以诡异多变，因为不再被一种力量支配，也不再向一个目标进发，长篇小说的叙事可以有无限多样的可能性，这正表明，本文的探讨只是一个开端，一种历史的终结和写作零度的开端。这是一个重新写作的时代，一个写作全面更新的时代。

---

① 有关“历史化”的论述可参见拙著《表意的焦虑》“结语”部分，中央编译出版社 2002 年版。

② 莫言在接受记者采访时多次作过这样的表述。

③ 这个时期有关的说法可以参见张颐武、王干、张未民和笔者的论述。1992 年左右的《当代作家评论》、《文艺争鸣》可见一斑。

④ 仅仅是为了把一批年龄和实力相近的作家放在一起概括，而称之为“晚生代”。经历过 90 年代不温不火的磨炼，他们在艺术上趋于成熟。由于这个群体已经步入(或接近)中年，并且也有泛化的趋势，他们已经成为当下小说创作的中坚力量，因此，不如把他们称作“中坚群”——这个群体现在是那么壮大，已经无法也没有必要在这里开列名单。

# 从宗教情怀看当代长篇小说的精神内涵

贺绍俊

每当在青烟缭绕的寺庙里看到人头攒动的景象，就想起了文学。一部好的文学作品是否应该就是一座寺庙，读者在这座寺庙里同样也能获得某种心灵的慰藉？这使我思考起长篇小说的宗教情怀问题。概括地说，新时期以来的长篇小说创作走过了二十多年的历程，却并没有把心灵慰藉作为一个显在的追求目标。20 世纪 80 年代，小说基本上承担着启蒙和拯救的社会职责，汇入到整个社会的拨乱反正的思想解放大潮之中，其政治思想的意义大于精神文化的意义。进入 20 世纪 90 年代，在商业化和市场化的冲击下，虽然小说摆脱了政治话语的拘禁，可是并没有因此而拓展精神层面，不过是顺应着市场化的潮流，坠入了形而下的层面。回看这二十多年来的长篇小说，其精神内涵竟是如此的稀薄和贫乏。由于精神内涵的稀薄和贫乏，这一时期的长篇小说就不可能起到心灵慰藉的作用。心灵慰藉是与宗教情怀有所关联的。逆向推理，宗教情怀的缺失是导致小说精神内涵稀薄和贫乏的重要原因之一。

宗教对社会的观照虽然是虚幻的，但它还包含着观照人生的功能。“人生的本质问题或核心问题乃在于对生命意义的追究，而这是一个关涉‘实体世界’的终极性问题。这一问题乃是宗教关怀的真正领域”①。宗教的人生观照所反映的正是人类的终极需要，因而具有某种普遍性和永恒性特征。所谓宗教情怀，就是在这种终极需要激发下所产生的一种超越世俗的、追寻精神境界的普泛的情怀。宗教情怀其实是一种很重要也很基本的文化基因，任何一种源远流长的文化传统都不会缺失宗教情怀这一基本的文化基因，只不过在表现形态上各有差异而已。研究宗教史的休斯顿·史密斯认为，广义地说，可以把宗教界定为“环绕着一群人的终极关怀所编织成的一种生活方式”②，这显然是对宗教的一种宽泛的定义。当一种生活方式关涉到终极关怀时，自然就充盈着宗教情怀；而这样的生活方式，就不仅仅是具备明确的物质形态的、仪式化了的宗教才能营造，那些以强有力的思想信仰支撑的学说同样能够营造。

宗教情怀对于文学而言，它起到一种蒸发的作用，它使蕴藏在具体描写中的精神水分化作水蒸气升腾起来，构成一种浓郁的精神氛围。我想，这就是宗教情怀所特有的超越性。

上世纪80年代的小说基本上还承担着思想启蒙的功能，体现着思想解放的时代特征，小说的精神内涵是与激荡的社会思潮、与对社会问题的热切关注密切联系在一起的。这个时期的小说也渗透着一种宗教情怀，但这种宗教情怀是依附在革命信仰上面的，是一种作了革命化处理的宗教情怀。进入90年代，可以说就是进入到了一个欲望化的时代，而在这个时期，以经济建设为中心成为社会的主导思想，社会价值观发生了根本性的变化，似乎所有的事物都可以用物质和数字来衡量，而精神价值变得可有可无，整个社会的精神信仰极为迷茫。小说创作受其影响，作家们变得越来越实在，对具体事物的关注超过了对精神的关注，小说的写实性得到空前的发展，物质主义、技术主义甚为流行。物质化、欲望化、平面化是这类小说的突出特点，宗教情怀被阻隔在由物质与欲望围成的一道密不透风的墙外。这一阶段的小说在个人化方面也得到长足的发展，个人经验的充分表达给小说带来了丰富性，但受这一阶段的社会思潮的影响，个人经验的表达多半集中在情感或欲望的表达上，所缺少的仍然是对精神世界的体悟。总的说来，我们从这一阶段的小说中感受到的，主要是世俗性、情欲性、物质性，我们很难从中感受到神圣性、超越性以及空灵、飞升的境界，而后者又往往与宗教情怀相关。

凡成功的作品都是在精神内涵方面有所开掘。在解读小说的精神内涵时，我们能够感觉到宗教情怀的脉动。在分析90年代中后期以来的长篇小说创作时，也许可以把宗教情怀的脉动视为这一时期的一个比较值得关注的因素。在这方面，也有一些作家是有意识地立足于宗教文化，将宗教作为自己作品的主题，这些小说固然也关涉到终极关怀和精神追问，但它同时也把人们的思路拘束在具体宗教的教义上。我在这里要谈的还是那些在普泛的宗教情怀的引发下对精神内涵的开掘。它的意义就在于，宗教情怀虽然起到引发的作用，但并不是把人们的思路导入宗教的壳体内，它对人们的心灵慰藉更为纯净。下面我想重点分析两部作品，一部是铁凝的《大浴女》（春风文艺出版社2000年版），一部是范稳的《水乳大地》（人民文学出版社2004年版)。

### 一、《大浴女》:宗教情怀对俗世的超越

铁凝写于2000年的《大浴女》曾经引起人们的讨论,但人们的兴趣似乎只是由那个给人太多诱惑和太多想象的题目所引起的。的确,"大浴女"这三个字具有充分的俗世性,人们由此很容易联想到色情、肉欲、暧昧、淫靡等场景,何况小说的基本情节也是非常俗世的内容。然而,这部小说最富有精神价值的地方就在于它通过对俗世的进入,而达到对俗世的超越。作者在对俗世的超越中表现出一种普泛的宗教情怀。铁凝曾说过,这个小说的题目是受到塞尚的名画《大浴女》的启发。那么,铁凝从塞尚的画中读解到的是什么呢?恰恰是超越俗世的宗教情怀。她在一本读画的书中谈到了她对塞尚的理解。她说:"塞尚和尼采同时代,他们虽不认识,但尼采在《索罗埃斯特说教》中,形容精神的三种变化——也可理解为三层境界,他解释精神如何变成骆驼,骆驼如何变成狮,最后狮又如何变成孩子时,说的简直就是塞尚。"而"能够变成孩子的狮必是达到了人类精神的最高境界"。这种最高境界应和着宗教的和谐与超脱。所以铁凝以为塞尚的《大浴女》"是在诗意地调和万物","是一幅世间万物的大谐和图"③。

《大浴女》可以说是一部忏悔小说。小说以尹小跳的自我反省为基本结构,讲述了一个当代青年如何摆脱俗世烦恼与困惑,从而走向"内心深处的花园"的故事。尹小跳生活的时代是一个物欲得到最充分的释放和纵容的时代。在和平与建设的理由下,物欲具备了前所未有的合法性和合理性。《大浴女》充分描写出现实生活的物欲化特征,也表现出物欲的合法性和合理性。以俗世的眼光看,尹小跳是成功的,或者以伦理的眼光看,她也是完美的,但尹小跳始终处在一种自责的心理状态之中,显然这是一种试图超越俗世的心理状态。尹小跳超越俗世的企图具体化为不断的内心忏悔,而一步一步走向更纯净的精神境界。在尹小跳这个人物身上,我们可以感觉到一种清新的宗教情怀。这突出表现在作者并不是以否定俗世的方式来达到超越俗世,恰恰相反,作者充分肯定了俗世的意义。比方小说就是通过对俗世基本欲望的肯定来批判"文革"反人性的本质的。"文革"时期,极端的政治意识形态是对人的基本欲望持否定态度的,在那个政治为上的特殊年代,人的所有俗世需求都变成了大逆不道。但即使在政治高

压下，也遏止不了人的正常欲望的释放。苇河农场是“文革”期间发配知识分子的地方，山上有一间小屋，每到星期天对集体宿舍的夫妻开放，于是就在小屋前面出现了排队等候做爱的场景。这是一个典型的黑色幽默。这个黑色幽默继续延伸下去，作者就把最忌讳袒露个人俗世欲望的知识分子们置于双重欲望的煎熬之下：星期天除了有山上小屋的诱惑之外，还有苇河镇上的烧鸡，烧鸡解口腹之欲，这意味着星期天“食色”二欲都在召唤他们，要排队做爱就没有时间去镇上买烧鸡了，二者不可兼得。尹小跳的母亲章妩就因为二者不可兼得而生了大病。这样的情节耐人寻味。章妩的一生在不断地追求俗世的欲望，也许我们可以把她视为一个大胆追求个性解放的女性，但因此她也不得不承受俗世对她的惩罚，她在精神上获得一份自由的同时也获得一份折磨。她追求俗世的个人幸福并没有错，问题是她缺乏一种自觉的宗教情怀，因而无法超越俗世，无法摆脱由此带来的精神痛苦。在作者的笔下，尹小跳同样是一个对俗世生活充满情趣的人，这与她的母亲章妩相似。还是中学生的尹小跳和她的两位好友悄悄地在家里尝试烹调、时装、化妆。当她们在蜂窝煤炉上做成了烤小雪球时，激动得快要哭了，这时她们觉得所展示的“不再是小手艺，而是大艺术”，她们屏气凝神地咀嚼自己的成果，就觉出了“生活是可以这样美”。在那个否定俗世情趣的年代，尹小跳与她的母亲都在寻求着俗世的幸福，母女俩在这一点上是共同的。问题是，在这个年代结束之后，她们都面对着一个欲望化的时代，当个人欲望的实现不再被禁止，反而变得冠冕堂皇时，母女俩的精神差异就显露出来。母亲在反常年代追求个人的欲望，还有一种反抗精神的支撑，而到了欲望化的时代，她不再需要为了欲望去反抗，卸下了精神支撑的武装，所以陷在俗世的精神痛苦中不能自拔。尹小跳却有一种自我反省的勇气，这使她没有沉湎在俗世的情感之中，她始终有一种不满足感，这种不满足感不是来自世俗的欲望，而是来自精神的召唤。

尹小跳的超越俗世的精神力量首先来自她的难以洗刷的罪孽感，这种罪孽感源于妹妹尹小荃之死。妹妹尹小荃之死是尹小跳内心深处的一个郁结，伴随着她的精神成长。这似乎印证了基督教的原罪说。但铁凝不是一个基督徒，她也不是要借此宣谕《圣经》，她设计这样一个贯穿尹小跳成长历程的细节，显然是要帮助自己的人物超越俗世。妹妹尹小荃是母亲与唐医生偷情的产物，从社会伦理的角度，她是恶的见证。尹小跳朦胧之中感觉到了这一点，所以她本能地拒绝这个妹妹，她把对恶的憎恨转嫁到了尹小荃身上。十二岁的尹小跳与七岁的尹小帆看到尹小荃朝着打开了井盖的污水井走去时，她们本来可以及时制止，但她们只是互相拉住了手，似乎是心照不宣地，于是她们的妹妹就在她们的眼前掉进了井里。从此，妹妹尹小荃之死就种在了尹小跳的心里，构成了类似于原罪性质的因素，于是在她以后的生活中，当她获得俗世的成功，或当她遇到生活的困惑，或当她面对精神的烦恼时，这个原初的罪孽感就会被激活，给她警示。铁凝在这部小说里重点是通过尹小跳来写女性的自我反省的，而自我反省的起点就是童年时期目睹妹妹之死的内心郁结。在我看来，铁凝设计的这个郁结比起原罪说具有更深刻的精神询问，因为这个郁结不是一个先在的理念，它包含着血缘、伦理道德、价值体系等社会性的内容。也就是说，郁结在尹小跳内心的罪孽感，不是屈从于某种先知先觉的声音，而是来自对社会的体验和总结。铁凝一再地暗示这一点，她写到无论是尹小帆，还是唐菲、陈在，都有可能被视为导致尹小荃之死的参与者，这可以看做是一次社会的合谋。所以从社会的层面，尹小跳完全可以给自己的行为一个合法性的理由。尹小跳也试图解脱，她曾想把这段经历从记忆中抹去，她还把这段经历看成是一种幻觉，然而随着她的成长，她的罪孽感愈来愈明确，她就有了一种赎罪的意识和勇气，这种赎罪的意识和勇气帮助她从俗世的困惑中解脱出来。尹小帆则是通过推卸责任的方式来解脱自己的。尹小帆是与尹小跳共同面对尹小荃之死的，尹小帆就为自己找到了充分的合法性理由，所以很轻松地就把自己解脱了，甚至她把自己想象成救人的英雄，只因为当时被身边的姐姐拉住了才使得她未能当成英雄。尹小帆是一个没有精神负担的人，俗世的原则就是她的最高原则，她不放过获取俗世幸福的丝毫机会，包括她夺取姐姐尹小跳的所爱，只要她觉得这能满足她的俗世需要，她就去做，而且并不感到内疚。但我们从小说的描写中也能看出来，追求俗世幸福的尹小帆想要得到的都得到了，她的幸福却只是停留在俗世的层面，她的精神世界是空虚和无聊的，所以她从骨子里嫉妒姐姐尹小跳，这种嫉妒就在于她在灵魂上的恐惧。

超越俗世是通过宽宥和理解的心态获取的。当一个人的宗教情怀十分充盈时，他就会以一种宽宥的心态待人处世。铁凝在这部小说中写尹小跳的忏悔和反省，而这种忏悔和反省就是通过对他人的宽宥和理解而实现的。她宽宥了玩弄她的爱情的电影明星方兢，也宽宥了一直与她作对、与她争夺利益的尹小帆，也宽宥了失职的母亲和父亲。宽宥不是屈从，宽宥首先必须建立在洞见之上。比如她对方兢是有一个认识过程的，当她还认识得不很清晰时，她会对方兢的失信和轻浮而痛苦，但当她认识到方兢不过是那种“在时来运转的岁月里兜售和利用自己的苦难”的知识分子时，她释然了，她还会接受他的邀请，去宾馆看望他，并祝愿他的生活能有美满结局，当然此时她也会严肃地拒绝他的拥抱。尹小跳与母亲的关系也是小说的重头戏。铁凝通过这一重头戏，表现了她的“审母”愿望，我们能从中感觉到作者对章妩的审视是相当冷峻的，也是无情的。她针对章妩作出了这样的诘难：“并不是每一个母亲都能够释放出母性的光辉，尽管世上的孩子都渴望着被这光辉照耀。”但最终尹小跳还是宽宥了母亲，作者设计了一次解救母亲的情节来表现尹小跳的宽宥。在商场里，章妩遭到无端的围攻。母亲的痛苦和无助，唤醒了尹小跳“心中从来没有过的一种关怀和护卫的渴望”，她保护了母亲，搀扶着母亲回家，这时候，她的感觉就是：“你的长辈就是你的孩子，你必须具备这样的胸怀”。当然，宽宥必须建立在理解的基础之上，只有理解之后的宽宥才是发自内心的宽宥。对本人而言，这样的宽宥就会为自己收获一份精神的财富。《大浴女》的基本结构是这样的：全书的主要部分描写了尹小跳的忏悔和反省的历程，这个历程使她一步步走向宽宥的境界。小说的最后两个章节则是专门写尹小跳的解决，她一个又一个地解决了对他人的宽宥。先是宽宥了方兢，接着宽宥了母亲；她是在得知尹小帆夺走了一直爱恋她的美国朋友麦克后最终宽宥了尹小帆的，这场宽宥更为艰难。她本来十分激愤，但连她自己也感到奇怪的是，她突然间就平和了下来，主动对尹小帆说我们讲和吧。我想这也许就类似于宗教上所说的“顿悟”，这表明尹小跳经过这样的磨砺后进入到一个新的精神境界。小说于是充满诗意地写道：“她拉着她自己的手往心房深处走，一路上到处是花和花香，她终于走进了她内心深处的花园。”

铁凝是一位确定的无神论者，她在作品中表现出的宗教情怀不是出于某种宗教信仰，而是出于她内心对超世俗境界的感应，她的宗教情怀因此不会归结到宗教世界，而是归结到人类自身。尹小跳最初郁结在内心的罪孽感就被铁凝作出了合乎人类理性的解释，这就是小说结尾尹小跳与老省长俞大声讨论犹太人的用意。尹小跳认识到，在这个世界上，生命最为重要，她知道，尹小荃摧毁了她“心中的庙宇圣殿”，但她为此摧毁了尹小荃，却是更多的罪过，因为她摧毁的是一个生命。铁凝要告诉我们的是，人性比神性更伟大。

## 二、《水乳大地》：宗教情怀对信仰的支撑

《水乳大地》是直接涉及宗教话题的作品，小说所描写的故事发生在澜沧江峡谷的滇藏交界地区，这是藏文化、汉文化、东巴文化等民族文化交汇的地区，也是藏传佛教、基督教、地方少数民族宗教以及巫术共同生存并相互影响的地区，这里有着神奇的自然地理环境和独特的人文地理环境，这里似乎是天然生长宗教大树的地方，它充满了神秘和诡奇。小说带有丰富的宗教内容，但它与一些明确以宗教为主题的小说还不一样，它不是宣谕某种宗教教义的，也就是说，作者在这里的身份不是一个忠实的信徒，而是一个学者，一个研究宗教文化、研究地域文化的学者。小说自然充盈着浓厚的宗教情怀，这种宗教情怀既与小说所表现的宗教内容有关系，又不完全指向宗教本身，它仍然是植根于作者的人文精神世界，是一种普泛的宗教情怀。

《水乳大地》算得上是一部学者小说。作者范稳一直在从事滇、藏地区的文化研究，他曾一次又一次地到小说所写的卡瓦格博雪山和澜沧江峡谷做实地考察探险，他研究了各种宗教的经典和历史资料，曾写过相关的学术性著作，但他却有着挥之不去的文学情结，所以他还要试着将其研究成果转化为一部小说。显然，范稳感觉到有些东西在学术著作中无法表达出来，这些无法在学术著作中表达的东西大概就与情感体验有关。对于范稳来说，这种情感体验也包括宗教情感的体验。他自述过他对这片地区的感受："一些神奇、神秘甚至怪异的现象，在汉族地区可能是神奇的，没有多大说服力，但在滇藏交界的地方，却完全是可能的。这里到处是神山、神佛、神灵，特殊的自然地理环境中弥漫的就是教活动，如果我们轻率地将一些神奇的东西都认定是迷信，是否过于残忍和武断了？"[④] 正是这里的神山、神佛、神灵，唤起了作者内心的宗教情怀。

《水乳大地》写了滇藏地区一百年间的轰轰烈烈的故事和变迁，有人称其为一部史诗性的作品，它包含的内容无疑很庞杂，但我更看重的是，这部作品通过一个地区的变迁表现出信仰的力量。一位作家在自己的作品中非常坚定地表达对信仰的敬意，这在当下的文学创作中也许具有一种作用，因为这二十年间，在中国大地上，信仰经历了一场"滑铁卢"战役。极左政治曾把信仰变成一种禁锢人们灵魂的紧箍咒。随着对极左政治的批判，

人们开始质疑信仰本身的合法性，特别是人们在卸去紧箍咒之后感受到无所顾忌的狂欢，人们似乎不愿意再受到信仰的约束。与信仰失落的社会现象相呼应，在我们的文学作品中也难以觅见信仰的踪影。信仰失落并不是孤立的现象，还有躲避崇高、英雄隐退、道德沦丧，等等，这一切共同构成了一个精神贬值的文化时代。在这样一个大的文化背景下，《水乳大地》对信仰的召唤与讴歌，是非常值得肯定的。

关于信仰的重要性，我想，不需要在这篇文章里做理论上的阐释。在讨论小说的精神内涵时，我宁肯把信仰作为一个不证自明的前提。人之所以成为人，就在于人有灵魂，而信仰是灵魂的支柱，有了信仰我们的灵魂才会强壮起来。从这个角度说，我们这个时代如果失落信仰的话，其实是一种很可怕的精神危机，它将导致人们的灵魂衰竭。宗教关乎信仰。《水乳大地》所描写的是一个多种宗教集合的地区，各种宗教因为教义的冲突以及利益的冲突，相互间敌对、仇恨乃至杀戮，但同样因为宗教的信仰，人们有了生存的勇气和力量，他们的生命力才变得异常的顽强，即使在最恶劣的环境里，他们也能奇迹般地延续着民族的命脉。就像上个世纪初纳西人的村庄和盐田被野贡土司强占了以后，他们就在族长和万祥的带领下，在澜沧江边的六百尺悬崖上开出自己新的家园。问题并不在人的这种求生的坚韧力，而在于作者聪明地借助地域文化的神奇性和神秘性，渲染信仰的力量。野贡土司是崇尚武力的，他可以凭着强大的武力夺占纳西人的盐田，但他得到了大自然的惩罚，滂沱大雨带来澜沧江的洪水，洪水将江边所有的盐田荡涤一空。令让迥活佛担忧的是，野贡土司一代比一代贪婪，连神灵都不屑敬畏，果然魔鬼就毫不客气地用死亡的阴影席卷整条峡谷。作者在小心翼翼地触及各种宗教信仰的矛盾冲突的历史时，似乎要给我们梳理出这样一条清晰的思路，这条峡谷里一百年间反反复复的斗争，从根本上说并不是宗教信仰的差异导致的，而是藏在信仰背后的人的贪婪和利欲，贪婪和利欲不仅造成了抢占盐田的流血，也造成了政治上的劫难。直到上个世纪 80 年代，当和平与建设的时代之风也吹拂进这条峡谷时，从北京的神学院学成归来的安多德神父才鼓起勇气说，魔鬼已经被打败了，胜利属于有信仰的人。

范稳在写作中始终把握住一点，他不是对宗教信仰的具体内涵感兴趣，而是要揭示宗教信仰在人生观照上的巨大作用。在作者看来，关于来世现世、此岸彼岸，关于天堂地狱，并不是最重要的，重要的是要有信仰，有了信仰才会有生活的原则，才会有对生命的关爱。他塑造了好些宗教人物，比如沙利士神父、让迥活佛、凯瑟琳修女，与其说他们是虔诚的宗教信徒，还不如说他们是洞见人生哲理的智者，他们所做的工作也是拯救人的灵魂。在六七十年代的政治劫难中，峡谷里的所有寺庙、教堂都被摧毁，让迥活佛也成了牛鬼蛇神，他当不了活佛还可以去当藏医，他成了远近闻名的医术高明的扎西门巴。可是当政治劫难过去后，他拿出行医多年的积蓄，买了木料、水泥和砖，要在噶丹寺的废墟上重建寺庙，他说："治病只能救人一世，而医治人的灵魂，却能救人生生世世。还是让我们藏族人梦里的东西实在一点罢。"

范稳不仅写了宗教信仰，还写了革命信仰。革命信仰在科学理论烛照之下，应该对人生的观照更为深邃，对生命的追问更为彻底。共产党员应该是由革命信仰武装起来的，什么才是真正的共产党员？真正的共产党员必须具备坚定的革命信仰。范稳着力塑造的副专员木学文就是这样一位真正的共产党员。当然，范稳主要的笔墨是写木学文如何正确地执行了党的宗教政策，促进了这个地区的民族团结和经济繁荣。但他显然把握住了党的宗教政策的核心，这就是信仰自由，而以信仰自由为核心的政策，显然就是承认宗教对人的信仰的支撑。当然还有一个不可忽视的原因，他在其苦难而传奇的经历中，深深认识到信仰对一个人的生命是何等重要。所以当他从政治厄运中解放出来以后，首先就想到请做门巴的让迥活佛回寺庙当活佛，因为他是把活佛当成医治人的心灵的人。他对让迥活佛说："藏族人的精神信仰是毁不了的。活佛，我们已经在拨乱反正了，医治人的心灵，比医治人的病痛更重要。"也许，在今天的现实中，像木学文这样真正懂得党的宗教政策精髓的共产党员并不是很多，说得更尖锐些，像木学文这样懂得信仰的意义的共产党员也不是很多。在整部小说中，木学文显然是一个至关重要的人物，他对信仰的理解，一方面缘于马克思主义对他的教导，另一方面也缘于他内心深处的宗教情怀。与此相应的还有关于红军的描写。尽管小说中的红军带有理想化的色彩，但作者紧紧扣住"信仰"二字，年轻的政委对沙利士神父说："我们不信仰上帝，但是我们信仰一个比你们的耶稣更伟大的人，他的名字叫马克思。"这位政委显得那么自信，那么有力量，这种自信和力量无疑缘于已经深深植根于他的心中的信仰。绛边益西活佛对红军的评价很有深意，他说有信仰的军队和有信仰的百姓之间是不会打仗的。

小说中最成功的人物应该是虔诚的传教士沙利士神父。作者把神父慈悲、宽阔的胸怀,宽容、豁达的心理,睿智、深邃的思想,表现得形象生动。沙利士这一形象的深刻意义还在于,这位基督教神父的使命应该是在异域文化的土地上传播基督教教义,但异域文化土地上的人民却成了他的教师,无论是藏族人,还是纳西人,他们有着各自的宗教信仰,然而有一点是共同的,信仰使人的灵魂更强壮。这一切使沙利士更加透彻地理解了信仰的意义,于是他对藏传佛教发生了兴趣,对纳西族的东巴教也发生了兴趣。沙利士在这片隐秘的峡谷生活了四十多年,这块充满文化色彩的土地改变了他。"他对上帝的事业是否在西藏获得成功已再不在乎,当年来到峡谷之初一心要为上帝献身的狂热、执著、理想,现在已经变成连他自己都感到吃惊的冷静、隐忍、沉默……他已经是纳西人的朋友,西方公认的纳西学者。谁知道再过上几十年,他会不会成为佛教徒的朋友,成为一个藏学专家呢?"作者范稳通过沙利士表达了他对精神未来的憧憬,这将是一个走向交融、走向合作的精神世界,而信仰的阳光将把这个精神世界照耀得无比灿烂。

## 结语:重建精神家园的呼唤

对于一名作家而言,深沉的宗教情怀并不意味着导向宗教本身,而更多的是意味着对人性、人生、生命以及人类共享的精神价值理念怀有一种敬畏感、神圣感。正是从这一意义上,宗教情怀对当代长篇小说的精神内涵具有一种凝聚的作用。在现代化和全球化的大背景下,当代人借助后现代文化思潮,打倒了横亘在自由欲望面前的庞然大物。经典、英雄、理想、使命以及上帝,等等,这些曾让人们敬畏和仰慕的内容,共同构成精神的权威,令人们的精神俯首称臣。如今,这种权威逐渐瓦解,它似乎标志着一个权威时代的结束。当代长篇小说的精神内涵一度越来越稀薄,可以说是这一时代特征的必然反映。但对于文化进程而言,我们要摧毁的只是精神的权威,而不是精神本身。中国的当代文化也许走到了这一步,在摧毁精神的权威之后,迫切需要重建起自己的精神家园。毫无疑问,文学在重建精神家园的过程中有着哲学、政治、社会机制、知识体系等不可替代的特殊功能。所谓宗教情怀的问题,也就是针对重建精神家园而提出来的。作家有意识地唤醒内心深处的宗教情怀,就会以一种敬畏、神圣的心情和肃穆、虔诚的态度去重新思考社会、人生中的精神价值问题，去追问自然和生命的本质，去谛听未来文明传来的振幅。而这一切的努力，势必为长篇小说构成与过去迥然不同的丰富的精神内涵。

最后，还应该谈及宗教情怀与民族文化传统的关系。有一种观点认为，中国传统文化是一种缺乏宗教意识的文化。这有一定的道理，但这里所说的宗教意识，应该是明确界定为物质形态的宗教。单纯从物质形态的宗教来说，中国传统文化的确具有宗教氛围不浓厚的特点，但物质形态的宗教是建立在精神形态的宗教情怀基础之上的，王治心先生曾经很通俗地解释了宗教是感情的产物，而这种感情"是人类先天所固有的，就是从原始以来蕴藏在人类心灵中的崇拜精神"[5]。相对于中国传统文化缺乏宗教意识的说法，我们也能看到另外一种观点，即把儒家学说界定为一种宗教，即儒教。儒家学说可以说是中国传统文化的核心。尽管"儒教是教非教"仍是一个存有分歧的学术问题，但至少有一点是无须怀疑的，那就是中国传统文人及士大夫在学习和实践儒家学说时倾注了自己的宗教情怀，他们把普泛的宗教情怀移植到忧国忧民的胸怀和达济天下的志向之中。中国的知识分子沿袭着这一传统，他们的宗教情怀往往是通过其强烈的社会承担精神表达出来的。所以，有意识地强调宗教情怀，也是为了在小说创作中更好地开掘文化传统中的精神资源。

---

① 檀传宝：《试论对宗教信仰的社会观照与人生观照》，载《中国社会科学文摘》2003 年第 3 期。

② 休斯顿·史密斯：《人的宗教》，海南出版社 2001 年版，第 196 页。

③ 铁凝：《遥远的完美》，广西美术出版社 2003 年版，第 81 页。

④ 引自《中国图书商报·书评周刊》2004 年 3 月 12 日。

⑤ 王治心：《中国宗教思想史大纲》，东方出版社 1996 年版，第 1 页。

# 论中国式的城市文学的生成

施战军

## 一、“城市性”的“乡土文学”

在城中，写乡土。这大概是一百年来中国文学的一种创作传统。当我们面对“城市文学”这个似乎并不正宗的文学论题时，有必要析出作为现代以来文学史主线索之一的“乡土文学”被长期遮蔽的真相。

我们是乡土文学大国，现代以来的文学史的描述会给人这样的印象。但是没有哪个作家能够脱离城市人阅读趣味的期待，哪怕他非要栖居在乡间而且只写乡村体验，作家自己其实仍然自觉不自觉地担承着“城市人”或曰“文明人”的角色。所谓“乡村知识分子”中的一类“乡村作家”早已经消失，至多存在的是如20世纪20年代中后期的“乡土作家”，即鲁迅认同的在城市中的“侨寓文学的作者”。尤其在当代，他是一个“考察”者、“私访”者，最终给以城市人群为主的读者提供的要么是“心向往之”的诗意的桃花源、失意的避难所，要么是“哀民生”的话题和谈资，要么是“社会问题研究”或者“历史进步”的注脚。多数作家惯于将亲身的生活感觉和文学体验背离起来，似乎只有如此才能体现文人对众生和世界的关怀，而且这种关怀的对象好像必须是以乡民或者“农民工”为主，至多再加上“下岗职工”——所谓“底层关怀”的叙事构成了叙事者身居看台上的高度，而这个高度恰恰建立在城市优越感之上。“底层关怀”一词，是从城市高楼向下俯瞰的视角内诞生的，它很轻巧地从高层电梯快速滑下，逗留在底层甚至负一层，完成“听读”部分，然后再快速升至高处，接着完成“说写”部分，最终要把“关怀”——某种道德的自我充足感——倾泻下来。

从这个意义上来看，无论写乡村还是写城市，其实，我们的文学又大可看做是城市人作为主体叙述者的文学；即便“乡土”气味十足的作品，也像超市里的“净菜”一样，它是为城市而生的，从成品的加工者、投放地和消费群落来看,它的“城市性”毋庸置疑。所以说,我们又是城市视阈下并由城市人书写的乡土文学的大国。

那么我们就从这个角度来看乡土文学的“城市性”。关于“乡土文学”,早期的权威阐释,除了周作人等人的言论,鲁迅于1935年评析20年代中期及其后“在北京这地方”“露出头角来”的几位年轻小说家的时候,最早给出了一个较为清晰的定义:“蹇先艾叙述过贵州,裴文中关心着榆关。凡在北京用笔写出他的胸臆来的人们,无论他自称为用主观或客观,其实往往是乡土文学,从北京这方面来说,则是侨寓文学的作者。但这又非如勃兰兑斯(G. Broandes)所说的‘侨民文学’,侨寓的只是作者自己,却不是这作者所写的文章,因此也只见隐现着乡愁,很难有异域情调来开拓读者的心胸,或者炫耀他的眼界。许钦文自名他的第一本短篇小说集为《故乡》,也就是在不知不觉中自招为乡土文学的作者,不过在还未开手来写乡土文学之前,他却已被故乡所放逐,生活驱逐他到异地去了,他只好回忆‘父亲的花园’,而且是不存在的花园,因为回忆故乡的已不存在的事物,是比明明存在,而只有自己不能接近的事物较为舒适,也更能自慰的……看王鲁彦的一部分作品的题材和笔致,似乎也是乡土文学的作家,但那心情,和许钦文是极其两样的。”[①]“侨寓文学”,是城中人的回望回想,记忆和想象,虽然鲁迅对此在与“侨民文学”的对比中有些辩护的意思。因为有了距离的视觉,有了沉淀的记忆,不免就有些观光客般的诗情化倾向。所以次年茅盾在《关于乡土文学》中曾说:“关于‘乡土文学’,我以为单有了特殊的风土人情的描写,只不过像看一幅异域的图画,虽然引起我们的惊异,然而给我们的,只是好奇心的餍足。因此在特殊的风土人情而外,应当还有普遍性的与我们共同的对于命运的挣扎。一个只具有游历家的眼光的作者,往往只能给我们以前者;必须是一个具有一定的世界观与人生观的作者方能把后者作为主要的一点而给与了我们。”[②]茅盾指出的恰恰是鲁迅所为乡土文学辩护的问题,茅盾那时候写作的《春蚕》等乡村题材作品应该有补偏的意图,殊不知,那一种“乡土文学”与“乡村现实主义”或者“直面当下”的“农村问题”文学本来就存在着质的区别。

之所以不厌其烦地引述,是为了较为明晰地分辨出乡村生活与风土人情在现代时期城中人认识视角内的呈现方式——这种文学作品中的乡土是“被看”的奇景,或者被艺术化了的追忆,而实在意义上的乡村其实一直被悬置或者缺少体验性的呈现。“乡土”一词的诗意化,遮蔽了乡村的实在性，从而使得实在的乡村成为城市性的怀念和想象中的“他者”。这种倾向在沈从文、师陀等人那里更为鲜明。我们翻开沈从文数量相当可观的创作谈文字，看看师陀的《果园城记·序》等，我们就会理解“湘西”、“果园城”和“无望村”甚至废名的“桃园”及“菱荡”所从何来。沈从文心仪的是可供奉人性的“希腊小庙”的乡土，而这，在他初期的创作《凤子》中已经“神思”得如同研讨会发言，即便是1934年面世的《边城》所写的湘西也不是当时的实情，1942年当他为《长河》写“题记”的时候，道出了真相：“一九三四年的冬天，我因事从北平回湘西……去乡已经十八年，一入辰河流域，什么都不同了……最明显的事，即农村社会所保有的那点正直素朴人情美，几乎快要消失无余，代替而来的却是近二十年实际社会培养成功地一种唯实唯利庸俗人生观。”接下来，他近乎慨叹：“‘现代’二字已到了湘西，可是具体的东西，不过是点缀都市文明的奢侈品大量输入……”[③]可见，尽管他从北京来，阔别故家已有十八载，“现代”和“都市文明”却一直是他的乡土人文立场的对面。而能够涵纳其人文意绪的，既非身处其间的城市也不是因“旅差”而重游的故地，是在城里对乡土的回忆以及经验性虚构。不仅沈从文如此，客观地看，这也正是当时“京派”文学的一个共性：在文学创作层面，“城市”和“实在的乡村”均构成了或被厌烦或被无视的“他者”。

其生成因素分外值得我们深思。如果作家的心思深深陷于当时乡村的生存状况里面，“牧歌”或者“禅境”定然不会出现在笔端。至少，城市，为如沈从文这样的在城中以“乡下人”自命的乡土文学作家提供了巨大的精神反弹力量。是对于城市快捷实利的现代性的质疑，使之自然地回到乡土安然守义又魅性盎然的人文性的缅想之中。也正因为如此，这样的“乡土文学”，有别于“乡村现实主义”，现实的乡村也是“乡土”人文缅想借之反弹的另一面。乡土文学近似于“审美间性”的状态，造成了精神得以自足又可以包藏更多隐秘的文学空间。并不能把它简单地看做城市上空的海市蜃楼，或者精神的乌托邦，那是文化信念和文学想象的飞地。应该看到，上个世纪的文学，从20年代的“乡土文学”那些“侨寓文学的作者”到30年代“京派”诸家，再到40年代末期发表了《无望村的馆主》的师陀，构成了现代中国新人文文学的线索，他们在以启蒙、革命等历史功利性价值目标为导向的文学主潮之外，构成了另一种更为深刻也更为悠远的文学的生命脉动，其文化与文学自身的价值，在百年文学历史结构中的补偿性与对抗性意义，已经引起了文学史学者独到的关注和深湛的悟解[④]。现当代文学中小城镇文学一向发达，所谓“乡土”想象多设置于此。这既出于知识分子的理想和对生存境遇的考虑——虽然在情感和观念方面有可能会陷于不被理解的尴尬境地和异质性的嫉妒、排挤，而且还会对地方势力常生厌烦，但下笔时为乡土情感设计终于心怀不忍[5]，毕竟还是进退有据；同时也与小城镇兼有淳朴的风俗及并不过分荒蛮的文化感相关。赵树理等作家创作的延至当代的“乡村小说”，乡土的意绪则被宏大的意识形态意旨所转换，孙犁等少数作家的这类模式化写作痕迹相对较淡，但是，他们对服膺于历史需要这一观念并无实质性突破。

新时期以降，到80年代中期，被看做“文化寻根”的作品，最具代表性的小说多是由返城知青如阿城、韩少功、李杭育、郑万隆、孔捷生、王安忆等人创作的，好像对民族文化感的追寻只有到乡土中才能有所实现。这批返城知青写出了大量以回到城市里却找不到生存空间和价值实现空间为主题的作品，他们几乎都把精神原点放在了乡间，回到城市便无依无靠。由于知青返城题材的重复开掘，叙事经验的过熟就在所难免。于是投入于“寻根”之中以求突破。他们跟现代的许钦文等人被乡村所放逐有所不同，他们被城市二度放逐，但是两者有着根本的相似性，即都是鲁迅所指出的“被故乡所放逐”。他们的创作动势与20年代中期的乡土小说产生了遥相呼应的文学史效果，令人在恍惚间不禁发出六十年一个轮回的惊叹（此间邓友梅、冯骥才等人的京津风味的市井小说，因为时间上距离现时的相对遥远，也使得城市带有了浓重的乡土味道）。我们的确需要一种更新鲜的经验和更大气的视角来实现对这种传统的超越。

真切的重构应该来自《水乳大地》。“城市性”的阅读趣味是任何创作需要考虑的前提。毕竟文学读者的主体部分是城镇居民，读者的阅读心态总怀有对于异域传奇即茅盾所言的“特殊的风土人情”的好奇心，而在此之上的“世界观与人生观”甚至于宗教感的含量，取决于城中人襟抱的打开。在这方面，可以说，近十多年的乡土文学有了相当可贵的收获。1998出版的阿来的《尘埃落定》是一种深情的回望，带有“政治寓言”的揭示和土司制度挽歌的抒情性质，让人们窥见和感受到藏区历史转型的巨大心灵力量的留存，进而了解了裹挟着争斗的“乡土情感”的无限延伸，多种因素造成了它成为新时期以来乡土小说“正典化”的范例。2003年问世的范稳的《水乳大地》则是整体上刷新了人们对于乡土小说的文化认知。《水乳大地》流贯着一种充分的“在场”气韵，“‘在现场’的感觉和‘想象’现场是绝对不可以同日而语的"。范稳认识到城市生活和视野的有限性和城市对于人心灵的耗损,于是乘飞机、火车等城市交通工具出发,再换成骑马、走路,怀着虔诚去充实一种有别于城市小格局更不同于小城镇区间的文化感:"我坚持这样的文学立场:在大地上行走和学习,在书房里阅读和写作。行走是为了逃避都市生活的单调枯燥和不可遏制的颓废萎靡,学习是一个汉族人在多民族地区深入生活时必须采取的姿态。多年以来我一直在藏区的大地上行走,为自己的创作寻找出路。尤其是像藏族这样有着悠久的历史和灿烂宗教文化的民族地区,当你走在它广袤的大地上时,你就像走进了一间巨大的课堂。因为无论是面对高耸的雪山、深切的峡谷、广阔的草原、苍茫的森林;还是置身于古老的寺庙、古朴的村庄、歌舞的海洋、神秘的教堂,你都会感到自己是多么的没有文化。我总是渴望去远方寻找新的刺激与灵感,我渴望和有信仰的人找到共同的归宿。"[6]都市和藏区之间,民族与信仰背景的亲和、城市气味和山野气息的互照、城中人跟藏民的接近,在追寻信仰的途中城中人与不同的族群实现了内心的相遇,人文与天然达至沟通,势成同气相求的和谐。它是"现场"的,而不是"历史"的;基底是"文化"而不是"政治",当然更不是学者的文学玩票式的把小说作为"绿色环保"、"反思人性异化"的新概念化身(如《狼图腾》)。起码在写作者一方,城中人的"投身",收获的是内心的敬畏感和精神的归宿感的喜悦,城市人放下了"启蒙"的大主教架势,也收起了精神"借宿"的小资姿态,异地不具有异质性,它挥别了"乡土"作为创作主体的"他者"的文化认知方式。从而在这个"城市性"的"乡土文学"的文学史线索上,《水乳大地》开启了一个崭新的时代。

## 二、城市文学的生成史:都市小说、市民文学与城市书写

现代"京派"也不全是"乡土文学",只不过城市文学的规模不大,以林徽因的《宴》、《窘》,废名的《李教授》、《张先生和张太太》,沈从文的《自杀》、《绅士的太太》和《八骏图》等为标志,基调与"京派"的绅士气和婉而多讽风格是一致的。"就限制了的意义上说,比起现代派和左翼都市文学来,京派都市文学少了点'现代气'、多了点'乡土气',它反映的人事物景,无不有着乡土中国与现代中国的双重叠影"[7]。这应该是精当之论。

上海,素来是最为惹眼的城市文学大本营。在20世纪以来的文学发展史上,所谓"城市文学",更大程度上是指以上海为中心地域展开文学叙

事的都市小说。当今的状况已有所改观，后文将有论及。

现代性商业的发达，使上海成为中国近现代通俗文学的渊薮，从19世纪90年代前期韩邦庆在《申报》代售的半月刊《海上奇书》专刊连载《海上花列传》开始，现代城市文学出现了生成的萌芽，此后通俗文学刊物难以计数、花样翻新，通俗文学写作行列涌现了从包天笑、周瘦鹃、徐枕亚到张恨水、程小青、顾明道、还珠楼主、秦瘦鸥、孙了红、王小逸等作家，这些专供市民阅读的通俗文学作品，大都作为上海特产畅销于市。上海还是一个现代派文体实验基地。对西方文学观念与手法的引介、模仿和借鉴的新潮，在上海形成了最大的漩涡。从20年代创造社的"为艺术"的作品，到30年代及其后异彩纷呈的文学景象：施蛰存的心理分析小说，刘呐鸥、穆时英的新感觉派小说，戴望舒、梁宗岱的象征主义诗歌，穆旦等部分"九叶"诗人的现代主义诗歌，张爱玲、苏青的"传奇"小说，还有蒋光慈、丁玲、夏衍、茅盾等人的"左翼"文学等等，形成了城市文学复杂的地貌。但总体来看，上海的确是"现代派"文学的乐园，都市文化和物质感觉与现代主义、后现代主义文学认知的同构关系，在上海体现得尤为充分。"海派"城市文学的定位还是有迹可寻的，因为它有一个巨型的参照物，即以"京派"为代表的"乡土文学"。

历史学家陈旭麓曾经说过："京派是传统文化的正宗，海派是对传统的标新，是中西文化结合的产物。"[⑧] 所谓京海派之争，在很大程度上就是乡土文学与城市文学之争。其中，最值得注意的差异性特征是"新感觉派"与沈从文、萧乾等京派乡土作家在意象符号系统上的天壤之别。乡土文学的意象符号无非是乡间风物民俗：山水、田苗、牛马、船轿、民服、农具、年节、嫁娶、吹打弹唱一类，在想象中具有永常的相对恒定性，给人的时间感是徐缓的，色调是和缓的，而且它们不是兴奋的"材料"而是安然的实体和秩序，作者在此寻找一种内心情感的慰藉和安妥；城市则不然，在"新感觉派"的笔下，上海被最大可能地"符号化"：高楼大厦、汽车、人流、租界、洋人、洋文、报馆、电梯、舞场、阔佬、美女、霓虹灯、影戏院、夜总会、咖啡馆、赛马场、百货店、水门汀、女性主动的性爱等等，这些符号被不断拼贴切换闪回，造成难以自禁的速度感，置身其中的人物几乎个个神情恍惚，服务于夜色刺激下的冒险游戏。标新立异的意图与这种高度符号化和夜生活化的都市相契合，写作者骚动混乱乐此不疲的意识流也便跃然纸上。那是肉艳化欲望化的感觉，而不是情感，甚至也不是性感，这难道"就是中国的现代性的化身"[⑨]？

在笔者看来，充其量，“新感觉派”作家为文学史提供的是妖魔化的城市文学传统，而且，这一传统也仅只在上海成型并延续。上个世纪末，棉棉的一些中短篇小说带有“新感觉派”的遗风和美国60年代“垮掉的一代”的“自发性(迷幻)写作”特质，人物行为更加任性，符号系统有所更新；卫慧最初阶段的中短篇作品尚有许多“成长小说”的印痕，而长篇小说《上海宝贝》则是对“新感觉派”的符号化系统的刷新和极大扩张：酒吧、股市、网络、手机、吸毒、自慰、虐恋、使馆区、跨国恋、同性恋、双性恋、性无能、性超人、代际冲突、身体写作……如果按照海外学者的逻辑，这种更为刻意的妖魔化的城市样态的抽象，是否又可以算作上海为中国文学贡献的“后现代性的化身”？在笔者看来，《上海宝贝》是有很特别的文学史意义的，因为它是符号化的“都市小说”的集成和终结。

近年出版界和文学界曾多次提及中国的“双城记”、“三城记”，上海和香港的城市书写问题一度成为文学研究热点，也许是受到“后殖民”理念的影响，或者是“国际化大都市”的自我蛊惑，更有可能是人们按照符号化的程度而不是从“人”的文学经验和文学资源角度来看城市，在这“城市文学”的“拔尖”研究中也便取上海加香港甚至台北而不惜舍去北京。

如果真的就“城市文学”的艺术成就而论，现代以来的“市民文学”价值最高。我们已经有了张爱玲的上海大家族市民日常生活传奇和老舍的北京胡同市民日常人生写照，这才是相映成趣的“城市文学”的双峰。

张爱玲自言的“传奇”，其实就是日常人生：恋爱、嫁娶、交际、较劲、生老病死，在难堪、猥琐、暧昧、算计、争讨、挣脱的实际人生中对普遍的、安稳的一面的人趣、人情和人性的向往、依靠和欣赏。这就是张爱玲在内心里面的“冷”与“暖”的辩证取舍。许多读者受一些学者对《金锁记》导读的印象影响，认为张爱玲的小说调子灰冷，简直是对城市人性恶的心理分析和批判。其实张爱玲的整个写作就是一部“烬余录”，其“苍凉”、“凄哀”况味在于热度的渐渐消失，以上海为中心的“城市文学”终于有了“人”的心思和体温，虽然人物几乎都具有衣食无忧、诗书盈室、商贸精通的大家族背景，但他们更有各种生活和想法，于是也就有了极其丰盈的小心机、小私密、小动作、小眼神和小说法。这些“小”市民性血肉和“大”都市的筋骨其实是最相匹配的。这一切，关乎个人的“命”，也关乎城市的“运”；关乎恒常的日子，也关乎突变的世事。

老舍是对皇城根下的平民生态最有感情的作家，研究者们曾经给老舍的文学境界以极高的夸张,《骆驼祥子》和《四世同堂》的实际社会与具体时代背景成了人们评价老舍的高尚入口。其实他的所有小说的主体性判断都很单纯:任何不让市民好好过日子的因素都是混账东西。他的主人公总是巴望着把日子逐步地安稳下来慢慢地富裕起来,可是或者时局或者一次失误会导致人性的扭曲甚至变质,从而使生活的轨道变形甚至生存出路的封堵。他们是地道的城市平民,所望常被所见修改、所想总被所遇打断,他们在时代的变迁中被推搡,在命运的冥冥中被捉弄,在强势的支配中被安排,他们的自觉性只针对日子,雷打不动地就在过日子的巴望中忍耐坚持,一旦韧性断了,也不一定非要寻死上吊,更大的可能是滑向沉沦和堕落。老舍甚至不忍割舍小说中的市民习气——他"爱"。这种"爱"是沉浸在里头的,他的心活在市民的日子里。老舍对京城的书写中颇有些"京派"作家们那种对乡土一样的深情。老北京四合院的生活情境确实有点类似小城镇的乡居味道,老百姓居家过日子的京城仿佛就是由许多个小胡同联结起来的小城镇组成的。所以老舍笔底的庙会、年节、婚姻、饮食男女、风潮等等世俗风貌都在普通市民那里带着杂沓的声响和丰富的表情。可谁又能说北京不是城市呢?写出了活生生的北京人的性格、生计、家计、活法和念想,不是典型的"城市文学"还能是什么呢?

人在日常生活中的流转、遭遇及其深刻意味的呈现,也许不应该仅仅是老舍和张爱玲他们的市民日常生活写作的优长,它对于城市文学和乡土文学同样具有普适性。

"城市文学"枯水季,出现在延安时期到70年代后期。50年代初萧也牧在《人民文学》发表了《我们夫妇之间》,被"作为一种倾向来看"(丁玲语)——写城市生活就等于是资产阶级反动腐朽思想最少也是小资产阶级低级趣味的表现。于是在其后相当长的时期内,写城市的日常生活的作品相当稀少。

80年代以来的"城市文学",以"上海书写"最为醒目。王安忆的写作积累客观上为"上海书写"提供了相当充足的经验。曾有《本次列车终点》、《停车四分钟的地方》、《69届初中生》等以返城知青的视角叙写他们的迷茫,也有如《墙基》这样的小说展现两条弄堂里的市民历史生活演变中的命运和文化、观念及心理冲突,还有《锦绣谷之恋》这样的在城市里顺序乏味地工作生活的人走出围城打算去试错而终于回返的故事。可以顺便提及的是,90年代中后期,从上海文学批评界经由《上海文学》发起的"人文精神”讨论，倡应的作家几乎都是写过知青返城后精神上回恋乡村这一类故事并对“文化寻根”曾经热衷的人，韩少功、张承志、阿城、李锐等等都有醒目的表现，现在看来，其内里既包含了些许“乡土文学”的文化精神的追寻，也承接了某些曾在上海活动过的后期创造社及左翼文学家的意识形态激情的余绪。胡风早就说过“上海是个海”，这个海的复杂性似乎并没有得到“上海书写”与之相匹配的文学书写。

就在“人文精神”讨论初始时期，王安忆的《长恨歌》的出现，有点生不逢时。虽然当时媒体和专业人士禁不住要拿王安忆跟张爱玲作比附，占上风的看法跟作品里在弄堂上空翻飞的鸽子的视线差不多，认为当代的“上海书写”甚至整个“城市文学”，因为有了它，便有了一个不同往常的“制高点”。《长恨歌》真正发生较大影响是在“人文精神讨论”热劲过后的事情。2000 年该作获得了第五届“茅盾文学奖”，此前此后，热评如潮。关于产生“上海小姐”的旧上海和《长恨歌》主人公王琦瑶的命运的关系，王安忆说：“在那里面我写了一个女人的命运，但事实上这个女人只不过是城市的代言人，我要写的其实是一个城市的故事。”[10] 这也许是“上海书写”的一个特质所在。王琦瑶这个形象有着明显的女性自恋色彩，从青春美到夕阳红一直都风华绝代，即便到了暮年也仍有年轻人倾心追慕。女作家用不老的女主人公为上海这座城市找到了性别。上海妇联的网站报道说：“2001 年 12 月，王安忆在国际上又获得了一项重要的荣誉。马来西亚的《星州日报》花踪文学奖，在华文世界里赢得了很大的声誉。这一次，他们把影响更扩大了，设立了首届世界华文文学奖，特邀国际上 18 位著名华人作家、学者组成评委会。评审结果，王安忆被评选为全球最杰出华文作家，获得首届花踪世界华文文学奖。李欧梵教授在致评审词时说：‘王安忆的《长恨歌》描写的不只是一座城市，而是将这座城市写成一个在历史研究或个人经验上很难感受到的一种视野。这样的大手笔，在目前的世界小说界来说，仍是非常罕见的。它可说是一部史诗。’这个极高的评价，再一次说明了王安忆在当今世界范围内用汉语写作的作家中的突出地位。”[11] 近年来王安忆专注于对现实中的市民和进城打工者的底层关怀写作，发表和出版了《富萍》、《妹头》、《发廊情话》等长、中、短篇小说，《妹头》的内容简介中有这样一段话：“当妹头准备移民到布宜诺斯艾利斯去时，这个平凡的爱情故事突然走出了真实，因为它失去了上海。这正是王安忆试图描述的中心。王安忆最擅长的，就是对极细小琐碎的生活细节的津津乐道中展现时代变迁中的人和城市。"可见"上海"是多么重要和关键。这和现代沈从文在"乡土小说"中的湘西迷恋是否有异曲同工之妙？只是，沈从文没有把玩"极细小琐碎的生活细节"的兴趣并和"时代变迁"相勾连的意图。假如王安忆非要把"上海书写"写作到"乡土文学"的份上，那也是不可能的了。这倒让人想起当年沈从文评论一位海派名家的话："'都市'成就了作者，同时也就限制了作者。"⑫

关于80年代以来的"上海书写"的作者，还有程乃珊、须兰、陈丹燕以及朱文颖(以写上海和苏州为背景的小说见长)、卫慧、棉棉、任晓雯等，几乎清一色女作家。这和其他城市文学形成了鲜明的性别叙事差别，比如叶兆言的"南京书写"，慕容雪村的"成都书写"，谢宏、丁力的"深圳书写"等等都是男性叙事。城市文学的多元化发展正在逐步消解人们对"中国城市书写"的"上海书写"强势一元化的印象。

由于对"城市书写"的都市符号化认识的惯性，以及近年学界对所谓"现代性"的过分热衷，80年代以来的"京味"小说一直没有纳入"城市书写"的范畴进行认真研究，从邓友梅、汪曾祺、陈建功、刘心武、苏叔阳、韩少华到王朔、刘震云、邱华栋、张驰甚至居住京外的铁凝(《永远有多远》)，他们在传统文化和现代审美的矛盾与整合方面的展现出来的语言张力和叙事活力，以及由此形成的蔚为大观的"北京书写"，除了少数学者如赵园、贺桂梅等有专论，它长时间地经受着当代文化与文学研究界有意无意的回避和"上海书写"研究的遮蔽。近些年来，"北京书写"在青年作家那里红火起来，徐坤、程青、陆离等女性作家屡有佳作，另有分别以《北京候鸟》、《啊！北京》引起广泛反响的荆永鸣和徐则臣等一批少壮实力派作家，他们跟邱华栋对京城的符号化欣快有所不同，侧重呈现的是"京漂一族"和外乡进京打工者自己的生活际遇，在近似"新写实"的叙述语态里，情绪上添加了些许温度，漂泊无定感和对命运和境遇的不公的怨怼不再受到刻意的压抑，率真奔劳中的喘息和向往杂陈在字里行间，但是潜隐着的对生活意义的质询使得这些小说充满不屈不挠的内在力量。这些"京漂"所做的"城市书写"，跟沈从文、师陀那个年代相反，沈从文、师陀身体漂在城市，但是心在乡野；而他们，可能来自乡野，则有一股在城中决不善罢甘休的精神韧劲。而其他如"深圳书写"和"成都书写"也是这种势成扎根的城市生活信念的表露。而对于"上海书写"来说，这早已经是实有之事了。

所谓"中国城市文学的生成"，当然要有经济文化等大背景的因素，但是就创作主体而言，它就建立在较为普遍的盘踞于城市者们的对越来越多的城市的感知和书写经验的基础上。在这种有如巴尔扎克般的“城市之心”的坚定之后，置身中国式的当代境遇，萃取中国文学的认知传统，以更新的艺术手法整合生成今日中国式的城市文学之大观，文学发展的大势也许就可以从“乡土文学”向“城市文学”发生根本性的位移了。

---

① 鲁迅：《中国新文学大系·小说二集·导言》，上海良友图书印刷公司1935年版。

② 茅盾：《关于乡土文学》，载《文学》1936年2月1日。

③ 沈从文：《长河·题记》，载重庆《大公报》“战线”副刊第971期(1943年4月23日)。

④ 可参见孔范今《五四启蒙运动与文学变革关系新论》(载《中国社会科学》2004年第3期)、《论中国文学的现代转型与文学史重构》(载《文学评论》2003年第4期)，以及《中国现代新人文文学书系·总序》(山东文艺出版社2005年版)。

⑤ 沈从文在《长河·题记》中谈到：“除了自然景物的明朗，和生长于这个环境中几个小儿女性情上的天真纯粹还可见出一点希望，其余笔下所涉及的人和事，自然便不免黯淡无光。尤其是叙述到地方特权者时，一支笔即再残忍也不能写下去，有意作成的乡村幽默，终无从中和那点沉痛感慨。”

⑥ 参见新浪读书(http://book.sina.com.cn/2004—03—22/3 /52896.shtml)。

⑦ 许志英、邹恬主编：《中国现代文学主潮》上卷，福建教育出版社2001年版，第360页。

⑧ 陈旭麓：《说“海派”》，载《解放日报》1986年3月5日。

⑨ 李欧梵：《上海，记忆中的吉光片羽》，载《万象》第1卷第2期(1999年1月)。

⑩ 齐红、林舟：《王安忆访谈》，载《作家》1995年第10期。

⑪ 参见“上海女性”网(http://enjoy.eastday.com /east—day/shnx/index.html)。

⑫ 沈从文：《论穆时英》，《沈从文文集》第11卷，花城出版社1984年版，第204页。

# 重构自我与历史：1995年以后中国女性主义写作的诗学贡献

## ——论《无字》、《长恨歌》、《妇女闲聊录》

荒　林

本文论及时间代际上的三位女作家张洁、王安忆和林白，她们在1995年至2005年的十年中，各自出版了长篇小说《无字》、《长恨歌》和《妇女闲聊录》，分别叙写了文化地理意义上的北京、上海以及长江腹部中国农村的故事。三部长篇以迥然不同的语言风格，描绘出中国现代以来，不同地域、不同文化背景、不同时代女性的具体生活和生命经验，以多重复杂的情节表达男人与女人寻求爱与认知的经历，以历史与现实对话、个人与时代交谈，体现了中国女性主义在地域文化、历史文化和民族国家文化深层次探求穿透西方女性主义话语权威无形屏蔽所做的有效实践。《无字》对于北京文化圈中三代女人命运的追问，《长恨歌》对于上海都市文化的怀旧与女人生命的思考，《妇女闲聊录》所写中国农村女性在城市化过程中的遭遇与成长，相辅相成地编织成一幅中国本土女性主义多元话语风景。虽然三位女作家叙写了三个不同地域的三种以上不同的历史，却采取了共同的本土女性主义诗学策略：一是展现女性主人公在复杂经验中痛苦而坚定的成长过程；二是对于地域历史文化深入细致的表达，将人物语言个性根植于特定的历史、地理、文化之中。由于成长本身的个体性和不可重复性，同时也由于历史地理和语言环境的不可置换性，三部小说女性人物的自我发现、自我认知和理性建构，回避了西方女性主义的概念图解，建立起自身写作话语的逻辑，从而呈现了本土女性主义表达的话语权力。女性主人公的成长不仅带来了三部小说在人物塑造上的成功，成就了小说本身的艺术，而且在话语的象征意义上，更达成了中国本土女性主义与西方女性主义的对话磋商：克服寻找两性身份的困难，承担个体生长的使命，温和地见证所有参与其中的历史，三部小说探索了中国本土不同文化区域和层面的女性主义需求，以独立而又互补的诗学贡献，表达了中国的女性主义写作所传达的不同于西方女性主义的本土女性主义实践。

## 一、大音无声，寻找两性身份

"在一个阴霾的早晨，那女人坐在窗前向路上望着……"《无字》以这样对于一个世纪甚至几千年里中国女性人生的定格描述为起笔，将半个多世纪来笼罩在中国上空的战争离乱与动荡阴霾布置为全书背景，讲述了叶家三代女人的故事：吴为的祖母墨荷由家人安排嫁给自己不认识的男人叶志清，在终身的生育中挣扎，最终死于生育。吴为的母亲叶莲子一生所期待、守望的，是那个婚姻中的具体的男人，那个叫顾秋水的男人，除了在结婚一、二年中给过叶莲子一些共处人生的经验之外，他给予她们母女的只有虐待和抛弃。然而叶莲子一生都生活在这个男人的影子里，至死也没忘记他。吴为以为自己早已吸取了母亲的教训，却一生在精神上期待、守望着一个叫胡秉宸的男人，为了强调这份期待和守望的价值，吴为把胡秉宸想象为"他们这个阶级里的精品"。为了这个精华人物，吴为不断用爱情、思想及创作来为自己增值，最终得到了对方的爱情并有情人终成眷属。可惜这个精华人物也只是要品尝品尝不同女人而已，他之爱吴为，只因她与他以往交合的女人品位不同罢了！

在以上的三代女人故事中，男人们几乎都奔波在战场和个人的命运奋斗中。三代的故事更在揭示一个这样的事实：一种奴役的两性关系是如何作为一种有形的和无形的存在，经由时间左右着一代代女人现实和精神的命运。而在与命运抗争的过程中，这三代女人竟然没有明确的对手，爱恨交加只是她们内心的苦难，在无法言说的苦难中发现自己："半个多世纪的雾不但很浓、很纯粹，连太阳也和现在很不相同……那时的太阳、雾们、鸟儿们……天地间万物和吴为的关系也比现在深刻。不像现在，不知是她抛弃了它们还是它们抛弃了她，总之是两不相关。"① 人物处于无物之阵的战争中，便是《无字》为"无"的大义。吴为们所抗争的，是一种源自农业文明背景却又已从其中剥离的无所不在的精神环境。它是外在的更是内在的存在，构造了《无字》人物性格属性本身，当人物性格自我追问的冲突抵达高潮，主人公吴为疯狂且自杀，便在作家的预设之中了。

然而，人物之死并不影响《无字》的主题，某种程度上，《无字》的主题恰恰是从人物之死中形成的，也许作家的意图正在于，通过人物的死来呈现死亡的背景、死亡的力量及死亡的新生，通过人物之死，达成人物自我主体的成长。和1995年以前女性叙事作品更多采用第一人称不同，《无字》采用一种完成时来展开传记式的写法，将人物置于作者的全知视野。而所写人物的历史时间跨度很大，通过心灵反思，时空联结为心灵战场。“塬”便可以视为《无字》为女人们设置的心灵战场。张洁说：“为写《无字》我又去了西北三次，给了我更为感性的认识。《无字》中，我努力写了‘塬’，西北的地貌变化很快，希望我的文字能保留一些塬的原始面貌和它给我们的启迪。”[2]对于小说中的女人们来说，“塬”是一个严酷的生存背景，却也是一个练就她们生存能力的空间。事实上，生存条件的严酷和对于这种严酷条件的依从与抵抗，正是《无字》中男人们和女人们都无法回避的时代遭遇。而这种依从与抵抗的暴力性，又制造出暴力的循环，以致从物质世界到精神世界，进而呈现为语言世界，张洁文本所提供的破碎的女性经验、放大的宗教化的母性经验、紧张的性爱经验，是一百年来中国式女性现代经验的直接呈现。

在揭露这个动荡不安的世纪带给女人和女孩的灾难与耻辱方面，没有哪部书可以与张洁的《无字》相比：“那个赤身裸体，裆里悬着一根说红不红、说紫不紫的鸡巴，随着他的拳打脚踢荡来荡去的瘪三男人，重又出现在她的眼前。”[3]在我们阅读的痛楚中，男权的无耻和暴力是如此点点滴滴地灼下难以忘记的压抑。然而，男人施暴的动机又是从何而来呢？

如果我们将《无字》看成是一部审视男权的书，那么同样，我们不妨也把它看做一部女性自审的书。仅从男人和女人的对立面来考察，事情的确变得简单，却也简化到我们经验所不能接受的程度。一个世纪的深重代价，真的只是因为男人和女人的对立么？如果一个男人和一个女人果然不两立，仅凭传统观念就可以念念一生而吃尽苦头？顾秋水竭尽全力要摆脱叶莲子母女，却与侍女阿苏生死相依，这里面仅以一个男人喜新厌旧为由肯定说不过去。而叶莲子“偶尔想起婚前的日子”，“觉得她不过是个等着捡剩落儿的人，直到现在，她才有了一个正儿八经的位置，做了一个人的妻子，有了一定的说话权利。而这一切都是顾秋水给她的，她能不爱顾秋水吗？”[4]在此，爱的属性是这个人获得身份和权利的感受和认同。这正是中国传统文明中维系两性关系的实质，当女人在男人的空间获得一席身份之时，两性的身份便由此确证并稳定。

在《无字》的述情线索中，始终埋藏着一个身份要求的线索。女人和男人相爱并非止于两情相吸和两性相交的要求，更重要的是求得夫妻的名分。此名分带来的安全与幸福，叶莲子终身难忘；此名分的不稳定和可疑，令吴为在作为情人和妻子之间心怀愤怒。《无字》的诗学策略正好体现在这里：对于身份孜孜以求的内在渴求，如果不仅仅由于这些女人受囿于传统，必另有更深层的理由。有趣的对比建立在吴为和胡秉宸这对情人之间。当胡秉宸官场失意，他急切投入到与吴为的婚姻之中；当有所转机，他又在原妻白帆和吴为之间摇摆。他对于自己与吴为的名分做了一个小小的评估，当自己失去官职，身为作家的吴为令他有一种心理安全感。张洁试图揭示，男人和女人不仅有共同的身份焦虑，更有对于这份焦虑的无名把握，来自外部的力量宿命地掌控着《无字》中的男人和女人，这种“不需要武器、肉体的暴力和物质上的禁止，只需要一个凝视，一个监视的凝视，每个人就会在这一凝视的重压下变得卑微”的力量，给每个人物没有安全感的恐惧[⑤]。《无字》通过述情所做的这一深层心理的开掘，可说是《无字》的“无”之另一深意。

无限的内心焦虑和身份恐惧，便是顾秋水对妻子和女儿施暴的原因。他的动机是自我生存并防范别人导致他的毁灭。这里是极度自私也是底线自私。在中国过去的一个多世纪中，几千年农业文明所建立的男权——准确地说是父权（曹禺《雷雨》中的周朴园即是这样的代表。他对妻子和儿子实行双重专断）并非是通过被工业文明方式取代迅速退出历史舞台，而是在外来工业文明的冲击下，不得已缓步谢幕。对于它的维护、恢复和怀念，远比想象的复杂。《无字》的男主人公们或为体验或为恢复或为那种权力的丧失而痛苦，生生的无奈、尴尬和无耻，呈现了中国被迫现代化过程中男人们特权渐落的不甘心理图景。张洁在写顾秋水把东北军的最后一批枪支交出之际，刻画他把每支枪都擦得锃亮，整整齐齐、战士列队似的排放在枪架上，然后对着那些多年来与他一起征战南北、而今离别在即的枪们哭道：“我的儿子呀，我的儿子。”他甚至在日后与任何女人肌肤相亲之际，都更为怀念他自己的枪。因为那里才有他的光荣和尊严，他曾经体验到的安全[⑥]。事实上张洁在进行这样的表达时，充满了对于失势的男人的同情与理解。

在这样一个风云变幻的世纪，男人和女人都经历了太多的动荡不安。外来文明的介入，已剥夺了男人能够做稳定家国主人的特权，他们不得不重新打天下或追随打天下的其他男人，他们暂时已不是女人的主子了，他们在为自己的身份奋斗。《无字》记录了男人的这一特别奋斗过程。在此过程中，胡秉宸虽然有战友一般的妻子，却期待着“理想”的爱人。吴为的文雅气质在适当的时候吸引了他。胡秉宸顾盼两端，始终不渝地为自己的身份奋斗不息——刀枪的战争年代需要战友的妻子，文明之争的文化时代需要作家的爱人。然而正是在作家吴为这里，他发现了自己主人身份的难以确定：吴为将他所写的自己的革命的奋斗历史扔进了垃圾箱！所以，如果认为是男权令胡秉宸，或说男权令《无字》中的男人薄情寡义，无论如何是有些过高估计了男权的实力。传统中国社会的男权是强调男人对于女人的占有，以及男人所持有的各种各样的特权，在《无字》中所写的，恰恰相反，是男人们权限的丧失和对于女人、孩子的不负责任——由于无权而压根儿不能担当责任！造成叶莲子母女悲欢离合的罪孽并不因为顾秋水是一个大男子主义者。事实上顾秋水更像一个可怜的女人，为了他的主人，他奉献了一生而最终担当不了妻子、女儿的点滴责任，甚至自己也需要别的女人供养。大男子主义在《无字》中并没有早年曹禺《雷雨》和《原野》中所表现的那样，充满力量、专断而无情。倒是所有男人在《无字》中体现了前所未有的不负责任、疲软、苟且和无能。也许这才是真正的中国式的女性经验表达。张洁想要阐释的是中国的历史和中国历史中的现实男女，而不是用抽象的西方女性主义理论来解读中国历史和两性痛楚的关系。

当然，《无字》也并不只揭示了男人身份沦丧造成的与他们相联的女人和儿童命运的不幸。它的另一个主题在于，揭示了女人在艰苦时代独立承担物质和生命，并由此发现的母爱精神资源，通过母女依存关系的叙写，发展了不同于两性奴役关系的互爱、互惜、互相理解的母女共生情结：“当炭火旺了起来，茶缸子又在炭火上放好之后，她们母女二人总是不约而同地对视一眼。多少说不尽的意味，就在她们母女二人那一眼对视之中沟通……吴为贴在那一眼炭火旁，几乎怀着一份敬仰的心情，注视着叶莲子如何战战兢兢地翻动着茶缸里的饭菜。”⑦小说中始终强调这种母女情结对于有形和无形的两性奴役关系的破解。事实上小说主人公的成长意义就是一点点破解奴役，乃至破解奴役的激情将人物导向疯狂和毁灭。在这部充满激情的小说中，吴为的毁灭如同哈姆雷特的毁灭，是自我认知与理性超越对存在之间对峙力量的凌空相抵。

传记因素在《无字》这本书中，可说起着至关重要作用。首先，为叶家女人立传，是女作家吴为写《无字》这部长篇的全部动因所在，她全力以赴要做的，就是要用文字完成对于叶家三代女人命运的记录，因不甘心于命运的摆布，希望通过传记写作控诉压迫和改变命运，她的努力令她卓越而疯狂。其次，吴为与胡秉宸爱情与仇恨的纠缠所在，也是围绕传记写作来展开的，吴为要为叶家三代写传，胡秉宸要为自己的革命历史写传，两个人互相渴望之际，都是出于对对方文化气质的向往。结婚之后，吸引他们的东西成为了具体的写作行为，也成为了他们的较量之所，他们之间非但不再有爱情，而且充满着写作传记的冲突——各自对于对方的传记心怀仇恨，以致互相否定，冲突最终表现为吴为将胡秉宸写的传记扔入了垃圾桶，而自己因无法完成传记写作疯狂。在《无字》这部小说中，传记与身份确认息息相关，而一个男人和一个女人却无法通过对方确认自己的身份，需要写作的传记既与对方息息相关又与对方恍若隔世，在这里，为了获取独立身份，双方不仅付出情感代价，也付出了永远无法完成传记的代价。《无字》通过它的两个男女主人公书写各自传记努力的失败，象征性地说明了个体身份和权力争取的失败。在中国过去一百多年的转型时期，男人对于主人身份的丧失，女人对于奴隶身份的摆脱，是一个充满血腥的过程，外来文明的介入使男人身份变得无比暧昧，而女人在无物之阵中的挣扎，也使获取身份分外困难。《无字》正是用无法以文字表达的方式，说明了传记写作对于真实身份的需求，也说明了新的两性身份寻求正在中国女性主义写作中展开。80万言的长篇《无字》，以男女两位传记书写主人公的分头死亡，呈现了破碎时代破碎的传记：一切需要从头开始，死亡的否定中包含着最大的新生召唤。

## 二、承担孤独，个体成长

“站一个至高点看上海，上海的弄堂是壮观的景象。它是这城市背景一样的东西。”[⑧]“弄堂”和张洁《无字》中的“塬”不同，却又如此巧合地构成一个对比，北方文化圈和南方文化圈的场景对比，由是王安忆的人物和张洁的人物出场、性格和命运都不相同。而且，《长恨歌》经由香港电影的普及，早已成为上海、物质和女性的代名词，相比之下，《无字》要通俗化就非常困难。然而，正是北京和上海这两位看似不同女作家的相似的女性主义诗学策略，使我们有可能“用一种新的象征去瓦解原有的象征秩序”[⑨]，从全球女性主义视野看待中国本土女性主义所进行的不同区域自我身份定位。

其实互相参照和相互影响的话语实践，很早就在王安忆和张洁之间进行。《弟兄们》和《姊妹们》通常被看做是王安忆重要的女性主义作品。其间人物的关系探讨，可以看到与《方舟》思想相承的痕迹。前者与张洁的《方舟》甚至情节相近，但两部小说着重于个体或个别女性的成长问题，《方舟》中所表现的北京知识女性生活和工作的两难处境及由此导致的严重精神困境，在这里只是女性成长中的一个话题。在《弟兄们》中，王安忆并不像张洁那样，试图构造纯女性的纯精神的关系，而是要解构三个以"弟兄们"身份自居的女性之间的关系。小说写在学校时很要好的三个女生力求在她们中间建构起一种没有男性也很和谐的世界，但这种关系失败了，面对和经历婚姻、生育，三个人都变了，变的原因各不相同。脆弱的不是精神，而是精神要求成长，各个体要承担自己不同的人生，女权的集体要求并不能帮助个体，如其中一个人的孩子落在地上受伤了这样具体而微的事件，却是个体生命大事，导致了"弟兄们"瓦解。这种细节出人意料，却深入浅出地探测着人性和梦想。而《姊妹们》中的那些淳朴的农村女孩子，在出嫁前也曾处于一种纯女性的精神的关系中。一旦她们嫁人，成了人家的媳妇，尤其是生了孩子后，她们马上就变了个人。这里的"成长"实际是个中性词，它既无贬义也无褒义。应该说，王安忆始终相信个体生命的自身力量，有此力量，一切扼杀，无论来自男权还是其他力量，都不能完全左右生命的成长。成长并承担生命中一切，这就是王安忆给予她的人物的充分理由。从王安忆的小说，可以看到上海文化圈是一个更加有利于女性主体成长的空间，王安忆在人物表现上，远比张洁乐观；在北京的张洁，通常发现她的人物更多地被严峻的现实困境所阻隔，精神的成长也因此受到更多的文化压抑和制约而倍觉艰难。这些差异呈现于她们完全不同的语言风格上，相对于张洁的凝重深沉，王安忆可说是轻灵而绵长。

《现代汉语词典》这样解释"成长"：1. 生长而成熟；2. 向成熟阶段发展，生长。可以说成长，是事物接近完善的一种状态。成长又是一个过程，一个不断向完善状态接近的过程。就人类本身来说，这种成长起来的接近完善的状态包括身体和心灵两部分，肉体上的发育成熟只是成长的一部分，而心灵上对外部世界的逐渐认知以及自我意识的觉醒、建构，才使人性的成长完整起来。

人类的这种不断成长的状态在文学上一直被关注着。伊恩·P. 瓦特指出:“小说是最充分地反映了这种个人主义的、富于革新性的重定方向的文学形式。”[10]现代生活和现代小说一起“提供了一批读者,他们对发生在个人意识中的所有的过程都极感兴趣”[11]。王安忆小说对于“发生在个人意识中的所有的过程”的详尽表述和张洁的表述方式有所不同。当张洁的人物反复追问自我时,王安忆的人物更愿意从外部获得领悟,让来自外部的营养转变为个体成长的热能,这使得王安忆的人物远比张洁的人物活得轻松和潇洒。或者应该说,在上海的王安忆的人物,对于外部世界认知机会更多,而传统压力的相对松散,更给了人物完整成长更多的机会。1995年之后的王安忆,更加发展了她一贯的成长小说写作。此时的成长,更加着意于上海这个中西文化交融地带的人物的丰富性。热爱城市、向往物质、喜欢享受和冒险,她所创造的女性人物,通常具有健康向上的精神状态,也通常具有美丽的外表。在此意义上,王安忆不仅充分考虑了城市休闲读者的阅读快乐,也注意到了女性主义的普及。这一点她也与张洁不同。因为在某种流行普及中,更高的思想将受制约,她的人物多半也就不可能是张洁式的思想者或写作者。代表着上海文化更为大众化、时尚化的定位,王安忆将作为写作者的自己和小说中的人物分离,而不像张洁那样经常浑然一体。

王安忆的成长小说可以分为三类。一类是如《流水三十章》这样关心小人物个体成长的;一类是如《妙妙》这样关心女性与命运抗争而领悟成长的;而最为出色便是以《长恨歌》为代表的描写人与城市相辅相成存在并互为认知而成长的。由于成长的个性特征,王安忆的人物通常形象清晰、性格鲜明。

王安忆被认为是海派传人,是继张爱玲之后写城市生活的能手。实际上,王安忆和张爱玲很不同,她不像张爱玲那样对人性和命运绝望,她热爱笔下的人物,愿意从生活的底层向上,从物质到精神。王安忆的这类小说更能体现中国社会城市化进程中积极能动的力量。

正如伊恩·P. 瓦特在《小说的兴起》中所说:“现代都市化的某些与众不同的心理特征同时已开始出现了。”“城市各地区的街市和人们聚集的地方,呈现出丰富多彩的生活方式,那种人人都能看到又与每个人各自的经历迥然不同的生活方式。”“这种物理距离的接近和社会距离的疏远相结合,正是都市化的一个典型特征。其后果之一,就是特别强调城市居民生活态度的外部的和物质方面的价值。最为显著的价值——那些在每个人具体的经历中普遍的价值——是经济上的价值。”“一种规模如此庞大、形式如此繁多，以致任何一个个人只能体验其中一丁点儿的环境，以及一种主要是经济性的价值体系——这两者结合起来，为一般的小说提供了两个最为独特的主题：法国和美国的现实主义作家经常描绘的关于某人到大城市去寻求出路，结果只落得惨败结局的主题；通常，与此相联系的还有诸如巴尔扎克、左拉和德莱塞这些作家对于环境的研究。在这些作品中，我们被带到后台，看到了我们只有在当时正好碰着、或者在报上读到时才能了解的在实地所发生的真人真事。这两大主题也都是十八世纪文学的显著特征。”[12]瓦特所陈述的这种由于都市化而带来的人们心理上的变化，价值观的变化，乃至于小说主题的变化虽然都是针对18世纪伦敦来讲的，但其中很多部分对于我们理解王安忆的小说有帮助。

现代都市化所引起的一系列的变化，就是同样是成长，心灵上的蜕变转移到了在这成长中城市和人的关系上。表面上看，这城市是背景，但实际上它是个体的人成长的源泉，离了它，人决不会以这样的方式成长；而离了个体的人，这城市也决不会沿着这条轨迹演进了，两者就是这样相依相靠。与《无字》中人物身份寻找充满焦虑不同，城市中的个人成长就是获取身份，不同阶段可以拥有不同身份。身份的外给和内证是并存的条件，《无字》所遭遇的正是双重沦落。从对比的角度，我们可以说张洁的小说揭示的是“前城市的秘密”，因为《无字》中的人物更多处于城市化前夜的不安全体验之中。

《长恨歌》叙述了上海一个叫王琦瑶的女孩，从十六七岁一直到四十几岁死于非命的人生历程，其中交织着上海这座大都市从20世纪40年代到90年代的演进过程。王琦瑶是个美人，她做过“上海小姐”，做过政界要人的情人；她聪明过人，雅致周到，无疑是被王安忆当做了上海的城市精神的象征。这精神就是物质和心灵双重欲望不息，以一个底层女孩子的自觉飞翔，在种种人生选择上的周到计算，心灵成长经历的挣扎与孤独，最终体现为与上海融为一体的气质。在上海，一个人的成长就是一个人的选择，一个女孩的选择很有限但也是选择，选择了城市选择了物质选择了时尚与繁华，就要承担精神的寂寞和时代变迁的调整。王琦瑶承担了一切，一个女人的寂寞，独自生育的痛楚，时代淘汰的风险，及醒中看见死亡来到头顶。《长恨歌》所呈现的成长精神，真正体现了王安忆书写城市/女性/历史的女性主义诗学意图。我们可以再次通过对比建立起张洁《无字》的诗学图景：

前城市/女性/男性/历史。在王安忆的书写中，王琦瑶与男性的关系是，不同的男性只是作为她生命成长历程的不同人生体验，她经由与他们的爱情而变得丰富，也变得更加需要独立承担个人的孤独。而在张洁的《无字》中，吴为没能够越过胡秉宸，使之成为自己的个人历史之一部分，相反因为与胡秉宸的爱恨纠缠，没能够完成自己立志要做的为叶家女人立传。

成长，承担，以个体不明或自明选择构造成长史，王安忆对于女人命运的理解是积极的，这种积极能动建立在对现代城市文明的信心基础上。站在“城市的至高点”，王安忆的本土女性主义抒写了中国上海崛起与信心，也反映了经济繁荣所带来女性/中国发展机遇，跨越时空，张洁式人物的身份寻求，在这里获得回应。

## 三、以温和的方式见证历史流动

从广西来到北京定居，又从北京前往武汉体验生活，拥有边缘和农村生活体验的女性主义作家林白，在2005年推出了她的长篇新作《妇女闲聊录》。书中，一个名叫“王榨”的中国腹地乡村，成为本土中国女性主义的话语场景。

和张洁的孤独的“塬”迥异，也与王安忆的喧闹的“弄堂”不同，远在北京上海视野之外的“王榨”，是一个回望中的家乡，是一种闲聊中的故事。一个在城市打工的农村妇女，当她回家过年，她前所未有地发现自己的家乡原来有如此多的故事：一些人在外出，一些人在改变，一些人永远是老样子；而自己，原来在家没有钱，现在有钱了，可以为孩子购买好吃的，也可以被丈夫索要；原来丈夫只是自己的丈夫，现在丈夫还是别人的相好……

历史原本就是“回望”中的场景再现，“回望”这种方式本身很富有哲学意味：它是时间和空间的通道，也是个人不断反思而获得成长的平台。擅长用“回望”式叙事的林白，早在1995年出版了小说《一个人的战争》。这本通常被视为西方女性主义身体写作理论实践标本的传记体小说[13]，体现了林白对于女性成长主题的把握才能。权力、身体与自我，这个西方女性主义敏感而激进的话题，由林白书写为一个人成长中身体自我确认与话语命名的努力，如同一场战争。

结婚嫁人之后如何继续成长？《妇女闲聊录》以一位名叫木珍的中年妇女的口述实录方式，“回望”了一个农家妇女个人的历史、家庭的历史、自己所生长的乡村的人物、风俗和事物，生动地呈现出中国城市化过程中农村的巨大演变以及参与其中并由此而经历巨大成长的打工妹的社会人生。这样的人生和成长，在西方女性主义写作理论那里已没有了模本。

对于林白个人而言，《妇女闲聊录》是《一个人的战争》的继续，以一种“个体表达”、“个人化写作”，体现个人写作学意义的深进，即，从自传式小说的小视野向他传式小说的大视野拓展。在张洁的《无字》中，女主人公吴为倾心要完成的事业是立传，也就是写史；王安忆《长恨歌》中，女主人公王琦瑶将自己与城市融为一体，以个人方式活出城市感觉。木珍不同于吴为的知识分子气息，也不同于王琦瑶的城市时尚气质，她被时代大变革引领着，坦然面对困境。她安于生活又能适应生活。木珍热爱着家乡的每一个人、每一件事，热爱着自己的情敌冬梅，一个永远不生气的、经常被打牌的男人摸手的漂亮女人。中年妇女木珍更多是中国农村打工妹的典型，更多是普通人的形象。或者说，她是她们中的一员。正是由于创造了这样的一位人物，林白的写作具有区别于张洁、王安忆的女性主义意义。

《妇女闲聊录》是有讲述者原型的，这个讲述者在书中以第一人称出现并在书眉以名字和时间同时出现，这是作家林白对于“闲聊”的有意赋权。不登大雅之堂的“闲聊”，聊的是妇女们的怀孕、避孕、月经和腥味，如今它们得到“讲述”的权力，获得颠覆“正史”的身份，进入了文学。而也只有在“闲聊”中，木珍才可以说出乡下人对于自己家乡那些美丽女孩到城市当“二奶”的自然心理，竟然不是那么反感不是那么歧视而是各种各样的理解和猜想。由于是“闲聊”，中国农村的种种景象便如图画展示眼前，那些没落着的和那些再生着的，那些生动活泼的和那些承担痛苦的，全都坦然自若。从成长小说角度，实录过程讲述的过程，便是木珍这位女性成长记录。她的成长是认知别人、认知世界，因而也认知了自己。

是“妇女”，又是“闲聊”，便用“录”而不用“史”，因为“录”也是个人行为，“史”却要公共认可，而“录”是双方合作的行为。这就使得《妇女闲聊录》更有女性主义的对话与交流风格了。如果将林白的《妇女闲聊录》与柳青的《创业史》比照，女性主义文本的特点便一目了然：写作立场和语言表达互为表里，尊重和见证存在，理解和体谅生活，热爱语言和事物的平等关系。林白探索了不同于张洁和王安忆的女性主义写作领域，为本土女性主义生长带进了一种新的话语因素。《创业史》记录了中国农村的第一次大变革，这变革是梁生宝们坚持社会主义理想并用理想改造其他观念、通过自我牺牲和模范行为实践进行的。梁生宝不仅是书中的英雄也是历史的主人。《妇女闲聊录》记录的是中国农村的第二度大变革，但这次变革中农民不是英雄和主人，他们纷纷涌入城市以打工者的身份求得生存。木珍是打工妹，不是英雄和主人。然而有意思的是，梁生宝虽是英雄和主人公，在《创业史》中他却并不是叙事人，他自己的英雄形象是被写出来的而不是自己讲述出来的。相反，木珍是《妇女闲聊录》的主人公之一，这个主人公完全是因为她不断地讲述，她生动活泼地讲述，她将她自己讲述出来了。她不仅讲述了她自己，她还通过讲述描绘出了整个王榨的男男女女。如果说《妇女闲聊录》的史意，是建立在与《创业史》的文本对照上，那么我们也可以说，女性主义对于妇女和弱势群体的赋权，正是话语权的赋予。《妇女闲聊录》充满了流动和迁移，充满生机和活力，即使苦难如火车上没有厕所、要站几十小时才能回到家乡，或孩子辍学在家，书中的讲述者也能讲述其中生存的乐趣和理由。这也是真正生活下去需要的乐趣和理由。木珍"聊"出了她经历过的、见证过的用心"史"过的东西，那一切的人与物，在木珍离开中国农村之后，已是"心史"，她其实已经在回望中成为另一个木珍了。这就是中国城市化过程中，女性的成长故事之一。

## 结　语

上世纪90年代以后，中国的城市化进程和经济发展渐渐显现出各种新生矛盾，性别问题的表达也以成倍增长的方式出现在中国女性写作之中；当全球化的女性主义运动以联合国会议方式推进到中国，渴望与世界接轨的中国以主动而又谨慎的方式迎接了第四次世界妇女大会在北京召开。正如一些作家和学者所描述，1995年对于中国本土女性主义而言，是空前的狂欢节[14]。中国本土女性主义获得了与世界女性主义对话的机会，从而确认了自己的合法空间。一方面，世界女性主义主要是西方女性主义话语的权威性存在，为中国女性主义写作提供了良好参照；另一方面，它也对中国本土女性主义生存和发展提出了严峻挑战，真实深刻的本土经验遭遇了外来理论的强大冲击。1995年以来，中国女性主义写作的诗学考验之一，就是如何在诸多压力下，不使本土经验流失和破碎，如何在已有西方女性主义理论框架面前，建立起本土复杂语境之中的话语主体和言说逻辑，通过写作构筑成长历史和话语权力，从而在没有本土女性主义理论支持的背景下独立彰显写作存在的诗学意义，甚至把焦虑和破碎当成其中不可排除的构成。如今十年已经过去，中国的本土女性主义也经历了风风雨雨、是是非非，从写作学的意义来说，以上论及三位女作家及作品的诗学贡献，已经提交了最好答卷。北京、上海和身处内陆的中国农村在时代巨大变迁中的生动经验，都已在中国本土女性主义本文中获得呈现。限于篇幅，本文所没有论及的其他许多优秀女作家及作品，也都从不同角度和层面为本土中国女性主义提供了丰富的诗学资源。在未来，如何深入细致地开发本土女性主义诗学，进而提取本土女性主义理论模式问题，时间将进一步见证写作实践的力量。

---

①⑦ 张洁:《无字》第一部，北京十月文艺出版社 2002 年版，第 322 页，第 380 页。

② 荒林、张洁:《张洁访谈:存在与性别，写作与超越》，载《文艺争鸣》2005 年第 9 期。

③④⑥ 张洁:《无字》第二部，北京十月文艺出版社 2002 年版，第 317 页，第 112 页，第 168 页。

⑤ 福柯:《规训与惩罚》，刘北成、杨远婴译，三联书店 1999 年版，第 227 页。

⑧ 王安忆:《长恨歌》，作家出版社 1996 年版，第 3 页。

⑨ 参见玛丽·伊格尔顿编《女权主义文学理论》，湖南文艺出版社 1989 年版。

⑩⑪⑫ 伊恩·P. 瓦特《小说的兴起——笛福、理查逊、菲尔丁研究》，高原、董红钧译，三联书店 1992 年版，第 6 页，第 200 页，第 201 页～202 页。

⑬ 徐坤:《双调夜行船》，山西教育出版社 1999 年版，第 64～71 页。

⑭ 荒林、王光明:《两性对话——20 世纪中国女性与文学》，中国文联出版社 2001 年版，第 117 页。

# 艺术批评

# 新国粹:“传统”的当代效用

## ——中国当代艺术家对中国传统文化资源的利用

尹吉男

我一直想了解中国当代艺术是如何建构所谓“中国概念”的,特别是近十年来中国当代艺术在国际范围内越来越受到西方世界的关注。中国革命曾经是世界革命的一部分,而中国经济改革是中国的内部实践。由经济改革带动的文化发展却真正成了与其他文化互动的一部分。考察艺术中的“中国概念”的情形有多种角度,至少它与“传统”的关系应在考察之列。

1985年中国的当代艺术发生分裂:实验性的艺术远离大众并与现实主义主流艺术分道扬镳。于是,在一些批评家的表述中,主流的现实主义艺术也成为新的传统。在’85新潮美术运动中,前卫艺术已经初具规模。到80年代后期,实际上前卫艺术也开始分裂,出现了单纯利用西方现代派资源的中国当代艺术和更多地利用中国传统文化资源的中国当代艺术。

利用中国传统文化资源的方式有个从80年代到90年代的发展过程。1993年之前,中国当代艺术家几乎没有参加过大规模的国际当代艺术展,可以肯定地说,利用中国传统文化资源和“中国符号”还没有变成主动的文化策略。80年代的中国前卫艺术仍是中国文化的“内部表述”而已。

“传统”是在受到批判的过程中被本质化的。这个概念包含着落后、保守、封建、反动等负面的意义,同时也包含着能被革命文化或社会主义文化利用和改造的“优秀的文化遗产”的正面意义。因此传统是对立统一的辩证法可以实践的对象。关于“传统”的两分法及其马克思主义思想对当代艺术家仍有影响。

“古为今用”是毛泽东的一贯主张,这个观念也贯穿到中国当代艺术家的跨文化艺术实践中。这一点并没有引起海外研究者的注意。在错综复杂的文化关系的有机连带中,长期而有效地利用中国传统文化资源的几位中国艺术家差不多是毛泽东时代成长起来的一代人,有过“红卫兵”和“知青”经历,如谷文达、黄永、徐冰、蔡国强、傅中望、隋建国等。

## 一

当代中国画是个必须讨论的特例。

在改革开放之前，中国画除了本身的民族形式，实际上与中国现代油画、版画等绘画形式一样，都是社会主义现实主义艺术。它是“写实的”、“非文人的”、表现社会主义现实和理想的绘画艺术。毫无疑问，中国画经过了现代化的过程。在80年代后期，出现了所谓“新文人画”[①]。

新时期的新文人画在多大程度上与中国古代文人画的“传统”相关联，我们无法确定。单看新文人画的阐释者的言说是不够的。对新文人画的认识，另一条线路是从它的批评者和质疑者的言说中来了解。在李小山的几篇评论中[②]，明确认为新文人画与传统文人画并无区别。李小山是以创新标准来评判文人画的：

> “新文人画”的鼓吹者们既说不清楚“新文人画”与传统文人画的区别，又说不出充足理由来证明“新文人画”的实际建树。我以为，文人画的回潮，只表明当代画坛的疲软和委顿；表明当代画家缺乏激情的创造力。他们屈从于社会条件和文化氛围的压力，无论从情怀趣味、思维模式，还是艺术形式、笔墨技巧，都没有超出古人画定的圈子半步，这种甘心于躺在古人荫庇的做法，大大地助长了他们本来就十分严重的惰性。[③]

很显然，李的言说表明“新文人画”是“文人画的回潮”。新文人画的当代文化背景是80年代文化热和文化寻根思潮处在最有影响力的时期。实际上，文人画一直被认为是“传统”的绘画形式。这种传统的绘画形式在“五四”时期受到“美术革命论”者陈独秀的批判。经过现代乃至新中国的改造，文人画被颠覆，成了现实主义的水墨画。在新中国的美术教育中已不可能学习到完整的文人画。在80年代的中国改革开放之际，开放的不仅是西方现代主义文化，还有中国古代的传统文化。因此，新文人画是当时的画家对传统文人画在图像和观念上的“想象性的文化修复”，既是精神性的，又是远距离的。我们可以从当时美术学者对古典文人画的那些解读性的文本中清楚地看出这一点。

在高名潞的分类里，自1985年到1989年，中国当代艺术格局有三个类别：传统美术、学院美术和新潮美术。高名潞将新文人画列入“传统美术”里。他说：“自80年代初以来，传统文人画复兴，其间虽然革新中国画口号及其派别几次更迭（如时下即有呼声很高的‘新文人画’），但终究未逾越旧传统的园囿。”[④]从李小山和高名潞的言说中，我们是否可以得到这样的印象：“新文人画”不是中国现代绘画，而是传统绘画。另一位艺评家栗宪庭表达了稍微不同的看法，他说：“新文人画在通过水墨表达更符合现代人肯定自身生命状态的苦涩、张力和人生快乐方面，已走出了旧文人画心理和语言的格局；就其艺术达到的层次，为当代老一辈水墨画家所不及。”[⑤]文人画自晚清民国时期被否定以来，取代它的是现实主义艺术。特别是1949年以后，文人画经过了社会主义的改造，部分水墨技法被保留下来，但其内容却发生了变化。写意的方式被写实的方式替换。1953年、1954年在中国美术界展开了关于国画的大讨论。写生已经不是流于主张的观念，而成了集体性的实践。“从1953年开始，北京中国画研究会就多次组织画家到北京近郊各风景名胜点写生”；“1954年4月，中国美术家协会创作委员会为帮助国画家深入现实生活、创作表现祖国新面貌的新作品，组织了北京的山水画家到安徽黄山、浙江富春山一带作写生旅行，开时代风气之先”；“1954年李可染、张仃、罗铭也赴西湖、太湖、黄山、富春山写生，并于9月15日至19日在北海公园举办了‘李可染、张仃、罗铭水墨写生画展’”[⑥]。

表现与“传统”的联系和断裂关系的绘画有石鲁的作品《古长城外》[⑦]。这幅作品出现了古老的长城形象。长城的文化含义很多，一方面它是久远的历史的象征，一方面它是边地空间的象征。2000年10月在美国哈佛大学有个小型的关于中国当代艺术与传统文化关系的讨论会，执教于美国纽约大学巴甫洛分校的高名潞教授有个发言是关于“长城”作为图像资源和文化资源被中国现代乃至当代艺术家使用和利用的历史考察。他在演讲中分析过《古长城外》这个经典图像。我们可以直接从这幅作品读出与当时社会思潮相关的含义。这是一段被新建的铁路切断联系的古长城。社会主义时代的铁路与封建时代的古长城相交叉，长城让位给了铁路。时代的变迁明确地表现在画面上。长城曾经阻断了长城内外的联系，铁路打破了长城内外的隔绝，也直接地连接了长城内外的交通。画面上并没有描绘出火车，但从放牧的少数民族少女的姿态和神色来看，火车正鸣奏着汽笛远去。这幅画还表现了汉族（尽管在画面上没有出现）与边疆少数民族的联系。整个风格手法都属于50年代正在探索的“新中国画”。同样这幅画也表现了“新中国画”与“传统文人画”的联系和断裂。“运用传统国画技法反映新事物，没有严重的障碍”（王朝闻语）。关于新中国“新山水画”的研究，陈履生做过出色的工作。他说：“如何突破国画旧传统的束缚，如何创造传统国画的新生，是50年代国画的主题。”[8]这种与“传统”的断裂和联系的情形应该说与毛泽东的“批判地继承文化遗产”的理念密切相关。但到了“文化大革命”时期，断裂成为最重要的方式。

新文人画对传统文人画的“想象性的修复”是从笔墨开始的，同时又是从淡化写生意识开始的。中国画的笔韵墨法还保留着较多的“传统性”。在科举制度于1905年被废除以后，生产文人的制度机制已经不复存在。只有一些“旧文人”还生存在社会主义时期，处在各种文化运动和政治运动的不断改造之中。毛笔、水墨和宣纸作为绘画材质而具有的特性还保持着与古代文人画传统的密切联系。

但仅有这些条件还不够，还必须具备一个对遥远的传统文人画进行充分研究和阐释的前提。实际上，80年代的改革开放运动仍是双向的，既开放西方，也开放被长期禁锢的“传统文化”和“传统艺术”。整个80年代，文人画的研究是中国美术史研究的重头，连当时活跃的油画家都对晚近的文人画家产生了兴趣。1984年，上海的油画家俞晓夫创作了《我轻轻地敲门——纪念上海画家吴昌硕、任伯年、虚谷、蒲作英》。油画家靳尚谊多次画过黄宾虹的肖像。当时出版了大量有关文人画的研究著作和画册。老庄、禅宗等精神在古代和近代的文人画家身上得到了想象性的落实。

新文人画家是从另一个侧面与现实主义主流美术发生了分裂，他们想从古代文人的身上找回“自由”的精神。新文人画家脱离了平民的社会立场和集体生活，把现代主义的个人价值与古代文人的独立人格重叠在一起。新文人画家离开了新时期的中国画的“艺术的普遍形式”，从而成为纯个人的精神表达。

## 二

1985～1989年是中国新潮美术时期。出生于40年代末到50年代末的艺术家纷纷亮相。这一时期，中国当代艺术和中国前卫艺术还仅仅是中国的内部事件。而到了90年代，情形骤变，频繁的国际展览机会已经使中国当代艺术和前卫艺术成为外部事件，具有相当的国际性。这一时期的中国前卫美术与主动利用文人画资源的新文人画家处在同样的文化背景里。

在80年代后期，谷文达、徐冰、吕胜中、傅中望、黄永等艺术家都利用了传统艺术样式。谷文达利用了书法、水墨和宣纸；徐冰使用了卷轴、册页、线装书、横披、挂轴、宋体字等形式；吕胜中借用了走九曲、招魂、抓髻娃娃、团花和民间剪纸形式；傅中望利用了传统木工常用的榫卯结构；黄永借用了转盘、占卜和纸浆（纸是中国的四大发明之一）。他们的实验艺术都有突破性的进展。他们主动回避西方现代派的经典艺术语言，转而向中国传统文化寻找艺术资源，这为日后的中国当代艺术家开辟了新的文化资源的利用方向。

黄笃在其《混合文化空间——对90年代中国当代艺术的一种描述》中说：

> 许多介入过80年代和90年代的艺术家不仅在海外参与展览而且已移居西方国家。由于长期工作生活于西方，艺术家已失去了中国的现实性，只能面对一个新世界和新语境，如身份、移民、民族和文化漂移等问题。重新反思以往的审美和价值，中国传统哲学和文化的符号成为他们挪用和创造的对象，佛教、道教和禅宗作为参考素材，像蔡国强、谷文达、徐冰、黄永、陈箴等人的作品，从威尼斯双年展、圣保罗双年展、伊斯坦布尔双年展到中国专题展，再现了东西文化之间的对话或对西方文化的挑战。尽管他们把具体问题提升到抽象的概念，并转化成生动的语言形式，具有对艺术观念和形式的娴熟把握和转化，然而，一个值得深思的问题是，当西方体制接纳了这些艺术家时，他们便不免失去了过去艺术多表现出的锐气和张力，犹如天方夜谭，他们开始诉说生动而深奥的“四大发明”的“中国神奇故事”。⑨

这种现象有不同视角的解读。鲁晓鹏对同一现象的另一种解读在其发表于《今日先锋》第10期上的文章《构造“中国”的策略：先锋艺术与后东方主义》表达最为明确。他把这种现象称作“后东方主义”，他认为，“再现中国”的策略有两个：一个是将“中国”政治化，一个是将“中国”异域化。“为了在全球化艺术市场和国际电影节上成功地展示中国，这些艺术家和电影导演时而采取这种异域化和东方化的自我表现策略”[10]。

我们去确认每个艺术家利用中国传统文化资源的态度是非常困难的，但我们大致可以了解他们获得这些资源的教育背景。

从出生情况来看，吕胜中生于1952年，成长于山东省平度县大鱼脊山；徐冰生于1955年，成长在首都北京；谷文达生于1955年，成长于上海；黄永生于1954年，成长于福建省厦门市；傅中望生于1956年，成长于湖北省武汉市。这批艺术家接受中小学教育的时间在60～70年代，当时接受的正规教育无疑是“反传统”的。与父辈相比，他们所知的传统文化非常有限。有一次徐冰戏言：“这辈子，写字是没少写，但是这一代人都没什么文化，一般的人，这一代人都没有什么文化，因为没有受到什么教育。”[11]他们关于传统文化的知识主要不是来自60～70年代的中小学的学校教育，而是来源于早期个人的经历。徐冰的父亲在北京大学历史系工作，母亲在北大图书馆工作，因此他有条件直接接触线装书；吕胜中的母亲是当地农村的“剪花能手”；傅中望的爷爷出自建筑世家，他13岁时和爷爷学习传统木工。黄永的艺术资源来自传统思想，似乎来自大学时代以及此后的个人阅读。他说：“当时，宋代禅宗文集《五灯会元》刚刚重印，可以说我是通过禅宗发现达达，或是相反。我在它们之间找到一些共同点，甚至，我把‘达达’与‘禅宗’看做是一种同义反复。”[12]《五灯会元》重版于1984年10月。中华书局版的《坛经校释》出版于1983年9月，到1991年9月已经是第4次印刷了，共印了21,000册。这是黄永的有关禅宗的文本资源。他的另外一个重要资源是周易。1980年5月中华书局出版了尚秉和的《周易尚氏学》，1984年3月出版了高亨的《周易古经今注》(重订本)，此外，中华书局应社会之需还重印了清代学者朱骏声的《六十四卦经解》。中国的其他古籍出版社在此期间也出版了大量的周易、禅宗、老庄、儒家的经典著作。

古文字学在“文革”时受到冲击较小。甲骨文、金文和战国文字的研究基于当时新的考古发现而不断有成果问世。在20世纪80年代，传统字书大量影印出版。1981年，上海古籍出版社影印了清代学者段玉裁的《说文解字注》；1983年武汉市古籍书店影印出版了清代学者朱骏声的《说文通训定声》；同年，中国书店先后影印出版了清代学者王筠的《说文释例》(上下)和《说文句读》(全4册)；1983年中华书局影印出版了宋代学者司马光等编撰的字书《类篇》。这些资源为徐冰创作“天书”提供了条件。记得1988年我曾经为徐冰代购过《龙龛手镜》[13]。

吕胜中于1983年以山东师范学院美术教师的身份到中央美术学院连环画年画系进修。1984年又考取了该系的硕士研究生，导师是多年从事年画创作的画家冯真教授。他在读研究生期间多次下乡采风，考察黄河流域的民间美术。这些鲜活生动的资源影响了他日后的创作。

傅中望在读大学时曾前后两次在湖北省博物馆工作，曾侯乙墓的发掘、整理和修复曾经是他一生中最重要的经历之一。编钟支架就是由他亲手复制的。由于他13岁时学过木匠，不仅使他能够顺利完成文物复原工作，也使他能够用木匠的眼光发现楚文化中榫卯结构的特性。

谷文达的父母从事银行工作。祖父谷剑尘为中国早期戏剧家，剧作《孤军》成为中国戏剧史上第一部有台词的话剧。谷文达1973年毕业于上海市工艺美术学校，1981年毕业于中国美术学院国画研究生班，师从陆俨少先生，并获文学硕士学位，1981年～1987年任教于中国美术学院国画系。

从上述情况看，这些当代艺术家与中国传统文化资源的关系都有"自传性"的背景。这些艺术家较早地开始利用传统资源，几乎都在1987或1988年左右开始了"中国观念"的艺术创作。徐冰于1987年到1988年开始实施他的伪造"天书"的计划，他当时的针对性根本不是西方观众，而是中国观众。包括当时的傅中望、黄永、吕胜中都没有把利用中国传统文化资源当做主动的文化策略和美学策略。从观众对他们的热烈反应来看，对他们的作品最感兴趣的是中国的知识分子。知识分子看到了"中国式的前卫艺术"，没有模仿痕迹，能够调动人们的生命依据。这些作品与后来一些专为西方策划人和国际展览订做的策略性艺术品是截然不同的。

徐冰的作品"天书"的外部形态具有中国古典线装书的美学意义。他特意使用了"宋体字"的样式，为了驱除个人风格，而极尽公共性的典雅。徐冰造成了"不能释读的经典"和"可释读的非经典"的循环的悖论。他自己"认认真真的制作"去换取"认认真真的阅读"，而真正核心的东西却是"虚无"，是"空"。这是地道的解构性作品。

## 三

改革开放以后，中国现代史资源，特别是文革史资源，由于出版的繁荣，加快了传播的速度。当政治性的现实主义艺术逐渐式微的时候，新中国和“文革”时期的经典艺术作品曾经给世人留下了“不可磨灭”的印象。

王广义是在80年代后期当美术界的“人文热情”普遍高涨的时候，他开始扬言要清理人文热情。他清理人文热情的方式是利用新中国和“文革”时流行的图像资源——毛泽东形象。

关于“文革”资源的利用问题，旅居法国的德国学者杨天娜写过一篇很好的文章加以论述。在2001年9月出版的《今日先锋》上刊出了杨天娜的文章《“造反有理”，一份丰厚的遗产——同化、解构、挪用，“文化革命”在80～90年代中国当代艺术中的再现》，实际上，她集中讨论了近二十年来中国一部分当代艺术作品的文化资源问题。换句话，中国当代艺术家利用“文革”资源的方式和种类。这种利用有很强烈的海外针对性。记得在1999年12月在香港召开的《国际华人装置艺术讨论会》上，杨天娜就宣读了一篇理念与上述文章类似的论文。在那篇论文中，杨天娜着重讨论了海外中国艺术家的“美学策略”，即在跨文化的艺术实践中利用“文革”资源的“美学策略”。杨天娜特别讨论了中国艺术家利用“文化革命”资源的三种方式：即同化、解构和挪用。在“同化”方式中，介绍了描写四川红卫兵武斗后的场面——程丛林创作的《1968年×月×日雪》(1979)和罗中立的成名作品《父亲》(1984)；在讨论解构策略时，她列举了王广义的《毛泽东——黑格子》、吴山专的《红色幽默/70%红色，25%黑色，5%白色》(1986)和谷文达的《赝字系列》(1984～1986)等作品。而将王广义的《大批判》(1993)、余友涵的《毛主席在天安门》(1990)、杨诘苍的《董存瑞》(1999)、蔡国强的《威尼斯收租院》(1999)等作品放到“挪用”的方式中来讨论。

此外，张晓刚、隋建国和王劲松的作品都使用了新中国的图像资源。

在80年代，“文化革命”的艺术和新中国成立以来的现实主义艺术被激进的新潮艺术家作为否定的对立物。高名潞当时就把传统美术分成“旧传统”和“新传统”。“旧传统即源远流长的文人画等本土传统。新传统就是‘革命的现实主义’美术”[14]。在’85新潮美术之后，很快“文革美术”及其图像就成了中国当代艺术家利用的资源。因此可以说，利用“传统”资源是全面的，包括了最近的“传统”。事实上，到了90年代中期，“文革”时的“革命样板戏”就在市场经济时代成了文艺的“红色经典”，继续创造着商业价值。

从全球来看，“文化大革命”运动的经历是中国出生于50年代的前卫艺术家所独有的。前苏联和东欧的艺术家或许有着类似的社会主义国家的经历，但他们没有“文革”经历。在中国的这一代人身上，具体表现了“红卫兵”和“知识青年”的特殊经历。徐冰在美国阿尔弗雷德大学演讲时特别强调了他的这种经历。此外，由于“文革”历史的特殊性和复杂性，本身就可以成为可资当代艺术充分利用的资源，取之不尽。隋建国不断在他的作品中强调区别于“个人性”的“集体性”或“无个性”。

## 四

“五四”新文化运动否定了主要以“文言文”和“文人画”为形式的“传统文化”，开始了反传统的激进时期。1948 年以后，不仅批判封建文化，同时也批判资产阶级文化。由于有了马克思主义的文化理念，批判地继承“优秀的文化遗产”的实践使传统具有两重性。“文革”时期，传统的意义近似于或超过“五四”时期的革命的对立面的意义，最终只保留了“法家”的政治文化。新时期一开始，先是掀起了反“文革”的政治思潮，作为意识形态斗争的一个重要过程，带动了青年人的启蒙思潮和全盘西化的浪潮。’85 新潮美术运动，全面学习西方现代派艺术，否定传统文化。在新时期的 1985 年，是激进的文化理念产生巨大影响的转折点。这一年举办了“前进中的中国青年美展”，其中展出了由当时中央美术学院二年级的学生张群、孟禄丁创作的作品《在新时代——亚当、夏娃的启示》。这幅作品表现了新时期的主流文化思潮与“传统”的断裂与联系。象征传统文化的太极盘被打碎，龙门石窟被吃过禁果的觉醒了的现代中国青年踏在脚下。“传统”的国门正在打开，预示着中国更大幅度的对外开放。“传统”的框框被突破，呈破碎状，让位于正端着一盘象征新思想的禁果的时代女神。她穿着 1985 年最流行的牛仔裤从远处走来。这是相当典型的’85 新潮美术运动之初的思想表达。反传统的倾向占了上风。

而另一部分艺术家从相反的路径寻找回答当代文化问题的方式，在寻根潮和文化热的推动下，出现了从传统文人画寻找资源的“新文人画”，从传统思想和文化寻找资源的徐冰、黄永、傅中望，从民间文化寻找资源的吕胜中。到了 90 年代，海外的艺术家陈箴、蔡国强、阿仙，国内的艺术家艾未未、宋冬、焦应奇、邱志杰、展望、黄岩、刘铮、洪磊、洪浩、王庆松等都在各自的创作中不同程度地利用了中国传统文化或图像资源。从汉字、书法、水墨、茶叶、假山石、卷轴画、青花瓷、丝绸、旗袍、熊猫、明式家具、经典国画

(《韩熙载夜宴图》、《清明上河图》),以及戏曲小说(《穆柯寨》、《三打白骨精》、《盘丝洞》)、火药、印刷术、指南针、焰火、族谱、历史故事、易经、禅宗和老庄思想;从“文革”时期的群众形象、标准照片、标语、宣传画、像章、中山装、语录本、样板戏、军装、东方红拖拉机、红旗渠,到英雄人物(如雷锋、董存瑞)、领袖肖像(如毛泽东、邓小平),都广泛地被中国当代艺术家所利用。

在“欧美文化中心论”和知识左派理论并存的西方,在“文化帝国主义”和“民族主义”、“后殖民主义”彼此交叉论战的国际环境中,利用中国传统形象、符号、图像、文字、概念、思想的中国当代艺术呈现在如此复杂的文化背景之下,会产生完全不同的意义。从中分离出所谓“中国智慧”、“中国特色”、“中国方式”、“中国形象”的正面评价,也同时分离出所谓“中国策略”、“中国牌”、“后东方主义”、“唱堂会”、“中国春卷”、“异域化和东方化的自我表现策略”、“细腰的国际主义”等负面的评价。

无疑,中国当代艺术家在国际文化背景下要被动地接受“第三世界文化”的概念,同时也要遭遇诸如殖民文化和亚殖民文化的语境。西方主流艺术制度正在全球化的趋势下主导着文化和艺术,同时艺术市场也在有力地左右着艺术的批判性。艺术家必须努力保持个性,并不时地体现个人创造的先锋性。事实上,在利用中国传统文化资源上,海外和国内部分艺术家仍然能够以本土的文化资源作为一种“异质的力量”向主流文化提问,显示真正的文化身份,并证实自己的先锋性。

---

① 新文人画,是中国80年代后期出现的中国水墨画现象,主要画家有北京的陈平、田黎明、边平山、赵卫、李老实、龙瑞、王镛、马健培,南京的王孟奇、常进、徐乐乐、朱新建、方骏、江宏伟、汤国等,实际上,具有相近倾向的画家远不止这些,如杭州的周京新、哈尔滨的卢禹舜等画家也被列入这个现象中。

② 参见李小山《批评的姿态》,江苏美术出版社1997年版。

③ 李小山:《谈“新文人画展”》,载《雄狮美术》(台北)1990年第2期。

④ 高名潞:《新潮美术在中国当代美术格局中的地位和意义》,载《二十一世纪》1990年第1期。

⑤ 栗宪庭:《“南线”与“北皴”——“新文人画”两种风格的大致形成》,载《中国美术报》1989年第7期。

⑥⑧ 陈履生:《新中国美术图史1949~1966》,中国青年出版社2000年版,第111页,第112页。

⑦ 1954年,后来以长安画派闻名于世的画家石鲁创作了一幅水墨画作品《古长城外》。这幅

画是为第二届全国美展创作的。

⑨ 黄笃:《混合文化空间——对90年代中国当代艺术的一种描述》,载《美术观察》2000年第8期。

⑩ 鲁晓鹏:《构造“中国”的策略:先锋艺术与后东方主义》,载《今日先锋》第10期。

⑪ 引自1999年5月27日徐冰口述录音磁带,未发表。

⑫ 《黄永访谈录》,载《今日先锋》第10期。

⑬ 行均编《龙龛手镜》,中华书局1985年影印本。本书是辽僧人行均辑录的字书。书中收字二万六千四百余,以四声顺序排列。书中许多字为古今其他字典所未收。各字下面详列正、俗、古、今诸字形及其或体,并加以注释。该书于辨认古今异体字很有价值,是研究近代汉语、敦煌遗书和佛典的重要工具书。

⑭ 高名潞:《中国前卫艺术》,江苏美术出版社1997年版,第132页。

# 黄宾虹论

范　曾

黄宾虹这三个大字，宛若雄踞于中国山水画史大师群峰的一座峻拔而险巇的大山，广不可方而高不可极。它，那么沉静，那么肃穆，那么葳蕤，那么葱茏。黄宾虹成为一种博大而沉雄的文化象征，一种悠远而穴窈的历史存在，需要一代代的人去研讨、去解读。你会想起屈原的诗："驷玉虬以乘鷖兮，溘埃风余上征。"（《离骚》）这是一种快意的长征和腾飞；你会想起王安石的文："险以远则至者少，而世之奇伟瑰怪非常之观，常在于险远，而人之所罕至焉。"（《游褒禅山记》）这是一种艰辛的跋涉和攀登。它高大，但并不深拒固守；它修远，但正是求索所在。镌刻于大山的铭文，因岁月而剥蚀，那是两千五百年前的古训："志于道，据于德，依于仁，游于艺。"（《论语·述而》）

记得四十多年前，黄宾虹的画，被一般人视为古调自爱、今人不弹的古董。而我则私心景慕。更由于恩师李可染的推重，颇想搜罗一些有关他的著述研究，然而市场上几乎没有。奇迹终于出现了，有一位傅雷先生的朋友，香港大公报的主笔陈凡先生从香港由二兄范临给我寄来了一本他编撰的厚厚的《黄宾虹画语录》，那时我们还见不到一本如此丰赡而全面的读本。后来，我终于有机会在国内见到了陈凡，他清癯而睿智，完全是一位蔼然学者。我想象不到他年轻时竟是一位革命斗士，富文采、擅辞章，写得一手好字。从他那儿，我不但进一步认识了黄宾虹，也知道了中国文坛上两位仰之弥高的大师黄宾虹和傅雷的深挚友情。陈凡先生看过傅雷先生所藏的所有黄宾虹的杰构，而傅雷似乎吝于对当代其他画家的褒辞。黄、傅二人相互敬重，共视赏音，不惟二人的国学旗鼓相当，且狷介不群的性格也正相似，那是两位寂寞的远行者。在《黄宾虹年谱》（上海书画社 2006 年版，以下书札皆出于此）中有着清楚的实录，他们的往返信札，读之令人对大学人的友情心向往之。

黄宾虹几乎批量地馈赠所作，而傅雷也决不见外地索求。那时，艺术家不会想到那是可货于市的商品。“黄宾虹先生道席：承惠画幅二批，均已拜收”[①]，足见黄之慷慨。又“黄宾虹老先生道席：……倘有现成小册页（寄国外尤以小幅为便）亦恳捡出若干，敝处所存，近已分罄”[②]。可见傅雷并不以厚藏为目标，不啻代黄老分赠画幅的中转站，非高谊云隆，何能致此。当今画人与学者，尚有两人可作如此之高士交乎？提出此诘问，不惟求诸人，更当责诸己，我希望能找到这样忘怀得失的知音。黄宾虹的风范，足使人们淡泊寡营，成为我们精神的导师。

今之激赏黄宾虹所谓“壬辰之变”的诸公，对先生八十九岁以后以白内障双目失明后的作品的奖饰之词，恐怕不会为傅雷所完全赞同。还是前面1954年4月29日同一封信，对黄宾虹寄来的“画幅二批”，颇有微词：“尊画作风可称老当益壮，两屏条用笔刚健婀娜，如龙蛇飞舞，尤叹观止。唯小册纯用粗线，不见物象（着重号为引者所加）似近于欧西立体、野兽二派，不知吾公意想中又在追求何等境界。鄙见中外艺术巨匠，毕生均在精益求精，不甘自限（范评：言外之意，实此两批作品之粗陋，不曾做到精益求精）。先生亦不在例外（范评：此正面之勖勉，实以为先生已属“例外”矣）。狂妄之见，不知高明以为然否？”[③]先是对黄宾虹“纯用粗线，不见物象”提出质疑，继之对黄趋近“立体”、“野兽”二派惊讶，“不知吾公意想中又在追求何等境界”，困惑之中有所不满。“鄙见”至“先生亦不在例外”，无异对黄宾虹提出期予。委婉之劝，在其中矣。“狂妄之见”正是傅公批评之主旨。这足见此信是傅雷以诤友的直言，对黄的批评。越明日，傅雷又有一信，对前信之“狂妄”似有忧黄老之不受，而作转语，反批评而为赞扬，文人切磋，时有妙趣，而悱恻之情，实为可感。“前二日事冗，未及细看，顷又全部拜观一遍，始觉中、小型册页中尚有极精品，去尽华彩而不失柔和滋润，笔触恣肆而景色分明，尤非大手笔不办……但在泰西近八十年方始悟到，故前函所言立体、野兽二派在外形上大似吾公近作（范评：前信云“似近于欧西立体、野兽二派”，此信转而为“立体、野兽二派在外形上大似吾公近作”。前言黄似他人，黄当耿耿；而改为他人似黄，黄则其喜洋洋者矣）。以言精神，尤逊一筹。此盖哲学思想未及吾国之悠久成熟，根基不厚，尚不易达到超然物象外之境。至国内晚近学者，徒袭八大、石涛之皮相，以为潦草乱涂即为简笔，以犷野为雄肆，以不似为藏拙，斯不独厚诬古人，亦且为艺术界败类。若吾公以毕生工力，百尺竿头尤进一步，所获之成绩，岂俗流所能体会。曲高和寡，自古已然，固不足怪也……”[4] 即使如此，傅雷对黄宾虹失明之后“有线无形”之作取审慎之尺度，谓“始觉”，言昨日之未觉也，亦言曲高和寡，不易获赏，不惟他人，傅雷亦在其中；以傅雷之博闻广识，犹不易深知，更无论鄙识庸听矣。虽然，傅公之用词固不奢，称“尚有极精品”，意指精品之少也，这“尚有”不同于“多为”，更不同于“皆是”，足见大半作品仍不为傅公所见赏。须知者，傅公所以译罗曼·罗兰之《约翰·克里斯朵夫》、丹纳之《艺术哲学》，以傅公本人崇尚古典主义，于音乐，克里斯朵夫所激赏之莫扎特、巴赫、勃拉姆斯，亦深为傅公所景仰。彼时印象主义之德彪西尚不在其主要视野之中，更无论兹后之前卫先锋矣。傅公之所以写此两函，未必想对黄宾虹之“追求”起推波助澜之作用，筑堤的意味大于导流。以为黄宾虹先生曲高和寡不顾俗流则可，一味有线而无形，则易忘其精进目标。于无文字处透出傅公之良苦用心，而又绝不伤黄宾虹先生神圣之自尊，读后抚卷长喟，深感傅公之于黄宾虹可谓用情过深、敬爱有加矣。

世有激赏黄宾虹“壬辰之变”者，即以为白内障眼疾于黄宾虹非徒无害而有益，甚至近乎神的意志。称1952年夏至1953年6月近一年时间内的作品“近于天籁又无比老辣”，说它们“无法不法，乱中不乱，不齐之齐，不似之似，这些中国画家终生追求而不可得的境界，竟然在一个瞎眼的老画师笔下出现了”[5]！说这证明了黄宾虹“中国画舍笔墨内美而无他”[6] 的美学理念（范批：此强用黄宾虹昔年之语以评壬辰作也）。这些说法显然出自王鲁湘先生的想当然，由于诡谲而不禁使人骇异。但令人不无遗憾的是，绘画毕竟是视觉的艺术，壬辰之作免不得碰，碰上好的，那是天章云锦似的杰构（傅公所谓“尚有极精品”者），而大部分作品则是破败支离的劣作。我以为王鲁湘先生的激动不是伪装的，因为欣赏艺术品绝对是不可规范的个人行为，应当原谅这种迷信的状态。然则作为生平实录之《黄宾虹年谱》竟有以为失明后“画面呈现一派前所未有的灵光，一点一横均臻天真烂漫、随心所欲不逾矩的神明之境”[7]，窃以为过矣。

其实黄宾虹的伟大，是不用怀疑的，然则岁月不饶人，当眼睛已全然不见，加上体力不逮，你偏说这是“会通之际，人书俱老”，那就会陷入不可自圆其说的我执。

艺术家固有创造之惯性，黄宾虹之双目失明作画与贝多芬之双耳失聪作曲，是不可比列的两件事。音乐的旋律，对大师而言是内心对天籁的回应，真正的大师在没有弹奏出声的时间，那美妙的音符便会流转圆融地组合，和声与对位会天衣无缝地、诗意般地存在，整个的朔拿大不在纸上，而在心上，而这种感觉来自他耳聪时的刻骨铭心的乐感。那时甚至在梦中想出乐曲，醒后记出同样可达至美妙绝伦的境界。这不需体力，只需灵智。盛年双耳渐渐失聪的贝多芬创作的力量却与日俱增，每一次热烈而真挚的爱情，都带给他双倍的痛苦与悲伤，而这欢愉和痛苦都在他的乐曲中铭刻下来。四十六岁耳朵完全聋了，五十二岁时不甘向命运屈服的他，要求亲自指挥他的乐曲，指挥棒和乐队各行其是。这次的失败，和他的作曲毫不相干，乐曲是伟大的，而伟大的作曲家手中的指挥棒令人愤怒。然而，贝多芬毕竟是贝多芬，两年后，他指挥大获成功，我相信乐队对大师的迁就起了绝对的作用。当女歌手将他拉向观众时，他大为惊愕，全场疯狂地挥舞帽子，鼓掌致敬，然而他听不见。

我相信黄宾虹心头也有一曲曲的山河颂，"中华大地，无山不美，无水不秀"[⑧]，那是足可陶咏、心驰神往的所在。甚至我相信，在黄宾虹的心灵里蕴蓄着无数美奂的云影川流，这无言的天地大美甚至在梦境中都萦绕着他。层峦耸翠，上出重霄；飞阁流丹，下临无地。他的不屈生命和意志迫使他作画，然而和失聪的音乐大师不同的是，鸣奏在大师胸中的是完整无缺的；而在失明的大画师笔下，必致山河破碎。几十年的腕肘运转，那金刚杵般的线条这一笔、那一笔地在画面绝不连属地腾跳。也许很多的读者曾看过黄宾虹的杰作，了解老先生崇高的画品、人格，这种综合情绪会使人们产生欣赏误区。往好里看，是所有人的善良愿望。大不其然的事实是，我们纵览历史陈迹，无论绘画史、诗史、音乐史上，即便是天才的大师，至美顶尖的作品，在他们一生之中，所占比例都是少数。以这无情的事实来衡诸黄宾虹，当然他也不能例外。更况他的寿数与作品成正比，因此其作品中不佳者的数目是巨大的，与其寿数伯仲的齐白石有"废画三千"一印，可见他有自知之明。遗憾的是，欣赏者群体对此并不认账，收藏家眼力不济，于是带给艺术家的遗憾几乎是永恒的——你越坏的作品却越被社会所宠爱，黄宾虹画在此成为最大灾区。目下，作品的好坏已降居次要的地位，只要是黄宾虹的画，哪怕是极粗至陋的作品，都被罩上了无数的光环。记得罗曼·罗兰在《约翰·克里斯朵夫》中记述过克里斯朵夫的最大悲哀："而他最难堪的是，那些应时的曲子，他作品中最坏的一部分，偏偏给人家珍藏起来，没法销毁——例如为庆祝亲王诞辰所作的协奏曲'王家的鹰'、为公主亚台拉伊特出阁所写的颂歌，都被人不惜工本、用精致的版本印出来，使他恶俗不堪的成绩永垂后世——因为他是相信后世的……想到这样的羞辱，他竟哭了。”郑板桥曾怒不可遏地警告后之来者，倘有人在他身后编纂全集，他将化为厉鬼啖其头。其与劣作之深仇大恨如此。且也，艺术品不是可以量化的商品。“多”与“好”之间，没有太大的关系。丰产作家，不在看他作品的厚薄，而在看他作品的优劣。即使有自知之明的大师也难免对自己的作品怀有偏爱，没有齐白石和郑板桥的见地。陆放翁的《剑南诗稿》中坏作品便太多，竟然出现了“洗脚上床真一快”式的鄙俗俚语，实在有伤大雅。然而不碍陆放翁为大诗人者，因为至少一万首中有五十首可与唐宋诸大家并列，足可传之千古，那么我们就有理由原谅他的九千九百五十首的粗陋。即使有了齐白石的“废画三千”的见地，我们翻开他的全集，也还有他撕得太少的遗憾。对大师一味地仰之弥高是不行的，他不是神。黄宾虹先生曾讲过陈老莲陈列其画，众人称佳者必当众撕之，此有作秀之嫌，既以为众皆以为美，斯不美矣，正可回去慢慢撕。平心言之，古往今来于笔墨上下过黄宾虹那么大功夫的画家，恐怕不作第二人观，因之他的即使粗陋的作品，而决无恶俗，决无市井，也决无江湖。究其原因，可用黄宾虹的一句话概括言之:“中国画舍笔墨内美而无他。”

屈原所谓“纷吾既有此内美兮，又重之以修能”(《离骚》)，这“修能”二字，正黄宾虹所谓之“笔墨”，而“内美”在屈原则指个人心灵的高度修养，即黄宾虹所体认的志道、据德、依仁、游艺。“志于道”，是他对宇宙本体竭诚尽智的追索；所谓“据于德”，则是他对天地大德的向往；所谓“依于仁”，则是他对人生、万物的无限恻隐；“游于艺”，则是他几十年孜孜矻矻、朝斯夕斯的不懈攀登。若论道德，黄宾虹则是不折不扣的大儒、清风高节的志士。他远离喧嚣混浊的人生，是非得失与他眇不相关，他的孤寂不但是缘于心志的高洁，也由于他的修炼持守所需要的决不是世俗的繁华，而是空所依傍的“慎独”和“心斋”。在这里，黄宾虹将儒家的“事功”与庄子的“无为”这两个似乎截然对立的概念融而为一。

诚如黄宾虹所说，“山水画乃写自然之性，亦写吾人之心”[9]，“自然之性”是什么？那是天地无言之大美所在，是天地的大和之境。这种宇宙本然的存在是那样美妙、那样奇幻、那样不可思议，它“然若亡而存，油然不形而神”(《庄子·知北游》)。当黄宾虹追索着宇宙的本根的时候，他深悟到宇宙的本源的素朴和苟简，那是一种极其单纯的存在，道之所在是浑沌的、齐一的、无待的，而黄宾虹的所有关于自然和笔墨的论述都宛若站立于宇宙的环中，他怀着宁寂而旷远的心境，在他的艺术王国踽踽而行，人世间的谀诈他全然不知，而世俗的事功已在他的坚韧的艺术行程中消融。一个伟大的心灵对历史的陈迹——经史典籍、鼎彝古器、古籀汉隶、宋元名迹有着无所不包的胸襟，对真正的创造者而言，决不希求古典主义的终结，而是将自身的生命与古老的生命嫁接、延续、生发和更新。黄宾虹是绝不可能守于一家、死于章句了。他八十岁以前还在临摹沈周、巨然、高克恭，更无论此前他所穷追深诘的董北苑、黄子久、吴仲圭、王叔明、唐六如、文徵明了。当然还有那他永远看不到的王维、李营丘，这是他心灵上的祭尊。凭着他的博大修养，他能如门捷列夫元素表一样地追寻到梦中的王维和李营丘。

黄宾虹对地—天—道—自然的广大追求，不是晚近"其犹一蚊一虻之劳者"(《庄子·天下》)的套袭古貌、专尊一家者。用傅雷先生对黄宾虹的四字评价"家数无穷"，最是知音之赏。而黄宾虹游山访古数十秋，秦岭云横、太华峰险，放笔即在眼底；庐山之秀、黄山之奇，吮墨即至毫颖。胸次既浑然而无渣滓，下笔故跌宕而无挂碍。丛林茂竹、巨峡大壑、苍岭云岫奔来眼底。当此之时，曾不知有今有古，亦不知今夕何夕，笔下无非生机、墨中必有氤氲。这浑浑噩噩的状态宁非宋元君时解衣槃礴的画师？宁非以无厚而入有间恢恢乎游刃而有余地的庖丁？黄宾虹之画迷人处正在他的不经意，他的从心所欲。世人苟无黄宾虹之学养功力，必欲袭其皮相，那将是十分可悲的事，因为那"厚"立刻变为了"赘"，"密"立刻变为了"缛"，"重"立刻变为了"浊"，"满"立刻变为了"挤"。亦若古希腊神话中当太尔式的烦恼——"仰取果实，化为石头，俯饮河水，水即不见"。

"心斋"使黄宾虹心灵完全达致"撄宁"之境，烦乱与不安得以彻底宁寂，那是一种神圣的"吾忘我"的无待之境。这时，创作状态中的黄宾虹是一匹解索脱羁的骏骥，风入四蹄，奔赴绝尘。这时的笔墨生发，纯任自然而不可言说，"道不可闻，闻而非也；道不可见，见而非也，道不可言，言而非也"(《庄子·知北游》)。即使黄宾虹对笔墨的论说，那也仅是为学画者所开方便法门，并非可以一一辨析。黄宾虹论笔之平、圆、留、重、变如何如何，竟有与五行之说勉为勾连，实在要非论画之法门[10]。

宇宙乃是时空流转的无始无终的过程，"吾观之本，其往无穷；吾求之末，其来无止"(《庄子·则阳》)。观黄宾虹画知所谓无起止之迹，岂惟论一笔一划之来去，实在是笔墨浑融于大造的超诣传神。黄宾虹在他忘我的时刻，便从时空的我执中解脱，达到了物我交合、物我俱化，忘是非、忘生死的境界。朝晖夕阴随其自在、春夏秋冬顺其自然，那是一种天籁、地籁、人籁的宇宙交响。“自其异者视之，肝胆楚越也；自其同者视之，万物皆一也。夫若然者，且不知耳目之所宜，而游心乎德之和”(《庄子·德充符》)。

我敬爱的恩师李可染先生曾有一段欣赏黄宾虹画的极富意味的话：“黄宾虹老师的画，远看什么都有，近看什么都找不到。”[11]知黄宾虹者，除傅雷而外，岂惟李可染耶？可染先生智深睿永之大师也，与我们论黄宾虹，从不作玄虚莫测之谈。若用笔用墨，都能娓娓道来，出神入化，鞭辟而入里，使我们进入黄宾虹宏大而辟、深弘而肆的艺术王国，在那里作抟扶摇而直上九万里的逍遥游。

“心斋”使黄宾虹的绘画具有了寂静而空明的本根之性，黄宾虹的五字诀，“画贵有静气”，绝对是衡量一切中国画的关键。“若一志，无听之以耳而听之以心，无听之以心，而听之以气。听止于耳，心止于符。气也者，虚而待物者也。唯道集虚。虚者，心斋也”(《庄子·人间世》)。至此，我们完全彻悟了心斋—虚—冲和的奥义，他远离喧嚣浮躁，接近了宇宙的本源，那是绝对宁静的无何有之乡，原来黄宾虹的“黑”，来源于他的“知其白而守其黑”(《老子》)，这“白”何尝不是浑沌未开时的“无”。

那横无际涯的虚冲大气笼罩着黄宾虹的画面。回崖沓嶂、九垓汗漫、云锦万叠、风色千里奔来眼底；浩渺情愫、难忘忧思、跌宕诗境、古今浩叹注入心头，那是人生难再的五脏疏瀹、精神澡雪。你所思者早非一山一水、一草一木。黄宾虹的画使我想起庄子的一词——天放。天高地迥，觉宇宙之无穷。那迷濛的、苍莽的、无可穷极的幽深中是晓色初开？还是暧暧将罢？是云青欲雨，还是水澹生烟？此中定有大造的瞬息万变，有自然的生死荣枯。那浮动着的浓重的黝黑，是千千万万傲霜松柏；那散落着的飘动的墨点，是林林总总崔嵬峰峦。

死于章句的饾饤小儒会去一字一句地读杜甫的《秋兴八首》，而探测宇宙奥秘的陈省身则把《秋兴八首》看做一种非凡的气势，一种使心旌摇动的雄风。读黄宾虹的画亦然，必须以苍莽之眼观物、雄阔之心体情，除此法门，更无他途，你只会永远在黄宾虹的画外作隔岸观。刘勰云：“文之思也，其神远矣。故寂然凝虑，思接千载；悄焉动容，视通万里；吟咏之间，吐纳珠玉之声；眉睫之间，卷舒风云之色，其思理之致乎？故思理为妙，神与物游。”(刘勰《文心雕龙·神思》)此情此境，黄宾虹先生有之矣。

当我们以形上之思游于无端之纪以后，回过头看黄宾虹的画史和画论，就立刻会发现，黄宾虹的实践属灵智领域，而他的言说则是为初学者之方便。前者是黄宾虹匪夷所思的、不易端倪的博大沉雄景观，而后者则是睿思与偏见齐飞、学者共冬烘一色的閒閒小知之所在，即使，亦有说焉：

黄宾虹是一位纯粹的艺术家，让他谈经学，固不如乾嘉时人，故有"圣人法地"之误。论笔墨最有发言权，又故挟高论如"太极"之类。可叹赏者是黄宾虹的"妙悟者不在多言"的只词片语，而不是他连篇累牍的《古画微》。对后世的贡献应是那闪烁着智慧之光的警句良言，至于四平八稳的画史评述，并非黄宾虹的杰构，不足列为经典。作为画史家的黄宾虹可谓平平，而其鉴测古迹，亦多获故宫专家们如朱家溍之微词。

他对线的认识，我们不妨追溯得远一些，方可知所从来。乾嘉以降，学者畏文字狱之斧钺，一头栽进经学，以此朴学大兴。于经史子集多有戡误，而于天文、历法、音律更多所发明。朴学前导，碑学以兴，乃有包世臣之《艺舟双楫》及康有为之《广艺舟双楫》出，重碑轻帖之风，遂披靡国中。包世臣雄谈书法用笔，难免穿凿；康有为峻论扬碑抑帖，多有偏激。所幸者，重碑于中国书法及绘画确有贡献，而黄宾虹之论用笔，大体未越包、康藩篱。兹略举数则以呈一斑：

"用笔之法，从书法而来，如作文之起承转合，不可混乱，起要锋，转有波澜，收笔须提得起，一笔如是，千笔万笔，无不如是。"[12]

此论是也。从解析用笔而言，此固无讹。宛若电影之慢镜头夹以定格，则一条线确不简单，然则黄宾虹之用笔，风雨齐下，如春蚕之食叶，绝使不得如此之慢镜头推移。解析则可，必验于黄宾虹的每一条线，则会大失所望。"一笔如是，千笔万笔，无不如是"则更是大师殷殷于人，而不欲求诸己者。以此知读大师文正不可胶柱而鼓瑟，刻舟以求剑。

"用笔以万毫齐力为准，笔笔皆从毫尖扫出，用中锋屈铁之力，由疏而密，二者虽层叠数十次，仍须笔笔清疏，不可含糊。"[13]

此论亦是也。中国画重中锋，即如锥画沙，笔笔无论粗细飞白当皆从毫尖扫出。然则，如此用笔从范宽到黄宾虹都未发见层叠数十次者。苟浓淡墨叠以数十次，绝对能造出一张黑色的硬纸板，而不是气韵生动的山水画。读黄宾虹之画论，不要忘记他是一位诗人，驰骋其词，以求痛快，乃诗人之所须，盖非初学之所宜。

"流动中有古拙才有静气，无古拙处即浮而躁。以浮躁为流动，是大误也。"[14]

此足允为大师只眼。不惟以言当时，亦可以言千秋，更可验现今。有以为中国画笔墨等于零者，其用笔之浮而躁，如春蚓之行于草，秋蛇之绾于树，鄙陋浅薄，厚诬国画，无视权威，诅咒徐、齐，实可鸣鼓而攻。

“生则文，拙则厚。”[15]

生、拙可为比列，而文、厚范畴有别，黄宾虹往往行文有逻辑之疏漏。一依其意，倘改为“文则清，质则厚”，加上“文质彬彬然后君子”，则为大师妙语矣。轻动古人，殊属不恭，而为解读计，似更谙合于黄宾虹之所思。

“画有四病：邪、甜、俗、赖。”“邪是用笔不正。”[16]

此论虽止数字，可谓切中时弊，入木三分。古今之画而俗者，能逃脱此数字之网罟乎？

行文至此，忽思黄宾虹以大师之身手，固不囿于一笔一划之得失，对于大师是百无禁忌的，于大师之作不见其为诟病者，于初学则或足致命。贝多芬之曲，偶有和声之误，此失聪后之难免，亦若倾国倾城之女，蓬头粗服不掩其美。苟内美阙如，而自谓从心所欲，其后果当不堪设想。

近有研究黄宾虹书法，思虑过深，诡谲之论叠出。以为黄氏创“起于一点”的“太极笔法”或称“太极全息法”，“每一个点、每一条线，都是一个太极”[17]。有研究《红楼梦》而发现“八卦红楼”之说者，可与此媲美矣。要之学术一事，最重质实，不尚虚浮，至如“哲理的神秘”、“笔墨的解体”、“笔墨的自主化”、“巨大而深刻的文化秘密”、“S线内在韵律把握”[18]云云，皆入法执之迷障、我执之烦恼，谬托知音，逞其私智，除尘秽视听而外，恐非黄宾虹之所可轻恕者。

以我之见，黄宾虹之用笔理念既深邃而又质朴，那是可以触摸到、感觉到的。从他的最精绝的画上，我们可以看到的是：那如百炼钢成绕指柔般的刚柔相济的线条，坚韧有力，如维摩之金刚杵，笔笔刻入缣素，即书论所惯称的如锥划沙，其用笔之力度，真“五百年必有王者兴”，堪称不世而遇的精美绝伦线条。这些线条构成了黄宾虹体现“知白守黑”哲理的大厦，从而孕化为丰厚美奂的山川形神。以点积线，丝丝入扣，不轻浮滑动，如邬彤所称怀素之“折钗股”，亦如包世臣所谓“虽细如发丝，全身力到”，黄宾虹皆有之。加之黄宾虹作画从心所欲，左右向背，各相乘除，虽时见缺落而连属不断。此点最需读者慎思、审问、明辨，这其中包括傅雷所谓的“尚有”范围内的见线不见形的少数作品，对这些作品一概否定是不科学的，而全部肯定更是错误。最重要的还是黄宾虹叠笔、破笔、晕墨、宿墨不择时而用，无处而不适，无处而不宜，人不知其笔墨之始末，但见其整体性的鸿蒙氤氲，此黄宾虹艺术之大观也。近世李可染先生为黄宾虹入门弟子，天下知黄宾虹者并不多，而可染先生所口述，多经其深思熟虑，不似时下之巧言令色，眩人耳目。

前面提到黄宾虹先生画史之著如《古画微》水准平平的原因，大体彼时所见之真迹不似今日之富，故大体是据《贞观公私画录》、《历代名画记》、《画筌》、《图画见闻志》、《古画品录》诸著述之综合并参以己见，并不曾证以实物、佐以发掘，故而基本上是从文字到文字的工夫。其次，站于史家立场的黄宾虹，虽比较持平作论，然其根本立场时有透漏，如论八大，虽有赞词："笔情纵恣，不拘成法，而苍劲圆秀，时有逸气，挫规矩于方圆，鄙精研于彩绘。襟怀浩落，慷慨啸歌，世目为狂。"[19]窃以为黄氏似有不甚欣赏、敷衍为文之迹。八大山人以旷世之奇才、伟岸之人格创亘古未见之画史奇迹，前不见古人，后见之来者惟黄宾虹一人，两人之地位相当，何不视为异代知己？立场使然也。黄氏对画人往往于才情风发、一挥而就，不事"层叠数十次"之大师，吝于褒赏。又如扬州八怪中之郑燮，固八怪中之翘楚，而黄宾虹仅以"善书画，长于兰竹"[20]七字评之，不亦过轻忽乎？

要在黄氏评画执于一端，其所惯用词为"浑厚华滋"，论者亦多以"黑、密、厚、重"视为黄画圭臬，黄宾虹虽有"重、大、高、厚、实、浑、润、老、拙、活、清、秀、和、雄"[21]十四字诀，然此十四字并无逻辑相关联，且词义模糊，有老而不拙而嫩者乎？有厚而不实而浮者乎？黄宾虹在理论上并不如杜甫之于李太白之宽厚："白也诗无敌，飘然思不群。清新庾开府，俊逸鲍参军。"[22]以厚重苍润如杜甫者，对风格殊异于己的李太白激赏为"清新俊逸"，且称"无敌"，是过于己者也。亦有论者以为黄宾虹之论画十四字，"实都具备尺幅之中"[23]，不亦奖饰过当乎。此十四字，倘为赞誉好中国画之一种说法，则有意义。果推重此十四字，必厌其反，依次排列其对立面为"轻、小、低、薄、浮、乖、枯、嫩、巧、浊、粗、隔、鄙"，亦可作贬损中国画之一种说法。但此直如药店之开药方，学理与审美之意义不甚清晰。且也，论美之文，必求其本身之美，若刘勰、若刘熙载、若王国维之文，其可流传不殆，乃自身之美质，倘以此求诸黄宾虹的专著，恐其所逊远矣。

天才出现的原因可能多种，然大分有二：其一：不知何时、何地，忽焉勃然而发、伟然而生，才思睿敏、意气风发，此先天已然之存在，正不可限以牢笼、匡以陈见，此所谓"冒出来者"。如诗史上之李贺、纳兰性德、黄仲则、吴兆骞，皆二三十岁即攀登绝峰、名披天下者。亦若蚌之藏珠，自已生成，开壳之瞬息，即光照遐迩，其于壳中之珠，生长过程正似胎儿之于母体，不待外力之推动。其二：亦不知何时何地有一人焉，视之木讷，喃喃不能语，然心存弘毅、任重道远、才思积厚、术业渐进，初以为蹈袭古人、不越旧规，然则扫去胸中尘垢，终有一日豁然大朗，此所谓“磨出来者”。榜样未远，齐白石与黄宾虹是其人焉。而黄宾虹尤然。必抱如杜甫“语不惊人死不休”[24]之宏愿、必具“意匠惨淡经营中”[25]之耐力，作茧自缚正为化蛾、蝉衣不蜕只期高飞，正是这些天才发现的艰难过程。当黄宾虹以半纪而磨一剑，其青光储于铗中，当为必然。这是从灵魂深处渐渐浮起的觉醒，不是一声棒喝即可获致的顿悟。当然，也有部分人绝对的笨蠢，一似榆木疙瘩之迂顽不敏，即十世亦不足修成正果者，正所谓砖不可磨为镜也，而其间亦有好事者发现中国之凡高，可为一噱。

知道自己成长岁月之漫长，其间崎岖可谓历尽艰难苦恨，又知道自己的胜果不为乡愿鄙见所容纳，故黄宾虹常有三代之后方有定评之说，以亲友、师生、回护之关系消失，画之自身当可发言。黄宾虹亦有五十年后，始有知音之叹，其中些微的凄凉与孤独，怨而不怒，每每读画思人，不胜感喟。

黄宾虹固非不问世事的隐士，壮岁与柳亚子、冯心侠、景耀月等十九人有南社之集，柳亚子诗称所谓“寂寞湖山歌舞尽，无端豪俊又重来”，确实其中有十四人为同盟会籍者，足见革命空气之烈。其所为作，则大体与革命关系不大。首次雅集，柳亚子、朱梁任大赞辛幼安词，而词学专家庞檗子则大赞吴梦窗。柳、朱适巧皆有口吃之症，何敌雄辞之庞檗子？柳亚子大哭，真堪称“无端”之哭矣。记录此段，意思是黄宾虹之结社交友，虽多时代之先锋，然其最初活动内容与国是相去颇遥。至南社二十周年之时，周瘦鹃谓南社宿以文字鼓吹革命[26]，可作一种热情趋同的说法，至于革命与否，则有周瘦鹃之“鸳鸯蝴蝶”为证。至1948年，黄宾虹忽发“国画之民学”讲演，概念混淆，略无伦次，大论“三角的形状多，变化大，所以美……要不齐、要不齐之齐，齐而不齐，才是美”，“大体中国图画文字在六国时代(范评：六国？春秋五霸、战国七雄，六国不知所云矣。贾谊《过秦论》有九国之师说，指为秦所亡者，然不可以九国为历史专名词)最为发达，到汉以后就完全两样了……”，“我们应该站起来……”[27]，信口诌来，亦大有以“民学”为己任之态，能与“君学”抗争，其业亦伟矣。黄宾虹“立德”“立功”在其大艺术，“立言”在其只言片语，光耀千秋，至于宏论，迄未之见。

黄宾虹内庄而外儒者也，然庄为其本，儒为其用，且常用得不在谱中。我们不能要求以庄子之精神创不世之奇迹的黄宾虹，同时是王夫之、顾亭林，不能神化黄宾虹，误以为他之所言句句切中肯綮。

我曾有《骨相刍议》一文，趣谈古今中外相术之玄机，其实非惟用于相术，亦可用于今之学黄宾虹绘画者，以我观之，今之从事者亦有三层次焉：

一、不知黄宾虹为何人，只迷迷糊糊知道其伟大。于是貌其皮相，朝学执笔，暮已大家。叫嚣乎东西，隳突乎南北。大纛张处，群雄毕至，试看今日之域中，竟是谁家之天下。更有甚者一二人焉，大有佛头着粪之气、呵佛骂祖之胆，执笔凝神，眼空无物，而谓左右云："你说句老实话，到底是我画得好，还是黄宾虹画得好？"众瞠目不知所对。庄云："狗不以善吠为良，人不以善言为贤。"(《庄子·徐无鬼》)深宜此种狂悖无度之徒戒。

二、得黄宾虹之骨相者，目下千无一焉，万无一焉。所谓骨相者，黄宾虹之内美也，若操守、学问、辞章，虽前文论黄之学或有疏漏，然其比照对象为顾炎武，为钱大昕，固黄之博雅，当非一般人可见其项背者。

三、得黄宾虹之风神者，则吾师可染先生庶几近之，然则吾师云殁，后之来者或自称门生、或奢称嫡传，终不成气候，惟耐心待以年月，而不可操之过急。

黄宾虹先生的道路并非唯一之道路。近世有傅抱石先生者，天纵异秉，披麻泼墨，烟云满纸，而悬瀑流泉，修远周流。三十年前之金陵，学山水画者亦曾皆称傅氏门人，竟有造伪者改姓为傅。其隆盛有似于今日之学黄，然则月移星转，盛况不似往昔。学黄与学傅，最难处仅有八字："只可有一，不可有二。"盖凡大师之成，积数十年霜晨雨夜之磨砺，文章得失，寸心所知，断非袭其皮毛、盗其骨殖、冒其精神者可于短期间得之。即偶得一二亦不过寿陵匍伏、苎萝攒眉，徒获笑于士林，更无益于画史。嗟夫，不苦学其过程，而轻夺其成果，其有成者不可预也。

近读郎绍君先生《问题与方法——黄宾虹国际研讨会发言述评》一文，间有卓见，如论"道咸中兴"一段尤可拊掌。然惜其不敢直言，以郎绍君之智不会不感到此次讨论会文章之劣，而绍君宽容之、迁就之，力图构建一座玲珑的七宝楼台，皆大欢喜，然而严酷的画史有时会拒绝其周到。

论述到此，不免感慨万千，悲从中来。黄宾虹先生生前决不会料到死后五十年的如此热闹场景，可恨逐臭之夫以批评家式之言说信口雌黄，带给艺术无穷的灾难，他们忽而兴起，激赏那些败类们的劣作；忽而深刻，说一些绝然无识的、令人费解的外来词语，结果把一片光明弄成混沌，而这混沌中绝无意再放出光明。批评家和画家的红包联手，则使蛮烟瘴雾成了气候。当人们为之而晕眩的时候，后现代则乘虚而入，大行其是，其中的知名者浮动于社会视线之上，据说他们的名字叫作“大师”。

黄宾虹先生九十二岁弥留之际，吟出清彭元瑞的名句：“何物羡人？二月杏花八月桂；有谁催我，三更灯火五更鸡。”[28] 这是他平生所爱、所求的终结，也是他远离深深眷恋的祖国山河岁月的最后言谶。

恩师可染先生尝谓余云：“中国山水画三百年来，黄宾虹一人而已；三百年后，黄宾虹的地位会更高。”这是迄今为止，最具卓识的预言。

---

①②③④⑦㉖㉗㉘ 王中秀编注《黄宾虹年谱》，上海书画出版社 2005 年版，第 549 页，第 555 页，第 549 页，第 549 页，第 533 页，第 207 页，第 495 页，第 560 页。

⑤⑥⑪⑬⑭⑮⑯⑰⑱ 王鲁湘编著《中国名画家全集·黄宾虹》，河北教育出版社 2000 年版，第 74 页，第 74 页，第 225 页，第 206 页，第 205 页，第 205 页，第 206 页，第 96～105 页，第 110 页。

⑧ 1948 年黄宾虹自题《雁宕二灵图卷》，《黄宾虹美术文集》，人民美术出版社 1994 年版，第 386 页。

⑨ 黄宾虹 1951 年致友人信函中语，参见王鲁湘编著《中国名画家全集·黄宾虹》，第 85 页。

⑩ 王鲁湘认为：黄宾虹论画五笔，与中国古代“五行”思想一一对应，“本身就是‘五行’思维的产物”（参见王鲁湘编著《中国名画家全集·黄宾虹》，第 132 页）。

⑫ 王鲁湘编著《中国名画家全集·黄宾虹》，第 206 页。又 1952 年八十九岁自题《湖上晓烟图》谓：“作画落笔，起要有锋，转要有波，放要留得住，收要提得起，一笔如是，千笔万笔，无不如此。”（《黄宾虹美术文集》，第 400 页。）

⑲⑳ 《黄宾虹美术文集》，第 152 页，159 页。

㉑ 黄苗子：《黄宾虹二题》引黄宾虹语，参见王鲁湘编著《中国名画家全集·黄宾虹》，第 230 页。

㉒ 杜甫：《春日忆李白》，《杜诗详注》第一卷，中华书局 1979 年版，第 52 页。

㉓ 黄苗子：《黄宾虹二题》，王鲁湘编著《中国名画家全集·黄宾虹》，第 230 页。

㉔ 见杜甫《江上值水如海势聊短述》，《杜诗详注》，第 810 页。

㉕ 见杜甫《丹青引》，《杜诗详注》，第 1147 页。

# 当代绘画的观念性问题

王　林

绘画从来就不是纯技艺的制作。

原始岩画充满超验意识、崇仰心理和征服欲望，是群居的原始人企图以巫术观念来操控图形对象的一种公共仪式。埃及墓室壁画从以神祇和法老为中心的“玛特”（真理）观念出发，以正面与侧面混合的知识性画法，表现了“理应如此”的真实观和永恒不变的秩序性。古希腊瓶绘特别是红绘中的透视方法，在对神话故事的描绘中吸纳日常视觉经验，让人开始了在虚拟深度中的自由活动。古罗马时期的庞贝壁画更让我们看到了具有实体感的各种人物形象。中世纪绘画的代表样式是玻璃镶嵌画，作为教堂装饰，绘画顺从平面与纵向，突出色彩与线条，轻薄现世生活，崇尚灵魂救赎，乃是对基督教义的宣传和体验。意大利文艺复兴时期以“三杰”为代表的绘画，重新转向市民社会，恢复人的整体价值，体现了古典艺术中人神关系的和谐追求与不断协调。

对西方文化而言，绘画作为独立的艺术样式，是从意大利文艺复兴开始的。达·芬奇在《艺术论》中把绘画视为科学，可以说正是绘画的科学性使绘画的知识基础系统化，成为自身可以不断完善的形式系统和符号体系。透视法以一条地平线、一条中轴线和一个消逝点，使绘画进入锥形的几何结构之中。这种视觉方式建立在日常视觉经验的基础上：人站立在大地，以自己为中心，观看面前的世界。同时，这种视觉方式又建立在被限定的假设的基础上：人以伫立不动的单眼凝视眼前的对象。这种不动的观察和绘画媒介的空间二维性、静止性相通，因此在古典主义艺术中被视为科学的也就是正确的方法。如果绘画只和日常视觉经验发生关系，如果人的日常视觉经验只是伫立地面的观察，如果这样的观察只是不动的凝视，古典主义将会永恒。事实上古典绘画的特点就是把视觉经验恒常化，把艺术创作秩序化，而这正是一个建立在等级制度之上的社会的需要。绘画的科学性实际上是古典时代等级社会权利关系、文化观念和知识型构的结果。

问题在于，上述这些“如果”所言的假设前提会随着社会历史和人的需要的改变必然发生变化。历史不过是逐步展示人的全部潜力的一个过程。

从浪漫主义开始，绘画真正引入艺术家个人和艺术的关系，打开了现代主义关于个体价值的潘多拉盒子。于是我们在现代绘画中看到的是二元对立的艺术格局和各执一端的个人样式，绘画从此因个性自由表达的需要而难以统合。当绘画的观念性不再是集体规范的时候，绘画和历史的关系也就发生了根本变化。首先，古典主义所建立的历史连续性不复存在，艺术像一条松开的发辫，变得披头散发，村姑成了浪女。现代绘画是形态学意义上的极端化，艺术家所追求的乃是形式表达与表达形式的个人特征。绘画的千变万化源自画家对艺术史地位的竞争，而竞争正是资本主义时代的经济与文化的动力。竞争的结果是现代绘画几乎穷尽了绘画媒介所有的可能性，从高技术到无技术，从平面到实体，从具象到抽象，从线条、笔触、肌理、质地到体块、形象、空间、构成。当克莱因用人体模特的滚动来制造印痕的时候，当丰塔那用匕首在画布戳孔来构成画面的时候，当杜桑在《蒙娜·丽莎》脸上加上小胡须的时候，当罗斯科把一张画慢慢涂成黑布的时候，绘画已经完成它在形态上爆炸、扩张的任务。从这个意义上讲，现代绘画始于个性也终于个性，个性解放爆发出来的创造力对于艺术史已不再有开创性的意义。

分析现代艺术史，我们可以发现三条主要线索：

第一条线索是形式—结构的艺术倾向，从新古典主义安格尔那里即见出端倪。安格尔在《土耳其宫女》、《利维尔逊夫人》等作品中，为了轮廓线对比的需要，不惜悄然改变对象的形体，这种唯美的形式追求，实际上已把形式重要性置于对象真实性之上。在印象派以瞬间视觉反应取代永恒视觉经验的过程中，马奈的作品具有特殊的重要性。其《草地上的午餐》开始从画面需要出发，在构想中组织高低不同的视点，而在《奥林匹亚》中则以不同色域组合而不是仅靠明暗变化来形成画面结构。马奈为现代绘画带进了一个新的因素——由构成关系来决定对象世界的本体性和自律性。到了塞尚，这种自律性成为画家的自觉追求。塞尚为了创造出新的具有个人分析特点的画面结构，改变了以定点透视来统摄物象的传统观念，从多个视点的不同角度来描绘静物、风景和人像，以凸显它们在三度空间中存在的立体感，其造型性借助冷暖色的配合而显得更加鲜明。塞尚奠定了西方现代艺术中形式—结构绘画的基础，接下来的变化乃是把绘画分析为形体、块面、空间、光影、色彩、线条、笔触、肌理、质地等等，艺术家抓住其中的某一要素或某些要素进行创作。此种艺术倾向在经过毕加索等立体派的分裂之后，到蒙德里安则至其极。

第二条线索是主观—表现的艺术倾向。从浪漫主义开始，艺术家就把想象、情感等个人体验作为艺术表现的重要内容引入绘画之中。德拉克洛瓦作品中的情感性，哥雅作品中的幻想性，都使主观表达十分突出。而印象派对瞬间真实的追求则包含着对个体主观视觉反应的重视。到凡高那里，绘画最重要的不是空间和构图，而是色彩与笔触，是表现于绘画过程中的激情。对凡高而言，绘画服从于内心冲动，任何外在对象都不过是一种表现形式，是心灵的幻象和情感的象征。凡高真正开创了绘画中主观—表现的艺术倾向。在他之后，马蒂斯、蒙克以及德国早期表现主义、哥布阿画派等等，使表现主义成为现代艺术中延续不断甚至延伸到当代艺术中的重要艺术倾向。而艺术家从主观领域各方面对艺术的开拓，则形成了着眼于感觉、想象、情绪、潜意识等不同方面的艺术流派。其中特别突出的是超现实主义。超现实主义以传统技法摆脱日常视觉经验，其对现实的破坏性，自然和达达主义结合，正是达达主义真正通向了当代艺术。而主观—表现艺术倾向在经历了康定斯基的抽象化之后，在 20 世纪五六十年代和形式—结构艺术倾向的抽象化汇合，形成了美国的抽象表现主义。

抽象表现主义在今天关于文化权力的讨论中被认为是美国文化策略的胜利，甚至被指证为美国中央情报局的文化阴谋。其实，不管这些批评是否属实，抽象表现主义作为现代绘画最后的辉煌，之所以兴盛于美国，风靡于欧洲，并影响全世界，自有其艺术史的逻辑根据。它既是形式—结构艺术和主观—表现艺术从不同倾向走进抽象的自然结合，也是艺术基于个性解放在绘画媒介本体中达到终点的必然结果。抽象表现主义不仅是美国的胜利，它也是发端于巴黎的现代绘画的胜利。聚居于巴黎的各国画家（包括不少华裔画家），不约而同地欣然接受抽象表现主义的影响，不是没有道理的。事实上，对抽象表现主义绘画中的美国文化霸权的分析，已经在后现代语境中认可了抽象表现主义对现代绘画的总结与终结，绘画不可能再回到完整的形态学和语言学的状态。抽象表现主义之后是一个转折，这就是 60 年代后期的波普艺术。波普艺术的突然出现，并不是一个孤立现象，它是现代主义二元对立的矛盾所致，也就是下面要谈到的现代艺术的第三条线索。

第三条线索是行为—功能的艺术倾向。它基本的特点是对传统的彻底颠覆。形式—结构艺术和主观—表现艺术的创作，尽管也是反传统，但仍然留居于形态学关于绘画样式的界定之中，只不过是以个人化的方式在分解传统。如果不从古典主义的统一性出发，传统绘画的评价标准仍然在发挥作用。而行为—功能艺术倾向却对此表示怀疑，企图为视觉艺术另寻出路。从高更对绘画本身的疑虑开始，就以降低技术性的方式来摆脱绘画规则的约束。而未来派言词激烈的反传统宣言，则引发了达达主义对艺术史彻底改写的欲望。杜桑在艺术领域的所作所为，最后带来的是非艺术的现成品，是选择即创造的艺术观念。当工业产品、日常用品、既成艺术作品以及自然界的东西全都可以直接进入艺术殿堂的时候，现代主义在其发展的同时已启动了死亡机制，就像生与死在人体中同时并置一样。可以说，行为—功能艺术倾向乃是现代主义内部的后现代艺术，是当代艺术发生的前奏和艺术史的逻辑结果。

60年代后期波普艺术乃是当代绘画的起点。在波普艺术之后，装置、行为、大地艺术和概念艺术等非架上艺术成为热门话题。架上绘画在70年代似乎跌入低谷，但进入80年代，随着德国新表现、意大利超前卫、英国新精神、法国新形象和美国新意象等等绘画现象的出现，绘画又重返艺术舞台。90年代以后，随着艺术多元化的扩展趋势，苏联、东欧、中国以及拉美、非洲、中东的画家亦加入到当代艺术的国际化交往之中，为当代绘画注入了来自不同文化背景的力量，形成了当代绘画题材丰富的、多元化的文化景观。

波普艺术的出现意味着艺术资源、艺术方式及艺术价值观念的彻底改变。大众文化、消费文化和商业文化堂而皇之地进入艺术领域，改变了现代艺术的前卫性、精英性、技艺性和学科性。与波普艺术同时出现的是超级写实主义，两者互相呼应，把各种非艺术的图像全都带进了绘画领域。照片、影像、广告、文字、图案和涂鸦，这些东西同绘画自始以来的“绘制”放在一起，只能导致一个结果，那就是：如果还有所谓绘画，就必须追问使用这些图像的根据。而在这之前，绘画以其绘制的技艺性作为一种艺术形态而存在，不需要任何其他理由。更为重要的是，在波普艺术之后，绘制本身也必须接受追问：既然绘制已不再是绘画的必要条件，那为什么一定是绘制而不是复制呢？波普艺术的出现即意味着绘画的观念化，意味着绘画必须在绘画之外、或者说在绘画技艺之外为自己寻找创作的理由。阿瑟·丹托在其《艺术的终结》一书中就曾谈到过“哲学对艺术的剥夺”，其实，当艺术反过来入侵哲学并解构哲学的时候，艺术的观念化反而取得了一种新的历史意义。用阿瑟·丹托的话说，就是“它对其历史的意识就成为其性质的一部分”[①]。而所谓“历史的意识”对当代艺术而言，不是不同的历史时期本身的出现，只是对现代主义终结的历史体验。鲍德里亚在谈到美国波普艺术家沃霍尔等人时就这样认为，“他们不是艺术史构架内的艺术家，而是外在于这种构架的人”[②]。

绘画“性质”在过去对于绘画的研究中作为一种美学判断，给人的感觉就像对物种的描述，似乎很难改变。但实际上并非如此，它既没那么确定也没那么长久。不仅从古到今绘画的性质一直在发生变化，甚至在绘画成为绘画时，不同民族文化对其所作的判断也各有不同。比如传统中国水墨画就很少有还原真实场景的追求，其空间形象不是视觉经验的再现，而是意构组合的结果。或者以视野鸟瞰的方式“以大观小”，或者以视点移动的方式“人与物游”，重意构而不重现场，重平面而不重深度，重书写而不重制作。事实上，“绘画是什么”的问题不只是一种美学问题，更重要的，它是一种意识形态。性质的改变即意味着权力的改变，美学之争的背后隐含的是话语权力关系，所以意识形态惯性会尽力维护关于艺术性质的既有判断。历史意识对美学本体性质界定的介入，意味着艺术作品总是处在与其他艺术作品相比较的时间序列之中，意味着艺术作品总是处在当下的具体的历史情景之中。也就是说，我们对绘画作品的价值评估主要地不再以“绘画是什么”为根据，而是更多地转向了“绘画做什么”的问题。

尽管如此，形态学关于绘画的美学判断并非毫无作用，因为从思维角度讲，“绘画做什么”总是针对“绘画是什么”而言，而历史意识也始终是针对本体判断而言的。在这里我们可以见出传统的力量，传统始终是一个参照系，是我们谈论今日艺术的必要条件。

什么是绘画？绘画是以造型、设色、构图等手段在平面上绘制视觉图像的艺术。如果宽泛一点，手段方面还应加上刻印、拼贴、影像复制和实材组合，但这样一来就会突破绘制的边界而纳入非绘制的制作。更进一步，也就突破了绘画创作的传统观念，从而改变我们关于艺术的观念。于是仅仅依靠形态学对于绘画的美学判断就不再适用于当代绘画艺术，起码是不再够用。因此我们要谈论当代绘画，也就必须引入绘画的观念化问题。

如果要对当代艺术作一个硬性分类的话，我们大致可以分出观念艺术和架上艺术。观念艺术包括装置、影像、行为、环境艺术（含大地艺术）、方案艺术（含概念艺术）等等。而架上艺术则包括绘画、雕塑和摄影照片，对于中国艺术而言还应包括书法。观念艺术很容易介入架上艺术，比如像实体性的绘画、装置性的雕塑、观念摄影、观念水墨、观念书法等。

绘画作为最典型的架上艺术，首先有一个当代性问题。从时间上讲，以波普艺术出现作为当代艺术和现代艺术的分界线，在西方是上世纪60年代，中国是90年代。但重要的不是时段划分，而是价值判断，是当代艺术不同于现代艺术（当然更不同于古典艺术）的创作观念。

现代画家的主要任务是寻找一种带有专利性质的创作方式来确立个体精神的价值。而对当代画家而言，这样一种纯粹的精神家园已不复存在，形式的孤岛早已沉没。绘画在波普艺术及超级写实主义之后，没有原创性可言。或者说，当原创和挪用、复制等非原创手段并列为艺术手段之后，原创也就降格为自我挪用与自我复制。艺术家误以为找到一种样式就找到了原创性，实际上不过是在不断地挪用与复制，其样式有商业价值却不再具有超前性和开创性的意义。批评、艺术史对架上艺术的意义寻求，已不完全是原创不原创的问题，也不完全是绘制技艺的问题，而是所谓原创、所谓挪用、所谓复制有没有当代文化意义的问题。而且绘制也好、复制也好、涂鸦也好，其技艺水平只是一个基础、一种准入条件，而不总是一种艺术成果。也就是说，绘画的当代性不再局限在技艺之中，不再是绘画语言的个人特征，而是以什么样的观念从事创作、以什么样的观念对待技艺、以什么样的观念运用形式的问题。技术够用为止，观念创造无穷，绘画的观念化成为绘画具有当代性的理由。

什么是“观念”？

第一，是问题的针对性。指的是艺术和当代文化问题、现实问题、精神问题的联系。在当代文化语境中，同样有一种价值怀疑和现实批判的精神，但这种怀疑和批判与现代主义不同之处，乃是对启蒙话语及其文化权力的自我反省。正是对知识本身、对公共标准、对自身地位的自觉意识，后现代知识分子致力于揭示隐蔽的社会结构和文化结构，以及其中的不公平、不平等、不合理，从而对后工业时代的政治实践、权力关系和人的解放提出质疑，并由此产生积极意义。现代文化是人从专制制度和等级社会中解放出来的文化，以个性自由为旗号，其针对性乃是群体性的传统文化。

这种解放意识既有其价值，亦有其缺陷，因为取代等级的人权主义并没有真正消除人与人之间不公平的现象。个性解放之不彻底，并非只来自于专制主义，也源自个性自由的有限性，源自社会权利和财富按需分配的不可能性。现代主义的革命意义因此而终结，文化批判意识亦开始转向。不再把主要精力放在贫富不均的社会现象而去追寻不平等的起源以及寻找解决问题的方法，而是从现世的、具体的人出发，去讨论更加广泛的社会、文化和精神问题。如果说革命意识是现代主义的批判精神，那么在当代文化中，批判精神则体现为问题意识。

我们正生活在充满更多问题和意识到充满更多问题的时代。人口增长、资源匮乏、环境污染、温室效应、生态破坏、物种灭绝，这些是人类首先必须面临的生存问题，也是地球村意识取得广泛认同的原因。原子武器的发明与发展，让人类陷入可能为自身所毁灭的境地；恐怖主义的出现，让个人失去国家法律的保护而随时面临危机。仅此两个原因，就正在改变国家意识和主权概念。经济全球化和信息网络化使少数民族文化和第三世界文化遭遇灭顶之灾，挽救母语传统和本土文化，保护文化的多样性成为和保护生物多样性同等重要的任务。经济发展使城市成为当代文化的扩散中心，乡村文化、民间文化和草根文化不再具有独立发展的可能性。而日益扩大和增多的城市则集结了数不清的问题：贫穷、犯罪、吸毒、暴力、失学、失业、交通堵塞、人居恶劣、腐败以及道德沦丧等等。更进一步，当商业文化、广告文化、流行文化、明星文化、影像文化、数字文化铺天盖地席卷一切的时候，精英文化、大学文化、高雅文化和纯艺术文化受到极大的冲击。在如此之多的社会、文化和精神问题危及生命、威胁生存的时候，艺术必须也只能成为对问题的反映。

很显然，经济全球化和信息网络化一方面有缩小世界、普及人权的意义，另一方面也造成了文化一体化趋势，从而引发了当代文化中的身份问题和权力问题。人总是属于不同的群体，具有不同的文化身份。大而言之，是地域、宗教、国家和民族。西方人或东方人、基督教或伊斯兰教、中国或日本、汉族或其他民族，这些区别都有其历史根源和现实依据。特别是和国家概念相关的民族传统往往是与特定的地理条件、资源状况、生存方式和语言习俗联系在一起的，是个人精神心理中最稳定最不易放弃的东西。这种归属感一方面具有巨大的凝聚力，一方面具有强烈的抗拒性——对于文化一体化的天然反对，从而成为一把双刃剑，导致宽容的文化多元化或狭隘民族主义及原教旨主义。没有一个民族会真正全盘接受另一个民族的文化，只有弱小民族由于生存能力的缺乏被迫同化以至湮灭。问题不在于民族之间有无文化竞争，其实这种竞争正是推动民族文化与时俱进的力量。问题在于个人性、民族性和国际性如何协调。因为文化的多元化正是人全面发展和个性选择的前提。

从一个社会内部来看，个人的群体关系更为复杂，你是男性、女性还是不同性别的同性恋？你是白领、蓝领还是贫困人口？你是官僚还是百姓？你是主流大众还是城市另类？你是多数民族还是少数民族？你是本地人、外地人还是移民？等等。正是这些社会群体的交叉使你成为有身份的文化个体，使你的表达不仅代表个人，也代表了一定的社会群体。文化身份不仅是话语权力的根据，而且是社会权利的基础，正是个人文化身份的多样性使众声喧哗成为一定历史阶段有倾向性的社会反响，也使边缘话语和弱势群体有发出自己声音的机会，从而使整个世界不至于变成一个强权即真理的世界。除非你永远停留在过去的时代（就像一座停摆但某时可以是最正确的钟表），在问题就是当代性、当代性就是问题，甚至于问题就是你、你就是问题的时候，一个画家不可能摆脱问题意识来从事纯粹的个人创作，你或者自觉不自觉地沉沦于问题之中，或者明确不明确地在揭示与反省问题。

第二，是感觉的智慧性。所谓观念，不是指一个概念、一种主意、一些可以用语言来描述的思想，而是指人在感性活动中体现出来的思维水平和感悟能力，即充满悟性、禅机的智慧。智慧是与众不同的体验，是豁然开朗的见地，是突如其来的启发，是力透表象的反省。智慧包含着感觉的新锐和思想的省悟，是感觉中的智慧和智慧中的感觉，是“更深刻地感觉”。毛泽东在《实践论》中写过一段很适合艺术思维的话，他说：“感觉到了的东西，我们不能立刻理解它；只有理解了的东西才更深刻地感觉它。”[③]——艺术需要的不是感觉而是“更深刻地感觉”。这是以独特性的知识结构和共同性的文化问题作为背景，对于事物、对于问题的个人发现和重新发现。不仅是感觉，而且是感悟；不仅是感受，而且是感动；不仅是感觉中的理解或理解中的感觉，而且是把两者融会贯通，充满道义、责任、良知的精神诉求。

感觉有钝锐之分，问题有急缓之别，思维有愚慧之辨，所以艺术观念同样有高下优劣。一是对当下生存的关怀，二是对新旧媒介的综合，两者共同构成当代艺术家的反应能力。由于绘画的技艺性和商业对技艺的收买，当代绘画的最大障碍乃是样式主义。样式是创作的结果，而不是创作的前提，如果为其所限，必然失去对艺术创作的精神追求。从杜桑开始，艺术的观念化就是对样式主义的不断突破，只有这样，才能不断提出精神创造和思想创造的可能性，这种可能性对当代艺术而言是至关重要的。

谈到当代绘画、当代艺术的感觉智慧，必然涉及心物关系与心手关系。为架上绘画所作的辩护，大多都会提到绘画的手工性，这的确是一个值得讨论的问题。

人类进化的成果之一就是手的灵巧。由手的高度完善所带来的技艺性、由自我意识的产生所带来的主动性和由社会关系的形成所带来的延续性，正是包括艺术在内的创造活动的基本要素。绘画的手工性可以说是人类进化能力的高度体现。而手工总是从起点开始，就像任何人都需要咿呀学语一样，任何从事绘画的人都要从头学起，并不因科技的进步而有所改变。绘画作为人类最高级的手工劳动之一（除此之外，还有音乐演奏），代表着人类身体器官进化的最高成果。在进化过程中身体器官总是用进废退，从这个意义上讲，绘画不能消亡也不应该消亡。

但仅此而已，还难以成为“绘画不会消亡”的充足理由，因为绘画乃至所有的架上艺术并不是保卫人手进化成果的唯一方式。进一步的论述在于人和对象世界的联系性。绘画作为一种图像符号，最能体现人把世界符号化的能力（从一个时间的深度的立体的世界到一个平面的媒介的图像的世界）。但这是人类的集体生存能力，是文化传统对个体心理的形成。从人类和自然的关系讲，它是主动的，但从集体和个体的关系来讲，它又是被动的。“约定俗成谓之宜，异于约者谓之不宜”。因此，绘画作为图像符号充满了矛盾。画家总想还给自然一个完全真实的面目，但没有谁能够将自然完全真实地带到画布上去。不论手工技艺怎么完善，符号化的手工技艺所描绘的实在都是一个约定俗成的历史真实，体现为历史文化传统所形成的视觉规范，并不等于实在本身。所以，艺术还需要一种动力性的机制来反拨符号系统的惯性和惰性，来超越既成符号系统的控制，让人重新去直面眼前的世界。这就是生命（感觉、心灵）对现实的直接体验。物理实在性的消退和人类符号能力的进步是成比例的，由于符号传统的控制，人类在相当程度上不再能够直接地面对现实，而电脑、网络的科技进步所造就的虚拟世界，正在进一步增进这种危险性。艺术不能在符号的、虚拟的进程中单向运动，它必须保护原始生命和物理实在的直接联系，从个体生命对现实的直接体验中取得非符号性的抗力，让人不断地重新感受周围世界。卡西尔在 1917 年形成他关于符号学思想的时候，就曾经这样写道："认为只有人类理性才是通向认识实在的途径是不真实的，应是人类的心灵，也就是说它的全部功能和冲动，全部想象力、情感意志和逻辑思维，是它们建起了一座沟通人类灵魂和实在的桥梁，并决定和塑造了实在概念。"[④] 只有在艺术的冲动、想象、情感和思维的共同参与中，人对事物的感知才可能是个人的、原初的和直接的。正是由于生命体验参与了符号意义的生成，艺术才能作为象征性的形式成为灵魂和实在、历史和现实沟通的中介。

这就是艺术的现实性。这种现实性对于绘画创作而言，体现为人与物、画家创意与材料运用之间互动生成的关系。也就是库尔贝在强调日常对象历史真实性的同时，所强调的画面的质材的真实性。也就是海德格尔在存在主义意义上讨论的只有在艺术作品中才真正存在的对象的器物性。从某种意义上讲，也就是绘画的心物、心手关系及手工性问题。

许江曾在《一米的守望》一书中讨论过这个问题。他认为绘画不是"什么"而是"怎么"。"绘画的呈现并非在一瞬间之间，而是在一笔一画过程中人和自然的共同建构。这一笔一画包含着观者与对象的共谋，是在我们称之为理解与思考那个'内视'能力的积极参与下，构造起我们的视觉的真态，所有这些都是在这一米的视距之中演化"。"我们需要通过这样一种绘画行为和过程，来渐渐地引入绘画发生的时空之中。我们在绘画的过程中，在笔墨或用笔用色的躬行的挥洒之中，直接体验那当场的构成者——那当场被构成的画意。这'画意'不是某种不变的先在之'物'，而是通过某种恰如其分的'绘'行而激发出来的构成态，是与更深远的存在之间的互为开启的生发状态"。对这样一个互动生成的过程，许江引用孙周兴的话说："一方面要在存在学意义上质疑对象的自在持存性和坚固性，另一方面又要在知识学意义上否定自我的先验自明性和确定性。"[⑤] 作为一个画家，许江实际上已提出了当代绘画的观念问题，既是对艺术发生学的理论研究，也是对现象学"本质直观"的绘画认识。值得我们认真加以讨论。

人类作为自然的产物，面对着一个已经诞生的世界。这一事实使许多人相信，本质即存在于这个既成的世界之中，因此他们对本质的追寻始终被实证的要求所制约。但另一个更重要的事实是，世界还在不断地产生之中，并且由于人类的存在，世界的产生和精神的产生有了某种必然联系，起码,围绕人类的世界不再是纯粹自在的过程。这一事实说明,本质的不可认识性不仅在于语言等符号系统的有限性和世界的无限性之间存在着共时的隔膜,更重要的是,尚未诞生、将要诞生和正在不断诞生的世界是人类无法作为既成的外在对象来加以研究的,这是历时性的隔膜,是使一切实证受阻的根本原因。

这一不可克服的矛盾告诉我们,人类对所谓本质的把握,只能在参与创造世界的过程之中,或者说,只能是一种直观。而本质上直观并不是对既成事物联系性的认识(哲学)和体验(艺术),而是对创生过程的解悟。它只能存在于物质和精神共有的原发性和不断诞生的过程之中,只能表现为创造者不可言传的直接介入的观照。因为创造过程一旦结束,我们和本质的接近就化为幻影,人面对创造的结果,已经是面对一个既成的世界,而任何对既成世界的研究都和原发性终隔一层。从这个意义上说,本质直观不等于对本质的语言解说,而是物质和精神共有的同时的诞生。从此意义上讲,人对本质的真正理解和体验只存在于艺术的创造活动之中。这一过程既是物质的自然生长,又是精神的自然生长。石头要求自己永远是石头,自我要求自己永远是自我,既成的物质属性和既成的精神意向都不是本质的东西,只有精神在物质材料固有的性质前受阻,物质材料被精神固有的意向控制时,两者互相激发,共同具有的生长性才是本质的东西。艺术本体不是先验的存在,也不是文化的堆积,它是被物质更新的精神世界和被精神改造的物质世界,它只存在于这种世界诞生的过程之中。物质和精神在接触、碰撞之中产生出更新的可能性时,也就是我们直观世界本质和人类本质的时候。

既然本质直观是物质和精神共有的诞生性 ,而直观又必须是人与物的直接接触和沟通——见、闻、触以及由此生成的内心感受,那么,艺术对本质的直观必然是对语言化的美学秩序的挑战。

自在的世界不存在有序和无序的区别,世界的有序化是人通过符号系统对世界的认识,它是语言的“本质”,而不是世界的本质,尽管这种有序化常常被误解为终极真理。艺术在相当程度上由于艺术作品(一个既成世界)所构成的历史,为文化所规约,也被看做是一种符号系统、一种认识世界和体验世界的传统方式,因而有序化被认为是艺术的归宿,古典艺术观即建立在这个基点上。应该指出,物质和精神的共生性并不是一个由文化界定的唯物或唯心的必然性,它是无数可能性的集合,当艺术把这种可能性变成被终止的现实性(艺术作品)时,艺术便取得了它的合理性质。另一方面,物质和精神的共生性也不是人和自然的社会约定俗成的集体化的联系方式(这种方式只能面对一个既成世界),而是个体精神和个体对象之间共有的更新方式,它是本质的(原发性),又是直观的(个别性)。所以,它既包含着有序性也包含着无序性,并且由于既成文化造就的有序性常常构成对创生的压抑,也就需要无序对有序的反抗。

所以艺术是对符号系统的超越,或者说,它作为符号系统拒绝接受固有的文化规约。正是由于无序只有在对有序的反抗中才能体现出来,我们甚至可以认为,无序正是创造主体在直观本质时留下的痕迹。无序和有序都可能成为本质直观得以实现的形态特征,如同婴儿的诞生,可以大哭大叫也可以沉默不语,对它们如何认可和认可的程度是由历史文化来承担的事情。

立足于当代艺术之中来讨论心物关系,有一个问题必须指出,所谓"心"并不是纯然自在的东西,它不能不为集体无意识、知识型构和意识形态惯性所左右。因此在开启事物、自己也得以开启的时候,就不可能只和眼中、思中、手中之物互动。绘画不只是人和物的关系,在人和世界沟通的背后,是人对社会及其既成权利关系的顺从或反抗。绘画之所以在今天需要观念性,恰恰是因为它需要对操控人心的力量保持警醒。艺术是当代文化的批判力量,观念艺术如此,架上艺术如此,绘画当然也是如此——如果它还是当代艺术的话。

在当今世界上,操控人心的力量是十分强大的。封建主义与正在兴起的文化工业,它们与公民自由、个性生长以及人在精神上的全面发展是背道而驰的。艺术如果不在现有事物中谴责现有事物(马尔库塞),如果不通过使异化显明化、极致化而使之走向反面(本雅明),如果不以非艺术、反艺术的方式来否定独裁大众化或大众化独裁(阿多尔诺),就不可能达到真正的创作自由。离开这个前提来谈论自由的有限性,其实是一种卖弄,在关于自由本身的苦难面前,毕竟都显得虚伪。这样,我们又回到了前面关于问题意识的讨论。由此看来,对心物关系、心手关系的研究离不开身心所处的时代,而感觉的智慧性也离不开问题的针对性。这是一枚硬币的两面,不是简单的内容和形式的问题,它是艺术创造和历史情境的关系,是绘画通过观念化保持当代性的根据。

也许我们永远也不可能用语言来真正描述艺术发生的过程,世界的原发性是孤独而沉默的。它的神秘的力量正在于它无法言说。但我们可以参与艺术活动的方式来进入这一过程。在艺术发生的过程中，精神和物质同一，在物质重新诞生的时候，精神也在重新诞生，我们似赤子，世界如朝日。只有在这个时候，我们才真正达到了对世界对人类的整体的、全面的、终极的、永恒的和内在尺度的领悟，我们才能真正感受到超越自我、超越对象、超越文化规约和超越现存世界的无上欢乐。并且，只有在全世界每一个人都成为艺术创造者的时候，我们才能说，人类真正找到了真理，因为最高的真理不过是每个个体的精神世界和他面对的物质世界一起诞生，不断更新，日益丰富，不是物制约人，也不是人利用物，而是物和人并存互动，共生共荣。

上帝创造了世界，到第七天就休息了。剩下的事情，应该由人自己来做。上帝造物的快乐，人只有在艺术创造中才能有所体会。

---

① 阿瑟·丹托：《艺术的终结》，欧阳英译，江苏人民出版社 2001 年版，第 15 页。

② 朱立元主编《二十世纪西方经典美学文本》第 4 卷，季桂宝译，复旦大学出版社 2000 年版，第 117 页。

③ 毛泽东：《实践论》，《毛泽东选集》第 1 卷，人民出版社 1965 年版，第 263 页。

④ 《世界艺术与美学》第六辑，佟景韩译，文化艺术出版社 1985 年版，第 75 页。

⑤ 许江：《一米的守望》，上海书画出版社 2005 年版，第 50、74、80 页。

# 抽象艺术与中国当代艺术经验

## ——艺术史的社会学批评

易 英

抽象艺术在我们的概念中是比较模糊的，在20世纪80年代初，当中国现代艺术兴起的时候，抽象艺术基本上是现代艺术的代名词，泛指一切非学院的风格，变形的、表现的、非客观的，都可以概括在抽象艺术中。这个观念到现在还没什么变化，在一般人看来，只要是非写实的，都是抽象艺术。抽象艺术没有可陈述的内容，在纯粹形式的关系中可能容纳了文化、情感和精神的内涵，但人们并不理解。1981年，正是西方现代艺术刚刚进入中国的时候，在北京的中国美术馆举办了一个波士顿艺术博物馆的美国艺术藏画展，观众的兴趣主要在19世纪末的美国印象派的作品，这些美国印象派画家都受过法国印象派的影响，却与法国印象派有较大差距，他们把学院派的技巧和一些印象派的观念，主要是形式的观念结合起来，但中国观众很喜欢他们的作品，尤其是惠斯勒、卡萨特和萨金特。而真正代表美国现代艺术的抽象表现主义的作品则不被接受，整个展厅里观众寥寥，包括波洛克、德库宁等重要艺术家的作品几乎无人问津。

不管从哪个角度看，抽象艺术都不是一个纯粹的艺术问题。在80年代，中国抽象艺术首先是作为意识形态而产生的，抽象艺术本身是否纯粹、抽象艺术的构成与表现、抽象艺术的教育与实践等等都不重要。80年代初，首都机场的壁画是一个很轰动的事件。肖惠祥的《科学的春天》是一件主旋律的作品，采用了一些装饰性的手法，西方的报道却认为这是一件抽象的作品，记者可能不懂艺术史，但他知道抽象艺术是从西方现代艺术过来的，在中国的官方艺术中出现了西方现代艺术的风格，说明中国正在发生变化，正在接受西方的影响。在1985年的"前进中的中国青年美术作品展览"上有一件由中央美术学院的学生马刚创作的油画《迪斯科》，在西方记者的眼中这也是一件抽象风格的作品，从形式和内容上都反映出这一代青年在思想意识、艺术观念和生活方式上受到西方现代文化的影响。事实也是如此,抽象艺术在当时是一个很敏感的话题,而且是一个政治性的话题,在80年代经常开展的反资产阶级自由化运动中,抽象艺术总是受到批判,这种批判是有道理的,因为抽象艺术确实是西方现代主义艺术的核心问题。抽象艺术在西方现代主义艺术中的意义体现在两个方面。其一是早期现代主义的形式主义,前卫艺术家用各种平面化的形式来反对古典主义和学院主义的艺术规则,也就是三度空间的造型体系。对这个体系的任何破坏都是一个非学院的平面化的过程,不论是印象主义或后印象主义、象征主义或原始主义。“作为‘现代主义的’一种现代艺术形式的标志是强调其有意地、自我批判地关注一种特定媒介的要求,并强调其创新与那种媒介以往所制造的作品密切相关……平面被确证为绘画独有的‘势力范围’,因而也就明白地承认了(绘画)表面成为自我批判的现代主义绘画不可避免的条件”[①]。“平面”就是不断消解“那种媒介以往所制造的作品”的立体性,最后走向抽象,即纯粹的平面。其二是抽象艺术在批评上的意义。一个现代主义者主要不是艺术家,而是作为一个批评家,其判断反映了一些关于艺术及其发展的特定的思想与信念。抽象艺术不只是作为审美的表现,它被标榜为自由的思想,是不接受任何权力与指令的艺术的无政府主义,既区别于受商业支配的通俗文化与大众文化,也抗拒任何文化上的专制,具体地说,在20世纪30年代特定的历史条件下,抽象艺术的自由就是抵制服务于权力和商业的写实主义或学院主义[②]。对于前者来说,抽象艺术是一种形态,是在批判前在的艺术样式的基础上发展出来的新的形态。这一点在80年代的中国艺术中并不突出,但前在的艺术样式是存在的,从千篇一律的现实主义创作方法到学院的写实训练,尤其是教条化的苏俄写实模式,在当时很多年轻人看来,就是束缚人的思想的戒律,创作的自由或艺术的自由就是要突破这些戒律,按照自己的方式来表现自己的艺术追求和观念。但是这种非学院化走得并不远,除了模仿一些西方的另类写实画家(如怀斯、柯尔维尔、弗洛伊德等)外,至多也就是唯美的、装饰性的、表现的写实变形。重要的还在后者,抽象艺术所指示的不在于抽象的形式,而在于隐藏在抽象艺术后面的自由,艺术的自由和人的自由。学院主义本身只是一种风格,但学院主义作为一种权力就是对人的束缚,对思想的桎梏,对艺术创新的限制和扼杀。80年代初,吴冠中提出“形式美”及

"艺术标准第一，政治标准第二"的时候，确实有很大的影响力，但是真正模仿吴冠中的却很少，因为那种形式美只会导致唯美的形式主义；西方现代艺术的形式主义成为年轻人追随的目标，就在于那种形式主义具有更多的精神与人格的力量。1983年前后，《美术》杂志开展关于抽象艺术的讨论，讨论的重点集中在两方面，一个是抽象艺术不是西方的专利，中国古已有之，为抽象艺术寻找合法性；另一个是探讨美的本质和艺术的本质，美的本质在形式，不在内容。艺术在于自我表现，不是客观的再现与模仿。这场讨论虽然不了了之，但却是随后而来的"八五新潮"在理论上的预演。对于什么是抽象艺术，有哪些艺术家创作了什么样的抽象艺术作品，却没有涉及。抽象艺术为什么在中国必然发生，是西方现代艺术的参照还是中国自身具备这样的历史条件？在不具备这样的条件的情况下，就只能是把西方现成的样式搬过来，显现出来的不是艺术本身，而是一种价值认同。抽象艺术承担了超越它自身的意义。"这种新的世界观成为19世纪五六十年代先进知识分子意识的一部分，不久也为艺术家和诗人所接受，尽管大部分是不自觉的。因此，在年代的顺序上——也在地理位置上——前卫文化与欧洲科学革命思想的第一次突飞猛进同时发生，这并不是偶然的"。"在寻求绝对的过程中，前卫艺术已经达到了'抽象'或'非客观'的程度——诗歌也是如此"[3]。格林伯格所指的年代正是西方主要资本主义国家进入工业化的时期，即现代社会形成的时期，现代艺术或前卫艺术是现代性在艺术上的体现，对于抽象艺术的认同潜藏着现代性的诉求。据说，第一幅抽象绘画诞生于1888年，其作者并非职业画家，而是一位建筑师，他是从一个现代社会的视觉经验中体会到新的艺术语言。反过来说，在非现代的条件下不可能产生现代意义上的抽象艺术。就好比我们在讨论抽象艺术的时候说抽象艺术在中国古已有之，是一个无意义的命题。欧洲历史上也有无数抽象的艺术形式，但前卫的抽象却不是古已有之，如格林伯格所说："在力求摆脱亚历山大主义的过程中，西方资产阶级社会的一部分已经产生了某种前所未闻的事物：前卫文化。"[4]它恰恰是在破除传统的古典文化（亚历山大主义）的基础上产生的现代文化。

格林伯格不是单纯从形式上、从审美上谈抽象艺术，他赋予抽象艺术以超乎一切艺术的价值，他将抽象艺术与政治斗争、社会革命相结合，并不是将抽象艺术作为直接运用于现实阶级斗争的武器，而是将斗争的矛头指向资本主义的生产。这个生产包括两个方面，第一个方面格林伯格明确说出来了，就是庸俗文化。现代资本主义一手造就了前卫文化，同时也造就了“后卫”的文化，通俗的大众文化。另一个方面格林伯格没有直接说出来，他指出了一切学院艺术都是庸俗文化，因为都是服务于通俗的趣味。但两者还有一个共同点就是商业化，但商业化的方式不相同。服务于通俗趣味的商业化是通过大众文化的资本主义批量生产获取利润，既迎合通俗的市民趣味，同时也提升这些趣味，把它们规范化、精致化，以适合更大规模的生产，获取更多的利润。在这个过程中学院主义功不可没，学院主义不仅将自身的产品商业化了，同时还为大众文化的生产提供新的能源和动力。资本主义生产使一切艺术都商业化了，包括学院艺术本身。只有抽象艺术在对抗这种普遍的堕落，这就是格林伯格说的：“前卫艺术本身的特殊性在于其最好的艺术家是艺术家中的艺术家，其最好的诗人是诗人中的诗人，这种特殊性已经疏远了大部分早先能接受和欣赏崇高典雅的艺术和文学的人，而他们现在不愿意也未能获准了解其行业的奥秘。普通民众对发展过程中的文化多少是持冷淡的态度，但今天，这种文化正在被实际上从属于这种文化的那些人——我们的统治阶级所抛弃。”⑤

格林伯格的“现代主义”被冠以大写字头的现代主义(Modernism)，以区别于社会性的现代主义和形式主义的现代主义。格林伯格也主张形式主义，但他的形式主义不是审美的与自我表现的，而是历史、文化和社会的形式主义，是植根于历史的动态过程中的形式主义，形式因现实的历史而获得意义。然而，不可排除的是，格林伯格所称的形式是创造了优秀的抽象艺术的形式，如同他极力推崇的毕加索、康定斯基、蒙德里安、马列维奇，并非任何任意的抽象，艺术本身的成果远远大于行为的意义，尽管他没有具体地分析任何抽象的艺术。另外，他所指的前卫艺术的平面化过程虽然包含了前卫艺术对创新的无止境追求的逻辑，同时也预言了现代艺术发展的一个规律，资本主义生产与艺术生产的关系，抽象艺术既对抗大众文化，同时又以大众文化为其资源，逐步从“机器美学”发展到将都市、景观、商业文化的视觉特征纳入抽象的结构与表现。脱离了现代性的生产与社会，现代艺术是不可想象的。马克思说：“说到生产，总是指一定社会发展阶段上的生产。”现代性工业生产，即从资本主义社会发展中形成的历史概念，是由工业生产表现出来的，马克思在《德意志意识形态》中说德国人是“没有历史的"，就是指当时的德国缺乏现代性的工业生产，即现代性的历史阶段。马克思在1858年以后曾在经济学语境中在多重意义上使用过狭义的生产和一般生产概念，主要是指资本主义商品生产和市场交换达到一定水平之后出现的资本主义生产方式中的机器大生产，即现代性的生产。马克思在《1861～1863年经济学手稿》中又说：人们吃喝穿住这样的"第一需要"的"数量和满足这些需要的方式，在很大程度上取决于社会的文明状况"。与生产方式紧密相连的是生活方式，现代性的生产决定现代性的生活方式。文明状况就是生产力发展水平，一定的生活方式总是由生产力发展水平决定的，人们对于特定历史阶段，如现代性，和生产力发展水平的感受是来自他们的生活方式，当然也包括艺术家的语言方式。印象派在初起的时候被称为"现实主义"，因为他们反映的是现实的感受，不论是在形式上还是在题材上。学院主义总是要求艺术家按照一成不变的规则来作画，并将这些规则作为衡量艺术作品的标准。印象派画家不服从这些规则，要求按照自己的感受和经验来作画，这种感受是现实的，在现代社会中，就是现代性的，因此，左拉称马奈和塞尚是"现实主义"画家，波德莱尔则把马奈称为"现代生活"的画家。波德莱尔在《现代生活的画家》中把现代性描述为"瞬间的、短暂的、偶然的东西"，这是指正在发生的东西，传统与惯例都无法解释的事情，就像马奈的《奥林比亚》，一个妓女的形象说明了在传统社会被小心翼翼地掩藏起来的事情，在现在则成为一种时髦，那个给"奥林比亚"送花的顾客肯定是一个上流社会的人物，甚至是一个政府官员，性别和爱情在一个金钱社会中都可以成为一件商品。在这个意义上，马奈的绘画合乎逻辑地建立在针对广泛的现代社会生活问题的基础上。同时，"瞬间、短暂和偶然"也可以理解成一种艺术语言，印象的、片断的、偶然的、不完整的，等等，相对于古典艺术的完美就是一种现代的表现，也是抽象艺术的语言基础。

在上世纪70年代末和80年代初，中国艺术的主流是批判现实主义与乡土现实主义，这是基于历史的反思和现实的批判，也是（新）中国的现实主义艺术传统合乎逻辑的延续，但也就在这个时候这种延续被中断了。张晓刚当时有一幅画《天上的云》，题材仍然是乡土的，几个牧民躺在草地上，背景是天空和云。但这幅画已不被认为是乡土的了，因为画家是模仿凡高的风格，笨拙的造型、宽大的笔触和醒目的颜色，都预示着一种现代艺术的走向。事实上，罗中立在继《父亲》之后尽管还画了《金秋》等作品，但他的乡村系列已经明显引进了一些表现主义的因素。这种乡土与现代的矛盾正好反映了改革开放初期当代艺术的重要转型，这种转型有外部的压力，思想与观念的超前，但在内部缺乏现代性的资源与条件。在这种情况下，对现代艺术的追求只有两种可能性：一个是对本土资源进行形式主义的改造，像吴冠中和袁运生那样，虽然其中包含了个性化与自我表现的成分，但最终是唯美的装饰的形式；另一个是直接把西方现代艺术的形式拿过来，借壳生蛋，这成为中国前卫艺术的主要方式，但也受到诸如模仿和抄袭等的指责。按道理说，前者是中国特色的现代艺术的发展方向，但是后者却成为80年代中国现代艺术的主流，对于现代化的渴求与焦虑是造成这种现象的主要原因。1979年中共十一届三中全会提出改革开放的发展战略，对外开放在根本上是经济的开放，在科学、思想、文化领域，对外开放就意味着西方现代文化的进入，对于艺术来说，就是西方现代艺术的进入，一个追求现代化的艺术运动在80年代初开始形成。对于一个相对封闭、落后和贫困的中国来说，西方现代艺术不只是预示着先进的艺术样式，更重要的是预示着发达的经济社会和现代生活的价值坐标。前卫艺术虽然在形式上模仿西方现代艺术，没有更新的创造，但具有特定的合理性与合法性。模仿不是前卫艺术的终极目标，而是以文化的客体（西方现代艺术）代替了自然的客体（批判现实主义与乡土现实主义），客体是艺术表现的对象和手段，在传统的艺术中对象与手段是统一的，来自自然又还原自然，在现代艺术中，即使是抽象艺术，也有自然的母题，表现的是人的精神和感受，也仍然有自然的因素。但是中国的前卫艺术语言包括抽象艺术却不是从自然或现实中寻找语言，而是从人造的产品和现成的样式中转换过来，尽管艺术家在这样的作品中可能有明确的想法，别人看来却是复制与模仿，即使两个主体有着完全不一样的意图。

在1989年的“中国现代艺术展”上，王广义有一件很有名的作品《毛主席像》，关于这件作品有很大的争议，尤其是经过政治性的解读后，它被视为政治波普的开山之作。实际上，这件作品的象征意义并不是政治的，尽管采用了政治性的符号。对于王广义来说，毛泽东的形象有着双重的含义，一个是艺术家个人的经历，因为他成长于毛泽东时代；一个是中国自身的历史，毛泽东就是现代中国的象征。红色的方格使人联想到“文革”时期的“红海洋”，画毛主席像时用的九宫格。联系到王广义这一时期的其他作品，如打了格子的伦勃朗的《杜普尔教授的解剖课》，就知道方格在画中代表现代艺术的抽象结构，如蒙德里安的作品，而被挪用的作品则代表历史与传统。红色的方格附着在代表中国特定历史时期的文化的形象上，无疑是想反映 80 年代西方文化与中国现实的矛盾与冲突，像抽象艺术那样照搬过来的样式也不可能在中国有所作为。王广义的作品似乎有某种预言性，进入 90 年代以后，历史像绕了个圈子，艺术的主流又回归到了现实主义，不过是以波普和图像的形式回归的。抽象艺术似乎被遗忘了。其实，到 80 年代末，西方现代艺术样式与中国经验和资源的整合还是有了成效，最具代表性的是谷文达、徐冰和吕胜中，但他们的作品都与抽象无关，如谷文达的平面装置《静则生灵》、徐冰的版画装置《析世鉴》和吕胜中的剪纸装置，就像 90 年代的波普一样，越过了现代主义阶段，直接进入后现代。后现代的特点是多元性，从传统到现代，到超现代，从主流文化到边缘文化，都可以贯通，把中国的本土文化用后现代来嫁接反而比现实的视觉经验的表达来得便捷。不过在当时，人们都不把装置看做后现代的东西，因为我们在一个历史的横断面上接受西方百年的现代艺术史，从后印象派到观念艺术，都被认为是现代的。即使是这样，在他们的作品中并没有现代生活或都市生活的踪迹，而是乡土题材与西方样式的结合，谷文达的书法、徐冰的汉字和吕胜中的民间艺术都是如此。

90 年代以波普的形式回归形象，还是有深刻的社会背景的。1991 年 3 月刘小东举办个人画展，他以非常写实的方式表现了都市青年的生活，给人很新鲜的感觉，似乎是一种另类的现实主义，其实在这种写实后面隐藏着的是图像。照片可以改变我们对生活的很多认识，传统的现实主义绘画在表现一个题材时，是按照戏剧舞台的原理来组织画面，典型的环境、人物和情节，准确的造型和逼真的三度空间。照片没有任何舞台的痕迹，动作的瞬间、零乱的环境和平面的空间，这是一种绝对的真实。刘小东用略带表现的油画技术复制了仿真，甚至他的色彩都可以看出照片的痕迹。联想到进入 90 年代后照片的普及，傻瓜相机的流行，遍布大街小巷的“彩扩”，一个仿真的客体时代正在来临。90 年代是中国社会发生巨大变化的时代，市场经济全面展开，经济迅速发展，城市急剧扩张，80 年代的现代化的焦虑被现代化的现实所取代。与无源之水的抽象艺术相比较，90 年代的波普却有着取之不尽的资源,因为客体、仿真、图像已经占据了我们的生活空间。不过,80 年代的前卫与抽象尽管受到照抄西方的指责,但那种追求自由的理想主义精神和寻找文化的热情却是 90 年代所不具备的,从表面上看 90 年代的艺术是本土化了,但这种本土化却是在全球化的格局中处于被西方人安排的位置上。"事实上 90 年代远比 80 年代更加全盘西化,一切都要与国际接轨……全球文化生产体系下恰恰有一个陷阱,就是你们中国人就分工研究中国,实际很可能是按照西方的分工指令在研究中国,不要以为我们只研究中国,就摆脱了全球文化生产体系,这绝对是假像"⑥。有意思的是,曾被认为最西化的抽象艺术,在艺术市场化和商业化的条件下,反而是最难进入市场的。可以想象,一个被西方控制的全球买方市场需要的中国艺术产品必须是中国化的,而且是按照他们的意识形态和政治想象来规定的中国化。在这中间当然没有抽象艺术的位置,因为抽象艺术本来就是他们的东西,经过一百年的发展,早已进入历史和市场。随着现代主义的终结,抽象艺术在西方的历史使命也已结束,它现在只是作为众多艺术样式之一而存在。同样,在中国如同经历了 80 年代的现代化追求向 90 年代的后现代跳跃一样,抽象艺术也消退理想主义的色彩,回归其作为一种样式或风格的本位。不同的是,中国社会的现代化进程反而为抽象艺术的发展提供了条件。

格林伯格把前卫的历史说成一个平面化的过程,一个无休止地反叛与抽象化的过程,但抽象化的基础或视觉资源仍然是社会的。他极力推崇的极少主义也是极端的平面,除了抽象化自身的逻辑外,一个客体化、景观化的社会也是极少主义的基础,因此在研究观念艺术的历史时,极少主义是其来源之一的说法不是没有道理的,极少主义直接导致了景观的语言。说到这儿,就会想到谭平的作品,谭平是少有的在 90 年代坚持抽象绘画的艺术家。他是从探讨版画语言的纯粹进入抽象,他并不关注形式的非艺术的含义,而是关注单纯的形式与视觉感受的关系,但他进入大型抽象作品的创作时,就不是单纯的视觉感受了。他把设计的概念和经验融入了绘画,这和他自己的设计实践是分不开的,从更大的范围说,这种经验又是和中国社会的整体进程分不开的。谭平的设计思想是把现代艺术的语言转换为设计的观念,强调创造性思维与概念的实现,反过来,他又把设计的观念运用于绘画,这可能是不自觉的,但那种极少式的大面积平涂的画面包含了广告、招贴和平面设计的经验，抽象表现的形式在他的画中是随意画出的圆形，虽然有个人的精神暗示与内涵，但相互间精准的位置与关系，反映了他与设计的密切关系。谭平在他的早期经历了自然抽象的过程，他现在的艺术却是对仿真、客体、消费、商业世界的反映。问题在于我们正置身于这个世界，谭平的抽象无须模仿哪种观念和样式，他用抽象艺术的方式来表达他对这个世界的感受和认识，只是他自己的选择。

---

① Charles Harrison, Modernism, in Critical Terms for Art History, The University of Chicago Press, 1992, p. 143.

② 参见格林伯格《前卫艺术与庸俗文化》,《世界美术文选》之《纽约的没落》，河北美术出版社2004年版。

③④⑤ 格林伯格：《前卫艺术与庸俗文化》,《世界美术文选》之《纽约的没落》，第4页，第3页，第9页。

⑥ 甘阳：《古今中西之争》，三联书店2006年版，第20～21页。

# 专题摄影:在文化人类学与终极信仰之间

杨小彦

我不敢说中国的摄影家在开始从事专题摄影时,就都能够自觉地意识到其中的人类学立场。肇始于1978年“四月影会”的当代中国摄影,从思想根源看,其实一开始是建立在对“摄影艺术”的追求上的[①]。“文革”结束后,因为对“文革”艺术的反感,更因为对急剧的政治风暴的恐惧,“纯艺术”的概念成为人们关注的方向。但与此同时,一股要求从“真实”的角度重新看待摄影的潮流也在涌动。公认的具有广泛社会影响的纪实摄影是在1976年“天安门事件”中诞生的,随后,到80年代末期,一种针对专门题材的深度摄影就开始出现了。这种摄影与其说是一般的“纪实摄影”,不如说是有纪实深度的“专题摄影”。和一般的纪实摄影不同的是,摄影家首先要确定一个社会题材,同时要为这个题材做文献和材料的准备,甚至要对拍摄对象做深入的研究,以期在拍摄中能够达到一个观察的深度。尽管从史料上看,引进人类学的相关原则是稍后的事,但即便在早期的专题摄影中,我们也仍然能观察到人类学的某些影子。

从目前所掌握的材料看,1976年以来专题性的纪实摄影,也许是从北京的吕楠开始的。他大约从1989年起,用了近三年时间,走访了全国36家精神病院,一万多名精神病人,拍下了以《被遗忘的人:中国精神病人生存状况》为题的系列照片。如果把开始拍照前的准备工作也算进去,可能时间跨度还要大些。然后,在完成了这一题目的拍摄之后,他又从1992年前后开始,深入中国农村,拍摄题为《在路上:中国的天主教》。这一组照片的时间跨度更大,大致到1996年才基本完成。而且,走访的地方也比前一组范围要大,从江浙开始,经山东到河南,再到西北,然后又深入到云南,几乎走遍了大半个中国。其间还经历了无数的困难,包括被当地公安人员扣留、盘查等,但最后还是完成了这一艰巨的拍摄。之后,又深入到西藏,拍摄以西藏为题材的系列照片。但这一次他一改过去两组走动颇大的方式,蹲在康西藏区一个小村子，一拍就是五年以上，直到2004年才开始让外界少数人看到部分成果。

随着这三组作品的问世，吕楠在专业摄影圈，尤其是纪实圈里享有巨大的名声。但是，他的作品却没有在中国内地公开展示过。《精神病人》第一次刊出是在台湾阮义忠主编的《摄影家》杂志创刊号上。令人始料不及的是，吕楠的作品在国外却赢得了名声。他以“马小虎”为名在日本举办的以“精神病人”为题的展览，就受到了广泛的关注。1993年他还被美国《光圈》杂志选入，这一期《光圈》以介绍“有着广泛影响但还不为人知的摄影家”为宗旨，在全世界范围内选择了十位摄影家[②]。

其实，同时和吕楠拍摄精神病人的还有袁东平。从后来他出版的同类题材的作品集来看，他们两人的确是同时拍摄的，因为其中有不少拍摄对象是同一个人，场景也相同。两个人同时拍摄同一题材的事，在摄影界一直都存在着，不足为奇。比如陕西的侯登科所拍摄的《麦客》，其中一部分就是同胡武功一起拍的。这可以从他们两人同类题材的照片中辨识出来。

如果比较吕楠和袁东平所拍摄的精神病人，我觉得颇能见出两人视角的差异。仅从照片来看，前者多采用平视角度，画面变形有限，而后者的变形则要大一些，显得视觉刺激性更为强烈。从这一题材的拍摄来看，如何在猎奇和平实之间把握分寸，可能是一件不容易处理的事。要知道，当他们开始拍摄精神病人群体时，这个题材的刺激性是不言而喻的。那个时候，纪实摄影刚刚在新一代摄影家的心目中立足，而主流摄影界的整个氛围，包括欣赏环境，仍然被一种流行的审美趣味所统治；选择这样一个题材，已经显示出两人的不同凡响。所以，在拍摄当中仍然考虑到是否平视和如何处理过于刺激的问题，就更见出他们的独到眼光了。我以为，吕楠所显示的平视性，是值得珍惜的，在那个年代具有重大的意义[③]。

经过对精神病人群体的拍摄实践，吕楠无疑积累了大量经验。所以，当他开始第二个雄心勃勃的计划，拍摄中国农村的天主教(《在路上》)时，如何以更加平视甚至是平和的眼光看待拍摄对象，就成为他工作的一个道德基础。

近百年来，以西方天主教传教为标志的外来宗教的进入，在中国经历了曲折甚至是血腥的过程。早年由于传教伴随着帝国主义列强的入侵，伴随着影响中国历史进程的重大事件义和团运动和随之而来的八国联军的入侵，对这些相关事件的评价，至今仍然引起学界的广泛讨论。但无可否认的事实是，自从“文革”结束以来，随着中国的开放，外来宗教得到了一定的发展，而且深入到农村地区，成为近三十年来普通人精神生活当中一个值得注意的现象。

从作品来看，吕楠仍然沿用了他此前的经验，注重日常生活细节的观察与捕捉。关键是，吕楠的拍摄方式是深入式的，也就是基于对拍摄对象的整体把握和细节认同，从而把这一题材上升到当代文化进程这样一个层面来加以认识。而其中的重点是，通过对日常生活细节的拍摄，通过对普通对象的面相与动作的捕捉，把一个群体的精神状态表达出来。这个群体的精神状态，在纪实摄影没有深入之前，是被忽视的，甚至是被整个文化圈边缘化掉的。而在整个社会的分层中，他们也是不被重视的。通过这样的工作，让他们以他们本来的状态进入文化界的视野，应该是吕楠从事拍摄的动机之一。由此，吕楠几乎不做突然性的拍摄，他希望和对象处在某种和谐的状态中，对象比较熟悉他了以后，才开始工作。

把《在路上》和《被遗忘的人》相比较，《在路上》似乎显得要平实一些。作者在拍摄当中尽量少采用俯视角度，对广角镜也比较谨慎小心。我想，在拍摄过程中，吕楠更加关注拍摄对象的日常状态，减少对拍摄对象的干扰。在他看来，只有让对象在他们自己的生活的逻辑中展现，“他们”才更像他们。但要做到这一点，无疑是有困难的。这样一来，不仅要去掉猎奇性，更要加强和对象的交流，让他们接纳摄影家本人，然后才能“生活”在他们中间，捕捉到他们平时的样子。

这一点说起来容易，但在工作中贯彻始终，却不是那么容易的。我相信如果没有一种信念在支撑，如果不是在情感层面上意识到这个问题的重要性，实际工作起来可能就会变样。要知道，作品是不会骗人的，它马上告诉我们作者的态度究竟是什么。

1996年，大致上完成《在路上》的系列拍照后，吕楠马上奔向下一个目标：西藏。无疑，拍摄西藏是一个难题，原因之一就是有太多的人进藏，寻找美丽的旅游风光和异域情调。西藏作为一个拍摄对象，每年从那里生产出为数众多的图像流向世界。从某种意义来说，西藏已经成了视觉猎奇的重要场所。现在，吕楠选择这么一个著名的拍摄对象，对他来说，第一个难题就是要克服上述现象，排除图像猎奇，寻找心目中真正的西藏；第二个难题则是如何在已有的成千上万的西藏图像中建立让人信服的针对西藏的价值观，从而为自己的拍摄寻找个人立足点。

吕楠之所以选择西藏，还是和他前两个专题有着密切的关系。从题材上看，我觉得吕楠的这几个题材有着一些共同的特点。一、他所关注的都是边缘群体。进一步说，不是一般的边缘群体，而是相当特殊的边缘群体。中国的精神病人在吕楠和袁东平拍照以前，估计是从来没有得到过如此规模与持续地注意的。同样，农村中的天主教状况，由于种种原因，大概也从来没有得到系统的反映。西藏在视觉上虽然是一个猎奇的场所，但真正关心普通藏人的图片，其实也不多。这么多年来，几乎绝大多数以西藏为对象的图片都在传达一些似是而非的观念，诸如“淳朴藏民”、“精神净土”、“强烈色泽”、“奇异风光”、“佛国天堂”等等，这些观念与其视觉对应物只是满足那些进入现代文明之后被空虚想象缠绕得更加空虚的人们的意识，却对认识真实的西藏不起什么作用。二、吕楠的选择和他个人的生活状态有密切关系。他原来在《民族画报》工作，但在拍精神病人时，就已经自愿成为一名自由摄影师，脱离单位，自谋出路。吕楠这样做的时候，“自由摄影师”还是极为罕见的。中国绝大多数的摄影师，一方面在体制内工作，另一方面利用体制的优势干自己的活。体制给予他们工作和生活的基本保证，减低他们的工作成本。如果没有这样一种优势和保证，我们无法想象摄影师们将如何工作，更遑论对个人图像的自由选择了。但是，也正因为这种自由状态，大概造成了吕楠从本能上对边缘群体有着天然的亲和力。

总之，“边缘”和“流浪”是吕楠拍摄《被遗忘的人》和《在路上》的潜在主题，这也可以解释他何以不像陆元敏等摄影家那样，只拍自己的生活，只拍自己在其中长大的城市。吕楠虽然在北京长大，但我怀疑他一旦回到北京，摄影的冲动可能就会减弱以至于消失。

吕楠这一次在西藏的拍摄显然和前面两次有明显不同，他只选择一个村庄，而且还不是西藏境内的，只是在康藏地区的一个边远的小村庄，和村民同吃同住，和他们混熟，了解他们，成为他们当中的一员，然后开始拍摄。

本来，吕楠不是那种抓拍型的摄影家，卡蒂埃—布列松的方式对不上他的兴趣，他无法拿着相机，随时处在拍摄状态中，一般性地拍摄眼前所见。他的工作状态是必须先确定一个主题，然后围绕着这个主题做各种准备，从文字到历史背景再到摄影器材与胶卷等等，然后一干就是几年。从这个意义来讲，吕楠不是那种涉猎型的旁观者，而是一个专题的研究者，深入对象是他的本事，也是构成他的摄影之所以具有深沉力量的基础。

这一次吕楠像钉子那样钉在一个地方，和普通村民朝夕相处。2005

年，他的《四季》完成，并在当年平遥摄影节上以幻灯方式发布，当场获得喝彩。屏幕上结实的影像和朴实的形象显然打动了观众，同时，吕楠迷一样的名声也开始传扬。

的确，和前边两套作品相比，在这一组作品中，吕楠试图传达对贫乏单调的日常生活的容忍与满足。我们可以从《被遗忘的人》中了解吕楠的观察，对他来说，尽量不去夸张本来就不正常的相貌和场景，不过分渲染令人难以忍受的苦难，不带偏见地对待拍摄对象，就已经不容易了。第一次接触精神病人群体，通常难以避免夸张或强调其中让人瞩目的现场。吕楠在工作中时常思考他所拍摄的对象的生存意义，以及这种生存意义对于正常人生的影响。显然，这是一个典型的“阿勃丝困境”④，目睹人类罪恶，在面对侏儒和白痴时，刻意寻找这些无法和社会发生正常关系、因而远离人类罪恶的群体中的“天真”与“幸福”，结果走上了结自己生命的道路。拍《在路上》这一组作品时，吕楠面对的是信仰的群体，从信仰角度看，他们同时也是某种脱离世俗社会的存在。这样，我们多少在这一组作品中寻找到对“平静”的视觉解释。但只有到了第三组作品《四季》，我觉得吕楠才自认为找到了真正的“平静”。在他看来，这是一种不需要任何外在力量，只依靠对现实几乎是无条件接受的态度而获得的平静。所以，我们看到，在《四季》中，吕楠留下不少日间劳动的场景，不少亲人间亲密的镜头。我想，可能在他拍摄当中，他的记忆不时被曾经阅读过的某些法国古典绘画的视觉因素所打断，比如以描绘农民忍让平实而著名的法国画家米勒，以至于在《四季》中，我们依稀看到吕楠镜头中的“米勒因素”。当然，我没有更多的证据证明吕楠在拍摄当中真的让某些绘画因素进入他的作品，我的判断纯然从他的作品中得来。也许，吕楠只是被眼前平凡得不能再平凡的村民所感动，他的镜头中所隐含的“古典色调”，只能从对象中离析出来，而没有受到前辈绘画风格的影响。

和吕楠形成对照的是另一位同样用多年时间拍摄若干专题的杨延康。他原来是一个做面点的厨师，上世纪 80 年代中期曾经供职于《现代摄影》。不知是自我发现还是受到这本杂志中诸多作品的影响，总之，他后来放弃了杂志工作，自我谋生之外，就全力投入到摄影当中。最开始杨延康拍了一套叫做《我的兄弟姐妹》的系列作品。这一组照片拍得有点零乱，尽管有“纪实”的因素，但看得出来，究竟“纪实”是什么，他也许不一定有更明确的认识。1997 年左右，杨延康连同陈远忠，还有余海波、王凡等人，开始采访遍布广东地区的十几所麻风病院并进行拍照。他们的作品很快刊登出来并备受瞩目。这是杨延康拍摄专题的开始。

其实，早在1996年，当时正在《粤港信息时报》任摄影记者的李洁军，就已经到广东省中山市南朗镇对外的珠江口一个叫大茅岛的孤岛上，为生活在那里与世隔绝的麻风病人照相。在接受安徽卫视“记者档案”专栏采访时，李洁军肯定地说，他是在1996年6月17日登上大茅岛的。当时的大茅岛几乎真是与世隔绝，上世纪50年代以来，除了医生定期登上小岛外，从来没有外人来过这个地方。大概就在50年代中，这里开设了一家医院，叫“大茅医院”，专门对珠三角各地的麻风病人进行隔离治疗。到了80年代初，这里的病人大部分都已经治愈，但其中部分病人重返社会后，却感受到了社会的歧视，于是绝大部分都选择留在这里。李洁军是在上大茅岛的前一年，在珠海采访时，听珠海的同行说起了这家医院。于是就在第二年，也就是1996年一个人登上了这座小岛。李洁军承认，他是带着多少有点猎奇的新闻眼光来到这个地方的，上岸时碰到的尽是在呆痴中所流露的敌视眼光。这也可以理解，对于岛上特殊的居民来说，李洁军无疑是一个外来者，一个不期而至的“侵犯者”。这说明在半个世纪的隔离中，这里的人已经彻底被社会所遗忘，他们只能依赖在心灵上构筑的自我防线来抵御外界的排斥。这种眼光给了李洁军深刻的印象，现场的感受促使他重新反省上岛时的动机，并把反省贯注在以后的长达十年的拍摄工作中，从而构成了一种全新的价值观。李洁军透过镜头，体会到了每一个个体的真实的尊严。从某种意义上说，是麻风病人的处境教育了作为新闻记者的李洁军，使他明白镜头意味着什么，也知道一个摄影工作者在拿起相机时所拥有的权力感。而这种感受，几乎成为那些长年泡在一两个专题中的摄影家的一种通常感受。

对麻风病人的关注，究竟是不是从台湾摄影家周庆辉开始，对此我不敢肯定。但是，周庆辉一组拍摄台湾麻风病人的作品是在1994年香港艺术中心召开的两岸三地摄影研讨会上亮相的，并马上引起了摄影界的广泛关注。重要的不是因为周的拍摄而有了国内同类题材的出现，重要的是，在面对边缘甚至被抛弃的群体时，摄影家会尖锐地感受到，处理镜头与对象的关系是纪实摄影的一个关键问题，这个关键的背后无疑包含着一种对价值的判断。

回到杨延康。他在大致上完成了麻风病人的拍摄后，从90年代中期开始，深入到陕西农村，拍摄“陕西乡村的天主教”，一拍就是好几年。2005年，中国工人出版社出版的俗称“小灰书”的摄影家丛书，为杨延康的“陕西乡村的天主教”结集出版。在前言中杨延康写道：“我崇尚纪实。2004年的10月，我去北京电影学院摄影系与学生交流时，当放完了这本小册子中的幻灯片时，有位学生问道：‘纪实摄影都是表现痛苦的吗？你是怎样看待痛苦与快乐的？’当时，我停顿了一会儿，真诚地说：‘我的快乐是建立在别人的痛苦之上的。’在摄影界，别人在拍什么我管不着，但我去拍了麻风村，拍了乡村天主教，让大家看到了痛苦，知道了苦难中的他们，这不知是对还是错？”⑤2006年，当杨延康获得首届“沙飞摄影奖”的创作奖，被邀请到中山大学传播与设计学院进行演讲时，同学们也把提问集中到对苦难的认识上⑥。

杨延康的叙述说明，在纪实摄影中的确存在着追逐“苦难”题材的倾向。但是，如果审视杨延康的照片，特别是他镜头中的“陕西乡村的天主教”，你会在拍摄对象上感到一种由衷的愉悦与内在的宽容。的确，对比他所拍的“麻风病人”的苦难而言，“天主教”可能因为多了一层信仰的成分，反而缺少对苦难的渲染。所以，从场所和景观来看，进入杨延康视野的，更多的是环境的贫困与乏味，这种贫困与乏味似乎自古以来就在中国的乡村扎根，从来就跟随着千百万的中国乡民。我相信摄影家在拍摄时，他的选择多少是和自己原有的一种本性相关联的。以杨延康的经历来说，他似乎无法让自己融入城市当中。他生活在深圳，在这座飞速生长的城市谋生，但他的拍摄却和这座城市没有关系。他只要有机会就奔波在乡间的泥泞小路上，把镜头对准那些早就习惯了贫困的乡民。

把痛苦作为一个对象，通过纪实的方式予以披露，的确鼓舞了不少摄影家在这方面去努力。一般而言，痛苦和底层有关，痛苦也容易赢得同情与关注。我不能肯定摄影家之所以把痛苦作为对象是出于煽情的需要，有不少摄影家，从他们的作品来看，是出于对人性的看法来从事这一类工作的。山东的李楠是其中一个例子。从1989年开始，到1997年，他用了近十年的时间拍摄儿童福利院的情形，把真实的痛苦转化为有力的图像。他一开始选择这个题材，可能和工作有关。当时李楠正在民政部门帮忙，1991年调到残联，而残联的办公室就挨着儿童福利院，这让他有更多的机会近距离地观察其中的情形。也许刚开始时多少有些偶然因素，一旦深入到细节中时，一种关注的责任就会自发地生长出来。一般而言，《儿童福利院》属于纪实摄影，李楠的图像却告诉我，他之所以愿意花长时间去针对这样一个主题，显然不能用纯粹记录这么简单的一种动机来概括。的确，在摄影界，一直有人针对某个主题进行长时间的深入拍摄，上述所说就是明显的例子。我发现，一旦他们深入到自己所关注的对象中时，拍摄就会悄然地转变成一种图像信仰，从而加深人们对被日常生活所遮掩的现实的认识。

出于同样的原因，我想也不能把《儿童福利院》看成是“暴露”，似乎在这当中存在着什么具体的罪恶。尽管现实中的确存在着对儿童的不同形式的犯罪，但“福利院”本身却说明政府在面对这么一个问题时所可能承担的责任和可能采取的措施。我之所以特别强调这一点，是因为在纪实范围内，总有人以为那些从事这些工作的人们，他们的目的如果不是揭露，就是猎奇。而另一种意见则认为，摄影如果不针对带刺激性的现实主题，就会失去意义。我不同意这些偏激的言论。要知道，当一个摄影家长期关注一个痛苦的悲剧时，似乎还有更深层的原因在起作用。我想李楠也不只是为了揭露什么才长时间地深入到不幸者当中。李楠通过他的工作希望能够证实一点，那就是不幸者不仅仅是不幸，他们的处境与待遇还包含了对命运的一种思考。那些被送去福利院的儿童，其状况自然是可悲的。即使他们享有福利，也无法从根本上改变这个苦难的处境。更重要的是，福利院的儿童状况，通过摄影家的转化，会适时演变成对现实命运的一个永远沉默而可怕的注解，提醒我们对于苦难的识别[7]。

李楠的《盲孩子》有助于说明我的判断。如果说，在《儿童福利院》中仍然包含着苦难和不幸，那么，在同样包含着苦难和不幸的《盲孩子》系列中，我们却发现了镜头中的喜悦。我不敢说这种喜悦是自觉的，但至少是出自内心的发现。由于先天的残障，盲孩子必然生活在自己的世界中，用彼此能够交流的方式来表达欢乐。自然，审视他的这一组图片，我不得不承认，欢乐仍然是稀少的。但恰恰是这一稀少的欢乐，显示出摄影家的敏锐，也让李楠更深入地理解阿勃丝的独特立场[8]。当然，从时间上来说，《盲孩子》拍摄得更早，这一组图片似乎是《儿童福利院》的一次预演。对比起来看，后一组图片中的欢乐已经荡然无存，只剩下苦难本身，而且是一种近乎绝望的、无法推诿其责任的、因而是先天的苦难[9]。

黎朗也有过对某一专题进行深入拍摄的体会。按照黎朗的《自述》，他之所以投身摄影，是受到了台湾阮义忠所著《二十位人性见证者——当代摄影大师》的影响。这本书大概从上世纪 90 年代初从台湾传到了大陆，

2001年再由中国摄影出版社正式出版简体字版。关于阮义忠的意义，尤其他对中国当代摄影的影响，至今尚没有详细研究。他所编写的这本书以及《当代摄影新锐》，还有由他主编的《摄影家》杂志，客观来说，是近二十年间推动中国摄影，特别是纪实摄影发展的最重要的出版物。黎朗受其影响，只是其中一个例子而已。

从作品来看，1993年黎朗深入四川凉山彝族地区拍摄，既不是出于纪实的需要，也不是人类学式的考察，而是一种情绪在起作用。从情感模式来说，手持相机远走他乡深入拍摄本身就是一种浪漫的流浪行为。我一直怀疑那些几乎对身边事物不感兴趣的摄影家，他们内心潜藏着的是一个和"遥远"这样的关键词相联结的人生梦想；结果，"在路上"就成了他们从事摄影实践的一个内在动力，也是构成他们寻找自我的一种替代方式。在这一点上，黎朗的表现可能是比较鲜明的。他在《自述》中明确地说："我的照片不仅是要去记录什么，而且我一直想通过图片来表达我对周围世界的看法，是一种属于我自己的最朴素的表达方式。因为我想听到我自己毫不修饰的声音。这也是我在拍摄工作中一直追寻的目标。在'凉山彝人'中，我不想仅局限于在简单的民俗风情的记录上，我更想通过专题去表达我对这个民族的歌颂，甚至于是表达人在恶劣的自然环境中的奋斗精神。"[10]的确，审视为黎朗带来声誉的《四川彝人》，抒情式的镜头随处可见，他对长年居住在恶劣环境中、因而让坚忍成为本能的彝人的日常景观充满了感动。这种感动式的图像表明，摄影师通过平凡的场景所看到的既不是对象，也不是现实，而是个人的想象。这一点或许可以解释黎朗为什么在拍摄《凉山彝人》之前，会对儿童题材有兴趣。他为发表在《摄影家》32期上的儿童系列所写的说明中指出："我喜欢儿童，我经常从他们的身影中看到我的过去。我深深地眷恋着我的童年。童年现在对我来说只能是一种回忆。那是一种不可重返而又充满梦境般的童年，她越来越遥远。而这一切本是多么的美好。但是，童年的经历又因人而异，这种经历却影响着每个人的成长。无论怎样，怀念的思绪却每每萦绕在我的心中。"[11]在《自述》中，黎朗更明确地说："我需要一种方式，像儿童样无虑地表达心中的情感。在'风'中，也是我内心的告解，是我心绪的自然的流露，是自然景物所营造的氛围恰好和我内心世界的情绪吻合，一种属于自我的表达。这一切我都想看得更为本质些，那就是人在自然中，在更为复杂的社会中所呈现出的状态，从而反映出人的本质精神和状态。"[12]

的确，黎朗镜头中的彝人和他们所居住的环境是合二为一的，甚至他们的行为也呈现出自然的一面。但是，同时我还发现这种"合二为一"以及"自然"，代表着黎朗的内心向往，暗含着某种独特的抒情性。也就是说，黎朗的情绪在这种个人化的观看当中起到了非同寻常的作用。在他的注视中，人其实就是一道风景，反而风景成了衬托，成了说明人在自然中的意义的优美注释。这一点也影响了他对空镜头的使用(我这里指的是没有人物的景色)。如果单独把这些空镜头抽取出来，一时不容易看出其中的特殊性，可一旦放进整个"凉山彝人"系列中时，就会惊讶地发现，空镜头本身竟然成为视觉阅读当中一个有趣的停顿，类似传统水墨画的空白。当然，我相信黎朗在拍摄当中并不会想起传统水墨，传统水墨所形成的视觉特征也和摄影相差太远，以至让摄影中人无法对此做过多的联想。这或许可以说明为什么人们在观看黎朗的彝人系列时，容易产生似是而非的看法，而在纪实和抒情之间犹豫不定。恰恰是这种表面的暧昧性，成了黎朗作品魅力之所在。

同样是拍凉山彝人，李杰所呈现的影像和黎朗的角度就完全不一样了，其中的差异颇耐人寻味，人们可以从中看到两种不同的拍摄角度及其结果。在描述自己拍摄凉山的布拖及其彝人的状态时，李杰是这样说的："作为一个摄影人，我尊重影像的真实和客观，我更尊重对象的生活本体。在大凉山的整个经历中，我尽可能避免个人经验赋予我的判断和选择，用平民的视角去观察彝人的常态生活。良知告诉我，平静地、客观真实地记录下我在大凉山腹地乡村所经历的人和事。"[13]李杰强调说，他的影像只是"积攒下的关于彝人的生活影像资料，只是素材，只是特定地域彝人生活的切片"[14]。他承认自己并不是一开始就有这样的认识的。在《布拖记事：大凉山腹地彝人生活实录》的《自述》中，李杰谈到了个人前后两次去凉山的不同立场："掐指一算，从初次去布拖到现在已经有二十三年了。记得第一次去布拖是1983年，那时去布拖拍片是创作、是猎奇，暗地里想去拈两张获奖的作品，实际上是盲从的、无准备的四处瞎拍一通。现在重新审视那些年拍摄的几百张胶卷，能选出来派上用场的真没有几张。2000年以后，再次到布拖，选择了平静地面对彝人的常态生活，并把特定地域中的人群放在经济飞速发展的中国这个大背景下进行观察与思考。"[15]在这里，李杰给出了两个不同的年份。从历史来看，这两个年份并不仅仅代表着时间的流逝，而且还代表着摄影观念的重大分歧与变化。1983年的李杰显然受到了当时艺术氛围的影响[16]，到凉山寻找可能的创作素材。那个年代艺术急剧地从“文革”的政治样式中出走，“为艺术而艺术”的观念风靡一时，而“猎奇”，也就是对异域风光与人物的表达，就成为了其中的应有主题。2000 年的李杰在观念上已经发生了重大变化，意识到原有立场的问题之所在，也意识到对象的存在价值无论如何首先是自足的，而不是外加的。也就是说，李杰自觉地采用了一种接近人类学的立场，强调镜头的平视意义与作用[17]。恰恰在上世纪 90 年代，正当纪实摄影运动如火如荼地展开时，社会性摄影在思想上与文化人类学的确是非常接近的。相当一部分纪实摄影家从人类学当中寻找可能的理性资源，来为自己的工作建立价值依据。李杰是这股摄影浪潮中的一个有深度的个案。而比李杰更自觉地采用人类学的立场，也离文化人类学更近的，是来自四川、中年以后定居在深圳蛇口的张新民，他的《流坑》，无论从拍摄还是考察来说，都堪称文化人类学的一个示范性摄影作品，不仅很好地体现了摄影人类学所可能有的观察深度，而且还具备了用图像保留历史所可能具有的客观性。

由于李杰所持有的摄影立场当中的人类学色彩，使得他在画面上始终坚持一种观看的平朴性。更重要的是，他的这种平朴性是和文字调查结合起来共同呈现的。这就和黎朗的偏于抒情的彝人景观形成了有趣的对比，并从中透射出因各不相同的观看角度而产生的图像风格[18]。

希望秉持文化人类学的立场，同时超越观察的“平民性”和“平视性”这种对等拍摄立场的摄影家应该是王征。但他之所以能够在《最后的西海固》中表达了一种宏伟而平实的力量，却首先要归因于他对自己民族的整体回归。这种回归，从影像与观看上分析，显然也超越了一般文化人类学的眼光[19]。

按照王征本人的描述，他的回归和张承志的一本书有关。在为自己的作品集所写的《自述》中，王征谈到了这本书：“我是回族，就生在西吉。1992 年，时任《现代摄影》主编的李媚女士，给我推荐了张承志先生所著的《心灵史》，这是一个描写西吉县沙沟哲赫忍耶教派为坚守心灵的纯净而不断牺牲生命的故事，很感人。也正是这个契机，我才第一次地看到了我出生地西海固这里的事情。想想我在三个月的时候就离开了这里，几乎再没有回去过。《心灵史》是我决心重返家乡的唯一读本。”[20]

应该说，在中国现有的专题摄影家中，可能还没有哪一个像王征那样，并不是因为基于对文化人类学某些原则的认同，才去寻找相应的主题。他对西海固的拍摄本身就是一种人生意义的回归，这决定了他的拍摄不仅是观看，而且还是一种重新的融入。用他的话来说就是："了解西海固，走进西海固，去体会西海固的尊严，西海固人的尊严。"[21]

当然，在重新回到西海固的最初岁月中，已经习惯了某种形式主义图像风格的王征，并不能因为个人的民族身份而马上找到拍摄家乡的摄影方式。我不能肯定正是这个原因才促使王征去寻找某种他所理解的文化人类学的原则来为自己的工作建立基点，但是，从他后来的成果看，采取一种调查式的方式去认识故土，显然还是有作用的，这至少会让他沉下心来了解普通人的日常生活。人们的确看到了王征在图像风格上的显著变化，他自己也意识到这种变化和着手调查西海固的状况有着莫大的关系。通过种种数据的汇总，王征"发现"原先的"艺术"眼光是有"问题"的，这种眼光只会让他过多地关注光线与构图之类的内容，而忽略了细节。恰恰是细节本身，才是构成王征图像的力量的重要因素[22]。

在我看来，王征的变化与其说来自对文化人类学或一般社会学的认识，不如说来自以说明性和叙事性为主导的日常细节的捕捉，以及这种捕捉对从前的图像风格的反拨乃至抵制。在一次和李媚的对话中，王征谈到了这种变化的原因，他说："摄影的价值就是发现收集和保存人类生存的视觉素材。"他还说："影像已经不重要了。影像首先要符合你的目的。""说明性变得更重要。我要照片能清楚地说明一件事，一个细节，一个环境。说明性变得特别的重要。"甚至，为了这个"说明性"，王征还对布列松式的方式提出了质疑，认为那样只会引导摄影家把注意力过多地放在决定性的瞬间上，而忘掉了更具体的内容[23]。

事实上，从图像的语境来看，一个人并不容易去除原先所获得的习惯性眼光，除非他有更大的力量，并借此产生新的意识。在这方面，王征的表现恰恰是让人惊异的。审视他的图像，我认为王征不仅如他所说的那样记录了众多的说明性的细节，我还发现，在他的潜意识中，西海固更多时候呈现为一个壮观而伟大的信仰式场景。在这个场景中，人们不再是一般个体，而是坚守信仰的主体，是默默忍受的群像，在艰苦里体会着上苍的启示。显然，摄影家的这种视觉观是无法用"平视"或"平民"之类的观念来解释的，普通的文化人类学也无助于他对这类场景的发现。恰恰就在排列了西海固民生的各种数据之后，王征笔锋一转，毫不迟疑地谈到了民族的信仰："在宁夏，在宁夏南部山区的那片黄土地上，当有人举起右手食指问道：

'这是啥?'任何一个回族穆斯林都会坚定地回答:'依玛尼!我的信仰还在。'在这里,象征着信仰——依玛尼举起的右手食指,是鉴别穆斯林与非穆斯林的有力方法。"[24]

结果王征把我们带到了信仰与图像的关系上。也就是说,信仰让王征获得了一种前所未有的眼光,来正视他的同胞及其现实。对王征来说,不是风格的价值,而是对象的存在,构成了他拍摄的最终理由。而这个理由又是用信仰来解释的。于是,在王征的审视中,存在与信仰之间就产生了一种对等性:存在就是信仰。反过来也一样,信仰就是存在。问题是,这种对等性只是表面的,因为所有与信仰产生关联的图像都要受制于信仰者的观感与规定。我们无法想象过分形式化的视觉图式能够与西海固的素朴景观产生合乎信仰要求的对等关系。摄影家透过信仰之眼所看到的,恰恰是信仰本身所要求的。伊斯兰教信仰要求通过沉思与祈祷滋生一种超越世俗的向往,要求对苦难产生敬畏,对生命产生恒久的坚守,因为这是通向真主的唯一道路。西海固的贫瘠与广漠、艰难与困苦、安详与简洁,恰恰成为说明信仰坚定的视觉元素,而为摄影家所珍重[25]。从这个意义来说,我以为王征《最后的西海固》是超越人类学的[26]。

把王征的《最后的西海固》和吕楠的《在路上:中国的天主教》以及杨延康的《陕西乡村的天主教》做一个比较颇有意思,因为三组作品都涉及信仰与图像的关系。吕楠的作品具有结实的视觉感,这显示了他对仪式的效果比较关心,所拍内容,也多与仪式及崇拜物品有关。从吕楠的这一组作品中,我觉得他并不是从信仰的角度,而是通过对信仰者的观察来组织拍摄的。也就是说,吕楠坚守的是观察者的立场,通过镜头把信仰本身呈现出来。杨延康只专注在陕西一隅,用了数年时间深入到信仰者群体中。他甚至为此而皈依了天主教。这种选择肯定影响到他的图像感受,同时在作品中也有相应的反映。表面上看,杨延康的图像比吕楠的要散乱一些,似乎不够结实。但仔细阅读杨延康的作品,我会从中找到一种与"寻找"有关的私人化轨迹。也就是说,一开始时杨延康可能还是在观察,但随着观察的深入,尤其是随着个人对信仰的认知与靠拢,图像也就顺理成章地成为个人寻找皈依的有力见证,从而呈现出一种融化在信仰生活中的细致感[27]。对于王征而言,他的信仰既是寻找回来的,又是先天就有的,只是漫长的城市生活让他忘却了其中的面目而已。所以,一旦契机来临,他就毫不迟疑地走向出生地,走向肉身与信仰的原生场所。王征的作品混杂了对细节的观察与对信仰的描述。文化人类学的粗浅知识曾经帮助他“平朴化”地捕捉细节，“平视”乡亲。但是，随着信仰的回归与升腾，他开始自觉不自觉地把眼前的群体与荒漠联结成整体，从而导致了一种具有隐喻意义的宏伟风格。这样一来，王征就不得不超越文化人类学本身，而以信仰为图像的建构标准了。所谓以信仰为图像的建构标准，其意思是，把存在与信仰视为一体，把信仰作为一种隐喻嵌进对象的细节中，而以敬畏为观察的终点。

---

① 至今中国摄影界仍然有“摄影艺术”与“纪实摄影”的区分，影展的分类也证明了这一点。有趣的是，很少有人对这个定义进行梳理。在我看来，“摄影艺术”这一概念的历史内容比所谓的一般性定义更重要。问题是，人们可能更相信一般性定义，而忽略甚至丢掉了背后的历史内容。写于1979年“四月影会”第一回展的“前言”印证了当时新锐的摄影家向往艺术的精神氛围：“1976年的4月，丙辰清明，一伙年轻人拿起了自己简陋的相机，投身到天安门广场的花山人海中，一种使命感促使他们勇敢地拍摄下了中华民族与‘四人帮’尖锐斗争的珍贵文献资料。1979年的4月，以这伙年轻人为主筹办了这个艺术摄影展，大家在新的领域里又开始了勇敢的探索。新闻图片不能代替摄影艺术。内容不等于形式。摄影作为一种艺术，有它本身特有的语言。是时候了，正像应该用经济手段管理经济一样，也应该用艺术语言来研究艺术。”（参见王志平《自然、社会、人》，香港文化新潮出版社1979年版。）

② 顾铮在《显隐中国：中国当代摄影20年》一文中对吕楠的《被遗忘的人》作了如下评价：“在吕楠的奠定了他的中国摄影史地位的作品《精神病院》中，他表达了一种对于人的生存状态的根本关心。而这种关心，成为他后来的摄影全部的信仰与力量所在。这部作品拍摄于中国纪实摄影兴盛的1990年代初，以严肃的现实主义态度面对了现实的暗部，毅然开拓了纪实摄影关注社会弱者的向度。他捕捉人在精神病院这个规训装置中的各种状态，展示人与这个规训装置的关系……”这里，顾铮把吕楠的图像和福科的“规训社会”作了横向的联结，以期让人们从中认识到精神病人世界与日常社会的镜像关系。而在另一篇讨论中国纪实摄影的文章《在现实、记忆与想象之间：1990年以来的中国纪实摄影》中，顾铮对相同的作品做出了角度略有不同的解释：“……（吕楠）在强调一种摄影者与他的对象之间的平等感。显然，他已经意识到了摄影这个行为在拍摄过程中所形成的力量关系的悬殊。人们甚至会想到，这是针对可能受到的‘榨取’对象的指责而预设的辩词。但是，他在自己的影像表现中，确实尽量避免了为追求视觉冲击而拍摄一些更为戏剧性的瞬间（这往往来自病人发病时），尽可能地以他们常态生活中的形象来表现他们。尽管吕楠也承认，作为摄影家的他有一种‘无力感’，但他仍然在进行一种甚至看上有点绝望的社会批判，一种强烈的人文关怀的情怀仍然是他的纪实摄影的内在驱动力。”另，本文提及的获奖之事笔者向吕楠本人查证过。

③ 吕楠的文章也说明他在拍摄“精神病人”群体时的平视性态度。在描述一家县城的精神病院的痛苦事件中，吕楠不动声色地用事实说明了他的拍摄目标：“春天，对中国贵州省榕江县精神病院的工作人员和住院病人来说，是令他们感到难堪和蒙受耻辱的季节。每年春季，榕江县城的居民照例要到距县城五公里的精神病院看疯子。医院没有大门，内低外高的地势使人们很容易趴在墙

头看墙里的疯子，而且丝毫不必担心受到疯子的攻击。'谁也说不清开始于何年'，一位医生说，'大约十年了(1980～1990)'。人们让疯子做各种滑稽动作，甚至，让女病人脱衣服，然后，作为奖励随便扔一些吃剩的东西。有的人，竟把藏有爆竹的香烟扔给病人，病人一抽，嘴和手都被炸得鲜血淋漓。'我们不敢劝阻'，一位女护士说，'一劝阻就要挨打'……"参见吕楠《被遗忘的人：中国大陆精神病人生存状况一瞥》，载台湾《摄影家》杂志，阮义忠主编，(台湾)摄影家出版社1992年版。

④ 黛安娜·阿勃丝(Diane Arbus，1923～1971)，美国著名的女性摄影家，出生在一富有的犹太人家庭，以拍摄所谓的"不道德"影像而著称，并引起巨大反响，导致诸多争论。阿勃丝最后十年以侏儒、弱智、低能儿为拍摄对象，坚称他们才是真正的"贵族"。最后她因抑郁而自杀。

⑤ 《杨延康》，李媚、阮义忠主编，中国工人出版社2005年版。

⑥ 笔者曾经陪同杨延康前往中山大学传播与设计学院大楼做演讲，旁听了同学们的当场提问。

⑦ 把李楠的《儿童福利院》和阿勃丝镜头中的白痴与弱智儿童做一个对比颇有意思。我的意思是说，他们代表了不同的观看立场。李楠的图片仍然包括了对苦难的审视，但阿勃丝却在白痴和弱智者当中看到了先天就没有受到现实社会侵害的可能性之后的表情。这又一次说明了阿勃丝的不同凡响。当然，我这样说并没有希望李楠也作如是观的意思。观看是不能勉强的，这是一个例子。

⑧⑫ 我始终把阿勃丝的图像看做中国纪实摄影的一个镜像，虽然我不能证实这些摄影家在多大程度上以及通过什么途径受到了阿勃丝的影响。我重视的是其中对苦难和尊严的看法。只要持续地把镜头对准苦难本身，摄影家们逐渐就会从对象，进而从图像当中体会到"尊严"的视觉含义。

⑨ 李楠在回答笔者的问题时谈到他所拍摄的这两个题材："当年拍盲童这个专题纯属偶然。我当时为一个官方展览拍聋哑教育成就展览，当时叫盲聋哑学校，我在聋哑教学楼下来，听到低矮的平房里传出歌声，那是我第一次看到这么多盲童，古旧的书桌，很差的环境……记得当时是冬天，由于没有导盲设施，新入学的孩子掉到了厕所坑里，老师在用自来水冲。我震惊了！那时没有拍组照的经验，大家还停留在主题创作上，没有什么书参考，况且这题材是阴暗面，不能发表。第一次发表是在香港的《摄影画报》，几年以后才获奖。当时盲童之所以拍成许多照片，只是感觉记录下他们独特的生活很重要！由于没有主题，我当时想做一个展览，省摄影家协会主席团开会没通过。至于为什么会关注边缘题材，我想可能与经历有关：我父亲是右派，记忆中母亲总是在担惊受怕中度日，父亲下放后身体不好，回家养病时最怕听到送电报的摩托声，任何一派都可以将父亲叫回去。这可能便是我的'压痛点'……对弱势的关怀便成了我纪实摄影的主题。我喜欢融入到我关注的人物中去。盲孩子叫我'叔叔'，福利院孩子叫我'爸爸'……我从容地拍摄。我喜欢孩子们、老师、阿姨们那份纯真，他们特别让我感动。至今我还保持和他们的联系。当然，我也更关注他们的命运。"李楠这段话是通过手机短信发过来的，抄录这里。

⑩ 《自述》，载《黎朗》，李媚、阮义忠主编，中国工人出版社2001年版。

⑪ 黎朗：《自述》，《摄影家》32期，(台湾)摄影家出版社1997年版。

⑬⑭⑮ 李杰：《布拖记事：大凉山腹地彝人生活实录》，中国图书出版社2006年版，第8页。

⑯ 不是艺术哲学意义上的"艺术家"，而是那个特定年代中的一种认定，具有无可比拟的优越感和自我满足感。

⑰ 我之所以说李杰的立场只是"接近"人类学而不完全是人类学，是基于对《布拖》的研读。这部耗费作者大量心血的图像书籍的一个显而易见的目标是，让人们更多地关注彝人的生活，进而帮助他们改变贫困的状态。这种愿望是无可非议的。但是，文化人类学首先要求的不是"改变"，而是"记录"。因为"改变"本身很容易包含着对不同质的文化的价值判断。对于人类学来说，这种判断多少是有危险性的。当然，仔细阅读李杰的文字，就会知道他仍然希望尽可能客观地面对眼前的景象与人物，而不过多地把个人的意志强加给对象。以下这段文字可以说明作者的立场："我们生活在城市，得到天时地利的恩赐和福佑，倘若用城市人的生活经验去考量特定地域的社会边缘人群，显然是一种错误和不平等。"见《布拖记事》，第8页。

⑱ 其实，在我看来，黎朗的图像也带有某种人类学的色彩，只是他更倾向于一种"景观化"的拍摄，以便让抒情落脚到实处。

⑲ 我对于轻率地把某些专题摄影和文化人类学的理论进行类比的论证方式始终有疑虑，事实上文化人类学对于不同质的文化考察有它严谨的要求，之所以如此，就是要防止在考察当中过度滥用个人观点，从而导致对文化的偏见。祛除偏见，力求用更客观的方式认识不同质的文化，始终是文化人类学的一个目标。相反，对个人观点的确认是摄影（哪怕是纪实摄影）的题中应有之义。也就是说，没有个人视野的所谓"纪实"可能并不存在。对此王征也不例外。

⑳㉑㉔ 《自述》，载《王征》，李媚、阮义忠主编，中国工人出版社2005年版。

㉒ 王征是这样来谈论自己的工作的："记录是从西海固回回们的风俗开始的：去看他们的婚丧嫁娶，去拍他们的衣食住行，慢慢地去区别各教派间不同的表征形态，接着逐渐开始关注一些个案的历史背景，用录音的方式记录有关当事人个人命运的口述。这时候拍照片儿时间少了，聊天唠家常的时间多起来，就是在这种闲聊的状态中，逐渐知道一些人或者一些的村落为何沿袭保留着他们的生产、生活、行为方式，以及与他们各种方式相关的种种背景。也借助社会学、人类学'田野作业'方法，设计了包括家庭基本状况、家庭收支状况、婚姻状况、社会交往状况、宗教信仰状况、出生死亡状况等调查表，开始进行入户抽样调查，试图作一些有关他们生存状态的定量分析，并尝试着使用一些在细枝末节中体会意义的记录方法。"（参见王征《西海固：寂寞天堂里的生灵》，引自"王征博客"。）

㉓ 参见李媚未刊稿《不一样的摄影方式》。作者本人提供。

㉕ 请注意王征在提到西海固时所用的充满诗意的信仰式赞美词句："说起西海固，说起那绵绵不绝的黄土地；你，久站坡头，夏日里的旱风能把你骨头缝里的最后一丝消气撕扯出来；你，久望大地，冬日里的旱土也能把你眼球里的最后一根血管撕扯开来；你，做完邦布达（晨礼），慢慢地走上山去，向西，那是一片还挂着新月蔚蓝蔚蓝的天空，它博大，博大得无边无际，它深邃，深邃得无始无终。你静静地体会：这是一个朴实、宁静、祥和的早晨。在那里：你，一个刚刚出世的生灵，一个才离开母腹的婴儿，听到人间的每一个声音，便是母亲或亲人们在你耳旁轻声念诵的'邦克'（招拜词）……从此你便知道了将终生感赞和崇奉的造物主的名字——安拉（即真主），从此你将顺从真主的旨意。用生命去争取和平与安宁，从此你便是一个顺从与和平的使者，有着与这里大多数同样的名字——穆斯林（顺从、和平之意）。"（参见《王征》，中国工人出版社2005年版。）

㉖ 笔者在为王征的"小灰书"写前言时也强调了他的图像当中的信仰因素："他越是了解那一块土地，越是和那儿的人接触，就越觉得照片仅仅有风格不对，仅仅营造一种宏伟的视觉感也不对。他觉察到，如果以一个摄影艺术家的身份去拍照，可能不会有重大收获。他开始正视一个简单的事

实:那一方土地和土地上的人与猎奇式的影像没有关系。他们比表面的视觉还多了一层意义。他们活着,在极端缺乏水源和土质恶劣的条件下,把生存的艰难和严酷的自然联结为一个整体。他们活着,因着信仰的缘故,在单调中传达着生命的喜悦。"(参见《王征》,中国工人出版社 2005 年版。)

㉗ 笔者在为杨延康的"小灰书"所写的前言中,同样提及他对信仰的态度:"麻风病人们不为人知的生活常态提示了一个严峻的问题,那就是信仰。人们的尊严是靠信仰来建立的,否则很难想象他们能战胜生命的脆弱。人们之所以没有被击垮,就是因为他们通过信仰获得了永恒的力量,使他们能够抛弃苦难而达到平静。所以,当杨延康在西北贫穷的农村看到宗教的力量时,他的心灵再一次被震撼了。他发现摄影不是拍照那么简单。摄影是一种体验,对尊严的体验,对信仰的体验。"(参见《杨延康》,中国工人出版社 2005 年版。)

# 国产“大片”的文化盲视

肖　鹰

克拉考尔认为，共同信仰的丧失和科学威信的稳定发展，使现代人普遍采用抽象的态度和方式看待世界，从而丧失了对“我们的世界”的感性观照和把握能力；现代人面临的深刻挑战就是怎样重新找回“我们的世界”的具体存在，“电影使我们看到了我们在电影发明以前没有或甚至未能看到的东西”①，它为现代人提供一条自下而上的精神拯救之路。巴赞说：“电影就是从萦绕在这些人脑际的共同念头之中，即从一个神话中诞生出来的，这个神话就是完整电影（cinéma total）的神话。”② 所谓“完整电影”的神话，就是完整无缺地再现现实“，再现一个声音、色彩、立体感等一应俱全的外在世界的幻景”的神话。换言之，巴赞认为，电影追求的是一种反现代艺术抽象化运动的“完整的现实主义的神话”。但是“，完整的现实主义”不仅是关于再现“我们的世界”的物质真实，而且是关于“我们的世界”的精神建构的。

“大片”是“完整电影”神话的文化实践，它的目标所指就是关于“我们的世界”的神话的经典化建构。关于“我们的世界”“，大片”承担着双重功能：第一，把“我们的世界”再现为具有“奇迹”意义的世界，这个世界尽管充满矛盾甚至敌对，但它仍然呈现出一种深层的稳定性和完整性；第二，建构和表述“我们的世界”内在的价值和稳定的观念，为人们提供共同生活的信念。前者是“大片”的形式功能，后者是“大片”的概念功能。“大片”的形式和概念都是重要的，但归根到底，它的形式和概念的结合要构成一个具有现代神话建构功能的强大生命力的“意指”。

以 2002 年张艺谋《英雄》的问世为标志，中国电影产业进入了“大片”生产历程。国产“大片”，并不是基于本土生存经验、面对全球化语境展开的重建“我们的世界”的电影。中国电影家选择的“大片”生产道路，是“借鉴好莱坞的'高概念'电影模式","以国际市场的典型性商业美学配方"的"宿命"式的道路[3]。在这条生产线上制作的国产"大片",不仅总是面对根本性的文化悖逆[4],而且产生了不可避免的意识形态危机("自甘堕落的意识形态")[5]。国产"大片"的根本失误在于中国电影家对"大片"产生的文化语境及其应当承担的文化功能的盲视,他们在依据商业美学原则配方制作影像奇观的时候,根本没有意识到建构一个"更有力量,更有价值,更有声望"的世界的文化使命。中国电影家对"大片"的制作,只奉行娱乐神话的原则,追求以奇观影像刺激和满足感观愉悦;他们缺少对"我们的世界"的崇敬之心,没有把对"大片"的"意指"的建构实现为关于"我们的世界"的艰巨的精神探险。因此,国产"大片"的根本缺陷不在于它们的奇观化影像制作,而在于它们没有真正有精神意义的"意指"的建构,它们的"意指"是含混和错乱的。"大片"的观影经验同时要求具有视觉和精神的高期待,"意指"的含混或残缺导致的观影失望感,通常是对整部"大片"的否定性评价的主要根源。数年来,国产"大片"始终是"叫座不叫好",根源就在此。

## 一、美化"恶"的场景拜物教

《英雄》是第一部国产"大片",而且也是一个宿命式的范例。以 1987 年的《红高粱》而一举成为闻名世界的中国导演的张艺谋,将"侠客刺秦王"的传统故事作为《英雄》的母题,一方面是出于在国际电影市场中确立民族电影身份的需要,另一方面显然是受到获得奥斯卡奖的李安电影《卧虎藏龙》(2000)的直接启发。

然而,《英雄》没有获得《卧虎藏龙》的成功,相反,它遭遇了前所未有的舆论批评。针对张艺谋在影片中对奇观化场景的无节制的渲染、炫耀,并且以此为卖点,批评家指责《英雄》的叫座是"视觉凸现性美学的惨胜"[6];针对张艺谋在影片中将以强凌弱的暴君秦王塑造为"胸怀天下"的"英雄",批评家指责《英雄》构成了迎合美国式强权哲学的"新世纪"隐喻[7]。在这些批评的基础上,我们应当进一步指出,《英雄》的致命错误在于,张艺谋对本土文化和全球化语境的双重盲视(误读),导致了该片意指的根本性错乱。

在《英雄》中,主人公无名被定义为"英雄"。无名用什么业绩证明了他的英雄身份呢?首先,他向秦王叙述的先后击败长空、飞雪的"业绩",不仅被秦王识破，而且后来他自己也推翻了前说；其次，他自称的“十步一杀”的剑术绝技，只停留于他的口中，始终没有展示出来；最后，他为报国仇家恨，十年苦练之后进入秦宫行刺秦王，当他真正近到只与秦王十步之远时，却仅凭残剑送他的“天下”两个字就主动放弃行刺。司马迁说：“自曹沫至荆轲五人，此其义或成或不成，然其立志较然，不欺其志，名垂后世，岂妄也哉！”[8]刺客精神的核心是“立志较然，不欺其志”。无名自毁刺杀秦王之志，是对其刺客精神的注销。总之，在《英雄》中，无名只是一个空洞的、虚设的“英雄”，而不是一个通过电影语言的有机叙事塑造并向观众呈现出来的血肉丰满、真实感人的英雄。这个“英雄”的空洞性，正好由那个影片结尾在秦宫城门中央、以林立的箭镞圈成的剪纸般的抽象人形来标志。

在此，我们可以将《英雄》中的无名与《勇敢的心》塑造的苏格兰民族英雄威廉·华莱士做比较。在这部电影中，梅尔·吉布松身兼主演和导演。吉布松首先用电影语言细致地展示了华莱士的英雄成长史。影片中一系列华莱士率领苏格兰人民浴血奋战的壮烈场景，连同他与英王、苏格兰贵族首领们之间的斗智斗勇的情节，具体丰富地塑造了一个血肉丰满、威武感人的“苏格兰民族英雄”。英雄的完整历程必须经历超人的壮烈的受难史，并且因为这受难而使英雄的生命被升华到神圣的境界。《勇敢的心》将华莱士的英雄史结束于对他耶稣式的受难场景的展示，对他的英雄性的升华。与华莱士相比，无名的生与死，都是空洞、抽象的。

比较《卧虎藏龙》和《英雄》，可以清楚地看到李安对张艺谋的影响。传统的香港功夫片，是以武打桥段为基本剧情的，银幕上充斥着刀剑拳脚、腥风血雨。在《卧虎藏龙》中，李安不仅降低了武打情节的比例，而且把以击剑为主的武打情节纳入到主人公李慕白与俞秀莲、玉娇龙三人的心路展示中，由武侠“剑舞”演绎出道家“心学”[9]。这种叙事转换，不仅使电影的叙事可以在极具抒情性的节奏中展开（富有纯粹的音乐性），而且开启了真正将“武侠”作为一种文化来叙述的电影实践。应当说，李安用电影诠释的是一种道家精神的冷蕴的武侠文化。张艺谋采用了李安冷蕴的武侠文化叙事策略，但是，他仅得其形、未得其神。从叙事节奏来看，因为《英雄》的情节严格控制在无名及其对话者秦王的话语中，的确具有李安武侠电影的冷蕴风格。但是，张艺谋并没有在这种冷蕴风格中读解出李安的文化关怀。在《卧虎藏龙》中，李安表现了孕育于道家观念的对自然的深沉敬意和基于现代人文精神的对人生的严肃珍惜。在该片中，湖光山色和旷野荒漠，都表现了一种含蓄而如梦的亲切感，它们与人物及其活动是交融、和谐的。这种效果来自于该片使用低反差的胶片拍摄，使用中间色，灯光、布景都以此为标准，形成了"半现实、半抽象"的意境，这种意境接近于道家的冲淡玄和之意。李安对自然的敬意还表现在，除了客栈械斗一场再现了《龙门客栈》式的器物毁损场景，《卧虎藏龙》的武打场景都保持了自然景物的完整性。李慕白与玉娇龙竹林剑斗，不仅没有一枝竹子被剑劈或摧折，而且竹子的风姿变化与人物的动作、性情的展现达到了出神入化的融合。同时，对人生的严肃和对生命的珍惜，是李安注入《卧虎藏龙》的核心精神。他是带了一种深刻的悲悯和惋惜来看待人生的。作为一部武侠大片，该片只展示了绝世仇人碧眼狐和李慕白的死亡，一种江湖仇怨的宿命式的死亡。对于玉娇龙偷剑逞凶，俞秀莲宁愿自身受伤，也不忍下狠手还击，李慕白则执著教化这个野性女子，直至付出了自己的生命。影片结尾是在武当山，当情人罗小虎许愿两人同回新疆后，玉娇龙纵身跃向深谷，但旋即又飘飞向西北蓝天。这个结尾也是"半现实、半抽象"的，它是把现实的困厄和理想的飞翔糅合在一个身怀轻功绝技的女子的动作中了。

然而，在《英雄》中，张艺谋不仅循其《红高粱》以来的高调风格，无节制地使用奇观化的场景，滥用美学暴力，而且表现了对自然和生命双重轻视、张扬野蛮残杀的暴力美学追求[10]。在《红高粱》中，张艺谋用"百十亩红高粱"在高天长风下的摇曳鼓荡场景展示他对中国民间"野性生力"的礼赞，而在《英雄》中，他把秦军对赵国的剿灭演绎为由机械射发的箭镞云阵和赵人如草芥一样被射杀的浴血狂舞。因为画面色彩的高度饱和，这种集团化、机械性的种族灭绝镜像在神话暴力的同时，把生命抽象为无意义的色点，所以这个场景真正传达给观众的是红(死亡)与黑(屠杀)的视觉暴力冲击。在该片结尾，随着秦王一声令下，这种机械性的集团性杀戮镜像再次向观众表演，虽然它只是针对刺客无名一人，而且是自动放弃刺杀秦王的刺客。《英雄》要宣传的主题是"手中心中均无剑"的"胸怀天下"的"和"的文化理念的，但是，它却极具讽刺性地用其画面推崇暴力美学！

通过《英雄》，张艺谋为国产"大片"确立的是场景拜物教的电影美学。这种电影美学将高度符号化的"中国场景"奇观作为"大片"制作的核心目标，在这个目标下，人物完全变成了无生命、无意义的符号化的道具。自

《红高粱》以来，不惜重金营造大场景，一直是张艺谋电影制作的不二法门。在张艺谋式的大场景中，最典型的特征是人和物的几何化、机械性的极度堆砌，营造出铺天盖地的集团化的场景视觉冲击。张艺谋是最善于使用数以万计的群众演员做道具的导演，无论在战争场景还是宫廷场景中，他都离不开这些"活的道具"。他让这些"活的道具"营造了暴力和强权的奇观影像，而且不容置疑地清除了它们（他们）的面目和表情。在其第三部"大片"《满城尽带黄金甲》(2006)中，张艺谋把这种场景拜物教表现到了极度疯狂的境地。从片首宫女晨起列队展示千篇一律的高隆半露的酥胸，到片尾敌对的军士如机器一样列阵相互残杀，该片始终在用张艺谋式的场景巨制冲击着观众的视觉。

但是，张艺谋的场景拜物教美学，并不是空洞的追求视觉奇观的美学，而是以对"人性恶"的理念迷信为核心张扬暴力、强权、仇恨和情色的场景拜物教。如果说，在《英雄》中，因为直接受到《卧虎藏龙》的影响，张艺谋的场景拜物教还是由一种似是而非的"善"的色调来装饰的，那么，他的另外两部"大片"《十面埋伏》(2004)和《满城尽带黄金甲》则是赤裸裸地对"恶"的奇观化展示。《满城尽带黄金甲》的剧情和人物脱胎于曹禺话剧《雷雨》。作为中国的经典现代戏剧，《雷雨》展示的是周朴园一家和鲁贵一家复杂的关系和感情冲突，是20世纪早期中国现代性的人性矛盾及其悲剧的揭示。曹禺是带着深沉的现实关怀和人生理想来写作《雷雨》的，即使是对周朴园，也在披露他的自私与虚伪的同时，展示了他遗弃鲁侍萍之后三十年仍不能消除的内心痛楚与悔恨。在戏剧结尾时，周朴园让儿子周萍下跪认做女佣的生身母亲鲁侍萍，不仅表现了他的人性深处的善的存在，而且表现了曹禺对美好人性的坚定信念。曹禺自述写作动机时说："我写《雷雨》是在写一首诗。"[①] 然而，《满城尽带黄金甲》在把《雷雨》故事和人物宫廷化的同时，也将其主题变成了以宫廷生活为背景的赤裸裸的家庭权谋、乱伦、杀戮，全剧浸透了仇恨和血腥，唯一可称为纯情的是蒋婵，但她也在无知中与同母异父的元祥太子相爱而乱伦，而且惨死在国王卫兵的刀剑下。与《雷雨》的结局是老年周朴园关爱与守护着疯病的鲁侍萍相反，《满城尽带黄金甲》的结局是宫廷内夫妻父子弟兄互相血腥仇杀，老年周朴园寻找逃离十年的鲁大海仍不放弃，而张艺谋用长达五分钟的镜头展现大王怎样酣畅淋漓地将杀死太子的元成王子鞭笞致死。

在对《英雄》的批评中，批评的矛头总是分别指向张艺谋追求画面奇观化的“唯美主义”和反历史的谄媚强权的“天下”观，似乎是唯美的影像错配了理念。然而，事实上，正是张艺谋暴力崇拜和轻视自然与生命的文化意识促使他追求和迷信那些所谓“唯美”的奇观化的暴力影像，这些影像不仅在伦理上是恶的，在美学上也是恶的！美国学者盖特指出：“对艺术作品所表现的观念的道德评价，是对这些作品的审美评价的必要层面。这就是说，如果一个艺术作品表现了某种道德缺陷，它就在同样程度具有审美缺陷；如果一个作品表现了值得嘉许的道德观念，它就在同样程度上值得美学的称赞。”[12]在艺术作品中，对现实景象的表现方式是和艺术家对现实的态度分不开的。在解读被称誉为“世界电影史的一个里程碑”的纳粹经典电影《意志的胜利》(1934)时，德维诺娃指出，这是一部美与恶交织的电影，在对它作美学考察的时候，必须同时考虑它所提出的道德问题。事实很清楚，该片导演莉芬斯达尔不是单纯地依靠她的天才的导演艺术创作了这部纳粹经典电影，而是同时非常自觉、明确地将她对纳粹的认同和对希特勒的个人崇拜注入了她的创作中。通过这部电影，莉芬斯达尔不仅对纳粹场景做了审美化的再现，而且实际上参与了这个场景的建构。德维诺娃说：“无论它的成就如何，《意志的胜利》是错误的。它是错误的，因为它的场景是错误的。它的场景是错误的，因为它虚假地表现了希特勒和纳粹的特征，它把这些本来是恶的事物表现为美和善的东西。”[13]当我们考察充斥在《英雄》中那些轻视生命、美化暴力和杀戮的场景时，我们同样应当在美学与伦理学的相关性中来解读张艺谋的电影观念。

## 二、奇幻拼贴的“神话”

在张艺谋的以“恶”为核心的场景拜物教美学引导下，以高度符号化的“中国场景”对暴力、杀戮、情色作奇观化的展现，成为中国“大片”制作的宿命。这种宿命对国产“大片”的钳制是超越导演、题材、类型的。冯小刚的《夜宴》(2006)，不仅以同样的场景拜物教美学呼应了《满城尽带黄金甲》，而且典型地印证了这种宿命[14]。《夜宴》的剧情和人物脱胎于莎士比亚的《哈姆莱特》，是对后者的中国化改写。从故事情节讲，《哈姆莱特》是一个复仇故事。但是，复仇并不是该剧的主题。《哈姆莱特》的主题是通过哈姆莱特表现出来的在面对恶时人类本性中的矛盾、彷徨，以及因此导致的深沉的悲剧。在这个戏剧中，只有现任国王克劳狄斯一个人是恶人[15]。然而，哈姆莱特对复仇的犹豫是导致包括他自身在内的剧中六人死亡的重要原因，因此这是一出性格悲剧，它表现了莎士比亚深刻的人性省思。但是，在《夜宴》中，依然展示的是在奇观化的“中国场景”（山水与宫廷）中表演的宫廷倾轧、乱伦、谋害和杀戮。这部电影的基调是阴冷的，它的画面，不仅封闭阴沉的宫廷（黑），而且吴越山水（绿）和北国冰雪（白）都表现出一种令人抑郁的冷意。这些画面正好成为展现血腥暴力的场景。与《满城尽带黄金甲》一样，在《夜宴》中除了一个痴痴单恋着无鸾的青儿给观众一个纯情的形象外，包括太子无鸾在内，所有的人物都沉浸于宫廷的权力争夺中。《夜宴》为极端化宫廷的“邪恶”，把《哈姆莱特》中的孤弱无助、忍辱偷生的王后，改写为密谋政变篡权、设计毒害厉王的野心家。《夜宴》设计了一个类似于《哈姆莱特》的恩怨情仇同归于尽的毁灭性结剧。但由于完全是以恶报恶的倾轧残杀，“在《夜宴》艳丽凄美的所谓悲剧外衣下，缺少的恰恰是一种人性的价值。因而，这场毁灭，也就不可能真正的震动人心！”[16]

陈凯歌的《无极》(2005)表现了同样的场景拜物教美学。如片首在马蹄谷成千上万的狂奔的野牛追逐、践踏一百三十三名奴隶的场景。这个令人“惊心动魄”的场景除了展示奴隶昆仑神奇的奔跑力外，与后面的电影叙事的发展毫无关系。这个奇观场景除了表现陈凯歌导演的独特的想象力外，还表现了张艺谋式的对自然和生命的双重轻视。但是，与张艺谋、冯小刚不同的是，陈凯歌为他的场景拜物教美学设置了一个“无极”神话的叙事动机。在影片的引子部分，从少年无欢手中骗回馒头的倾城，又在逃跑中将手中的馒头丢失在湖水中。当她正在哭泣的时候，满神自天而降，告诉她“无极”可以给予她需要的一切，条件是她承诺不再得到他人的真心的爱。另外，满神还向大将军光明发布了两个预言：第一，鲜花盔甲的新主人（昆仑）必杀了王，他必赢得美丽女人倾城的爱；第二，光明动情流泪的时候，就是他的死期到的时候。然而，该影片的发展与满神的预言并无内在关系，尽管电影的结局生硬地“印证”了满神预言。实际上推动整部影片叙事的动机，是无欢对倾城为一个馒头欺骗他而生的仇恨——复仇是该片的真正动机，所谓昆仑与倾城真心的爱，光明因动情爱上倾城被无欢杀害，都是外加的点缀。因此，所谓“无极”神话，在该片中只是个虚假的套子，实际是一个并无意义的符号，陈凯歌之所以要借用这个神话套子，不过是要为他的奇观场景附缀上神话的奇幻色彩。可惜的是，一个虚假的神话套子不仅不能支持一部“大片”的奇观场景，相反会更加暴露这些奇观场景的虚假、空洞、怪异和无聊。《无极》给予观众的观影感受就是如此，它显示出陈凯歌在这部电影中丧失了基本的叙事能力。陈凯歌在《无极》中显然是把神话的叙事功能简单娱乐化了。正如片中生硬糅入的无欢无端剿灭雪国人的情节不过是对“80后”作家郭敬明的《幻城》情节的仿袭，陈凯歌在《无极》中采用空洞的“神话”符号，是把“80后”作家的奇幻拼装术当做自己电影转型的新路径了。陈凯歌曾是“第五代”电影的领军人物之一，他导演的《黄土地》在20世纪后期中国电影发展史中具有里程碑意义。这部电影表现了生息于黄土高原上的中国农民的坚韧之美。这种坚韧之美，只有真正在这片土地上经历了同样磨砺的陈凯歌这代人，才能感受和展现。然而，《无极》的拍摄却表明，陈凯歌是在放弃既有生活经验的前提下以自我悬置的方式进入了对当代游戏化的叙事策略的引用。陈凯歌不明白的是，“神话”在“大片”叙事中具有的真正作用不是奇幻游戏，而是一种精神凝聚和提升。

《无极》叙事在开始和结尾都将一个“馒头”作为动机，指称这个“馒头”决定了倾城和无欢未来的命运。这个设计的原型显然来自2004年的奥斯卡获奖电影《指环王3·王者归来》，在这部电影中，由魔王索伦制造的一枚魔戒自始至终成为电影发展的动机。索伦企图夺回魔戒、发动攻打刚都国首都的战争与小矮人弗罗多将魔戒送往魔多国的末日山销毁，是这部电影的两条相交织的基本线索。在战争这条线索上，该片在神话模式下展示了人类文明秩序建立前的野蛮与正义之间残酷而壮烈的战争历程，它塑造的史诗风格，是极具震撼力的；而在销毁魔戒这条线索上，该片不仅把理性与欲望、贪婪与牺牲、神圣与堕落的冲突表现得惊心动魄，而且其叙事诉求直指当代人的内心。魔戒，同时象征着强力和邪恶。承担将魔戒送往末日山销毁使命的弗罗多，只是一个普通的小矮人，一个小人物。伴随着他的，一边是代表着善良和理性的小矮人山姆，一边是代表着欲望和邪恶的斯麦高，两人一路不停地发生冲突。弗罗多就在这两者的冲突中，实际上是在自己内心的善与恶的冲突中，经历生死磨难将魔戒送到了末日山口。然而，就在他要把魔戒抛进火焰河谷中销毁的时候，他突然改变了主意，说

"魔戒是我的",将它戴在自己的手上。这时在末日山的地狱之火日映着下,弗罗多的面孔表现出为欲望涂改的怪诞而可怖的神情。这种表情令人吃惊,却又同时让人瞥见自我内心中那张隐蔽的面孔——贪婪和邪恶的面孔。然而,斯麦高奔过来咬断弗罗多的手指,抢走了魔戒,手握着魔戒坠入了火焰中。这是一个让人深刻反思的结局,它揭示了欲望是多么深刻地寄居在人的本性之中,并且告诉人们欲望的满足与自我的毁灭之间的内在逻辑。

马林诺夫斯基说:"……神话是一切文化底必要成分之一。……神话是随时重生的;每一项历史变迁都创一个神话,可是神话只是间接地与历史事实有关。神话是活的信仰所有的恒常副产品,因为活的信仰需要奇迹;也是社会现状底副产品,因为社会现状要求先例。也是道德规律底副产品,因为道德规律需要赞许。"[17]神话为人的存在提供由"奇迹"定义的世界图像和信仰基础,它把世界叙述为有绝对价值的世界(神性的世界),并因此提升人的存在价值和精神理想。电影《指环王三部曲》是根据小说《魔戒》改编的。《魔戒》的作者托尔金说:"(神话)所以不可避免,在人间流传、并非完全正确的神话,多多少少还是反映出某些真理。只有创造神话,把自己变成一个'次创造者'创造故事,才能把人类提升到他们堕落之前的完美境界。我们的神话可能被误导,但无论如何,当唯物论追求的'进步'只会带领人们前往一个令人乏味的深渊和'铁冠'的邪恶力量时,这些神话引导我们到达真理的港湾。"[18]托尔金是在面对现代工业文明对自然的破坏、物质欲望扩张导致的人性堕落和现代战争的巨大创伤,为人类未来发展寻求新的心灵之路而创作了"魔戒"的现代神话。他是带着深刻的宗教悲悯和人性理想来创作这个现代神话,并以此对现代人作"神话启蒙"的。所谓"神话启蒙",就是要实现对现代文化的提升,"使它更有力量,更有价值,更有声望"。《魔戒》的感人力量在此,《王者归来》的感人力量也此。无疑,这是《无极》的娱乐神话不可能具备的。

## 三、规避"意指"的"缝合"

与此前几部大片遭遇普遍的批评不一样,冯小刚导演的《集结号》(2007)获得了众多批评家的热情赞誉。批评家们认为,这部电影,"找到了个体命运与历史进程之间的疏离关系，从而形成了一种中国式主流电影的价值阐释方式”（尹鸿），“成功地将人们追求公平、正义的心理在一定的范围内进行了宣泄”（饶曙光），“为中国电影拓展出来的新价值观念——真正从个体的生命出发，才能使中国电影更感人、更好看”（陈墨）[19]，“它成功地实现了主旋律理念和大众娱乐以及艺术追求之间的‘缝合’，尤其是建造了一座大众娱乐与主旋律理念相交接的立交桥”（王一川）[20]。

在《集结号》中，冯小刚的确表现了两个值得肯定的转变：第一，相对此前“大片”导演奉守场景拜物教美学，他选用普通的缺少地貌识别特征的场地作为场景，配合着灰调的画面，表现着一种历史还原的素朴、自然感；第二，相对于此前“大片”导演迷恋于拼造暴力神怪的故事，他用纪实性的叙事风格展示的是一个独立的历史故事：一位解放战争中幸存的解放军连长谷子地为四十七个阵亡部属求证烈士身份（“正名”）的故事。就其叙事风格和表现主题而言，冯小刚在《集结号》中表现国产“大片”向现实主义创作方向的转换。这个转向，是《集结号》与其他国产“大片”（包括冯小刚的《夜宴》）相区别的关键所在。但是，是否因此《集结号》就确立了国产“大片”（尤其是主流“大片”）的创作方向？实际上，还应当探讨的是：《集结号》真的是一部成功的国产“大片”吗？

应当说，在众多赞誉评价声中，陈旭光的这段话是更切近实际的：

> 实际上，《集结号》的成功，因素是多方面的而且绝不深奥。说到底，这只是一部好看的商业电影，不一定在艺术上要求太高，甚至影片中漏洞也不少（比如很多人说的“两张皮”的问题，更不用说战场细节）。但这一切，都不妨碍我们对之作某种艺术与票房的“成功学”分析。而我对之“成功学”的分析其实很简单，因为这也是一部“简单”的作品。所以简而言之则是如下几个方面：好的画面，好的故事，好的人物与人物群像，多面讨巧的文化诉求和核心性当下性的主流价值观归趋。[21]

我赞成陈旭光关于《集结号》是一部“简单”的作品的判断。但是，还可以更进一步指出，它是一部简单的拼接的电影。在具体分析《集结号》时，我们会首先面对一些批评家指出的它的“两张皮”的问题：前三分之一的战争叙事与后三分之二的战后叙事脱节、不协调。为什么会产生这种“两张皮”的现象？已见的评论将之简单归结于冯小刚对前后两个阶段把握的失当。实际上，更深层的原因在于，在《集结号》中，冯小刚简单地把美国战争大片的叙事美学（前三分之一）与中国社会电影的纪实美学（后三分之二）拼接在一起。简单讲，前三分之一是斯皮尔伯格的《拯救大兵瑞恩》的枪战场面的剪辑，后三分之二是张艺谋的《秋菊打官司》（前半部）式的叙事。这种拼接，不仅在《集结号》中产生了叙事风格的抵触，而且产生了价值选择的冲突。

在《集结号》前三分之一的战争场面中，冯小刚不仅采用了韩国战争“大片”《太极旗飘扬》的场景制作团队，而且实际上照单吸收了《拯救大兵瑞恩》枪战场景的动作要素。这些动作要素包括：美军的持枪姿势、交流手势、个性化的粗鄙、攻击时的骁勇和垂死时的恐惧、枪杀俘虏。枪杀俘虏是《拯救大兵瑞恩》中的一个符号化的美军战斗动作，它一共出现三次：第一次发生在奥马哈海滩激战中，米勒上尉的两个士兵枪杀了一个俘虏；第二次是米勒的小分队攻打德军雷达站之后，有士兵欲杀俘虏为被枪杀的医生魏德报仇，但被米勒制止；第三次是在电影快结束时，曾在雷达站坚决反对杀俘虏的下士厄珀姆枪杀了一个俘虏。枪杀俘虏是反人道的，斯皮尔伯格在这部电影中三次使用，目的是要揭示战争对人性的非人道化塑造。在《集结号》开始的第一次战斗中，连长谷子地为了给牺牲的指导员报仇，下令枪杀俘虏。这个情节的设置，并不是揭示战争的残酷及其对人性的扭曲，而是要表现谷子地的军人个性。因此，虽然受到了记大过和关禁闭的处分，但谷子地本人并没有对此事件作任何反思。虽然在对具体动作的意指把握上不同，将解放军的战斗“美式化”是冯小刚在这部分影片中非常明确的意识。这种“美式化”就是要塑造“不平凡的平凡人”或“平凡人的英雄”。这种“美式化”的“平民英雄”，是《集结号》为当代中国主流电影提供的“新英雄”模式，在中国电影英雄谱中，他们表现出一种“超意识形态”的普世性和自由感。这就是《集结号》前三分之一的叙事强烈地带给人好莱坞战争片感觉的原因。

但是，战争结束后，在20世纪50年代中期新中国和平年代的背景下，谷子地为四十七个牺牲的部属（“弟兄”）争取“烈士”身份的行动，却转变成一个地地道道的中国社会电影。谷子地面临的问题，是战争遗留的社会问题,即怎样对待英烈的问题。谷子地所为,就是要为他的四十七个牺牲的部属(“弟兄”)争得公平的待遇(烈士身份,不仅是荣誉,而且是待遇)。为了实现这个目的,谷子地一方面通过他与赵二斗团长的特殊关系,向上级呈信申诉;另一方面在此路不畅时,他又以农民的倔强,到已改为煤矿的战场旧地做“挖人”的愚公,以引起官方注意。谷子地的行动,无论就其方式还是倔强,都让人想起《秋菊打官司》(前半部)的秋菊。这个临产的农民妻子,因为丈夫被村长踹了一脚而要“讨个说法”,挺着大肚子进城上访。谷子地与秋菊,都用同样的方式(诉求权力)和同样的倔强来寻求他们要求的社会公平。而且,他们最终都得到了权力的意外支持因而实现自己的“公平”诉求(秋菊得到了市公安局长的关照、指导,而谷子地通过赵二斗找到了当年的团政委)。

正如多位评论家指出的一样,《集结号》提出的是个人在历史(战争)中的价值问题。与传统意识形态一致,当代中国主流电影在叙述战争时,是把个人价值完全归属于历史整体的。谷子地执著地为部属“正名”,可以理解为他认定个人具有不可替代、不可归约的价值。他在瞻仰无名烈士墓场时伤心地对王金存的遗孀说:“爹妈生下来,每个人都有名的,怎么现在都没名了?”姓名是个人价值的符号载体,无名就是价值消解的表现。谷子地要使无名烈士有名化,就是要重新赋予无名烈士应有的个人价值。肯定和确立个人价值,是一种现代人文意识。它确认了自我与社会、个人与历史不可简约的裂痕和矛盾。然而,谷子地的行动和影片结尾的烈士追认仪式都表明,《集结号》所表现的价值诉求并不是一种现代人文意识,它真正表达的只是被遗弃或遗忘的个体要求再度被历史权力正名和接纳的“平民意愿”。在这个意义上,与其说《集结号》发现了个人与历史的裂痕,倒不如说它用组织的“正名”简单地抹平了这个裂痕。在影片中,谷子地自始至终申明或强调“中野独二师139团3营9连连长”的身份,这一方面表明他在这个身份下的责任承担,更重要的是表明了他强烈的集体归属感和认同感。

就此而言,它与张军钊导演的《一个和八个》(1982)是异曲同工的。《一个和八个》的名称就表明了个性差异的复杂性和不可归约性。剧中主人公王金,本来是一个八路军指导员,但因为一个叛徒的诬陷被作为嫌犯与八个不同类型的犯人关押在一起。由于战争的特殊原因,王金没有办法找到人证和物证来证明他的清白,因此被组织强行置于犯人一方。但是,在被押解途中，王金以对共产党的绝对忠诚（甚至愿以接受被处死来减轻组织的押解负担）和高尚勇毅的人格（在与日军战斗不畏牺牲、奋勇当先）证明了自己的清白，重新被革命队伍接纳。王金的“归队”与四十七个烈士的“正名”，都是个人与集体裂痕的抹平。但是，相比较而言，《一个和八个》完全通过电影语言让王金感性地展示他的革命英雄品质，他的“归队”就具有一种电影的现实主义的表现力量，而《集结号》却让谷子地在个人行为的无效之后，等待“老上级”的神奇显身，自然就显得苍白乏力。因此，虽然思想意识相近似，但是就电影叙事艺术而言，《集结号》乎是《一个和八个》的简化版。

历史战争“大片”，应当是一种史诗性的电影叙事，它是以历史战争为题材的关于“我们的世界”的建构。这就是说，历史战争“大片”不仅要提供战争之为战争的历史画面，而且必须解读战争的历史内涵，通过解读重构“我们的世界”的意义。《拯救大兵瑞恩》之所以成为一部经典的二战电影“大片”，不仅因为它展现了军事史家约翰·基冈称为“电影中最恐怖也最真实的”战争场面，“在这些场面中，斯皮尔伯格展示了战争中死亡那种谋杀般的、随意性的本质”[22]，而且因为它是一部深刻反思人类与战争关系的电影。这部电影叙述的故事是根据美军总参谋长马歇尔将军的命令，为了一位已经有三个儿子战死的母亲，米勒上尉率领的小分队要在欧洲战场上寻找并救出她的最后一个儿子瑞恩。这个故事本身就建立在个人与集体的矛盾关系上。战争是为什么？派一个八人小分队冒着生命危险去救一个士兵，意义何在？电影的主人公米勒上尉，一位战前在美国做中学英语教师和棒球队教练的美国军官，一方面坚决执行作战任务，因此有九十四人为了执行他的命令而牺牲；一方面总是追问、反思战争的意义。他把反法西斯战争理解为牺牲一个军人的生命就意味着救活两个、十个甚至二十个平民的生命。“事情就是这样，你必须在使命和生命之间做出理智的选择”，他把拯救瑞恩的意义理解为“但愿他的回归，能够治愈战争的创伤，或是燃起生命之火”。他在战斗中告诉部下：“我们的任务是赢得战争”，但是在牺牲前，他对瑞恩说：“我要告诉大家，好好做人！”。在该片的叙事中，斯皮尔伯格始终将战争的残酷和通过美军回忆的和平生活的美好对比展开，而包括米勒在内，所有小分队成员的最强烈的愿望就是“回家”。因此，在这部电影中，斯皮尔伯格不仅塑造了一个“美国必胜”的神话，而且非常具体地展示了这场抗击法西斯战争的深刻意义，这个意义，用米勒的话说，就是“好好做人”。在影片结尾的时候，老年瑞恩在米勒墓前要求妻子明确回答他是不是一个好人。他的妻子说：“你是一个好人！”

作为一部历史战争“大片”，《集结号》的根本缺陷是，它在有意识地淡化这场战争（中国的三年内战）的意识形态内涵的同时，使这场战争意义缺失（悬置）。在该片中，只有“敌军”、“我军”的称谓，对于不熟悉20世纪中国历史，不能从服装上识别“敌军”、“我军”的归属的观众，这场战争的性质是抽象的。为什么要进行这场战争？这场战争的意义何在？我们从影片本身得不到任何回答，甚至没有最基本的提示。因此，谷子地和他的四十七个弟兄浴血奋战的目的究竟是为什么？这些生命的付出，是否值得？这些问题对于观众是没有任何交代的。更进一步讲，战争的意义应当在它与人民的关系中来揭示。但是，在《集结号》中，我们唯一能看到的群众场面是1955年谷子地在汶河战场旧址遇到的一些阵亡军人家属在为“烈士”待遇（700斤小米）还是“失踪”待遇（200斤小米）争执。因此，尽管影片中多处设置的惨烈场面会产生催人泪下的煽情效果，但是看完整部影片，我们的确又会感到《集结号》简单到没有可令人回味的记忆。《集结号》既没有在肯定性意义上，也没有在否定性意义上，对其叙述的战争的性质和意义作出揭示。这不仅使它的英雄主义空洞，而且可疑。因为这种根本性的缺失，这部大片不仅给人一种惊人的简单性，而且很难摆脱单纯娱乐的印记，它让人感到更多的是对那场战争的冷色的调侃。在这个意义，把《集结号》推崇为国产主流“大片”的方向，似不可取。

---

① 齐格弗德·克拉考尔：《电影的本性》，邵牧君译，江苏教育出版社2006年版，第405页。

② 安德烈·巴赞：《电影是什么？》，崔君衍译，江苏教育出版社2005年版，第17页。

③⑭⑯ 尹鸿：《〈夜宴〉：中国式大片的宿命》，载《电影艺术》2007年第1期。

④ 王一川：《从〈无极〉看中国电影与文化的悖逆》，载《当代电影》2006年第1期。

⑤ 孙津：《当前电影文化中的意识形态问题》，载《文艺研究》2006年第9期。

⑥ 王一川：《全球化时代的中国视觉流：〈英雄〉与视觉凸现性美学的惨胜》，载《电影艺术》2003年第2期。

⑦ 张颐武：《〈英雄〉：新世纪的隐喻》，载《当代电影》2003年第2期。

⑧ 司马迁：《史记》下册，中华书局2005年版，第1975页。

⑨ 贾磊磊:《剑与心——〈卧虎藏龙〉的双重本文》,载《当代电影》2001 年第 6 期。

⑩ 关于"美学暴力"与"暴力美学"概念的界定,参见郝建《"暴力美学"的形式营造及其心理机制和社会认识》,载《北京电影学院学报》2005 年第 4 期。

⑪ 《曹禺戏剧选》,人民文学出版社 1997 年版,第 8 页。

⑫ B. Gaut, "The Ethical Criticism of Art", in J. Levison (ed.), *Aesthetics and Ethics*, Cambridge: Cambridge University Press, 1998, p. 182.

⑬ M. Devereaux, "Beauty and Evil: the Case of Leni Riefenstahl's Triumph of the Will", in J. Levison (ed.), *Aesthetics and Ethics*, p. 250.

⑮ 剧中人物雷欧提斯在临死前对哈姆莱特说:"国王——国王——都是他一个人的罪恶。"(《哈姆莱特》,朱生豪译,《莎士比亚全集》第 9 卷,人民文学出版社 1978 年版,第 142 页)。

⑰ 马林诺夫斯基:《巫术、科学、宗教与神话》,李安宅译,中国民间文化出版社 1986 年版,第 127～128 页。

⑱ 转引自李为祎《幻构人类心灵之镜——〈魔戒〉的文化解读》,载《当代外国文学》2004 年第 3 期。

⑲ 高山:《中国主流大片的方向——电影〈集结号〉学术研讨会综述》,载《当代电影》2008 年第 2 期。

⑳ 王一川:《从大众戏谑到大众感奋——〈集结号〉与冯小刚和中国大陆电影的转型》,载《文艺争鸣》2008 年第 3 期。

㉑ 陈旭光:《〈集结号〉:商业大片的探索与平民视角》,载《艺术评论》2008 年第 2 期。

㉒ 阿尔伯特·奥斯特:《〈拯救大兵瑞恩〉与美国必胜信念》,载《世界电影》2003 年第 4 期。

# 消逝的悲歌与青春的主旋

## ——中国电影"第五代"及其后

沙 蕙

## 一

在 2005 年公映的为数不少的影片中，最晚亮相的陈凯歌和张艺谋的作品无疑掀起了最热烈的期盼和回应。而与此前几部年轻导演拍摄的极具怀旧色彩的影片不同的是，《无极》和《千里走单骑》都彻底剔除了时间的元素，试图建立一种纯粹的视听空间和幻觉世界。或者说，电影在他们手上摒弃了塔尔科夫斯基等人一贯坚持的所谓雕刻时光的功能，不论是昆仑奴、光明大将军、北公爵无欢和倾城这三个男人和一个女人之间的爱恨情仇，还是高田先生和秋林、李加民、杨杨这一个男人和三个男人之间的感恩和还愿，时间都退隐至一个可有可无的地位，时间与人物、故事情节甚至与导演的立场都不发生任何关联，但这并没有使影片的内涵延展开来呈现出放之四海皆准的丰富、典型和多样化，恰恰相反，对时间刻意的剥离或回避使电影沦为一个不能自圆其说的故事。即使是在《千里走单骑》这样充满了现实影像的电影中，也找不到相互对应的现实时间的蛛丝马迹。

由此导致的一个直接后果是，电影影像也同时失去了它的决定要素——节奏，即呈现于画面之内的时间。一些我们耳熟能详的情节以一种毫无悬念和情感的方式排列组合在一起，真实的时间也就随之消失了。创作者急于进入市场并获得承认的意图是如此清晰和不加掩饰，以至于作为一种代价，他透过时间和个人对时间的体认所塑造的风格在观众心中变得面目模糊。

这让我们怀念起陈凯歌的《黄土地》、《大阅兵》、《孩子王》甚至是《边走边唱》。尽管那曾经被认为是冗长的、喋喋不休的传教布道，排山倒海的情绪张力以及笨拙的文句和极其缓慢拖沓的节奏引起过不小的争议，但在导演一以贯之的坚持中观众已经逐渐习惯它，至少作为一种类型的电影特质，即使其中有让人难以忍受的缺点，那缺点一旦被接受，反而会变成其美学的特殊标志烙在一部分观众的欣赏趣味中。观众之所以走进电影院选择去看一部被宣传是陈凯歌而不是张艺谋或冯小刚的作品，更多的是基于一种信赖，以及一种风格的体验。他们愿意花两个小时或更多的时间，尝试进入导演注入影片的时间，在时间的流逝中他们相互凝视辨认，电影的妙不可言也正在于此，导演和他的观众可以分享的不只是经验、观察力、思考的结果、艺术的品位，还有时间。

与此同时我们发现，在中国电影走完一百年的时候，和我们距离最近的两辈导演全都表现出和他们年龄身份极不相称的创作状态。老一辈的"第五代"返老还童，玩电玩游戏式的魔幻，玩世上只有爸爸好的撒娇似的纯情。而年轻的一代则集体向后转，痛说家史。从《青红》到《向日葵》再到《电影往事》、《红颜》、《葵花朵朵》，怀旧，成为一个不约而同的主题，如李皖在《这么早就回忆》里说的："怀旧，早年就像暮年那样的怀旧，或者说跟怀旧一模一样的东西，幻想、漫游、疏离、感伤等等东西，从一部部作品中散发出来，竟是那么浓郁、清晰、经久不散。"①

在时间面前，年轻的一辈采取了和"第五代"截然相反的立场和方向。"我们回忆，而你们背弃"。通往过去的道路是笔直的回忆。耀眼和令人恍然大悟的梦境般既逼真又虚幻的时间在电影中重现。当陈凯歌和张艺谋在旅游景点和云南偏僻山村一掷千金搭建布景时，王小帅回到少年的故乡贵州小镇沉入逝去的时光，张扬则在他一直居住的北京默默种下一小片记忆中的向日葵，他们都在内心寻找着一种渴望已久的历史完整性，如张楚在歌里唱的："回到内心左右看看"。因此，和"第五代"今天的电影中那种"陌生的陌生感"相比，和他们此前电影中被命名为"后殖民主义"或"他者的陌生的熟悉感"相比，这些年青一辈在影片中的表达带给我们不可抗拒的"熟悉的熟悉感"：没有一波三折的情节起伏，没有一唱三叹的歌剧式调门，没有艳惊四座的明星，也没有史诗般波澜壮阔的叙事，画面亲切、平和，似曾相识，含情脉脉。在这里，时间被赋予了独特的表情，即它特有的美学内涵：时间传达现实有限之事实，而同时又真实地再现精准的心理状态，内在世界的时间。一旦我们听出它的节奏，并了解它正逐渐建构的时刻，时间便复活了。就像人们对拍摄《教父》的威斯孔蒂的评价："电影不是用新的东西去粉刷过去的情景，而是要从新旧之间的距离出发，以某种方式将人性暴露出来，去探究奥秘和回忆，在浑浊的水中找寻一部分失落的时光。”②

公平地说，在“第五代”的全盛时期，时间也是一个近乎主角的元素。在《黄土地》、《大阅兵》、《一个和八个》、《红高粱》中，我们也能准确地找到时间清晰流淌的印迹。只是他们回忆时，始终以一种咄咄逼人的姿态，似乎要用穿透历史的目光，打开一条通往真理的隧道。相比之下，新一代则显得温存和朴素许多，摄影机后面藏着的这些年轻的目光，如一缕缕温暖的阳光，穿过浮光掠影的城市表象，直抵城市围困下人们无所依傍的心灵深处。其中时间是完整的，而体认更加深刻。时间所唤醒的不只是记忆，它还有更接近电影本真的意义层次：“如果电影真的有什么成就的话，那就是人们能够在电影中发现自己。”③

毫无疑问，王小帅的那部开始于第六套广播体操的音乐、结束于三声枪响的电影(《青红》)，还有许多幼稚和有待商榷之处，但无论如何，它将一段渐行渐远的时光和与之紧密相连的人生记忆准确无误并栩栩如生地带了回来。连那个时代的呼吸声都依稀可辨。在拍摄了《冬春的日子》、《梦幻田园》、《极度寒冷》、《扁担姑娘》、《十七岁的单车》、《二弟》等所谓“地下电影”之后，在讲述了前卫画家、行为艺术家、城市打工少年、偷渡客等边缘人物的另类人生之后，上海出生、贵州长大的王小帅终于回过头来，将镜头对准自己十三岁之前的人生。他在影片结尾处深情地写道：谨以此片献给我的父母和像他们一样的三线职工。

电影的主题一如开篇处的字幕所提示：上世纪 60 年代，为了响应政府的号召，无数个家庭随着自己的工厂离开故土来到西部贫瘠的山区，开始了三线建设……这个故事发生在若干年之后的贵阳，变革的中国给人们带来了希望。离开这里，回到故乡渐渐成了他们中部分人生活的新主题。

需要指出的是，“给人们带来了希望”的“若干年之后”作为一个特定的时间在 2005 年青年导演的影像世界中反复出现，《青红》和《向日葵》是其中的代表。“若干年之后”正是王小帅和他的“第六代”同龄人们最难以忘怀的 80 年代，他们自己和整个中国社会在那个年代里度过了浪漫和充满活力的青春期。

在二十年后的今天，王小帅、张扬、小江等“第六代”和“新生代”导演为我们复原的 80 年代是他们青春的底色，同时也是“第五代”凯歌高奏的年代。其中的文化寓意颇耐人寻味,甚至超出了电影本身的含义。当80年代也成为怀旧和反思的对象,成为遥远和记忆模糊的过去,当记忆中80年代独领风骚的"第五代"大踏步迈向市场的无限可能性而背离时间越走越远,我们不得不把注意力投向更年轻的一辈。或者我们已经别无选择了,时间对我们意味着进入电影的路径,对"第五代"则意味着不再面对也无法抵达的过去,当我们重新唱起《八十年代的新一辈》这首歌,我们也许只有寄希望于那些更新的一辈,度过了80年代的青春期,并为了电影正在长大成人的更新的一辈。

## 二

胡戈的《一个馒头引发的血案》迅速地演变为一场大众参与的文化事件,显然是陈凯歌始料不及的。慌乱中言辞激愤的表态以及对年轻一辈诉诸法律的势不两立,使原本就一边倒的舆论更加失衡。曾几何时,第五代领军人物竟然落到了在大众和大众传媒的口水中如此这般孤军奋战的凄凉和狼狈。

多少年之后人们在谈到他的《大阅兵》时依然赞不绝口:"在一个需要万众一心实现民族宏大理想的时刻,是陈凯歌以电影的语言,形象而富有感染力地奏响了时代的主旋律……这使陈凯歌具有了那一代电影人的领袖气质。"[4]这是他的荣誉,也是他的宿命。可以这样说,《黄土地》、《大阅兵》在电影史上不容置疑的成就奠定了陈凯歌在那个时代天降大任般的领袖地位,与此同时也断送了他在未来的大众文化时代里重返民间、与民同乐的可能的退路。一个渐成主流的说法是,陈凯歌自始至终都没能从80年代精英知识分子的启蒙立场中跳脱出来。如他当年宣传《刺秦》时所说:"我负有文化使命,我不是单纯地拍一部电影。"评论家认为,正是这样的姿态为他的电影增添了电影本身不能或不该承受的重量。《刺秦》从文化底蕴上成为"一个标准的精英化人道主义文本"而不是一部电影,便是为此付出的必然代价。更为尖锐的批评将他的作品指责为"既媚雅也媚俗,既媚中也媚外,既造作又滑稽的'不伦不类'的伪艺术"[5]。

撇开抽象的符号和概念化的定位,以更加理性和审慎的态度来还原一个创作者的本来面貌,最真实的情况正如费里尼所说:"一个人唯一能做的记录，永远也只能是对他自己的记录。”[6]这位意大利著名导演的代表作《阿玛柯德》的另外一个中文译名也许更为贴切地表达了电影与作者的更深层的内在关联：“想当年，我记得”。

这句话的意境暗合了陈凯歌并不为人关注但其实有理由被视为经典的一部影片，或者再大胆一点说，那也是他迄今为止最为动情和用力、因而也相当扣人心弦的作品。一部只有十分钟的短片《百花深处》凝结了太多意想不到的落寞、伤感和疮痍满目，以一种无可奈何花落去的悲叹哀悼永远消逝了的往事与记忆。在一片废墟上寻找自己的家园，在大槐树下想象故乡的冯先生身上，显而易见地烙印着陈凯歌自己的无限伤痛和充满惆怅的童年记忆。它的主题可以总结为：“想当年，我记得，百花深处，年华老去……”影片中有一个细节，冯先生在废墟上无意中发现了一个铃铛，兴奋地连声说：这就是我们家檐子下面铃铛里那个铛子。遇到刮风下雨的时候丁丁当当好听着呢。在陈凯歌的自传《少年凯歌》里，我们读到几乎一模一样的细节：“北京四合院的雨夜，雨点和瓦在房脊上热烈地欢叙，之后又静下来，水珠的滴落声像是在试一张古琴。”[7]

北京和北京的四合院是他的一个情结，在这本自传中他曾多次深情地提及，那是他童年记忆里温暖的故乡，也是他记忆深处柔软的秘密，是他长大成人的出发点，也是他年华老去后心灵的归属。更重要的是，那是他个性最直接的出处，我们甚至能从他对四合院的回忆和描述中，看到他和他的电影未来的命运：“我是在四合院长大的……四合院的好处是有自己的一方天。这天是院里的，不是别人的。还有几棵树，这树也属于住在院里的人，跟别人没关系。有一个影壁，影壁里边有庄严。”[8]围墙之内四合院庄严封闭的空间里长大的陈凯歌，也许一早就意识到自己在众神狂欢的大众文化时代里注定孤独的结局，在《百花深处》他为与他神似的主人公冯先生设计的“疯人”的身份，是潜意识里给自己艺术命运最绝望的注脚。

短片的一开始冯先生以一种十分确定的口吻对搬家公司说：“我们家住胡同儿，百花深处胡同儿，宽街儿奔西，地安门大街奔北，见着鼓楼左手第一条胡同儿就是。”车走在改造后的平安大街上，他的表情越来越不自信：“我怎么糊涂了，这是哪儿啊？”搬家公司按他的指引，直接开到了一片废墟中一棵大槐树下，而此时的冯先生又变得兴奋起来：“这就是百花儿深处。进了胡同儿口第一个门就是，这是我们家影壁，这是我们家院子，两进的院子。”北京人艺出身的冯远征将这个与时代错位、在故乡的土地上失去了故乡的北京人冯先生演绎得淋漓尽致，记忆与时间错位，“失去记忆，一个人将成为幻象的囚徒；跌落时间之外，他将无法掌握和外在世界的关联——换言之，他注定要发狂”。

四合院的拆毁和记忆中的北京的迅速消逝，把京华烟云的旧梦连根拔起，它让陈凯歌们的怀旧死无对证，因此才有诸如此类的心心相印、丝丝入扣的悲伤心事：“拍《霸王别姬》时我自觉有一种不可知的力量操纵着。我觉得我把对北京的理解，老北京留给我的东西全拍进去了。拍完后我做了一个梦，梦见张国荣，程蝶衣跟我告别，我在梦里掉眼泪了。”⑨

用电影来记录一场又一场注定无法与人分享的记忆与旧梦，是件吃力不讨好的事儿。电影一定是和人分享的，尤其是在电影成为产业和话题的今天。如果说《百花深处》的冯先生象征了一个迅速消逝的记忆中的故乡，那么《霸王别姬》的程蝶衣则映射着记忆中永远不能抹去的一个时代。和故乡北京一样，少年时代所经历的“文革”，是陈凯歌和他所代表的“第五代”挥之不去的旧梦。正因为如此，才有先后在国际上获奖并经常被人相提并论的三部影片，陈凯歌的《霸王别姬》、田壮壮的《蓝风筝》和张艺谋的《活着》。这即使不是一次齐心协力的合作，至少也是不约而同的大合唱，可以看出，这些在“文革”中经历了国与家的巨大变故的少年，至今仍对他们受到的伤害耿耿于怀，这使得他们的作品中弥漫着一种无处不在的控诉感和愤怒的情绪。

颠覆、背叛、伤害和失父，是电影的主题，也是他们对自己记忆的总结。历史成为一个撒娇的借口和发泄对象。最经典的画面是陈凯歌多次在采访中提到的，站在被批斗的父亲身后，他轻轻地推了父亲一把。“在十四岁时，我已经学会了背叛自己的父亲。”直到最近一次为了宣传《无极》而接受杨澜访谈时他还在喋喋不休地话说当年：“在那么大的灾难面前，我没有看见一个人站出来说，向我开炮。没有出现几个烈士，更多的是背叛。”

“背叛”是贯穿陈凯歌后期所有影片的主题，在《霸王别姬》中，段小楼为了菊仙背叛了程蝶衣，又为了“文革”背叛了菊仙；在《风月》中，姐姐为了男人背叛了弟弟，弟弟又为了报复背叛了一个又一个深爱着自己的女人；在《荆轲刺秦王》中，秦王嬴政为了得天下背叛了对赵姬的承诺；在《无极》中，小女孩倾城为了一个馒头背叛了无欢，鬼狼为了活下去背叛了雪国和尊严，也力将军为了鲜花盔甲和无欢背叛了光明大将军。背叛似乎是他面对历史和记忆所能给出的唯一的答案。纯粹个人的答案。在意识最激烈和漆黑的深处，无法疗救的伤痛仍在呻吟。

抹不去的创伤的记忆让往事成为潜意识里一个永远的定格。在陈凯歌大部分影片中，可以看到受到伤害的少年和他们爆发的对世界巨大的反叛以及就此彻底扭曲的人性。《霸王别姬》中的程蝶衣少年时遭张公公强奸而成为同性恋，《风月》中的忠良少年时和姐姐乱伦而成为面首，《荆轲刺秦王》中的秦王嬴政少年时在赵国受到羞辱而杀无赦，《无极》中的无欢少年时遭小女孩倾城的欺骗而毁了成为好人的机会，成长在此处戛然而止。少年凯歌因十四岁背叛了父亲而永远地失去了平心静气地进入历史和记忆的可能。正因为如此，他在自己的影片中无数次地发出渴望回到从前的哀叹，昆仑在鬼狼的帮助下见到自己的故乡雪国和亲人，以拼死力气想要冲破时间之墙回到故乡，是《无极》中少数令人动容的情节之一。

然而记忆果真如此真实可信吗？记忆中的历史果真如电影所揭示的那样荒诞不经吗？在那样的历史中活过的人们又真的像电影中的人物那样丧失了生而为人与思考的权利了吗？事实上，在历史和记忆面前，“第五代”注定没法交出令人满意的答案。他们手上压根儿就没有那个答案。“文革”十年的精神洗刷、个人家庭所承受的巨大磨难以及青少年时代信仰的挫败使他们产生了强烈的怀疑、幻灭和摇摆不定。思想上的黑洞和意识上的断层，造成了他们与时代和历史的疏远、隔膜和脱节。换句话说，他们企图改变记忆中他们自己的模样以及记忆本身，总想着重新洗牌打乱了再来，这种努力让他们的记忆呈现混乱无序的碎片般的面貌。

当此之时，有人选择了退避三舍，如田壮壮，如现代修士般大隐隐于繁华的娱乐圈儿的最深处而留给人孑然一身高贵的背影，除了拍摄《德拉姆》这样的少数民族风情外，以提携后辈为己任，在路学长、陆川等人的电影中他都竭尽所能地提供帮助，以另一种方式成全自己身为五代前辈的体面；而陈凯歌则义无反顾地选择了迎难而上，来自 80 年代的辉煌给了他无往不利的必胜信心。但是不经意间战场已经变了。翻天覆地的变化猝不及防地将他拖入比废墟更荒凉的无人小岛。

在陈凯歌的电影中，左右为难的矛盾心理贯穿始终，每部作品中几乎都隐藏着一对在内心矛盾挣扎中纠缠不清的人物，像是心灵的正负两极。

在《无极》里是昆仑和鬼狼，《和你在一起》里是王老师和余教授，在《霸王别姬》里是程蝶衣和段小楼，《风月》里是忠良和端午，《荆轲刺秦王》里是荆轲和嬴政。每一对人物间的对话怎么听都像是陈凯歌自己的内心独白，最经典的是段小楼对程蝶衣所说："你可真是不疯魔不成佛啊，可那是戏！"

即便如此，陈凯歌依旧保持着一份令人难以置信的自信，《和你在一起》中余教授对小春说的一番话更像是他对自己创作状态的夫子自况："来我们上第一课，有点黑是吧，可你得习惯，甚至学会喜欢它，舞台太灿烂了，你演奏的时候看不见观众，可是你心里是亮堂的。其实天堂也是黑的，只是天使是光明的，你就是那个天使，因为你有音乐，你的琴就是武器，你的情感就是弹药，你的工作就是征服，用音乐去征服。"

当脸红脖子粗的余教授如歌剧演员般昂首阔步地在舞台上演讲，我们发现了陈凯歌影片的又一个特点，他总是忍不住发出自己的声音。也许这是因为他的内心有太多郁结需要倾诉，在《无极》、《霸王别姬》、《10分钟，年华老去》中都有他的声音，而在《刺秦》、《和你在一起》中他甚至直接站到了舞台上，余教授后来被认为就是陈凯歌本人。他和电影过近的距离也是他的心理距离，他已经不能脱离开电影本身回到生活中去了，这也是他的电影越来越不见容于观众的致命伤。

问题就在这儿——失去了故乡，失去了记忆，必定也会失去观众，《无极》在"馒头血案"中的惨败就是例证。其实陈凯歌对此未尝没有意识，《和你在一起》中余教授的另一番话像是他对自己的总结："都对，就是不好。你的音乐里没有感情，这音乐里没有感情就好像枪里没有弹药，没有弹药你怎么激动别人，怎么征服别人？世界上唯一不能赠送的就是感情，技术我可以给你，感情得靠你自己。"

## 三

陈凯歌和张艺谋是一枚硬币的两面。

在大众文化狂欢时代，陈凯歌世家子的出身成了他最大的心理障碍，面对市场他有点儿犹豫还有点儿迟钝，无从下手又豁不出去，内心里是愁肠百结，不屑一顾，大面儿上还得打扮得花容月貌，强颜欢笑。相比之下，张艺谋可谓是如鱼得水、游刃有余，他凭借天生买卖人的敏感嗅觉审时度势，抢占先机，在电影被推向市场的有限的希望中，他长袖善舞，轻车熟路。这边儿眼瞅着陈凯歌被胡戈的馒头血案挤兑得焦头烂额，进退两难，那边儿张艺谋已然名利双收，春风满面。2005年岁末这场众人期待的“第五代”PK秀中，陈凯歌唱着“我不做大哥很多年”，走向落寞的百花深处，张艺谋却从英雄末路冲出十面埋伏，杀一个漂亮的回马枪，结结实实地博得了满堂喝彩。

《千里走单骑》的广告语写得催人泪下：“不伸手，仍可拥抱；天空下，总有真情。”

从杀气腾腾到舔犊情深，张艺谋说：这部影片的主题是“卸下面具面对自己真实的内心”。

面具和鲜花盔甲有异曲同工之妙。

高田先生和光明大将军是一枚硬币的两面。

一个是千里走单儿，远渡重洋，一个是千里勤王，情深意长；一个来得突兀，一个死得仓促；一个为了儿子跋山涉水，结果成全了别人的父子，一个为了女人丢盔卸甲，反而撮合了另一对情侣；都是日本人，一个叫高仓健，一个叫真田广之。都是东洋客，一个老骥伏枥，一个人到中年。只是，高仓健的票房号召力、影响力和个人魅力显然远远高于真田广之，号称收山之作的不留余地更是吊足了日本观众的胃口，因此张艺谋在东京电影节和日本媒体的受欢迎程度让陈凯歌只有望洋兴叹“既生谋何生歌”的份儿。这还不是最抓人的，2005年东京经团联会馆举办的“日中友好电影之夜”上，张艺谋的开场白非常耐人寻味：“小时候听过一句老话——中日两国要世世代代友好下去”，他同时表示，《千里走单骑》的主题是人类共同面对的课题——“人与人之间需要理解、交流和沟通”。

伴随《千里走单骑》的宣传而渐次展开的沟通的话题不绝于耳，张艺谋的所谓文学策划王斌的解释更是耸人听闻：“其实中国电影一直缺少这么一种精神，缺少对这个年代的一种追问。”故作深沉的语气背后是空洞无物的思想内涵，对概念的反复强调只是因为对概念全然不知。沟通不是简简单单的一个姿态，不是千里走单儿拍一出谁都看不懂谁也不需要的面具戏，沟通是沉下心来的思索，切实的了解和有效的对话。并不一定有话好好说就是沟通，脱离现实、回避矛盾只能形成沟通的更大障碍。谁都知道中日两国世代友好的前提是什么，谁也都明白这句老话产生的历史根源在于什么，化干戈为玉帛的美好愿景每个人心里都有，只是先得看清楚干戈，方才找得着玉帛。

同样是讲述中日间的故事，早几年里姜文的电影《鬼子来了》采用完全不同的处理手法。尽管那部电影里描写了淋漓的鲜血，人头落地，触目惊心的屠杀和不堪回首的战争年代，但他以一种诚实的态度和直面的勇气认真反思了两个国家和民族的一段历史，从某种意义上说，这是一种更为有效和更有价值的沟通与对话。这才是真正意义的“人与人之间的理解、交流和沟通”。

姜文说他之所以创作这样一部影片主要是因为他接触过的日本青年与他印象中老电影里的日本鬼子完全不同，这使他产生了深深的困惑，但随着接触的增多和了解的深入，他“渐渐地能把这两类日本人的形象重叠到一起了，他们其实就是一回事，只不过在不同环境下表现形式不同而已。这就令人毛骨悚然：一个温文尔雅的日本人很容易变成一个我们印象中的日本兵”[10]。

他说：“我觉得一场灾难的发生并不可怕，真正可怕的是灾难过后我们不能深入地研究和总结这场灾难的根源。正是这种想法促使我一直想拍一个中日间的故事。”[11]

两相对比，在中日关系日趋敏感的今天化身为和平天使的张艺谋显得相当可疑和无知。

其实《千里走单骑》里高田的儿子健一可以在生活中找到原型。毕业于早稻田大学教育系，现任神奈川大学教授的广田律子是真心痴迷于傩戏和傩文化的日本知识分子，耗时数年调查完成的相关专著《“鬼”之来路》（和电影《鬼子来了》发音极其接近）不仅将傩戏的来龙去脉讲述得一清二楚，甚至全中国傩剧的分布图也在书中详尽描绘。该书的第一章命名为“鬼之来路——日本与中国的连接点”，此处以严谨务实的治学态度分析了日本、韩国与中国的假面戏的传承与发展。由此联想到电影《千里走单骑》中健一“进入”中国的动机便显得十分勉强，作为一种宗教仪式和舞蹈中常见的道具，中国面具和日本面具只有造型的分别并没有特别之处，只有戴上面具才感觉安全的健一根本就犯不着千里走单骑，在家乡日本他就能得偿所愿。影片结尾处健一留给父亲的遗书中写得明白：“千里走单骑这出戏其实根本不重要”，重要的只是千里走单儿的那个过场。张艺谋总是处理不好电影的结尾,《秋菊打官司》也是如此,一根儿筋农妇挺着大肚子千里迢迢打赢了官司,好人村长为此拘留十五天,她却说这并不是她想要的结果她只要一个“说法”。手忙脚乱地拍得热火朝天临到结尾却不能自圆其说只能草草收场。只是因为所有的人物缺少一个行动的逻辑支点,因为创作者心中没有一个坚硬的精神内核。

## 四

中国电影百年是一个里程碑,它不止标志着一个漫长历史阶段的结束,同时更意味着一个新的纪元和新的阶段的开始。在这个意义上说,关注“第五代”导演如何化为不朽,如何老当益壮、推陈出新,如何不甘寂寞、挺立潮头,其实远不如关注年轻的一代如何成长,如何自力更生、艰难跋涉,如何在无人喝彩中坚守、在众声喧哗中沉默,来得更为迫切和实际,毕竟他们那尚嫌单薄的肩膀上,扛着中国电影的未来,扛着我们对电影的希望。

特别是在今天,电影还远远没有改朝换代,“第五代”导演依然独步天下,他们轻而易举获得的奢华的投资、大腕儿云集的制作班底和随之而来的票房,他们的经验、名气、市场号召力,以及活到老干到老“其实不想走,其实我想留”的决心和劲头儿,势必会给正在成长寻找出路的新一代导演造成巨大压力,前头拉不着投资,后头赚不回票房的年轻人除了对电影的一腔热血和执著信念外,真的一无所有。

对此,90 年代拍过《离婚了,别再来找我》和《冲天飞豹》的“第六代”导演王超悲观而透彻地总结:“六代导演是悲惨的一代,他们没赶上好时候。电影是需要经验的。五代成长的过程没我们严峻,等长成以后时代变了,他们已经是有经验的导演了。中国电影如果想兴旺,它的体制早晚要调整,等体制捋顺了,六代这帮人也老了。”

形势到了更年轻的一辈这里也丝毫没有变得乐观,以《寻枪》和《可可西里》成为新一代领军人物的陆川在描述自己这拨导演时甚至显得有些悲壮:我们“共同的特点是身心疲惫,眼神暗淡无光;心里有些激情有些火光,但是都拼命掖着藏着;有心说些豪言壮语,出口只剩下三分,生怕一阵风吹来扑灭了前程。可能这条路太艰险了,所以纵马驰骋的心情早就被战战兢兢所掩盖。有些事情也由不得我们,时势造英雄"[12]。好在还有青春,还有希望:"我们就是时势造就的一批小英雄。能在这个时候拼杀出来完成一部作品的年轻或者不甚年轻的人都是英雄,虽然作品辜负了很多人的期望,但是我们幸存下来。在饥馑的年代,能活下来的人,就是英雄,而且还是处女英雄。所以有理由对我们抱有一点点期望。"[13]2002年崭露头角的近二十位处女英雄的确给了中国电影和观众一点点希望,尽管他们似乎并没有因此形成如当年"第五代"亮相时那股势如破竹的合力,很快就烟消云散、销声匿迹了。直到2005年,市场还是"第五代"的。但是在这批初出茅庐的导演身上,已经可以看到明显有别于"第五代"和"第六代"的第三条道路的存在。

2005年金鸡奖颁奖典礼上,陆川和吴天明肩并肩地站到了一起,他们的影片《可可西里》和《太行山上》同时获得了金鸡奖最佳故事片奖,因此被某些媒体讽刺为"金鸡又下了双黄蛋"。但是站在中国电影百年发展的角度看,这未尝不是一件好事。吴天明的身份有两个,他既是"第四代"导演,曾经以《没有航标的河流》、《人生》、《老井》等现实主义力作崛起于中国影坛,并在2004年获得了中国电影的终身成就奖,同时他还曾经是西影厂80年代的领导,正是他慧眼识才,不遗余力地提携了张艺谋、陈凯歌、田壮壮、黄建新、何平、顾长卫等,民间盛传"没有吴天明,就没有第五代"之说。陆川的身份,按他自己在纪念中国电影百年论坛上的划分,算是六代后。这新老两代的手跨过传说中的五代和六代而紧紧地握在一起,一个以主旋律影片获奖,一个以新理想主义影片获奖。这既是一种传承,也是一种回归。

与此同时,本届金鸡奖的最佳导演奖颁给了和陆川同一辈儿的年轻女导演马俪文,获奖影片叫《我们俩》。她也是和陆川同时出现在2002年的那批处女英雄中幸存的一个。那时候她叫马晓颖,拍的电影是《世界上最疼我的那个人去了》。这两部电影讲的都是两代人从相互不了解到水乳交融的过程,也可以看做是陆川和吴天明这两代电影人握手的一个绝妙的注脚。虽然今天的金鸡已经远不如当年那般光彩照人,但它仍然代表了中国电影的一种发展方向,至少从某些方面还是可以折射出中国电影的现状和未来。因此,陆川和吴天明的同时获奖,陆川和马俪文的同时获奖,都是耐人寻味、值得深入分析的现象。

崔卫平指出:"于其中令人欣喜地发现,另一族类的新人已经出现了。"

她认为在“新人”这里，“如第五代、第六代导演过去常见的与世界、与周围环境以及与自身的高度紧张关系”已经不复存在，他们似乎把各方面的关系都理顺了。他们并不回避矛盾，反而将矛盾当做一个必要的前提，因而在他们的影片中能感受到“一种致力于创作本身的沉静，一种此前很少见过的气定神闲、举重若轻的东西”⑭。在这里，电影简化为一种纯粹的说话，一种真诚的表达，而不涉及更为复杂的其他。也就是说，不管这代人现在或未来在电影上曾经和将要取得的艺术成就如何，他们的贡献在于使电影返璞归真，把电影这样一种艺术形式重新带回一个心平气和、自然而然的发展轨道上来。

这和他们的五代前辈在气质上截然不同，他们的心平气和里透着阅尽千帆的少年老成，而相比之下，五代前辈却像是永远也长不大的孩子，时而剑拔弩张、虚张声势，时而察言观色、左右逢源。当然仍以陈凯歌和张艺谋为代表。陈凯歌有一句话很能说明问题，在忏悔自己对父亲那“轻轻的一推”的背叛时他说：“最对不起的是父亲，因为在那种时候我没有保护他，反而背叛他，但是反过来也正因为背叛，我才知道他是可以信赖的，他是父亲。”可以看到，这是在父亲的巨大背影笼罩下成长起来的一代人，对他们来说，父亲过于强大了，他是神，也是压迫者，是社会体制也是伦理道德，他代表着一个正在消逝的时代，这个时代同时也承载着他们挥之不去的所有记忆。正因为如此，几乎所有“第五代”的影片中都没有真正意义上的父亲形象，更没有涉及父子间亲情的叙事，在陈凯歌的《荆轲刺秦王》和张艺谋的《菊豆》中，甚至以浓墨重彩的篇幅渲染了仇父和弑父的情节。由此不难得出结论：电影中父亲的缺席恰恰因为社会现实中强势父亲的在场，而这种对父亲故作姿态的忽略和仇视其实更像是一种溺爱中长大的孩子似的撒娇。

必须承认，新一代导演与“第五代”的不同之处体现在方方面面，但毫无疑问，此处是一个至关重要的分水岭。在新一代电影人这里，父亲不再是一个被砸烂的世界里遭到审判或背叛的对象，父子间也不再是无休止地纠缠于误解、敌意、仇恨、懊悔的关系。对于过早体验了精神漂泊和无家可归感的青春期磨难的年轻一代来说，父亲重新被命名为爸爸，一个亲切而又意味深长的能指，一个似乎遥不可及却又近在咫尺的目标。对父亲的充满温情的想象，与父亲的和解，重新成为现实的可能。一种似是而非却又揪心揪肺的少年情怀在每个人心中不知不觉地蔓延开来。电影因不可避免地带有某种精神自传的味道而成为详尽阐释现实处境的个人史。其中充满了基于深刻理解的同情，和生活达成谅解而实现的某种难能可贵的平衡。

无论是“新生代”导演娄健的《父亲·爸爸》，徐静蕾的《我和爸爸》，还是“第六代”导演张扬的《洗澡》、《昨天》、《向日葵》，王小帅的《青红》，父亲变得轮廓清楚，面目慈祥，青年导演让一切看上去安详合理、不动声色、平易近人，生活以一种特有的质感深入人心。他们对父亲的敬爱与理解溢于言表，就像张扬在《向日葵》的结尾含情脉脉地写道：献给我们的父亲。这里既有作为年轻一辈顺其自然的内在转变，也有来自体制与意识形态的水到渠成的现实需要。相对于“第五代”，他们在某种程度上起到了矫枉过正的作用。从而实现了与他们更早的一代或几代，比如“第四代”甚至“第三代”的隔辈儿遗传。这既是寻找精神之父的必然结果，也是历史螺旋式上升的必经之路。

在此，理想主义作为久违的话题重新出现，和“第四代”导演吴天明站在一起的陆川让人看到某种希望，在谈到《可可西里》时他说：“我觉得每个人内心其实都有理想主义的情怀，通过这部电影能够点燃一部分，照亮一部分，已经够了。”与之前的意识形态下的理想主义不同，它首先在文学的领域被命名为“新理想主义”。所谓新理想主义，包含着对艺术的如下理解：无论时代发生怎样的变化，艺术都应当对人类的生存处境和精神处境予以关切、探索和思考，应当为解脱人的精神困境投入真诚和热情，艺术家有义务通过他的作品表达他对人类基本价值维护的愿望，在艺术的娱性功能之外，也应以理想的精神给人类的心灵以慰藉和照耀[15]。

这也许才是电影未来可以选择的出路。

---

① 许晖主编《“六十年代”气质》，中央编译出版社2001年版，第75页。

② 利昂德拉—吉格、特拉特：《电影随想》，张洁、杨烨译，文化艺术出版社2005年版，第109页。

③ 斯多克编《基耶洛夫斯基谈基耶洛夫斯基》，施丽华、王立非译，文汇出版社2003年版，第196页。

④⑮ 孟繁华：《众神狂欢——世纪之交的中国文化现象》，中央编译出版社2003年版，第45

页，第180页。

⑤ 蓝爱国：《后好莱坞时代的中国电影》，广西师大出版社2004年版，第159页。

⑥ 恺蒂等：《楼上楼下屋里屋外》，三联书店2004年版，第140页。

⑦ 陈凯歌：《少年凯歌》，人民文学出版社2001年版，第17页。

⑧⑨ 陈凯歌：《长大有时只是一瞬间的事》，杨远婴等主编《90年代的"第五代"》，北京广播学院出版社2000年版，第252页，第253页。

⑩⑪ 姜文：《关于〈鬼子来了〉的几个问题》，参见程青松、黄鸥《我的摄影机不撒谎——六十年代中国电影导演档案》，中国友谊出版社2002年版，第81页，第82页。

⑫⑬ 陆川：《处女英雄》，载《当代电影》2002年第5期。

⑭ 崔卫平：《在八部青年电影创作座谈会上的发言》，载《新京报》2005年12月16日。

# "无地域空间"与怀旧政治："后九七"香港电影的上海想象

孙绍谊

20世纪90年代以来，随着世界经济一体化进程的加速，全球化问题重新浮出表面，成为跨国界、跨文化、跨族群争论的焦点之一，也成为学府和研究机构的"显学"之一。之所以用"重新"二字，意在说明全球化并非一种新现象。如果我们不拘泥于用词的话，关于全球化的讨论也并非始于今天。资本主义发展的历史本身就是一部全球扩张的历史。政治、经济的殖民性扩张也伴随着文化版图的扩张。就电影而论，虽然卢米埃尔兄弟影片的跨国传播为中国等许多国家民族电影工业的兴起贡献巨大，但不可否认的是，它也未尝不可地被看成是资本主义全球扩张的一部分，是19世纪世界版图重构在文化上的具体表现之一。另一方面，晚清以降中国知识分子之间热闹非凡的"中学为体、西学为用"、"拿来主义"、"全盘西化"的争论似乎也能在今天关于全球化问题的讨论中找到或显或隐的影子。

当然，20世纪末重新浮出的全球化问题由于语境的变化而发生了一定的变异。对英国社会学家安东尼·吉登斯来说，全球化是现代性内在的特质，是传统社会向现代社会转型的必然结果[①]。全球化是"在场"与"缺席"的交合并存，是"距离化了的"社会事件、社会关系的当地化和情境化。而另一位英国学者约翰·汤林森(John Tomlinson)则基本承继了吉登斯的主要观点，认为全球化以"复杂相关性"为特征，是定义现代生活的急速发展和日益缜密的交互关系和相互依赖的网络。内在于"复杂相关性"之中的乃是"全球空间的相邻"和大卫·哈维所称的"时空的压缩"。国际旅行的便利、卫星电视、互联网、跨国体育赛事转播、国际政治与跨国公司活动的日益频繁、卫生健康与环保问题的跨国性、技术与劳动移民的跨国流动以及以数字技术发展而出现的各种跨国传播手段等，都是"全球空间相邻性"的具体表现。具体到文化层面，全球化并不会导致文化的普遍同一，而只可能是文化融合与差异的并存。以互联网为例，尽管网络技术的发展极大地改变了人们传统的时空观念，在某种程度上导致了全球“同一城市”(Unicity)的出现，但它同样为过去散布在世界各个角落的鲜为人知的文化和利益团体吸引公众注意力提供了机缘。在汤林森看来，本土经验和本土文化试图在全球化时代被理解，就必须提升到“单一世界”的层面；“本土实践和生活方式日益需要放置在全球影响的语境下加以检视和估价”；这一对人类存在共同因素的强调会促使汤林森所提出的“良性普适主义”(good universalism)的形成[②]。

全球化理论的另一代表人物、社会理论学家阿帕杜莱(Arjun Appadurai)在其影响深远的著作《泛现代性：全球化的文化面向》(*Modernity at Large*: *Cultural Dimensions of Globalization*)中，借鉴法国理论家列菲弗尔“空间的生产”(the production of space)观念，提出了他所称的“地域的生产“(the production of locality)理论。在他看来，媒体技术的发展和各种民族散居社群(diaspora)的形成解构了传统民族国家和地域观念，赋予原来具有明晰疆界、相对固定的地域和民族国家以前所未有的“流动性”(flow)。在此情形下，关于当代全球化现象的理解必须超越过去受限于民族国家或固定地域的思维定式，转而以“去地域化”(deterritorialized)或“跨地域性”(translocalities)的视野透视当代文化的转型与契合[③]。与此相应，民族志学家过去所坚持的地域性根基也应被“跨地域性”所取代，因为“跨地域性“直接影响和作用于“亲历的、本土的经验”[④]。在“去地域化”和“跨地域性”语境中，想象变成了一种具有生产能力的社会力量，成为自我认识、身份定位、意识形态和观念建构的重要因素。也就是说，想象不再仅仅以抽象形态作用于人的思维，而且更成为具体实践的一环，具有了理论意义上的可触摸性。

以吉登斯、汤林森和阿帕杜莱关于全球化的思考为参照，考察“后九七”香港电影与内地文化、特别是上海这座香港“镜像城市”之间复杂含混的关系，我认为，“后九七”香港电影与内地影像的“复杂相关性”主要通过“无地域空间”的生产(the production of non-locality)以及建立在空间“可移植性”基础上的怀旧情愫表现出来的。所谓的“无地域空间”，指的是某些超越文化和地域特质(translocal)或被抽去原地域或文化因素的空间符号，此类空间的突出特征乃是其“可移植性”，既在某种程度上形成对原空间滑动和隐喻的暗指，又能够超越于原空间的含混指说关系、经“移植”后被异地域文化所消费。与上海发生一定关系的“后九七”香港影片，包括王家卫的《花样年华》、周星驰的《功夫》、陈可辛的《如果爱》、关锦鹏的《长恨歌》和许鞍华的《姨妈的后现代生活》等，在某种程度上表明了上海这一香港的“镜像”(mirror image)之城是如何在这些影片中被“搬运”、“移植”、想象或重新定义的。由此，“后九七”香港电影的上海执迷，从本质上说是一种怀旧的政治。正是通过对上海的怀旧性想象，香港文化与香港电影才得以在关系中重新界定“后九七”时代悬疑含混的身份。

## 一、“无地域空间”的生产与资本的全球扩张

空间观念在后现代文化和社会批判理论中的重要位置已被很多学者所强调，在此不必赘述。从列斐弗尔到爱德华·索亚(Edward Soja)、从福科到杰姆逊，空间或成为理论关注的焦点，或被用做理论铺展的起点。正是由于这些理论家的思辨性阐发，使我们对空间的认识日趋复杂与成熟。空间不再是一种独立于主体之外的、仅仅供主体厕身其间的无生命存在，而更是一种汇聚了“主体性与客体性、抽象与具象、真实与想象、可知与不可知、重复与差异、精神与肉体、意识与无意识”的复杂体[⑤]。在列斐弗尔看来，战后资本主义秩序得以维持、存活、乃至进一步强化，就在于他所提出的“空间的生产”：高速公路网的纵横交错、大型购物中心的普及、郊区化社区的大量复制和生产、整齐划一的空间布局，以及因此而产生的一整套规则等，所有这一切都为资本主义体系的强固提供了关键保障。

我在这里所提出的“无地域空间”包含两层意思：第一层涉及可触可感的物质、生活空间，第二层涉及经由各种话语和想象所建构的空间。在空间之前冠以“无”这一修饰词，并非指其子虚乌有，不能被感知、触摸或体验，而是意在显示此类空间的无名性、去地域性、普在性。“无地域空间”的生产与资本主义的发展密不可分。西方资本主义的全球扩张与殖民从空间意义上说也就是对非西方国家空间“他性”的改写与同一化。上世纪二三十年代，现代主义风格的摩天大楼不仅塑造了纽约、芝加哥等西方城市的性格，而且也改写了上海、东京等东方都市的城际线，凸显了不同历史、文化国度空间的无名性和去地域特质。如果说“无地域空间”的生产是现代性某一面向的话，那么，晚期资本主义发展和经济全球化速率的加剧则使“无地域空间”演变为无所不在、遍布世界每一角落的存在，构成后现代性的重要组成部分。今天，如果我们以某一城市为始发地环游世界，跨越

历史积淀所形成的民族国家疆界和语言边界，我们也许会有这样的体验，即看似遥远、过去仅仅是地理学名词的彼城市似乎并不陌生，恍惚中很容易被体认为记忆中某座熟悉的城市：同样繁忙靓丽的国际机场，同样纵横交错的高速公路网，同样闪烁炫目的玻璃幕墙大厦，同样方便迅捷的地铁网络，同样张扬夸饰的巨幅广告牌……；麦当劳、星巴克、肯德基、迪斯尼等不仅改写了世界不同文化、不同国家内普通人的日常生活，而且也在空间意义上重新定义了熟悉与陌生、地域与去地域化。

在全球资本重绘中国地域空间的角力中，香港资本无疑占据了无可替代的重要位置。这不仅因为港资历年以排头兵姿态润滑了中国内地经济发展的引擎，而且也因为香港资本背后与内地纠缠交错的政治、文化与历史关系。惟其如此，香港资本对中国大陆地域空间的重写、亦即“无地域空间”的生产，不仅表现为在内地城市建造了众多令消费者徜徉其间而不知身处何地的“香港广场”、港式购物中心以及餐饮娱乐中心，而且也表现为貌似依循本地空间逻辑、实际却掏空其内里的“无地域空间”的生产。这一空间生产逻辑可以从香港瑞安集团的“新天地”系列窥见一斑。上海“新天地”成功转型为中外游客必至的上海新地标，依赖的乃是地域空间与“无地域空间”之间的互动逻辑：一方面，“新天地”这片六万多平方米的石库门建筑空间被相对完整地保留下来，原石库门建筑的外形、砖墙、屋瓦和风格得到尊重；另一方面，附着于石库门建筑空间的上海人的近现代日常生活却被掏空，填充其间的是“无地域空间”与怀旧政治：“后九七”香港电影的上海想象典型形态的“无地域空间”或“跨地域空间”：连锁餐馆、品牌酒吧、时尚休闲场所和购物中心等。最具讽刺意味的是，原来与石库门建筑空间密不可分的上海人的日常生活却被资本的力量剥离出来，成为“屋里厢”（上海话“家里”的意思）博物馆供展示观赏的对象。这种将日常生活和地域文化“博物馆化”的背后，正是资本重绘后现代地域版图、改造地域空间的力量。在这一改写过程中，空间真正演变为一种漂浮的能指和可供任意附着和阐释的符号。无怪乎雄心勃勃的瑞安集团，已经或正准备克隆上海“新天地”的成功模式，将这一曲折复杂化了的“无地域空间”生产搬运移植到杭州西湖天地、重庆“新天地”、武汉“新天地”、成都“新天地”的诸多项目中，大规模改写内地都市空间的内核。

## 二、“后九七”香港电影与“无地域空间”的生产

如果说各种版本的“新天地”是香港资本在经济层面参与“无地域空间”生产的典型表现的话，那么，“后九七”香港电影对内地景观的搬运、挪用和陈述则让我们看到了“无地域空间”生产在文化上的表现。这些被“移植”(transported)的空间似乎与观众熟稔的某些场景存在隐约的联系，唤醒其记忆深处某些挥之不去的伏层，但这一暗指关系又被移植后的语境所模糊，使原空间与“移植”空间、挪用与被挪用之间的界限不再清晰可辨。

周星驰的《功夫》与内地空间的关系至少表现在两个层面：未予特指的街景和影片的中心场景“猪笼城寨”。一方面，老上海街道、建筑、商铺、店招、广告和路人服饰等似乎指涉特定的时间和空间；另一方面，影片又无意向观众明示具体的时空，而是将时空虚空化，抽离了原时空所蕴含的丰富的历史和文化意义。换言之，《功夫》在时空处理上所采取的策略颇令人联想到汤林森和阿帕杜莱所称的“去地域化”或“跨地域性”。被挪用和移植到影片《功夫》中的上海街景，一方面似乎确认了香港与内地之间的文化与历史关系，在表层意义上拉近了“后九七”香港与内地的文化距离，另一方面却以去除地域内涵的策略与全球影像受众发生关系，成为全球影像流通与消费市场上的热点之一。这一策略也令我想起 2006 年在欧美电影市场广受好评的西班牙影片《潘神的迷宫》(Pan's Labyrinth，由墨西哥电影人 Guillermo del Toro 执导)。影片以“一战”后西班牙佛朗哥政权的独裁统治为背景，但具体可感的历史时空却被女孩奥菲莉娅(Ofelia)哥特式的童话王国所置换。奇幻世界中的精灵、牧神、公主和嗜血怪兽逐渐虚化了现实世界中残暴的军官/父亲和抗击独裁统治的游击队员形象，虚与实、历史与魔幻之间的界限也随之消泯。

《功夫》中的“猪笼城寨”则更典型地体现了“无地域空间”生产中的“搬运”性和移植性。已经有一些论者注意到“猪笼城寨”和中国戏剧、电影中“七十二家房客”空间的互文关系[⑥]。根据《上海文化艺术志》的描述，历史上最早的《七十二家房客》系由多本上海独角戏整理而成，脱胎自《闸北逃难》(江笑笑)、《二房东》(刘春山)、《上海景》(陆希希、陆奇奇)等滑稽戏。20 世纪 30 年代末，在上海大世界、天韵楼、新世界等游乐场讨生活的滑稽戏演员朱翔飞将其编演成独角戏小段。1959 年，原本《七十二家房客》由杨

华生、张樵侬、笑嘻嘻、沈一乐等发展成大戏，由上海大公滑稽剧团演出。该戏写上海解放前夕一幢破旧的石库门房子里拥挤地居住着老裁缝、熨衣匠、大饼师傅、香烟小贩、街头艺人、小皮匠、牙医生、舞女等，而出租石库门房子的二房东则是个“白相人嫂嫂”，千方百计地榨取房客，并和姘夫流氓炳根勾结警威逼房客。60 年代初，该部以上海下层市民生活空间为背景的滑稽戏被移植搬运到广州，成为粤语戏的一部分。1963 年，珠江电影制片厂和香港鸿图影业公司根据粤剧《七十二家房客》改编成同名粤语影片（王伟一执导）；十年后，香港导演楚原再次将其搬上银幕。

关于“猪笼城寨”和“七十二家房客”的谱系考察，无非是想证明这样一点，即“猪笼城寨”空间的建立，已经经过了多重移植和搬运，而附着于原空间之上的生活质素已被掏空，成为可供任意转运和他移的“无地域空间”。在这里，拥挤狭窄的石库门空间内有血有肉的老上海下层市民的日常生活不再重要，重要的乃是空间环境的符号性，正是符号所指的不确定性和抽象流动性使“猪笼城寨”这样原本带有强烈地域色彩的空间转化为能够被全球影像受众所消费的“无地域空间”。这一点在王家卫的“后九七”影片《花样年华》中也多有表现，只不过“猪笼城寨”在《花样年华》中被更具非空间性的服装、语言、氛围和斑驳的墙招所置换罢了。影片的画内画外不时飘来吴侬软语，张曼玉几乎一景一换的旗袍秀、斑驳弄墙上泛黄的广告纸以及狭窄弄堂里的小商铺，似乎都与人们关于老上海的记忆或想象暗合，但这一暗合的背后却是“无地域空间”生产的逻辑：一方面，影片中弥漫老上海气息的空间本来就是刻意的移植，一种剥离了原空间内里的“搬运”；另一方面，正是符号能指与所指的剥离与游离使王家卫所营造的影像空间具有了某种似是而非、既非香港亦非上海、既非东方亦非西方的悬疑含混特质。换言之，一如香港资本所催生或将要克隆的上海“新天地”、杭州西湖天地、重庆“新天地”、武汉“新天地”，《功夫》和《花样年华》等“后九七”香港电影所构建的也是一片与内地文化看似契合、实质上却貌合神离的影像“新天地”，它们以“无地域空间”的生产逻辑改造着中国大陆民众对自身地域和文化的既有认识。

## 三、怀旧的政治：“后九七”香港电影与上海执迷

自 1688 年瑞士医生通过对希腊文“nostos”和“algos”两词的合成创制

“怀旧”(nostalgia)一词，用以指称渴望回归家园的痛苦以来，“怀旧”逐渐与病理学脱离干系，成为现代哲学、历史学和美学关注探讨的议题。在启蒙与理性主义传统中，“怀旧”是对历史进步和人类迈向完美境界的反动，它通过对过往的追忆和对“简朴”生活状态的向往否认历史向更高阶段发展的可能，也否认理性最终具有将人类引领到自由王国的可能。因此，无论在康德、黑格尔还是在马克思眼中，“怀旧”都意味着某种后视的历史观，即认为历史上的“黄金岁月”早已流逝，而未来仅仅预示着更深的陨落。伴随启蒙工程在后现代语境中被严厉质疑、西方理性主义传统被后现代理论家批驳得体无完肤的总体趋势，“怀旧”在新的语境中也获得了新的意义。它被视为是对现代性的反拨，是对西方以理性主义为幌子、将非西方国家特别是被殖民国家排斥在历史之外的批判⑦。

“后九七”香港电影的怀旧政治，并不突出表现为对未来的焦虑(这一点在“九七”之交的港产影片中已多有涉及)和对英属期的回望(毕竟“大英帝国”并未也不可能真正站在港民的立场考虑问题)，而更多地表现为跨越港界、与空间时间均存在相当距离的老上海发生关系。这不仅因为上海与香港两城之间在历史和文化上存在复杂的“镜像”关系(上海的繁盛与香港的边缘化以及香港的繁盛和上海的衰落，更有新世纪以来关于上海取代香港的担忧)，而且更因为通过对老上海景貌的怀旧性召唤，香港影人可以曲折“无地域空间”与怀旧政治:“后九七”香港电影的上海想象地道出也许伏流在潜意识中的关于当下和未来的焦虑以及关于自我的不确定感。如果“怀旧”在西方语境中是对现代性的反拨的话，那么，它在“后九七”香港电影中则至少具有两方面的意义:一方面，“怀”上海之“旧”也就是在主流话语及其关于历史进步的允诺后附以问号;另一方面，“怀”上海之“旧”也意味重新反思和定义香港之“新”、乃至上海之“新”。

实际上，怀旧政治也可以被看成是另一形式的“无地域空间”生产。无论是关锦鹏的《长恨歌》还是王家卫的《花样年华》，它们所想象构建的老上海或老上海氛围，都是一种剥离了原地域具体生活形态、游离在具体历史之外的符号空间。它似有指称但又经常滑动在指称之外，似乎在表述上海但又时常超越上海而喻指他物。就此意义说，关氏版《长恨歌》早已脱离了王安忆小说所设定的格局，成了混合着香港意绪的《长恨歌》。这一点可以从关氏坚持用有争议的港星郑秀文来演绎上海小姐王琦瑶中略窥一斑。如果我们回看关锦鹏的创作生涯，从《阮玲玉》到《红玫瑰，白玫瑰》再到《长恨歌》，老上海始终是他挥之不去的执迷。这种少有的“外乡人”对非出身、生长地的迷恋，恐怕仅仅以某座城市的魅力来解释是不具有说服力的。执迷的背后蕴含着更深层次的意义。

怀旧之为“政治”，亦表现为对当下的否定。在陈可辛的《如果爱》和许鞍华的《姨妈的后现代生活》中，老上海变成了新上海，30 年代的上海小姐变成了新世纪的上海明星和上海姨妈，但当下的上海全然没有了经留声机过滤的老上海情怀，成了粗俗的欲望之都和后现代的精神废墟。《如果爱》把爱情的浪漫留给了飘着雪花的古都北京，而一旦当周迅扮演的人物来到上海，成星的欲望遂盖过了纯美的爱情，昔日的穷酸恋人也变得模糊而难以辨识。同样，在“后现代”都市讨生活的单身姨妈在经历了种种匪夷所思的生活琐事之后，终于幡然顿悟，跟着女儿的脚步回到了鞍山小城，也似乎重新找回了失落的温暖家园。这种对当下上海的否定与拒绝很容易使我们想起 20 世纪 30 年代左翼电影话语中的吊诡：一方面，正是上海相对自由的都市空间为左翼电影人提供了言说的场所；另一方面，这一空间又时时成为其锐利锋芒的批判对象[⑧]。只不过这一吊诡在新的语境中变得更加繁复多义：对当下上海的谴责与拒绝似乎暗合了香港影人对内地“原初性”的期盼，正是这种期盼确定了香港在中国历史上的特殊身份。而一旦中国大陆逐步超越了这一“原初性”、向“后原初性”过渡的时候，香港之为香港的身份也变得日益含混悬疑[⑨]。从这一意义上说，《如果爱》和《姨妈的后现代生活》等“后九七”香港电影似乎正在寻找某种全新的与内地文化发生关系的策略。

---

① 参见吉登斯《现代性的结果》(*The Consequences of Modernity*)，斯坦福大学出版社 1991 年版。

② 参见约翰·汤林森《文化与全球化》(*Globalization and Culture*)，芝加哥大学出版社 1999 年版。

③ 阿帕杜莱(Arjun Appadurai)：《泛现代性：全球化的文化面向》，明尼苏达大学出版社 1996 年版，第 192 页。所谓“去地域化”，一方面是指文化产品的全球消费打破了特定地域和文化消费者原来所享有的与该地域和文化所形成的自然关系(如好莱坞电影在中国的传播)；另一方面也要求文化产品在制作和传播的过程中不拘泥于原文化原地域限制，力求以“当地化”、“情境化”的姿态满足不同文化或国度消费者对产品的不同需求(如好莱坞的中国化)。汤林森在《文化与全球化》一书中对此也多有涉及。

④ 阿帕杜莱:《泛现代性:全球化的文化面向》,第52页。

⑤ 参见爱德华·索亚《第三空间:去往洛杉矶和其他真实和想象地方的旅程》(*Third Space: Journeys to LosAngeles and OtherReal-and-Imagined Places*)中文版译序,上海教育出版社2005年版,第13页。

⑥ 如美国学者纪一新未发表的论文《功夫:华语电影与全球化的考古学》(*Kung Fu Hustle: An Archeology of Chinese Cinema and Globalization*),上海大学、北京大学编《全球化语境中的中国电影与亚洲电影》论文集,2005年。

⑦ 参见马尔克斯·纳塔利(Marcos Natali)《怀旧的历史与政治》(*History and Politics of Nostalgia*),载《爱荷华文化研究杂志》(*Journal of Iowa Cultural Studies*)2006年第5期。

⑧ 关于这一点,有兴趣的读者可参看拙作《叙述的政治:左翼电影与好莱坞的上海想象》,载《当代电影》2005年第6期;《都市空间与中国民族主义:解读三十年代中国左翼电影》,载《上海文化》1996年3月号。

⑨ 关于"后原初性"的提法,笔者得益于北京大学学者张颐武2007年6月29日在纪念香港回归十周年电影研讨会上的发言,在此特表谢忱。

# 书 评

# 花拳绣腿的实践

## ——评刘禾《跨语际实践——文学,民族与被译介的现代性(中国,1900～1937)》的语言问题

王彬彬

上世纪90年代以来,数位在美国从事中国现代文学研究的学者,在中国大陆十分的走红起来。这自然得力于国内同行的大力推许。与那些外语充其量只有半桶水的人相比,这些长期生活于美国的同胞,把玩起西方的理论来,当然要得心应手些。他们往往同时用多种西方时髦理论解读中国现代文学,这就不免令国内的有些人在目不暇接、眼花缭乱之余,对他们十分的佩服和敬畏起来。甚至不少现当代文学专业的学生,开口"被压抑的现代性",闭口"被翻译的现代性",对他们很是崇拜。这些人越过辽阔的太平洋投射过来的似西还中、似中还西的目光,不可能没有丝毫独特之处。目光的独特,使他们颇多新见。但新见并不等于真知。在他们的新见中,谬误和偏见同样存在。他们怀揣最新式的鸡刀和牛刀,昂然踏入中国现代文学领域,却往往不辨鸡牛地狠刺猛砍起来。如果碰巧是鸡刀杀鸡和牛刀杀牛,那就有可能把活干得很漂亮,但如果是鸡刀杀牛和牛刀杀鸡,那情况就难免有些糟糕。更何况他们对之又刺又砍的,往往并不是真实的鸡牛,而只不过是鸡牛的影子。对着鸡牛的影子,他们都能使出浑身解数地砍杀一番,就不得不让人对其行为心生疑虑:他们到底是要砍杀鸡牛,还是仅仅要做砍杀表演呢?

刘禾就是其中的一位。

## 一

刘禾的《跨语际实践——文学,民族与被译介的现代性(中国,1900～1937)》,本是用英文写成的中国现代文学研究专著,1995年由斯坦福大学出版社出版。其在中国大陆的汉译本于2002年6月由北京三联书店推出,

我在这里谈论的是其汉译本。

“被压抑的现代性”是王德威的名言，“被翻译的现代性”则是刘禾的论断。这论断就出自该书。这句话的英文原文是“trans-latedmodernity”，这有几种不同的汉译形式。上述书名中“被译介的现代性”是一种译法，而在这本书的序言中，又有“在翻译中生成的现代性”一说。“翻译”也好，“译介”也好，“生成”也好，意思只有一个，即“现代性”在近代是通过“翻译”进入中国的，是诸如“国民性”、“个人主义”、“文学”这一类西方概念的译语，将“现代性”带进了中国。换句话说，这些西方概念的译语，每一个都如一颗饱含着“现代性”的种子，在中国这块土地上生根、发芽，并且结出“现代性”的累累硕果。

按作者自己的说法，《跨语际实践》是一本研究“翻译”的书。但却不是一般意义上的翻译研究。第一，该著只是研究了一些西方的名词概念在汉语中的表达；第二，该著并不关心翻译的准确性问题，甚至让人觉得，谈论某个西方概念的译意是否准确，是没有意义的。“本书所讨论的并非通常意义上的翻译，更不用提所谓的外国词语和话语的中国化问题。”（刘禾：《跨语际实践——文学，民族与被译介的现代性（中国，1900～1937）》“序”，三联书店2002年版。以下引文凡出自该书者均只标注页码。）那么，刘禾关心的是什么呢？

> 跨语际实践的关键并不是去研究翻译的历史，也不是去探讨翻译的技术层面……如果进行宽泛的界定，那么研究跨语际的实践就是考察新的词语、意义、话语以及表述的模式，由于或尽管主方语言与客方语言的接触/冲突而在主方语言中兴起、流通并获得合法性的过程。（第36页）

这后一句话或许由于“翻译”的原因而变得有些莫名其妙，但这番话的意思是明白的，即刘禾要研究的，是这些西方概念的译语是如何产生出来和被广泛使用，并最终进入辞典的。

但刘禾所要研究的这些译语，基本上不是中国人翻译的，而是一种“日语外来语”。“国民性”、“个人主义”、“文学”，以及许许多多社会人文方面的概念术语，都是各自在日本作为某个西方概念术语而产生的，它们原原本本地进入了中国，进入了汉语，走进了任何一种现代汉语词典。对于这一层，刘禾是知道的。“在本书中，我将探讨汉语同欧洲语言和文学（通常是以日语为中介）之间广泛的接触/冲撞”。“在19世纪末20世纪初进入中国文言文和白话文的仿译词、语义外来词以及其他外来词汇遵循着一种典型的模式：日语用‘汉字’翻译欧洲词语，这些新词语随即又重新被运用到汉语中”（第45页）。人们不难看出，刘禾对这种“跨语际实践”的研究，是一次难度颇大的学术实践。它对研究者知识结构的要求是很高的。仅在语言方面，它就要求研究者最低限度要精通汉语、英语和日语三种语言。对刘禾的英语水平，我完全没有发言权。但对其汉语和日语水平，我则在一定程度上能做出判断。刘禾是“文革”后才赴美，汉语当然是懂的。但读《跨语际实践》之后，我觉得她的汉语水平也颇有问题。至于日语，刘禾让我们相信她是极其精通的。“我希望跨语际实践的观念使我们最终能够提出这样一个理论词汇表，帮助我们解释这些改写、翻译、引进的过程，还有驯化这些词语、范畴、话语的过程，以及从一种语言转换成另一种语言的表述模式”（第37页）。而这个词汇表最终被刘禾编制而成，作为“附录”印在《跨语际实践》后面。“附录”从“A”到“G”分别是“源自传教士汉语文本的新词及其流传途径”、“现代汉语中的中—日—欧外来词”、“现代汉语的中—日外来词”、“回归的书写形式外来词：源自古汉语的日本‘汉字’词语”、“源自现代日语的后缀前缀复合词采样”、“源自英语、法语、德语的汉语音译词”、“源自俄语的汉语音译词”。这个词汇表真可谓洋洋大观。“编纂附录的过程辛苦有加，而我发现自己不得不花费大量时间尝试修正以往学者的技术性失误”（第371页）。除了要驱遣汉、英、日三种语言外，还要查阅法、德、俄这三种语言的资料，当然“辛苦”；而能时时“修正”前人的错误，则足见其水平之高了。对刘禾的法、德、俄三种语言的水平，我更是无由置喙。但阅读全书以及这“附录”，我发现，刘禾的日语水平是十分可疑的。

先说汉语。在附录“回归的书写形式外来词：源自古汉语的日本‘汉字’词语”中，列有“主义”一词。刘禾认为古汉语便有“主义”这个词，她举了两个例子：“一、《逸周书·谥法解》：‘主义行德曰元’，谓谨守仁义。二、《史记·太史公自序》：‘改犯颜色，以达主义，不顾其身，为国家树长画’，谓对事情的主张。”刘禾对这两处“主义”的理解恐怕都是在望文生义。按我的理解，“主义”在这两个例子中，都不是一个词。“主义行德曰元”中的“主义”，应是主张、张扬“义”之意，“主”在此作动词用，与“行”相对。至于太史公自序中的“以达主义”，则是让主上达到“义”的境界之意。王利器主编的《史记注释》对“达主义”是这样解释的：“致主上（指汉文帝）于义。达，致，使之……”[①]。刘禾认为是日本人从古汉语中借了“主义”一词，去译英语的后缀“—ism”，然后“主义”便作为“-ism”的译语返回中国。实际上，古汉语中根本没有“主义”这个词，是日本人把“主”和“义”这两个汉字组成一个词，去译“—ism”，所以，“主义”不是什么“回归的书写形式外来词”。书中类似的牵强附会，并非个别。在这份“回归的书写形式外来词：源自古汉语的日本‘汉字’词语”词汇表中，我还惊奇地发现了“科学”一词。迄今为止，无论是日本还是中国的研究者，都不认为今天在中日两国普遍使用的“科学”一语，源自古汉语，而一致认为是日本学者当初在译“science”时，创造了这个词。当“科学”一语初入中国时，中国人也不认为这说法我们古已有之。“科学二字，为吾国向所未有，盖译自英文之沙恩斯 science”[②]。而作者却认为“科学”在古汉语中指“科举之学”，她举宋代陈亮在《送叔祖主筠州高要簿序》的话为证：“自科学之兴，世之为士者往往困于一日之程文，甚至于老死而或不遇。”刘禾解释说，这里的“科学”即指“科举之学”。我们知道，古汉语中有“举业”一词，专指科举之事，从来未闻将“举业”称为“科学”。至于陈亮这句话中的“科学”，是“科举”之误。古籍中繁写的“举”和“学”很相似，于是陈亮这句话中的“自科举之兴”就被误认作“自科学之兴”了。如果检索一下《四库全书》，或者查阅一下中华书局出版的新旧版本《陈亮集》，就能明白这一点。当然，误认的不是刘禾，是《汉语大辞典》的编纂者。刘禾编纂“附录”时，大大依赖这本《汉语大辞典》。“科学”一词的所谓“古汉语用法”，就是照抄《汉语大辞典》。《汉语大辞典》弄错了，刘禾也就跟着错。其实，只要稍有古汉语感觉和知识的，就该觉得古汉语中不大可能有“科学”这样的词。退一步说，即使中国古代确有“科学”一说，那也是极为罕见的，极少有人知道。说日本人就是借用了古汉语中极为罕见的“科学”二字去译“science”，让人难以置信。毕竟，“科举之学”与“science”风马牛不相及，再怎么“意译”也“意”不到一起去的。

如果说“主义”、“科学”之类，属古汉语方面的问题，那该著中，现代汉语方面的问题也很多。作者无视现代汉语的常识，令人瞠目，现聊举数例。在她所编纂的“现代汉语的中—日—欧外来词”词汇表中，有“可决”、“出张”、“欠点”、“经济恐慌”、“免许”等词语；在“现代汉语的中—日外来词”中，则有“处刑”等。在刘禾看来，这些词语也作为外来词融入了汉语。然而，现代汉语中有这些词吗？“可决”在日语中的意思指对某项议案的通过、认可，中国人会说“我们可决了他的提议”吗？“出张”在日语中是出差之意，中国人会说“我明天要出张”吗？“欠点”在日语中是缺点之意，中国人会说“我也有很多欠点”吗？“经济恐慌”在日语中指经济危机，中国人会把“危机”说成“恐慌”吗？“免许”在日语中是执照的意思，中国人会说“警察扣了我的驾驭免许”吗？至于“处刑”，在日语中特指执行死刑，中国人会把执行死刑说成“处刑”吗？如果说刘禾在古代汉语方面的错误还情有可原，那她在现代汉语方面的失误则匪夷所思。

但如果连哪是日语哪是汉语都弄错，却要研究现代中国“被翻译的现代性”，就难免“以其昏昏，使人昭昭”之讥了。

## 二

前面说过，对于刘禾的学术实践来说，精通日语是必备的条件。从该书来看，她的确懂日语。但学到了何种程度呢？如果学到了还把汉语与日语相混淆的程度，那么，这本书在中、日语言方面的常识性错误，就自然不会少了。

也姑举数例。刘禾编纂了“现代汉语的中—日—欧外来语”词汇表，她解释道，这些词语“由‘汉字’词语组成，乃由日语使用汉字来翻译欧洲词语（特别是英语词语）时所创造。”在这份词汇表中，有“出口”、“引渡”、“憧憬”、“立场”一类日语中的“训读词”。所谓“训读”，指按日语固有的读音来读，汉字则是一种附会。换句话说，这些词是日语固有的，不但在日本与西方接触前就有，甚至在日本与中国接触前也就有了。“出口”是“出”这个动词的连用形加上“口”这个名词，是一个动词和一个名词的合成。“引渡”则是“引”和“渡”两个动词的合成，本意是将绳、网等伸展、张挂开来，在现代日语中，这仍然是“引渡”一词的基本意思。日语中的动词和名词，在构成上是有明确区别的，“憧憬”本也是一个动词形态。至于“立场”，是“立”这个动词的连用形加上“场”这个名词，是一个动词和一个名词的合成，其构成方式与“出口”、“入口”完全一样。这些词是日语中的“土著”，它们的历史和日语的历史一样古老。它们当然可以用来翻译西方词语，但并不是在翻译西方词汇时才被“创造”出的，也不只是作为西方词汇的译语而存在的。只要稍稍有一点日语的常识，只要对日语的读音规则有起码的了解，就不会犯刘禾这样的错误。

学术研究总难免要借鉴他人的成果。日本人怎样用汉语(汉字)翻译西方名词概念,这些名词概念又怎样进入中国、成为汉语词汇,这是作者研究的核心问题。对于这一问题,中国学者有所研究。至于在日本,战后几十年间,这方面的研究成果则可谓十分丰富。但刘禾对中日两国学者成果的借鉴是极少的。在刘禾书中,屡屡提到高名凯、刘正埮合著的《现代汉语外来语研究》一书(在《跨语际实践》汉译本中,"刘正埮"几乎都印作"刘正谈")。高、刘二位的这本书,1958 年 2 月由文字改革出版社出版,薄薄的一册,十几万字。书中第三章第五节是"日语来源的现代汉语外来词",主要是列了一份词汇表,论述部分只有寥寥一二千字。但就是这本数十年前出版的小册子,就是这小册子中的一小节,成了作者这样一个很大的研究课题的重要支柱。除这本小册子之外,作者就几乎没有借鉴其他中国学者的成果。

刘禾研究的目的,是要反思和批判西方话语对东方的控制和奴役,而在进行这种反思和批判时,却又不断借助西方学者对这一问题的学术观点,这不是有些荒谬吗?在许多问题上,日本和中国的学者已有了值得借鉴的研究成果,刘禾却似乎全然不知,反而去求助于西方学者晚出得多却未必更精彩的成果。例如,意大利语言学家马斯尼的研究成果便是作者的一项重要资源。作者书中一个十分关键的概念"重返的书写形式的外来词"(有时作"重返汉语的书写形式的外来词",有时又作"返回的书写形式的外来词",总之,在这部译本中,有多种译法),就来自马斯尼(第 46 页)。所谓"重返的书写形式的外来词",是指这样一类词汇,它们原本是古汉语中的词,日本人利用它们来翻译西方名词概念,然后它们又作为西方名词概念的译语返回中国。对这类词汇的去而复返,日本学术界早已有一个公认的命名:"逆输入"。这类词汇可以称作"逆输入词汇"。较之颇为拗口的"重返的书写形式的外来词","逆输入词汇"无疑更可取。当然,这里的关键,不在于两种说法孰优孰劣,而在于孰先孰后。如果作者在已知日本人命名的情况下仍然使用西方人的命名,那还是一个选择问题;如果作者根本不知道日本学者对此已有命名,只把西方学者的命名当做新鲜的宝贝,那就是一个学风问题。而没有任何迹象表明,刘禾在采用马斯尼的命名时,已知日本学者的命名。下面的一番话足以证明刘禾是把马斯尼的成果当做最新成果:"马斯尼新近出版的研究成果表明,日语在 19 世纪从汉语借用了一些新词汇、仿译词以及语义翻译，这比汉语从日语借用词汇要早若干年。这些新术语的发明，得力于新传教士及其中国助手在 19 世纪初期和中叶，同心协力翻译西方的世俗文本时的工作。日本人在他们的‘汉字’翻译中采用了这些词语中的一部分，并且开始以类似的方式，用中国文字创造他们的新词汇。”(第 47 页)在近代，从时序上说，中国翻译西方文献早于日本。在中国译成汉语的西方词汇流入日本，后来对日本人以汉语汉字翻译西方词汇有所启发——这在中日两国的有关学术界，早已是一种常识，实在毋须用“马斯尼新近出版的研究成果”来“表明”。日本学者对此事考辨甚详，实在举不胜举。

考虑到刘禾毕竟是华人，我还是举一个中国的例子。汪向荣所著的《日本教习》对此问题就有较多论述。该书初版本 1988 年由北京三联书店出版，出版后很受欢迎。1989 年，在东京出版了由日本著名中国现代文学研究家竹内实主持翻译的该书日译本，日译本在日本也销量极佳[3]。《日本教习》的修订本 2000 年 7 月由中国青年出版社出版。在中日两国，这都不是一本生僻的书。该书第一章较具体而系统地论述了“汉译西洋文化对日本的影响”：

> 西方传教士冒风波之险，不远万里而来中国……西洋文化传到中国的初期，大都是由他们用汉文书写、著译或口述之后，使不通西洋文字的中国知识分子能加以阅读的书籍。或有由中国人出面“共译”或“合编”的，实际上也都出于这些传教士之手，不过由中国人做些文字上的润色而已……当时的日本，虽然有能从荷兰文翻译的人才，但也极少，更不用说翻译其他外国文字了。可是这些新知识、西洋的物质文明、西洋文化的需要却又十分迫切，当他们了解到中国已经在吸收、输入这些西洋文化时，就和以往那样假助于中国。于是汉译西洋文化的一些书籍，就大量地被日本输入，一部分被他们翻刻重版，一部分则训点(加注日本式读法)之后再印刷出版，以供日本知识分子之用……从一些翻刻本或训点本上可以看出，当时日本方面基本上是照搬照刻，除了封面及书名的内扉稍有改动以外，其他一律照旧；训点只是在句旁字下加以符点而已，对原文刊刻样式，并不加以改动……日本从汉译西洋文化中得到了营养，逐渐地培养了自己的人才，所以在一定时间之后，就逐

> 渐减少对汉译本的依赖。现在我们可以知道,明治十年前后,虽然日本西洋化的程度已很高,但对从中国所去的汉译本的依赖,依然没有减退;翻刻训点工作还不断在进行,《普法战记》就在明治十一年由陆军文库加以翻刻。慢慢的,派出的留学生陆续回国;雇聘来的外籍教员造就的人才,亦开始参加工作,直接输入、吸收的条件已成熟,所以到明治二十年(1887)左右,已完全不必再依赖汉译本来吸收西洋文化,和中国文化也完全告别了。[④]

随着"汉译西洋文化"传入日本,一些由传教士和中国助手共同译成汉语的西方名词术语,如数学、理论、电气等,也传了过去,在某种程度上启发了明治时期的日本学者以同样的方式翻译西方词汇。

汪向荣在《日本教习》第一章的最后注明,该章初稿于1943年9月。我不知道那个叫做马斯尼的意大利语言学家那一年是否已经出生。

## 三

《跨语际实践》研究的是"中—日—欧"之间的"跨语际实践",而这种实践过程,在作者的逻辑链中却被大大地简化了。作者认为,在中日两国,以某几个汉字去译某一个西方词,是很偶然的。例如,在论及"个人主义"这一译语时,她强调:"意义的历史偶然性要求我们把个人这个范畴作为历史的范畴来研究。"(第122页)应该说,某几个汉字组成的词在辞典中成了某个西方词的法定般的对应语,当然有着某种意义上的偶然性。但偶然中又有着必然。有一个问题是作者必须注意的,那就是无论在日本还是在中国,当初都曾有过相对于某一个西方概念,有多种译语共存的现象。多种译语共同对应于某一个西方词,也就意味着并没有哪一个译语能够定于一尊。某些西方概念的多种译语共存,甚至长达几十年。多种译语共存时期,也就是多种译语竞争时期。到最后,某一个译语胜出,其他都被淘汰。这最终胜出的译语,是经过众人反复比较、权衡后选择的。这在"生存竞争"中最后活下来的强者,终于作为某一个西方名词的唯一对应语进入了辞典。例如,刘禾在书中大做文章的"个人主义"一语,在日本就有一个很复杂的形成过程。据日本学者佐藤喜代治、斋藤毅、柳父章、远藤好英等人研究,英文的"individual",在日本就有过"各殊之人身"、"一个人"、"独一者”、“独个人民”、“个个人人”、“人别”、“一个人民”、“个体”、“各个”、“人民各个”、“各自体”、“各自个个”、“各员各个”等多种译法，最后才固定为“个人”[5]。可见，“个人”后来在辞典中成为“individual”的唯一对应语，并不是很偶然的。

在中国，当初对应于同一个西方概念的译语往往更多。日本的译语进入中国。中国人又有自己的多种译法。这就不但是中国人自己的多种译语共存竞争，而且是中日两国的多种译语共存竞争了。当然，除了少数几个例外，都是日本的译语最终获胜。且以“经济”为例。“经济”作为“economy”的译语，出自日本人之手。但中国人却并不是一开始就接受日本人的这一译法的。方维规在《“经济”译名溯源考——是“政治”，还是“经济”》一文中[6]，对“经济”作为“economy”的译语在中国的最后确立，做了较详细的考证。据方文说，在“经济”译名最终确立之前，中国人的译法有数十种之多，诸如“治家之道”、“齐家之道”、“家政”、“国政”、“办理国家大事”、“治国之道”、“理财”、“理财学”、“富国策”、“生计学”、“平准学”等等。梁启超曾就这一译语感慨地说：“草创之初，正名最难，望大雅君子，悉心商榷，勿哂其举棋不定也。”[7]梁启超显然认为，在或长或短的时期，“举棋不定”不但是不可避免的，而且是十分必要的。今天我们使用的西方概念译语，基本上来自日本。但是，中国人一开始对日本人的译法是颇为抗拒的。“直到20世纪初，中国人基本上只在翻译日本人著作时才照搬‘经济’，译介西书时则各抒己见。换言之，中国人对采用‘经济’译词是很谨慎的，且不断寻求新的译名，梁启超便是明显的例子”[8]。对于西方概念，严复更有一整套自己的译法。“计学”就是严复对“economy”的翻译。1908年，严复被学部尚书荣庆聘为学部编译审定名词馆总纂，包括“计学”在内的严译，自然就成了“部定译名”了。严译与日译之间，实际上就形成了某种不公平竞争。也确实有很长一段时间，“计学”这类译名很风行，“经济”一类译语则处于劣势。然而，最终是“计学”一类译语被自然淘汰，“经济”一类译语“笑在最后”。“单从梁启超一个人我们便可看到，当时中国对西方经济的译名实为术语万花筒；同时，我们也可以看到国人为寻找一个确切的译词所做的努力。不同译名共存了几十年之久，连（部定）‘计学’也没能站住脚”[9]。“经济”这一译语是这样确立的，其他许多译语也是这样确立的。它们能最终进入辞典，决不像刘禾想象的那样偶然。

作者研究的是“跨语际实践”，而中日两国间的多种译语共存竞争，可以说是最生动、最富有意味的“跨语际实践”。对此，刘禾并非完全无知，她在几处地方语焉不详地提及，但往往一说便错。在第一章里，她就写道：“在现代汉语中安营扎寨的欧洲——日本外来语，初来乍到时往往要与直译(音译)进行竞争……有些新词语最开始是外文词语的汉语直译，或者至少是和欧洲——日本对同一词语的意译或外来词译法同时存在。不久以后，翻译占了上风，取代了直译。”(第49页)刘禾把日本人的译语与中国人的译语之间的竞争归结为意译与直译(音译)的竞争，是一种常识性错误。中国人自己的译法，也主要是意译。例如，“治家之道”、“国政”、“理财”等数十种对“economy”的翻译，也与日本人的译语“经济”一样，是意译。“经济”对种种“econo－my”的中国译法的战胜，不是一种意译战胜了许多种直译，而是一种意译战胜了许多种意译。“经济”是这样，其他许多译语也是这样。为什么是日本译语“经济”最终战胜了五花八门的中国译语，就因为“经济”译得最好，最准确[10]。其他所有战胜了中国译语而最终进入汉语辞典的日本译语，都可作如是观。对此，王国维当年就明确表达了看法：

数年以来，形上之学渐入中国，而又有一日本焉，为之中间之驿骑，于是日本所造译西语之汉文，以混混之势，而侵入我国之文学界(引按：王国维在此是在古汉语的意义上使用“文学”一语，相当于我们今天所说的社会人文领域)……日本之学者既先我而定之矣，则沿而用之，何不可之有？故非甚不妥者，吾人固无以创造为也。侯官严氏，今日以创造学语名者也。严氏造语之工者固多，而其不当者亦复不少，兹笔其最著者，如 Evolution 之为天演也，Sympathy之为“善相感”也。而天演之于进化，善相感之于同情，共对 Evolution 与 Sympathy 之本义，孰得孰失，孰明孰昧，凡稍有外国语之知识者，宁俟终朝而决哉！……夫以严氏之博雅而犹若是，况在他人也哉！且日人之定名，亦非苟焉而已，经专门数十家之考究，数十年之改正，以有今日者也。窃谓节取日人之译语，有数便矣：因袭之易，不如创造之难，一也；两国学术有交通之便，无格之虞，二也。(叔本华讥德国学者于一切学语不用拉丁语而用本国语，谓如英法学者亦如德人之愚，则吾侪学一专门之学语，必学四五度而后可。其言颇可味也。)有此二便而无二难，又何嫌何疑而不用哉？[11]

可以说，在这个问题上，王国维至今仍是最有发言权者之一。他强调，日本人的译语“进化”、“同情”比严复的译语“天演”、“善相感”好。

刘禾把国人译语败于日人译语，归结为直译败于意译，这究竟是出于无知还是一种策略，难以断定。总之，对这个问题轻描淡写地说了几句后，就匆匆回到她的“正题”上去了。确实，多种译语共存竞争这一过程，必须被刘禾排除在“正题”之外。在她编织的逻辑链中，不能有这一环。她要说明的，是译语与西方概念对应的偶然性，所以她极力回避译语的好与坏、准确与谬误。在她看来，谈论译语是否准确地传达了原意，是完全没有意义的。因为无论译成什么样，都体现了西方对中国的“权力关系”，都意味着中国被西方所“殖民”。顺着她的逻辑链走到尽头，完全可以延伸出这样的结论：译语越准确、忠实地传达了西语原意，便越使得西方对中国的“权力”得以充分地实现，因而也就越有害；相反，译语对西语原意越偏离，便越值得称道。在这个意义上，把“economy”译成“家政”远比译成“经济”好。

刘禾强调：“我们必须向自己提出这样的问题，翻译以及相关的实践在建构所谓的第一世界与第三世界的权力关系时，究竟扮演着什么角色？”(第30页)刘禾本书的全部目的，就是要揭示在“翻译”中怎样体现着“第一世界与第三世界的权力关系”，为此，她在跳过中日多种译语共同竞争这一环节的同时，又把近现代的翻译孤立和封闭起来，仿佛其他语言通过翻译进入汉语，是破天荒头一遭，是亘古未有的新奇事。她甚至做出如此可笑的议论：“请设想一下这样一种状况：人们用中文完全是为中国的学术受众从事历史研究。人们使用的语言难道不是已经被新词语的新理论（这自然是拜中西百年碰撞之赐）彻底污染了吗？”(第41页)在刘禾看来，在“中西百年碰撞”之前，是没有“新词语新理论”进入中文的，因而中文是没有被“污染”的，是很纯洁的——这又犯了一个常识性错误。按理，刘禾不应该不知道，人类语言的融合，古已有之是极其普遍的现象。至于中国历史上，第一次翻译大潮是魏晋时期对佛经的翻译。在这次翻译大潮中，汉语就明显地被“污染”了。不少新的词汇和典故，如“盲人摸象”、“唾面自干”等，通过对佛经的翻译进入了汉语。

无视常识，在刘禾这本书中是很普遍的现象。刘禾对所谓“跨语际实践”的研究，实在是一场花拳绣腿的表演。

最后，我还想对刘禾这本书的汉译问题说几句话。同样一句原文，一会儿译成"重返的书写形式的外来词"、一会儿译成"重返汉语的书写形式的外来词"、一会儿译成"返回的书写形式的外来词",一会儿则译成"回归的书写形式的外来词";在第一章和第三章,都引用了赛义德的同一段话,但译文却大不相同……从"编后记"中可知,本书是多人合译的,但再多的人合译一本书,应该统一的地方也必须是统一的。这本书的原著本就是拼凑之作,这本书的汉译本则是双重意义上的拼凑之作。

① 王利器主编《〈史记〉注释》,三秦出版社1988年版,第2783页。

② 胡伟希编选《民声:辛亥时论选》,辽宁人民出版社1994年版,第19页。

③④ 汪向荣:《日本教习》中国青年出版社2000年版,"修订版序","第一章"。

⑤ 参见日本出版的《国语语汇的历史研究》、《日本的汉语》、《明治的语言》、翻译语成立之经过》等书。

⑥⑧⑨⑩ 方维规:《"经济"译名溯源考——是"政治",还是"经济"》,载《中国社会科学》2003年第3期。

⑦ 梁启超:《生计学说沿革小史·例言》,《饮冰室合集·文集之十二》,中华书局1936年版。

⑪ 王国维:《论新学语之输入》,《王国维论学集》,中国社会科学出版社1997年版。

# 迷离的理论，浮夸的文风

## ——评金惠敏《媒介的后果——文学终结点上的批判理论》

阎 嘉

近年来，将“全球化”这一话题与各种学术问题放在一起来讨论，已经成了学术领域里一股并不那么新鲜的风气。必须承认，不同文化传统和理论之间的交流与互动，确实呈现出日益频繁的趋势，但在另一方面，我们的学术研究和理论建设迫切需要面对中国语境的现实，从实际出发提出真正具有建设性的理论构想。如果在今天的学术研究中，只是简单地输入西方的理论，或者仅仅停留在一些与“全球化”有关的“宏大”论题上，而不对当下的现实（尤其是人们热衷于谈论的“媒介现实”以及中国本土的实际）状况进行切实的考察和研究，实际上无助于我们自己的理论建设和发展。简言之，在我看来，学术研究无论如何都不能脱离对各种问题出现的“语境”进行深入切实的考察，在具有说服力的现实依据与理论依据的基础之上，才有可能进行富有成效的研究。我们需要的是在踏实研究基础之上的创造性的理论研究，否则，便可能坠入浮泛和空洞之中，缺少启发性和学术洞见，也缺乏理论上的建设性。

坦率地说，在今天的中国学术界，浮泛和空洞的学术风气虽然不能说普遍，却也不时可以看见；尤其是在个别还算有点名气的学者那里，我们偶尔也会发现学术研究的浮躁风气。金惠敏先生的近著《媒介的后果——文学终结点上的批判理论》，可以算作是一个比较令人瞩目的个案。这本书的篇幅并不算大（印刷字数 15 万，去掉不太相关的两个“外篇”和附录，余下的大概不到 10 万字），却谈论了一个看起来似乎很学术的“宏大主题”，但是，细读之后会发现，如果不算其中大量的引文，作者自己的论述文字便所剩无几。全书的论述给人总体的感受是：理论观点在空中飘来飘去，爆发性的论点和惊人的断语不时突兀地呈现，加上不少有语法错误的西式语句，确实使人怀疑它到底有多少真正的学术价值，它对我们的理论建设究竟具有什么样的启发性意义。

在核心论题方面,《媒介的后果》一书并没有运用具有说服力的论据和实例正面告诉我们:第一,“文学”在中国真的“死亡”了吗?这种“死亡”在理论上与现实中的依据何在?“死亡”的原因、表征和特点有哪些?第二,“媒介”(无论以哪种形式表现出来)在我们的现实中有着怎样的塑造作用?它如何改变了我们的生活和思想?它对生活、文化与文学到底具有怎样的“后果”?第三,所谓的“全球化”,在中国本土的语境里到底意味着什么?“全球化”在中国的思想、文化和文学领域中到底有哪些表征?这些表征与国外的“全球化”到底有着怎样复杂的互动关系?

以下,我将集中评析《媒介的后果》所断言的“文学死亡”、全书的核心论点以及作者的学风这几个方面的问题。

## 一

《媒介的后果》(以下简称《后果》)这一标题试图揭示的是:当代各种传播媒介(其实书中只列举了“电信”和“图像”)的扩张对文学的挤压,以及在这种挤压之下文学的危机和死亡。这样,“文学”与“媒介”,就构成了这本书上、中、下三篇的两个关键词。

让我们先看做者所断言的“文学死亡”。《后果》在论述文学与媒介的关系时,首先为我们断言了一个“文学死亡”的前提和语境,然后又断言媒介对“我们”和“文学”无情地进行了“帝国化”和“殖民化”,其后果是“趋零距离”、“图像增殖”和“球域化”(作者生造的一个词语)。但是,通读全书,我们并没有看到作者以事实和文献来具体论证媒介及其“后果”在中国、“全球”如何导致了“文学的终结”或“文学的死亡”,倒是作者在开篇伊始就已经断然作了结论说:“文学理论早已是穷途末路”,原因是“在中国‘文学理论’之死在于它丧失了对文学的阐释能力,以文学的立场批评现实的能力,以及接通‘世界文学’的能力”;紧接着,作者未作任何论证和阐释,又断然说:“因此,在中国确定的事实就不是文学理论的死亡,而是文学理论家的死亡……”,于是喊道:“现在该是发起一场文学理论救亡运动的时候了!”作者自称,他的目的在于“恢复文学理论家与当代现实的对话能力,重新点燃我们的现实激情,在对新现象的新阐释中找回我们作为理论家的自信”,而其“主旨则是一个文学理论家与现实的对话”(金惠敏:《媒介的后果——文学终结点上的批判理论》,人民出版社 2005 年版,第 2～3 页。以下引文凡出自该著者均只标注页码)。在短短几百个字中,作者连续对中国文学理论和文学的状况作出了几个绝对性的判断,但却没有对任何证据与事实进行学理分析。在整部书中,作者只字没有提及古往今来中国文学和中国文学理论的状况,更没有提及任何作家和文学作品。那么,我们想知道,作者对当今中国文学界的状况有多少了解和认识?作者是否阅读过当今中国从表现“主旋律”到“新写实”、“身体写作”等方面的文学作品?如果没有,作者又凭借什么对当今中国的文学和文学理论作出如此绝对的论断?当我们还在惊异之时,作者又在“小引”中马上断言:“当今中国文论领域如果不是气象万千的话,那也可以说较之于 20 世纪 90 年代以前要丰富和有活力得多。究其原因,主要是‘为有源头活水来’,国内与国际的学术交流异常活跃,理论和理论家的越界旅行司空见惯……”(第 2 页)终于,我们看到了,作者道出了这“源头活水”竟是那位“频频访问中国”的“米勒老人”、“可怜的米勒老人”,以及作者本人这位不断进行着“越界旅行”的“理论家”。原来,作者是根据一个“在中国要比在美国名气更大”的美国人发表在《文学评论》(2001 年第 1 期)上的一篇文章,既断定了中国文学理论和理论家之死,又断定了中国文学理论气象万千,而且还进一步断定了中国文学的“当前危机”和死亡,即媒介对文学(乃至对整个现实世界)的殖民和帝国化,并且把自己当做了拯救中国文学理论的“叱咤风云的领袖人物”(第 2 页),进而要创造的将是有“越来越多的共通的文学理论问题”的“世界文论”(第 2 页)。

我们清楚地看到,作者率先为我们描述的“论述前提”和语境,并不是中国本土乃至全世界文学与文学理论的真实状况,而是一个美国“老人”的个人“忧虑”或《后果》作者的臆想。然后,我们很快又看到,作者连篇累牍地援引米勒、德里达的言论,加上他自己的“夹叙夹议”,以宣布“一个让人惊恐不已、如临灭顶之灾的关于文学的噩耗”(第 7 页)。但是,这一次,仍然没有任何文学和文学理论的实例作为支撑。作为读者,我们真正关心的是:《后果》作者心目中的“文学”与“中国文学”到底是什么?作者立论的学理基础和现实依据是什么?作者凭借什么来与“现实”对话?

《后果》告诉我们,作者从“世界文论”的角度断言:“文学即距离”,因为

“文学更本质上关切于距离,因为简单而毋庸置疑的是,距离创造美”(第13页。这句话存在着语病,类似语病在书中实在太多)。“文学批评史尽管不如美学史如此地倡言‘距离’,但究竟只是个术语的问题,‘模仿’、‘想象’、‘陌生化’、‘修辞’等等实际上都只是‘距离’的另一种说法,而且在文学上扮演着如‘距离’在美学上的角色,是它们造成了文学,使文学堪称为文学”(第13页)。在这里,作者依据不可理喻的简单化逻辑,径直在“距离”、“美”、“文学”(包括与文学有关的模仿、想象、修辞、比喻等等)这些概念之间画上了等号,把众多重要的文学概念和范畴全部武断地等同于未作任何界定的迷离的“距离”。这样一种总体性的、“世界文论”视野中的“文学”概念,远远超出了人们对文学的基本理解。例如,人们通常从世界、作家、作品、读者这些方面去界定或说明文学[1],由此得出的结论或“定义”(如文学是生活的反映、文学是对生活的模仿、文学是作家的自我表现等),都只可能说明或界定“文学”的某个特定方面,而难以得出一个“总体性”的文学概念。《后果》强调“距离”是文学的本质,不仅偏离了理解文学的基本视角,而且远远无法说明文学的特殊性。人类的一切活动都是在“主体”与“对象”的“距离”之中发生的,从日常生活、生产劳动,到艺术创造、哲学反思等等,都与所谓“距离”有关,为什么偏偏就只有“文学”与“距离”有关系,并且必然产生“美”? 我们知道,美学上的所谓“距离说”,是通过朱光潜先生的译介而为中国理论界所了解,它未必就有如《后果》所称的“倡言”那么大的影响。在某些特殊情况下,“美”的产生确实与“距离”有关,却无法从逻辑上断言“距离必然产生美”。提出“距离说”的英国人布洛,并没有断言一切“距离”都必然产生“美”,正如朱光潜先生分析的:“‘距离’含有消极的和积极的两方面”,“距离”的“矛盾”在于既不能太过,也不能太近等等[2]。更进一步说,《后果》把模仿、比喻、修辞、想象这些为人熟悉的、与文学有关的学说和表现手法等,全部等同于“距离”,由于缺乏学理的依据,很难令人信服。例如,在西方浪漫派的文学理论中,通常把文学的创造性与想象活动联系起来,把它当做创造性活动的主要力量,并没有把它简单地、直接地等同于“距离”和“美”,而是把想象力的自由活动当做美感的重要内容。

除此之外,作者在其独特的“夹叙夹议”的叙述方法之中,还做出了更多充满形式逻辑错误的论断,诸如“由于‘操演’乃是操演‘距离’,所以无疑也可以说,文学以‘距离’为务,或者文学即距离”(第18页)。“文学以‘距离'而成为文学,而成为审美的对象,因而'距离'仿佛就是文学的基础了"(第19页)。"……是哲学的'距离'保证了文学的'距离',是哲学的'距离'决定了文学的'距离',是哲学的'距离'指引了文学的'距离'"(第19页)。按照形式逻辑标准的三段式推理,这些推论中的"大前提"无论如何都无法经过必需的"小前提"而推导出作者所得出的那些结论。况且,在这些论断中,读者很难弄明白,到底哪些论断是德里达等西方学者的,哪些论断是作者转述的,哪些论断是《后果》的作者自己的,其中是否存在着掠人之美的嫌疑?因为这种"夹叙夹议"的论说方式,即把引述、转述和自己的发挥混为一体,成了《后果》一书最主要的言说方式。其次,这些论断不仅充满逻辑错误,更重要的是缺乏严肃的学理论证,更缺乏相应的事实根据(无论是中国的,还是国外的)。然而,作者总是在突兀地抛出一个论断之后就将论说对象转移了,让人觉得像蜻蜓点水似的飘忽,缺乏学术的严谨性。

总之,"文学"作为《后果》一书的关键词之一,也是作者要论述的主要对象,就这样极其简单地借助米勒、德里达的著述,被等同于"距离",等同于"美",丝毫没有涉及其他的理论著作和文学作品,尤其是中国语境中的文学理论和文学作品。这样,作者为他自己赋予的"恢复文学理论家与当代现实的对话能力,重新点燃我们的现实激情,在对新现象的新阐释中找回我们作为理论家的自信"的宏大使命,就完全落空了。真实的原因很简单,作者断定中国文学和文学理论已经"死亡"的主要依据,是他看做"源头活水"的米勒、德里达等西方学者,他真正关心的是在国际进行"学术的"和理论的"旅行"。作者实际上既不了解中国文学(从创作到理论)的真实状况,更不在意要去了解中国文学的真实状况。

## 二

《后果》一书试图论证的最重要的论题,还是所谓"媒介的后果"。按照作者自己的概括,媒介的"后果"是"趋零距离"、"图像增殖"和"球域化"三者,是它们共同导致了"文学"(包括"中国文学")的危机、死亡和"文学的全球化"或"全球化的文学"这些"令人惊恐不已"的后果。

我们先看《后果》推断的出的有关媒介的"令人惊恐不已"的结论。

首先,把文学武断地等同于"距离",并进一步等同于"美",除了前述的原因外,《后果》更主要的目的还是要为这样一个论点做铺垫:既然“文学”等于“距离”,由于现代“电子媒介”使“距离趋零”,或者干脆说消灭了“距离”,那么“文学”的“死亡”就成了必然的和顺理成章的。

其次,“文学”既已“死亡”,作者认为取而代之的就是一个“图像统治”的时代,并且断言“在中国,虽然像德里达那样直接就宣布电信时代文学死亡的观点尚不多见于文字,但街谈巷议之间已算不得什么新鲜之论了”(第30页。请注意,“街谈巷议”在中国话中意味着“尽人皆知”)。结果将是“文学若是仍然愿意进入影视媒介的话,那么它就必须臣服于图像”。更严重的是“这都是当今的常识了,我们无须就此赘述”(第33页)。

再次,“全球化”“这个新鲜出炉的术语”(注意,这早已不“新鲜”)给我们带来了“一浪高过一浪的挑战和威胁”,“迫切的全球化迫切地需要我们的概念化”,把“全球化”当做“一种理论或知识框架”(第73页),以至“全球化首先是指媒介的全球化”(第75页),然后“意味着一个‘失控的世界’”(第76页),意味着现代性(第79页),也意味着后现代性(第85页),于是就“没有国家,只有全球”,于是就出现了“‘文学全球化’或‘全球化的文学’”(第105页),“一切文学都将进入我们所谓的‘全球化’之中,也就是说,它们将成为‘球域性’的,即既是全球的,又是地域性的”(第107页)。“最后我们想重申,‘全球化’将宣布‘民族文学’的终结,同时也是‘一种世界的文学’的终结。我们由此将进入一个不确定的文化空间……”(第115页)

总之,作者用这些大胆而“无须赘述”口号似的结论,断然宣布了媒介的后果所造成的、远不止是文学的危机和死亡。尤其使人惊恐的是,“国将不国”(“没有国家,只有全球”),中国文学当然也将不复存在,并且“化”入了“全球化的文学”之中。这不仅立刻使人联想到1909年意大利人马里内蒂发表的《未来主义宣言》[3],而且更让人们要追问这些断语在理论上和现实中的依据。道理很简单,如果《后果》是严肃的学术著作的话,那么就应该做出慎重的论证,而不是发表“宣言”。简言之,媒介的“后果”,真的有如作者所说的那么“严重”吗?

我们必须查看《后果》惊世骇俗的结论的依据何在。

第一,所谓“电信时代的趋零距离”这个说法,来自那个“可怜的”米勒老人在《文学评论》上的那篇文章和那个“不可界定的天才”(第7页)德里达的《明信片》,而德里达当做“文学死亡”之例证的就是“电话”这种“电信技术”。由于电话“摧毁了时空间距,摧毁了书信所赖以生存的物理前提,因而也就是摧毁了书信本身的存在”(第12页)。作者接着就推论说:由于电信摧毁了写作与写作对象之间的“距离”,所以也就摧毁了“文学”。《后果》的作者正是依据上述说法,从书信死亡推论出文学死亡,再推论出电信技术建立起了“对全球性政治、经济、文化以及日常生活的支配性影响”(第27页),在对“德里达的预言及其所表现的敏感、警觉表示敬佩”(第27页)之后,又推论出“电信技术已经不由分说地重组了我们的物质生活,我们的精神生活,进而我们的文化无意识或价值记忆,也就是说,电信力量已成为一个现实的、紧迫的和重大的问题,亟待我们有说服力的和前导性的理论回应,因为人总是在理论中生活……”(第28页。注意:老百姓可不能靠“理论”生活。)

我们不厌其烦地援引《后果》的推论,目的在于让事实说话,直接把书中充满矛盾、逻辑错误、语法错误以及武断而不加论证的说法直接展示出来,让人们看清其谬误所在。实际上,任何经过正规学术训练的人都可以看出,真正的“学术著作”不该这样写。要提出反驳和质疑也很容易:“电信技术”(但决不是只有“电信技术”)确实给我们带来了极大的方便,使距离遥远的人们能方便及时地进行联络,可是其效力还远不足以达到重组社会制度、政治制度、经济制度、心理习惯、生活习俗、“重组文化无意识或价值记忆”的地步,更不可能使“文学死亡”、使心灵与精神的交流无效。自从亚历山大·贝尔于1876年在波士顿发明电话以来已经过去了整整一百三十年,人们不仅在不断地书写着情书并将继续写下去,而且也在不断地创作着各种文学作品并将不断地创作下去,其中不乏众多优秀之作。社会生活方方面面的制度、习俗、惯例、文化传统和文学活动自有其运行的规律,所谓“电信技术”对它们产生的“后果”,远非作者所说的那么“严重”。

第二,所谓“图像增殖”的说法,在理论上的依据主要是阿莱斯·艾尔雅维茨在其《图像时代》中所说的“已经持续了半个多世纪的‘语言学转向’正迅速地被‘图像转向’所取代”(第33页),利奥塔关于图像与语言相对立的说法,波德里亚关于“电视时代”和“拟像”的理论等等。在《后果》援引、转述与自我发挥相混杂的文字之中,值得注意的有如下一些断语:1. 文学的内容性的美主要是“形象之美”,因为“语言蕴涵着图像,舍语言便无以求形象”(第32页),影视可以彻底清除语言与形象的对立,“电视即世界”,所以文学必须臣服于图像(第33页)。2."影视的诞生就是文学的死亡"(第37页),因为"形象本身就是审美的","图像不过是另一种形式的文学写作"(第38页)。3."我们和我们的生活被媒介所拟像化,必须强调,被媒介史无前例的全面和彻底拟像化了"(第59页),"我们被拟像催眠了、麻醉了,我们乖乖地将我们自己的主体意识缴械给了拟像"(第60页)。4."'拟像'就是一种意识形态,一种'审美意识形态'","戳穿拟像/意识形态的欺骗性将是文学及其理论一项伟大而庄严的社会使命和审美使命……因为真正的文学从来就是反意识形态性的"(第69~70页)。

关于第一个断语,稍有文学常识的人都明白,文学内容的美并非主要是"形象",语言作为抽象的符号也不包含所谓的"形象性";语言只可能通过想象唤起间接的形象,而影视的形象则是直接诉诸视觉的直观形象,并且是一种幻象,因而它与文学形象绝对不可同日而语。这些都是学界的常识,没有什么高深的理论可言,也犯不着连篇累牍地援引洋人的言论。作为未来的、"全球的""理论家",无论如何不应在常识问题上失足。关于第二个断语,姑且不论《后果》在以中国美术史来进行论证时犯的常识性错误,只需要简单地说,1895年12月28日卢米埃兄弟用"活动电影机"在巴黎放映标志着电影的诞生。一百余年过去了,电影有了突飞猛进的发展,而文学依然没有死亡。1925年10月2日英国人贝尔德创造出了电视的雏形,1937年美国人法恩斯沃斯发明了电子电视系统,标志着真正意义上的电视的诞生。大半个世纪过去了,电视早已成了人们的"精神鸦片",然而文学不但没有死亡,而且还很健康,何来"死亡"之说?关于第三个断语,也可以作很简单的回应。"我们"和"我们的生活"每天都被残酷的竞争占有了,只可能在疲惫之时才玩玩"拟像",决不可能被它所催眠和麻醉。人们(包括《后果》的作者)时刻保持着为生存、为名利而奋斗的意识,怎么可能"乖乖地"将"自己的主体意识缴械给了拟像"?关于第四个断语,同样也可以说明——英国学者伊格尔顿所提出的"审美意识形态"在中国语境中早已被一些人挪用了,这里再次被《后果》挪用并不新鲜。更重要的是,《后果》既然从一开始、并反复宣称了"文学死亡",那么死亡了的"文学"和"文学理论"凭借什么能够承担起"戳穿拟像/意识形态的欺骗性"这一"伟大而庄严的社会使命和审美使命"?还有,"真正的文学从来就是反意识形态性的",死亡了的"文学"要反的是怎样的意识形态?要反的是"审美意识形态”吗？我们十分遗憾地看到，《后果》全然没有给予我们任何确切的回答和论证。

第三，所谓“球域化”的说法，来自《后果》作者的杜撰，他寻找到的主要依据是汤姆林森的《文化帝国主义》，安东尼·吉登斯和弗雷德里克·杰姆逊等人的观点，再加上比马克思主义“更为雄辩”的布罗代尔的观点（第83页）以及罗伯逊的观点。在搬运这些洋理论的基础上，《后果》进一步作出了一个更为大胆的断言。其一是“全球化首先是指媒介的全球化”（第75页），这“意味着一个‘失控的世界’”（第76页）；其二是“全球化即现代性”（第79页），从经济角度说，布罗代尔所说的“垄断”比马克思所说的“市场”更能表明现代性的核心内涵（第83～84页）；其三是“全球化即后现代性”（第85页），因为“现代性着眼于纵的坐标”，“而后现代性视角则是横的坐标”，“这一区别是方法上的，同时也是对象性的”（第86页）；其四是“我们倾向于以‘全球’取代‘世界’、以‘全球文学’取代‘世界文学’：‘全’已经包括了‘世界’，而‘球’则呈现出立体的、动感的、旋转的、解中心的趋势，这样的‘全球’就是我们全球化时代的文学的特征”（第106页）。“‘全球化’将宣布‘民族文学’的终结，同时也是‘一种世界的文学’的终结”（第115页）。

到这里，在经历过无数的理论搬运和令人眼花缭乱的文字游戏之后，《后果》终于承认像“中国文学”这样的“民族文学”早已被排除在“全球文学”之外（因为“民族文学”已经终结），包括《后果》作者在内的“我们”都成了“全球人”，而不是中国人。暂且不论作者把“全球化”界定为“现代性”和“后现代性”的逻辑错误，仅就现代性与后现代性之争而言，中国学术界在这些年里大概对哈贝马斯及其学生魏尔默关于“现代性是一项尚未完成的工程”和“后现代性是现代性的延续”，以及戴维·哈维、利奥塔、哈桑、佛克马、理查德·罗蒂这些人有关现代性与后现代性之争的论说并不陌生。如果避开这些论争，如果在这些论争之外没有自己对于现代性与后现代性之争的洞见，既脱离理论实际又脱离现存实际（尤其是以恢复与“现实”对话的能力自居的“未来的理论家”身份）而大发宏论，除了表现出轻浮、幼稚和草率之外，还给人们和中国学术界留下了什么？

总之，在我们看来，《后果》所断言的“媒介”（除了书中所说的“电信技术”和“图像”之外，还有作者似乎并不熟悉的电脑虚拟世界、手机短信、广告等等）的种种“后果”，其实都不“严重”。《后果》所断言的文学与文学理论的死亡,也远远不是任何现实中的真实状况。究其原因,在于《后果》的作者只关注“理论”的国际旅行和搬运,不了解或不愿了解现实,尤其是不了解中国的现实。

## 三

除了上述立论、内容方面的迷离、混乱之外,也值得注意的是《后果》在写作方面的一些问题。这些问题不单是作者个人的问题。如果说《后果》还算是一部学术著作的话,那么它一旦进入到公共领域,总会产生某些社会反响与后果,由此产生的影响和问题就属于社会性的了。因此,有必要就《后果》在文风方面的问题提出一些看法。

首先,作为一部获得国家社科基金资助的著作(参见《后果》“后记”),最起码的要求就是保持学术上的严肃性,即遵守最基本的、为学术界共同认可的学术规范,遵守从技术性的规范到论说的规范,对任何论点都要进行有充分根据的论证,而不是动辄以“毋庸赘言”、“简单而毋庸置疑”、“街谈巷议之间已算不得什么新鲜之论”的武断言辞来回避对重要论点的说明和论证。毕竟,学术著作不同于畅销书,不同于普及性读物,也不同于文艺上以颠覆造反自诩的各种派别的“宣言”,它们仅仅以一些豪言壮语似的、类似于标语口号的断语和某些外国人的言论作为书中的主要内容,显然与学术著作的基本要求差得太远。但令人遗憾的是,《后果》在作出一些看似惊人的论断时,常常暴露出违反逻辑(包括形式逻辑)的低级错误。比如,先断言了中国文论和中国文论家(包括马克思主义文论研究者)的死亡,继而又断言中国文论“气象万千”,最后又否定有“民族文学”和“世界文学”而肯定只有“全球文学”。比如,从“情书”死亡就推断出“文学”死亡。比如,断言“一切比喻都是互喻,而互喻即互为距离,美感、诗意从而在每一例比喻中都可能双向灵动起来”(第15页)。比如,从断言“文学的本质”就是“行动”,立刻就推断出“文学的本质”就是“它的非本质”(第26页),等等。可以看到,这类逻辑上的错误和“跳跃”,在《后果》中比比皆是,使人不得不怀疑作者的学风。

此外,《后果》在学风上最容易使人产生混淆和误解的,就是前文提到过的、该书特有的“夹叙夹议”的写法。其特征通常是:在一段叙述中交替出现他人著述的引文、转述和作者自己的议论与发挥，结果是让读者无法分清在引号之外的文字到底是被援引的作者的观点，还是《后果》作者自己的观点。这种做法，确实有在今天屡见不鲜的掠人之美的嫌疑。我们看到，整部书几乎都是用这种方式写成的。这不能不让读者怀疑，除了标语口号式的断语之外，整部书中到底有哪些论点是出自作者认真研究的心得和真知灼见。

其次，书中至少有三处(几乎是仅有的三处)有关美术史的例证具有明显的知识错误。其一是为了论证“图像不过是另一种形式的文学写作”，列举了一些中国画论来证明中国传统画论中的“写”这一概念表示的是“‘画’如同‘写’文字”，“画”是另一种形式的“写作”，进而说明“写”与“画”表明了苏轼所说的“诗画相通”的道理(第 38 页)。其实大谬不然。在中国画论中，“写”始终都与文人画的传统相联系，而“画”则与民间画工的传统相联系，二者有明确的分野。前者一方面源于与“书画同源”有关的理论，强调绘画以书法的用笔用墨来造型，另一方面与文人画注重“传神”和个性的传统相联系，从东晋顾恺之的“以形写神”、南朝宋谢赫的“气韵生动”、“传移模写”，到宋代沈括的“书画之妙，当以神会，难可以形器求也”、元代倪瓒的“逸笔草草”、“聊以写胸中逸气耳”，都表明了这一传统的重要性。宗白华先生说：“由于把形体化成为飞动的线条，着重于线条的流动，因此使得中国的绘画带有舞蹈的意味。”[4] 钱钟书先生说：“诗中有画而又非画所能表达，中国古人常讲……苏轼记参寥语：‘楚江巫峡半云雨，清簟疏帘看弈棋。此句可画，但恐画不就尔！’……张岱说：‘如李青莲《静夜思》诗：举头望明月，低头思故乡。思故乡有何可画？王摩诘《山路》诗蓝溪白石出，玉川红叶稀，尚可入画；山路原无雨，空翠湿人衣，则如何入画？’。”[5] 由此可见，《后果》的作者对中国艺术传统甚为隔膜，甚至为了自己的论点而敢于大胆地随意发挥。

第二，见《后果》第 53 页：“今天如果我们有耐心回读一下 18 世纪莱辛的美学名著《拉奥孔》，那么对于其扬诗而抑画的良苦用心就可能获得新的体知了……”这其实又是大谬不然。钱钟书先生在《旧文四篇》里有一篇《读〈拉奥孔〉》，其中说：“《拉奥孔》所讲绘画或造形艺术和诗歌或文字艺术在功能上的区别，已成老生常谈了。它的主要论点——绘画宜于表现‘物体’(Krper)或形态，而诗歌宜于表现‘动作’(Handlungen)或情事，中国古人也浮泛地讲过。”“莱辛……还进一步把两者各和认识的两个基本范畴——时间与空间——结合。作为空间艺术的绘画、雕塑只能表现最小限度的时间……”“《拉奥孔》所讲的主要是故事画。那时候，故事画是公认为绘画中最高的一门，正如叙事的史诗是公认为文学中最高的一体……一幅画只能画出整个故事里的一场情景；因此，莱辛认为画家应当挑选全部‘动作’里最耐寻味和想象的那‘片刻’(Augenblick)，千万别画故事‘顶点’的情景”⑥。朱光潜先生也说：“莱辛也并不否认诗和画就其同为艺术而言，确有它们的共同点(模仿)，但是他却更强调它们的特点……莱辛的功绩在于突出指出诗和画的特点，即向来比较被忽视的一面。”⑦由此可见，莱辛的《拉奥孔》何来“扬诗而抑画的良苦用心”？莱辛所提出的表现“最富于包孕性的瞬间”的观点，要说明的恰恰是优秀的造型艺术可以以此来与擅长表现时间的诗歌相抗衡。

第三是书中多次出现的“安迪·瓦侯”及他的一幅复制作品《坎贝尔汤罐》的名称(第41页)。熟悉20世纪西方美术史的人都知道，“Andy Warhol”这个名字自80年代就已经进入了中国，并且在艺术史译著中均通译为“安迪·沃霍尔”而为圈内和圈外的人们熟知(知名的“百度”网站上有关“沃霍尔”的条目有94600条之多)，权威的商务印书馆出版的《英语姓名译名手册》也将“Warhol”译为“沃霍尔”。也许，译名遵循读音的原则会出现多种汉译，这本可以讨论，但问题在于，沃霍尔在中国有很高的知名度，读者看见“瓦侯”这个名字，完全可能想不到就是那个用丝网印刷术复制了好莱坞性感影星玛丽莲·梦露的波普艺术家。更重要的是，沃霍尔“作为一位波普艺术家，把注意力完全集中在一些标准的商标和超级市场产品上，像可口可乐瓶子、坎贝尔的汤罐头以及布里罗的纸板箱”⑧。出现在《后果》中的沃霍尔的那幅复制的拼贴广告画标题的原文是“Tins of Campbell's Soup”，想必懂得英文的《后果》的作者不至于把“tins”(罐头)认作是“water pitcher”(汤罐)了吧，或者，也不至于把中文的“汤罐头”简化成了全然不相干的“汤罐”吧。

由以上三条可知，《后果》的作者对于美术和美术史几乎是门外汉。误用或错用美术史资料来证明“图像不过是另一种形式的文学写作”之类高论，结果只可能是聪明反被聪明误以及误导读者。任何严肃的学术著作都不应当出现这样的错误。

《后果》文风的不严谨和随意，书中频频出现作者杜撰的或生造的词语，为读者的理解增加了难度和产生歧义的可能性。例如，“猜悟”，“原初上”，“根连”，“质难”，“体知”，“‘哲’学家”，“‘美’学家”，“标征”，“迎对”，“宏深”，“启导性”，“‘人’类”，“感切于”，“抉摘”，“优长”，“观视”，“球域性”等等，等等。这些别扭且不符合中文习惯的词语原本或许想标新立异，或许想显示作者的文采，实际上却弄巧成拙。更要紧的是，它们确实有损于学术著作的宏旨。

该书中随处可见佶屈聱牙的、别扭的西式语句或不合中文语法的病句，也同样有损于意义的表达和行文的通畅，从中不难窥见作者刻意要显露一己文采的心态，而实际效果却适得其反。例如，“其本质是揭示文学语言从而文学本质上的修辞性”（第 6 页。着重号为笔者所加，以指明弊病所在，下同），“文学更本质上关切于距离”（第 13 页），“进一步如果我们相信维柯、卢梭和尼采的说法”（第 15 页），“‘操演’特色化了文学的存在”（第 18 页），“文学因而如果仍然需要界定的话”（第 25 页），“对此或许只要梗概地复述一下”（第 27 页），“我们既不能怪异于米勒的震惊……”（第 27 页），“作为文学性的和批评性的理论家”（第 28 页），“是……这一命题的另一重要所谓”（第 31 页），“这首先要勉强我们去解决……”（第 32 页），“将话语与形象截然地对垒起来”（第 35 页），“接着波德里亚解释说”（第 45 页），“而因为再现从来就不可能尽善尽美地追摹于真实、真理或柏拉图‘理念’从而便是尽善之举”（第 46 页），“一个无法穿透的‘天似穹庐’”（第 48 页），“诸如此类之传统的文学命题所法典化的文学的形象娱乐功能”（第 49 页），“这也就是说例如在广播中语言文字也参与了‘拟像’的制造”（第 53 页），“对此我们前面‘不言自明’地一笔带过了”（第 62 页），“我们对形象之美、拟像之美即是说它何以能够仍然葆有美才可能真正地明白”（第 63 页），等等，等等。只要人们不厌其烦，这个单子还可以继续开列下去。如果天下的“理论著作”都这样写，那么这样的“理论”真的就该死亡了。

末了，我还想说几句。在这个尤其讲究外表“包装”的“后现代”时代，一些学术著作也难免其俗。尽管个中缘由可以理解，但最好要保持一个恰到好处的“度”，过度了就使人反感。《后果》在这方面似乎过度了，不仅前有名人作序，而且封底还有与作者熟悉的洋人的赞美文字（不必说，洋人为中国人做广告的效果人所共知），甚至在作者本人的“后记”中也曲折地流露出自我夸耀，行文中也处处用带着情感色彩的词语提及他所认识的那几个洋人（如“可怜的米勒老人”、“不可界定的天才”德里达之类）。学术著作虽然可以不拒绝“包装”和夸耀，但是，即便不用“包装”，金子总会发光；如果不是金子，“包装”也绝不可能点石成金。

---

① 参见艾布拉姆斯《镜与灯》，郦稚牛等译，北京大学出版社 1989 年版。

② 参见朱光潜《文艺心理学》第二章，《朱光潜美学文集》第二卷，上海文艺出版社 1982 年版，第 20～36 页。

③ 《未来主义宣言》中有这样的话：“拿起你们的镐头、斧子和锤子，拆毁，无情地拆毁那些古老的城市。来吧，点燃图书馆的书架。使沟渠改道，去淹没图书馆……是的，让他们来吧，拥有打杂的双手的快乐的纵火者……我们在这里！我们在这里！”（转引自雷蒙德·威廉斯《现代主义的政治》，阎嘉译，商务印书馆 2002 年版，第 74 页）。

④ 宗白华：《美学散步》，上海人民出版社 1981 年版，第 49 页。

⑤⑥ 钱钟书：《七缀集》，上海古籍出版社 1994 年版，第 37 页，第 35、47 页。

⑦ 朱光潜：《西方美学史》上卷，人民文学出版社 1980 年版，第 313 页。

⑧ 阿森纳：《西方现代艺术史》，邹德侬等译，天津人民美术出版社 1986 年版，第 627 页。

# 效果历史:理解与讨论

## ——评夏晓虹《晚清女性与近代中国》

王　绯

○

比起数百、上千年的古代史,近代社会与当今的时距不算长也不算短。百余年的历史距离,不仅没有长到江浪淘沙、滔滔代逝,以史料挂漏或散失之患难为后世治学者,反因近代报刊业的兴起及公共图书馆的创立,在梁启超以为"最难而最劳"的史料搜集和选择上有不少便宜/方便可占,可谓资源探取的优势。当然,这个历史时距也不算短,因为一个时代的人物或事件的可综览性需要拉开一定的时间距离才能实现,而人们只有从某种历史距离出发才可达到客观认识。以 1840 年第一次鸦片战争划界,处于中西文化交汇、传统向现代过渡的近代社会,足已拉开这样的距离,让其人其事其物脱离当时环境产生的现实性,名存实亡到只引起我们这些后人的历史兴趣。这兴趣可上可下,可宽可窄,却无一能绕过当年帝国主义强权及强势文化带给古老中华的"古今之创事,天地之变局"(王韬语)。这一对现代乃至后现代中国具有溯源意义的时距,蕴涵着社会历史探研的宏大背景优势。如果再从性别角度考量近代历史时距,可从中发现一条对妇女而言开天辟地的"空前之迹"。比如,19 世纪末,一代维新革命家站在中国和西方两个文化肩头上,以男性的政治远谋促发的近代妇女解放思想运动,带动起中国最早的一批踏着父兄思想足迹前进的妇女先觉,于是,有了中国人自办的第一所女学堂,有了近代妇女的政治"合群"与"第一张女报",以及她们在附和父兄精英言说的同时发出的个人声音。20 世纪初,辛亥妇女的群醒与独立,大大张扬并强化了女界不爱红装爱武装的英雌趋尚,从而鼓动起中国妇女史上前所未有的铁血尚武精神和参政参军热情。这之中,性别研寻的优势构成一大亮点。

在我看来,能够将近代资源探取的优势、背景探研的优势及性别研寻的优势统合在一起，以独特的学术方式发挥出来，同时还让人感到有意思，不仅学识、功夫、智慧一个都不能少，还须有一种“大视阈融合”的情智与理趣。可以想象，这个由当前视阈与历史视阈融合而成的所谓“大视阈”，不仅超出“眼前史”的界限，还包容了理解/解释者自我意识的历史深度，再把情、理、智、趣都恰到好处地掺和进去，有多么不容易。夏晓虹的《晚清女性与近代中国》就是体现以上三种优势的有意思的书。

多年前，夏晓虹写有一本《晚清文人妇女观》，论及了男性文人“解放妇女”的种种思想观点。有了这样的著述垫底，她在《晚清女性与近代中国》中似乎无意再钻进艰深枯燥的思想隧道作历史检索与抽绎，掠过繁茂的形上思想风景，一个猛子扎进报刊流传物的汪洋，紧贴历史的最实处游走，以对文本流传物在历史上所产生效果的细致入微的关怀，研索被宏大或经典历史叙述冷淡、忽略的重要事件的过程与细节，重新印证并发现其中的意义。对此，她有如下表述：

> 上下追踪，左右逢源，报刊因此可以帮助后世的研究者跨越时间的限隔，重构并返回虚拟的现场，体贴早已远逝的社会、时代氛围。（《导言·重构晚清图景》）

这让我联想到钱穆推重的“眼前史”，他把呈现在人们眼前的当前社会的一切，看做最真实最活跃的眼前史，相对于历史流传下来的“有字人书”，戏称它是一部“无字天书”，强调这两部大书应该“参读”，以为司马迁的《史记》正是读通了无字天书，才下笔写出有字人书的。仔细辨识钱氏“参读”的思想精髓，竟感到与伽达默尔呈示在《真理与方法》中的效果历史观有奇妙的相通之处。他们都看到了历史研究活动中流传物的运动与理解/解释者运动的内在相互作用，领悟到此中“大视阈融合”的境界。只不过，在伽达默尔那里，历史探究被认为是理解与解释的同构。解释并非理解之后的附加行为，而是理解的一种表现形式。历史研究的对象，也不是单纯的对象，而是该对象和他者的统一体，其实是一种关系。在这种关系中，同时存在着历史的实在和历史理解的实在，因而有了所谓的“效果历史”。历史理解/解释活动亦被他视为一种效果历史事件，历史理解/解释者则无一不受到效果历史的规定和现实事件规定。由此反观钱穆，其“参读”主张更见真理与方法上的双重意义。

《晚清女性与近代中国》正是夏晓虹在效果历史与眼前史下“参读”的一种结果。该书《后记》谈到的诸如近代社会文化研究之魅力在于“书里与书外可以沟通”，乃至“想象纸面上的文献资料抖落历史尘埃，在当代生活中神奇地‘复活’”，“亲眼目睹与体验晚清文化在现代的延续”，表明她在“参读”中将自我置入流传物得以讲述的历史视阈，充任现代与流传物的历史自我中介而进入“大视阈融合”的经验感受。

## 一

其实，《晚清女性与近代中国》通过女界史料的钩沉及精细独到的处理所呈示的，是效果历史的图景，在夏晓虹重构的一系列效果历史过程、场景及细节中，不难发现有一个置入历史境域的“我”在，有“当前之我”的理解/解释在，因而，这本书不同于那种资料精确叠加的统计学式的史作，出示的是活的历史、活的传统。这个重构的晚清图景，也可以理解为对流传物提出或反映问题的重构，重构文本的过程旨在寻求对流传物提出问题的回答。这些问题，有不少是由“兴女学”引发出来的，如“对上海‘中国女学堂’的考述锁定女子社会化教育起步期，将中西观念、中学与西学的相互激荡、冲突与调和作为讨论的重点”；“北京的女学生杜成淑拒绝男学生屈疆约会信事件的考察，透过双方公开的私函与背后的妇女团体分裂的隐情钩稽”，“有意凸显晚清女性在新教育与旧道德之间依违离合的现实困境”（《导言》）；另外，还有“《女子世界》研究”中涉及的“‘女权’优先还是‘女学’优先的问题”，“体育为女子教育第一义”的问题；班昭个案剖析反映的“女子教育的楷模”问题；“惠兴自杀事件解读”所牵扯的办女学难问题，等等。这之中，由于被描述的历史视阈融合了作者的当前视阈，这些被重构的问题亦不再处于它原本的视阈，效果历史的反思判断成为历史描述的基础。深入夏晓虹“期望以个案整合的方式，映现晚清女性从生活形态到思想意识的新变”（《导言》）的“女性社会”场景，我想就其中反思判断的内容及方式提出两点个人看法来讨论。

一是扩展必要的看视范围问题。在《上海“中国女学堂”考述》中，夏晓虹特别强调了创办者在实施中西合璧教育理想过程中利用报刊的自觉，并设专节考察描述了中国女学堂创办前后的全方位媒体轰炸效果。相对于如此造势，中国女学堂自家的《女学报》却好像在这磅礴“势”外，仅在上海

“华洋杂处的文化环境”中作为经元善利用他报“假手于人，不能自如”而得以倡办之事略述。以我的理解，这恐怕与夏晓虹“以小观大”的考述路线有关。“中西女士盛大聚会”的来龙去脉，“中西并重的办学方针”确立实践的前因后果，“华洋杂处的文化环境”的上下内外，无疑都是很好的通观时代之“大”的明亮窗口。与之相比，一份自办小报或许更像一个窗户眼儿，缺少某种“观大”的方便。然而，该书考述的毕竟是一个具而实的“中国女学堂”，作为其重要有机组成部分的《女学报》，即使真像一个不方便“以小观大”的窗户眼儿，也不宜以大化小。之所以这样讲，是因为当时的中国女学堂并非单一存在，按照当时办报人潘璇《上海〈女学报〉缘起》的说法，女学堂与女学会、《女学报》是三位一体的，三者就像一株果树，女学会是个根本，女学堂是个果子，《女学报》是个叶，是朵花。要知道这树是什么树，盛不盛，能不能结果子，人们就要先瞧瞧这花和叶，而女学会内的消息，女学堂内的章程，以及关系女学会、女学堂的一切情形，都淋淋漓漓地写在了《女学报》上面。

认真追究起来，中国女学堂的筹备在时间上要早于女学会的建立。1897 年 12 月 4 日，刊发在《时务报》上的《上海新设中国女学堂章程》，只是倡办者——特别是男性倡办者在酝酿筹办过程中各种意见的集合。由于中国女学堂正处在筹备过程中，有些问题还有待进一步讨论、评议，所以内中的条款并没有视为定规，直到中国女学堂正式开学前，作为日后办学规则的“女学堂章程”才经反复修改拟定下来，并于 1898 年 5 月 19 日刊登在《湘报》上。这个公之于世的正规“章程”，已将当初的《上海新设中国女学堂章程》改为《女学会书塾开馆章程》，落款处的两位中方和西方妇女负责人沈和卿、赖妈懿，被冠以“中国女学会书塾提调”，可见女学会一经创立，便如潘璇所说的成了“根本”，女学堂这个果子，即成为这一社团组织名下具体操办的一桩事业。中国女学会是谭嗣同夫人李闰、康广仁夫人黄谨娱、梁启超夫人李端惠等联络同道共同创建的，倡办者“集思广益”，“定了女学堂、女学会、《女学报》三件事情，一并举行”（《上海〈女学报〉缘起》）。兼具中国女学堂校刊和女学会会刊的《女学报》于 1898 年 7 月 24 日初刊，《女学报》在内容上以兴女学为纲，设置论说、新闻、征文、告白四大版块，除了发表与女学有关的思想文字，还辅助教学内容，可见这一思想启蒙与实学并举、报与刊兼及的女学舆论平台的重要，它甚至被时代先进妇女视为“得平权”的起点。因而，无论是作为中国女学堂内在的有机组成部分，还是作为一个重要的视阈，都必然会使我们对它有特殊的阅读期待。

第二点，是关于效果历史的反思判断中视野参照的问题。从理论上说，人的研究/理解/解释活动，是一个从整体到部分，再从部分返回到整体的循环运动，就像是一个个地画同心圆，我们来来回回地从个别来理解整体，又以整体来观照个别，所要达到的就是在各种同心圆中不断扩大被理解意义的统一性，而各种同心圆形成的参照视阈，使这种“扩大”得以尽可能多的实现。《晚清女性与近代中国》“以女性问题作为透视晚清社会的窗口”，是通过个案剖析的方式完成的。夏晓虹认为，个案研究的优势“可以避免宏大叙事的疏漏，通过对史料的精细处理，逼真地展示晚清社会的某一现场，揭示出其间隐含的诸种文化动态”，这之中，“案例的选择与设置具有关键意义，它决定了题目的观照面是否足够宽广，深入开掘是否有丰厚的价值”，强调“包含了丰富信息量的‘事件核’”是理想的考察对象，“能否正确解读与尽多释放‘事件核’中蕴藏的信息，则是对研究者能力的考验。论述的深浅与成败均系乎此”(《导言》)。在我看来，对于夏晓虹这样的学者，达到“正确解读”与“尽多释放”在某些时候亦是方法上的考验，我读该书《〈女子世界〉研究》中“体育为女子教育第一义”一节，就感到了个案研究中视野参照方法是不可忽视的。

夏晓虹剖析的是“《女子世界》中发端于女性的对于体育的格外推崇”，话题是由1904年该刊第1期的《女学悬赏征文》活动引起的。十六岁的广东女学堂学生张肩任应征《急救甲辰年女子之方法》一题，虽获乙等奖，但“论说的别具一格”远远超过了应征《女中华》一题的甲等奖文章，为此成为主要的剖析对象。夏晓虹以为“张文中女性意识与国家意识的交融”是“最可注意之处”，可见“以‘保身’、自救肇始的女子体育，落在晚清衰微的国势情景中，最终必然要整合到保种、救国的大思路上”，由此在《女子世界》不同性别的其他作者的参照视阈中“仔细辨析以体育为女子教育第一义的诸家论说”，从性别角度“揭示出其中存在着的‘保身—保国’与‘保国—保身’”两条男女相逆的思路。在我看来，如果她能适度突破《女子世界》一刊的视阈，把这个话题放在其他报刊的参照视野下，无论在深度上还是广度上都会加大“正确解读”与“尽多释放”的力度。

就妇女关于女子体育的论说而言，1904年7月见之于刊的张肩任文并非发端。在这之前，起码有陈撷芬发表在《女学报》上的《论女子宜讲体育》(1903年4月)，这一没有被“整合到保种、救国的大思路上”的纯然妇女立场的体育言说，表明在"'保身—保国'与'保国—保身'两条相逆的思路"之外指向"自改—自由/平等"的另一种思路。与张文来自"女子者，文明之祖也，国民之母也"的理路不同，陈撷芬的女子体育观是基于"体育与德育、智育并重，男女一也"的体认，文章一方面批判男子"为便于其狎侮压制"女子而"诱吾辈趋之"的病态美学趣益，一方面反省女子"呼牛呼马，悉听之人"，"以为男子好此，则非此不足为美观"，甘受"终身羸弱之苦"，"堕于脂粉地狱"的恶习，进而从性别角度强调女子体育在与其并重的德育、智育中"实为二者之本"：

> 吾不解天下男子，尽驱女子为画中人何意也？吾又不解天下女子，亦自甘居于画中人何意也？……强美者使不美，又强以不美为美，意无非欲毁其体育也，而德育、智育随之矣！……数千年沉沉黑狱，自西方女权史之输入，而始放一线光明，吾愿同胞同性二万万，及此时光，悉改前习。夫世界虽有此平权自由一说，吾不能自改，虽有日日导我以平权，聒我以自由，且任吾之取携者，吾亦岂能受之哉！然则欲免于奴隶犬马之辱，在自改，欲自改，在体育……

或许，我们能从这种以妇女为本位的体育观中，发现当时先进妇女思想相互传染，以及彼此借鉴的性别之流源，在她们被男性强势话语整合或湮没的意义预期中，听到另一趋向的声音。当然，无论怎样，都如夏晓虹所揭示的这之中"女性的身体从个人私密变为公共话题"。我想，这恐怕是社会运动/革命与传媒联手的必然结果，只要妇女跻身其中，她的身体就不仅仅是个人私密，总要引出各式各样的公共话题。只是，近代先进知识者无论男女都纯正得让人感动，哪里知道百年之后女子的真隐私＋假隐私会故意放大成公共话题吸引世人眼球儿，中西一锅烩的诸如女性"身体写作"之论津津乐道到男女都跑了调，让人莫名其妙仍不甘休，岂止陈撷芬"揽书史，读诗词，见夫艳妻妖女，以及袅娜娉婷，娇姿弱质等字，辄为作恶数日"（《论女子宜讲体育》）。

事实上，近代中国女子体育的实践要早于女子体育的论说。不是思想带动实践，而是实践刺激思想。当年沈仲礼夫人章兰负责为（上海）中国女学堂起草章程，就建议女学堂要设体操课，说"西国女子体操亦专有图书，上海别利洋行可购之。东西洋学校无不有体操场,此培体却病之要义”;因而,女学堂在课程内容和设置上,“每旬逢三、八日,则由教习试课论说西学功课。于读书写字之暇,兼及体操、针黹、琴学之类”(朱有瓛:《中国近代学制史料》)。中国女子体操/体育教育,是教会女校开风气之先并得以普遍实行的,有资料显示,在1900年对华北、中、东、南五所女校调查中,有四所开设有体操课,北京贝满女校的一位教师“看到健身房正规的日常锻炼”,为体育“给予迟钝而笨拙的中国女孩一种无拘无束而优雅的姿态和动作”而感慨(Margaret E. Burton, *The Education of Women in China*, Fleming H. Revrell Company)。这些无疑对中国人“兴女学”、“戒缠足”以重要影响,也使日后的思想言说成为实论而非空谈。如果有这样的话题背景参照,夏晓红可能会在解读中释放出更有意思的信息。

## 二

《晚清女性与近代中国》让我感到有意思的另一个方面是,夏晓虹对“伪前见”的“戳穿”,以及对成为流俗之见的“前理解”的悬置。在此,因为做的是“异见书评”,“戳穿”的好处及“悬置”的学术意义留待他人评说,这里主要谈“悬置”的问题。

以海德格尔“实存性诠释学”的说法,任何理解活动都基于“前理解”,理解/解释者的任务就是要从事情本身出发来清理先前就有的所谓“先有”、“先见”或“前把握”,确保研究的科学性。这里的“前见”,是在对事件具有决定作用的要素被最后考察之前给予的一种判断,包含着它可能具有的肯定或否定双重价值,也就是说,有使理解得以实现的合理“前见”,也有阻碍理解甚至导致误解的“伪前见”,要将这两者区分开来,需要拉开一定的时间/历史距离。夏晓虹在《晚清“男降女不降”释义》、关于“批茶女士与斯托夫人”的《误译误读与正解正果》以及《惠兴自杀事件解读》中的揭示,表明了这一点。如果说,夏晓虹在《导言》总括的“‘男降女不降’之说在晚清曾流传一时,这一话语既源于明清之际的历史记忆,也与晚清妇女论者独特的现实关怀相指涉”,“其中复杂的多重意旨”反映出“历史资源如何转化为现代理念”;“批茶女士之受时人的崇拜,追根溯源,实由一段错误的翻译造成”,“这一误译因关合女性新品格的塑造,反倒使以斯托夫人(Mrs. Stowe)闻名于世的美国女作家,得以假批茶之名,在晚清女性的观念与实践中发挥超常的典范效应”,可视作对“伪前见”的“戳穿”的话,那么,“满族妇女惠兴的自杀殉身,别有满汉民族矛盾的背景作底蕴”的索解,就是对这位杭州贞文女学校长因款绌以生命换取“长年经费”,实践其“如此校关闭,我必以身殉之”誓言的“前理解”/“前把握”的悬置了。从逻辑上说,这样的“悬置”具有问题的结构,应该如何看待其中问题的因与缘,惠兴命案是不是如夏晓虹在正文开篇指出的,表面上看“系为教育问题殉身,实则与陈天华争国权背后的民族革命意识如出一源,惠兴的存女学也大有深意”呢?

梁启超在《中国历史研究方法》中论及“观察所缘”,分辨出因缘的内中差异,“有可能性谓之因,使此可能性触发者谓之缘”,指出“因为史家所能测知者,缘为史家所不能测知者。治史者万不容误缘为因,然无缘则史迹不能现,故以观所缘终焉”。在他看来,义和团起义之“因”有心和境两个不同的方面,“心”之因“根于历史上遗传之两种心理”,即“排外的心理”和“迷信的心理”,“虽有此两种心理,其性质完全为潜伏的,苟环境不宜于彼之发育,彼亦终无由自遂。然而清季之环境,实有滋酿之”。在“外力之压迫”与“政纲之废驰”“两种环境下,实使义和团有当时爆发的可能性”。然而,有因无缘,“则事实不能现”,于是又从“缘”中分辨出“亲缘(直接缘)”和“间缘(间接缘)”,以为“义和团之亲缘有二”,一是“社会革新运动之失败”,二是“宫廷阴谋之反拨”。“此二者又各有其复杂之间缘”,如外交压迫的新形势等;另外,亲缘之中又分有“主缘”和“助缘”,戊戌政变被认定是义和团事件亲缘中“唯一之主缘”,“乡民与天主教构怨益剧”等作为助缘,“义和团遂起”,即“因缘和合”所生之“果”。如此精到周全的历史因缘辨析,虽只是梁任公的一家之言,但他对心、境两方面的科学观照,亲缘、间缘、主缘、助缘、互缘等的全方位、多层次把握,对我们理解/解释复杂的历史事件以有力的启迪。由此进入夏晓虹“悬置”的惠兴自杀事件,提出个人的异见:

1. 关于惠兴办女学。如果把惠兴开办起的杭州贞文女学校作为“因缘和合”之果的话,那么,对其背后因缘的追究,无论如何排列组合,是“和合”说还是分解说,都涉及两个不可或缺的方面,一个是性别意义上共有的女学问题,一个是旗女特有的女学遭遇问题,在这里,不妨试着以一种方式来说明。从夏晓虹在正文中出示的《警钟日报》上两则被推断为与惠兴直接相关的短讯,可领会三层意思,它们依次是旗女到女学堂去报名、因满籍没有被接收、回来后发愤自己办女学校。追究这其中的惠兴办学之因,起码涉及心和境两方面:渴望求学的“心”因,以及因族籍上不了学的“境”因。

前者是性别意义上的，后者指向满汉民族隔阂或矛盾。反过来说，倘若惠兴压根儿就没有上女学的渴求，也就谈不到发愿自办女学的问题，可见夏晓虹指出的“惠兴办学为何抱定势在必成、以死力争的决心，那种刚烈义侠气概原是受汉人排满的刺激而发生”，只是一因。其当众割臂肉发死愿的血诚办学因缘中，起码有女学渴求与族籍遭遇的双因。落实到具体的因缘分析，虽然可以有各种追究指认方式，却都涉及性别大义上的女学与民族狭义上的女学两个层面。比如，倘若把惠兴遗书里“我并非好事，实因现在的时候，正是变法改良的时候。你们看汉人创兴学务，再过几年，就与此时不同了”所感悟的时代变局，看做其办学的“可能性触发者”，这个“缘”并不指向狭义民族的单一层面，可分解出直接、间接、主、助多种层次的“缘”，无论如何指认，性别意义上的女学渴求的“缘”也在其中。如此，便可理解夏晓虹书中所列举的那位因丈夫去世而搁置“夫妇二人原有共同开办学堂之志”，“深痛无人帮助兴学，哀恸的了不得”的满洲贵妇慧仙，为何得到惠兴殉学信息“愈加触动感情，哀感病发……自知病势难愈”而变卖全部家产助学，留下充满女学大义的遗言：“中国风俗，向以家产遗子孙，无捐以举公众事业，造社会幸福者。有之，请自慧仙始。我死，以我家遗产兴女工”之事。同样大义的话，其生前亦有表述：“中国重男轻女积数千年之痼习，其病至于母教不昌，妇道不备”，“苟尽具普通知识，或一艺之长，男子有业，女子亦有业，各以一身所作之业，为一身衣食计，天下自鲜忧贫患”。我想，夏晓虹指出的慧仙之于惠兴所“透出‘物伤其类’的意味”，也不该只是狭义的民族意味，更有女学大义之意味吧。当然，也只有在包含女学大义而不只是民族狭义的双层面上，才能理解夏晓虹从惠兴“事件核”里释放的“因汉城某女校出排满之悖论，而感奋兴起以经营之，然其校章则不拘满汉之女，皆可入校”的信息，理解这位旗女在遗书中对众学生“于世界有益”而非满族有益的寄望。即使前段话出于惠兴逝后为实现普世性而有意淡化其民族情结的背景，甚至不排除夹杂了知情人贵林“在惠兴去世一年以后谈论‘其死之价值及其效果’”的主观意向，可是，只要校章确有，惠兴办学之因缘是有章可循的。

2. 关于惠兴殉女学。惠兴办学与殉学虽都是“因缘和合”所生之果，但殉学与办学却不是同因缘，即使把其办学之因缘完全归之为狭义的民族情结，放在殉学因缘中也属于次要层面。贵林把惠兴的死因归结为：捐款收不齐，“同志同事之规避”，“内部讥笑，外界诽谤”。夏晓虹以为，这“三条死因，都与旗人群体的冷漠有关”。与办女学因缘的追究与指认比起来，惠兴殉学的主要和直接因缘指向单一。如果仅尝试采用主因和亲缘来描述的话，惠兴在杭州贞文女学成立时当众发下“如此校关闭，我必以身殉之”的誓言，可以看做使其自杀“有可能性”的主因；款绌——或如贵林说的“已捐之款收不齐”，或如惠兴给众学生遗书中写的“我八月间，就要死的，因为经费没定准，没钱请先生”则是使“此可能性触发”的“直接缘”；其他方面反映的“规避”、“讥笑”、“诽谤”、“冷漠”问题，都处于间接或次要的因缘层面。在我看来，以上所涉及的多重因缘，除了惠兴的发死愿之外，所有问题都不只是旗人群体独有的，也不是旗女办学独遇的。经元善谈到中国女学堂之惨淡经营，同样是“同志寥落，已如晨星，乃有市虎讹言”，“经费，既无一人捐助，月贴大衍本觉微而又微……至十月分则仅余二元五角，忍饥诵经”，哀感“局中之艰难者”“言之匪艰，行之维艰”(1899 年《经元善致〈中外日报〉函》)。至于日后从惠兴以自我命名的“尽牺牲”“求领长年经费”，生发出诸如“惠氏哀八旗之哀，不能自已其哀，而以一死已其哀”等的狭义民族意义，只是效果历史的反思内容。

3. 夏晓虹在《惠兴自杀事件解读》中，重构了“惠氏死而八旗生“、”江南之士夫不若河北之俳优”、“女杰死而学校兴”等效果历史的图景，进入这些经过重构的有意思的历史现场，更强烈地感受到从近代社会革命与报刊媒体强强联手以来，“女性之死”便像一张扑克牌，被各式各样的人攥在手里变着花样打来打去。夏晓虹在《晚清女性与近代中国》中写到的胡仿兰“从新闻到案件”，秋瑾之《纷纭身后事》，还有众所周知的“五四”时期的“赵五贞女士自刎”，以及胡适和蔡元培都亲临讲演的“李超之死”，大革命时期鲁迅写过“纪念”的刘和珍君等等。这是一个让人悲哀却有意思的话题，有深入研究的必要。

## 三

本文没有按学术论文的正宗方式详尽注释。未注明出处的引文，见夏晓虹《晚清女性与近代中国》相关章节，北京大学出版社 2004 年版。

最后，我想写下此文用过的两个不起眼儿的词作为结尾：异见、讨论。

# 医疗史的另一种叙事

## ——评杨念群《再造“病人”——中西医冲突下的空间政治(1832～1985)》的书写策略

张三夕

善于讲故事，是历史学家的一种古老技艺，但是当代史学家正在荒疏这种技艺。杨念群的《再造“病人”——中西医冲突下的空间政治(1832～1985)》(以下简称《再造“病人”》)开门见山就指出，“生活在今天的许多历史学家越来越不会讲故事了”。他认为，“在特定场合讲出的某个故事却能改变一个人看待历史的方式”，显然，他希望做一个会讲故事的历史学家，同时也希望摆脱通行的叙事角度。在当代学术论著程式化的写作大潮中，杨念群的这本著作给人留下了“另类”写作的印象。《再造“病人”》研究的是近现代医疗史的复杂变化，叙事成为其基本的书写策略。当代学者用叙事的方法来书写历史论著，其主要意义不在于恢复一种古老的技艺，而在于启示我们思考历史论著要怎么写。在后现代语境下，就书写而言，“写什么”往往不及“怎么写”显得更重要。

在《再造“病人”》一著中，作者要研究或书写的主要内容是：“从现代‘帝国’的殖民品格、‘地方性’的确认和重构，以及‘现代传统’的实践作用三个方面力图诠释‘医疗’行为与‘政治’变化的关系。”(杨念群:《再造“病人”——中西医冲突下的空间政治(1832～1985)》，中国人民大学出版社2006年版，第432页。以下引文凡出自该著者均只标注页码。)这样一个论题或论域，当代一些学者都或多或少地有所涉猎。但在如何切入、如何表达这样一个论题或论域时，作者却表现出他别具一格的思想智慧和写作才能。全书一共有九章，从19世纪的西医传教士写到20世纪70年代的赤脚医生，时间跨度大，涉及范围广。作者放弃了通史型的书写策略，在叙事结构上采用了他所说的“长时段的叙事”。来自法国年鉴学派的“长时段”概念指的是上千年的历史变化，用在这里不太准确，因为作者研究的对象只有一百多年的历史。不过，法国年鉴学派第三代回归政治史的做法对作者无疑具有很大影响。通过医疗史来写政治史，是本书的一个基本取向。作者说明其采用的总体书写策略是，把传教角色、疾病隐喻、空间冲突、生死控制、中西医资源的互动、社会动员技术、政治表象和乡土网络之间的紧张关系借助情景化的描述予以串接铺陈，以展示医疗作为隐喻和技术如何与现代政治构成波澜壮阔的复杂纠葛状态。作者在贯彻这样一种书写策略时，应该说是有得有失。一方面，作者确实在一个广阔的历史视野中生动展现出中国近代医疗行为与政治变化的复杂纠葛状态，另一方面，由于作者刻意追求"另一种叙事"效果，历史事实和历史研究不可避免地呈现出"碎化"状态，反而使读者难以从整体上把握全书的主旨。下面，我从四个方面来加以分析。

## 一、历史现场感的还原

所谓历史的现场感，指的是历史事件发生时真实的场景以及当事人的感觉，历史学家只有通过叙事来还原历史的现场感。一般说来，历史是消逝的过去，"现场"或多或少已经被"破坏"。历史学家对消逝的过去的研究困难不在于干巴巴的事实记载，而在于"被破坏"的现场感的生动还原。现场感的呈现，使人们拉近感知历史的距离。《再造"病人"》一书费了大量笔墨来对历史的现场进行情景化的描述。20 世纪初叶的湖南地区，有一梁姓人家的父亲病重，其子特意邀请了当时任湘雅医院院长的胡美博士和一名王姓老中医共同会诊，这在湖南地界是破天荒头一次，梁家公开声明想借此检验和比较中西医的不同治疗效果。作者给读者展示了这样一个现场："王医生岁数大，被首先邀请进行检查，他弯腰仔细倾听病人发出的每一种声音与不规则的呼吸，以及低声的呻吟，然后开始提问题和把脉，并仔细检查舌头和眼睛。轮到胡美时，他按照西方病人昏迷时的检查程序工作了一遍，如把脉、检查瞳孔、舌头和反应能力，然后用听诊器和温度计进行诊断，再卷起病人的袖子量血压。"(第 63 页)王医生当场判断病人可能有严重的肾病，胡美基本同意这个结论，但要等实验室化验结果出来才能证实自己的结论。作者借助胡美博士的著作，试图通过这个历史现场的还原，以说明中西医在社区与医疗空间分割方面的差异性。中医完全可以在家庭范围内和病人家属的监控下完成诊治的全过程，而西医却需要在家庭之外的另一个空间中检验治疗结果，结束治疗程序。这样生动的现场展示，在全书中比比皆是。然而，我要质疑的是，对这种今天读者早已司空见惯的中西医诊断情景的大量叙事有多大的必要性？我认为，历史现场感的还原应当侧重于今人不太熟悉的历史场景，实际上，作者在这方面也有做得比较成功的地方。

作者还原历史的现场感，通常是借用前人的叙述，或者是在前人叙述的基础上进行引用、节选、简写或改写，这类叙事有时能收到较好的效果。第四章写现代北京城掌管人们生死的两种职业的人"吉祥姥姥"和"阴阳先生"，为了向人们展示他们在社区中的"公共形象"，并展示"洗三"的仪式和"开殃榜"的情景，作者直接引用了老舍在自传体小说《正红旗下》和小说《柳家大院》中的细节观察和亲身体验，又节选并改写了常人春《红白喜事——旧京婚丧习俗》等书中的详细过程描述，这类大篇幅的文学性的回溯和风俗性的还原，使读者对生死仪式的传统表现有身临其境之感。鲜活的历史通过大量鲜活的现场，以感性直观的方式有力地作用于人们对历史的感知。现在的问题是，所有引用、节选、简写或改写都可视为"转述"，既然是"转述"，它就有一个"度"的把握，"转述"过多，就会使历史学家成为一个单纯的"转述者"，即使转述的眼光很独到，技巧很高超，还不能算是真正意义上具有独创性的"叙述者"。因此，从叙事的角度讲，我们更看重的是来自作者亲身观察的现场还原。

如果说大量借用或改写别人的叙述来呈现一幅幅生动的历史现场，属于一种"间接性还原"，那么，作者通过他自己的采访记录，向读者勾画的活生生的现场情景，则属于"直接性还原"。比如第九章关于赤脚医生刘明柱的叙事，作者这样描写道："在秦岭深处围坐在一起烤着炭火，远处白莲教起事时所修的城堡在暮色中若隐若现，听着刘明柱娓娓讲述赤医训练的鲜活场景，仿佛就在眼前……"(第 374 页)接下去作者引述了刘明柱的讲话，记述了他学医的经历与背景，分析他接受医学训练的偶然性和不确定性。最后得出结论："刘明柱的故事给人的印象似乎是赤医的身份认同远比其技术的选拔程序更为重要。"(第 376 页)整个"赤医刘明柱"一节的叙事，给我们有一种面对面的亲切感。作者将他在 2002 年 2 月 13 日采访刘明柱的记录作为一种史料，列在参考文献之首(第 435 页)，表现出他对"采访"的重视。这种田野考察的方法,是文化人类学家、社会学家经常使用的方法,但文化人类学家、社会学家调查报告的写作目的主要不是讲故事或叙事,而是事实性的陈述。作者做的也是社会史的研究,其不同之处在于他力图通过文学性的叙事来展现某种现场感,这使得他有时更像是一位小说家或报告文学家。史家通过"采访"及文学性叙述来还原历史的某些现场,这本是司马迁开创的中国优良的叙事传统。我们读《史记》中的《孟尝君列传》、《信陵君列传》、《樊郦滕灌列传》等篇章均能体会到浓郁的历史现场感以及司马迁高超的叙事技巧。就此而言,《再造"病人"》是在新的时代条件下对《史记》以来的叙事传统的某种呼应或复兴。

尽管本书利用"采访"来对历史场景作一种"直接性还原"的地方还不太多,但它引发的问题是,今天的"采访"究竟在多大程度上能够与历史的"故事"对接?作者似乎还没有对这个问题进行更深入的思考。

## 二、具体地方感的刻画

什么是地方感?这需要先理解"地方"一词,"地方"是相对于"中央"、"中心"或"普遍"而言的。以时下流行"地方性知识"的说法为例,比如方言就是"地方性知识",而普通话则是"普遍性知识"。作者把"地方"一词理解成更像是一个被吸纳到某种知识分类系统中的事件,而不是一个实体。而"地方感",按照雷蒙德·威廉斯所强调的,指包含着生活经验中积累出的情感因素,它和我们常说的"意识形态"与"思想"有所区别;按照布尔迪厄的说法,则指相似的习性、位置和利益产生相似的实践过程。前者力图接近普通民众的感觉状态,区别于精英设定的主观判断,后者则突出相似的位置才能够培养相似的"感觉"(参见第420～421页)。作者关注的问题是:具体的"地方"是如何被感觉到的?为了回答这个问题,他所采用的书写策略就是着力刻画种种地方感,并突出这些地方感在近代化过程中是如何消失以及如何顽强表现的。

在"巫"与"医"的现代之争中,乡下人对"巫"或"医"的选择,完全基于他们对"效力"认同的地方感。前八家村3号住户欧德山,儿媳欧沙氏在民国三十八年(1949年)三月二十一日下午自杀,有人称得罪了仙爷。作者叙述了仙爷的神奇:"欧姓门前有一棵大树,树中住着一条'神蛇',就是'常爷’。欧德山曾经看见这位‘常爷’的身段能够自由伸缩，有时很长，有时很短。一次，他将蛇从树中挑出，扔到远处去，结果，蛇又回来了。另一次，他将蛇系上绳索，以利于辨别，然后带到远处去，在带走之人回来之前，家人却发现这位‘常爷’早已盘在了树上。”后来，欧德山干脆把大树砍断烧毁，蛇终于彻底不见了，可不久欧德山就得了病，儿媳自杀身亡，三天之后，欧德山也因病而死。人们随即推断为是得罪了“神蛇”的缘故(参见第 192～193 页)。作者叙述这个故事，很形象地说明人们是根据地方感来判断生病或病亡的原因。这里，医和巫并没有严格的区分。乡民从“经验”与“灵验”出发来选择医生，一般认为，中医的年龄越大，经验就越丰富，就更容易得到信任。即俗话所说“医不三世，不服其药”。作者引述了一些调查来印证乡民信仰老中医的心理基础即地方性感觉，我认为是具有一定说服力的。问题是，这类“巫术”或“神话”，在今天神秘文化盛行的乡间依然可见，花很大篇幅讲述这类故事，并不能帮助读者把握地方感的准确特性。

有关疾病和医疗的地方感，虽然是城乡居民长期生活经验的积累，但在近代西医和科学主义浪潮的持续冲击下，在警察制度的规训下，它却逐步被瓦解。第六章(追剿“巫医”)中，有一小节题为“‘地方感’为何消失了?”作者回答这个问题的方式是，使用了京师警察厅的告示、警局判词、警察处置巫医人群的大量案例、政府推行习俗改良运动的条例等等，来论述新式警察的建立与“非治安系统”即非传统意义上的控制机制的引进，以及“卫生”观念的引入如何改变中国人对疾病和环境关系的看法。展开论述的语言是叙事性的而非理论性的。从简单的案例到复杂的案例(如吕德泉一案)，无不异常清晰地向人们呈现出，从 20 世纪 20 年代到 40 年代，在现代警察系统和卫生体系的双重监控下，旧北京城内“顶香看病”的习俗或地方感逐渐消失的过程。案例叙事成为印证地方性感觉或经验发生历史变迁的主导线索。在这方面，本书存在的弱点可能是案例的罗列过于繁杂或细碎。

在叙述各种消解地方感的力量中，作者注意到国家行政的作用。书中多次讲到“兰安生模式”，详细介绍了兰安生创立的“医疗社区”与传统的行政区划(“自然社区”)之间的关系，叙述了第一卫生事务所和第二、第三、第四卫生事务所监控与服务的对象、范围，甚至列出家庭访视和医疗察诊的具体时间表。作者之所以如此事无巨细地记述新型卫生实验区的模式，是为了说明，当老北京内城行政区划意义上的“内一区”或“内二区”等人们所习惯的行政场域被“第一（或第二）卫生事务所”这样的新型医疗空间所重新“命名”和完全覆盖后，那些积淀在传统场域或“自然社区”的历史内容、地方感经过再命名而趋于消失。这样的叙事，使我们认识到，基于相似的地理位置或传统的行政区划所形成的习性即地方感是如何被新的国家行政力量的干预所“破坏”，我们可以运用这种视角来观察当代社会中地方感的消失。

我们上文说到，地方感是城乡居民长期生活经验的积累，它的消失尤其是在农村，并不是轻而易举的，作者也向读者展示了地方意识顽强表现的一面。第九章讲述乡村为了应对美帝“细菌战”带来的恐惧而如何运用地方性知识、如何采取地方性行为的事例。河南省舞阳、叶县等地为了克服特务放毒谣言所造成的恐慌，人们统一喝雄黄酒；绥远省归绥县四个区十五个行政村连续发生拜大仙求药的现象，并将“神”赋予政治态度倾向。“雄黄酒”作为一种中药祛毒的方法是一种“地方性知识”，通过拜大仙求药的祭祀活动来克服地方性谣言，显然也是一种“地方性行为”。这些“地方性知识”、“地方性行为”的生动事例说明，民众的地方意识或地方感并不会随着国家政治意识形态的塑造而自动消失，有时候情况恰恰相反（第330～331页）。地方意识常常具有其自身的自主选择性。但是，作者也许有意无意地忽略了这种具有自主选择性的地方意识或地方感的变异性。抗美援朝时期用雄黄酒祛细菌之毒与民间自古以来用雄黄酒祛一般身体之毒，两者之间有着很大的区别。前者只是“急病乱投医”的临时性措施，它是“变异”了的地方性意识或地方感；后者才是防病祛毒比较持久的备用健身方式（我清楚记得小时候即上世纪60年代，祖父制作了一罐雄黄酒放在家里，专门用于蚊虫叮咬或身上起毒疖时搽抹。但是，随着碘酒等西药的普及，我家的雄黄酒也在不知不觉中被淘汰了）。如何准确刻画地方感的变异性，应该说作者还有值得改进之处。

## 三、多重空间感的描述

与地方感密切相关的概念是空间感。本书另一特色是，多角度、多层次地细腻描述了丰富多彩的空间感。“空间”是本书的一个关键词，尽管这个词已沾染上太多帝国主义的殖民扩张性和普遍主义的霸权意味，但作者仍特别强调，进入现代以后，“空间”与“地方”变成了一种相互依存、相互印证的关系，“地方意识”基本上要对应于“空间”才能被感觉到。

本书有一条主线，即副标题所说的“中西医冲突”。关于这个话题学术界近年有许多论著探讨（最近网上还在热议“中医存废论”），本书的独到之处在于它把“中西医冲突”始终置于“空间冲突”的视角观照之下。第一章讲救不了灵魂的西医传教士，作者首先揭示了作为福音传播的早期医院空间对中国人到底意味着什么。在中国人的眼里，“西方医院”完全是一个神秘的所在，医院和那些黑乎乎的尖顶教堂像怪物一样，突兀地切入了他们原本平静的日常生活，它与传统社区的隔绝状态往往引起外人的许多猜疑。中国人自古以来没有把病人委托给陌生人加以照顾的传统，中国人的治病程序是以家庭为单位，病人身体的治愈是依靠外请的医生，而护理程序始终是在家庭空间中实现的。西方医院空间与中国家庭空间的冲突所反映的中西医冲突实际上是医、病之间空间感的不同。第二章的标题是直接冠以“对陌生空间的恐惧与接纳”，作者描述了民众对教堂这个陌生空间切入传统社区的疑虑与恐惧。无论是民间有关“采生折割”的空间想象，还是天主教育婴堂和孤儿院所遵守的封闭状态的保密制度，都成为导致清末教案冲突的重要的社会原因。西式医院空间的布局（如手术室）、医生形象乃至空间色彩都对中国人造成极大的心理压力。医院中很多病人害怕医生和助手身穿的原色布做成的白大褂，因为白色是丧葬的颜色，原色布的白外衣是参加丧礼人员的装束。今天的中国小孩，走进医院看见穿白大褂的医生时依然感到恐惧，也许是中国人对早期医院空间感的某些记忆“遗存”。

根据韦伯的判断，近代西方医疗空间的产生是脱胎于宗教空间制约的，而中国的“家庭空间”不具有自明的正当护理意义。作者引述了一则医院如何从中国家庭拯救中国弱女子的故事。一个如花少女因信仰基督教被家庭驱赶，导致精神失常，家人坚决反对她进医院治疗。在传教士的干预下，少女得到很好的治疗，恢复了青春与美丽。家人也因感动而皈依了基督。他从这则故事的叙述架构中看出其中早已预设了“家庭空间”和“医疗空间”的对立，家庭空间的昏暗污浊和强霸专制与医院的洁净光明形成了鲜明的对比。中国家庭空间的自明合理性在医疗权威的示范作用下被象征性地瓦解了(第64～65页)。这是中西医早期冲突表现为空间冲突的一种典型状态。

中西医的冲突不仅关涉中西医学体系的差别,而且也关系到中国人与西方人对空间感知的巨大差别。作者反复强调,西方医院治疗的隐秘性与中国医疗过程的公开性有着很大的不同。西医为了取得中国人的充分信任,迫使西医技术认同中国公开性的特征,以克服中国病人的陌生感和距离感。作者讲述了大树底下动手术的故事,还讲述了多起公开手术演示的故事,从普通麻醉法到动刀子,动辄有上百人观看手术的全过程。西医采取医疗过程的公开化,逐步消除了对医院空间的恐惧感。后来有意识地在医院中创造出病人疗养的家庭式环境,事实证明,家庭与亲属关系的引入,使得病人的家庭成员有机会了解西医治疗的全过程和异于中医的方法,打破了空间上的神秘感。因此,中国人对西医的接纳程度也就越来越高。通读第二章,大量的故事使我们比较清楚地看到,西医是如何通过适应中国人的空间感知方式而逐渐在中国站稳脚跟的过程。但是,作者在这里可能过分地夸大了中西医在空间感知方式的冲突。对于具有强烈实用理性传统的中国人来说,全面接受西医,不是基于医院空间恐惧感的消失,而是西医疗效的直观。

描写空间感最细腻的章节也许是第七章"中医自救面面观"。在这章开头作者写道:"一位老中医在回忆自己童年的家居环境时,笔触有时会变得异常的细腻。那是在苏北一个铺着麻条石的老镇子上,一条又宽又直的青砖巷子的尽头坐落着一家诊所,前后两进的青瓦房,前面三间带厢屋用来做诊室,后面三间住着家里人,前后之间有一扇圆门,跨过圆门,就走到诊所里去了。诊所里总有很多人,说话声、病人的咳喘声、呻吟声,不时地飘到后面的家里来,从声音就能辨别出诊所有多少病人,哪些是重病人。"作者接下去描写"家"与"诊所"融为一体的美妙情景。在这个渗透着家庭感觉的空间里,气氛始终是清清静静,有着家居生活的温暖感,倒叙那场景,更像是在描摹一幅静谧安详的水墨画。画中的祖父,白天坐诊开方,晚上歇息,烫一壶酒,就两样小菜,慢慢地喝。喝完酒,翻几页医书,写几行批语。"窗外一架瓜蒌,有几根藤蔓顺着窗棂爬上去,月亮出来了,二更天,祖父熄了灯就寝,月光就把瓜蒌翠羽一样的叶,安安静静地映照在窗纸上"(第243页)。读这样的叙述文字,我们不感到是在读学术性论著,更像是在读充满诗意的文学作品。我们虽然明显感到作者有刻意雕琢之嫌，但就阅读效果而言，由于书中大量穿插了这类文学性的空间叙事，使得阅读本书变成比较愉快的事情。当然，如何通过空间叙事来展开史学论著的学术性或思想性，并不是一件容易做好的事。本书提供的只是一种尝试，一种思路，它在很大程度上并没有很好地掌握二者之间的平衡。

作者不仅对中医诊所的空间感有非常细腻的描述，同时对中医存在方式的空间特征也有概括性的把握。他认为，以“坐堂”、“医寓”的固态空间搭建起乡村医疗网络的基本框架，同时，以“草医”、“摊医”和游方郎中的个体游走的动态形式，填补坐堂诊病的静态空间所遗留出的缝隙。中医固态空间与静态空间的行医模式，相互配合，共同构成一幅立体图景（第249页）。然而，这个几千年以来靠这个稳定的基本空间特征而存在的中医，在20世纪20年代末却成为“社会医学”的救治对象，在西医天然的“科学”优势下，中医的反抗越来越微弱，最后逐渐屈服于以西医为主导的卫生行政力量，中医也按照西医的方向被改造。作者以一种平和的心态，向我们讲述了中医衰落和变形的命运，但我们仍能从中感受到些许的恻隐之痛。

作者对“空间”一词似乎有着特别的嗜好，我翻阅全书九章，几乎每一章都有以“空间”命名的小节标题。由于作者偏向于空间的观察与思考，因此，他的医疗史的另类叙事，没有侧重时间线索，而是突出了一种空间叙事。从时间叙事上看，这部医疗史的线索并不十分清晰，甚至可以说是模糊的，它似乎“触犯”了历史叙事的“忌讳”，但是，从空间叙事上看，它又是异彩纷呈的，具有较强的可读性。

## 四、福柯影响的得失

就研究方法而言，作者所受的影响是多方面的（除了法国年鉴派史学、新社会史、现代性和后现代理论等方法外，还可参看《导言》结尾的致谢），但就叙事而言，我以为作者深受福柯思想与写作方法的影响。书中多次直接引用了福柯《疯癫与文明》、《临床医学的诞生》、《规训与惩戒》等著作，其中尤其可以看到受《临床医学的诞生》一书影响的明显痕迹。《临床医学的诞生》是“一部关于空间、语言和死亡的著作”[①]，它研究了西方古典分类医学如何向现代临床解剖医学的转变。福柯认为，这种转变是可见形式的变化，它基于“明显和隐蔽的空间的重组；当千百年来的目光停留在人的病痛上时，这种空间被打开了”，通过尸体解剖，“医生们描述了千百年来一直不可见的和无法表述的东西”②，揭示了古典医学无法洞察的身体黑暗。生命、疾病、死亡构成了临床医学的三维空间。福柯其实也是在做医疗史的另一种叙事，他的主要视角也集中在“空间”上，只不过《临床医学的诞生》带有较浓厚的结构主义色彩，这一点杨念群的著作则完全不同。至于在学术论著中（尤其是在全书或章节的开端）充分运用文学性的故事描述，则更是福柯的擅长。我在读杨念群的大作时往往自觉不自觉地联想到福柯的著作。

福柯是一个具有原创精神的思想家，另类的医疗史研究可以说是他思想的发源地。其博士论文《古典时代疯狂史》手稿题目就叫做精神医疗史。关于福柯思想的研究已经成为国际学术界的一个“显学”，这里不能详说，而我感兴趣的是人们对福柯学术论著写法上的批评，因为它与本文评论的问题有一定关联。福柯在索邦大学参加博士论文答辩，评审专家一致肯定福柯具有无可争议的才华，但提出了两方面的缺点，一是写法上的：“福柯先生定然是位作家，但巩居廉先生认为某些片段是在玩弄修辞学，主席则认为他太刻意追求‘效果’。”二是史料运用上的：“其博学多闻是确定之事，但主席引用了某些案例，其中显示出他有自发地超越事实的倾向：而且我们觉得如果评审团中拥有艺术史家、文学史家、体制史家，这类的批评还会更多。”③我认为这两方面的批评都牵涉到叙事，而且可以借用过来评论《再造“病人”》。

杨念群的这部著作，仅就写法而言，我以为也有刻意追求效果而“玩弄修辞学”的问题。上文我们肯定的那些文学性叙事的地方，其实都有“刻意”的一面。也许他为了追求另类叙事效果而不得不“玩弄修辞学”。因此，本书的叙述结构上就呈现出精心于情景化的描述，精心于故事或案例的串接铺陈，而只用了较小篇幅去做故事意义的阐释或理论性的论证。九章包括九个分散而又关联不大的故事群落，通过这些故事群落来展现历史描述的大框架。作者在具体叙述与抽象论理之间行走或游走，有时“度”的把握似乎不太理想。如第六章“‘顶香看病’与社会秩序”一节，只有很短的一小段；第九章“不中不西亦中亦西”一节，只有两小段，我反复阅读，均感到作者语焉不详。在史料的运用上，作者也进行了福柯式的文献考古工作，我惊异作者在史料的发掘上所下的功夫非同寻常，如大量中外档案材料的钩稽，大量县级以下《卫生志》稿本的爬梳等，即使从文献学的专业眼光来看，作者的博学多闻也是了不起的。不过，作者引用某些故事或案例，也似乎“有自发地超越事实的倾向”，有些故事或案例的选取也有“贪多”、“琐碎”之嫌，作者对故事或案例的串接铺陈有点像汉大赋一样“泛滥”。因此，全书的“碎化”状态相当严重。

也许，这两方面的问题正是“另一种叙事”所不得不付出的代价。

---

①② 福柯：《临床医学的诞生》“前言”，刘北成译，译林出版社 2001 年版，第 1 页，第 4 页。

③ 福柯：《古典时代疯狂史》“导言”，林志明译，三联书店 2005 年版，第 21～22 页。